BASTEI
LÜBBE

BASTEI LÜBBE DAVID FEINTUCH IM TASCHENBUCH-PROGRAMM:

20 362 Der Spiegel von Caledon

DIE NICK-SEAFORT-SAGA

23 169 Sternenkadett Nick Seafort
23 178 Commander Nick Seafort – Der zweite Kontakt
23 184 Captain Nick Seafort – Die Gefangenen
23 190 Kommandant Nick Seafort – Die Verzweiflung des Fischers
23 197 Der Sohn des Fischers
23 225 Admiral Nick Seafort – Der Staatsstreich

DAVID FEINTUCH

Admiral Nick Seafort

Der Staatsstreich

Roman

Ins Deutsche übertragen
von Thomas Schichtel

BASTEI
LÜBBE

BASTEI LÜBBE TASCHENBUCH
Band 23 225

1. Auflage: Juni 2000

Vollständige Taschenbuchausgabe

Bastei Lübbe Taschenbücher
ist ein Imprint der
Verlagsgruppe Lübbe

Deutsche Erstveröffentlichung
Titel der amerikanischen Originalausgabe: Patriarch's Hope

Lektorat: Uwe Voehl / Stefan Bauer
Titelillustration: Stephen Youll
Umschlaggestaltung: QuadroGrafik, Bensberg
Druck und Verarbeitung:
Brodard & Taupin, La Flèche, Frankreich
Printed in France

ISBN 3-404-23225-9

Für Emili Hernandez Rovira
Meinen Sohn und Freund

TEIL EINS
Juli, im Jahr unseres Herrn 2241

1.
Kapitel

»... und so sind wir hier versammelt, um die UNS *Galactic* in Dienst zu stellen, das größte Schiff, das jemals gebaut wurde, der Höhepunkt im Bestreben des Menschen, die Sterne zu erreichen.«

Verstohlen entlastete ich das schmerzende Bein, um nicht die Aufmerksamkeit der pulsierenden Holokams zu erwecken, die auf das Podium gerichtet waren. Mit glasigem Blick fixierte ich Admiral Dubroviks breiten Rücken und das randvolle Londoner Auditorium dahinter. Zu meiner Linken lächelte Derek Carr mitfühlend.

Ob dem alten Dubrovik irgendwann die Luft ausging? Als GenSek und nomineller Oberbefehlshaber aller UN-Streitkräfte hätte ich verhindern können, daß man ihm das Kommando Lunapolis übertrug, aber ich hatte mich im Verlauf der Jahre schon genug in die Personalien der UN-Flotte eingemischt. Heutzutage versuchte ich mich auf das zu beschränken, womit ich das meiste erreichte. Unter den geduldig lauschenden Würdenträgern und Offiziellen fanden sich eine beträchtliche Anzahl Offiziere, deren Karrieren ich aufgrund ihrer Kompetenz gefördert hatte, nicht aufgrund ihrer Verbindungen. Und doch saßen zwischen den nüchternen blauen Uniformen und steifen weißen Galauniformen auch ein paar mißgelaunte Vertreter der Terra-über-alles-Bewegung, denen es mißfiel, daß ich nicht bereit war, die wenigen interstellaren Kolonien wieder zu unterwerfen, die ihre Unabhängigkeit erreicht hatten. Womöglich waren auch ein paar Ökofanatiker zugegen, obwohl man Eiferer dieser Richtung in der Flotte nur selten antraf. Zweifellos gehörten zu den Zuschauern eine Menge Leute, denen das alles einen Dreck bedeutete, solange niemand an ihren Bezügen herummurkste.

»... noch nie haben seit dem ersten unsicheren Sprung, den die Erde vor zweihundertfünfzig Jahren in den Weltraum unternahm, so viele Einzelpersonen, so viele Tausende verschiedener Unternehmen an einem öffentlichen Projekt mitgewirkt.«

Und sie hatten es mit gutem Grund getan: Ihre Profite waren riesig. Die *Galactic* war das Produkt einer Fehleinschätzung. Ich hatte mich von der grenzenlosen Begeisterung der Admiralität und Senator Robbie Bolands Absprache mit der Partei der Territorialisten, unserer Opposition in der Vollversammlung, überreden lassen: Wir sollten durch die nächste Legislaturperiode hindurch freie Hand beim Etat der Raumflotte erhalten, wenn wir im Gegenzug ihre Verbündeten an den lukrativen Bauverträgen beteiligten. Was wir allerdings brauchten, waren Schiffe der Alphaklasse wie mein erstes Kommando, die UNS *Hibernia*, nicht das gigantische, teure Ungeheuer, das wir nun gebaut hatten.

Ich verzog das Gesicht und sah an meiner Frau Arlene vorbei meinen alten Freund Admiral Jeff Thorne an, der meine Bedenken teilte.

Gewiß, die *Galactic* würde zusammen mit der beinahe fertiggestellten *Olympia* und ihren beiden Schwesterschiffen, die sich im Reißbrettstadium befanden, dazu beitragen, neue Kolonien zu gründen, aber das Heimatsystem besiedelte schon seit zweihundert Jahren den Weltraum, und auch die schon existierenden Kolonien mußten versorgt werden. Ich zweifelte daran, daß es sich als effizient erweisen würde, ein Riesenschiff wie die *Galactic* loszuschicken, um Derek Carrs Heimatkolonie Hope Nation zu versorgen.

Ich warf einen Blick auf den riesigen Holoschirm und das prachtvolle Raumschiff, das ihn dominierte. Mit blinkenden Lichtern schwebte die *Galactic* hoch über dem Planeten vor der Orbitalstation Earthport, in dessen Flottensektion sie gebaut worden war.

Ich schüttelte den Kopf. Nach dem Fiasko mit der UNS *Wellington* vor vielen Jahren dachte niemand mehr daran, Scharen von Würdenträgern an Bord eines Schiffes zu bringen, um der Indienststellung beizuwohnen. Wir hatten damals Glück gehabt, nach dem Angriff der Fische mit dem Leben davongekommen zu sein. Die Außerirdischen waren inzwischen verschwunden, Opfer der Katzenjaulstationen, die ich mir ausgedacht hatte. Hin und wieder fragte ich mich in dunklen Nächten, wenn ich den Tadel des allmächtigen Gottes spürte, ob man die Liste meiner Sünden um Völkermord ergänzen mußte.

»Hätte sich selbst GenSek Seafort vor gerade mal zwölf Jahren so etwas vorstellen können – als er zum zweiten Mal an die Regierung kam, als die Welt unter dem Aufstand der Transpops litt und sich noch nicht wieder von den Angriffen der fürchterlichen Fische erholt hatte, zu deren Abwehr er so viel ...«

Ich holte zischend Luft. Arlene drückte mir mit den knochigen Fingern warnend den rechten Ellbogen.

Ich musterte sie finster. »Der verdammte Speichellecker! Hast du gehört, was er ...«

Meine Frau beugte sich zu mir herüber, und die Spur eines Lächelns glättete die Falten, die sich rings um ihre immer noch strahlend blauen Augen schmiegten. »Halte lieber die Hand vor den Mund, Nick, sonst lesen sie es dir von den Lippen ab.«

»Allmächtiger, sollen sie doch! Ich ...« Der gesunde Menschenverstand drang allmählich zu mir durch. Kochend gab ich nach.

Links von mir ertönte ein Husten, das ein bißchen nach Lachen klang. Ich warf Derek Carr einen stählernen Blick zu, unter dem er als Fähnrich der Raumflotte zusammengeschrumpft wäre, aber leider lagen diese Tage schon Jahrzehnte zurück. Mein alter Freund hatte inzwischen selbst einen Laserblick entwickelt, der ihm sehr zustatten kam, seit er Erster Statthalter von Hope Nation geworden war, und mein Blick beeindruckte ihn nicht mehr.

»... mit ihren riesigen Frachträumen, ihrer Besatzung von achthundertneunzig Mann, mit ausreichend Platz für über dreitausend Passagiere, mit ihrer enormen Geschützbestückung trägt sie das Prestige und die Autorität der Vereinten Nationen zu unseren weit verstreuten Kolonien in den unendlichen Weiten ...«

Derek beugte sich zu mir. »Er hört wirklich nicht auf.«

Ich wandte mich flüsternd an Jeff Thorne: »Hören Sie das? Jetzt macht der Idiot noch Politik! ›Trägt sie die Autorität der Vereinten Nationen‹, also wirklich! Als bräuchten wir heutzutage ein Kriegsschiff, um uns mit den eigenen Herrschaftsgebieten auseinanderzusetzen.«

»Bei einigen könnte das wirklich nötig werden.« Er hob eine Hand, um meine Antwort zu unterbinden. »Ich denke, Dubrovik kommt allmählich zum Schluß.«

»... und deshalb habe ich die Ehre, Ihnen seine Exzellenz Nicholas Ewing Seafort vorzustellen, den Generalsekretär der Vereinten Nationen, damit er die UNS *Galactic* in Dienst stellt.« Der Admiral drehte sich um und bedachte mich mit einem zufriedenen Lächeln, wie ein Kleinkind, das den Beifall der Eltern erwartete.

Applaus breitete sich in der überfüllten Halle aus, deren Klimaanlage sich schwer abmühte, den drückenden Sommer Londons auszusperren.

Ich griff nach meinem Spazierstock mit dem silbernen Griff, stemmte mich vom Stuhl hoch und blinzelte Arlene an, meine allmählich ergrauende, hagere und liebreizende Frau. »Soll ich Dubrovik auf der Stelle feuern?« Ich meinte es nicht nur scherzhaft.

Sie bewegte kaum die Lippen. »Natürlich, Liebster. Die Territorialisten wären begeistert, wenn sie zur nächsten Wahl einen Märtyrer ins Rennen schicken könnten.«

Seufzend humpelte ich zu den wartenden Mikrophonen.

»Die Voyager setzt zur Landung an«, brummte Mark Tilnitz, Leiter meiner Sicherheitstruppe, in sein Kehlkopfmikro. Unser Heli landete präzise auf dem Kreuz, das den Mittelpunkt des Landeplatzes der Flottenakademie in Devon markierte.

Tilnitz war vom UN-Ermittlungsbüro für diese Aufgabe abgestellt worden. General Donner gehörte den UNAF an, den Armee-Einheiten, Karen Burns dem Geheimdienst der Raumflotte, weitere Sicherheitsagenten dem Polizeikommando New York. Ein merkwürdiges System, aber wenn man alle Dienste am Schutz des Generalsekretärs beteiligte, verhinderte man damit die Bildung einer Prätorianergarde mit den daraus resultierenden Eifersüchteleien zwischen den Diensten.

Ich stieg aus ins triste Licht der Nachmittagssonne über Devon. Ein Bursche von der Sicherheit wartete schon draußen und hielt sich bereit, meinen Arm zu packen, falls ich ausrutschte. »Sehe ich vielleicht hinfällig aus?« Mein Tonfall war ätzend. Vielleicht fürchtete ich ja die Antwort. »Lassen Sie mich in Ruhe. Hier, Arlene.« Ich streckte ihr die Hand hin.

Sie duckte sich durch die Luke und stieg langsam die Treppe herunter. »Was ist los mit dir, Nicky? Du bist schon den ganzen Tag lang sauer.«

»Nichts.« Das Knie tat mir weh. »Ich hasse diese öffentlichen Zeremonien.« Ich rang mir ein Lächeln ab, als Kommandant Hazen herbeieilte, um uns zu begrüßen. Über uns schwenkten die Helis und Jets ab, die zu meiner lästigen Schutztruppe gehörten.

Normalerweise folgte mir die Sicherheit auf Schritt und Tritt, aber seit meiner ersten Amtszeit zog ich vor der Akademie oder dem Flügel der Raumflotte auf Earthport die Grenze. Unter keinen Umständen war ich bereit, Tilnitz und seiner bunt zusammengewürfelten Mannschaft zu erlauben, daß sie so taten, als bräuchte ich Schutz vor dem Flottendienst der Vereinten Nationen, in dem ich so denkwürdig gedient hatte. Ich pflegte unbewacht über das Gelände der Akademie zu spazieren, außer wenn mich der Kommandant oder Stabsangehörige begleiteten. Schließlich stellte die Akademie ja keinen offenen Campus dar.

Ich sah mich um. Ein hoher Eisenzaun zog sich um das Gelände, bis zum Wachhaus am Tor. Wie immer wuchsen hier reichlich Maulbeerbäume und Wacholder, gepflegt vom Stab der Akademie und den Kadetten. Darüber breiteten große Ahornbäume ihre Äste aus und spendeten Schatten. Früher einmal hatte die Devon-Akademie weit von der Stadt entfernt gelegen, aber mit der Zeit entstanden Läden und Kneipen, die ihren Bedarf deckten. Unsere Gebäude standen jedoch ein gutes Stück innerhalb des Zauns, verdeckt von den umfangreichen Pflanzungen, wodurch ein bißchen Privatsphäre gewährleistet war.

Arlene und ich waren kurz zuvor dem riesigen Empfang entflohen, der auf die Indienststellung der *Galactic* folgte, und die Wangen schmerzten mir noch von den Nachwirkungen meines erstarrten Lächelns. Wenigstens hatte ich, während ich dort herumstand und Honoratioren grüßte, Zeit für einen kurzen freundschaftlichen Wortwechsel mit Derek Carr gefunden, bevor er sich entfernte, um sich wieder der Handelsdelegation von Hope Nation anzuschließen. In einem Tag oder so würde ich ihn erneut auf meinem Privatgrundstück außerhalb Washingtons empfangen.

»Willkommen, Herr GenSek.« Hazen nahm Haltung an. Trotz der kräftigen Gesichtsfarbe und der Spur von Bauch, die sich unter der blauen Flottenmontur abzeichnete, wirkte er distinguiert, und ein paar angegraute Stellen zierten seine Locken.

Ich erwiderte seinen Gruß. »Kommando zurück.« Für einen Augenblick wurde mir leichter ums Herz. Devon war für mich Heimat. Ich runzelte die Stirn. War für mich Heimat *gewesen*, ehe ich durch meinen Verrat jeden Anspruch darauf verwirkt hatte. Hastig wandte ich mich anderen Gedanken zu. Vor Jahren hatte ich schon Frieden mit meinen Sünden geschlossen, oder glaubte es getan zu haben. Entweder vergab mir der allmächtige Gott, oder Er tat es nicht.

Als wir dem unveränderten Fußweg zum Verwaltungsgebäude folgten, betrachtete ich forschend den Kommandanten, dem ich erst einmal begegnet war, anläßlich eines Empfangs in der Rotunde. Früher einmal war die Raumflotte mein ganzer Lebensinhalt gewesen und hätte ich nicht mal im Traum daran gedacht, der Admiralität zu erlauben, daß sie einen Kommandanten ernannte, den ich nicht gut kannte. Seit dem Aufstand der Transpops jedoch hatte ich mich immer stärker um zivile Fragen und dem Aufbau der Wirtschaft kümmern müssen.

Ich räusperte mich. »Sie sind Ms. Seafort schon begegnet, wenn ich mich recht entsinne?« Arlene, die mich gut kannte, übernahm elegant die Konversation, während ich vor mich hinbrütete. Sie war selbst ehemaliger Offizier und kannte die Akademie so gut wie ich.

Wir spazierten am Quartier des Kommandanten vorbei, in dem ich selbst einmal gewohnt hatte, und an Unterkünften, die in der Kadettenzeit mein Zuhause gewesen waren. Hazen, der meine Wünsche kannte – meine Mitarbeiter hatten sie ihm deutlich gemacht –, hatte darauf verzichtet, die Akademieroutine zu unterbrechen und mit den Kadetten eine Show für mich abzuziehen; seine Schützlinge saßen zur Zeit in ihren üblichen Unterrichtsstunden. Immerhin wirkte das Gelände fast verlassen, obwohl man normalerweise eine Handvoll Kadetten dabei antraf, wie sie mit Sonderaufgaben einhereilten oder Strafdienst leisteten, indem sie mit peinlicher Sorgfalt den Rasen manikürten.

Der Kommandant schien meine Gedanken zu lesen.

»Ich habe den Dienst im Freien abgesetzt, Herr GenSek.« Er blickte zum Himmel und schirmte dabei die Augen ab. »Tut mir leid; ich hätte Sonnenschutzschirme mitbringen sollen.«

Ich schnaubte verächtlich. »Ich brauche keine Abschirmung.« Trotzdem beschleunigte ich meine Schritte.

»Wir haben für den Rest der Woche Strahlungsalarm, ungeachtet der Aussaat. Falls die Gammastrahlung noch viel schlimmer wird, schicke ich die meisten Kids nach Farside.« Das war die lunare Akademie, die Anlage auf der Rückseite des Mondes, wo die Kadetten ihre fortgeschrittene Ausbildung erhielten.

»Mit der Zeit wird es besser.«

Er zuckte die Achseln. »So heißt es, aber mußten Sie in Ihrer Zeit in Devon im Haus bleiben?«

»Das war vor einem halben Jahrhundert.« Ich verzog das Gesicht. »Die Dinge ändern sich.« Zu meiner Erleichterung näherten wir uns dem Büro des Kommandanten. Mein Knie pochte, und obendrein wollte ich, daß Arlene möglichst rasch aus der neuerdings so bedrohlichen Sonne kam.

»Was ist mit Grierson?« Ich blickte über den glänzenden Konferenztisch aus Rosenholz hinweg.

Sergeant M'bovo gab mir darauf Antwort; der Junge gehörte zu seiner Unterkunft. »Gute Einstellung, arbeitet gern, Sir. Ich warte aber immer noch darauf, daß er wirklich das Äußerste gibt.« Das Äußerste zu geben, dazu hatte man uns Kadetten ermahnt. Über die Jahre war ›der Flotte das Äußerste geben‹ ein Slogan geworden, abgekürzt zu ›das Äußerste‹.

»Er ist erst fünfzehn.« Arlenes Ton war sanft. Wo ich mit jungen Fähnrichen, die noch grün hinter den Ohren waren, oft ruppig umsprang, gab sie sich freundlicher. Von ihr hatte unser Sohn Philip mehr Zuspruch erfahren als von mir, obwohl sogar er in seiner Pubertät die Erfahrung gemacht hatte, daß Arlenes Toleranz auch Grenzen kannte. Der allmächtige Gott mochte den Grünschnabel schützen, der sie übertrat.

Vor noch gar nicht so vielen Jahren, als Philip erwachsen geworden war, hatten Arlene und ich uns ernsthaft überlegt, ob wir weitere Kinder haben wollten. In Anbetracht der Pflichten meines Amtes ... Ich seufzte. In meiner langen Laufbahn schienen Kinder immer wieder meine Gesellschaft gesucht zu haben, als erwarteten sie eine Führung oder einen Zuspruch, den nur ich ihnen geben konnte. Als Gegenleistung hatte ich vielen von ihnen den Tod gebracht.

»Herr GenSek?« Hazen hielt die Akte in der Hand und wartete.

Ich konzentrierte mich abrupt wieder auf die Konferenz. »Sehr schön, wir werden sehen.« Ich schob die Akte in den Stapel der ›unentschiedenen Fälle‹. Obwohl vor jedem Stuhl ein Computerbildschirm in den Tisch eingelassen war, ehrte die Flotte ihre Traditionen. Eine bestand darin, Papierakten alten Stils für die Abschlußkandidaten unter den Kadetten zu benutzen.

Mein Ausflug zur Akademie verfolgte einen doppelten Zweck. Zunächst war Devon einer der wenigen Orte außerhalb meines abgeschirmten Heims, wo ich die allgegenwärtigen Medienleute los war. Die Akademie war gesperrtes Gelände, und wehe dem Heli, der es überflog.

Mein zweites Motiv war vielschichtiger. Früher, als Kommandant der Akademie, hatte ich mir ein paar Kadetten als spezielle Mitarbeiter ausgesucht. Es hatte nicht funktioniert; bei einer meiner sinnlosen Torheiten waren sie massakriert worden. Und doch setzten meine Nachfolger, blind für mein Fehlverhalten, diese Tradition fort.

Als ich mich dann Jahre später erst als Senator, dann als GenSek wieder dem öffentlichen Leben zuwandte, ging mir das ständige Gequatsche meiner politisch gewandten, auf die eigenen Karrieren erpichten Assistenten irgendwann so auf die Nerven, daß ich mir jüngere Mitarbeiter suchte. Ich holte mir Fähnriche frisch von der Akademie und sah dann zu meiner Bestürzung, wie sie sich zu Kreaturen der Politik entwickelten, so inakzeptabel wie die Leute, die sie ersetzt hatten.

Ich tüftelte dafür die Lösung aus, die Auswahl zu treffen, ehe sie Fähnriche wurden, und sie – mit gelegentlichen Ausnahmen – erst mal für ein oder zwei Jahre an Bord eines Schiffes zu versetzen. Wenn man ihnen anschließend eine Position an Land anbot, in der Rotunde der Vereinten Nationen, hatte ich wenigstens die Hoffnung, daß sie die Traditionen und die Disziplin des Flottenlebens in Erinnerung behielten. Die meisten taten es auch, solange ich sie nicht zu lange bei mir behielt. Mein gegenwärtiger Mitarbeiter Charlie Witrek war ein einsatzfreudiger Bursche, den ich ins Herz geschlossen hatte, aber in einer Woche stand er erneut zur Versetzung auf ein Schiff an und wurde von einem im Weltraum dienenden Fähnrich ersetzt, den ich mir schon Jahre zuvor ausgesucht hatte.

Alles in allem funktionierte dieses System ganz gut. Natürlich durfte keiner der ausgewählten Kandidaten ahnen, daß er im Dienst der Flotte heranreifen sollte, andernfalls er seine Pflichten an Bord nicht ernst genommen hätte. Dazu war ich auf die Kooperation des Akademiestabes angewiesen, und natürlich erhielt ich sie. Auch hier wollte jeder, daß seine Schützlinge als junge Fähnriche reiften, und falls dieser Wunsch nicht Motivation genug war, wagte es niemand, sich die Feindschaft des GenSeks einzuhandeln.

Trotzdem weckte diese Auswahl in mir ungemütliche Erinnerungen an die Abschlußbewertung, die unglückliche Aufgabe, unter den unzähligen Bewerbern die auszusuchen, die in die Akademie aufgenommen wurden.

Eine meiner größten Freuden als GenSek hatte darin bestanden, der Raumflotte wieder das langerstrebte Recht zuzuerkennen, sich ihre Offizierskandidaten selbst zu wählen.

Heute sichteten Hazen, Arlene und ich zwei Stunden lang Akten mit den Stabssergeanten und sahen uns an, welche Kids sich als vielversprechend erwiesen hatten.

Im Verlauf der Jahre hatten Arlene und ich eine prima Arbeitsbeziehung entwickelt. Mit meiner Autorität hatte ich durchgesetzt, daß sie an vielen der Konferenzen teilnahm, die ich ertragen mußte. Hier auf der Akademie waren ihre Ansichten besonders wertvoll; wir waren gemeinsam Kadetten gewesen und teilten unser Wissen von der Raumflotte und die Liebe zu ihr.

Ich öffnete eine weitere Mappe. »Wie sieht es mit ...«

Die Tür flog auf. »Kommandant!« Ein schwer atmender Sergeant. Ein rothaariger Fähnrich folgte ihm dicht auf den Fersen.

Hazen fuhr hoch. »Wie können Sie es wagen, hier so hereinzu ...«

»Wir konnten Sie nicht erreichen; Ihr Rufer ist auf ›nicht stören‹ geschaltet. Wir hatten einen, ah, Unfall. Schulung mit dem Raumanzug, im Druckraum. Fünf Kadetten ...«

Ich schnitt eine Grimasse und erinnerte mich an meine Kadettenzeit. Zuerst hatte Sarge uns beigebracht, wie man den Raumanzug anlegte. Wir ertrugen diesen Drill mehrere Tage nacheinander und blödelten jedesmal herum, wenn sein Blick nicht auf uns ruhte. Dann schickte er uns eines Tages, sobald wir in den Anzügen steckten, einen nach dem anderen in einen von Nebel erfüllten Raum mit je einer Luftschleuse an beiden Enden. Etwa die Hälfte von uns wurde grün im Gesicht, als wir hinten herauskamen. Die andere Hälfte hatte gewußt, wie man den Raumanzug richtig abdichtet.

Die fünf Kadetten, die etwas von dem Gas abbekommen hatten, würden nur an eintägiger Magenverstimmung und dem würdelosen Erlebnis leiden, ihr Frühstück wieder hergegeben zu haben. Eine harte Lektion, aber weit freundlicher, als es im unnachgiebigen Weltraum gewesen wäre.

»Bringen Sie sie auf die Krankenstation, Gregori.« Hazen bat mich mit einem Blick um Entschuldigung. »Es tut mir leid, Herr GenSek.«

»Sir, zwei sind tot! Die übrigen ... Die Ärzte behandeln sie, aber ...«

»Allmächtiger!« Mein Ton war gequält.

Der Kommandant blinzelte. »Unmöglich! Wie? Was ...«

»Ich weiß es nicht!« Gregori schien den Tränen nahe.

Ich rappelte mich auf, wankte zur Tür.

»Nick, warte.« Das war Arlene.

Ich achtete nicht auf sie. Ich stützte mich schwer auf den Spazierstock und marschierte durch den Verwaltungsflügel, hinaus in die Sonne des Spätnachmittags, folgte dem Weg zu den Klassenzimmern, den Schlafsälen, der Raumanzugkammer auf halbem Weg durch den Stützpunkt. Ich mischte mich damit in Hazens Vorrechte ein, aber die Sorge trieb mich an. Kadetten starben einfach nicht bei den Übungen im Raumanzug! Nicht auf Devon. Farside war eine andere Sache; die Gesetze des Vakuums boten keine zweite Chance. Falls einige unserer Schützlinge tot waren – ich holte tief Luft –, sah sich die Akademie mit einem Skandal konfrontiert. Jemand war unverzeihlich nachlässig gewesen. Und der Kommandant würde heute abend Briefe schreiben, mit denen er das Leben ganzer Familien verheerte.

Als ich mich dem Bereich der Klassenzimmer näherte, holten mich alle ein; die Stabssergeanten, die an der Konferenz teilgenommen hatten, der Kommandant, Arlene, der gequälte Sergeant Gregori, der Fähnrich, der in seiner Begleitung hereingeplatzt war.

Hazen wandte sich keuchend an Gregori: »Umfassende Meldung!«

»Aye aye, Sir. Ich habe die Krane-Halle um siebzehn Uhr zum Anzugsraum geführt. Später als üblich, aber damit haben wir sie vor der Sonne geschützt.« Der Sergeant holte Luft. »Neunundzwanzig Kadetten; Kadett Robbins hatte Hallenarrest. Ich wies sie an, sich gegenseitig in die Raumanzüge zu helfen. Wie immer, Sir.«

»Reden Sie schon weiter!«

Ich öffnete den Mund für eine Zurechtweisung, schluckte sie aber herunter. Hazen führte hier das Kommando, nicht ich.

»Dann habe ich sie durch den Übungsraum geschickt. Fähnrich Anselm hier hat geholfen. Ein Behälter mit Brechmittel war schon installiert; Sergeant Booker hat den Raum heute vormittag benutzt. Die ersten vier Kadetten gingen ohne Zwischenfall hindurch.«

Wo in drei Teufels Namen war nur der Raumanzug-Übungsraum? Ich konnte mich gar nicht daran erinnern, daß es so weit war.

Gregori wurde langsamer, um sich meinen Schritten anzupassen. »Kadett Santini krümmte sich, als sie aus der Schleuse kam. Ich habe ihr mit dem Helm geholfen und ihr die Leviten gelesen, behielt dabei aber die Kadetten im Auge, die den Raum durchquerten.« Plötzlich blieb er mit leerem Blick stehen, versunken in einer persönlichen Hölle.

»Ich habe Ihnen gesagt, Sie sollen Meldung machen!« Erneut Hazen.

»Schluß damit!« Meine Stimme knallte wie eine Peitsche. Zum Teufel mit dem Protokoll! Ich war der Oberbefehlshaber und konnte tun, was mir gefiel. Ich humpelte zu Gregori hinüber. »Sind Sie okay, Sergeant?« Er war für die Sicherheit der Kadetten verantwortlich. Der Herrgott allein wußte, wie er sich fühlen mußte.

»Sir ...« Er sah mich flehend an. »Auch anderen

Kadetten ist schlecht geworden. Es war nicht ihre Schuld – sie sind jung, sie wissen noch nicht, daß man die Verschlüsse zweimal prüft. Ich habe versucht, sie alle im Auge zu behalten, und Santini hatte den Helm abgesetzt. Ich wußte, daß sie wieder in Ordnung kommen würde. Nur …« Ihn schauderte. »Als ich hinabblickte, hatte sie Krämpfe. Ich konnte nichts tun. Nichts!« Ihm versagte die Stimme.

Betreten gab ich dem Impuls nach, ihm kurz die Hand auf die Schulter zu legen.

Er ging weiter, diesmal langsamer. »Im Übungsraum fiel Ford flach aufs Gesicht. Dann ging Eiken zu Boden. Ich sah ein, daß irgendwas fürchterlich schiefging, und schrie Anselm an, er sollte den Raum säubern, aber er hat mich entweder nicht gehört oder nicht verstanden.«

Der Fähnrich rührte sich.

Ich hob die Hand. »Einen Moment noch, Mr., ah, Anselm. Fahren Sie fort, Sarge.«

»Als ich endlich zur anderen Tür gelaufen war und das Sauerstoffventil aufgedreht hatte, lagen zwei weitere am Boden. Ich habe Anselm befohlen, sie herauszuziehen – er trug einen Raumanzug, ich nicht –, und bin zurück zu Santini gerannt. Sie hat leer in den Himmel gestarrt.« Gregoris Lippen arbeiteten. »Als wir die anderen endlich draußen hatten, lagen drei mehr im Sterben. Ich habe die Krankenstation angerufen und Leutnant LeBow herbeigetrommelt.«

Endlich: Der Raumanzug-Übungsraum, ein niedriges, fensterloses, metallgraues Gebäude hinter dem Navigations-Schulungszentrum. Ich erinnerte mich an den Umkleideraum mit seinen Spinden, wo die Kadetten den Übungsbereich betraten. Die Luftschleuse zur Hauptkammer, die Luftschleuse am hinteren Ende.

Ein Haufen Kadetten lief hier durcheinander. Ungläubig fragte ich: »Sie haben Ihre Truppe hier zurückgelassen?«

»Leutnant LeBow wies mich an, mich unverzüglich bei Ihnen zu melden.« Und das hatte der Sergeant natürlich getan. In der Raumflotte gehorchte man Befehlen.

Mein Knie schmerzte scheußlich. Ich schluckte eine üble Verwünschung herunter, während wir uns den benommenen Kadetten näherten. Manche weinten. Ein paar lagen schlaff auf dem Rasen, darunter fünf reglose Gestalten in Grau. Drei Meditechniker bemühten sich um sie und griffen dabei auf den Inhalt von Notfallkarren zurück. Ein Leutnant sah mit verschränkten Armen zu.

Ein Kadettenkorporal sah uns kommen. »Achtung!« Er klang rauh.

»Kommando zurück!« schnarrte ich. Dann sprang mir eine der Toten ins Auge. »O Gott!« Blut war ihr aus Mund und Augen geflossen. »Sie dort, irgendwelche Überlebenden?«

Der Meditech blickte auf und schaute grimmig drein. Er schüttelte den Kopf.

»Was war die Todesursache?«

»Ich weiß nicht.« Müde kniete er im Gras. »Es kann nicht länger als drei Minuten nach dem Anruf gewesen sein, als wir eintrafen. Sie waren schon tot. Wir hatten nicht die geringste Chance.«

Ich drehte mich um. »Sergeant M'bovo, führen Sie die Truppe ins Quartier zurück.« Je schneller die Kids diesen Anblick los wurden, desto besser.

»Gestatten Sie mir, das zu tun, Sir. Es sind meine.« Das war Gregori.

»Nein, ich möchte Sie hier dabeihaben.« Falls die Kadetten durch einen Schnitzer Gregoris umgekommen waren, mußte man ihn von ihnen fernhalten. »Bleiben Sie bei ihnen, Sergeant M'bovo. Sorgen Sie dafür, daß sie für drei Tage nur leichten Dienst erhalten.«

»Aye aye, Sir.« Auf einen direkten Befehl hin konnte er kaum etwas anderes sagen. Vielleicht war ich Zivilist und stand außerhalb der Kommandorangfolge, aber ich war der GenSek. »Ihr Kadetten, zurück in die Unterkunft, aber flott!«

Als die Kadetten außer Hörweite waren, knirschte Hazen: »Ich hätte zusätzliche Drills angesetzt, um sie zu beschäftigen!«

Ich vielleicht auch, in jüngeren Jahren. »Geben Sie ihnen die Möglichkeit zu trauern.« Ich wandte mich dem rothaarigen Fähnrich zu. »Hören wir mal Ihre Version.« Meine Frau zuckte zusammen, und zu spät bemerkte ich, daß es wie eine Anschuldigung geklungen hatte.

Anselm stotterte seine Geschichte hervor, aber sie bestätigte die des Sergeanten in allen Einzelheiten.

Arlene zog mich an sich heran und flüsterte mir ins Ohr. »Nick, soll sich doch Hazen darum kümmern. Du trittst ihm auf die Füße.«

Wohl wahr, aber es scherte mich längst nicht mehr. »Wo ist der Behälter mit dem Brechmittel?«

»Immer noch in der Verteileranlage.« Sergeant Gregori klappte die Deckplatte auf.

»Nicht anfassen!« Ich senkte die Stimme wieder auf normales Niveau. »Kommandant, lassen Sie das Gas analysieren. Drei Personen sollen den Behälter ins Labor bringen. Schicken Sie unseren LeBow hier. Und zwei Sergeanten, die nichts mit dem Vorfall zu tun hatten. Die Leichen dieser armen Kinder sollen auf die Krankenstation gebracht werden; wir können sie nicht einfach hier liegen lassen. Nun, worauf starren Sie? Machen Sie schon, schnell!«

»Aye aye, Sir.« Benommen griff Hazen nach seinem Rufer. Gregori sagte nichts, aber sein Blick brachte einen stummen Vorwurf zum Ausdruck.

»Und ordnen Sie eine Autopsie der Kadetten an. Gleich heute abend.« Ich überlegte, was sonst noch zu tun war. »Sperren Sie den Stützpunkt.« Falls Gerüchte hinaussickerten, würden uns die Medienleute belagern, zum Schaden für die Flotte. Alle Medienleute waren Leichenfresser. »Gregori, Anselm, warten Sie im Büro des Kommandanten auf uns.«

Hazen sprach in den Rufer.

»LeBow!«

Er fuhr zusammen, als hätte man ihn angeschossen. »Ja, Sir!«

»Steigen Sie in einen Raumanzug und gehen Sie in den Übungsraum. Überprüfen Sie ...«

»Ich brauche dazu keinen Raumanzug. Die Kammer wurde gereinigt.«

»Nehmen Sie einen.« Mein Ton war eisig. »Wir gehen kein Risiko ein.«

»Aye aye, Sir.« Er schien wenigstens beschämt, wozu er nach einem Einwand gegen einen direkten Befehl auch jeden Anlaß hatte. Andererseits hatte ich als Zivilist nicht das Recht, ihm Befehle zu erteilen.

»Sehen Sie sich um, und melden Sie über Funk alles, was Ihnen verdächtig vorkommt.« Er drehte sich zur Tür des Anzugsraums um. »Und achten Sie auf Ihre Verschlüsse!«

LeBows Expedition ergab nichts. Als er wieder herauskam, hatte man die leblosen Kadetten bereits auf die Krankenstation gebracht, und es waren zwei Stabssergeanten eingetroffen, um den Behälter ins Labor zu bringen. Wir alle sahen zu, wie LeBow ihn vom Ansaugrohr löste. Ich schlug den gesunden Menschenverstand in den Wind und hielt die Luft an, um den Behälter behutsam zu untersuchen. Das übliche Etikett des Herstellers, die üblichen Warnhinweise. Falls der Hersteller uns unabsichtlich einen kontaminierten Behälter geschickt hatte, würde ich dafür sorgen, daß man den Übeltäter hängte. Ich hoffte, daß es so gewesen war. Die Alternativen schienen einfach unerträglich.

Noch mehr Arbeit blieb zu tun, und ich stellte fest, daß ich es Hazen nicht zutraute, sie allein zu erledigen. Das war einer der Augenblicke, in denen ich es bedauerte, nie einen persönlichen Rufer mitzuführen. Eine alte Gewohnheit aus meiner Zeit als Kommandant. Wie ich schon auf der *Hibernia* gelernt hatte, fand ein Befehlshaber niemals Ruhe, wenn er einen Rufer dabeihatte.

»Würden Sie bitte Branstead anrufen?« Ich gab Hazen die Nummer meines Stabschefs. »Sagen Sie ihm, er soll meinen Suborbitalflug absagen. Ich bleibe die Nacht über in Devon.«

»Nick, wir müssen nach Hause.« Arlene bat mit einem Blick um Entschuldigung. »Derek kommt, und wir erwarten morgen auch die Delegation des Hilfsprogramms Niederlande.«

»Lassen Sie nur, Kommandant. Ich rede mit ihm.« Ich nahm den Rufer. »Jerence? Arlene ist auf dem Heimweg. Ich bleibe hier.« Arlene sah mich verärgert an. »Arrangieren Sie für morgen einen Flug für mich; ich sage Ihnen noch, wann genau. Nein, mir geht es gut. Es hat einen ... Zwischenfall gegeben. Was? Ist mir egal, geben Sie ihm einen neuen Termin. Nächste Woche.« Ich unterbrach die Verbindung und drückte meine Frau verlegen an mich. »Bereite dich auf Derek vor, und höre dir an meiner Stelle an, was die Holländer zu sagen haben. Wir sehen uns bald wieder.«

Ein wenig besänftigt, legte sie mir das Kinn auf die Schulter. »Nick, diese Kadetten ...«

»Ja, ich weiß. Schrecklich.«

»Ich meine die Überlebenden.«

»Todesfälle passieren nun mal, Arlene. Das haben wir beide schon erlebt. Sie müssen sich daran gewöhnen ...«

»Sie sind verwirrt und verletzt.«

»Dafür bin ich nicht zuständig.«

»Du erinnerst dich doch noch, oder, Nick?« Sie sagte es leise.

Ich wandte den Blick ab. Endlich sagte ich: »Ich tue, was ich kann.«

In der zunehmenden Dunkelheit gingen Hazen und ich langsam zu seinem Büro zurück. »Wie gut kennen Sie Gregori, Kommandant?«

»Er ist ein guter Mann. Und selbst wenn er nicht genug aufgepaßt hat, wie hätte er ihren Tod herbeiführen können? Wir benutzen das Brechmittel seit Jahren.«

Ich lächelte grimmig. »Seit Generationen.«

»Es war bestimmt ein Unfall, Herr GenSek. Verunreinigter Stoff.«

»Glauben Sie das wirklich?« Meine Zweifel wuchsen.

Er schwieg lange. »Ich möchte es gern glauben.«

Plötzlich konnte ich ihn besser leiden. »Es tut mir leid. Mir ist klar, daß ich mich eingemischt habe.«

»Das ist Ihr Privileg, Sir. Sie sind GenSek.«

Ich grinste und mußte an einen Admiral zurückdenken, der vor langer Zeit mein Schiff beschlagnahmt hatte. »Das macht es nicht leichter.«

»Nein«, bestätigte er. Ich bewunderte seine Ehrlichkeit. Er setzte hinzu: »Sie erinnern sich nicht an mich, oder?«

Ich suchte im Gedächtnis herum. »Man hat mich über Ihre Ernennung informiert. Sie hatten die UNS *Churchill*, nicht wahr?«

»Ich war in der Valdez-Halle.« Er sagte es, als hätte er mich gar nicht gehört. »Als Sie das Kommando übernahmen.« Er wurde langsamer, damit es mir leichter fiel, mit ihm Schritt zu halten. »Sergeant Ibarez.«

»Ah.« Wie konnte ich ihn nur auf ein anderes Thema bringen? Ich liebte die Akademie, wirklich. Und doch ...

»Ich gehörte zu den wenigen, die hier zurückblieben, als Sie die Kadetten nach Farside brachten. Sonst hätte ich mich auch freiwillig gemeldet. Ich weiß, daß ich es getan hätte.« Er war rot geworden und wich sorgfältig meinem Blick aus. »Ich war gestürzt – wir hatten in der Unterkunft herumgetobt. Etwa eine Woche vor dem Angriff der Fische. Ich hatte mir drei Rippen gebrochen. Sarge sagte, Sie wären wütend gewesen.«

»Die Nacht ist kühl«, sagte ich verzweifelt. »Sobald die Sonne erst mal untergegangen ist ... Kommandant, ich büße jede Nacht meines Lebens für das, was ich diesen unglücklichen Kadetten angetan habe. Seien Sie dankbar, daß Sie nicht zu ihnen gehörten.« Während des abschließenden Angriffs der Außerirdischen hatte ich um Freiwillige gebeten und dabei gewußt, daß ich sie in den Tod schickte – ohne es ihnen jedoch zu sagen. Heute konnte ich endlich, wenn auch mit Mühe, darüber sprechen. Jahrelang war das nicht möglich gewesen.

»Sir, wissen Sie eigentlich, wie es ist, wenn man zum Jahrgang '01 gehört, der letzten Klasse unter dem Befehl von Nicholas Seafort? Es heißt, Sie hätten die Kadetten in den Speisesaal von Farside gerufen.« Sein Blick ging in die Ferne, als erwachte eine Erinnerung zum Leben, die er gar nicht haben konnte. »Sie sagten, daß Gefahr drohte, und fragten, welche Kadetten bereit waren, auf die Fusionsboote zu gehen. Ihre Stimme klang – gedämpft, eindringlich, fast verzweifelt lässig. Selbst als Kids begriffen die Kadetten, was los war.«

»Mr. Hazen ...« Wie konnte ich ihn nur ablenken?

»Jahrelang warfen die, die nicht mitmachten, es sich gegenseitig oder Ihnen vor. Nur Boland und Branstead konnten stolz sein. Und Tenere.« Die kläglich wenigen Überlebenden, die mit mir im Mutterschiff gefahren waren.

»Und immer, wenn das Thema zur Sprache kam, reagierte ich verletzt und abwehrend«, sagte er im Plauderton. »Ich wäre ja gegangen, aber wie konnte ich das beweisen? Zuzeiten gab es Streit. Ich habe Freunde verloren.« Er brach ab und räusperte sich. »Als ich hierher versetzt wurde, konnte ich gar nicht begreifen, wieso ich eine solche Ehre erfuhr. Dort zu gehen, wo Sie gegangen waren, an Ihrem Schreibtisch zu sitzen, Männer zu befehligen, die Sie ...«

»Hören Sie auf!« Mein Schrei warf Echos auf dem Hof.

Entschlossen wandte er sich mir zu. »Ich hatte mir so gewünscht, Sie zu beeindrucken! Ihnen zu zeigen, daß ich alles gut in der Hand hatte. Denken Sie, ich wüßte nicht, daß ich mich wie ein Idiot angehört habe, als ich Gregori anbrüllte? Ich hätte mir die Zunge abbeißen können.«

»Ist schon in Ordnung, Mr. Hazen. Ich habe sowas auch getan.«

»Nicht vor Ihrem ...« Er brummte etwas Unverständliches.

»Was?«

»Idol.« Sein Blick war eine Herausforderung, als wollte er feststellen, ob ich wagte, dagegen zu protestieren.

Ich brummte: »Der allmächtige Gott bewahre uns.« Wir hatten die Treppe erreicht. Ich griff nach Hazens Arm und stützte mich auf ihn, als wir hinaufstiegen. »Ich sollte dieses Bein wirklich mal untersuchen lassen.«

»Darf ich fragen, was es ist, Sir? Mir ist vor ein paar Jahren aufgefallen, daß Sie anfingen, einen Stock zu benutzen.«

»Arthritis. Der Helsinki-Absturz hat sie verschlimmert.« Arthritis war heilbar, seit Generationen schon. Aber ich hatte meine Gebrechen verdient.

Er blieb vor der Tür zu seinem Büro stehen. »Möchten Sie jetzt Gregori und Anselm empfangen oder lieber erst auf den Laborbericht warten?«

»Ich warte lieber, denke ich.«

»Ich könnte Sie zur VIP-Suite führen.«

»Ich kenne den Weg. Rufen Sie mich im Quartier an, wenn Sie den Bericht haben.« Ich humpelte zu meinem Apartment.

Ich befreite mich von der Jacke, wusch mir das Gesicht, kämmte mir die Haare. Ich erwischte einen Eindruck des alternden Gesichts im Spiegel und brach ab. Falten auf der Stirn, und die Haarlinie zog sich zurück.

Ich hatte eine Behandlung mit kosmetischen Enzymen verweigert, obwohl ich die primären alterungshemmenden Stoffe erhalten hatte. Sie wurden über das Trinkwasser der ganzen Bevölkerung verabreicht.

Obwohl ich die Sechzig überschritten hatte, war ich noch gar nicht besonders alt. Die unerbittliche Verlängerung des Lebens war der Hauptgrund für die Übervölkerung der Erde und eine schreckliche Belastung für unsere Ressourcen. Ich hatte ein weiteres Vierteljahrhundert aktives Leben vor mir, wenn ich es wollte. Vielleicht noch mehr. Altersbezüge erhielt man heutzutage nicht mehr vor fünfundachtzig.

Ich fuhr mit der Hand über die schwachen Umrisse der scheußlichen Narbe, die früher mal meine Wange geziert hatte. Vor vielen Jahren hatte ich sie entfernen lassen, weil die Admiralität darauf bestand. Die Kids hatten angefangen, mein Aussehen zu kopieren, und das konnte man nicht tolerieren.

Fast fünfzig Jahre war es her, daß Vater mich zum Tor der Akademie und hindurch geführt hatte und dann davongegangen war, ohne noch einen Blick zurück zu werfen. Die UN-Raumflotte war damals – und heute immer noch – der glanzvolle Dienst, von dem junge Menschen träumten. Die Armee war ein armer Verwandter und hegte die entsprechenden Ressentiments.

Natürlich hatte die Flotte auch den Vorzug, ihre Offizierskandidaten in besonders jungen Jahren aufzunehmen. 2046 hatte man entdeckt, daß sich N-Wellen schneller als das Licht ausbreiteten, und damit den Grundstein für den Fusionsantrieb und die überlichtschnelle Raumfahrt gelegt. Aber die Sterne waren nicht ohne Opfer zu erreichen: Das T-Melanom, ein bösartiges Karzinom, das entstand, wenn man für lange Zeit Fusionsfeldern ausgesetzt war. Es war das Berufsrisiko der Raumfahrer.

Zum Glück schienen die Zellen von Menschen, die innerhalb von fünf Pubertätsjahren den N-Wellen ausgesetzt waren, nahezu immun zu sein. Die Raumflotte konnte ihre großen Sternenschiffe jedoch nicht mit ungeschulten Kindern bemannen. Und so rekrutierte man die Kadetten schon, kaum daß sie die Zehn überschritten hatten, wie auch in meinem Fall. Nach zwei Jahren auf der Akademie kamen sie dann als Grünschnäbel von Fähnrichen auf die Sternenschiffe, um dort den letzten Schliff zu erhalten.

Hohle Augen starrten mich aus dem Spiegel heraus an.

Auf der UNS *Hibernia* war ich durch den Tod der übrigen Offiziere vom Fähnrich zum Kapitän katapultiert worden. Später wehrte ich auf der *Challenger* die erbarmungslosen Angriffe der außerirdischen Fische ab. Wir überlebten und konnten ins Heimatsystem zurückkehren, aber nicht, ehe ich mir die Verdammnis eingehandelt hatte, indem ich einen heiligen Eid brach, um mein Schiff zu retten.

Da war aus mir schon, zu meinem eigenen grenzenlosen Abscheu, ein Medienheld geworden. Schließlich ernannte mich die Admiralität zum Kommandanten der Flottenakademie. Und als die Fische angriffen, beging ich auf Farside den größten Verrat seit Judas. Mit Lügen schickte ich meine Kadetten in den Tod.

Der Rufer läutete. »Ja?«

»Sir, der Bericht aus dem Labor.« Es war Hazen.

»Schon?« Ich blickte auf die Uhr. Ich hatte eine volle Stunde lang in den Spiegel gestarrt. »Ich bin gleich da.«

Ich strich mir die ergrauenden Haare glatt. Vor Jahrzehnten hatte mich Vater Ryson im strengen Frieden seines Neobenediktiner-Klosters vor dem Wahnsinn gerettet. Bruder Nicholas hätte heute noch dort in Lancaster gelebt, hätte mich nicht die verzweifelte Bitte von Eddie Boß erreicht, meinem Schiffsgefährten aus den Reihen der Transpops, dessen Stamm von der territorialistischen Regierung angegriffen wurde. Ich konnte ihm die Hilfe nicht verweigern. Ich verließ die sichere Zuflucht und nutzte meine traurige Berühmtheit, um in die Politik zu gehen. Als Senator des nördlichen Englands und später als GenSek gelang es mir, die Umsiedlungen zu stoppen.

Ungeachtet aller meiner Wünsche hatte ich seitdem stets ein politisches Leben geführt. Nach dem Port-of-London-Skandal trat ich zurück und war froh darüber. Dann saugte mich der Transpop-Aufstand von 2229 in seinen Strudel des Wahnsinns. Mir blieb keine Wahl; mein Sohn Philip war in die Sache verwickelt worden und von zu Hause weggelaufen. Sein Leben bedeutete mir mehr als das eigene. Ich glaubte, daß es heute noch so war, ungeachtet dessen, was aus ihm geworden war.

Als der Aufstand beigelegt war und ich sah, welche Einstellung die Partei der Territorialisten gegenüber unseren städtischen Massen hegte, blieb mir nichts anderes übrig, als mich erneut für die Wahlen zum GenSek aufstellen zu lassen.

Ich zog mir rasch die Jacke über und humpelte zum Büro des Kommandanten.

»Nervengas.« Hazen zeigte mit einem dicken Finger auf den Holoschirm. »Ein tödliches Gift.«

Benommen sank ich auf meinen Stuhl. Ich hatte etwas Derartiges befürchtet, und doch warf mich die Bestätigung fast um. Ich griff nach Strohhalmen. »Wurde das Brechmittel verunreinigt?« Ich starrte auf den Bildschirm.

»Nein, Sir. Es ist konzentriertes Nervengas. Wäre ein Behälter davon im Speisesaal geöffnet worden, hätte das uns alle das Leben gekostet.«

»Gregori sagte, Booker hätte denselben Behälter vorher benutzt.«

»Seinen Kadetten geht es gut. Ich habe Anselm losgeschickt, um das zu überprüfen.«

»Wo wird das Brechmittel hergestellt?« fragte ich.

Er machte ein grimmiges Gesicht. »Ich habe beim Hersteller angerufen. Die Chemgen Corporation ist auf die Versorgung von Krankenhäusern spezialisiert. Sie behaupten, selbst wenn sie einen Fehler gemacht hätten, würden sie nichts produzieren, was so schnell zum Tod führt.«

»Und der Behälter?«

»Daran habe ich schon gedacht. Chemgen produziert seine eigenen.«

Ich blickte ihm in die Augen. »Kommandant, ist Ihnen klar, was Sie da sagen?«

»Ja, Sir. Es war Absicht.«

Einen Moment lang schwiegen wir. Dann knallte ich mit der Faust auf den Tisch. »Dieser Sergeant, der heute morgen den Anzugsraum benutzt hat ... Booker, nicht wahr? Schicken Sie ihn und Gregori zur P und D!«

»Sir, das können wir nicht.«

»Kadetten sind umgekommen.«

»Aber wir haben keine Indizien. Überhaupt keine.«

»Beide haben den Behälter benutzt.«

Hazen holte tief Luft. »Das ist kein Indiz für ein Verbrechen, Sir, und Sie wissen es!«

Ich preßte die Kiefer zusammen. Es war lange her, daß jemand mir gegenüber einen solchen Ton angeschlagen hatte. Nach einer Weile legte sich meine Wut.

Er hatte recht.

Ein Beschuldigter hatte nicht das Recht zu schweigen, jedenfalls seit dem Zeugnisgesetz von 2026 nicht mehr. Falls Indizien gegen ihn sprachen, konnte man ihn zu einem Polygraph-und-Drogen-Verhör schicken. Wies die Prüfung nach, daß er die Wahrheit gesagt hatte, ließ man die Anklagen fallen. Falls er unter dem Zwang der ausgeklügelten Medikamente das Verbrechen gestand, wurde dieses Geständnis natürlich als Beweismittel zugelassen.

Damit die Behörden jedoch nicht einfach im Bewußtsein eines Gefangenen herumfischten, drückte sich das Gesetz in einem Punkt ganz deutlich aus: Unabhängig davon mußten Hinweise auf die Schuld vorliegen, ehe man eine P und D anordnen konnte.

Ich seufzte. »Tut mir leid. Verpassen Sie Booker Stubenarrest, bis wir das geklärt haben. Und rufen Sie den Fähnrich, ja?«

Zusammen quetschten wir den unglücklichen Anselm aus, bis er schweißgebadet war und seine Lippen allmählich zitterten. Endlich gab ich nach. Der Junge sagte die Wahrheit: Ihm war nichts Ungewöhnliches aufgefallen, ehe die Kadetten zu Boden gingen, und er hatte keinen Grund, Gregori oder sonst jemanden zu verdächtigen.

»Verzeihung, Sir?« Er wandte sich an den Kommandanten.

»Ja?«

»Könnten Sie mir sagen, worum es hier eigentlich geht?«

Hazen und ich wechselten erstaunte Blicke. Stellten Fähnriche ihren vorgesetzten Offizieren neuerdings Fragen? Was wurde nur aus der Flotte? Der Kommandant lief rot an und holte tief Luft, aber ich mischte mich ein. Es gab keinen Grund, warum es der Junge nicht erfahren sollte. »Die Kadetten sind keinem Unfall zum Opfer gefallen. Es war Mord.«

»O nein!« Der gequälte Schrei des Jungen kam aus tiefstem Herzen.

»Nervengas.«

»Aber wieso?«

»Wir haben keine Ahnung.« Abrupt setzte ich hinzu: »Irgendwelche Ideen?«

»Allmächtiger Gott, das ist unmöglich! Jimmy Ford? Santini? Wer sollte die umbringen wollen?« Seine Augen waren naß. »Ronny Eiken hatte gestern erst Geburtstag.«

»Sie dürfen es niemandem sagen«, erklärte ich. »Es ist sehr wichtig, daß die Nachricht nicht durchsickert.«

»Aye aye, Sir.«

Ich blickte zum Kommandanten hinüber. »Besondere Aufgaben?« Man konnte den Jungen von den übrigen Fähnrichen isolieren, um jede Versuchung zum Tratschen auszuschalten.

Hazen machte sich Ehre, indem er den Kopf schüttelte. »Mr. Anselm ist Offizier, und sein Wort ist genug.«

Ich wurde rot und akzeptierte den unausgesprochenen Tadel, wohl wissend, daß ich ihn verdient hatte. Das Wort eines Flottenoffiziers war bindend. Die ganze Dienstgattung war auf Ehre gegründet. Wäre ich nicht so erschüttert gewesen durch die blutbefleckten Kinder, die ich auf dem Rasen hatte liegen sehen, hätte ich mich daran erinnert, daß ich es hier mit meiner geliebten Raumflotte zu tun hatte, keiner Bande unmoralischer Politiker.

Hazen bekam Mitleid. »Entlassen, Mr. Anselm.«

Der Junge ergriff die Flucht.

Ich räusperte mich. »Befragen wir die Sergeanten.«

»Gregori hat uns seine Geschichte bereits erzählt.«

»Dann hören wir sie uns noch mal an.« Und das taten wir. Während seines Vortrags musterte mich Sergeant Gregori mit ausgesprochener Feindseligkeit. Ich konnte es ihm nicht verübeln.

»Wie ich schon sagte, Sir, habe ich keine Ahnung, was schiefgegangen ist. Der Behälter war fertig montiert, und alles sah aus, wie es sollte.«

»Hatten Ihre Kadetten Streit untereinander oder mit anderen Hallen?«

Er ballte die Fäuste, beherrschte sich aber. »Kommandant, darf ich offen reden?«

Hazen nickte.

»Niemand hat meine Kadetten gehaßt, weder in Krane noch irgendeiner anderen Halle. Selbst wenn er GenSek ist – wie können Sie solchen Unsinn nur ertragen?«

»Sergeant!« Der Kommandant war schockiert.

»Ich habe genug! Stellen Sie mich vor ein Kriegsgericht, wenn Ihnen das nicht gefällt!« Gregori brach ab und atmete schwer.

Hazen blinzelte. »Ich habe Verständnis für Ihre Gefühle, aber GenSek Seafort und ich müssen herausfinden ...«

Jemand klopfte an die Tür. Ein atemloser Fähnrich salutierte und nahm Haltung an. »Fähnrich Andrew Payson zur Stelle, Sir. Sergeant Booker hält sich nicht in der Valdez-Halle auf. Sein Kadettenkorporal hat ihn seit dem Mittagessen nicht mehr gesehen.«

»Das Tor!« knurrte ich Hazen an.

Heftig drückte er die Nummer in seinen Rufer. Nach dem Gespräch stand er langsam auf. »Booker hat sich früh am Nachmittag abgemeldet. Dieser gottverdammte Mist ...«

»Lästern Sie nicht!« fauchte ich.

»... kerl! Dieser beschissene Hurensohn! Dieser ...«

»Das reicht!« Ich knallte mit der Faust so heftig auf den Tisch, daß mir die Hand weh tat. »Sarge, wir müssen uns bei Ihnen entschuldigen.«

»Verdammt richtig!« Gregori schien bereit, mich über den Tisch hinweg anzugreifen. Ich mußte seinen Mut bewundern. Sowohl der Kommandant als auch ich hätten ihn fertigmachen können.

Der Fähnrich blickte von einem zum anderen, als hielte er uns alle für verrückt.

Der Rufer klingelte. Der Kommandant brummte einen Kraftausdruck und nahm ab. Nach ein paar Worten reichte er mir den Apparat.

»Sir? Hier Branstead. Haben Sie schon mal von einer Öko-Aktionsliga gehört?«

»Ich bin beschäftigt, Jerence. Kann das nicht warten?« Noch während ich das sagte, wußte ich, daß ich unrecht hatte. Mein Stabschef hätte mich nicht gestört, wäre es nicht dringend gewesen.

»Wir haben ein Kommuniqué erhalten. Sie behaupten, sie hätten ein halbes Dutzend Kadetten der Akademie getötet.«

Die Knöchel der Hand, mit der ich den Rufer hielt, wurden weiß. »Weiter!«

»Solange Sie weiterhin Geld für kolossale Fehlinvestitionen wie die *Galactic* verschwenden – so heißt es dort –, während der Meeresspiegel weiter steigt, schlagen sie erneut zu. In diesem Stil fahren sie noch seitenlang fort.«

»Diese Mist ...« Ich brachte meine umherwirbelnden Gedanken unter Kontrolle. »Halten Sie die Sache unter Verschluß, solange Sie können. Und holen Sie mich hier ab, ehe die Medien von meinem Besuch erfahren und aus der Akademie einen Zirkus machen.«

»Tut mir leid, Sir. Ich erhielt eine Kopie des Kommuniqués von *Holoworld*. Dort möchte man einen Kommentar von uns und die Bestätigung, daß Sie sich in Devon aufhalten. Die Aktionsliga sagt, sie hätte während Ihres Besuchs zugeschlagen, um zu demonstrieren, daß niemand vor dem Zorn des Volkes sicher ist. Sie hätten vierundzwanzig Stunden Zeit, um einen Politikwechsel zu verkünden, oder sie würde erneut ohne Rücksicht auf Menschenleben zuschlagen.«

Ich fluchte lange und ausdrucksstark.

Als ich wieder ruhig wurde, sagte Branstead: »Ich schicke Ihren Heli.«

»Nein, ich bringe das hier zu Ende.« Ich schluckte Galle hinunter; mein Besuch hatte ahnungslosen Kindern das Leben gekostet. Ich scherte mich einen Dreck um die eigene Reputation. Durch mein Fortgehen hatte ich nur die Akademie und die Flotte schonen wollen. Falls die Nachrichten aber schon durchgesickert waren, spielte meine Anwesenheit hier auch keine Rolle mehr.

»Ich schicke den Heli trotzdem; ich möchte Tilnitz in Ihrer Nähe haben. Die Sicherheit hat keinerlei Kenntnisse über eine Öko-Aktionsliga. Wer immer dahintersteckt –

falls er auf der Akademie zuschlagen kann, sind Sie nicht sicher.«

»Nein. Das hatten wir doch schon.«

Für einen Moment dachte ich, er würde Einwände erheben, aber zu meiner Erleichterung setzte er mir nicht weiter zu. Vielmehr sagte er: »Ich habe Winstead beim Umweltrat angerufen, und man steht dort ebenfalls vor einem Rätsel.«

»Zweifellos.« Mein Sarkasmus war nicht zu überhören. Der Rat wusch seine Hände immer in Unschuld, egal, was seine Kohorten an Scheußlichkeiten verübten. »Stöbern Sie die Ökoliga auf. Ziehen Sie alle Register.«

»Ich informiere den Geheimdienst der Raumflotte. Die Akademie fällt schließlich in deren Zuständigkeit. Nebenbei: Ich werde eine Pressekonferenz einberufen müssen. Sobald Sie zurück sind.«

»Carlotti soll das machen.« Es war mir lieber, wenn mein beleibter Pressesekretär die Mediengeier beschwichtigte.

»Verzeihung, aber diese Geschichte ist dafür zu groß. Man wird Sie erwarten.«

Ich seufzte. »Zögern Sie es hinaus, solange Sie können.« Ich unterbrach die Verbindung.

»Nun.« Ich funkelte Gregori an. »Sind Sie ein Umweltschützer, Sarge?«

»Nein.« Sein Blick war verächtlich.

»Das hatte ich auch nicht erwartet.«

Der Rufer klingelte wieder. Ich unterdrückte das Bedürfnis, ihn zu zerschmettern. Hazen hörte einen Augenblick lang zu und legte auf. »Das war die Krankenstation. Die Autopsien haben den Laborbericht bestätigt.«

Ich grunzte.

»Kehren Sie zu Ihren Kadetten zurück, Sarge. Kommandant, rufen Sie unverzüglich Bookers Akte auf. Schicken Sie Branstead eine Kopie. Fähnrich, Sie sind entlassen.«

Sergeant Gregori bedachte mich mit einem eisigen Blick, als er davonstolzierte. Na ja, ich war nicht überrascht, trotz meiner Entschuldigung. Ich hatte ihn praktisch des Mordes beschuldigt.

2. Kapitel

Der Wind war kühl, aber die Sonne strahlte mit kräftigender Wärme vom Himmel. In T-Shirt, verblaßter Arbeitshose und meinen üblichen abgewetzten Stiefeln lief ich mit ausgreifenden Schritten bergan. Der Atem ging gleichmäßig, das Herz klopfte kräftig, und der ganze Körper prickelte in der Herrlichkeit eines Frühlingsmorgens in Wales. Vater erlaubte mir nicht oft, die Nacht bei Jason zu verbringen, und ich sollte ihn lieber nicht verärgern, indem ich zu spät zu meinen häuslichen Pflichten zurückkehrte.

Ich lief schon seit einer Viertelstunde von Jasons Haus zu unserem. Endlich umrundete ich die Hügelkuppe. Dort unter mir lag unser kleines Haus, und der Morgennebel stieg wie ein Gespenst vom steinigen Hof auf. An unserem Zaun vorbei führte die gewundene Bridgend-Straße nach Cardiff.

Ich blieb stehen, um Luft zu holen, die Hände auf den Knien. Im Windschatten des Hügels wuchsen dick die Disteln auf dem Hang, aber die Ostflanke war vor allem grasbewachsen und von den Schafen unseres Nachbarn kurz gehalten.

Vater hatte bestimmt schon den Tee aufgesetzt. In wenigen Augenblicken würde er auf die Uhr blicken, die Lippen mißbilligend gespitzt. Ich zockelte hangabwärts. Schwerkraft und Jugend beschleunigten meine Schritte. Aus raumgreifenden Schritten wurde ein flotter Trab, aus dem Trab ein freudiger Galopp. Die Haare flatterten im Wind. Der Atem ging leicht. Ich war jung, glücklich und konnte alles tun.

Ich schrie entzückt auf und erwachte.

Ich war in Devon, in der Gästesuite der Flottenakademie.

Fünfzig unwiederbringliche Jahre trennten mich von dem Jungen, der den Hang hinabgerannt war.

Ich klammerte mich am Kopfkissen fest wie an einem Rettungsring, überspült von einer Woge des Bedauerns, die so heftig schmerzte, das sie mich zu einem Ort ohne Wiederkehr mitzureißen drohte.

Als sie endlich vorüberging, war ich schweißgebadet. Ich stand auf, stützte mich schwer auf den Spazierstock und humpelte ins Bad. Lange stand ich unter der heißen, entspannenden Dusche und betrauerte den Jungen, der ich früher gewesen war.

Es war früh am Nachmittag, kurz nach dem Mittagessen. Sergeant Booker blieb unauffindbar. Schwärme von Medienleuten kampierten vor dem Tor der Akademie.

Ich trank Kaffee und war noch gereizt vom unterbrochenen Schlaf. »Sie hatten einen Umweltverrückten im Stab und wußten nichts davon?«

»Es ist nicht illegal, wenn man Sympathien für ...«

Ich knallte mit der Faust auf den Tisch und verspritzte Kaffee über Sergeant Bookers Akte. »Seit elf Jahren ein Öko, und Sie hatten keine Ahnung?«

Hazen und LeBow sahen sich an. »Er war nicht besonders freimütig, Herr GenSek. Tatsächlich haben wir, von einigen Pamphleten in seiner Kabine abgesehen, keinerlei Hinweis darauf, daß er ...«

»Bah.« Ich winkte ab. »Filtern Sie diese Leute aus! Es heißt, die Nieren von Bookers Schwester hätten nach dem Glastonbury-Industrieunfall versagt. Seine Mutter starb zwei Jahre später aus demselben Grund. Wenn das nicht ausreicht, um ihn als Umweltfanatiker zu ...«

Hitzig erwiderte Hazen: »Mein Bruder ringt mit Hautkrebs, und wir denken, daß die Ursache im Kalifornischen Schauer liegt.« Unfähige Techs hatten die Ausfallwerte der Ozonschicht über Los Angeles sechs Tage in Folge falsch abgelesen, und Tausende waren ahnungslos hoher Gammastrahlung ausgesetzt worden. »Bin ich deshalb Terrorist? Möchten Sie, daß *ich* zurücktrete?«

»Natürlich nicht.« Ich trommelte auf den Tisch und zwang mich, einen vernünftigen Ton anzuschlagen. »Verzeihen Sie. Ich denke, wir können nicht jeden verrückten Ökofreak als Sicherheitsrisiko bezeichnen, aber ...« Aber sie *waren* eins, wie ich wußte. Selbst der eigene Sohn hatte mich verraten. Er ... Ich verbannte den Gedanken.

LeBow übernahm es, seinen Kommandanten zu verteidigen. »Sir, diese Leute sind zu einem mächtigen Faktor geworden. Über dreißig Umweltschützer wurden in die Vollversammlung gewählt, und der Allmächtige allein weiß, wie viele Supras oder Territorialisten für Umweltgesetze stimmen würden, wenn sie die Gelegenheit hätten. Ja, ein paar sind verrückt, aber insgesamt sind Winsteads Leute respektabel. Wir haben keinen Grund für den Verdacht, sie ...«

»Belehren Sie mich nicht!« knurrte ich. Ich watete schon zu lange durch die politische Gosse und kannte alle ihre Bewohner.

»Trotzdem.« Hazen klang mißmutig. »Selbst wenn der Verlust der Familie Booker um den Verstand gebracht hat, wie konnte er nur seine Kadetten umbringen?«

»Nicht seine. Gregoris.«

»Das ist dasselbe.« Drillsergeanten würden ihr Leben für ihre Schützlinge geben. Im Verlauf der Jahre hatten es viele getan.

Mit dieser bitteren Bemerkung endete unsere Konferenz. Der Kommandant, drei Leutnants und eine Handvoll Fähnriche begleiteten mich zum Startplatz. Ich wartete gereizt darauf, daß die Rotorblätter des Helis langsamer wurden. Vier Typen von der Sicherheit sprangen mit grimmigen Gesichtern aus der Maschine und hielten die Waffen bereit, um mich vor Gefahren zu schützen. Mark Tilnitz leitete diese Abteilung persönlich. Von all den Sicherheitsleuten, die ich in Jahren des politischen Lebens hatte ertragen müssen, war er noch der erträglichste.

Ich rückte mir die Krawatte zurecht und empfand ein seltsames Widerstreben, an Bord zu gehen.

Hazen sagte: »Wir verdoppeln die Sicherheitsmaßnahmen auf dem Stützpunkt, Sir. Es wird keine weiteren Zwischenfälle geben.«

»Sie können sich nicht vor allem schützen.«

»Ich kann es verdammt noch mal versuchen.« Bei der Ausdrucksweise des Kommandanten war mir nicht wohl; zu meiner Zeit als Fähnrich war mehr als nur ein Offizier für Blasphemie entlassen worden. Heutzutage hielt man sich immer weniger streng an die Politik der Kirche, obwohl ich mir wünschte, es wäre anders.

Unsere Staatsreligion war eine Mischung aus protestantischem und katholischem Ritus, wie sie sich aus der Großen Jahwistischen Wiedervereinigung entwickelt hatte. Diese religiöse Einheit wäre nicht möglich gewesen, hätte nicht der Letzte Krieg Afrika und Asien verheert. Die christliche Wiederbelebung eines frisch erstarkten Europas und auch Amerikas führte letztlich zu dem wunderbaren Konklave, aus dem die Mutter Kirche hervorging, geleitet vom Heiligen Rat der Patriarchen. Nachdem die Armeen des allmächtigen Gottes die ketzerische Pfingstbewegung unterdrückt hatten, wurde die Kirche von der Regierung unserer Vereinten Nationen angenommen und entwickelte sich zu ihrem Fundament.

Der Rat der Patriarchen verfügte heute nicht mehr über die Macht vergangener Tage, repräsentierte aber weiterhin die wiedervereinigte Kirche. Ich hatte die Aufforderung erhalten, mich in zwei Tagen mit ihm in New

York zu treffen, aber die Tagesordnung hatte man mir nicht mitgeteilt.

Vor dem Tor dröhnte ein Heli wagemutig dicht an die Flugverbotszone über der Akademie heran. Er trug die Insignien von *Newsworld.*

»Sie sollten lieber aufbrechen, Sir. Man hat uns wahrscheinlich im Visier einer Kamera.«

»Ja.« Mein Fuß blieb jedoch auf der Treppenstufe kleben. »Diese Kadetten aus der Krane-Halle. Gehen Sie sachte mit ihnen um.«

»Das werde ich.«

»Sie haben eine Menge ...« Ich seufzte, als ich mich an das törichte Versprechen erinnerte, das ich Arlene gegeben hatte. Ich winkte Tilnitz heran. »Warten Sie hier. Ich bin gleich zurück.«

Ich untersagte dem Kommandanten und seinen Offizieren, mir zu den Unterkünften zu folgen, aber Hazen bestand darauf, mir Fähnrich Anselm als Helfer mitzuschicken. Es war leichter, mich dem zu fügen, als weitere Einwände zu erheben.

Wenige Augenblicke später stand ich vor der Krane-Halle und atmete schwer von der Anstrengung. Der Schlafsaal sah immer noch so aus, wie ich ihn in Erinnerung hatte: langgestreckt, niedrig, aus Holz errichtet, vier Schritte über dem Boden. Ich hatte zwei Jahre in ...

»Oh, Sie sind es.« Mit finsterer Miene stand mir Sergeant Gregori an der Tür gegenüber. Er hatte mir eindeutig noch nicht verziehen.

»Darf ich eintreten?«

»Wenn es sein muß.« Erkennbar widerwillig gab er mir den Weg frei.

»Was haben Sie ihnen gesagt?«

»Daß wir der Sache auf den Grund gehen.«

Eine junge Stimme ertönte: »Achtung!« Fünfundzwanzig Kadetten in Grau ließen alles stehen und liegen, was sie taten, und bildeten hastig eine Reihe.

Fünf Betten waren ordentlich abgezogen worden, die Habseligkeiten der Toten ordentlich auf die Matratzen gepackt. Irgendwann im Verlauf des Tages würde sich jeder enge Freund ein Erinnerungsstück aussuchen. Dann gingen die restlichen Sachen nach Hause zu den trauernden Eltern. So hielt es die Raumflotte.

»Kommando zurück.« Ich wartete, bis sich die Kids entspannt hatten. »Ich bin gekommen, um etwas zur gestrigen Tragödie zu sagen. Ihr Kadetten müßt verstehen ...«

Sie würden es nie verstehen. Der Tod war etwas, was anderen zustieß. Nicht Kids wie ihnen. Durch den Schleier der Jahre erinnerte ich mich an das Gefühl der Unsterblichkeit, das mir Auftrieb gegeben hatte – bis zu dem entsetzlichen Tag, an dem ich meinen ersten und engsten Freund verlor. Jason lag in Cardiff begraben. Jahrzehnte waren vergangen, seit ich das Grab zuletzt besucht hatte.

»Du, Junge«, wandte ich mich an den Kadettenkorporal. »Wie heißt du?«

»Danil Bevin, Sir.« Wieso kam mir der Name so vertraut vor? Ich versuchte mich zu konzentrieren, gab es wieder auf. Er war nicht älter als vierzehn. Erkannte er mich? Nein, Kadetten nannten jeden ›Sir‹. Alles, was sich bewegte.

»Ich bin Generalsekretär Seafort.« Er sperrte den Mund auf, als es langsam zu ihm durchdrang. »Hast du sie gut gekannt?« Natürlich hatte er das, du Idiot! Sie waren Saalgefährten gewesen. »Ich meine, besonders gut?«

Die Augen des Jungen glänzten feucht. »Jimmy – ich meine, Kadett Ford, Sir. Er und ich ...«

»Wer sonst?« Ich sah mich um.

»Santini hat mir in Navigation geholfen.« Das kam von einem schüchternen Mädchen.

»Ronny Eiken und ich waren auf derselben Schule.«

Langsam, als schämten sie sich, bekannten sich die Kids zu ihren Freundschaften.

Ich sagte: »Weder ich noch die Raumflotte können irgend etwas tun, um euren Verlust wettzumachen. Es tut mir leid.« Das klang unpassend. »Wir haben es nicht geschafft, euch zu beschützen. Ich entschuldige mich dafür im Namen der Akademie.«

Sarge sperrte den Mund auf. Meine Worte grenzten an Ketzerei. Kadetten waren vom Rang her einfach das letzte. Niemand entschuldigte sich jemals bei ihnen.

»Sir?« fragte der Kadettenkorporal kühn. Sarge runzelte die Stirn. Kadetten redeten nur, wenn sie angesprochen wurden.

»Ja, Bevin?«

»Was ist mit ihnen passiert? War es Verunreinigung?«

»Wir gehen der Sache auf den Grund, das verspreche ich euch. Und sobald wir das geschafft haben, erklären wir alles, so gut wir können.« Das klang wieder unpassend. Nein, mehr als unpassend; es war eine glatte Lüge. Wir wußten genau, was passiert war. Schwer setzte ich mich auf die graue Decke eines perfekt zurechtgemachten Bettes. »Versammelt euch um mich, ja?« Ich wartete.

»Ford und Santini und die anderen sind ermordet worden. Ökoleute haben den Übungsraum mit Nervengas verseucht. Man hat eure Saalgefährten als Symbole ausgesucht, versteht ihr?« Es fiel mir nicht leicht, mich mit ihren neugierigen Blicken konfrontiert zu sehen, und ich gab meiner Frustration die Zügel frei. »Ökofanatiker haben sie benutzt, um mir eine Lektion zu erteilen. Das hat man davon, wenn man Dissidenten erlaubt, ihr Gift öffentlich zu predigen.«

»Das ist Blödsinn!«

Mit einem Satz durchquerte Gregori den Raum, packte Bevin am Genick und gab ihm kräftig eins um die Ohren. »Erweise deinen Vorgesetzten gefälligst Respekt, du unverschämter kleiner ...«

»Er soll reden.« Ich sagte es leise, aber es drang scharf wie ein Messer durch.

Sarge schubste den Kadettenkorporal auf mich zu. Der Junge stolperte und fing sich, indem er sich an meinen Knien festhielt. Ich zuckte zusammen. »Nun?«

Bevin holte tief Luft und sprudelte los: »Es sind keine Umweltschützer, sondern Terroristen. Sehen Sie den Unterschied denn nicht?«

»Bist du ein Umweltschützer?«

»Ja! Und mein Vater auch. Wollen Sie behaupten, das wäre illegal?«

»Verdammte Walschmuser«, brummte ich. »Mit euch kann man nicht reden.«

»Vertreter des Umweltrates sind in die Vollversammlung gewählt worden. Die Leute unterstützen sie. Wir …«

»Ein paar.«

»… brauchen weder Bomben noch Nervengas!« Unsere Blicke bohrten sich ineinander.

Es war still im Saal. Graugekleidete Jungen und Mädchen und ihr Sergeant standen wie gebannt da und verfolgten mit, wie ein Kadett dem Chef der Weltregierung Widerworte gab.

Ich räusperte mich. »Fünf von euch sind umgekommen. Ohne die Umweltschützer …«

»Terroristen, Sir!«

»Kannst du es denn nicht begreifen, Junge? Es sind die Politiker, die den Mördern mit ihren öligen Reden den Weg bahnen, mit ihren Gesetzesvorlagen, die mehr auf den Beifall der leichtgläubigen Massen zugeschnitten sind als auf wirklichen Nutzen.« Ich ballte die Fäuste, als ich mich an den endlosen Ärger im Senat erinnerte, an die lärmenden Heißsporne in der Vollversammlung.

Der Wiederaufbau nach dem Fischkrieg erforderte sowohl Zeit als auch grenzenlose Ausgaben. Wir hatten den Kolonien gegenüber ebenso Verpflichtungen wie unserem eigenen Volk gegenüber. Und man konnte einfach nichts tun, um das wiedergutzumachen, was jahrhundertelange Vernachlässigung der Umwelt angerichtet hatte. Land und Wetter waren in der Hand des Allmächtigen. Die Umweltschützer störten die Regierungsarbeit, verursachten gewaltige Ausgaben, spalteten Familien ... Wieso begriffen sie das nicht?

»Denken Sie das wirklich, Sir?« Das Gesicht des Jungen drückte Mißbilligung aus. Mehr als das: Er fühlte sich verraten.

Mein Trotz brach in sich zusammen. »Ich weiß nicht mehr, was ich denke. Ich bin müde, und ich übe das Amt des GenSeks schon zu lange aus.« Ich lehnte mich auf den Spazierstock und stemmte mich auf die Beine. »Ich fliege jetzt nach Hause.«

Bevin warf einen kurzen Blick auf seinen Sergeanten und sah wieder mich an. »Sir, es tut mir leid, falls ich ...«

»Dafür ist es zu spät.« Ich stapfte zur Tür.

Der Fähnrich draußen nahm Haltung an. Mir fiel auf, daß seine Augen gerötet waren. »Worüber plärren Sie denn?«

»Nichts, Sir.« Anselm hielt das Rückgrat stocksteif und den Bauch fest eingezogen.

»Stehen Sie bequem«, knurrte ich. Der Fähnrich war nicht schuld an der Unverschämtheit des Kadettenkorporals. Mit brutaler Gewalt zwang ich mich zu einem freundlichen Tonfall, als ich losmarschierte. »Den Rohrstock erhalten?« Fähnriche und Kadetten galten als junge Gentlemen und wurden, im Gegensatz zu gewöhnlichen Matrosen, auch körperlich gezüchtigt.

»Nein, Sir.«

»Was dann?«

»Es ist nur ...« Er schluckte. »Gestern habe ich Santini in den Raumanzug geholfen. Sie hatte immer Schwierigkeiten mit den Klammern. Immer.«

»Sie waren ... Freunde?« Die Flotte riet davon ab, zu

fraternisieren, aber ich erinnerte mich an einen Fähnrich, der vor langen Jahren meine Kadettenzeit erträglich gemacht hatte.

Kläglich nickte er. »Was sollen wir nur tun, Sir?« Es war ein Flehen.

»Unsere Pflicht. Das ist die einzige Antwort, die ich kenne.« Und sie war nicht annähernd genug. Meine Hände bewegten sich wie aus eigenem Antrieb. »Komm her, Junge.« Sachte zog ich seine roten Locken an meine Brust.«

»Es ist nicht ... wir waren nicht ...«

»Ich weiß.«

»Sie hat sich *so sehr* bemüht!«

»Das tun sie alle.«

Nach einer Weile befreite er sich von mir und scharrte mit seinem blankpolierten Schuh. »Sie hat sich über meine Haare lustig gemacht.«

»Wagemutig, für einen Kadetten.« Wir gingen weiter.

»Sie wußte, daß es mir nichts ausmachte.« Er zog die Nase hoch. »Sie dort liegen zu sehen ...«

»Kann ich mir vorstellen.«

»... wie ihr das Blut aus dem Mund gelaufen ist.« Ihn schauderte. »Warum nur, Sir? Warum mußte es so enden?«

»Ich weiß es nicht, Sohn.«

So leise, daß ich es fast nicht hören konnte, sagte er: »Ich werde sie vermissen.«

Wir kamen am Büro des Kommandanten vorbei.

»Sir?« Er deutete hinüber. »Zum Helistartplatz geht es dort entlang.« Ein Weg zweigte links ab.

»Ich weiß.«

Ich setzte den bisherigen Weg fort.

»Wohin gehen Sie?«

»Zu meinen Pflichten.« Als wir uns dem schmiedeeisernen Tor näherten, strich ich mir die Haare glatt und rückte die Krawatte zurecht.

Vor mir richtete ein Schwarm Mediengeier seine Kameras durch die Eisenstangen. Mein Gesicht war eine Maske aus Stein.

»Wir sind zu Hause, Sir.«

Blinzelnd wurde ich wach und blickte zum trüben Helifenster hinaus. Die Maschine stand bereits auf dem staubigen Beton des Helilandeplatzes auf meinem Washingtoner Grundstück.

Draußen vor den Mauern ließen rote Ahornbäume in der drückenden Julihitze die Blätter hängen. Das Grundstück schmiegte sich, von Alt-Washington aus hinter dem Fluß gelegen, in die Virginia-Berge, die in den erweiterten District of Columbia integriert worden waren. Das Anwesen war im Stil eines alten Südstaatengutes gehalten und mir nach meiner ersten Amtszeit als GenSek zum Geschenk gemacht worden, finanziert durch öffentliche Spenden.

Ein großes Herrenhaus mit sieben Schlafzimmern und reichlich Veranden und Vorbauten. Zu den Nebengebäuden gehörten Schuppen, ein Gewächshaus und ein kleines Cottage. Alles lag innerhalb schützender Mauern.

Ich hatte mich eisern geweigert, das unverdiente Geschenk anzunehmen, aber Arlenes gesunder Menschenverstand trug schließlich den Sieg davon. Wir brauchten ein Zuhause für P. T., und ich verfügte nicht über die geringsten Ersparnisse. »Du hast es verdient«, beharrte Arlene, und schlußendlich fügte ich mich.

Heute fand ich es lästig, zwischen hier und der Rotunde in New York zu pendeln, und tat es so selten wie möglich. Natürlich mußte ich, wenn die Vollversammlung tagte, wenigstens zeitweise zugegen sein, um meine Regierung gegen die schonungslosen elitären Politiker aus der Partei der Territorialisten und gegen die unter den unabhängigen Abgeordneten zu verteidigen, die uns aus Gewinnsucht im Stich ließen. Ein Mißtrauensvotum der Vollversammlung würde eine Regierung stürzen.

Zu anderen Zeiten jedoch nahm ich Arbeit mit nach Hause und empfing Delegationen und politische Verbündete in meinem behaglichen Unterschlupf. Falls den Wählern das nicht gefiel, konnten sie mich ja abwählen.

Wir hatten ein wahrhaft kompliziertes System entwickelt. Die Abgeordneten wurden in Wahlbezirken gewählt, die den einzelnen Regionen der Mitgliedsstaaten entsprachen, und nahmen ihr Mandat jeweils für vier Jahre wahr, es sei denn, die Regierung wurde durch ein Mißtrauensvotum gestürzt oder bekam ein wichtiges Gesetz nicht durch, oder der GenSek löste Senat und Vollversammlung auf und schrieb Neuwahlen aus. Der Senat andererseits hatte nicht die Vollmacht, der Regierung das Vertrauen zu entziehen, konnte aber Gesetze endlos blockieren. Die Senatoren, einer pro Nation, wurden für sechs Jahre gewählt und trieben einen mit ihrer Unabhängigkeit schier zum Wahnsinn.

Ich rieb mir die Augen. Ungeachtet aller Privilegien und Aufmerksamkeiten, die das Amt des GenSeks so reichlich mit sich brachte, waren Interkontinentalflüge ermüdend. Ich hatte in dem geräuschvollen Suborbitalflieger aus London zwei Stunden geschlafen, aber der alternde Körper sehnte sich nach mehr. Mit hilflosem Neid erinnerte ich mich an die gelenkige Gestalt, durch die ich mich als Fähnrich und später als Kapitän ausgezeichnet hatte. Unter Schlafmangel war ich damals förmlich aufgeblüht, oder zumindest hatte es den Anschein gehabt.

Ich gähnte. »Wo ist Arlene?«

Mark Tilnitz flüsterte eine Frage in sein Kehlkopfmikro und legte den Kopf auf die Seite, um sich die Antwort anzuhören. »Sie macht hinter den Holländern sauber, glaube ich.«

Was hieß, daß sie das Personal beaufsichtigte. Ich hätte einen Anfall bekommen, wenn ich gesehen hätte, wie sie selbst Tabletts voller Gläser herumtrug. Sowas hatten wir in unseren privaten Jahren genug getan. Es mußte schließlich *irgendeinen* Ausgleich für das Elend geben, ein öffentliches Amt auszuüben. Heute hatten wir Personal für Küche und Garten, aber ich duldete nicht, daß irgend jemand außer den Fähnrichen, die als meine Assistenten arbeiteten, auf dem Grundstück Büros unterhielt. Der Stab in der New Yorker Rotunde stand per Rufer, Netz und Fax mit uns in Verbindung.

Ich stapfte zur Veranda. Die verglaste Doppeltür meines Bürozimmers erwartete uns. Ich zögerte und entschied mich dann für die Tür in die sonnendurchflutete Halle, wo der Schreibtisch meines Adjutanten stand.

»... wie ein alter Löwe, der ein Rudel Wölfe stellt. Sehen Sie ihn sich nur an!«

»Ja, ich bin verantwortlich. Für meine Regierung, für die Flotte, für das Leben dieser armen Kadetten. Ich nehme diese Verpflichtung sehr ernst.«

»Was haben Sie jetzt vor?«

»Nach Hause fliegen und die Untersuchung in Gang setzen.«

»Und wenn Sie die Terroristen gefunden haben?«

»Wenn der allmächtige Gott will, besuche ich ihre Hinrichtung.«

»Oh, schön gesagt.«

»Er meint es ernst. Hoppla, er erteilt Vince Canlo das Wort.«

»Herr GenSek, die Unabhängigen fordern, daß die Finanzierung der Galactic *untersucht wird. Hatten Sie eine Absprache mit den Territorialisten getroffen?«*

»Passen Sie auf. Er hat die Antwort verpatzt.«

»Es bestand Übereinstimmung. Wir alle waren uns einig, daß wir eine starke Raumflotte brauchten, und die Finanzierung von Schiffen war der Weg zu diesem Ziel.«

Ein Ächzen. »Damit sind wir dran. Er hat eine Absprache zugegeben.«

»Der Alte lügt nicht, nicht mal wenn ... Oh! Herr GenSek!« Charlie Witrek, mein ernster junger Fähnrich, sprang auf. Langsamer dabei war Jerence Branstead, mein Stabschef. Er winkte sardonisch.

»Hallo Jerence.« Hier, wo ich vor neugierigen Holokameras sicher war, lockerte ich mir die Krawatte und zog die Jacke aus. Charlie nahm sie mir ab, um sie wegzuhängen.

»Herr GenSek, haben Sie vor, weitere Konzessionen an die allgemeine ökologische Stimmung zu machen, nachdem ...«

»Ich betrachte diese Frage als Beleidigung. Nein, wir weichen nicht vor Terroristen. Diese Leute sind verrückt, ein Rückfall in ein schändliches Zeitalter.«

Branstead nickte beifällig Richtung Bildschirm. »Gut ausgedrückt.«

»Unterstützen Sie die Forderung von Reichskanzler Mundt, die teuren Umweltschutzmaßnahmen weltweit erneut auf den Prüfstand zu bringen?«

»Nein. Es hat immer wieder Untersuchungen zu diesem Thema gegeben. Wir tun, was wir können. Mundt versucht nur die Dresdner Chipfabriken zu schützen, aber sie sind durch unsere Maßnahmen ohnehin nicht von Stillegung bedroht.«

Ich hatte mich um einen versöhnlichen Tonfall bemüht, wie ich mich erinnerte. Mundt war Supranationalist, Mitglied meiner eigenen regierenden Partei, gleichzeitig aber von der Idee besessen, die Industrie seines Landes vor Regulierung zu schützen. Zuzeiten konnte er schwierig sein. Und Widener, der britische Premierminister, sprach sich für wirkungsvollere Umweltschutzmaßnahmen aus und war dabei nicht weniger nachdrücklich. Als GenSek konnte ich in dieser Frage nur einem Mittelweg folgen. Die Welt diskutierte seit Jahrhunderten über die Ausplünderung der Natur, und ich sah keine Notwendigkeit, jetzt überstürzt zu handeln.

»*Betrachten Sie die Risse im Drei-Schluchten-Damm heute mit größerer Besorgnis, nachdem ...*«

»Schalten Sie das verdammte Ding ab.« Müde sank ich in einen Sessel.

»*... Veränderungen im Niederschlag den Stausee zu dreißig Prozent über der angegebenen Kapazität gefüllt haben?*«

Mein Bild verschwand vom Schirm.

»Das haben Sie gut gemacht, Sir«, sagte Witrek, mein Stabsfähnrich. Er fuhr sich mit den Fingern durchs Haar, obwohl wie immer alle Strähnen perfekt an Ort und Stelle waren. Nichts anderes hätte er je geduldet.

Ich funkelte ihn an. »Was täte ich nur ohne Ihre Zustimmung?«

Er grinste, kannte mich zu gut, um sich aus der Ruhe bringen zu lassen. »Wie ertragen Sie nur diese Aasgeier?«

»Ich halte mir die Nase zu.«

Charlie brachte mir Kaffee, stark und schwarz, wie ich ihn gern hatte.

»Danke.« Ein Fähnrich war kein Butler und sollte nicht als solcher behandelt werden, aber Witrek fand mit stiller Kompetenz immer einen Weg, sich nützlich zu machen, ohne daß man ihn darum bat.

Ich würde ihn vermissen.

Als hätte er meine Gedanken gelesen, fragte er: »Haben Sie sich meinen Nachfolger schon ausgesucht, Sir?«

»Wir arbeiten noch daran.«

»Ich könnte mir vorstellen, daß es schwierig ist.«

Falls ich jetzt schwieg, würde er das Thema fallenlassen, aber ich wußte, wie sehr er sich die Fortführung wünschte. »Nur zu, Charlie.«

»Ich meine, er muß schließlich findig, motiviert und geduldig wie Hiob sein ...« Sein Ton war fröhlich.

»Ja, das alles habe ich in den vergangenen zwei Jahren vermißt.« Das stimmte nicht, aber ich hatte Spaß an unserer Spielerei. »Irgendwelche Nachrichten erhalten, wohin Sie versetzt werden?«

Er verzog das Gesicht. »Noch nicht.« Zweifellos würde man ihn auf ein Linienschiff schicken. Ich konnte mich einmischen, würde es aber nicht tun, solange es nicht nötig wurde. Ich fragte mich, ob er sich um einen Posten auf der *Galactic* beworben hatte.

»Was steht heute nachmittag an?«

Charlie konsultierte seine Konsole. »Wir erwarten Mr. Carr um fünf. Er bleibt über Nacht.«

»Gut.« Trotz aller Müdigkeit lockerte ein Lächeln meine Züge auf.

Derek Carr, Nachkomme einer alten Familie von Hope Nation, war ein arroganter Obie von sechzehn Jahren gewesen, als er zum erstenmal als Passagier auf der *Hibernia* mitfuhr. Nach dem Tod unserer Offiziere hatte er sich auf meinen Aufruf gemeldet und war Kadett geworden, eine Rolle, die ihm im Schatten meiner Unsicherheit und mangelnden Erfahrung schwerfiel. Trotzdem hatte ich ihn sobald wie möglich zum Fähnrich befördert. Gemeinsam bereisten wir seine Kolonie und wurden im Verlauf der Jahre zu festen Freunden.

Jerence Branstead warf vorsichtig ein: »Arlene hat einen kleinen Empfang für Mr. Carr vorbereitet.«

Ich ächzte. Meine Frau wußte, wie wenig Freude es mir bereitete, den Gastgeber zu mimen. Ich kam mit Besuchern in Staatsangelegenheiten zurecht; solange ich zur Wahl anstand, hatte ich kein Recht, mich darüber zu beschweren. Aber auf einer privaten Feier fühlte ich mich so fehl am Platz wie ein Fähnrich in einer Versammlung von Kapitänen.

»Aber Jeff Thorne wurde auch eingeladen.«

»Oh.« Ich lächelte. Admiral Thorne, mein Mentor aus der Zeit auf der Akademie, war als Stabschef Bransteads

Vorgänger gewesen. Heute war er im Ruhestand und lebte in London. Ich sah auf die Uhr. »Ich ziehe mich lieber um.« Als ich die Treppe hinaufstieg, stützte ich mich aufs Geländer. Man hatte mir angeboten, einen Fahrstuhl zu installieren, aber ich wollte davon nichts hören. Ich war schon alt genug, auch ohne den alten Mann zu spielen. Als nächstes schickten sie mir noch jemanden, der mir den Mund abwischte, wenn ich sabberte.

»Es heißt, sie wäre riesig.« Eine Frau von ungefähr dreißig, die in einem malvenfarbenen Overall und Amethystarmbändern prächtig aussah. Verzweifelt zerbrach ich mir den Kopf nach ihrem Namen.

Mit dem Blick suchte ich Arlene. »Zum Vergleich: Mein erstes Schiff, die *Hibernia*, beförderte hundertdreißig Passagiere. Die *Galactic* nimmt über dreitausend auf.«

»Das ist ja eine kleine Stadt! Ihr Kapitän muß sich wie ein Kolonialgouverneur fühlen.«

»Kapitän Stanger?« Ich war ihm nur einmal begegnet; die erste Zeit seiner Karriere war er ständig zu der einen oder anderen Kolonie unterwegs gewesen, und über einen Großteil der späteren Dienstzeit hatte er bei der Admiralität in Lunapolis gearbeitet. »Ich kenne ihn nicht richtig.«

»Warum haben Sie ihm dann den Posten gegeben?«

»Das habe ich nicht. Ich bin nur GenSek.« Die Admiralität hatte Ulysses Stanger für die *Galactic* ausgewählt, und ich sah keinen Grund, diese Entscheidung umzustoßen. Zum Teil hatte man ihn aufgrund seiner Erfahrung gewählt, und zum Teil, wie ich vermutete, weil er politische Verbindungen hatte.

Wieder mal bedauerte ich, daß die Flotte ihre Ressourcen auf ein Schiff konzentriert hatte. Wenigstens diente es zahlreichen Funktionen. Mit vollen Laderäumen und sorgfältig ausgewählten Passagieren konnte es den Grundstein zu einer neuen Kolonie legen. Seine Geschützbestückung reichte, um jeden nur vorstellbaren Kolonialaufstand niederzuschlagen. Und mit seinen Fusionsantrieben der neuesten Generation erreichte es eine interstellare Geschwindigkeit, die für seine Aufgaben genügte, wenn sie auch nicht annähernd an die eines Rennschiffes heranreichte. Aber daran konnte man nichts machen; selbst Rennschiffe schafften es nur durch Verzicht auf Masse, eine übliche Reisezeit um Monate zu unterschreiten.

Arlene hakte sich bei mir unter. Ihr in gebrochenem Weiß gehaltenes Abendkleid hatte einen Ausschnitt am Rücken, der die weichen Kurven ihrer Schulterblätter betonte. »Nick findet kein Ende mehr, wenn er von der Flotte spricht«, sagte sie und rettete mich damit. »Gestatten Sie, daß ich ihn herumführe, Lois.«

Wir spazierten davon. »Danke, Süße.«

»Du hattest wieder diesen glasigen Blick.«

Sie deponierte mich neben einigen Typen, die sich vor dem Marmorkamin versammelt hatten. Geschäftsleute meist, die hofften, hier den einen oder anderen Informationshappen zu erhaschen, der ihre interstellaren Geschäfte förderte. Bei ihnen standen allerdings auch Derek Carr und Jeff Thorne.

Ein Kellner hielt mir ein Tablett hin, und ich nahm mir ein Glas Schaumwein.

»Hallo, Sir.«

»Derek.« Mein Lächeln wurde breiter. Wie typisch für ihn, mich nach all diesen Jahren noch ›Sir‹ zu nennen, obwohl er einer Regierung vorstand, die meiner gleichgestellt war. »Sind Ihre Handelsgespräche gut verlaufen?«

»Bah«, knurrte er. »Meine Landsleute scheinen zu vergessen, warum wir ihre Gesandtschaft finanzieren.« Ein Funkeln in seinen Augen milderte den Eindruck seines faltigen Gesichts. »Wir werden Ihren Würgegriff auf den Transport brechen, wissen Sie?«

Thorne zog eine Braue hoch. »Nur über die Leiche der Raumflotte, Mr. Carr.« Sein Ton war umgänglich.

Damit weckte er die Aufmerksamkeit einiger Zuhörer, also machten wir drei uns selbständig. »Damit drohen Sie seit Jahren«, sagte ich zu Derek. Es gab private interplanetare Raumschiffe, viele sogar, aber nur die Flotte fuhr zwischen den Sternen. Teilweise lag das in den Kosten begründet, teilweise in der Regierungspolitik.

»Ich habe Sie heute im Holovid gesehen, Sir. Sie waren wundervoll.«

Ich stöhnte. »Nicht Sie auch!«

»Die Medienleute wissen immer noch nicht, wie sie mit jemandem umgehen sollen, der ihnen gegenübertritt und die schlichte Wahrheit sagt.« Er lächelte. »Ich habe es selbst von Zeit zu Zeit versucht. Die Schwierigkeit ist nur, unsere Pflanzer sind zu verschlagen. Ausflüchte sind für uns ein Lebensstil.«

Ich verzog das Gesicht. Nach der Greueltat, die ich auf Farside begangen hatte, hatte ich mir geschworen, nie wieder zu lügen, egal was es mich kostete. Das half mir dabei, nicht den Verstand zu verlieren.

»Nick ...« Derek gehörte zu den wenigen Menschen, die mich immer noch so nennen konnten. Er machte jetzt ein ernstes Gesicht.

Ich zog eine Braue hoch.

»Diese Öko-Aktionsliga. Wie ernst nehmen Sie sie?«

Thorne wurde zornig. »Sie hat unsere Kadetten ermordet!«

»Das habe ich nicht gemeint. Wie gefährlich schätzen Sie sie insgesamt ein?«

Vorsichtig antwortete ich: »Ich weiß nicht recht. Wir wissen nichts über sie.« Noch nicht.

»Haben Sie ihr Manifest gelesen?«

»Im Suborbitalflieger.«

»Es geht darin mehr um die *Galactic* als um die Umwelt. Ist Ihnen das auch aufgefallen?«

»Das Schiff ist ein Symbol, Derek, mehr nicht.«

»Ich möchte Ihnen keine Vorschriften machen, was Ihre Politik angeht, Sir, aber ...«

»Bitte tun Sie es.« Er war einer der wenigen, auf die ich überhaupt hörte.

»Die Gespräche über das Schiff, die ich mitgehört habe, wiesen alle einen merkwürdigen Unterton auf.«

»Inwiefern?«

»Wie Sie sagten – die *Galactic* ist zu einem Symbol geworden. Jeder ist entweder heftig gegen sie oder stark für sie eingestellt. Für jeden Umwelttypen, der über ihre Kosten jammerte, habe ich gehört, wie ein Flottenmann sie verteidigte, und das mit solcher Verachtung für die Umweltschützer und solchem Haß auf sie ...«

Thorne meinte: »Die Leute reagieren halt emotional. Kümmern Sie sich nicht darum.« Ich nickte beifällig.

Derek musterte mich forschend. »Sind Sie sicher?«

»Ja.« Ich sagte es mit mehr Zuversicht, als ich empfand. Wieso in Gottes Namen hatte ich diesen Ausgaben nur zugestimmt? Selbst wenn die *Galactic* ihr Budget nicht gesprengt hätte ...

»Ich bin froh, daß Sie sie gebaut haben«, sagte er schlicht. Dann setzte er schmunzelnd hinzu: »Sie werden noch feststellen, daß die *Galactic* und die *Olympia* als Versorgungsschiffe verschwendet sind. Am besten dienen sie dazu, neue Kolonien zu gründen.« Er lächelte ironisch. »Und wir Außenwelten brauchen alle Bundesgenossen, die wir nur kriegen können.«

Selbst als Scherz machte mir das Sorgen. »Braucht Hope Nation denn Schutz, Derek?« Meine Aufmerksamkeit wanderte ab. Die Gäste wurden weniger; ich sollte wirklich die Runde machen, wenigstens, um auf Wiedersehen zu sagen.

»Nicht vor Ihnen, Sir. Das versteht sich von selbst.«

Das stimmte. Bei meinem Besuch in Centraltown, der Hauptstadt von Hope Nation, hatte man mich als Helden gefeiert, beinahe wie einen Gott verehrt. Ich war nie wieder dorthin gefahren.

Derek machte ein nachdenkliches Gesicht. »Aber Sie sind nicht für immer GenSek. Und selbst, solange Sie noch im Amt sind, können Sie nicht die Politik in Lichtjahren Entfernung dirigieren.«

Ich schnaubte. »Ich regiere Ihren Commonwealth nicht.« Als junger Kapitän hatte ich längst geschaffene Fakten anerkannt und Hope Nation die Unabhängigkeit gewährt, nachdem die Raumflotte die Kolonie einem Angriff der Außerirdischen preisgegeben hatte.

»Manche Leute wünschten, Sie täten es. Oh, nicht bei uns. Hier.« Er senkte die Stimme. »Dieser neue Bischof, den die Patriarchen nach Centraltown geschickt haben. Kennen Sie ihn?«

»Nein.«

Thorne rieb sich das Kinn. »Andori? Er ist Saythors Mann, und ein Konservativer.« Er schnappte sich einen Cocktail, als ein Kellner vorbeikam.

Derek sagte: »Wir sind ein halbes Dutzend mal aneinandergeraten. Er hat sogar damit gedroht, mich zu verleugnen.«

Ich holte Luft. Die Verleugnung war nur noch einen kurzen Schritt von der Exkommunikation entfernt, eine tödliche Sache. Kein Bürger, dem es um das eigene Seelenheil zu tun war, durfte Umgang mit einer verleugneten Person pflegen. Und falls jemand exkommuniziert wurde, erwartete man sogar von Frau und Kindern, ihn zu meiden. »Seien Sie vorsichtig.«

»Der Bischof genießt weniger Unterstützung, als er denkt. Die Religiosität hat ein wenig nachgelassen. Falls es soweit kommt, könnte ich sogar gewinnen, wenn ich die Trennung von Staat und Kirche zur Wahl stelle.«

»Derek!« Ich war schockiert und nicht wenig gekränkt.

Er hob beschwichtigend die Hand. »Nur, falls es soweit kommt. Hätten Sie es lieber, wenn ich auf den Plantagen umherwandere und Korn stehle?«

»Allmächtiger!«

Ich trank das Glas leer.

»Auf anderen Planeten geht es schlimmer zu. Was die Kolonien ärgert, ist Ihre mangelnde Einsicht, wie sehr Sie uns brauchen. Ihre Nahrungsmittel- und Rohstoffimporte sind steil gestiegen. Bald kippt die Handelsbilanz zu unseren Gunsten. Sie brauchen unseren guten Willen, Nick. Und mit massiven Drohungen ist das nicht zu erreichen.«

»Ich habe noch nie ...«

»Nicht Sie persönlich, aber Ihre Regierung. Wirklich, Sie sollten uns häufiger besuchen.«

»Das kann er nicht.« Alte Gewohnheiten hatten ein zähes Leben; Thorne kam zu meiner Verteidigung. Selbst mit einem Rennschiff war Hope Nation neun Monate entfernt.

Vorsichtig fragte ich: »Was hat man mir alles verschwiegen?«

»In den Kolonien sind hin und wieder Leute für Verrat und Ketzerei gehängt worden.« Derek schüttelte den Kopf. »In Wirklichkeit für nichts weiter als politische Äußerungen. Keine richtige Rebellion.«

»Ich kümmere mich darum.«

»Die Raumflotte unterstützt natürlich die Kolonialgouverneure. Einige Ihrer weniger maßvollen Kapitäne drängen auf Massenhinrichtungen oder Boykott. In Ihrem Senat gibt es den Vorschlag, die Unabhängigkeit Detours zu widerrufen, es auf Kolonialstatus zurückzusetzen. Man behauptet ...«

»Der Antrag ist ins Leere gelaufen. Dafür habe ich gesorgt.« Überall Neandertaler. Voller Angst vor jeder Veränderung.

»Wie ich schon sagte, Sie sind nicht für immer Gen-

Sek.« Derek bedachte mich mit einem prüfenden Blick. »Obwohl Ihnen noch ein paar Jahre bleiben.«

»Wir reden später darüber.« Derek würde bei uns übernachten, wie mein Stabschef. Jerence Branstead und ich waren alte Freunde aus der Zeit in Centraltown, als er noch ein Junge gewesen war.

Die Party ging eindeutig zu Ende. Arlenes Blicke wurden deutlicher. Ich spazierte davon und gesellte mich an der Tür zu ihr.

»Was für eine Erleichterung!« Ich befreite mich von den Schuhen und legte die Füße auf ein Kniekissen.

Arlene, die gerade einen Couchtisch abwischte, runzelte die Stirn. »Die Schuhe? Es sind deine Lieblings ...«

»Der Empfang.« Ich deutete vage auf das fast leere Zimmer. Unser Hauspersonal sammelte leise und effizient herumstehende Gläser und Horsd'oeuvres ein.

Branstead setzte sich neben Derek behaglich auf ein Sofa. »Nebenbei, was Ihre Pressekonferenz in Devon angeht ...«

»Bitte nicht jetzt.«

»... wenn Vince Canlo eine feindselige Frage stellt, weichen Sie aus. Kein Grund, es mit ...«

»Bei *Newsnet* haßt man uns«, sagte ich verdrossen. »Die Terries haben sie fest in der Tasche.«

»Um so mehr Grund, ihm keine Munition zu liefern. Eine diplomatische Floskel hier und da ...«

Derek grunzte. »Das wäre nicht Nick. War es noch nie.« Er musterte Branstead mit hochgezogener Braue. »Sie sind lange genug bei ihm, um das zu wissen.«

»Möchten Sie, daß er denen in die Hände spielt?«

»Ich möchte, daß er die Wahrheit sagt, wie immer.« Derek spitzte die Lippen. »Ich räume ein, daß man Ihnen zugesetzt hat, Nick. Sie diktieren nicht gerade eine Politik der sauberen Luft.«

»Ich habe auch nicht den Meeresspiegel angehoben.« Ich gab mir Mühe, nicht bedrückt zu klingen. »Und nicht die Erdrutsche in Santa Monica verursacht.«

Arlene reichte einem Kellner das Tablett mit den Gläsern, die sie eingesammelt hatte, und setzte sich auf die Armlehne meines Sessels. »Selbstmitleid, Schatz?« Sie strich mir über den Nacken.

»Überhaupt nicht, Liebes. Es ist nur so ...« Ich seufzte. »Ich kann es nicht jedem recht machen.«

»Du machst es mir recht.« Plötzlich tauchte ihr Mund vor meinem auf und belohnte mich mit einem ausgiebigen Kuß. »Sie haben an deinen Fersen gefaucht und geknurrt.« Ein weiterer Kuß. »Du hast dich aber gut gehalten. Hast geklungen wie der Zorn Gottes. Als Canlo die Ruinen von Bangladesch zur Sprache brachte ...«

Ich hatte fast die Beherrschung verloren. Wie auf die Frage von *Holoworld* nach der Verstärkung des New Yorker Deichs hin. Wußten die Leute denn nicht, daß sie mit ihren Fragen nur das Propagandagedröhn der Öko-Aktionsliga glaubhaft machten? Wie konnten Medienleute nur diese erbarmungslosen Mörder unterstützen?

Ich knurrte: »Haben Sie alle nichts Besseres zu tun, als in ein Holovid zu glotzen?«

»Du bist schließlich nachrichtenwürdig, Schatz.« Arlene setzte sich auf meinen Schoß – eine schöne, schlanke Frau. Ich spürte, wie sich da etwas regte.

»Ahm.« Ich sah mich hilflos um. »Wir sollten beim Aufräumen im Haus mithelfen.«

»Er ist verlegen«, erklärte sie Jerence honigsüß und stand wieder auf. »Oder er möchte mich nicht.«

»Arlene!«

Ein lasterhaftes Lächeln. »Heute abend mußt du mir das Gegenteil beweisen.«

Ich gab mir Mühe, nicht rot zu werden.

Ich plauderte mit Derek, während ich im Zimmer herumwerkelte. Es war erstaunlich, wo die Leute überall

Getränke und Bissen abstellten. Einmal hatte ich den Kamin angezündet und dort gesehen, wie ...

»... die Patriarchen?« Jerence wartete auf meine Antwort.

»Hm?« Ich zwang mich, in die Gegenwart zurückzukehren.

»Wir sollten uns auf die Konferenz mit ihnen vorbereiten«, erklärte er geduldig. Er kannte mich schon zu lange, um gekränkt zu reagieren.

»Wie denn?« Ich hatte keinen Schimmer, warum mich die Patriarchen herbeizitiert hatten. »Wahrscheinlich geht es um den Etat für die religiöse Bildung. Besorgen Sie mir die Zahlen fürs nächste Jahr.«

»Wird gemacht, aber ich bezweifle, daß sie eine Sondersitzung verlangen, nur um ...«

»Nicky.« Arlene gab mir einen Klaps auf die Schulter. Etwas in ihrem Ton machte mich stutzig. »P. T. ist gekommen.«

Ich musterte sie unverwandt.

»Er möchte mit dir reden.«

»Nein.«

»Bitte, Schatz.«

»Nein.« Ich wandte mich ab, aber sie packte mich am Arm und drehte mich wieder um. »Laß *mich* nicht einfach stehen, Nick Seafort!«

Ich versuchte, mich aus ihrem Griff zu lösen. »Was möchtest du von mir?«

»Sprich mit deinem Sohn!«

Beiläufig stand Derek auf und verzog sich unauffällig Richtung Vorraum. Ich gab ihm mit einem Wink zu verstehen, daß er bleiben sollte. Er war mein ältester Freund; vor ihm brauchte ich keine Geheimnisse zu haben.

»Nicht unbedingt heute, Arlene. Nicht nach Devon.«

»Nick, so kann das nicht weitergehen. Ihr zwei benehmt euch wie kleine Kinder.«

»Bezeichne mich nicht als ...«

»Er wartet auf dem Flur.«

Ich sah Derek und Branstead an, aber sie sagten nichts. »Nun?«

Derek zuckte die Achseln. »Es liegt mir fern, Sie zu ...«

»Ach, verdammt!«

»Wie lange ist es her, seit Sie sich entzweit haben?«

Ich zuckte die Achseln. »Ein Jahr oder so.«

Arlene verschränkte die Arme. »Fast drei.«

Derek stellte fest: »Und Sie fühlen sich mies dabei.«

»Nicht im geringsten. Er hat es nicht besser ...«

»Um Gottes willen, Nick! Ich kenne Sie jetzt seit vierzig Jahren.«

Ich kapitulierte. »Selbst wenn es so wäre, geht es ums Prinzip.«

»Herr GenSek, seien Sie doch kein Esel.« Sein Ton war heiter, sein Blick jedoch nicht.

»Sie sind heute schon der zweite, der mich durchschaut.« Ich starrte lange auf den Teppich. »Ich weiß nicht, ob ich ihn empfangen sollte. Es ist so lange her, und als er damals fortging ...«

»Hallo Vater.«

Ich wirbelte herum.

P. T. stand unter der Tür.

Mit vierundzwanzig verkörperte er alles, was ich mir von ihm erhofft hatte. Brillant, sportlich, engagiert und gutaussehend, zumindest in den Augen seines Vaters.

»Philip.« Ich sehnte mich danach, mich einfach in meinen Lieblingsledersessel fallenzulassen, aber damit hätte ich das Gespräch in die Länge gezogen, und ich wollte es um jeden Preis so schnell wie möglich hinter mich bringen.

»Geht es dir gut?«

Mein Ton war schroff. »Bist du deshalb gekommen?«

Derek fing Bransteads Blick auf, aber beide sagten nichts.

»Nein, Sir.« Philips Hände zuckten nervös; er steckte sie in die Hosentaschen. »Als ich die Nachrichten aus der Akademie gehört habe ...«

Ich wartete, weigerte mich, Gesprächslaute von mir zu geben, die ihm halfen.

Seine Augen huschten zur Mutter. »Soll ich wieder gehen?«

Ich sagte: »Vielleicht wäre ein anderes Mal ...«

»Nick.« Das war Derek.

Ich ballte die Fäuste. »Sag, weshalb du gekommen bist.«

In ernstem Ton erklärte er: »Wir haben nichts mit der Sache zu tun. Ich schwöre es beim allmächtigen Gott.« Er suchte in meinen Augen nach Absolution.

»Philip, der Umweltrat besteht aus Fanatikern, die uns Schwierigkeiten ohne Ende bereiten. Habt ihr die Ermordung meiner Kadetten geplant? Nein. Aber ihr habt die Atmosphäre erzeugt, die es möglich machte, und das ist für mich unverzeihlich.«

Jerence öffnete den Mund, wollte etwas einwerfen, überlegte es sich aber noch einmal. Ich fuhr ihn an: »Nun, so war es doch! Das ständige Nörgeln an unserer Politik, die Art, wie sie unsere Position in der Vollversammlung unterminieren ...«

»Vater, wie kannst du dich uns nur widersetzen? Hast du mal Holos von Bangladesch gesehen?«

»Ich war dort.« In dem, was von diesem unglücklichen Sumpf übriggeblieben war.

»Hast du eine Ahnung, was Holland bedroht? Louisiana? Und was das angeht – wie hält sich Mikronesien?«

»Geht es hier vielleicht um Politik, ihr zwei?« Derek hatte die Hände in die Hüften gestemmt.

Ich ignorierte ihn. »Philip, es würde Generationen dauern, die Entwicklung umzukehren ...«

»Nein, das würde es nicht! Im Umweltrat haben wir die ökonomischen Kosten untersucht. Ich habe die Rechnungen selbst durchgeführt; tatsächlich ist es sogar mein Projekt. Langfristig würden wir durch die Behebung der ökologischen Schäden Geld sparen ...«

»Über welchen Zeitraum?« Ich funkelte ihn an. »Generationen!«

»Schluß damit, alle beide!« Derek wirkte nun von Kopf bis Fuß wie der Statthalter von Hope Nation.

»Dreißig Jahre«, setzte Philip dickköpfig hinzu.

»Bezahlt aus dem diesjährigen Etat. Philip, wir haben einfach nicht das Geld.« Wie oft hatten wir diese Argumente schon ausgetauscht, mein unnachgiebiger Sohn und ich?

»Die Fischereierträge im Südatlantik sind erneut gesunken. Es ist jetzt der fünfte Sommer ...«

»Und die Lebensmittelimporte aus den Kolonien sind gestiegen. Wir gleichen es aus.«

Ich blickte an ihm vorbei zur Tür und hoffte, daß er den Wink verstand; ich sehnte mich danach, daß er ging.

»Ich sehe mir das nicht länger an.« Dereks Augen funkelten gefährlich. »Jerence, überlassen wir sie ihrer Verrücktheit.« Er zupfte an Bransteads Ärmel. »Nick denkt, er hielte sich in der Rotunde auf und würde mit einem Abgeordneten der Territorialisten sprechen.« Er marschierte an mir vorbei. »Und *Sie!«* Er blieb stehen und betrachtete Philip finster. »Sie haben heute nichts vorzuweisen, worauf Sie stolz sein könnten. Für ein Wunderkind benehmen Sie sich wirklich tölpelhaft!« Und er war verschwunden.

Branstead folgte ihm und drückte mir im Vorbeigehen den Arm.

Stille.

»Sonst noch was?« fragte ich schroff.

Arlene sagte leise: »Vergiß nicht, weshalb du gekommen bist.«

Philip riß sich zusammen. »Ja, Sir, da ist noch was.«

»Und was?«

Er hörte sich unsicher an. »Vati, ich liebe dich.«

Ich stürmte an ihm vorbei zur Tür, aber die Finger rutschten mir am Griff aus, und dann war Philip schon da und deckte meine Hand mit seiner ab.

»Vater, ich bitte dich!« Er sank auf die Knie.

»TU DAS NICHT!« Entsetzt stellte ich fest, daß ich die Faust gehoben hatte, um ihm Gehorsam einzuprügeln. Statt dessen zerrte ich ihn wieder auf die Beine.

In meiner Jugend hatte mich ein Mann einmal auf den Knien um sein Leben gebeten, und ich hatte es ihm verweigert. Es war eine Geste, die ich seitdem nicht mehr ertragen konnte.

Ich deckte das Gesicht ab. »P. T., bitte geh jetzt.«

»Sir, es muß zwischen uns nicht so sein.«

»Du bist selbst daran schuld. Wer hat denn mein Büro durchwühlt und meine persönlichen umweltpolitischen Dokumente für die Territorialisten kopiert?«

Er schrie: »Ich war neunzehn und dumm! Sie hatten behauptet, es würde helfen.« Und boshaft hatten sie ihn verraten.

»Du warst nie dumm. Ein ums anderemal hatte ich dich gebeten, dich von den Öko-Randgruppen fernzuhalten. Du wußtest, welches politische Kapital sie aus der Unterstützung durch dich schlagen würden. Sie tun es immer noch!«

»Wir sind keine Randgruppe, Vater.« Er sagte es in vernünftigem Ton, gab ihn aber wieder auf. »Ich liebe dich so sehr, Sir!« Ihm brach die Stimme.

Unfähig zu reagieren, sah ich die Tür an und schlang die Arme um mich selbst.

»Können wir nicht wieder Freunde sein? Bitte!«

»Ja, Nicky, könnt ihr es nicht?« Arlenes Worte kamen leise.

Ich schluckte, bis ich mir wieder sicher war, sprechen zu können.

»Wie geht es Jared?«

P. T. antwortete in mitleiderregend eifrigem Ton: »Gut, Sir.« Jared Tenere hatte als Junge bei uns gewohnt und jede Menge Ärger gemacht. Er hatte mein stärkstes Mißfallen erregt.

Jetzt waren er und Philip ein Paar.

»Plant ihr immer noch, ein Kind zu adoptieren?«

»Er möchte einen monogenetischen Klon.«

»Wessen Zellen?«

»Meine.«

»Derek ist ein monogenetischer Klon.«

»Ich weiß.«

Wir traten auf der Stelle.

Ich holte tief Luft. »Wirst du die Umweltpolitik aufgeben?«

Er warf seiner Mutter einen resignierten Blick zu. »Nein, Vater.« Er sagte es entschlossen.

Es hätte mich wütend machen sollen, aber aus irgendeinem Grund war ich froh. Ich überwand mich, mich umzudrehen und meinen Sohn anzusehen. Etwas brannte in meinen Augen. Verdammte Schadstoffe! Nicht, daß die Ökos recht gehabt hätten; wir konnten in dieser Hinsicht einfach nichts tun.

Philip zupfte inzwischen an seinem Hemd herum. Sein Blick zuckte hin und her. »O Gott, ich drehe wieder zu hoch.« Es war eine Raserei, in die er sich als Kind oft hineingesteigert hatte, wenn ihn die atemberaubende Geschwindigkeit der eigenen Gedanken überforderte. Er schloß für einen Moment die Augen und bemühte sich, tief zu atmen. »Ich kann das nicht ertragen ... Was die Kadetten angeht, Sir, ich schwöre, daß ich alles tun werde, was du verlangst, um es wiedergutzumachen. Schließe mich nicht ...«

Allmächtiger Gott, ich ertrage das nicht mehr!

Mit den Fingern wühlte er am Baumwollhemd herum. »O Vater, bitte weine doch nicht!«

Ich breitete die Arme aus.

Mit einem Aufstöhnen sank er hinein.

Arlene lehnte sich schweigend an die Tür. Verstohlen wischte sie sich die Augen ab.

Ich gähnte. Es war spät, aber ich freute mich über jede Gelegenheit, mit Derek zusammenzusein. Arlene kuschelte sich an mich und hielt meine Hand. Branstead war im Arbeitszimmer und telefonierte. Derek lümmelte auf einem bequemen Sofa. »Das wäre also geschafft«, meinte er.

Ich zuckte die Achseln. »Und dann ist er zurück nach Hause.« Nach unserer heftigen Umarmung hatten Philip und ich noch eine Zeitlang miteinander geplaudert. Ungeachtet des gefühlsträchtigen Augenblicks waren drei Jahre Entfremdung nicht so leicht zu überwinden. Unser Gespräch hatte sich wieder politischen Fragen zugewandt und war angespannter geworden. Schließlich war er aufgebrochen, mit der vagen Zusage, bald mit Jared zu Besuch zu kommen. Beschämt wurde mir bewußt, daß ich über seinen Aufbruch froh war.

Arlene schwenkte die Reste ihres Drinks. »Ich bin froh, daß ihr euch ausgesöhnt habt.«

»Wer hat gesagt, daß wir das getan haben?«

Sie schnaubte.

»Man könnte sagen, daß wir uns in gewisser Weise ausgesöhnt haben.« Mein Ton war unwirsch. Ich hatte Philip nicht gestanden, wie sehr ich es genossen hatte, ihn in den Armen zu halten. Vielleicht wußte es mein zerbrechlicher, genialer Sohn ohnehin schon.

»Euer Verhältnis ...« Arlene schüttelte den Kopf.

Sie mußte in diesen letzten Jahren sehr darunter gelitten haben. Ich selbst war dermaßen in meinem dickköpfigen Zorn gebannt gewesen ... »Es tut mir leid. Es war nicht meine Absicht, dich von ihm fernzuhalten.«

»Gütiger Himmel, glaubst du vielleicht, daß du das

getan hast?« Sie musterte mich fragend, drückte mir dabei aber die Finger.

»Ich weiß nicht ... Wir haben nicht viel über ...« Unsicher brach ich ab.

»Jedenfalls nicht seit dem Tag, als du beim Frühstück herumgebrüllt hast.«

Mir schauderte. Das war keiner meiner besseren Tage gewesen. Trotzdem fühlte ich mich verraten. »Und die ganze Zeit über hast du dich mit ihm getroffen ...«

»Natürlich. Ich bin seine Mutter.«

»Und ich bin sein Vater!«

»Ja, Liebster.« Es klang nicht ganz wie eine Anschuldigung.

Hastig legte ich den Rückwärtsgang ein. Arlene tat stets das, was sie für richtig hielt.

»Ich bin froh, daß das vorüber ist«, stellte Derek fest. »Man kann Einsamkeit nur bis zu einem gewissen Punkt ertragen.«

»Sie vergessen sich, Sir!« Mein Ton war eisig.

»Wirklich?« Der Statthalter des Commonwealth von Hope Nation begegnete standhaft meinem finsteren Blick.

Ich bemühte mich, in ärgerlicher Stimmung zu bleiben. »Wenn ich meine Gefühle analysiert haben möchte, frage ich danach.«

»Beschimpft er Sie, Derek?« Branstead, der seine Anrufe erledigt hatte, blickte zur Tür herein.

»Nein, aber er versucht es.«

»Verschwören Sie sich nicht gegen mich«, sagte ich griesgrämig.

Leise bemerkte Derek: »Sie waren schon immer einsam, nicht wahr, Nick?«

Ich fühlte mich unwohl, als ich über diese Frage nachdachte. »Im Grunde nicht ... Ich denke, ja.« Das Leben in Vaters Cottage war einsam gewesen, abgesehen von meiner Freundschaft zu Jason, obwohl ich es damals nicht so empfunden hatte. Während meiner Jahre auf Raumschiffen hatte ich die unerbittliche Isolierung des Kapitäns ertragen. Das Kommando über die Akademie hatte nicht viel anders ausgesehen. Danach war das Kloster gekommen. Ich blickte kurz auf Arlene, die sich neben mir zusammengerollt hatte. »Abgesehen von meiner Ehe.«

»Wenn es nur so wäre.« Sie lächelte, um den Worten die schmerzhafte Schärfe zu nehmen.

»Arlene?«

Lässig stand sie auf und umschlang die Rückenlehne meines Sessels mit den Armen, um mir die Schultern zu massieren. »Du bist ein liebevoller Ehemann und aufmerksam obendrein. Aber nichts durchdringt die Mauern, die du um dich herum errichtet hast. Dafür gebe ich deinem Vater die Schuld.«

»Bah.« Ich winkte ab. »Was ist heute abend nur über euch alle gekommen?« Sachte befreite ich mich von Arlenes Händen und stand auf. »Ich habe noch was zu tun. In Asien ist jetzt Morgen, und Hiroto-san wartet auf mich. Und ich möchte Hazen wegen dieses Mörders von einem Sergeanten anrufen. Ist Charlie zu Bett gegangen?« Mein Stabsfähnrich und ich arbeiteten oft bis tief in die Nacht. Es war eine friedvolle und produktive Zeit.

»Witrek wird in einer Woche versetzt«, erinnerte mich Jerence.

»Holen Sie jemand anderen von Bord. Wir haben eine Liste.« Das letzte, worüber ich zur Zeit nachdachte, war, mir einen neuen Fähnrich als Adjutanten auszusuchen. Morgen mußte ich nach New York fliegen; der Rat der Patriarchen erwartete mich. Tags darauf war das Von-Walthers-Bankett auf Station Earthport angesetzt.

Beunruhigt blieb ich an der Tür noch einmal stehen. Endlich murmelte ich: »Derek … danke.« Rasch winkte ich gute Nacht und humpelte ins Büro.

In Vaters Cottage beugte ich mich, die Zunge zwischen den Zähnen, über meinen Schreibtisch und arbeitete am Balsaholzmodell der UNS Repulse. *Jason und ich hatten es von einer unserer seltenen Radtouren nach Cardiff mitgebracht. Ich hoffte, bis zu seinem nächsten Besuch damit fertig zu sein, damit wir es gemeinsam bemalen konnten.*

Ich bemühte mich darum, die Scheibe von Deck 3 am Zentralschaft zu montieren. Die Repulse *war wie die meisten Linienschiffe ein Dreidecker.*

Nicht, daß ich große Chancen hatte, sie je leibhaftig zu sehen.

Ich war zwölf und wartete sehnsüchtig darauf, daß ein weiteres Jahr verstrich, damit ich alt genug wurde, um mich bei der U.N.N.S.-Akademie zu bewerben. Das Jahr zuvor hatte ich nach Monaten des Knauserns und Sparens genügend Geld zusammen gehabt, um mir Neilsens Handbuch zur Vorbereitung auf das Eingangsexamen der Flottenakademie *zu kaufen. Da ich hartnäckig darauf bestanden hatte, hatte Vater einen ordentlichen Anteil Mathematik in meinen täglichen Unterricht aufgenommen.*

»Nicholas, es ist Zeit fürs Bett.«

»Aye, Vater.« Zögernd stellte ich das Modell hin. Wenn es doch nur möglich gewesen wäre ... Ich schloß die Augen und legte die Stirn auf den verschrammten Tisch.

Ich mußte eine Transskriptbewertung, zwei Gespräche und die Abschlußbewertung bestehen, ehe ich die Akademie von innen sah. Jedes Jahr bewarben sich viele Tausende, und keine fünfhundert wurden ausgewählt.

Ich machte mich fürs Bett bereit und kniete daneben nieder, um meine Gebete zu sprechen.

»Allmächtiger Gott, ich bitte Dich, mach es möglich, daß ich in der Flotte dienen kann. Ich werde edel und gut sein, und ich schwöre, daß ich Dir immer treu sein werde.« Ich holte tief Luft und wiederholt ernst: »Immer.«

»Nick, du trittst mich.«

»Wa ...« Langsam kam ich zu mir.

Arlene strich mir sanft über die Seite. »Du hast um dich geschlagen, Liebster.«

»Verzeih mir.« Ich legte den Kopf zurück, gab vor zu schlafen und spürte, wie mir die Augen brannten.

Kann ich noch einmal neu beginnen, Herr? Du hast mir mit diesem Leben ein so wundervolles Geschenk gemacht. Und ich habe es so vermasselt.

3. Kapitel

»Was ist das für ein Lärm?« Ich blieb an der Tür des Hubschraubers stehen.

»Demonstranten, Sir«, sagte Karen Burns, stellvertretende Sicherheitschefin. Ihr Ton war mißbilligend.

Vom Helistartplatz aus konnte ich die Protestierenden natürlich nicht sehen. Eine hohe Mauer umschloß das Anwesen. Als P. T. noch klein gewesen war, hatte mich der Alptraum verfolgt, irgendein verrückter Partisan könnte über die Mauer klettern und ihm etwas tun. Aber damals hatte die Sicherheit wie heute gut aufgepaßt.

»Wer diesmal?« Ich wischte mir das Gesicht ab. Es war ein glühend heißer Tag. Wie es schien, war der Sommer schlimmer als je zuvor.

»Die Anhänger der europäischen Unabhängigkeit bei den Cottages, die Erde-über-alles-Leute südlich vom Tor.«

»Wie viele?«

»Ich weiß es nicht genau.«

»Sehen wir uns das mal an.«

»Nein, Herr GenSek!« Karen packte mich am Arm, ehe ich zwei Schritte geschafft hatte.

Ich stieß sie mit dem Stock an. »Lassen Sie das!«

»Mr. Seafort, wie sollen wir es denn schaffen, Ihr Leben zu bewahren?«

»Ach, jetzt kommen Sie mal! Wie viele Meuchelmörder tauchen hier wohl auf und rechnen damit, daß ich zu ihnen herauskomme?« Stur ging ich weiter zum Tor hinüber.

»Larry, Ezekiel, Sie gehen nach vorn! Suko, Sie achten auf Ausreißer.«

Kochend nahm ich hin, daß mich meine Kinderschwestern umringten, während ich am Torhaus vorbeimarschierte und dem Weg zur Straße folgte. Für einen Moment ließ das Getöse nach. »Öffnen Sie das Tor.«

»Herr GenSek ...«

»Machen Sie schon.« Aber ich tat es schon selbst und schob mich hinaus ins Gedränge der Unabhängigkeitsleute. Um die fünfhundert, schätzte ich. Recht gut gekleidet, die meisten von ihnen. »Worum geht es hier? Was möchten Sie?«

»Freiheit für ...«

»Heh, das ist Seafort!«

»*Weg von ...*«

»Wir wollen die EU zurück!«

»*Halten Sie Abstand!*« Karens Tonfall ließ keine Widerrede zu. Ich stand auf dem Bürgersteig, während meine Leibwächter die Demonstranten allmählich auf die Straße zurückdrängten.

Ich hob die Stimme. »Wie soll ich in diesem Geschrei etwas verstehen?« Ich hielt die Hände hoch, forderte damit Gehör. »Haben Sie einen Sprecher? *Werden* Sie jetzt endlich mal Ruhe geben?« Allmählich ließ der Lärm nach. »Mark, geben Sie mir das Megaphon.«

Ein stämmiger Mann schob sich nach vorn. »Ich bin der Sprecher. Wir sind hier, um ...«

»Ich bin Nicholas Seafort. Wie heißen Sie?«

»Ah, Franks. Maury Franks.«

»Was möchten Sie?« Ich reichte ihm das Megaphon.

»Unabhängigkeit für die europäischen Staaten.«

»Für alle von ihnen?«

»Ich ... ja.«

Ich antwortete: »Die öffentliche Meinung in Großbritannien war zu siebzig Prozent für die Union eingestellt, als ich mir die Zahlen zuletzt ansah. In Frankreich ...«

»Umfragen kann man fälschen. Wir möchten eine Volksabstimmung! Leute, die Regierung verschwört sich seit Jahrzehnten, um die Wahrheit zu vertuschen! Seit dem österreichisch-italienischen Zusammenschluß von 2170 hat eine Regierung nach der anderen ...«

»O nein, Sie sind jetzt still.« Ich entriß ihm wieder das Megaphon. »Ich bin bereit, mir Ihre Forderungen anzuhören, aber nicht, wenn Sie mein Haus belagern. Und ganz bestimmt nicht, wenn Sie große Reden schwingen. Legen Sie meinem UN-Büro eine Petition vor.«

»Wir haben ja versucht ...«

»Ich garantiere Ihnen, daß ich innerhalb von drei Tagen persönlich die Antwort überbringe.«

»Wir haben diesen Scheiß schon früher zu hören bekommen. Alles Lügen!«

»Sie haben meinen feierlichen Eid. Vor dem allmächtigen Gott.« Erstauntes Murmeln breitete sich aus.

Franks wollte schon ein großes Geschrei anstimmen, aber ein kurzer Blick zeigte ihm, daß ihm die Gefolgschaft abtrünnig wurde.

»Legen Sie mir die Petition vor, sobald Sie bereit sind, Mr. Franks.« Ich ging hinüber zu den Erde-über-alles-Leuten. »Was wollt ihr Typen hier?«

Unter mir ging Delaware in New Jersey über. Die *UN Eins* würde in einer halben Stunde auf der Piste am East River landen. Washington lag New York zu nahe, um einen Suborbitalflieger zu nehmen; das beschränkte uns auf einen altmodischen Jet, die Hi-trans-Bahn oder einen

Heli. Mein Jet war mit Luxus jeder Art ausgestattet, aber ich benutzte das Zeug nie. Trotzdem hatten wir Kammerdiener an Bord, einen Butler, das Sicherheitspersonal, meinen Mediensekretär, Compleute, einen Verbindungsoffizier der Raumflotte ... Ich seufzte.

Mark Tilnitz suchte eine Flasche aus der Bordbar aus. »Wein, Sir?« Er mußte laut reden, um die Motoren zu übertönen.

»Soll ich dem Rat der Patriarchen mit einer Alkoholfahne gegenübertreten? Haben Sie den Verstand verloren?«

»Es ist nicht illegal, Herr GenSek. Sie sind Zivilist.« Und ich war obendrein an Land. An Bord von Flottenschiffen war Alkohol, wie die meisten Drogen, streng verboten. »Was halten Sie von dem Beaujolais?« fragte er aalglatt.

Vielleicht wollte er mich nur von meiner Unruhe ablenken; er war jemand, der meine Stimmungen spürte. Ich starrte verdrossen durchs Fenster auf die braune Landschaft unter mir. Im Cockpit saßen zwei Piloten, ein Navigator und jemand von der Radarabwehr. Hinter ihnen hielten sich zwei uniformierte Stewards in der Bordküche bereit und hofften, daß ich irgendwann den Rufknopf drückte. Im Abteil achtern plauderte Jerence Branstead mit ein paar ausgesuchten Medienvertretern. Weiter zum Heck hin faulenzten unser Pressesekretär, ein Kammerdiener und der Rest meines aufgeblasenen Gefolges.

»Es ist lächerlich!« Ich schlug auf die Armlehne. »Eine Eskorte aus siebzig Personen für einen Ausflug ins Büro.«

»Das hatten wir doch alles schon.« Tilnitz klang resigniert.

»Dann reden wir erneut darüber!«

Anstatt mir direkt zu antworten, zog er eine Braue hoch. »Sir, ich bin sicher, daß der Rat keinen Streit mit Ihnen hat.«

»Seien Sie nicht gönnerhaft, Mark.«

»Warum nicht?«

Ich funkelte ihn an, aber einen Augenblick später zuckten seine Mundwinkel. Ich knurrte: »Wieso ertrage ich Sie nur?«

»Weil Jeff Thorne im Ruhestand ist.« Admiral Thorne, mein früherer Stabschef, war einmal mein Vorgesetzter gewesen und gehörte zu den wenigen, die wußten, wie unangebracht die öffentliche Verherrlichung meiner Person war. Deshalb redete er auch mit mir, ohne meinen Rang über Gebühr zu respektieren. In meiner zweiten Amtszeit hatte ich mich stark auf seine Urteilsfähigkeit und Diskretion verlassen.

Vielleicht hatte Mark recht. Anscheinend brauchte ich jemanden, der mich reizte, um mich aus meinen Launen herauszureißen. Früher hatte ich dafür mal Edgar Tolliver gehabt, aber er war schon lange aus meinem Leben verschwunden, war erst als Kapitän auf ein Raumschiff gewechselt und dann in den Ruhestand getreten.

Trocken bemerkte Mark: »Karen ist ziemlich sauer auf Sie.«

»Wieso?« Ich wußte sehr gut, warum.

»Menschenmengen sind gefährlich, Sir.«

»Ich bin kein Tyrann. Wenn das Volk mich umbringen wollte, dann sollte ich es zulassen oder von meinem Amt zurücktreten.«

»Das meinen Sie doch nicht ernst.«

Ich schwieg, war mir in dieser Hinsicht nicht sicher.

»Jedenfalls haben Sie die Leute aufgeschreckt«, räumte Tilnitz ein. »Aber was wollten Sie damit erreichen?«

»Ich weiß nicht. Ich war unruhig. Wollte sie wohl aufrütteln, denke ich. Damit sie mich als Person betrachten, nicht als abstrakte Größe.«

»Oh, toll! Bei einem Publikum von jeweils fünfhundert, wie lange brauchen Sie dann, um dreißig Milliarden Bürger ...«

»Das reicht, Mark.« Ich schaltete den Rufer ein. »Mr. Branstead, kommen Sie bitte zu mir.«

»Sie haben geläutet?« Jerence mußte schon an der Tür gestanden haben.

»Fragen Sie den Comp nach unserem Etat für religiöse Bildung über die letzten zehn Jahre.«

»Sicherlich möchten die Patriarchen Sie nicht deshalb ...«

»Tun Sie es!«

Jerence und Tilnitz wechselten mitfühlende Blicke. Hätte ich eine Pistole dabeigehabt, hätte ich sie beide glatt erschießen können.

Ich schritt über den Mosaikenweg zur Rotunde.

Die neue UN-Enklave – alle nannten sie so, obwohl sie seit hundertfünfzig Jahren nicht mehr neu war – erstreckte sich entlang des verseuchten East Rivers von der Achtunddreißigsten Straße bis zur Siebenundvierzigsten. Sie enthielt die Büros der Senatoren und Abgeordneten, die zahlreichen UN-Kommissionen, -Tribunale und -Organisationen sowie die Gesandtschaften unserer ehemaligen und heutigen Kolonien.

Vieles davon fand man in den beiden riesigen Türmen, deren Linien das seit langem zerstörte ursprüngliche UNO-Gebäude widerspiegelten. Dazwischen erhob sich, umgeben von sorgfältig gepflegten Wegen, die prachtvolle Marmorrotunde, in der mein Sekretariat untergebracht war.

»Sind wir zu spät?« keuchte ich.

Jerence blickte auf die Uhr. »Wir haben noch zwölf Minuten.«

»Hmpf.« Ich beschleunigte meine Schritte und ignorierte einen warnenden Stich im Knie. Pflichtgemäß paßte sich das Gefolge meinem Tempo an. Wäre ich jünger gewesen, hätte ich so kräftig ausgeschritten, daß der

Haufen hätte traben müssen. Es war absurd; selbst auf dem Fußweg liefen wenigstens zwanzig Begleiter hinter mir her. Warum hatte ich der ganzen Sache nicht schon in der ersten Amtszeit einen Riegel vorgeschoben?

Ich blickte hinauf zum Von-Walthers-Verwaltungszentrum, auf dessen Dach zweifellos Scharfschützen Wache hielten.

Die Sonne versank im Schatten eines hochaufragenden Turms. Kein Apparat von den Ausmaßen der Weltregierung hätte auf so wenig Platz untergebracht werden können, wie ihn die UN-Enklave bot; nur die Spitzen jedes Ministeriums – Finanzen, Bildung, Planetarer Handel usw. – unterhielten Büros in der Rotunde.

Im Gegensatz zu den Hauptstädten früherer Zeiten brauchten wir unsere führenden Dienststellen nicht zu konzentrieren, so daß die Ministerien über mehrere Kontinente verteilt arbeiteten und durch das Internet verbunden waren. Nur sechshunderttausend Menschen arbeiteten im UN-Komplex und seiner Umgebung. Viele davon wohnten zwischen den reichen Obies von New York in riesigen Türmen.

Die Admiralität hatte seit eh und je ihren Sitz in London und war halb unabhängig. Die Territorialisten hatten einmal versucht, sie stärker in den Staat einzugliedern, aber die Raumflotte mobilisierte daraufhin sämtliche politischen Trümpfe, über die sie verfügte, so daß die Regierung ins Taumeln geriet. Keine Regierung hatte danach mehr versucht, die Admirale an die Kandare zu nehmen.

Wir näherten uns den Stufen der Rotunde. Im Gebäude warteten die Patriarchen.

Die Beziehung zwischen den Vereinten Nationen und der Vereinigungskirche war nicht im Detail festgelegt. Im Zeitalter der Gesetze, das auf die Rebellischen Zeiten gefolgt war, hatten Amerika und Japan langsam die Fähigkeit eingebüßt, die Welt durch Finanzkraft zu dominieren. Die UN entwickelten sich just in dem Moment zur einzigen starken, globalen Institution, als der Letzte Krieg die weltweite Machtbalance für immer veränderte, indem er Japan, China und einen großen Teil Afrikas verwüstete.

Gleichzeitig fegte das Wunder der christlichen Wiedervereinigung durch das konservative Europa, inzwischen die einflußreichste Region auf dem Globus. Die Vereinten Nationen regierten ausdrücklich im Namen des allmächtigen Gottes und Seiner Kirche. Rebellion war mehr als Verrat; sie war Apostasie.

»Sachte, Sir. Lassen Sie sie ruhig warten; Sie sind schließlich der Regierungschef.«

»Ich schulde ihnen Höflichkeit.« Sie repräsentierten Gott. Andererseits tat ich das nach der Rechtslage ebenfalls. Ich wurde ein wenig langsamer.

Ungeachtet der anerkannten Beziehung hatte die Kirche nach der Charta der Vereinten Nationen keine festgelegten Rechte oder Pflichten. Der Rat der Patriarchen, dem das Oberhaupt jeder bedeutenden christlichen Sekte angehörte, war die wichtigste Errungenschaft der Wiedervereinigung. Er regierte die Kirche, aber er regierte nicht die Vereinten Nationen.

Trotzdem: Welches Schicksal hätte einem GenSek geblüht, der sich einer Anordnung des Rats offen widersetzte? Sicher wäre er verleugnet worden. Nur einmal in der Geschichte hatten die Patriarchen die eigene Regierung verleugnet. Nicht, daß der berüchtigte Van Rourke Besseres verdient gehabt hätte.

Eine förmliche Exkommunizierung wäre ebenfalls möglich gewesen. In diesem Fall wäre der Betroffene vom Ritus aller Mitgliedssekten ausgeschlossen worden und hätten alle bestätigen müssen, daß sich der allmächtige Gott von ihm abgewandt hatte. Jeder Umgang mit Exkommunizierten bedeutete Verrat.

Jerence winkte den auf dem Rasen versammelten

Medienleuten fröhlich zu. Ich dagegen ignorierte wie stets die Holokams und von den Reportern gebrüllten Fragen. Sie würden bald erfahren, wie ich auch, weshalb ich hier war.

Ich knirschte mit den Zähnen, als ich die unzähligen weißen Marmorstufen zum imposanten Eingang hinaufstieg. Es war eine Show für die Holokams; mit der Stadtbahn hätte ich ruckzuck durch den Tunnel von der Landepiste zu den gepflegten, lautlosen Fahrstühlen fahren können. Jerence war jedoch auf eine Umfrage gestoßen, bei der es um meine körperlichen Fähigkeiten ging, seit ich einen Spazierstock benutzte, und er nutzte jede Gelegenheit, um die Zweifel der Öffentlichkeit zu zerstreuen.

In der Rotunde war alles Marmor und Mahagoni-Vertäfelung, durchsetzt mit den ernsten Porträts seit langem toter Politiker. Ich konnte mir einfach nicht vorstellen, warum sich irgendein Regierungschef wünschen sollte, in einer solchen Grabstätte zu arbeiten.

Der Stab folgte mir pflichtschuldig, während ich meinem Weg durch hallende Korridore zum Empfangsraum folgte. Jerence Branstead flüsterte: »Bestehen Sie auf Ihren Rechten«, und gab mir den Weg frei.

Anderson, der Protokollchef, riß die Türflügel auf.

Ich blieb wie angewurzelt stehen. Am Kopfende des riesigen ovalen Tisches, wo ich als Gastgeber hätte sitzen sollen, hatte Francis Saythor Platz genommen, Erster Bischof der Protestantischen Episkopalkirche, derzeitig Ältester des Rats der Patriarchen. Er hatte die Hände behaglich auf dem Bauch gefaltet.

Ihn umgaben auf den angrenzenden Stühlen am Kopfende der Tafel alle dreizehn der bunt gekleideten Patriarchen. Ich hatte damit gerechnet, daß hier äußerstenfalls der Vorstand zusammentreten würde. Sicherlich nicht der komplette Rat.

Der gepflegt wirkende Erzbischof der Methodistischen Synode nickte. Rechts von ihm saß der Römisch-Katholische Bischof von Rom in kaiserlichem Purpur und Weiß, links der ältliche Erste Präsident der Kirche Jesu Christi der Heiligen der Letzten Tage in einem altmodischen Straßenanzug. Über die Tafel hinweg funkelte er seinen schärfsten Konkurrenten an, den Präsidenten der Reorganisierten Heiligen der Letzten Tage.

Der rundliche und bleiche Saythor strich sich über den kohlschwarzen Bart und deutete auf einen Platz.

Anstatt den nächsten freien Stuhl zu nehmen, trat ich ans Fußende des Tisches und setzte mich auf den Platz gegenüber dem Ältesten. Falls er auf Konfrontation aus war, konnte er sie haben.

»Bruder Nicholas.« Saythor sprach leise. »Laßt uns beten.«

Ich senkte den Kopf. Selbst in einem Streit mußte der Herrgott Vorrang haben.

Nach dem Segen legte Saythor die Fingerspitzen aneinander und lächelte umgänglich. »Danke, daß Sie sich zu uns gesellt haben, Nicholas.«

Religion war eine ernste Sache; niemand sollte den allmächtigen Gott auf die leichte Schulter nehmen. Der Älteste ärgerte mich jedoch seit eh und je, und sein heutiges Verhalten war keine Ausnahme. Also sagte ich: »Ist mir ein Vergnügen, Francis.«

Wie ich erwartet hatte, mißfiel ihm der Gebrauch seines Vornamens, aber er zeigte keine offene Reaktion, die über das Hochziehen einer Augenbraue hinausging. »Der Rat hat Sorgen, über die er mit Ihnen sprechen möchte.« Sein Gebaren war schwerfällig.

»Unbedingt.«

»Ihre Regierung – und Sie besonders – reagieren mit unnötiger Feindseligkeit auf die, die den kostbarsten Planeten des Herrn zu schützen wünschen.«

Mir klappte der Mund auf. »Sie möchten, daß ich mich auf die Seite der Umweltschützer schlage?«

»Wir können doch auf Sarkasmus verzichten«,

ermahnte mich Saythor. »Wir sprechen von Menschen, die die Erde vor dem Wüten ihrer selbstsüchtigen Kolonien schützen möchten.«

Ich runzelte die Stirn, wußte immer noch nicht so recht, worauf er hinauswollte.

Stefan Wendros, Patriarch der Griechisch-Orthodoxen Kirche, der Englisch mit starkem Akzent sprach, mischte sich ein. »Mr. Seafort, es schmerzt uns, daß Sie politische Gruppen verfolgen, deren einzige Absicht es ist ...«

»Was für Gruppen? Drücken Sie sich bitte deutlicher aus.«

Saythor sah seine Kollegen achselzuckend an, als wollte er sagen: Sehen Sie, wie stur er ist? »Überflüssig, sie namentlich aufzuführen. Ihre Politik ...«

»Wem gegenüber?« Ich tappte im Dunkeln.

Der Älteste wurde ungehalten. »Unter anderem die Erde-über-alles-Allianz. Das Komitee gegen koloniale Verschwendung. Der Rat der ökonomischen Realisten.« Allesamt Konservative. Nein, Reaktionäre, die verlangten, die Finanzmittel für die Kolonien zu kürzen. Warum verlangten die Patriarchen wohl, daß ich diese Leute unterstützte?

»Jetzt warten Sie mal eine Minute.« Ich bemühte mich um einen beherrschten Ton. »Die Patriarchen waren immer für die koloniale Expansion. Dabei verbreiten wir das Evangelium Jesu Christi überall im ...«

»Natürlich.« Saythor schlug einen verbindlichen Ton an. »Aber es ist längst überfällig, daß unsere kolonialen Kinder unsere Wohltaten zurückzahlen.«

»Längst überfällig?« Derek würde einen Schlaganfall erleiden, falls ich ihm gegenüber diese Bemerkung wiederholte. Zweifellos empfanden die übrigen Kolonialregierungen ähnlich. »Sind Sie sich eigentlich im klaren darüber, daß wir die Volkswirtschaften der Kolonien verkrüppelt haben, als wir sie aufforderten, für unseren Wiederaufbau zu zahlen?«

Andrew DeStoat, Ältester der Evangelisch-Lutherischen Kirche, schnaubte abfällig. »Die Fische, die uns angegriffen haben, waren Werkzeuge Satans. Es war nur angemessen, von allen christlichen Nationen zu erwarten, daß sie zur Beseitigung des angerichteten Unheils beitrugen.«

»Sie möchten also, daß ich gegen die Kolonien hart durchgreife?« Ich spielte mit dem silbernen Griff des Spazierstocks. Was in aller Welt hatte diesen Umschwung der Politik bewirkt? Ich hatte nur selten mit dem Rat konferiert, und er hatte sich noch nie so unverblümt eingemischt. Die Anliegen, die er normalerweise vorbrachte, drehten sich eher um religiöse Erziehung oder um Strafgesetze, die er für übertrieben lax hielt.

»Gewiß nicht.« Der Älteste schien schockiert. »Wenn man allerdings an die gewaltigen Summen denkt, die wir ...«

»Unsere Kolonien liefern Nahrungsmittel, Rohstoffe, fertige ...«

»... in Riesenschiffe wie die *Galactic* investiert haben, dann geziemt es sich für uns auch, sie richtig zu nutzen.«

Ich schwieg entgeistert. Noch nie hatten sich die Patriarchen direkt in Flottenbelange eingemischt.

»Ihre ersten Fahrten sollten unsere guten Absichten vermitteln und unser Beharren darauf, daß die Bedürfnisse der Erde erfüllt werden. Schließlich ist unser Planet die einzige bekannte Welt, die durch das Erscheinen Jesu Christi gesegnet wurde.« Er beugte sich vor und sprach mit ernstem Nachdruck. »Das Wunder der Wiedervereinigung darf nicht vergeudet werden. In den Kolonien treiben nicht ausgesöhnte Sekten ihr Unwesen; ohne unsere Intervention täten sie es auch hier. Sie zu bekämpfen kostet Geld. Unsere Einkünfte dürfen nicht gefährdet werden.«

Ich preßte den Mund zu. Die Kirche war unfehlbar, obwohl ich heimliche Zweifel hegte, was den derzeitigen

Ältesten anging. Trotzdem mußte ich *irgend etwas* sagen. »Ich werde die Admiralität bitten, Ihre Perspektive in Erwägung zu ziehen.«

»Wohlwollend?«

»Ich kann nicht für die Admiralität sprechen.« Mir war der Schweiß ausgebrochen.

»Eine Jungfernfahrt nach Belladonna wäre ein willkommener Anfang.«

Ich schluckte. Wir hatten gerade ein neues Handelsabkommen mit Belladonna geschlossen und der fernen Bergbaukolonie größeres Mitspracherecht bei den Erzquoten eingeräumt sowie große Handelszugeständnisse gemacht.

Das war nicht reine Großzügigkeit meinerseits. Nur, wenn wir für die Zufriedenheit unserer Kolonien sorgten, behielten wir ihre Unterstützung und konnten wir verhindern, daß sie sich zu sehr nach einer selbständigen Regierung sehnten. Hope Nation war dafür ein Beispiel; vor Jahren hatte ich ihm die Unabhängigkeit gewähren müssen, nachdem ich eine Rebellion von Pflanzern niedergeschlagen hatte.

Wir konnten uns weder wirtschaftlich noch moralisch einen weiteren Aufstand leisten. Eine Revolte gegen die UN war eine Revolte gegen den allmächtigen Gott. Millionen Seelen standen auf dem Spiel. Mein eigenes Verständnis, daß ich verdammt war, erfüllte mich mit unaufhörlichem Schmerz.

Zum Glück für die Raumflotte wußte ich einen Ausweg. »Die *Galactic* geht in zwei Monaten Richtung Constantine in Fusion. Sie befördert die erste Welle von Siedlern und die entsprechenden Vorräte.«

»Ein paar Monate Verschiebung können nicht schaden.« Saythors strenger Blick begegnete meinem.

Gelassen erwiderte ich: »Eine Verzögerung wäre unklug.«

»Sehen Sie mal, Seafort.« Der Älteste schlug jetzt einen

offen feindseligen Ton an. »Wir sind uns in dieser Sache einig.« Seine Geste schloß die Kollegen mit ein. »Sie sind sich doch darüber im klaren, was das bedeutet? Die Vertreter aller Seiner Kirchen stimmen darin überein, was Sein Wille ist; es gibt keinen Dissens. Wir zweifeln nicht daran, daß wir in dieser Frage für den allmächtigen Gott sprechen.«

Das, wenn überhaupt etwas, war eine Warnung. Falls ich der Kirche in einer Frage trotzte, in der sie für Gott sprach, konnte man mir Ketzerei vorwerfen. Unwahrscheinlich, vermutete ich, aber durchaus möglich. Trotzdem schwieg ich stur.

»Ich möchte offen sprechen«, fuhr Saythor fort. »Wir wissen schon, daß die Territorialisten keine Skrupel haben, Seine Sache zu fördern.« Nein, die hatten sie nicht. Die Oppositionspartei betrachtete die Flotte als Knüppel, mit dem sie ihre Feinde schlagen konnte. Das hatte sie schon immer getan. Während des Transpop-Aufstands hatte die Terrie-Regierung Flottenlaser eingesetzt, um städtische Straßen wegzupusten. Und die Terries waren strikt gegen die Unabhängigkeit der Kolonien eingestellt. Der Flotte den Befehl zu geben, daß sie die Kolonien mit roher Gewalt hielt, war eine einfache Lösung, die sie freudig billigen würden.

Ich zögerte, sehnte mich danach, dem Wunsch der Patriarchen nachzukommen. Aber Visionen von der idyllischen Landschaft Hope Nations und von den ernsten, hart arbeitenden Menschen auf Detour zogen vor meinem geistigen Auge vorbei. Ich wollte nicht hinnehmen, daß die Habgier der Patriarchen die Kolonialpolitik der UN korrumpierte. »Ich werde kein Schiff der Flotte losschicken, damit es UN-Bürger bedroht, die nichts Unrechtes getan haben.«

Die Finger des Ältesten trommelten auf dem Tisch. »Wie Sie wünschen.«

»Bruder Nicholas.« Der Bischof von Rom brachte

Saythor mit erhobener Hand zum Schweigen. »Denken Sie noch einmal in Ruhe über die Angelegenheit nach. Ich bitte Sie, werfen Sie nicht ein dem Dienst geweihtes Leben für eine Nichtigkeit fort.«

»Wir sprechen von Geld, Eure Heiligkeit.« Ich fischte in meiner Tasche nach einer Münze, fand aber nur einen Kreditchip. Ich hielt ihn zwischen zwei Fingern hoch. »Das ist des Kaisers, nicht Gottes. Akzeptieren Sie, daß die zeitlichen Dinge ohne Ihre Intervention geregelt werden.«

»Es ist unsere Pflicht zu intervenieren.« Papst Nicholai schüttelte den Kopf. »Trotzdem, Francis, warten wir eine Woche. Geben wir ihm Zeit, sich alles zu überlegen.«

Ein verärgerter Ausdruck huschte über das schwammige Gesicht des Ältesten. »So sei es, aus Achtung vor Ihren Wünschen.« Er sah mich an.

Ich scherte mich nicht mehr um Takt. »Ich brauche keine Woche. Soll doch jemand anderes die Raumflotte besudeln.«

»Wir warten trotzdem. Draußen die übliche Verlautbarung für die Presse? Ernsthafter Austausch von Standpunkten? Eine offene Diskussion?«

»Sehr gut.« Was sie den Medienleuten sagten, bedeutete nichts. Mechanisch folgte ich den anderen zur Tür.

Endlich würde ich frei sein. Seit Jahren erstrebte ich die Befreiung von der Bürde des Amtes, und jetzt hatte ich sie in Reichweite. Warum empfand ich dann keine Erleichterung, sondern Enttäuschung?

Weil meine geliebte Flotte für unehrenhafte Ziele eingesetzt werden würde. Seit zweihundert Jahren befuhren mutige Raumfahrer die Sternenstraßen, nicht um unsere Kolonien zu bedrohen, sondern sie zu nähren.

Andererseits sprach der Rat für die Vereinigungskirche und die Kirche für den allmächtigen Gott. Wer war ich, daß ich dem Willen Gottes trotzte? Ich konnte gar nicht glauben, daß mich die Patriarchen tatsächlich mit

Verleugnung bedroht hatten. Nun, das hatten sie auch nicht, jedenfalls nicht mit so vielen Worten. Aber was hatte Papst Nicholai mit seinem Ausdruck gemeint, »werfen Sie nicht ein dem Dienst geweihtes Leben für eine Nichtigkeit fort?« Das Leben selbst wegwerfen? Den Dienst? Ich preßte die Lippen zusammen. Wenn ich meine Pflichten nicht mehr mit der Kirche in Einklang bringen konnte, wurde es Zeit, das Amt aufzugeben.

Im Vorraum nickte ich kurz Branstead und Mark Tilnitz zu. Sicherheitsleute formten den üblichen Ring, als wir durch die Prunkräume zu den draußen wartenden Holokams gingen.

»Schwierigkeiten, Sir?« fragte Jerence flüsternd.

»Später.« Die Patriarchen und ihr Gefolge waren in der Nähe.

Jemand berührte mich an der Schulter.

Der Älteste der Lutherischen Kirche sagte leise: »Bischof Saythor verfügt nicht über die Gabe der sanften Sprache, Bruder Nicholas, aber bedenken Sie seine Worte trotzdem.« Ein kleiner Mann, dessen Haare langsam grau wurden und der in traditionelles Schwarz gekleidet war; er wischte sich die Stirn mit einem gestärkten Taschentuch ab.

Ich lehnte mich an eine Marmorsäule und wartete ab, daß die Prozession an mir vorbeizog. »Ich bin verwirrt, Reverend DeStoat. Was macht den Rat im Hinblick auf unsere Kolonien plötzlich so besorgt?« Ich konnte mir die Antwort denken: Die Territorialisten, die seit zwölf Jahren nicht mehr an der Regierung waren, hatten den Patriarchen einen Floh ins kollektive Ohr gesetzt. Unter anderem die Katholische Sekte hatte immer die Terries bevorzugt.

»Wir denken dabei an mehr als nur wirtschaftliche Aspekte.« DeStoat lächelte ironisch. »In den Kolonien sind zu viele eigenwillige Kulte entstanden und mißachten den einen wahren Glauben.«

»Können Sie diese Probleme nicht kirchlich lösen?«

Er preßte die Lippen zusammen. »Nur wenn die kolonialen Belange straff geregelt werden.« Er senkte die Stimme. »Die Wiedervereinigung ist ein kostbares Geschenk. Falls wir Forderungen an die Kolonialkirchen stellen, aber nicht durchsetzen können, zerstört das womöglich unsere Einheit. Dieses Risiko dürfen wir nicht eingehen. Wir *müssen* die Kolonialkirchen fest in der Hand behalten, und die Flotte ist das Werkzeug des allmächtigen Gottes. Seien Sie vorsichtig, Bruder Nicholas.« Er lächelte mit dem Mund, aber nicht mit den Augen. »Wenn Sie sich uns widersetzen, gefährden Sie damit vielleicht mehr als Ihre Regierung.«

Eine kaum verhohlene Warnung oder gar Drohung. Wir erreichten die Tür. Pflichtgemäß nahm ich meine Position neben dem Ältesten Saythor ein und duldete, daß meine Gegenwart die Platitüden unterstützte, die er für die Medienleute bereithielt.

»Ich hoffe, daß es nicht die *Galactic* wird«, sagte Charlie Witrek. Er steckte einen weiteren Chip ins Holovid und sah ihn sich an. Wir saßen in meinem Arbeitszimmer in Washington und nahmen den endlosen Papierkram in Angriff.

Ich schnaubte. »Sie sind wahrscheinlich der einzige Fähnrich der UN-Flotte, der sie nicht möchte. Warum?«

»Sie ist zu groß. Zu viele Fähnriche. Ich wäre nie erster.« Der erste Fähnrich genoß auf jedem Schiff der Flotte besondere Privilegien und führte das Kommando über seine Kameraden. Hier galt das Recht der längeren Dienstzeit; wer schon am längsten diente, war automatisch erster Fähnrich. Charlie hatte zweifellos recht; auf einem Schiff wie der *Galactic* würde es Jahre dauern, bis er hoffen konnte, zum ersten Fähnrich aufzusteigen.

»Wie alt sind Sie? Achtzehn?«

»Im September neunzehn.« Jung für einen Zivilisten, aber nicht für einen Fähnrich. Witrek mußte so um die vierzehn als Kadett zur Raumflotte gegangen sein. Er legte den Chip ab und griff nach einem weiteren. »Es ist aber nicht so, daß eine Menge Schiffe zur Auswahl stünden.«

Ich grunzte. Die UNS *Wellington* war gerade nach Casanova aufgebrochen und die *Braeburn* längst unterwegs nach Wega. Über siebzig Sternenschiffe gab es, aber nicht mehr als zwei hielten sich im Heimatsystem auf. Ein krasser Kontrast zu den Tagen des Fischkrieges, als wir fast die gesamte Flotte zurückgerufen hatten. Heute hechelte die Flotte hinter der Aufgabe her, Kolonisten hinauszufahren und ihre Produkte zurück nach Hause zu bringen.

»Mr. Seafort?« Diesmal klang er zögernd und unsicher. »Ich möchte meine Position ja nicht ausnutzen, aber ...« Er riß sich zusammen. »Könnten Sie dafür sorgen, daß ich auf ein Schiff komme? Keine Verwaltungsstelle?«

Ich hätte schwören können, daß er die Luft anhielt. Jeder Gedanke, ihn auf die Arme zu nehmen, verschwand gleich. »Ja, Charlie, das haben Sie verdient.«

Ein Seufzen. Ich hatte recht gehabt. Er hatte wirklich die Luft angehalten.

Arlene baute sich vor mir auf, die Hände in den Hüften, einen mißbilligenden Ausdruck im faltigen Gesicht.

»Um Himmels willen«, sagte ich, »ich *muß* hin; es geht um den Von-Walthers-Preis, und ich bin der Preisträger.« Man hatte die Auszeichnung für moralische Vorbilder nach Hugo Von Walthers benannt, dem legendären Kapitän, der das Wrack der *Celestina* entdeckt hatte, später Kolonialgouverneur geworden war und seine Karriere vor über einem Jahrhundert als Generalsekretär beendet hatte.

Unmöglich, den Flug abzusagen. Das Bankett zur Preisverleihung fand im Earthport Hilton statt. Ich empfand vages Unbehagen, wenn ich daran dachte; ich wußte, daß die Lockerung der Steuern auf wohltätige Spenden eine beträchtliche Rolle dabei gespielt hatte, mir dieses Jahr den Preis zu verleihen, obwohl man es nicht wirklich als Gegenleistung bezeichnen konnte. Nein, im Grunde nicht, obwohl Jerence mit dem Verleihungskomitee darüber gesprochen hatte. Jedenfalls wollte ich mit den hohen Tieren der Raumflotte konferieren, während ich dort oben war; das Ultimatum des Rates machte dieses Vorhaben noch dringlicher.

Natürlich – jetzt, wo meine Amtszeit als GenSek kurz vor einem schmählichen Ende stand, kam es auf meine Konsultationen vielleicht auch nicht mehr an. Egal was die Admiralität sagte, ich war nicht bereit, Saythors Politik umzusetzen.

»Nicky, du hast dich in letzter Zeit sehr unter Druck gesetzt. Und die Beschleunigung . . .«

Ich schnaubte. »Seit wann habe ich Probleme mit Starts?« Mein ganzes Leben hatte ich damit zugebracht, mich aus dem einen oder anderen planetaren Schwerefeld herauszukämpfen.

»Du wirst älter.«

»Ich schaffe das.« Ich suchte nach einer Möglichkeit, sie zu besänftigen. »Ich weise Branstead an, nach dem Andocken Zeit für ein Nickerchen einzuplanen.«

Damit rief ich ein Lächeln hervor, wie ich es mir erhofft hatte. Aber es verblaßte wieder. Sie sagte: »Spotte nicht über meine Besorgnis.«

»Das tue ich nicht, Liebes, aber so lange ich GenSek bin, muß ich den Schein wahren.« Ich musterte prüfend ihre Miene; meine Zusicherung schien wenig Wirkung zu zeitigen. »Möchtest du es dir vielleicht anders überlegen und mitkommen?«

»Nun . . . ja.«

Ich gab mir Mühe, meine Überraschung zu überspielen. »Sehr gut, dann geh packen; wir brechen in zwei Stunden auf.« Um die Wahrheit zu sagen, fiel mir jeder Start schwerer als der vorherige, und mir war nicht recht, daß Arlene mitkam und mich dabei im Auge hatte. Ihr selbst schienen Beschleunigungsphasen heute noch so leicht zu fallen wie in ihrer Zeit als Kadettin, die sehnsüchtig auf den ersten Flug nach Farside wartete. Andererseits war sie auch seit eh und je eine Fitnessfanatikerin. Sie hatte Philip in Selbstverteidigung unterrichtet, und das weit kompetenter, als es mir möglich gewesen wäre. Sie hätte eine formidable Ausbilderin beim Militär werden können. Selbst heute hielt sie sich noch gut in Form.

Normalerweise wären wir vom Potomac-Shuttlehafen gestartet. Er war etwa halb so groß wie der Von Walthers in New York und damit der viertgrößte Raumhafen Nordamerikas. Auf ihm starteten Suborbitalflieger nach Europa und Asien ebenso wie die gewaltigen Shuttlebusse, die Personen und Lasten nach Station Earthport und darüber hinaus beförderten.

Leider lag das Dienstshuttle des Generalsekretärs in New York angedockt, und Tilnitz hatte über meinen Vorschlag, einen kommerziellen Flug zu buchen, nur gelacht. Also marschierten wir in einen Heli und flogen zum Potomac-Shuttlehafen, wo wir den Jetliner nahmen, der im Vergleich zu einem Heli eine Stunde Flugzeit nach New York sparte. Ich nahm das alles schlechtgelaunt hin; lieber hätte ich den Düsenhelikopter direkt zum Von-Walthers-Shuttlehafen geflogen, aber die Maschine hätte das für meinen Besuch im Weltraum aufgebotene Gefolge nicht aufnehmen können.

Wir flogen über das alte Weiße Haus hinweg, wo der amerikanische Präsident nach wie vor über seine Regionalregierung gebot. Die Narben der riesigen Bürokratie, die Washington erstickt hatte, zeichneten die Stadt immer noch: Die Landschaft war von gewaltigen weißen Steingebäuden im Bundesstil und gläsernen Monstrositäten übersät. Die Überreste des Pentagons verunzierten meilenweit das Tiefland.

Auf dem Potomac-Shuttlehafen folgten Arlene und ich dem roten Teppich zum Jetliner, gefolgt von meinen zahlreichen Mitarbeitern. Ich schäumte über dieses Theater.

Die Stabsangehörigen hielten deutlich Distanz zu uns, sobald die Türen geschlossen waren; vielleicht spürten die Leute ja meine Stimmung. Carlotti, mein Pressesekretär, machte es sich im Heckabteil bequem; Mark Tilnitz gesellte sich zur Crew ins Cockpit. Arlene, die meine Launen kannte, setzte sich friedlich auf die andere Seite und las in einem Holozin. Nur Jerence Branstead nahm mit der Lockerheit, wie sie aus langer Bekanntschaft resultierte, neben mir Platz, ein Holovid in der Hand.

»Sie wollten noch einmal die Von-Walthers-Sitzordnung durchgehen, Sir?« Meine Zustimmung dazu gehörte zu den ausgehandelten Bedingungen.

»O ja! Das Schaubild?« Ich sah mir das Arrangement an. Die Von-Walthers-Geschichte gehörte wahrscheinlich zu meinen letzten öffentlichen Auftritten; da konnte ich sie genausogut auch genießen. »Setzen Sie Kahn woanders hin. Wir waren nie Freunde.« Obendrein würde jeder Platz, der nicht im Zentrum des Podiums lag, den früheren GenSek gründlich verärgern. Diese Art Macht auszuüben war eine Vergünstigung meines Amtes, von der ich nur selten Gebrauch machte. »Wo haben wir Metzner? Nein, setzen Sie ihn aufs Podium. Er hat unsere Einschnitte im Etat der Armee unterstützt.«

Das Motorengeheul nahm zu. Fast unmerklich rollte die Maschine an.

»Jetzt bringen wir noch Boland in meiner Nähe unter. Das wird ihn glücklich machen und Rothstein fürchterlich fuchsen.«

Mein Stabschef sah mich entsetzt an. »Sind Sie sicher, Sir?«

»Falls es den Terries nicht gefällt, können sie ja im Foyer speisen.« Mein Ton war schadenfroh. Einen Moment später lächelte auch Branstead.

Endlich beschleunigten wir auf der Startbahn.

»Was jetzt die hohen Tiere von der Flotte angeht ...«

Ein unerwarteter Hopser riß mich vom Sitz hoch. Fast sofort bremste die Maschine ab und schlingerte dabei hin und her. Ich hielt mich fest.

Mark Tilnitz kam aus dem Cockpit gestürmt. Er griff an Jerence vorbei, öffnete meinen Sicherheitsgurt und warf mich aufs Deck. Er schoß über den Zwischengang hinweg und zog Arlene von ihrem Sitz. Er schleppte sie zu einem Platz mehrere Reihen weiter vorn. Er lief zu meinem freigewordenen Platz zurück und schloß hastig die Jalousien vor der Sichtluke.

Die schleudernde Maschine wurde langsamer.

Ich knurrte: »Was in Gottes ...«

Tilnitz ignorierte mich und brüllte in sein Schultermikro: »Bodenteam, wir haben einen Notfall! Schüsse aus dem Westen. Sperren Sie das Terminal!« Er wirbelte zum Cockpit herum. »Pilot, halten Sie Distanz zu den Gebäuden! Fahren Sie ans äußerste Ende der Rollbahn!«

Die Tür des Heckabteils wurde aufgerissen. Zwei kräftige Sicherheutsleute stürmten herein. Einer kniete sich schützend über mich.

»Bleiben Sie von den Fenstern weg, Branstead! Runter mit Ihnen!« Mark zog die Pistole und blickte vorsichtig an einer Jalousie vorbei. »Niemand zu sehen. Jemand verletzt?« Er sah sich um. »Sie haben einen Reifen zerschossen.«

Ich schob den Sicherheitsagenten weg und zog mich auf einen Sitz an der anderen Seite der Maschine. »Woher wissen Sie das?« Ich zitterte noch vom Adrenalinstoß.

»Ich habe Funken auf dem Asphalt gesehen. Die ersten beiden Schüsse sind danebengegangen. Runter, Sir!« Er zerrte an meinem Arm. Erneut schaltete er seinen Rufer ein. »Panzerfahrzeug ans Nordende des Flugfeldes. Ich möchte Soldaten, einen Heli, volle Luftunterstützung.«

Ich entwand mich seinem Griff. »Ich bin hier so sicher wie überall. Arlene?«

»Mir geht es gut.« Sie machte ein grimmiges Gesicht. »Mark, schnappen Sie sie!«

»Unsere Jungs kennen sich aus.« Er brummte etwas in den Rufer. »Herr GenSek, wir bringen Sie zurück auf Ihr Grundstück.«

Ich hieb mit der Faust auf die Armlehne. »Den Teufel werden Sie!« Für einen Augenblick schämte ich mich meiner Wortwahl. »Ich lasse mich von einem Irren mit Gewehr doch nicht zum Gefangenen machen.«

»Nicky …«

»Nein, Arlene, ich fliege nach Earthport. Bleib zu Hause, wenn du Angst hast.« Ich hätte mir die Zunge abbeißen können, aber es war zu spät. Anstatt zu explodieren, preßte Arlene allerdings nur die Lippen zusammen und sagte nichts. Ich wußte, daß ihr Zorn nur langsam abkühlen würde.

Ich bemühte mich um einen vernünftigen Ton. »Mark, ich akzeptiere Ihren Schutz, während Sie die Lage klären. Eine Stunde lang. Zwei, mehr nicht. Dann fliegen wir nach New York.«

»Das ist meine Show, Sir. Man hat auf uns geschossen!«

»Sie haben mich schon verstanden.«

»Und Sie haben mich verstanden, oder ich kündige!« Wir funkelten uns gegenseitig an.

Jerence knurrte: »Das reicht jetzt aber, alle beide!«

Ich sperrte den Mund auf. Mein Stabschef schlug mir gegenüber sonst nie diesen Ton an.

»Mark, er ist der Boß, ob es uns gefällt oder nicht. Herr

GenSek, hören Sie damit auf, Ihre Macht auszuspielen. Mark weiß, was er tut.«

»Ich habe nie das Gegenteil behauptet.« Wieso nur hörte sich das mürrisch an?

In der Ferne heulten Sirenen. Blitzende Lichtsignale fegten heran und bildeten einen Ring um uns.

Mark blickte ins Leere, während er jemandem im Kopfhörer lauschte. »Umfeld gesichert. Raus aus der Maschine, Herr GenSek.«

»Sehr gut. Arlene?« Ich streckte die Hand aus, aber Arlene ging steif an mir vorbei.

Tilnitz führte uns, die Pistole schußbereit in der Hand. Sicherheitsagenten umringten mich und geleiteten mich rasch die Treppe hinunter. Innerhalb von Sekunden kauerte ich in einem matt beleuchteten gepanzerten Lastwagen.

»Los!« schnauzte Mark.

»Nicht ohne Arlene.«

»Sie ist im nächsten Fahrzeug. Los los los!« Wir fuhren mit einem Ruck an und beschleunigten rasch.

»Wohin fahren wir?«

»Zu einem Hangar.«

»Wieso?«

Resignation klang bei ihm durch. »So macht man das üblicherweise, Sir.«

Eine Stunde später schritt ich auf dem kalten Betonboden des Hangars auf und ab. »Ich möchte die Leiche sehen.«

»Ehe wir nicht jeden Zentimeter abgesucht haben, ist es im Terminal nicht sicher.«

Ich war in übler Stimmung. Arlene zeigte sich trotz der Entschuldigung kaum bereit, meine Existenz anzuerkennen. Ich wußte, daß meine Bemerkung unentschuldbar war; auf der *Wellington* hatte sich Arlene ohne Bedenken den außerirdischen Fischen entgegengestellt. Ihren Mut anzuzweifeln ...

Jerence Branstead stand mit verschränkten Armen neben dem Lastwagen, entrüstet über meinen Entschluß, trotz allem nach Earthport zu fliegen.

Ich holte tief Luft. Dann noch einmal. Ich mußte mich in Geduld üben.

Jerence seufzte laut, zum dritten Mal jetzt.

Nein, beim allmächtigen Gott, ich würde es nicht tun! Ich stand im Begriff, von den Patriarchen verleugnet zu werden; ich würde das tun, was ich wollte. »Mark, sehen Sie mich an.« Ich nahm seine Hand und legte sie auf meine Brust. »Für wen halten Sie mich?«

»Den Generalsekretär.« Er klang verdutzt.

»Nicht den Herrn Jesus? Ich bin nur ein Mensch, nicht wahr?« Er nickte. »Also bin ich sterblich, egal was Sie tun. Ich habe all meine Jahre in der Raumflotte in der einen oder anderen Gefahr zugebracht. Auf der *Hibernia* und auf Hope Nation wurde ich beschossen. Auf der *Challenger* wurde ich verletzt. Fische haben Säure auf meine Schiffe geschleudert. Bei der Rebellion bin ich verdammt knapp am Tod vorbei geschrammt.« Das war beinahe Blasphemie. Ich mußte meine Zunge bändigen. Ich sprach ein kurzes Reuegebet.

Er sagte: »Diese Zeit ist vorüber.«

»Nicht, wenn der allmächtige Gott will!« Ich schwenkte den Spazierstock wie einen Laser. »Ich werde nicht heimlich herumschleichen, verstanden? Zeigen Sie mir die verdamm ... die verflixte Leiche.«

Mark warf geschlagen die Arme hoch. »Sehr gut.« Wir drängten uns erneut in den Lastwagen.

Das Foyer des Terminals war durch einen Kordon abgeriegelt. Ich kniete neben dem blutigen Toten nieder, der immer noch sein antikes Gewehr umklammert hielt. Ein bleicher, blonder Bursche um die dreißig. Verblaßter Overall mit einem versengten Loch in der Brust. Zurückweichendes Haar, blasse Wangen. Ein Mensch, dem ich noch nie begegnet war. Ich hatte auch nichts anderes erwartet.

Rings um uns liefen Angehörige der Zivilpolizei und des UN-Sicherheitsstabes herum, machten Aufnahmen vom Schauplatz, machten Notizen, stellten Fragen. Gott sei Dank hielt Carlotti die Medienleute auf Distanz! Das war der einzige Grund, warum ich ihn ertrug.

Ich blickte in die leeren Augen. »War er allein?«

»Von seinem Fahrer abgesehen.«

»Welche ID?«

»Wir haben Fingerabdrücke gemacht und Genmaterial entnommen. Es sollte nicht lange dauern. Er gehörte allerdings zur Ö.A.L.« Mark sah mein verwirrtes Gesicht. »Öko-Aktionsliga. Hatte eines ihrer Manifeste in der Tasche.«

»Ein neues?«

»Ähnelt dem ersten ziemlich.« Er schnitt eine Grimasse. »Wir hätten darauf vorbereitet sein sollen. Auf Devon haben sie gewarnt, sie würden erneut zuschlagen.«

»Wo ist das Papier?«

»Bei der Spurensicherung; ich besorge Ihnen eine Kopie.«

Ich fingerte an dem versengten Overall herum. »War es dieser Umweltblödsinn wert, dafür zu sterben, Junge?«

»Ich denke nicht, daß er damit gerechnet hat umzukommen.« Mark deutete auf die Tür nach draußen. »Er ist beinahe entwischt. Ein Auto stand bereit.«

»Haben Sie eine Beschreibung?«

»Oh, wir haben den Wagen. In dem Durcheinander ist der Fahrer allerdings ausgerissen und entwischt. Ich möchte Sie von hier wegschaffen. Haben Sie genug gesehen?«

»Ja.« Ich war gründlich erschüttert. Wie konnten die

Ökos nur unschuldige Kinder ermorden und mein Flugzeug angreifen? Das Zeitalter der Rebellion war Gott sei Dank lange vorüber. Unser Volk lebte nicht unter der Knute eines Tyrannen; auf der ganzen Welt unterstützte die Öffentlichkeit die Einschränkungen, die uns alle miteinander verbanden und Krieg und Terror zu Relikten der Vergangenheit machten. Ja, die städtischen Obdachlosen, die Transpops, hatten einmal revoltiert, aber Verzweiflung hatte sie dazu getrieben, die Drohung, sie auszulöschen.

Terrorakte wurden mit dem Tode bestraft, egal ob sie Erfolg gehabt hatten oder nicht. So war es gerecht. Nur – wann war diese Strafe zuletzt verhängt worden? Öffentlicher Dissens war heutzutage so selten ... und seit der Verstärkung der Laser auf Lunapolis, welchen Sinn hätte ein Aufstand noch gehabt? Amerikas Ostküste, Regierungssitz und wichtigster Industriestandort, war so stark geschützt, daß keine irdische Macht sie bedrohen konnte.

Ich seufzte. Was wurde nur aus der Welt? Na ja, es war nicht mehr lange mein Problem. »Bringen Sie uns zum Von Walthers.«

Mark führte mich zu einem Heli.

Earthport war die größte jemals gebaute Orbitalstation. Auf der geostationären Umlaufbahn über den östlichen USA nahmen ihre Hangars interplanetare Fahrzeuge auf, deren Ziel Lunapolis, Deimos und andere nahegelegene Siedlungen waren; und vor allem dockten hier die riesigen Sternenschiffe der Raumflotte an, die unsere fernen Kolonien ansteuerten. In den Zollagern der Station warteten Waren auf die Umladung, darunter die Erze und Getreide aus fernen Provinzen, die von hier aus zur Erde und anderen örtlichen Häfen weiterbefördert wurden. Die zahlreichen Hotels und Restaurants von Earthport versorgten die Scharen von Passagieren auf dem Weg zu und von den siebenundsechzig Planeten und Monden, auf denen die menschliche Rasse Brückenköpfe errichtet hatte.

Elf dieser Außenposten waren in meiner Amtszeit kolonisiert worden.

Verstohlen rieb ich mir die Brust, hatte mich noch nicht wieder vom Start erholt. Seit Jahrzehnten, seit meiner Lungentransplantation ... ah, na ja.

»Willkommen, Sir«, sagte Geoffrey Rand, Ziviladministrator von Earthport. »Gott sei Dank sind Sie in Ordnung.«

Ich runzelte die Stirn. Zweifellos trompeteten die Nachrichtenmagazine inzwischen das Fiasko auf dem Shuttlehafen in die Weltgeschichte. »Kennen Sie schon Ms. Seafort? Arlene ...« Sie nickte knapp, war immer noch sauer.

Rand deutete auf den bereitstehenden Elektrowagen. »Hier entlang, Sir.« Als ich die spärliche Reihe der offiziellen Vertreter abschritt, salutierte Großadmiral McKay steif.

Neben mir musterte Mark Tilnitz jedes Gesicht und zuckte sein Blick danach immer auf die Hände. Ich vermutete, daß ich ihm daraus keinen Vorwurf machen konnte, wenn man an die Ereignisse des Tages dachte. Ich winkte Branstead heran. »Wie sieht der Plan aus?«

»Ich habe ein paar Stunden für Sie in Ihrer Hilton-Suite eingeplant, aber das war vor der, ah, Verzögerung. Ich werde den Besuch bei der Flotte absagen, damit Sie vor dem Bankett noch Zeit haben, sich auszuruhen.«

»Unfug.« Ich holte tief Luft und bemühte mich, nicht zusammenzuzucken. »Ich lasse das Schläfchen aus.«

»Du brauchst es, Nick.« Arlenes Ton war scharf.

»Darüber entscheide ich.« Ich preßte die Lippen zusammen, wollte mich nicht vor Fremden mit ihr streiten.

Der Wagen fuhr durch hell erleuchtete Korridore; sie

waren in Abständen von Notluken durchsetzt, die beim ersten Zeichen einer Dekompression zuknallen würden. Aus Sicherheitsgründen hatten wir auf Deck 5 in der Nähe des Flottenbezirks angedockt, weit von den zivilen Promenaden und den Geschäften dort entfernt.

Als Kapitän war ich oft durch diese Korridore geschritten und hatte nichts dabei gefunden. Ich packte den Stock fester. Ich konnte es wieder tun, wenn es sein mußte. Mein Stab verhätschelte mich zu sehr, und ich vermutete, daß ich deshalb weich wurde. Beinahe hätte ich den Wagen angehalten, um zu Fuß zu gehen. Und tatsächlich ...

Ich hob den Stock. »Anhalten.« Erschrocken bremste der Fahrer. Ich glitt vom Wagen. Hastig folgte mir Mark.

Alle starrten mich an. Ich konnte nicht gut darauf bestehen, zu Fuß zu gehen, oder? Ich bereitete damit Rand Ungelegenheiten, dem Admiral, meinem Stab ...

Ich mußte irgendeinen Grund nennen, warum wir angehalten hatten. »Was ist das?« Ich deutete auf eine Luke.

»Die Verkehrsleitung, Herr GenSek.« Falls Rand von meinem abrupten Manöver überrascht worden war, zeigte er es nicht.

»Sehen wir mal nach.« Ich öffnete die Luke mit einem Hieb auf die Zugangsschalttafel daneben.

Dahinter lag ein kleiner Vorraum. Ich blickte an dem erschrockenen Wachtposten vorbei auf eine Reihe von Konsolen in der Zentrale, die mit Techs bemannt waren. »Wieso tragen sie keine Uniformen?«

»Es sind Zivilisten, Sir.«

»Oh. Natürlich.« Ich kam mir wie ein Idiot vor. Hätte ich Earthport so häufig besucht, wie ich eigentlich sollte, hätte ich es besser gewußt. Die Raumflotte hatte ihre eigene Sektion, und der Rest der Station unterstand dem Administrator. »Sehr gut.« Gelassen setzte ich mich wieder in den Wagen. »Weiter.«

Wenige Augenblicke später hielten wir vor der geschlossenen und bewachten Luke zur Flottensektion. Ich schüttelte Rand, dem Stationsadministrator, die Hand und wandte mich dann an Tilnitz. »Mark, ich bin hier auf dem Gebiet der Flotte. Ruhen Sie sich etwas aus. Bringen Sie Arlene ins Hotel. Es sei denn . .?« Ich deutete auf die Luke.

Arlene schüttelte den Kopf. »Ins Hotel.«

»Herr GenSek . . .«

»Jerence, sagen Sie Mark, daß ich bei der Flotte in Sicherheit bin. Admiral, gehen wir.« Ich ließ Tilnitz mitsamt seinen Einwänden einfach stehen.

Der Konferenzraum war groß genug, um die gesamte Admiralität mit allen fünfzehn Mitgliedern aufzunehmen, aber heute waren wir nur zu fünft, darunter ein Kapitän. Der grau gesprenkelte Admiral McKay setzte sich auf einen Stuhl mir gegenüber. Weiter unten am Tisch folgte mit dünnem Gesicht und ernster Miene Admiral Hoi vom PersBü. Johanson vom Büro für Staatsangelegenheiten war auch da, ebenso ein Offizier, an den ich mich nicht erinnerte und dessen strenge blaue Augen mich unverwandt musterten.

»Herr GenSek, darf ich Ihnen Kapitän Stanger vorstellen?«

Oh, natürlich. Ich hatte sein Holo gesehen, das überall in den Magazinen auftauchte. »Wie gefällt Ihnen die *Galactic*, Mr. Stanger?«

»Sie ist wundervoll, Sir.« Ein kurzes Lächeln ließ sein Gesicht weicher erscheinen.

Ich brummte. Das sollte sie auch sein, wenn man ihre Kosten bedachte. Ich schuldete Stanger jedoch mehr Höflichkeit. »Und der Ladevorgang?« Die Frachträume der *Galactic* waren riesig, und die meisten Waren mußten Shuttle auf Shuttle vom Planeten heraufgeflogen werden.

»Wir kommen gut zurecht. Nach Plan noch zwei

Monate.« Er sah meine Grimasse und fügte rasch hinzu: »Es ist in Ordnung, Sir, wirklich. Wir nutzen die Zeit, um die Besatzung in Form zu bringen.«

Dafür wenigstens hatte ich Verständnis. So schwierig es ohnehin schon war, neue Besatzungsmitglieder auszubilden – es war noch doppelt schwierig, wenn die gesamte Schiffsgemeinschaft von anderen Fahrzeugen stammte und sich mit den Marotten und Eigenheiten des neuen Schiffs erst noch vertraut machen mußte.

Admiral McKay räusperte sich und schaltete sein Holovid ein. »Also dann ...«

»Würden Sie das Schiff gern besichtigen, Herr GenSek? Es wäre eine Ehre für uns.« Stanger wartete gespannt.

»Ich wünschte, ich könnte. Das Von-Walthers-Bankett erwartet mich ...« Andererseits war für morgen nichts Wichtiges eingeplant, und es wurde Zeit, daß ich den Giganten zu sehen bekam, um den so gestritten wurde. Obendrein bezweifelte ich, daß ich nach dem nächsten Treffen mit den Patriarchen noch einmal die Gelegenheit erhielt.

Ich konnte den Shuttleflug zurück verschieben. Das brauchte Tilnitz und Branstead nicht unbedingt zu gefallen. »Sehr gut, morgen vormittag. Ich freue mich darauf.« Ich sah, daß McKay inzwischen einen frostigen Ausdruck zeigte. »Verzeihung, Admiral, kommen wir zur Sache.«

Wir besprachen ein halbes Dutzend Routinefragen wie Personalentscheidungen, Zuwendungen außerhalb des Etats, Aufstellung der Heimatflotte.

Dann trat eine peinliche Pause ein.

»Nun?« Ich blickte vom einen zum anderen. »Worum geht es auf dieser Konferenz nun wirklich?«

»Herr GenSek ...«, begann Admiral Hoi vorsichtig. »Wir möchten Ihnen Sorgen zur Kenntnis bringen, die von vielen Flottenoffizieren geteilt werden.«

Ich hatte geisttötende Umschweife dieser Art schon seitens der Patriarchen ertragen und war sie gründlich satt. »Drücken Sie sich deutlich aus.«

»Wir alle lieben die Flotte; das versteht sich von selbst. Wir sind über die Prioritäten der Regierung besorgt.«

Ich wurde unruhig. Wieso fiel es ihm so schwer, seine Gedanken offenzulegen? Vielleicht spürte Kapitän Stanger meine Ungeduld. Er hustete diskret, und Hoi nickte erleichtert.

Stanger beugte sich vor, einen ernsten Ausdruck in den blauen Augen. »Das Geld ist knapp genug bemessen, um New York wiederaufzubauen, den verwüsteten Niederlanden beizustehen und die Raumflotte auszubauen, um uns vor der kolonialen Auflösung zu schützen. Die Flotte möchte nicht, daß Finanzmittel für ökologischen Unsinn verplempert werden. Da, nun ist es heraus.«

»Was für Unsinn ... Was geht das Sie an?«

»Offiziell gar nichts.« Für einen Moment senkte er den Blick. »Hätten Sie es lieber gehabt, daß wir nichts sagen?«

Ja. »Nein, natürlich nicht. Es ist nur ...« Ich geriet ins Schwimmen. »Fahren Sie fort.«

Stanger lächelte grimmig. »Alle von uns hier sind loyal bis zum letzten Atemzug, wie alle anderen Offiziere, mit denen wir gesprochen haben.«

»Natürlich.« Wieso wurde mir dann so kalt?

»Trotzdem sind die Offiziere überall in der Flotte besorgt. Ich glaube, das werden Sie bestätigen, Admiral Hoi, nicht wahr? Genau. Die Regierung Seafort hat sich zum Beispiel nicht dem Gesetz zur Reduktion der Treibhausgase widersetzt ...«

»Die Senkung der industriellen Emission von Treibhausgasen verlangsamt die globale Erwärmung wenigstens bis zu einem gewissen Grad. Und es handelt sich nur um fünf Prozent.«

»Zusätzlich zu den vier Prozent von vor drei Jahren. Aber jede Senkung verkrüppelt unsere Industrie und drückt die Einnahmen des Staates. Und zu welchem Zweck? Offen gesagt, ist Holland nicht mehr zu retten. Fahren Sie unsere Verluste zurück.«

Ich schüttelte den Kopf. »Es geht nicht nur um die Holländer. Dieselben Gezeitenwellen rollen über Florida, Louisiana, Japan ...«

»Ein Deich ist verflixt viel billiger, Herr GenSek, als törichte Ökophantasien in globalem Maßstab. Sehen Sie, Sir ...« Stanger wartete, bis ich ihn mit einem Nicken zum Weiterreden aufforderte. »... der Ausbau der Flotte ist lebenswichtig. Dem pflichten Sie sicherlich bei. Die Kolonien werden unruhig, aber falls der Handel mit auch nur einer einzigen Kolonie gestört wird, könnte unsere Wirtschaft abschmieren. Heute, wenn überhaupt je, sind wir darauf angewiesen, überall auf den Planeten fest aufzutreten, und das geht nur mit mehr Schiffen. Und es sind nicht nur die Beschränkungen für industrielle Emissionen, die uns behindern. Es liegt kein echter Beweis vor, daß die Wiederherstellung der Ozonschicht funktioniert, oder ...«

»Aber wir sollten es wenigstens versuchen.« Wieso hatte ich nur das Gefühl, die Slogans der Ökos nachzuplappern? Im wesentlichen hatte Stanger recht. Wir konnten nur wenig tun, um den Kurs zu ändern, den der Allmächtige für uns angelegt hatte. Das durfte ich Stanger jedoch nicht sagen; er zweifelte die Regierungspolitik an. »Wir stehen unter wachsendem Druck von Seiten der Umweltschützer. Es sind nicht nur Winstead und sein Rat; jetzt haben wir es auch mit den Irren von der Öko-Aktionsliga zu tun. Ein Verzicht auf die Umweltschutzprogramme wäre so schlimm, wie ihrem Terror nachzugeben. Können Sie nicht einsehen, daß wir eine beständige Richtung einhalten müssen?«

»Ich sehe, daß der Etat der Raumflotte schrumpft.

Machen Sie es doch nicht noch schlimmer, indem Sie nutzlose Umwelt ...«

Ich sagte: »Die Flotte hat im laufenden Jahr mehr erhalten als im vergangenen.«

»Ja, wir hatten einen Zuwachs, aber fast alles wurde in die *Galactic* und die *Olympia* gesteckt.«

Ich hieb auf den Tisch. »Sie wollten diese Schiffe!«

»Natürlich wollen wir sie.« Stangers Ton war besänftigend. »Sie können notfalls Tausende von Soldaten befördern. Keine Kolonie wird ...«

»Wir werden sie nicht benutzen, um andere Welten unter Druck zu setzen!« Ich beherrschte mich. Wir waren weit vom Thema abgekommen. »Ich werde das Gesetz über die Treibhausgase nicht zurücknehmen. Das wäre nicht ratsam.« Wir, Branstead und ich, hatten entschieden, den Umweltschützern die nötigen Zugeständnisse zu machen, um sie ruhig zu halten.

»Sie werden also dem Umweltrat weiter in die Hände spielen?«

»Das habe ich nicht gesagt.« Eine Pause trat ein. »Wie viele Offiziere teilen Ihre Ansicht?«

»Die meisten, mit denen ich gesprochen habe.« Er spielte den Ball zu McKay weiter. »Sir, welchen Standpunkt vertritt die Admiralität?«

Der Admiral sah unbehaglich drein. »Insgesamt besteht nur wenig Uneinigkeit, Herr GenSek ...« Er wandte sich an mich. »Ihr ganzes Leben hindurch haben Sie die Flotte standhaft gefördert. Können Sie nicht erkennen, daß jetzt der falsche Zeitpunkt ist, um schwankend zu werden?«

Langsam stand ich auf. »Tue ich das denn?«

Zum ersten Mal meldete sich Johanson vom Büro für Staatsangelegenheiten. »Keinesfalls, Sir. Aber wir sind besorgt über den enormen Druck, den die Öko-Randgruppen auf Sie ausüben. Diese Leute sind völlig unrealistisch, was den finanziellen Spielraum angeht.«

»Was, wenn ...« Ich fürchtete mich beinahe zu fragen. »Wenn ich Ihren Wünschen nicht entspreche?«

»Wieso, Sir?« Stanger blickte mir arglos in die Augen. »Wir tun natürlich unsere Pflicht, wie immer. Aber wir wären enttäuscht.«

»Sehr schön. Sorgen Sie dafür, daß nicht mehr daraus wird.« Ich fühlte mich klamm. »Ich werde gründlich über Ihre Worte nachdenken. Wenn ich nächsten Monat mit der Admiralität zusammentreffe, um den Etat ...« Aber ich würde nächsten Monat nicht mit der Admiralität zusammentreffen. Günstigstenfalls war ich dann im Ruhestand. Oder wenn die Patriarchen entsprechend gestimmt waren, sah ich mich mit einer Anklage wegen Ketzerei konfrontiert.

»Ich denke gründlich darüber nach«, schloß ich lahm. »Glauben Sie mir, auch ich wünsche mir eine starke und wachsame Raumflotte.« Damit vertagten wir uns.

Diese Konfrontation machte mir Sorgen. Ob ich die gefallenen Äußerungen nun als Drohung oder als Warnung betrachtete, sie hatten jedenfalls deutlich gemacht, daß ich zu lange keinen Kontakt mehr zu den aktiven Offizieren gehabt hatte. Na ja, das war das Problem meines Nachfolgers. Sofern ich mich nicht mit den Konservativen zusammentat, den Kolonien unsere Macht demonstrierte und damit die Gunst der Patriarchen gewann.

»Oh, Herr GenSek.« Admiral Hoi wirkte freundlich. »Hätten Sie noch Zeit, mit in mein Privatbüro zu kommen? Ich muß Ihnen etwas zeigen.«

»Sehr schön.« Auf dem Korridor wartete Jerence Branstead in Begleitung meines Sicherheitschefs. Ich runzelte die Stirn. »Ich dachte, ich hätte Sie angewiesen, sich auszuruhen.«

Tilnitz winkte ab. »Es ist mein Job, Sie im Auge zu behalten.«

Hoi war zugegen, also blieb ich ruhig. Ich folgte ihm zur Luke seines Büros.

»Hier entlang, Sir.«

»Ich weiß«, sagte ich kurz angebunden. Vor einem Jahrzehnt war ich auf die Station gekommen, um in genau diesem Büro von Admiral Jeff Thorne zu verlangen, er möge der Dezimierung der Transpops ein Ende bereiten. Dieser Ort erinnerte mich an Tragödien, die ich lieber vergraben gelassen hätte, und an Tage, ehe P. T. und ich uns auseinandergelebt hatten.

Hoi trat zur Seite. Ich humpelte hinein und erblickte den riesigen Holoschirm, der das Schott gegenüber dominierte. »Hier hat sich nicht viel ver ... Herrgott im Himmel!«

Der Flottenoffizier stand mit einem schüchternen Grinsen auf. »Wir wollten Sie überraschen. Sir, alles in Ordnung mit Ihnen?«

Ich stützte mich an der Konsole ab. »Ja, ich ... Alexi, wie ist es dir ... Es ist so schön, dich ... Ich wußte gar nicht ...« Ich schluckte. »Komm!«

Er streckte die Hand aus; ich traf Anstalten, sie zu ergreifen, nahm ihn dann aber in die Arme. »O Gott. Allmächtiger Gott!« Mehr brachte ich nicht hervor.

Alexi Tamarow war ebenfalls Fähnrich auf der *Hibernia* gewesen, als ich mich zum erstenmal als hoffnungsvoller Junge in ihrer Fähnrichskabine gemeldet hatte, meines künftig so verpfuschten Lebens nicht ahnend. Später beförderte ich Alexi zum Leutnant. Als ich wiederum Jahre danach erneut mit ihm fuhr, erlebte ich seine Verwundung und die Pein seines Gedächtnisverlusts mit.

Ich wischte mir die Augen ab. »Wie ist es dir ... Woher kommst ...«

»Die *Melbourne* hat vor zwei Tagen angedockt, Sir.«

»Wie lange ist es jetzt her?«

»Zwölf Jahre.« Mehrere Sternenfahrten bei ihm, Wahlen und Politik bei mir.

Ich schloß die Augen. Wie war das möglich? Wohin ging ein Leben? »Schauen wir dich mal an.« Immer noch schlank, ein fein geschnittenes Gesicht, welliges Haar, auf dem sich gerade mal ein Hauch Grau zeigte. »Du bist inzwischen Kapitän.« Seine Schulterstücke verrieten es mir, aber ich hätte es auch so gewußt. Von Zeit zu Zeit nahm ich die wenigen Namen in Augenschein, an die ich mich immer noch erinnerte, und verfolgte mit, wie sie die Kapitänsliste erreichten.

»Seit drei Jahren. Ich war anderthalb Jahre aus dem System. Ich habe mir Sonderurlaub verschafft; Josh Fenner übernimmt die *Melbourne* für den Ausflug zum Titan. Moira ist ein bißchen unglücklich, weil ich sie mit den Kleinen alleingelassen habe, besonders, da Mikhael ... Ist Ms. Seafort mitgekommen?«

Mein Lächeln schwand, als ich mich an die fällige Wiedergutmachung erinnerte. »Im Hotel. Sie wird sich freuen, dich wiederzusehen. Und wir laden dich natürlich nach unten ein ... Oh!«

»Was ist, Sir?«

»Derek ist in der Stadt!«

Sein Gesicht leuchtete auf. »Die drei Musketiere, endlich wieder zusammen!« Damals, als wir noch kaum mehr als Jungen gewesen waren, hatten wir den Aufruhr in Centraltown gemeinsam durchgestanden.

Ich kicherte. Irgendwie befreite mich Alexis Gegenwart von meinen Sorgen. Alexi war ein gutherziger Bursche und standhaft bis in den Tod. Wäre er doch nur in all diesen freudlosen Jahren an meiner Seite gewesen!

Jemand hustete. Von fern wurde mir wieder bewußt, daß wir nicht allein waren. »Ah, Mark, Sie kennen noch gar nicht ... Admiral Hoi, würden Sie die Herren miteinander bekannt machen?« Ich sank auf einen Stuhl und legte den Kopf in die Hände.

Einmal hatten Alexi und ich auf Hope Nation außerhalb der Plantagenzone ein Zelt miteinander geteilt. »*Sir?*« Ich war jung gewesen, voller Eifer, bemüht, meine Pflicht zu tun. »*Sir, alles in Ordnung mit Ihnen?*«

»Natürlich. Jerence.« Ich packte ihn am Arm. »Schaffen Sie Zeit für Alexi. Bauen Sie ihn in die Pläne ein, egal was sonst alles ansteht. Und bringen Sie ihn heute abend auf dem Podium unter.«

»Schon erledigt.«

Zwei Decks tiefer waren die Korridore von Earthport breiter und die Ausstattung eleganter, wie es für die öffentlichen Bereiche angemessen war. Unser Wagen hielt vor der Hauptluke des Hilton, die mit ihren goldenen Verzierungen prachtvoll aussah.

Ich winkte den Gaffern freundlich zu, froh darüber, Alexi an meiner Seite zu haben. Wir bahnten uns den Weg in das rappelvolle Auditorium. Die Besucher waren strengen Sicherheitsprüfungen unterzogen worden, noch zusätzlich zu denen, die sie schon erduldet hatten, um die Station zu erreichen.

Eine halbe Stunde später spielte ich mit meinem Brathähnchen und den Erbsen herum, und das im Blickfeld Hunderter, die astronomische Summen für dieses Privileg bezahlt hatten, sowie von Millionen, die den Vorgang über die weltweiten Netze verfolgten. Ich dachte an Arlene und wünschte mir, ich hätte Stangers Behauptungen mit ihr diskutieren können. Zugleich bedauerte ich, ihr den abscheulichen Vorwurf der Feigheit gemacht zu haben; sie saß jedoch in der vordersten Reihe, hatte sich standhaft geweigert, einen Platz auf dem Podium anzunehmen.

Irgendwie mußte ich meine Torheit ungeschehen machen.

Senator Rob Boland beugte sich zu mir herüber. »Ich hoffe, daß ich Sie heute abend nicht in Verlegenheit bringe.«

»Das werden Sie nicht, wenn Sie die Wahrheit sagen.« Hätte er nicht zur Wiederwahl angestanden, wäre ich nicht damit einverstanden gewesen, daß er heute als Hauptredner auftrat. Robbie Boland hatte jedoch auf dem alten Senatssitz seines Vaters gute Arbeit geleistet und damit eine weitere Amtszeit verdient.

Wir hatten unsere Differenzen über die Transpops und sein moralisches Versagen, was ihre Unterstützung anging, schon vor langer Zeit beigelegt. Die Politik verlangte von mir, praktisch zu sein. Seine Hilfe trug dazu bei, die vielen Gesetzesentwürfe durch den Senat zu bringen, die unsere Partei wichtig fand.

Am äußersten Ende des Podiums kaute der frühere GenSek Kahn phlegmatisch seine Mahlzeit.

Robbie reichte Alexi über meinen Teller hinweg die Hand. »Mr. Tamarow, ich glaube nicht, daß wir uns schon begegnet sind.«

»Ist mir ein Vergnügen, Senator.«

»Sie dienten auf seinem ersten Schiff, nicht wahr? Wie ich Sie beneide!«

»Wie das?« Alexi bat mich mit einem Blick um Verzeihung, aber es machte mir wirklich nichts aus, daß sie sich an mir vorbei unterhielten.

»Ich habe Mr. Seafort kennengelernt, als er Kommandant war.« Boland hatte damals als Kadett unter meiner Obhut gestanden. »Sie kannten ihn jedoch schon, als er noch jung war.«

»Wir waren damals alle noch jung.« Alexi lächelte bei diesen Erinnerungen und wandte sich an mich. »Und wenn man Sie sich jetzt ansieht!« Er las die Worte vom funkelnden Emblem auf dem Bildschirm hinter dem Podium ab. »Der Von-Walthers-Preis für Verdienste als moralisches Vorbild.«

»Herr Jesus, Alexi! Äh, Verzeihung.« Für einen Moment senkte ich reuig den Kopf. »Siehst du denn nicht, daß das alles nur Politik ist? Wie könnte ich das wirklich verdient haben?«

»Wie könnten Sie nicht?«

Die Beleuchtung wurde heruntergedreht. Der Tagungsleiter klopfte aufs Rednerpult und begann seine Einführung. Ich bemühte mich um einen Ausdruck höflichen Interesses.

Zunächst mußte er sich bei den Organisatoren der Veranstaltung bedanken. Dann übergab er das Wort an Anton Bourse, den weltberühmten Holostar, der den Millionen auf der Welt eine kurzgefaßte Lebensbeschreibung Kapitän Von Walthers' vortrug. Danach sprach der Vorstand der Von-Walthers-Stiftung über die wohltätige Arbeit dieser Institution und von dem Preis, der unter ihrer Schirmherrschaft vergeben wurde.

Mein höfliches Lächeln erstarrte allmählich. Ich deckte den Mund mit der Serviette ab.

Alexi flüsterte: »Nur Geduld, Sir, es dauert nicht mehr lange.«

Ich grunzte.

Seine Augen leuchteten. »Als die *Melbourne* andockte, hatte ich ja keine Ahnung, daß Sie den Von-Walthers-Preis erhalten! Es paßt so.«

»Wie ahnungslos du bist.«

»Verstehen Sie nicht, Sir? Ich wäre schon vor Jahren aus dem Dienst ausgeschieden, hätte ich nicht Ihr Beispiel vor Augen gehabt. Noch heute empfinden Fähnriche Verehrung für Sie. Ich kann gar nicht sagen, wie gut das Gefühl ist, daß die Öffentlichkeit genauso empfindet.«

»Alexi, wie oft muß ich das noch erklären? Wir haben das eingefädelt, Branstead und ich.« Ich wandte mich ab und trank vorsichtig einen Schluck Wein. Durch das Glas wirkte eine der Lampen wie ein Bullauge. Ich spielte mit dem Kelchglas herum. Wie eine Sichtluke an der Achterluftschleuse der UNS *Helsinki*.

Ich folgte dem Korridor auf Deck 2: Die Leiter hinauf, dann nach links. Mit meinen sechzehn Jahren, noch grün und unbeholfen, war ich ein nervöser junger Fähnrich, der sich zum erstenmal auf der Brücke meldete. Noch kannte ich Mr. Hager nicht, den ersten Fähnrich, der mein Schicksal in der Hand hatte, und auch nicht den Kapitän, soweit über mir auf der Leiter des Lebens, daß ich in Erwartung unserer bevorstehenden Begegnung schwitzte.

Ich mußte *einfach einen guten Eindruck machen! Meine ganze Karriere hing davon ab. Mein ganzes Streben und meine ganze Ausbildung führten zu diesem Gespräch hin.*

Hilf mir, lieber Gott! Ich bin ganz Dein. Ich widme Dir mein Dienen.

Ich wurde langsamer. Ich stand vor der Brücke.

Ich hielt die Papiere mit den Befehlen fest umklammert, strich mir die Jacke glatt und fuhr mir mit der Hand über das kurzgeschnittene Haar. Es ist soweit, Herr. Meine Karriere beginnt in diesem Augenblick.

Hilf mir, es richtig zu machen.

Hilf mir, stolz zu sein.

Applaus breitete sich aus. Ich blickte erschrocken auf. Robbie Boland schob den Stuhl zurück und marschierte zum Rednerpult.

»Ladies und Gentlemen, es ist eine beeindruckende Ehre, heute abend hier sein zu dürfen, denn unser Preisträger ist ein Kamerad, ein alter Freund, ein langjähriger Verbündeter meines verstorbenen Vaters, mein ...« Er zögerte. »Mein Mentor. Der Mann, der mich Richtig und Falsch zu unterscheiden lehrte, der ...« Ein reuiges Lächeln. »... verantwortlich dafür war, daß ich einmal von der politischen Bühne verschwand.« Damit rief er freundliches Gelächter hervor.

Verzweifelt über den Tod seines Freundes Adam Tenere, den zu verhindern er nichts getan hatte, war Boland einmal als Abgeordneter zurückgetreten, um Adams schwierigen Sohn Jared großzuziehen. Erst fünf Jahre später tauchte er wieder im politischen Leben auf.

»Nicholas Seafort ist ein Mann, der nicht lügt. Ein Mann, der keine Ausflüchte macht. Ein Mann, der jede

Falschheit verabscheut. Ein Mann, der das Richtige tut, wie er es versteht, egal was es ihn kostet.«

Alexi drückte mir den Arm. »Ich bin so stolz auf Sie! Um nichts in der Welt hätte ich das hier versäumen mögen.«

Ich starrte das Glas an, aber die Brücke der *Helsinki* war unwiederbringlich vor meinem geistigen Auge verschwunden.

Herr, warum muß es so sein? Warum kann ich nicht in der Zeit zurückgehen und wieder dieser aufrichtige Junge sein?

Weit links von mir starrte GenSek Kahn wie gebannt auf seinen Teller.

Warum bin ich hier, Herr?

»... ein Mann, der freundlich, entschlossen, brillant und innovativ zugleich ist, ein moralisches Beispiel für die ganze Menschheit. Ich stelle Ihnen vor: den Kapitän der *Hibernia, Challenger* und *Trafalgar*, den Empfänger des diesjährigen Von-Walthers-Preises, Generalsekretär Nicholas Ewing Seafort!« Boland drehte sich um und dirigierte den donnernden Beifall selbst.

Herr, führe mich in die Kindheit zurück. Ich würde Dich auf Knien anflehen, wenn ich Dich damit bewegen könnte. Gib mir eine zweite Chance!

»Sir, es wird Zeit.«

Bitte! Wie konnte ich nur so in die Irre gehen?

»Alle warten!«

Mir blieb nichts übrig, als mitzumachen. Ein paar Worte des Dankes, und es war geschafft. Langsam und widerwillig stand ich auf. Der donnernde Applaus ließ nicht nach. Überall im Saal waren Gäste aufgestanden, um mir im Stehen zu applaudieren.

Es war unerträglich.

Ich erreichte das Rednerpult und lehnte den Spazierstock daran. Mit breitem Lächeln und leuchtenden Augen reichte mir Robbie Boland die Hand.

Während ich darauf wartete, daß der Beifall nachließ, blickte ich forschend durch den Saal. Arvin Rothstein war an einen Tisch der zweiten Reihe verbannt worden, wie ich es geplant hatte. Er hatte über eintausend Unies bezahlt, um teilzunehmen. Herrgott, wie elegant er in seinem schwarzen Abendanzug wirkte!

Ich hob beide Hände und bedeutete der Menge, sich wieder zu setzen. Wie viele der Teilnehmer kannte ich? Natürlich Admiral Hoi. Den stellvertretenden GenSek Cisno Valera an einem Tisch voller Mitarbeiter. Connie Histung von *Holoworld*. Vince Canlo von *Newsnet*. So viele andere.

Langsam ging der Applaus zurück.

Ich blickte blinzelnd an den Lampen vorbei, vorbei an den Bänken von Holokams, die meine Worte auf der Welt verbreiteten. In der vorderen Reihe winkten Leute, als wollten sie meine Aufmerksamkeit gewinnen.

O nein!

Mein Sohn Philip und Jared Tenere grinsten vor Freude über mein Erschrecken.

Nein, Herr. Nicht das! Ich blickte zurück zu Alexi. Seine Lippen sagten lautlos: »Bravo, Sir!«

Tausend Stühle scharrten. Endlich war es still im Saal.

Nur ein paar Worte. Dann war es geschafft.

»Ladies und Gentlemen, ich danke Ihnen ...«

»Fähnrich Nicholas Seafort meldet sich zur Stelle, Sir!« Dem eifrigen Jungen versagte fast die Stimme. Er nahm steif Haltung an. Der Kapitän der Helsinki *betrachtete ihn mit durchdringenden grauen Augen.*

»... danke ...« Ich wußte nicht weiter.

Nein.

Lange stand ich nur da und starrte das Rednerpult an.

Im Saal wurde unbehaglich gemurmelt.

Ich packte das Pult so fest, daß sich die Fingerknöchel weiß abzeichneten. Vom vorderen Tisch blickte mein Sohn P. T. vertrauensvoll und stolz zu mir auf.

Ich hob den Kopf. »Danke für die Ehre, mit der Sie mich bedenken möchten.« Ich blickte durch das Publikum, suchte ein Gesicht, das mich vielleicht verstand.

»Sie möchten meine moralische Führungsrolle feiern, und doch habe ich letzten Winter die Revision des Spendengesetzes gebilligt, von der unter anderem die Von-Walthers-Stiftung profitierte. Ich wußte, daß deshalb überlegt wurde, mir diesen Preis zu verleihen. Ich kann es nur als Akt moralischer Nachlässigkeit bezeichnen, daß ich zuließ, wie meine Nominierung ihren Fortgang nahm.«

Überall im Saal schnappten Menschen nach Luft.

Aus der vordersten Reihe betrachtete mich Philip, den Mund geöffnet, als wollte er protestieren. Jareds Hand glitt hinüber und umfaßte schützend die Philips.

»Bin ich insgesamt ein schlechter Mensch? Ich denke, nein, und doch gestattete ich es politischer Rachsucht, die Sitzordnung des heutigen Banketts zu diktieren. Herr GenSek Kahn, Sie hätten an prominenterer Stelle einen Platz erhalten sollen, was auch geschehen wäre, hätte ich mich nicht eingemischt. Mr. Rothstein, obwohl Sie zu den Direktoren der Von-Walthers-Stiftung gehören, gab ich Anweisung, Sie aufgrund Ihres Widerstands gegen das Weizentarifgesetz vom Podium zu entfernen. Ich entschuldige mich bei Ihnen beiden für diese moralischen Fehltritte.«

»Herr GenSek, tun Sie das nicht!« Jerence Bransteads gezischte Worte drangen vom Podium bis zu mir.

»Gerüchte wollen wissen, daß der Von-Walthers-Preis schon früher politisiert worden ist. Nicht zu ändern. Das ist jedoch keine Entschuldigung für meine Mitwirkung an einer geschmacklosen Farce.«

Gemurmel, das erschrockener Stille wich.

Ich schluckte, um den Kloß im Hals loszuwerden. »Als ich hier in Gesellschaft eines alten Schiffskameraden saß, in Gegenwart meines Sohnes, auf den ich ungeheuer stolz bin, und eines feinen Jungen, der einmal mein Kadett war, erinnerte ich mich an das Ideal, das ich vor Jahrzehnten einmal zu erreichen versuchte. Heute ist es zu spät, noch zu diesem Menschen zu werden. Ich kann jedoch wenigstens symbolisch versuchen, es wiedergutzumachen. Falls ich also irgendeinen Anspruch auf moralischen Anstand erheben kann, dann, sehen Sie, darf ich einen Preis für moralische Führung nicht annehmen. Ich lehne also die Ehre ab, die Sie mir heute abend erweisen wollten.«

Ich blickte gelassen in die Holokams. »Danke für Ihre guten Absichten. Möge der Herrgott Sie alle segnen.«

Ich packte meinen Stock und humpelte aus dem lautlosen Saal.

4. Kapitel

Wir waren in meiner luxuriösen Suite im Hilton versammelt. Großflächige Sichtluken boten Aussicht auf die UNS *Galactic* und die gewaltige Erdkugel dahinter.

Jerence Branstead saß zusammengesunken da, den Kopf in die Hände gelegt.

Arlene setzte sich auf die Armlehne meines Sofas. »Ah, Nicky. Wirst du dich je ändern?«

Ich schnaubte.

»Unwahrscheinlich.« Jedenfalls in meinem fortgeschrittenen Alter.

»Es ist eine Schande. Abgesehen von deinen puritanischen Moralvorstellungen, bist du ein ganz anständiger Bursche.«

Schockiert drehte ich mich um. Obwohl ich ihre Kritik respektierte, griff sie mich nur selten öffentlich an.

Stimmt, ich betrachtete Branstead und Alexi fast als Familienmitglieder, aber ...

Alexi putzte sich die Nase.

Ich schnauzte: »Um Himmels willen ... das hier ist keine Totenwache!«

»Könnte es aber genausogut sein«, meinte Branstead. »Politisch.« Seine durchdringenden grauen Augen bohrten sich in meine.

Ich winkte ab. »Ist mir egal.« Die Patriarchen würden mich in wenigen Tagen ohnehin erledigen. Jerence und Arlene wußten das jedoch nicht, und ich wollte es ihnen nicht erzählen. Ich konnte den Ältesten unmöglich kritisieren, ohne dabei die Kirche selbst herabzusetzen, und das widerstrebte mir. Es hätte mich in Konflikt mit dem allmächtigen Gott selbst gebracht.

»Es war ein so toller Augenblick, Sir.« Das war Alexi. »Wieso haben Sie ihn nur ruiniert?«

»Geht dich nichts an.« Ich sagte das, ohne vorher nachzudenken. »Tut mir leid, das hattest du nicht verdient.« Müde lehnte ich mich zurück, lehnte den Kopf an und wünschte mir, Philip wäre auch zu unserem Treffen erschienen. Er hatte Arlene jedoch erzählt, er wollte lieber allein sein, und war aus dem Auditorium verschwunden. »Ich bin in letzter Zeit ziemlich herrisch geworden. Sicherlich ist es Ihnen allen aufgefallen. Sie hätten mich aufhalten sollen.«

»Wir haben es versucht.« Bransteads Ton war ironisch.

»Es ist, als gebrauchte ich mein Amt wie ein persönliches Recht. Ich bin so ungeduldig mit den Trotteln, die unseren Fortschritt hemmen.« Ich seufzte und wünschte mir, ich hätte gewußt, wie ich es richtig ausdrücken konnte. »Als ich das Amt zum erstenmal antrat, waren die Narben der Bombardierung durch die Außerirdischen noch frisch.« Ganze Städte ausgelöscht und die Bevölkerung im Schock darüber, daß die tapfere Eroberung der Sterne zu solchen Verwüstungen geführt hatte.

»Und dann, in meiner zweiten Amtszeit, nach dem Aufstand der Transpops ...« New York hatte in Flammen gestanden, und die Unruhen waren auf Chicago, Detroit und London übergesprungen.

Als Flottenoffizier und als Zivilist war ich erst Kriegsheld gewesen, dann Friedensstifter. Als GenSek jedoch mühte ich mich damit ab, die Schäden zu beheben, die wirtschaftliche Belastung der Welt zu lindern. Die Gefühle zu befrieden und uns auf gleichmäßigem Kurs des Wiederaufbaus zu halten. Dabei reiste ich ständig um die Welt und spendete denen persönlich Trost, die von unaufhörlichen Katastrophen überwältigt worden waren. Der Industrieunfall in Berlin, die Flut in New Orleans, die Kernschmelze in Kiew ... hörte es denn nie wieder auf?

Nein. Es schien, als ginge eine übervölkerte, verletzte Welt Risiken ein, zu viele Risiken, um ihre schwankende Wirtschaft wieder in Form zu bringen. Trotzdem zeigte ich mich vor Ort, setzte mich verschmutzter Luft aus, den von Cholera befallenen Obdachlosen, vergiftetem Wasser, tobenden Bränden, und tat mein Bestes, um das Getriebe der Regierungsarbeit zu ölen. Immer wieder bereiste ich die Städte der Erde, zeigte mich, ließ mich anfassen, sprach zu den Menschen – im Gegensatz zu meinem unnahbaren Vorgänger, GenSek Kahn.

Was die Außenpolitik anging, stellte ich die Beziehungen zu unseren zahlreichen Kolonien wieder her, die verstimmt waren, weil wir sie in der Stunde der Not im Stich gelassen hatten, als die erbarmungslosen Fische so viele Außenposten angriffen. Ich änderte Wechselkurse zu ihren Gunsten, um ihre Industrien in Schwung zu bringen und den Handel zu fördern.

Und immer sagte ich die Wahrheit, eine sich nie ändernde Politik, mit der ich schließlich das widerwillige Vertrauen der Welt gewann.

Und doch schnitt ich bei so vielen Problemen eher

schlecht ab. »Ich schätze, im Zuge des Älterwerdens sehnen wir alle uns in die Jugend zurück«, sagte ich, »um noch mehr Leben vor uns zu haben. Aber das gibt nicht ganz wieder, was ich fühle. Was ich wirklich möchte, ist noch einmal neu anfangen und das verändern, was aus mir geworden ist. Ich kann es jedoch nicht, und das macht mich wahnsinnig.«

»Jemand sollte es ihm sagen.« Alexi sprach zur Wand, als fürchtete er, meinem Blick zu begegnen. »Falls jemand stolz auf das sein sollte, was aus ihm geworden ist, dann er.«

»Ich bin in jüngster Zeit nicht stolz auf mich.«

»Bah. Sie waren es nie.«

»Die Taten, die du als heldenhaft bezeichnest ...«

Jerence warf ein: »Sie irren sich in Bezug auf sich selbst, wie Sie es schon immer getan haben.«

»Ach, Unfug! Ich weiß, daß ich Sie mißhandelt habe, als Sie noch ein kleiner Junge waren, und was die *Trafalgar* angeht ...«

»Gottverdammt, jetzt hören Sie mir mal zu!« Bransteads Ton war hart. Ich sperrte den Mund auf, als ich seine Blasphemie hörte, aber er scherte sich nicht darum. »Wo wäre ich jetzt ohne Sie? Tot oder in einer Gefängniskolonie, um mich dort nach Glückssaft zu verzehren!« Die schreckliche, suchterzeugende Droge ergriff in der Kindheit von ihm Besitz. Er wand sich in ihrem Griff, bis ich ihn dazu ermunterte, ihr zu entfliehen.

Das Bild eines vierzehnjährigen Jungen auf dem Rennschiff *Victoria* schwebte vor mir. Er legte seine Hand in meine, um Trost zu suchen. »Ich schwöre bei meiner unsterblichen Seele, daß ich ... nie ... nie wieder ... Glückssaft nehmen werde.« Er weinte. »Es war so schlimm, Mr. Seafort. So schlimm!«

Aber er hatte es geschafft.

Und sich ein Leben aufgebaut, auf das er stolz sein konnte.

»Das gilt auch für mich«, sagte Alexi leise. »Ohne Sie, Mr. Seafort, was wäre ich dann jetzt?«

»Dasselbe. Von deinen Problemen genesen, ein erfolgreicher Offizier.«

»Sie haben mir beigebracht, ein Offizier zu sein. Und später taten Sie es erneut.«

»Alexi, ich brauchte wenig zu tun ...«

Er flüsterte fast. »Werten Sie nicht ab, was Sie mir bedeutet haben. Und immer noch bedeuten.«

Ich warf die Arme hoch. »Ich weiß nicht, was ich sagen soll.«

Arlene hob zögernd die Hand, wie ein Kind in der Schule. »Daß du dich irrst, und daß es dir leid tut?«

Allmächtiger, womit habe ich nur solche Freunde verdient?

Ich senkte den Kopf.

Eine Stunde später, als unser Besuch gegangen war, setzte sich Arlene mir gegenüber auf die andere Seite des Zimmers. Sie musterte mich argwöhnisch. »Nicky, was in Gottes Namen macht dir Kummer? Nein, sieh nicht weg. Es wird Zeit, daß wir ...« Sie schluckte. »Sag es mir.«

»Es ist ...« Mein Herz klopfte.

»Sag es!«

»Es gibt da eine Frau. Ich ... wir haben uns geliebt.«

Sie schloß für einen Moment die Augen, als empfände sie unerträglichen Schmerz. Dann fragte sie entschlossen: »Ist sie schön?«

Ich betrachtete sie forschend und fragte mich, wieviel Schmerz sie noch ertragen konnte. »Ja. Allmächtiger Gott, ja.«

Ein Stöhnen.

»Blaue Augen, rotbraune Haare ...«

Ihr Ton war bitter. »Kennst du sie schon lange?«

Ich zwang mich, ihr in die Augen zu blicken. »Sie zu finden war das Wunder meines ...« Mir stockte die Stimme. »Ich verabscheue mich, weil ich nicht mehr für sie getan habe. Ich liebe sie, seit ich sechzehn war, und weiß immer noch nicht, was ich ohne sie ...«

»O Nicky!« Sie flog über den Teppich hinweg und warf sich in meine Arme.

Ich schlang die Arme um sie, atmete ihren Duft ein, genoß den kräftigen Rhythmus ihres Herzens. »Es tut mir leid, meine Liebe. Es tut mir so leid.« Mehr brachte ich nicht hervor. »So leid.«

Durch die Sichtluke unserer Barkasse betrachtet, war die UNS *Galactic* eine Enttäuschung. Sie war groß, aber auch wiederum nicht so riesig. Vom Liegeplatz etwa einen Kilometer vor Station Earthport leuchteten ihre Lichter herüber. Vertäut war sie nicht; sie schwebte einfach in konstanter Position relativ zur Station. Die *Galactic* war zu groß, um an den üblichen Schleusen von Earthport anzulegen; sie hätte fünf Hangarbuchten zugleich belegt. Die erweiterte Anlage, an der später sie und ihr Schwesterschiff anlegen sollten, war noch nicht fertig. Alles in allem nur eine geringfügige Unannehmlichkeit.

Das Sternenschiff war mit vier Barkassen und zwei Gigs ausgestattet, um den Pendelverkehr der Fahrgäste zu besorgen. Die Fähnriche an Bord mußten förmlich außer sich sein, um sich die Gunst einer Fahrt zwischen Station und Schiff zu verdienen. Tatsächlich legte gerade ein Gig ab; seine Fahrtlichter leuchteten grün und weiß. Es wirkte absolut zwergenhaft vor dem Hintergrund der *Galactic*, als es eine Stationsbucht ansteuerte.

Alexi, Arlene und ich waren durch eine Schleuse der Flottensektion an Bord der *Galactic*-Barkasse gegangen. Daß ich eine Nacht darüber geschlafen hatte, änderte nichts daran, daß ich fand, auf dem Von-Walthers-Bankett richtig gehandelt zu haben. Wie schade, daß ich nicht früher zu Verstand gekommen war und schon die Nominierung abgelehnt hatte.

Irgendein Idiot hatte dafür gesorgt, daß Medienleute unseren Ausflug von der Station aufnahmen, und ihr Gebrüll klang mir noch in den Ohren.

»Herr GenSek, haben Sie die Umfrageergebnisse gesehen?«

»Wie lange hatten Sie schon geplant ...«

»War das der Beginn Ihres Wahlkam ...«

»Wollten Sie der Vollversammlung ein Beispiel geben?«

Auf das Zischen der sich schließenden Luke folgte gesegnete Stille.

Wir bremsten ab, als unser Pilot den Barkassenhangar der *Galactic* ansteuerte. An Steuerbord, von uns aus gesehen, schwebte das Gig zur Station hinüber.

Ich hielt die Luft an. Es war gar kein Gig, sondern eine weitere Barkasse, mehrere Male so groß wie ein Gig. Das bedeutete ...

Plötzlich sah ich die *Galactic* in der richtigen Perspektive. Wenn ihre Barkasse wie eine Mücke auf einem Bison wirkte, mußte sie wahrhaft riesig sein. Ich drückte die Stirn an die Sichtluke, um die Pracht des Giganten aufzusaugen. Schließlich lehnte ich mich wieder zurück, um zu verdauen, was ich gesehen hatte. Arlene drückte meine Hand.

»Was ich dafür geben würde, sie zu übernehmen!« sagte Alexi.

Ich nickte beifällig. Jeder Kapitän hätte den rechten Arm für dieses Kommando gegeben; erneut fragte ich mich, welche Art Einfluß dazu geführt hatte, daß sich die Admiralität für Stanger entschied. Vielleicht hätte ich mich in die Auswahl einmischen sollen. Die *Galactic* war das größte Schiff der Raumflotte, das größte, das je gebaut worden war. Nur das noch im Bau befindliche Schwesterschiff *Olympia* würde vergleichbar ausfallen.

Als hätte er meine Gedanken gelesen, sagte Alexi: »Für das Geld hätte man zehn Sternenschiffe bauen können.«

Ich nickte.

»Nun, sie wird die Hitzköpfe zweifellos zufriedenstellen.« Er wandte sich zur Sichtluke um. »Tut mir leid, sollte mich nicht in die Politik einmischen.«

Beinahe hätte ich es übergangen. »Was sagst du da, Alexi?«

»Sicherlich haben Sie das Gerede auch schon gehört. Die Mission der Raumflotte, vom Schicksal bestimmt. Die Rettungsleine zu den Kolonien. Die undankbaren Kinder der Erde, Blödsinn dieser Art.« Sein Blick schweifte über den Schiffsrumpf da draußen. »Himmel, ist sie groß!«

»Wie soll die *Galactic* ...«

»Oh, einfach durch ihre Präsenz. Eine unausgesprochene Drohung, sollte sowas nötig werden.« Er machte eine vage Handbewegung.

»Ist solches Gerede häufig zu hören?«

»Häufig genug. Ich wollte aber eigentlich nicht aus der Schule plaudern.« Eine beschwichtigende Geste. »Es ist nur ... na ja, wir sind so abhängig von Importen geworden, daß es die Leute nervös macht.« Er lächelte. »Auf langer Fahrt haben Kapitäne zuviel Zeit, um nachzudenken.«

Ich wußte, daß das stimmte.

»Sehen Sie, Sir, die Luken zum Barkassenhangar stehen offen. Das Schiff ist so riesig, daß man den Hangar kaum erkennt.«

Ich gesellte mich an der Sichtluke zu ihm. Hinter uns hielt Arlene ruhig Ausschau, das Gesicht ausdruckslos.

Der Pilot leitete die Bremsmanöver ein.

Kurz darauf fuhr unser Boot sachte in den Barkassenhangar. Die Halteriegel packten klickend zu, dann fuhr die riesige Außenluke hinter uns ins Schloß. Eine kurze Wartezeit, während der Hangar mit Luft gefüllt wurde. Natürlich lag, wie auf allen Schiffen, eine Schleuse zwischen Hangar und den Arbeitsbereichen des Schiffs, aber man wollte die Passagiere nicht in Raumanzügen herumführen, solange man es vermeiden konnte, also hielt man die Hangarbucht normalerweise unter Druck.

Wir stiegen aus und durchliefen den Schleusenzyklus, um den Korridor von Deck 3 zu erreichen.

Jemand brüllte: »Achtung!«

Zweiundzwanzig Offiziere, prachtvoll anzuschauen in ihren weißen Galauniformen, nahmen Haltung an. An ihrer Spitze zeigte Captain Stanger einen zackigen Akademiegruß. Unwillkürlich wurde mein Herz schneller.

»Gentlemen, Kommando zurück.«

Forsch trat Stanger vor. »Willkommen auf der *Galactic*, Herr GenSek.«

»Danke.« Ich sah mich um. Alle Umfangskorridore verliefen gekrümmt, aber bei der *Galactic* fiel das weit weniger auf als auf anderen Schiffen, die ich kannte. Ihre Scheiben waren viel größer, weshalb dieser Effekt nicht überraschen konnte, aber er vermittelte dem Schiff eine vornehme und luxuriöse Atmosphäre, die ich nicht erwartet hatte.

Arlenes Blick zuckte umher. »Grundgütiger!«

Ich konnte ihre Ehrfurcht verstehen. Normalerweise waren Schiffskorridore in Flottengrau gehalten, aber hier prangten sie in reich detaillierten Holztönen, ergänzt um ein erstaunliches Ausmaß an komplex gestalteten Verzierungen. Die Luken waren in Gold gerahmt.

Schockiert blickte ich zu Boden. »Teppichboden? Auf einem Korridordeck?« Korridore bestanden aus vernieteten Platten. Immer.

»Wir sind hier auf Deck 3, Sir. Der Fahrgastbereich. Deck 1 bietet eher das, was Sie gewöhnt sind.«

Ich scharrte mit den Füßen auf dem obszön weichen Material. Einen Moment später entspannte ich mich genug, um Arlene anzulächeln. »Sie ist schön was, hm?« Beinahe tat es mir um die Kosten nicht mehr leid.

»Die *Hibernia* verblaßt daneben«, meinte Alexi.

»Hmpff.« Alte Loyalität rief bei mir ein Stirnrunzeln hervor.

Die Offiziere kamen mir verdächtig jung vor. Meine Augen huschten über Schulterstücke und Dienstzeitabzeichen. »Gott im Himmel, wie viele Fähnriche dienen bei Ihnen?«

»Elf, Sir.«

»Alle in einer Fähnrichskabine?«

»Nicht ganz. Wir nennen es eine, aber sie besteht aus zwei Abteilen.«

Der erste Fähnrich hatte bestimmt alle Hände voll zu tun, falls die *Galactic* irgendeinem der Schiffe ähnelte, die ich je kennengelernt hatte. Mir war es als schwere Prüfung erschienen, drei Fähnriche an der Kandare zu halten. Zehn Untergebene würden wie ...

»Wer ist erster?«

»Mr. Speke, treten Sie vor.«

Ein schlaksiger Bursche trat zwischen seinen Kameraden hervor und salutierte. »Fähnrich Edwin Speke zur Stelle, Sir.«

Ich sah mir die Dienstzeitnadeln an. »Sechs Jahre.« Reichlich Erfahrung. Nützlich. Aber wieso hatte er es nicht zum Leutnant gebracht? Na ja, sechs Jahre als Fähnrich waren gar nicht so lange. Vor Ablauf eines weiteren Jahres oder so würde niemand eine Braue hochziehen.

Kapitän Stanger stellte mir nacheinander seine Leutnants vor, die alle darauf erpicht schienen, mir die Hand zu schütteln. Ich fragte mich, wie viele von ihnen noch immer davon prahlen würden, sobald die Patriarchen erst mal Schande über mich gebracht hatten.

»Sollen wir die Brücke besichtigen, Sir?«

»Bitte.« Ich mußte geschickt durch die Untiefen des Protokolls navigieren. Nicht mal als GenSek hatte ich Befehlsgewalt auf Stangers Schiff; die Raumflotte nahm ihre Kommandorangfolge wirklich sehr ernst. Stanger und seine Crew hatten als Geste der Höflichkeit vor mir Haltung angenommen, nicht, weil sie dazu verpflichtet gewesen wären.

Ein Schiff konnte nur einen Kapitän haben, und das war Stanger. Kein Zivilist, auch nicht als Oberbefehlshaber und Regierungschef, hatte das Recht, an Bord eines Schiffes einen direkten Befehl zu erteilen. Selbst von einem Admiral wurde erwartet, daß er durch den ihm unterstellten Kapitän agierte, der die tatsächliche Verantwortung für das Schiff trug. Als letztes Mittel konnte der Admiral einen Kapitän, der es mit ihm verdorben hatte, des Kommandos entheben, aber nicht mal der Admiral konnte die Befehle seines amtierenden Kapitäns widerrufen.

Und so war es auch gut. Die Flotte überlebte, indem sie eine absolut klare Befehlshierarchie wahrte.

Letztlich hätte ich erreichen können, daß die Crew der *Galactic* meine Wünsche erfüllte, aber nur, indem ich der Admiralität Direktiven erteilte, die diese wiederum nach unten weitergab. Unter praktischen Gesichtspunkten kam eine Bitte von mir natürlich einem Befehl gleich. Kein Raumfahrer, der seine sieben Sinne beisammen hatte, würde den GenSek gegen sich aufbringen.

Wir machten uns auf den Weg durch den Korridor, gefolgt von etlichen Offizieren.

Wie jedes Sternenschiff bestand die *Galactic* aus Scheiben. Man stelle sich eine Reihe von runden Scheiben aus Schaumgummi vor, alle aufeinandergestapelt. Dazu denke man sich einen ziemlich dicken altmodischen Bleistift, den man durch den Mittelpunkt der Scheiben gestoßen hatte. Der vor den Scheiben gelegene Bleistiftabschnitt enthielt die großen Frachträume, die die Existenz des Schiffes rechtfertigten. Achtern, hinter den Scheiben, befanden sich die Fusionsantriebskammern, in denen die N-Welle erzeugt wurde, mit deren Hilfe sich das Schiff fortbewegte. Passagiere und Besatzungsmitglieder lebten und arbeiteten jedoch in den Scheiben. Die meisten Sternenschiffe bestanden aus zwei oder drei Decks beziehungsweise Scheiben, die *Galactic* hingegen aus sechs, die obendrein noch riesig waren. Auf halber Länge des Radius zog sich ein Umfangskorridor durch jedes Deck, nominell in Ost- und Westabschnitt unterteilt. Die Scheiben waren untereinander durch Treppenhäuser verbunden, die in der Terminologie der Flotte als Leitern bezeichnet wurden.

»Ich fühle mich ...« Ich konnte es nicht laut aussprechen, nicht mal Arlene gegenüber. Auf diesem Schiff, so fremd es mir auch war, fühlte ich mich eher zu Hause als je auf den Korridoren der Rotunde.

Warum können wir nicht ins Vergangene zurückkehren? Und präziser gefragt: Warum hatte ich mein Leben als Kapitän je aufgegeben? Ich seufzte.

Stanger blieb abrupt vor einer Luke stehen und schlug auf die Schalttafel. Die Fähnriche setzten ihren Weg fort, bis sie hinter der Korridorbiegung verschwunden waren.

Eine Luke öffnete sich. Ich sperrte den Mund auf. »Fahrstühle, auf einem Sternenschiff?«

»Überwiegend für die Fahrgäste. Vergessen Sie nicht, wir haben sechs Decks.« Er lächelte. »Die Fähnriche dürfen die Fahrstühle nicht benutzen.«

»Das will ich auch hoffen.« Wie würde die Raumflotte verweichlichen, wenn die Fähnriche mit Aufzügen von einem Deck zum nächsten führen? Na ja, zu meiner Zeit ...

»Sollen wir?«

Brüsk fragte ich: »Fahren Sie gewöhnlich?«

»Nein, Sir. Aber ...« Sein Blick zuckte auf meinen Stock.

Das gab den Ausschlag. »Ich auch nicht.« Ich stolzierte den Korridor hinunter.

Zur Leiter war es weiter, als ich erwartet hatte. Sicherlich war die Treppe zu Deck 2 nicht steiler als üblich. Mit zusammengepreßten Lippen brachte ich die Stufen hinter mich und verlagerte dabei soviel Gewicht aufs Geländer, wie ich nur konnte. Während des Aufstiegs ließ das Unbehagen jedoch nach. Am oberen Absatz der Leiter auf Deck 2 war mir im Kopf fast beschwingt zumute.

Stanger las meine Gedanken. »Wir haben drei Sätze Gravitronen. Sie sollen eigentlich ineinandergreifen, aber ich halte die Buggeräte niedriger eingestellt. Etwa auf ein Drittel g. Für unsere Gesundheit ist das besser.«

»Wirklich?«

Er zuckte die Achseln. »Mir gefällt es so.« Als Kapitän konnte er sie einstellen, wie es ihm gefiel. Geringe Schwerkraft war wirklich erfrischend, sobald man sich daran gewöhnt hatte. Die hiesige Anordnung war höchst ungewöhnlich; ein Schiff wie die *Hibernia* hatte nur einen Satz Gravitronen.

Wir stiegen auf Deck 1 hinauf. Hier entsprach, wie Stanger gesagt hatte, alles eher meinen Erwartungen. Graue Schotte, Metalldeck. Nutzorientiert. Für meine Augen behaglich.

Ein Viertel des Weges durch den langen Korridor, und wir hatten die Brücke erreicht. Stanger öffnete die verstärkte Luke. Eine Schiffsbrücke glich einer Festung; falls sie von innen verschlossen war, konnte man nur noch mit schweren Schneidwerkzeugen eindringen.

Der Wachoffizier sprang von seiner Konsole auf und nahm Haltung an.

»Kommando zurück.«

Automatisch las Stanger die Konsolenanzeigen ab. Mein Blick wurde vom Simultanschirm angezogen, der das vordere Schott dominierte. Wie auf jeder Brücke zeigte er die Sterne aus der Bugperspektive. Die meisten Schiffe lagen jedoch nicht gerade vor Station Earthport. Die Aussicht von der *Galactic* war mehr als spektakulär. Sie war atemberaubend.

»Herr GenSek, Ms. Seafort: Erster Leutnant Garrow.«

Ich grunzte, war immer noch in den strahlenden Lichtern der Station versunken.

»Eine Ehre, Ihnen zu begegnen, Sir.«

»Natürlich.« Einen Augenblick später riß ich mich vom Simultanschirm los und wurde mir klar, was ich gesagt hatte. »Ich meine ...« Ich wurde rot. »Verzeihen Sie. Dienen Sie schon lange an Bord, Leutnant?«

»Ich wurde zwei Wochen vor der Indienststellung von der *Sevilla* hierher versetzt.«

Ich riß mich zusammen und konzentrierte mich. »Kapitän Stangers vorheriges Kommando.« Soviel wenigstens hatte ich im Rahmen einer Instruktion gelesen.

Stanger spazierte wieder zur Luke hinüber. »Ich habe Garrow mitgebracht. Ein guter Mann. Wünschen Sie eine kurze Besichtigung, Herr GenSek?«

»Sehr schön.« Widerwillig folgten wir ihm von der Brücke und warfen dabei noch Blicke zurück. Zwei Fähnriche hefteten sich an unsere Fersen, anscheinend auf Geheiß des Kapitäns.

Der Speisesaal auf Deck 2 war eleganter, als man beschreiben konnte; die Ausstattung wäre dem besten französischen Restaurant von Lunapolis angemessen gewesen. Alexi und ich wechselten skeptische Blicke. »Ziemlich prunkvoll«, räumte er ein.

Ich versuchte, die Tische zu zählen. Falls die *Galactic* dreitausend Passagiere aufnahm ... »Mr. Stanger, sicherlich speisen Sie nicht in zwei Schichten?«

»Nein, das ist nur die erste Klasse. Die meisten Passagiere essen im zweiten Speisesaal weiter unten. Wir ...«

»Erste *Klasse?*« sprudelte ich hervor. Während all meiner Dienstjahre in der Flotte war es ein stolzer Grundsatz gewesen, daß die Flotte nur eine Klasse von Fahrgästen beförderte. Obwohl reichere Leute sich bestimmte Extras leisten konnten, zum Beispiel Parties und Empfänge im Salon, hatten alle Passagierkabinen das gleiche Format und erhielten alle Fahrgäste die gleichen Mahlzeiten serviert.

»Es ist im Grunde keine andere Klasse, Sir, es ...«

»Warum wurde ich nicht darüber informiert?«

»Ich weiß es nicht, Sir.«

»Zeigen Sie mir den anderen Speisesaal.«

Grimmig stiegen wir auf der Leiter zwei Decks tiefer.

Finster betrachtete Alexi die Tische aus gepreßtem Cellulex und die Reihen ungepolsterter Stühle. »Hah! Im Grunde keine andere Klasse?«

»Unentschuldbar«, knurrte ich. Verglichen mit dem opulenten Speisesaal der ersten Klasse wirkte diese Kabine eintönig, nur nach praktischen Gesichtspunkten gestaltet.

Arlene drückte mir warnend die Hand, aber ihr Blick verriet, daß sie so angewidert war wie ich.

Ich schüttelte den Kopf. »Ich werde die Admiralität aufsuchen.« Ich fuhr Kapitän Stanger an. »Ich vermute, die Kabinen sind gleichermaßen klassenlos?«

»Es bestehen Unterschiede.« Stangers Ton war frostig. »Bedenken Sie, Herr GenSek, daß ich nicht der Konstrukteur bin.«

Ich war nicht bereit, mich so leicht beschwichtigen zu lassen. »Sie speisen natürlich auf Deck 2?«

»Es liegt näher zur Brücke.«

»Aber natürlich.« Mein Ton triefte vor Verachtung.

Die beiden Fähnriche sahen sich an.

»Sachte, Sir.« Alexi berührte mich am Arm.

»Es ist ein Skandal.« Er und Arlene hatten recht: Es war sinnlos, wenn ich es mit Stanger verdarb, aber ... der Kapitän schämte sich des skandalösen Arrangements nicht einmal. Trotzdem, ich putzte ihn hier vor seinen eigenen Fähnrichen herunter. Der Disziplin an Bord zuliebe versuchte ich, meinen Zorn zu beherrschen. »Nicht nötig, Sie durch das Schiff zu schleppen; ein Fähnrich wird genügen. Sie da, Speke, nicht wahr?

Wären Sie so freundlich, uns den Maschinenraum zu zeigen?«

»Wenn es der Kapitän gestattet.« Vielleicht eine Spur unverschämt, aber technisch korrekt. Es war Stangers Schiff, nicht meins.

Stanger nickte zustimmend. Dann fragte er mich: »Möchten Sie mit uns zu Mittag essen, ehe Sie wieder aufbrechen?«

»Nein, danke. Wir müssen ein Shuttle erwischen.« Was nicht ganz zutraf; unser Shuttle für den Von-Walthers-Hafen startete, sobald wir bereit waren. Earthport befand sich auf einer geostationären Umlaufbahn über dem südöstlichen Amerika, so daß wir uns nicht den Kopf über ein Eintrittsfenster zerbrechen mußten. Trotzdem – ich bezweifelte, daß es mir in einer Kombüse schmecken würde, die sich als Luxushotel maskierte.

Der Kapitän machte ein hölzernes Gesicht. »Wie Sie wünschen. Ich weise die Barkassencrew an, sich bereitzuhalten.«

Noch ein Gruß, und er ließ uns stehen.

Vielleicht nahm Fähnrich Speke Anstoß daran, wie ich Stanger abgespeist hatte; er gab sich während unseres Rundgangs entschieden kühl. Damit ärgerte er mich genug, um nach dem Besuch im Maschinenraum darauf zu bestehen, daß ich noch mehr zu sehen bekam. Arlene sah sich interessiert um; sie hatte etliche Jahre als Leutnant auf einem der stolzesten Schiffe der Flotte gedient.

»Hier entlang, Sir.« Spekes Ton war mürrisch. Na ja, bei dieser Einstellung verwunderte nicht, daß er noch nicht Leutnant war.

Ich wies den Fähnrich an, uns den Funkraum zu zeigen – eine eindrucksvolle Anlage, die von Funk- und Sensorengeräten nur so strotzte – sowie anschließend einen eleganten Passagiersalon, komplett mit kunstvollen Bronzeplastiken. Mit jedem Schritt wurde mir unbehaglicher zumute und wuchs meine Überzeugung, daß die Raumflotte hier eine schwere Fehlentscheidung getroffen hatte.

Die *Galactic* war zweifellos überwältigend. Die Flotte war jedoch im Transportgeschäft tätig, nicht im Hotelgewerbe. Eine Reise konnte gut über ein Jahr dauern; die Fahrt der *Galactic* zur neuen Kolonie Constantine würde volle neunzehn Monate in Anspruch nehmen. Auf so langen Fahrten sollten alle Klassenunterschiede unterdrückt und nicht herausgestrichen werden, damit sie nicht an der Schiffsgemeinschaft nagten und Ressentiments erzeugten.

Ich fragte: »Wo sind die hydroponischen Anlagen?« Ungeachtet der voluminösen Frachträume würde das Sternenschiff in hohem Maße von den Erzeugnissen der Hydrokulturen abhängen.

»Unten, auf Deck 6«, antwortete Speke.

Ich sah Alexi mit aufgesperrtem Mund an, aber er hatte es ebenfalls gesehen. Der ungeduldige Fähnrich hatte mit den Augen gerollt. Alexi schüttelte den Kopf. Ich wußte, was er dachte: Auf der *Melbourne,* oder was das anging, auf jedem von mir geführten Schiff, wäre ein Fähnrich, der sich dermaßen respektlos zeigte, gemaßregelt worden. Na ja, die *Galactic* war Stangers Kommando; da mischte ich mich lieber nicht ein.

Wir trotteten Richtung Hydrokammer durch den prunkvollen Korridor, an einer Kabine nach der anderen vorbei, und mir tat das Knie weh. Wir passierten eine Luftschleuse, eine aus einem halben Dutzend, deren sich das Schiff rühmen konnte. Zwei Matrosen warteten darauf, daß die Eintrittslampe auf Grün sprang, und sie wirkten steif und unbeholfen in ihren Druckanzügen.

»Hallo, was geht hier vor?« wollte Alexi wissen.

Der Ton des jungen Fähnrichs war kühl. »Maschinenmaate, Sir. Ich glaube, sie kontrollieren wieder einen Sensor.«

»Probleme?«

»Vier Außensensoren an Luftschleusen hatten bislang Störungen.« Sowas passierte, besonders auf einem neuen Schiff. Aus diesem Grund blieb die *Galactic* auch so lange nach der Indienststellung noch im Heimatsystem. Speke schüttelte den Kopf. »Minderwertige Flottenteile.« Ich verkniff mir eine wütende Antwort.

Als wir uns die Reihen von Tomaten, Hülsenfrüchten und Grüngemüse angesehen hatten, die in der Osthydroponik wuchsen, war ich soviel gelaufen, wie ich ertrug. Wir machten uns auf den Rückweg zum Barkassenhangar.

An der Schleuse zum Hangar auf Deck 3 öffnete ich über die Korridorschalttafel die Innenluke. »Das war dann alles, Mr. Speke.«

Alexi räusperte sich. »Fähnrich, bitte übermitteln Sie Mr. Stanger eine Nachricht.«

»Ja, Sir?« Der Junge wartete.

Alexis Ton war bestimmt. »Sagen Sie ihm, daß Kapitän Tamarow über Ihr Verhalten gekränkt ist und ihm diese Tatsache zur Kenntnis bringen möchte.«

Der Fähnrich schluckte. »Aye, Sir.«

Ich pfiff vor mich hin. Jetzt war der Junge dran. Mit zwanzig Jahren war er, der Tradition zufolge, zu alt für den Rohrstock, aber er mußte natürlich Minuspunkte abarbeiten wie jeder andere Fähnrich. Wäre ich sein Kommandeur gewesen, hätte er volle zehn Minuspunkte für die Torheit erhalten, einen Kapitänskollegen zu verärgern. Jeder Punkt erforderte zwei Stunden hartes körperliches Training.

Ich war bereit gewesen, die Sache durchgehen zu lassen, aber Alexi war weniger menschenfreundlich. Na ja, er, der frisch von einem Schiff im Einsatz kam, erwartete Schiffsdisziplin. Zweifellos setzte er sie auf der *Melbourne* auch durch, obwohl er zu den freundlichsten Seelen gehörte, die ich kannte.

Trotzdem zögerte ich. Ich war es schließlich gewesen,

der Spekes Widerwillen wachgerufen hatte, indem ich so brüsk mit Stanger umsprang. Allerdings würde ich eher zehn Fähnriche aufs Faß schicken, ehe ich es mir mit meinem ältesten Freund verscherzte. Ich bat Alexi mit einem Blick um Entschuldigung. »Ihre Entrüstung ist berechtigt, Kapitän Tamarow.« Ich bedachte den unglücklichen Fähnrich mit einem stählernem Blick. »Sagen Sie mir, Mr., ah, Speke. Können Sie sich vorstellen, es zum Kapitän zu bringen?«

»Ähm – ich . . .« Es war der Traum jedes Fähnrichs. »Ja, Sir.«

»Und falls einer Ihrer Fähnriche – zweifellos im Kern ein guter Junge – schmollend und verdrossen herumliefe, vor sich hin seufzte, die Augen verdrehte . . . Wären Sie darüber erfreut?«

»Nein, Sir.« Er wurde rot.

»Und das in Gegenwart eines hervorragenden Kapitäns und des GenSek?«

»Nein, Sir.« Er schwitzte.

»Hat es Sie womöglich geärgert, daß ich gegenüber Kapitän Stanger kurz angebunden war?«

»Ich . . . Es gab keine . . . Es ging mich nichts an, Sir.«

»Ah.« Mein Blick wurde weicher. »Vielleicht könnte ich mich bei Mr. Tamarow dafür verwenden, daß er seinen Befehl widerruft, was denken Sie?«

Alexi nickte finster.

»Sehr schön, nicht nötig, die Sache Stanger zur Kenntnis zu bringen. Aber, Junge . . . denken Sie darüber nach!«

Seine Dankbarkeit war mitleiderregend. »Das werde ich, Sir! Danke. Bitte verzeihen Sie mir.«

»Guter Junge.« Aus Gewohnheit salutierte ich, und mechanisch nahm er Haltung an, um den Gruß zu erwidern.

Schweigend durchquerten wir die Luftschleuse.

»Ich wünschte, ich wäre auch bei dem Bankett gewesen.« Derek Carr lungerte auf dem weichen blauen Diwan in meinem Washingtoner Wohnzimmer und schwenkte seinen Drink. »Nachdem Sie den Saal verlassen hatten, waren die Medien völlig ratlos. Noch nie hatte ich über die Netze solches Gequatsche gehört.« Der scharfe Blick seiner blauen Augen begegnete mir. »Obwohl Sie das nicht hätten tun sollen.«

»Ich mußte.«

»Warum? Weil Sie nicht perfekt sind?«

»Ich bin noch viel weniger.«

Auf der Couch gegenüber lungerten Arlene und Alexi. Obwohl sie sich im Flottendienst nie kennengelernt hatten, verstanden sie sich von Anfang an, als sie sich vor Jahren zum erstenmal begegneten. Beim Transpop-Aufstand waren wir sogar bei Alexi und seiner Frau Moira untergekommen, während wir nach Philip suchten. Damals hatten sie, wie ich mich erinnerte, ein Kleinkind gehabt, und ein weiteres Kid war unterwegs gewesen.

Erneut wünschte ich mir, Philip wäre dabei, aber er hatte auf meine Frage mit der Bemerkung geantwortet, daß er Zeit brauchte, um zu verarbeiten, was ich getan hatte. Ich wußte, daß ihn die Verweigerung des Von-Walthers-Preises tief verletzt hatte, obwohl ich nicht recht wußte, warum.

Alexi trank von seinem Scotch. »Ich habe die Nachrichten nicht verfolgt. Wie lautet der Tenor?«

Derek grinste. »Zuerst hieß es, der GenSek hätte eine Macke und sollte zurücktreten. Aber dann haben sie die ersten Umfrageergebnisse gesehen.«

»Und?«

»Ich denke, er ist damit durchgekommen. Die Nachrichtentypen verbreiten sich endlos über seine unnachgiebige moralische Rechtschaffenheit, seine Weigerung, Kompromisse zu schließen, seine ...«

»So, Herr GenSek.« Alexi hob das Glas zu spöttischem

Gruß. »Sie werden die Rotunde also noch eine Weile halten.«

»Nein.« Es wurde Zeit, es ihnen zu sagen. »In ein paar Tagen ist es vorüber.«

Arlene starrte mich schweigend an und wartete.

»Ich ... Es ist ... Seht ihr ...« Ich hatte nicht erwartet, daß es mir so schwer fallen würde. Ich holte tief Luft. »Die Patriarchen haben vor, mich zu verleugnen.«

»Warum?«

»Wegen der Raumflotte. Kolonialfragen. Nein, das ist es nicht. Der Knackpunkt ist, daß ich mich weigere, Mutter Kirche zu unterstützen. Sie möchten, daß ich die Kolonien zur wirtschaftlichen und sozialen Unterwerfung zwinge, und das habe ich abgelehnt. Aber sie haben recht, seht ihr? Sie müssen es einfach.« Aus irgendeinem unerforschlichen Grund brannten mir die Augen. »Sie repräsentieren den Allmächtigen. Nur ein Idiot würde sich Seinem Willen widersetzen.«

»Aber das tun Sie nicht.« Alexi stellte seinen Drink weg. »Sir, die Patriarchen haben kein Recht ...«

»Sei still!« Ich schlug mit offener Handfläche auf den Tisch. »Kein Wort mehr!« Er stand an der Schwelle zur Blasphemie und vielleicht der Verdammnis.

»Nein.« Alexi lächelte entschuldigend. »Darüber sind wir hinaus, Sie und ich. Ich bin schon lange erwachsen und außerdem Kapitän. Ich übernehme die Verantwortung für das, was ich tue. Falls die Patriarchen Sie verdammen, sind sie im Irrtum. So einfach ist das.«

Derek stand vom Diwan auf und streckte sich. »Weiß Branstead davon? Hat er den Kampf aufgenommen? Plaziert er Geschichten in Magazinen, läßt er verlauten, daß ...«

»Er weiß nichts davon, und wir werden nichts dergleichen tun.« Mein Ton war fest. »Die Patriarchen haben jedes Recht, mich zu tadeln. Und mal angenommen – nein, lassen Sie mich ausreden –, mal angenommen, sie wären im Unrecht: Falls Sie glauben, ich würde die Hand gegen sie heben, dann kennen Sie mich einfach nicht.«

Stille.

»Obendrein ...« Ich überwand mich, einen vernünftigen Ton anzuschlagen. »... kann ich endlich in den Ruhestand treten; Sie haben ja keine Ahnung, wie sehr ich mir wünsche, mein Amt aufgeben zu können.«

Abrupt stand Arlene auf und trottete zur Tür.

»Was ist, Süße?«

»Ich mache Tee.« Sie verschwand auf dem Flur.

»Entschuldigung.« Vielleicht wollte sie einen Tee trinken, aber das war nicht alles. »Liebes?« Ich folgte ihr in die hell erleuchtete Küche. »Was ist los?«

»Nichts, Nick. Du hast schon genug Sorgen.« Sie stellte eine Keramikkanne in die Mikrowelle. »Bis es kocht«, wies sie das Gerät an.

»Red schon, Schatz.«

»Der Ruhestand.«

»Ich freue mich so sehr darauf.«

Sie musterte mich nachdenklich. »Das sagst du seit Jahren. Seit wann stimmt es nicht mehr?«

»Was? Wie kannst ... Ich träume seit eh und je davon ...«

»Zu Anfang hast du es ernst gemeint. An dem Abend, als du auf dem Dach des Franjee-Turms deine erneute Kandidatur angekündigt hast, hast du fast geweint. Wann hat sich das verändert?«

»Das hat es nicht!«

»Schwöre es, Nick! Beim allmächtigen Gott!«

»Natürlich tue ich das. Ich ...«

»Sprich es aus.«

»Oh, Arlene ... Ich schwöre dir beim allmächtigen Gott, daß ich mich danach sehne ...« Ich stockte.

»Das Wasser kocht.« Die Mikrowelle wurde wieder still.

Ich sprudelte hervor: »Ich weiß nicht, wann. Bis heute

abend war mir gar nicht klar ...« Ich erwiderte Arlenes Blick. »Es gefällt mir, GenSek zu sein. Ich möchte im Amt bleiben. Ich mag die Macht. Und ich bin gut darin; ich treffe Entscheidungen und sorge dafür, daß sie umgesetzt werden. Es ist, als wäre ich wieder Kapitän; wenn ich etwas sage, springen die Leute. Das ist die Wahrheit, bei Gott.« Ich lächelte bitter. »Siehst du jetzt, was aus mir geworden ist?«

»Es ist wichtig, daß du es auch siehst.«

»Wieso?«

»Damit du bekommst, was du dir wünschst. Kämpfen wir gegen sie!«

»Nein. Sag mir: Was möchtest *du?*«

»Eine Tasse Darjeeling.« Sie beschäftigte sich mit der Kanne. »In Ordnung, das war nicht ehrlich. Ich habe gehofft, du würdest in den Ruhestand treten, weil ich dachte, daß du es dir selbst wünschst. Ich kann mein Leben so oder so ausfüllen, Nick.« Auf einmal brach sie in Tränen aus. »Das habe ich doch immer.«

»Oh, Liebes.« Ich zog sie an mich.

Sie wehrte mich mit einer Handfläche ab. »Falls wir schon dabei sind, uns die Wahrheit zu sagen ... Du liebst mich, denke ich, obwohl ich mir manchmal nicht sicher bin. Aber du brauchst mich nicht. Ich habe mich selbst beschäftigt. Ich habe Philip aufgezogen und dabei verdammt gute Arbeit geleistet. Das hast du auch; wir waren gute Eltern, nicht wahr? Ich wünschte, er wäre noch klein.«

Sie trank einen Schluck Tee und verzog das Gesicht. »Ich spielte die First Lady, wenn es nötig war. Ich habe gelesen und bin wieder zur Schule gegangen; du weißt ja, wie stolz ich auf meinen Doktortitel war.« Sie brach ab und dachte nach.

»Arlene ...«

»Aber seit Jahren ... trete ich nur noch auf der Stelle. Ich habe ein paar Freunde, aber nicht viele.« Sie starrte in die Tasse. »Also verlassen wir die Rotunde jetzt ein für allemal. Ist schon in Ordnung. Es ist nur so ... Die *Galactic* hat mich an die Jahre auf der *Wellington* erinnert und wie es war, andere Welten zu sehen. An das Leben, das ich verloren habe.«

Ich flüsterte: »Dich auch?«

»Mehr, als du je ahnen kannst.« Sie hob die Tasse, verschüttete dabei Tee und stellte sie wieder hin. »Verdammt! Tut mir leid. Aber ... verdammt!« Sie flüchtete auf den Flur. »Sag für mich gute Nacht.«

»Süße ...«

»Bitte, Nick!« Und sie war verschwunden.

»Booker ist völlig von der Bildfläche verschwunden.« Mark Tilnitz machte ein grimmiges Gesicht. »Wir haben nachgeforscht, der Geheimdienst der Flotte ist auf der Jagd nach ihm, der UN-Sicherheitsdienst hat alle Register gezogen.«

»Und?« Ich tippte auf dem Schreibtisch herum und wünschte mir, ich hätte diese Konferenz in der behaglichen Umgebung meines Washingtoner Besitzes abgehalten. Andererseits hatte ich gehofft, die Förmlichkeit meines Büros in der Rotunde möge die Weltsicherheitskräfte zu größerem Eifer anspornen.

»Wir treten uns alle gegenseitig auf die Füße«, sagte Karen Burns, »und erreichen nichts dabei.«

General Donner sah finster drein. Als Chef der UN-Sicherheitskräfte war er nominell Marks Boß, aber er wußte, daß Mark in Wirklichkeit nur mir gegenüber verantwortlich war. »Wir haben die beiden Manifeste analysiert. Wir denken, daß sie von derselben Person verfaßt wurden.«

»Das ist ja eine große Hilfe.« Es klang zu sarkastisch, und ich bedauerte es gleich.

»Der Kerl im Terminal war Brian Keltek«, berichtete

Tilnitz. »Aus Vancouver, Metallurge bei BP Shell. Ein Einzelgänger, keine überlebenden Verwandten. Der Vater war bis zum großen Fischesterben im Nordpazifik Fischer.«

»Das Fischesterben war nicht unsere Schuld. Die Temperaturinversion hatte nichts mit der globalen Erwärmung zu tun.« Wieso klang ich nur defensiv?

»Etliche Wissenschaftler stimmen Ihnen da zu. Keltek hat dem Umweltrat sieben Jahre lang gespendet.« Mark betrachtete mich unverwandt.

»Typisch.« Sollten sie doch behaupten, was sie wollten; Winstead stand einer Bande von Irren vor.

Hauptmann Binn vom Armee-Sicherheitsdienst fragte: »Hat dieser Keltek Freunde? Bundesgenossen?«

»Nachbarn. Sie haben natürlich nichts gesehen.«

»Jetzt schauen Sie mal!« Mein Ton war scharf. »Jemand kann nicht einfach verschwinden, es sei denn, er würde zum Transpop. Es gibt Hotelverzeichnisse, Reiseschecks, Kreditkartenrechnungen . . .«

»Erklären Sie mir nicht, was ich zu tun habe«, erwiderte Donner unverblümt. »Wir arbeiten daran.«

Hauptmann Binn wollte wissen: »Wer wußte vom Besuch des GenSeks auf der Akademie?«

»Das hatten wir doch schon«, sagte Tilnitz. »Der Kommandant, zwei seiner Leutnants, die Sicherheitseskorte des GenSeks. Die Medien erfuhren erst davon, als er schon unterwegs war. Das ist Routine.«

»Das Manifest der Öko-Aktionsliga spricht vom GenSek auf der Akademie. Das weist auf eine undichte Stelle hin.«

Ich rieb mir die Schläfen und hoffte, damit die ersten Signale anziehender Kopfschmerzen wieder zu beruhigen. »Jeder konnte es erfahren. Sobald wir es den Medien bekanntgegeben hatten . . .«

»Bei dem Haufen findet man eine Menge Ökosympathisanten«, sagte Mark düster. »Wir überprüfen das.«

»Das ist Unsinn.« Ich schaltete mein Holovid aus. »Diese Typen von der Ökoliga sind verrückt. Ein vergangenes Jahrhundert kommt in ihnen wieder zum Vorschein. Wir *haben* heute einfach keinen Terrorismus mehr!«

»Ich weiß, Sir. Vielleicht haben wir uns die Schüsse nur eingebildet.« Tilnitz hielt meinem vernichtenden Blick stand.

Ich unterdrückte den Wunsch, mir die Haare auszureißen. »Was ist mit dem Fluchtwagen vor dem Flugplatz? Dem Fahrer?«

»Der Elektrowagen wurde am Morgen vor dem Anschlag gestohlen. Keine Spuren. Wir haben ihn auseinandergenommen, um an Fingerabdrücke oder Genmaterial zu kommen, aber wir haben nur die des Besitzers gefunden.«

»Spüren Sie die Ökoliga auf! Die Zeit wird knapp.«

»Die Zeit?« Mark blickte verdutzt drein. »Wie das?«

Ich fluchte vor mich hin. Niemand im Raum wußte von meiner bevorstehenden Entlassung, und ich konnte ihnen nichts erzählen. Nur die Furcht vor meiner Ungeduld spornte sie an. »Die ÖAL schlägt vielleicht erneut zu«, sagte ich. »Schlimmer noch: Jeder erfolglos verstreichende Tag sendet der Öffentlichkeit das Signal, daß wir Flüchtige nicht fassen können. Wir sind hier nicht in einer ungebändigten Kolonie, sondern auf der Erde.« Ich stand auf. »Wir sehen uns in zwei Tagen wieder. Ich erwarte Ergebnisse!«

Der riesige Jet brummte Richtung New York, mein dritter Flug in der laufenden Woche. Genausogut könnte ich dorthin umziehen, überlegte ich mir angewidert.

Charlie Witrek, mein Fähnrich, saß uns gegenüber und las in einem Holozin. Wie immer war er makellos herausgeputzt.

Alexi saß behaglich neben mir. Er suchte nur eine Mitfluggelegenheit nach Hause zu Moira, sagte er, aber ich wußte, daß er mitgekommen war, um mir für die abschließende Konfrontation mit den Patriarchen moralische Unterstützung zu bieten.

Derek hätte sich uns auch angeschlossen, aber wenn ich an die Einstellung der Patriarchen zu unseren Kolonien dachte, wollte ich ihn aus der Schußbahn halten. Der Himmel wußte, was die Ältesten getan hätten, wenn er vor sie getreten wäre.

Hope Nation war keine Kolonie mehr – dank meiner Eigenmächtigkeit vor vielen Jahren. Dereks Regierung hatte über die Amtszeiten mehrerer GenSeks hinweg ihre Unabhängigkeit bewahrt, ungeachtet des unnachgiebigen Drucks seitens der Kirche. Falls die Patriarchen ihren Willen durchsetzten, tauchte die *Galactic* womöglich eines Tages über Centraltown auf, von Lasern strotzend, um unsere Vorherrschaft über ein freies Volk wiederherzustellen.

Ich seufzte.

»Was ist los, Sir?« fragte Alexi.

»Es ist nicht mehr lange mein Problem.«

Eine Pause trat ein. »Manchmal sind Sie sogar für mich undurchschaubar.«

Uns gegenüber nickte Charlie Witrek nachdrücklich.

Ich konnte mir ein Lächeln nicht verkneifen. »Ich meinte Hope Nation.«

Alexi fragte: »Was werden Sie tun, wenn Sie, ah, in den Ruhestand getreten sind?«

»Nach meiner Entlassung? Reisen, vermute ich.« Falls sie mich ließen.

»Sir, ich weiß, daß Sie sich sorgen, die Patriarchen könnten ...«

»Wieso nennst du mich immer noch ›Sir‹? Du hast mehr Dienstzeit angesammelt als ich.«

»Sollte ich Sie lieber ›Herr GenSek‹ nennen?«

»Nick.«

Einen Moment lang blieb es still. »So habe ich Sie nie genannt.«

»Fang damit an.«

»Ich denke nicht, daß ich es könnte.« Er winkte den Steward mit dem Glas herbei und wartete, bis es wieder gefüllt war. »Es wäre ein Sakrileg.«

Ich runzelte die Stirn. Den Herrgott sollte man nicht auf die leichte Schulter nehmen.

»Sie hören nie auf, mich zu erstaunen, wissen Sie?« Ein tiefer Schluck. »Als wir noch jung waren, hätten Sie den Fähnrich Speke so in den Boden gerammt, daß er nie wieder gewagt hätte, unhöflich zu sein.« Er starrte ins Glas. »Damals auf der *Hibernia* hatten wir schreckliche Angst, Ihnen in die Quere zu kommen. Sie hatten so eine Art an sich.«

Charlie setzte langsam das Holovid ab und war ganz Ohr.

»Ich war hart.«

»Wenn nötig. Aber Sie waren freundlich zu Kapitän Stangers Fähnrich.«

Ich rutschte unbehaglich hin und her, als wäre das ein Vorwurf gewesen. »Wir hatten ihn provoziert, und er war zu jung, um richtig mit der Situation umzugehen.«

»Sicher verehrt er Sie jetzt.« Ein trauriges Lächeln. »Sie sind sanfter geworden, Sir. Es fällt Ihnen leicht, freundlich zu sein.«

»Absurd!« Ich blickte zur Sichtluke hinaus, während wir über aufgeblähte Wolken hinwegbrummten.

»Diese Leute, die anreisen und Ihre Grundstücksmauer anstarren – was, denken Sie, bewegt sie dazu?«

»Sie sind irregeleitet.«

»Nein, Sie verkörpern Hoffnung für sie. Eine Hoffnung auf das, was sie selbst sein könnten.«

»Bah! All das nur, weil ich es Speke erspart habe, sich zu melden?«

»Natürlich nicht. Es ist Ihre Aufrichtigkeit, Ihre Weigerung, einem Schuldeingeständnis auszuweichen ... Ich versuche, meinen Mikhael in diesem Sinn zu erziehen.« Alexi seufzte. »Da bleibt noch Arbeit zu tun.«

»Probleme?«

»Er ist fünfzehn. Hätte ich ihn mit auf die *Melbourne* bringen sollen? Ich wollte, daß er ein normales Leben führt. Nach meiner letzten Fahrt einigten Moira und ich uns darauf, die Kinder zu Hause großzuziehen.« Er blickte verdrossen vor sich hin. »Ich denke, es hat nicht funktioniert.«

»Falls ich irgend etwas ...«

»Es ist mein Problem.« Seine Miene hellte sich jedoch wieder auf. »Da, sehen Sie, Sir? Sie sind GenSek, der meistbeschäftigte Mensch des Planeten, und ohne eine Sekunde zu überlegen, bieten Sie Ihre Hilfe an.«

»Es sind nur Worte.« Ich konnte nichts für seinen Sohn tun, und ich wußte es. Die Leute gaben einfach zu viel auf höfliche Phrasen. Dann sagte ich jedoch, ehe ich Zeit fand, es herunterzuschlucken: »Alexi, wieso bringst du deine Familie nicht nach Washington? Bleibt doch eine Zeitlang bei uns.« Was tat ich hier? Er brauchte Zeit, die er allein mit der Familie verbringen konnte, um wieder eine Beziehung herzustellen. »Ihr könntet im Cottage unterkommen, wenn euch das lieber ist.«

Er wurde fröhlicher.

»Ich frage Moira!« Nach einer Pause setzte er hinzu: »All die Jahre lang habe ich Sie als Freund geschätzt, mehr, als Sie ahnen. Aber ich werde Sie weiterhin mit ›Sir‹ anreden.«

Ich starrte zur Sichtluke hinaus. Langsam, wie aus eigenem Antrieb, stahl sich meine Hand hinüber und legte sich auf seinen Arm.

»Ich dachte, du wolltest nach Hause zu Moira.« Wir stapften den Weg im Schatten der UNO-Türme entlang.

»Nach Ihrem Treffen mit Bischof Saythor.«

»Ich habe Jerence, Carlotti und Witrek dabei – eine ganze verdammte Schwadron! Sieh sie dir nur an!« Hinter uns, vor uns, neben uns bemühten sich um die fünfundzwanzig Mitarbeiter, Sicherheitsleute und Lakaien darum, mit uns Schritt zu halten.

Charlie sagte fröhlich: »Ich hätte zu Hause bleiben können, Sir. Sie wollten ja, daß ich mitkomme, um ...«

»Das war ein Fehler.« Mein Ton war freundlich.

Alexis Miene verdichtete sich zu einer Maske der Sturheit. »Ich stehe Ihnen während der Konferenz bei.«

Ich nickte und wußte sehr gut, welchen Ausgang er fürchtete. Zweifellos würde es eine kurze Klausur werden. Diesmal blieb mir keine andere Wahl, als mich dem bellenden Rudel der Medienleute zu stellen, das sich vor der Eingangstreppe drängte. Meine Verleugnung durch die Patriarchen würde es unter die Topschlagzeilen bringen. Ich vermutete, daß sich viele meiner supranationalistischen Parteifreunde darüber freuen würden. Zu lange schon versperrte ich ihrem Ehrgeiz den Weg.

Wir stiegen die Treppe hinauf. Vielleicht sollte ich doch mal die Ärzte an mein Knie lassen. Das Alter hatte mich bald im Griff. Kein Grund, es unter Schmerzen durchzumachen. Ich nickte den Medienleuten grimmig zu.

»Sir?« Alexi blieb stehen, damit ich als erster durch die gewaltige Tür gehen konnte, die Charlie offenhielt. Wir schritten durch die prunkvolle Halle. »Sie könnten sich Zeit verschaffen, wissen Sie?«

Ich blieb stehen und lehnte mich an eine Marmorsäule. »Ich werde keine Ausflüchte machen.« Und falls ich den Ältesten Saythor auf meinem Platz erwischte, würde ich ihn hinauswerfen. Notfalls mit Gewalt. Ich packte den Spazierstock fester.

»Denken Sie doch über einen strategischen Rückzug

nach«, sagte Alexi eindringlich. »Sagen Sie ihnen, daß sie wohlwollend in Erwägung ziehen ... Verdammt, Sie verstehen sich darauf besser als ich. Sagen Sie ihnen, daß Sie ...«

Wamp!

Alexi flog an die hintere Wand, als sähe ich ihn durch eine Zoomlinse, die zurückgedreht wurde. Ein Hammerschlag krachte auf meine Brust ein. Ich rang nach Luft, fand aber keine. Der Raum kippte. Ich prallte gegen eine Lampe, schlug krachend auf dem Boden auf, rutschte an die Wand, knallte mit dem Kopf an eine Wandplatte. Es wurde dunkel.

Die Hölle tobte.

Es wurde Zeit aufzustehen. Ich hatte Pflichten, und Vater würde verärgert sein. Ich griff nach den Schuhen.

»Bewegen Sie sich nicht, Sir.« Die Stimme klang aus der Ferne herüber.

Ich ruderte mit den Armen, als ich aufzustehen versuchte. Schmerz zuckte durch meine Seite. Ich versuchte, mit den Zehen zu wackeln. Die Beine waren eingeschlafen.

Blut tropfte mir auf die Stirn. *»BEWEGEN SIE SICH NICHT, HERR GENSEK!«* Wieso war Mark Tilnitz in Vaters Haus? Wieso blutete er? Ich wischte mir die Stirn ab.

»Wo bleibt die Scheißambulanz?«

Ich strengte mich an, ihn zu verstehen. Die Ohren waren verstopft.

»Sie landet gerade auf dem Rasen.« Jerence Branstead weinte.

»Haltung bewahren, Kadett.« Mein Knurren war kaum zu hören.

»Alle zurücktreten! Machen Sie Platz! Karen, wie viele Tote?«

Ich blinzelte, versuchte den Raum klar zu sehen. Vorsichtig betastete ich meine Seite, und als ich die Finger wieder wegnahm, waren sie rot.

»Vier bislang.«

»Der GenSek kommt in die erste Ambulanz.«

»Die Medihelis können drei . . .«

»Sie haben mich schon verstanden. Wo in Gottes Namen haben wir ein Rollbett?«

»Sie bringen eins mit. Immer mit der Ruhe, Mr. Tilnitz.«

»Ruhe, ach verdammt! Hätte ich ihn abgeschirmt, wie es eigentlich von mir erwartet . . .«

»Mark . . .« Ich rang nach Luft. »Was ist passiert?«

»Sie sind verletzt, Sir. Eine Bombe.«

Ich lachte und hustete salziges Blut hervor. »Und sie haben uns nicht erwischt? Unfähige Idioten.«

Laufschritte ertönten.

»Die Säule hat die Druckwelle blockiert. Bitte, Sir, reden Sie nicht.«

»Wieso nicht? Es ist vielleicht meine letzte Chance.«

»Sagen Sie das nicht!« Er klang gequält. »Sie da, hierher! Es ist der GenSek!«

Fremde beugten sich über mich. »Die Seite; ragt da irgendein Fremdkörper hervor? Verbinden Sie das. Sir, spüren Sie hier etwas?«

Ich schnappte nach Luft. »Jesus, ja!« Tut mir leid, Herr, aber es tat so weh.

»Bewegen Sie bitte die Finger.« Ich tat es.

»Und die Zehen.« Ich tat es.

»Versuchen Sie es noch mal.« Eine Pause trat ein. »Wir heben ihn nicht an. Schieben Sie die Trage unter ihn. Vorsichtig, ganz sachte. Sir, Sie haben Blut verloren; wir spritzen Ihnen intravenös etwas.«

»Sagen Sie, Arlene, ich . . .« Es war mir zu anstrengend. Sie wußte es ohnehin. Ich schloß die Augen und überließ mich der Schwärze.

5. Kapitel

Mir war neblig zumute. Leute beugten sich über mich und stellten unverständliche Fragen. Ich schlief, wachte wieder auf. Arlene saß neben mir und hielt meine Hand. Durchdringender Schmerz. Ich stöhnte. Jemand rückte einen Schlauch zurecht. Erneut schlief ich.

Von einem fernen Ort kam ich zurückgeschwebt.

»Wo bin ich?«

Der Hals war so trocken, daß ich kaum einen Ton herausbekam. Ich leckte mir die Lippen.

Eine weißgekleidete Krankenschwester wandte sich von dem Holozin ab, mit dem sie sich die Zeit vertrieb. »Im Boland Memorial, Sir.« Sie hielt einen Becher so, daß ich durch den Strohhalm trinken konnte. Noch nie hatte mir Wasser so gut geschmeckt.

Angestrengt versuchte ich, mich zu erinnern. »Eine Bombe ist hochgegangen.« Panik stieg auf einmal hoch. »Mark Tilnitz?«

»Wartet draußen. Er hat die Etage übernommen. Wir alle führen Spezialpässe mit.« Sie zeigte mir ihren, ans Hemd geheftet.

»Wie lange war ich ...«

»Vier Tage.«

»Allmächtiger!« Ich versuchte, die Bettdecke wegzustoßen. Etwas stach mir in die Seite. »Auf mich wartet Arbeit.«

»Legen Sie sich zurück, Herr GenSek.« Sie sprach eindringlich in einen Rufer.

»Wo ist Branstead? Wie sieht mein Tagesplan aus?« Schläuche schlängelten sich unter der Bettdecke hervor. Weitere steckten in meinen Adern. »Machen Sie mich frei.«

»Warten Sie, Sir. Ich habe den Arzt gerufen.«

Ich wollte die Beine aus dem Bett schwenken, aber es ging nicht. »Bin ich festgeschnallt? Helfen Sie mir auf.«

Die Tür flog auf. »Ist er wach? Gut. Sir, ich bin Dr. Rains.« Er trug den weißen Kittel, der die Uniform seines Berufsstandes war.

»Hallo. Lassen Sie mich hier raus.«

»Legen Sie sich zurück, Mr. Seafort.« Es war ein Befehl, scharf genug vorgetragen, um mich erst mal zu stoppen. Sanft, aber bestimmt half er mir, mich in die Kissen zurückzulegen. »Sie sind verletzt.«

»Wie schlimm?«

»Die Stirn wurde nur geprellt, und die Gehirnerschütterung läßt nach. Das Gehör haben Sie größtenteils zurückerlangt. Das Loch in Ihrer Flanke wurde mit Hautkleber repariert. Zwei Rippen wurden gebrochen, aber wir haben jeden Morgen den Stimulator für Knochenwachstum eingesetzt.«

»Na also.« Ich hatte einfach nicht die Geduld für seinen Vortrag.

Er riß die Bettdecke zurück, zeigte mir meine Nacktheit und die Katheter, die in mich eindrangen. Ich zuckte zusammen. »Herr GenSek ...« Sein Ton war unerwartet sanft. »Bewegen Sie den rechten Fuß.«

»Was soll der Unf ...« Ich schaffte es nicht. Ich versuchte es erneut.

»Den linken.«

Ich grunzte vor Anstrengung.

Er tippte mir auf den Knöchel. »Spüren Sie das?«

»Nein.« Auf einmal war ich klamm vor Schweiß.

»Da liegt ein, ah, Schaden an der Wirbelsäule vor. Wir haben Sie operiert, um Sie zu stabilisieren, um die angeknacksten Wirbel wieder zusammenzufügen, die ...«

»Wie lange, bis es wieder geheilt ist?«

»Es wird nicht heilen«, antwortete Dr. Rains.

Ich würgte. Nur Spucke kam hoch; ich hatte seit Tagen nichts gegessen. Ich kämpfte das Entsetzen nieder.

»Mr. Seafort, vielleicht gibt es noch Hoffnung. Wir kennen Verfahren, die ...«

»Raus!«

»Die Neurochirurgie hat sich enorm entwickelt.«

»Ich möchte es nicht hören.« Ich drehte mich heftig, versuchte die Beine zu bewegen.

»Wir können Ihnen helfen, sich anzupassen ...«

Ich zog mich in die Sitzhaltung hoch, hämmerte auf die Knie ein. Keine Empfindung. Ich war bis fast zu den Hüften taub.

Dr. Rains packte meine Hand. »Sie verletzen sich noch selbst.«

»Lassen Sie mich los!«

»Schwester, zwanzig Kubikzentimeter Almonel, rasch.«

»Was ist das?« Verzweifelt versuchte ich, mich seinem Griff zu entwinden.

»Ein Beruhigungsmittel.«

»Nein!« Ich schlug nach seinem Handgelenk. »Schicken Sie mich nicht schlafen!«

Er packte meinen Unterarm, brachte die Spritze in Position.

»Mark! MARK, HILFE!«

Die Tür flog krachend auf. Mein Sicherheitschef kam hereingeschlittert, den Laser schußbereit. »Weg von ihm!«

»Er braucht ein Sedativum.«

»Um Gottes willen, hindern Sie ihn daran.« Ich kämpfte weiter darum, mich zu befreien.

»WEG DA!« Marks Gesicht war totenähnlich. Abgezehrt, unrasiert, eine gezackte Narbe auf der Stirn. Er kniete sich hin und zielte mit beiden Händen.

Hastig wich Dr. Rains zurück. Laufschritte auf dem Flur.

»Legen Sie das weg.« Tilnitz knallte zwei erschrockenen Pflegern die Tür vor der Nase zu.

»Er braucht ...«

»Sofort!«

Vorsichtig legte Dr. Rains die Spritze weg. »Dieser Mann ist mein Patient.«

»Er wollte ...« Ich bemühte mich, meine Stimme zu beherrschen. »Schaffen Sie ihn raus!«

»Brauchen Sie ein Beruhigungsmittel, Sir?«

Mit mehr Mühe, als irgend jemand je erfahren würde, zwang ich mich, einen ruhigen Tonfall anzuschlagen. »Nein. Ich möchte nur allein gelassen werden.«

»Das werden Sie, Herr GenSek.« Er trieb Dr. Rains und die Schwester zur Tür. »Ich bin draußen.«

Ehe die Tür ins Schloß fiel, rief ich ihn zurück. »Wie lange sind Sie jetzt im Dienst?«

»Vier Tage.«

»Dachte ich mir.«

»Wenn ich ins Bad gehe, übernehmen Karen und Tommy. Die Sicherheitszone erstreckt sich über zwei Stockwerke unter und zwei über uns. Sie sind in Sicherheit.«

»Danke.« Meine Stimme bebte. »Gehen Sie etwas schlafen. Rufen Sie Alexi; er wird sich zu mir setzen.«

Mark trat ans Bett und kniete neben mir nieder, wie ein Kind, das um den Segen seines Vaters bat. Er blickte mir in die Augen, wandte sich dann rasch ab und sah in die Ferne. Trotzdem sagte er entschlossen: »Kapitän Tamarow ist tot.«

Ein furchtbarer Schrei warf Echos an den kalten, unnachgiebigen Wänden. Nach einer Weile wurde mir klar, daß ich es war, der hier klagte. »Wie ... wann ...«

»Die Bombe, Sir. Er hat nichts gespürt.«

Ich spüre es! Mein Blick ging zu Boden. Mark verstand den Wink, tätschelte mir die Schulter und ging.

Immer wieder hämmerte ich auf die Matratze. *Hättest Du doch mich geholt, Herr!* Er *hatte verdient zu leben.*

Ich unterdrückte ein Stöhnen. Der Allmächtige trieb

immer noch sein Spiel mit mir. Meines treuesten Freundes beraubt, hilflos, bettlägerig, ohne Gnade in Sicht. Ein jämmerlicher alter Mann. Im offenen Wandschrank lag, neben dem Rest meiner Kleider, der Spazierstock mit dem silbernen Griff. Ich brauchte ihn nicht mehr. Ich würgte. *Komm, Nacht. Drück mich an deinen Busen.*

Ich weiß nicht, wie lange ich dort lag, verloren in meinem Elend. Auf der anderen Seite des Zimmers schwatzte das Holovid leise vor sich hin. Es war auf einen Nachrichtenkanal eingestellt.

»... dem jüngsten Bulletin des Boland Memorial zufolge.«

»Schon irgendeine Information, wann er wieder aufsteht und arbeitet?«

»Eine hochrangige Quelle sagt, innerhalb einiger Tage, ungeachtet der Gerüchte von ernsten Verletzungen, die den GenSek für Monate ans Bett fesseln sollen. Phil Bansel, live aus dem Boland Memorial Hospital. Zurück zu Ihnen, Dan.«

»Derweil hat der amtierende GenSek Valera bestätigt, daß bislang kaum Fortschritte bei dem Versuch zu verzeichnen sind, die Drahtzieher der Öko-Aktionsliga zu identifizieren, die behauptet, sie hätte diesen dritten Terroranschlag auf den ...«

Jemand klopfte leise. Arlene blickte zur halb geöffneten Tür herein. »Du bist wieder wach.« Sie trat ans Bett.

Ich wollte mich abwenden, aber nur die obere Körperhälfte bewegte sich.

»Nick ...« Sie legte die Hand auf meine. Ich zuckte zusammen, und ihre Augen weiteten sich. »Was ist, Liebster?«

Ich entzog ihr meine Hand. »Ich kann Mitleid nicht ertragen.«

»Was in aller Welt ...« Sie setzte sich, und ein Ausdruck von Müdigkeit huschte über ihr faltiges Gesicht.

»Es ist nur ... ich ...« Ich versuchte mich abzuwenden. »Jetzt nicht, Arlene. Bitte.« Ich betete darum, daß sie gehen möge, ehe ich die Beherrschung verlor.

»Nick, was auch immer passiert, wir stehen das durch. Ich bin bei dir.«

»Kannst du nicht erkennen, daß ich ...« Meine Stimme klang rauh. »Arlene, wenn du mich liebst, laß mich allein! Um des allmächtigen Gottes willen!«

Als ich endlich aufblickte, war sie gegangen.

Tagelang lag ich im Bett und starrte geistlos aufs Holovid. Meine Mahlzeiten ließ ich größtenteils unberührt stehen. Dumpf antwortete ich auf die Fragen der Ärzte, versuchte, auf ihr Geheiß die Gliedmaßen zu bewegen, ließ mich von ihnen in einen Rollstuhl setzen, damit das Bettzeug gewechselt werden konnte.

Jerence Branstead kam, setzte sich zu mir und sprach Staatsangelegenheiten an, aber ich scherte mich nicht darum. »Es spielt keine Rolle, Jer. Ich bin fertig.«

»Womit?«

»Dem Amt. Dem Leben.« Müde schloß ich die Augen.

»Oh, da haben Sie aber einen weiten Weg zurückgelegt.« In seinem Ton schwang etwas mit, was vielleicht Verachtung war.

»Von woher?« Ich wollte mich von ihm nicht provozieren lassen.

»Von der *Victoria*, Sie trauriger Mistkerl.« Von dem Rennschiff, mit dem wir vor Jahrzehnten von Hope Nation zurückgerast waren.

Ich sperrte den Mund auf. »Wie können Sie es ...«

»Ja, wie kann ich es wagen! Ich kenne all Ihre Sprüche.« Jerence schleuderte sein Holovid aufs Bett und verfehlte nur knapp meine Beine.

»Raus mit Ihnen!«

»Nur zu gern!«

Er stolzierte zur Tür.

»Und nehmen Sie Ihr verdammtes Holovid mit!«

Er kam zurück und schnappte es sich von der Bettdecke. Ich packte ihn am Handgelenk, hielt ihn fest. »Was wollten Sie mir mit der *Victoria* sagen?«

»Ich habe den Saft nicht für die Flotte aufgegeben. Ich habe es für Sie getan.«

Ich wurde rot. »Ich weiß.« In all den Jahren hatten wir nie über die gewaltige Überwindung gesprochen, mit der er seine Sucht besiegt hatte.

»Ich wollte unbedingt wie Sie sein. Sie geben nie auf. Welche Karten Ihnen das Leben auch zugeteilt hat, Sie haben weitergespielt.« Er fing meinen Blick auf. »Immer.«

»Danke.« Mein Ton war barsch.

»Bis jetzt.«

»Ich habe nichts mehr, wofür ich leben könnte.«

»So hatte ich mich auch gefühlt.« Er hatte sich mit Saft vollgepumpt, der Selbstzerstörung nicht achtend.

»Sie waren noch ein Junge, hatten das ganze Leben vor sich ...«

»Feigling!« Seine Augen flammten. Er zeigte mit dem Daumen aufs Fenster. »Wenn sie es nur wüßten.«

»Wer?«

Er runzelte die Stirn. »Hat es Ihnen niemand gesagt?«

»Was gesagt, verdammt?« Eine Kränkung des allmächtigen Gottes, aber ich scherte mich nicht mehr darum.

Er marschierte zur Tür, riß sie auf. »Mark, Karen, helfen Sie mir mal.« Er suchte in der Nachttischschublade herum. »Kämmen Sie sich.«

»Warum?«

»Tun Sie es!«

Widerspruchslos gehorchte ich. Das war ein Jerence, wie ich ihn noch nie erlebt hatte.

»Helfen Sie mir, ihn anzuheben.« Er rollte einen großen, schweren Rollstuhl ans Bett.

»Wohin bringen wir ihn?« Tilnitz bezog neben meinem Arm Position.

»Zum Fenster.« Gemeinsam hievten sie mich in den Rollstuhl.

Jerence riß die Jalousien auf. »Blicken Sie hinaus, Sie selbstsüchtiger Bastard.«

»Immer mit der Ruhe!« Marks Ton war kühl.

»Halten Sie den Mund. Los, blicken Sie hinaus, verdammt!«

Ich blickte hinunter. Mein Zimmer lag im vierten Stock des Krankenhauses. Das Gebiet war früher ein elender Transpop-Slum gewesen. Vor zwölf Jahren hatten die Laserkanonen von Earthport Gebäude zerpustet, Straßen aufplatzen lassen, ungezählten Tausenden im Bezirk auf der Flucht den Tod gebracht. Heute war es eine gemischte Gegend, und Geschäfte und Zugezogene aus der Mittelschicht breiteten sich langsam aus und kündeten von der Wiedergeburt der Stadt.

Ich hielt die Luft an. Draußen vor den Toren zum Krankenhaus hatten sich Hunderte, ja Tausende von Leuten versammelt. Manche trugen die bunten Kostüme des Sub- und des Mid-Stammes, andere legere Overalls. Viele hielten Schilder, die zu weit weg waren, als daß ich sie hätte lesen können. Jemand zeigte zu mir hoch. Die Nachricht breitete sich aus. In kürzester Frist blickten alle nach oben. Aus dem Lärm wurde Getöse.

»Winken Sie.«

»Ziehen Sie mich zurück.«

»Winken Sie. Sie schulden es ihnen.«

Ich tat wie geheißen. »Wie lange sind sie ...«

»Die ganze Woche. Täglich mehr.«

Ich winkte erneut und mimte den Fröhlichen, obwohl meine Seele verbrannt und leblos war. »Bringen Sie mich ins Bett.«

»Sir, es wird Zeit, daß Sie sich überlegen ...«

»SOFORT!« Mein Ton duldete keinen Widerspruch.

Es war, als würde Luft aus einem Ballon entweichen. Geschlagen schob Jerence den Rollstuhl ans Bett. Ich krallte die Finger in die Matratze. Mark half, mich wieder hineinzulegen.

Ich packte ein Bein und hob es auf das andere, damit ich mich abwenden konnte. »Auf Wiedersehen.«

Ich hörte nicht, wie sie gingen.

Nach einer Weile brachte die Krankenschwester das Abendessen. Ich ließ es unberührt stehen. Langsam wurde es dunkel im Zimmer.

Jemand klopfte leise an die Tür.

»Holen Sie es weg. Ich bin nicht hungrig.«

»Ich bin es, Vati.« Philip schloß die Tür hinter sich und zog einen Stuhl heran.

Ich sagte nichts.

»Ich habe gehört, daß du schwierig bist.« Sein Ton war munter. Er wartete, erhielt jedoch keine Antwort. »Ich bleibe eine Zeitlang. Soll ich dir was vorlesen?«

»Ich bin nicht in Stimmung für Besuch.«

»Habe ich gehört.«

»Bitte geh wieder.«

»Nein, Sir.«

Ich packte ihn am Arm, zog ihn heran, verlagerte den Griff und packte ihn am Kragen. »Tu, was ich dir gesagt habe!«

»Heute nicht.« Ohne Bitterkeit löste er den Griff meiner Finger. »Ehe ich es vergesse: Ich entschuldige mich dafür, daß ich nach dem Bankett zur Preisverleihung einfach gegangen bin. Ich war ... bestürzt.«

»Danke.« Ich bemühte mich um einen kalten Tonfall.

Er musterte mich. »Du hast abgenommen. Iß etwas Suppe.«

»Verdammt, Philip, geh wieder, oder ich rufe Tilnitz, damit er dich rauswirft!«

»Tu das.« Sein Ton entsprach meinem. »Er wird mir weh tun müssen.«

»Mark!«

Einen Augenblick später ging die Tür auf.

P. T. sagte: »Mein Vater möchte, daß Sie mich hinauswerfen, Sir. Ich werde mich aber widersetzen.« Er zog die Jacke aus und nahm die Abwehrhaltung ein, die seine Mutter ihn vor Jahren gelehrt hatte.

»Herr GenSek?« Tilnitz blickte hilflos vom einen zum anderen.

Ich hämmerte aufs Bett. Das war absurd! »Schluß jetzt, alle beide!«

Mark wollte wissen: »Möchten Sie, daß ich ...«

»Nein.« Geschlagen legte ich mich zurück. »Soll er bleiben.« Warum nur schlug mein Herz schneller und lebendiger? Tilnitz ging kopfschüttelnd hinaus.

»Iß deine Suppe.« Philip hielt mir einen Löffel vor den Mund.

»Ich bin kein Kind.«

»Ich weiß, Sir. Hör auf, dich wie eines zu benehmen.«

Murrend aß ich und stellte überrascht fest, wie hungrig ich war.

Anschließend las mir P. T. aus der *Holoworld* vor, dann aus dem *Newsnet*. Dösend legte ich den Kopf aufs Kissen zurück. Nach einer Weile fragte ich: »Wo ist deine Mutter?«

»Zu Hause.«

»Ich habe ihr weh getan.«

»O ja.«

»Es tut mir leid.«

Er legte die Hand auf meine. »Ich denke, sie hat Verständnis dafür.«

»Es ist nur so ... Philip, erinnerst du dich, wie Mr. Chang gestorben ist?« Wir alle hatten erwartet, daß es das Herz sein würde, das den alten Transpop schließlich im Stich ließ, aber dann fällte ihn ein Schlaganfall. »Er lag so hilflos im Bett, konnte sich nicht mehr bewegen; nur der Blick verriet sein Elend.«

»Dein Zustand ist damit nicht zu vergleichen, Vater.«

»Kommt dicht genug heran.« Wie konnte ich ihm nur erklären, was ich mehr als alles andere auf der Welt fürchtete? Falls Dr. Rains mich gefügig machen wollte, brauchte er mich nur am Arm zu packen. Ich konnte nicht flüchten, mich nicht wehren. »Philip, ich bin bereit für das Ende.« Ich konnte den Tod ertragen, ebenso die lange hinausgezögerte Abrechnung des allmächtigen Gottes, aber Hilflosigkeit ...

»Blödsinn. Nein, das ist nicht stark genug. Absoluter Quatsch.«

»P. T.!« Ich verzog das Gesicht. »So hast du früher nie geredet.«

Er grinste. »Jared hat es mir beigebracht.«

»Ah, Jared.« Ich bemühte mich, nicht zusammenzuzucken, als er seinen Liebhaber erwähnte. Nach einer Weile fragte ich: »Wie geht es ihm?« Die hormonelle Neueinstellung stempelte die Betroffenen allmählich immer weniger zu Außenseitern, anders als früher, aber wenn ich an Jareds Behandlung dachte, fühlte ich mich nach wie vor unwohl. Andererseits war sie absolut unumgänglich gewesen.

P. T. deutete mein Unbehagen falsch. »Vati, ich bin bi, nicht schwul.« Vorher war er mit einer ernsthaften Kunststudentin zusammen gewesen, die von Rodin so fasziniert war wie er. Sie hatte sich Mühe gegeben, nett zu sein, aber ich hatte mich nie für sie erwärmen können.

»Ich weiß, Junge.« Meine Hand schlich sich auf seine. Ich schämte mich der Gefühle, die ich in ihm wachgerufen hatte.

»Ich weiß, daß du ihn nicht magst.«

Jared hatte beim Transpop-Aufstand mit den Computernetzen jede Menge Verwüstungen angerichtet. Diese Rechtsbrüche führten zum Tod seines Vaters, der mein Mitarbeiter und Freund war. Nur Robbie Bolands Einfluß bewahrte Jared damals vor einer Gefängniskolonie, obwohl er erst fünfzehn war.

»Ich habe nie gesagt ... Es ist nur ...« Ich seufzte. »Grüße ihn von mir.«

»Du könntest es selbst tun. Er wartet unten.« P. T. sagte nichts mehr, betrachtete mich nur abwartend.

»Argh.« Wo hatte ich mich da nur hineingeritten? »Nicht in diesem Zustand.« Ich wollte nicht, daß mich Philips Lebensgefährte flach und hilflos auf dem Rücken sah. »Du mußt mich erst aus dem Bett holen.«

»Wenn du möchtest, Vati.«

Ich runzelte die Stirn. Bei ihm klang es so, als wäre es meine Idee gewesen.

»Wo ist Charlie Witrek? Er würde helfen.«

Philip preßte die Lippen zusammen.

Ich hatte Charlie seit der Explosion nicht mehr gesehen. »Er ist doch nicht tot!« Es war eine Bitte, ob nun an Philip oder den Herrgott gerichtet.

»Nein. Blind.« Er schob den Rollstuhl heran.

»O Charlie!« Für einen Moment vergaß ich meine nutzlosen Beine. »Wo ist sein Zimmer? Bring mich hin.«

»Sie haben ihn ins John Hopkins geflogen«, sagte P. T. sanft. »Beug dich zur Bettkante herüber. Wir besuchen ihn ein andermal.«

Karen und Mark halfen mit, mich in den Rollstuhl zu heben. Jemand reichte mir einen Spiegel, und ich konnte ihnen nur beipflichten, daß ich fürchterlich aussah. Eine Schwester half mir geschäftig bei der Rasur. Ich befahl Philip, mir ein Hemd zu besorgen, damit ich es anstelle des Krankenhauskittels tragen konnte. Jemand gab mir eine Krawatte. Mechanisch band ich sie um und zog den Knoten fest.

Während P. T. unterwegs war, um Jared zu holen, legte ich mir eine Decke über die Beine. »Wie sehe ich aus?«

»Wieder wie Sie selbst.« Mark Tilnitz unterdrückte ein Gähnen.

»Ist meine Frisur glatt? Nebenbei: Ich bin kein Idiot. Ich weiß, daß ich manipuliert worden bin.«

»Nicht von mir, Sir.« Er öffnete die Tür. »Möchten Sie Tenere auf der Liste derer haben, die unbegrenzten Zutritt genießen?«

Es war bedeutungslos; ich rechnete nicht damit, noch

lange im Amt zu sein. »Wenn er mit Philip zusammen kommt.« Ich schwieg. »Wo ist Branstead?«

»In der Rotunde.«

»Um diese Zeit?«

»Er sagte, es gäbe zu tun. Sonst noch was?«

»Rufen Sie ihn an.« Auf einmal klang meine Stimme heiser. »Bitten Sie ihn, mir zu verzeihen.«

Die Tür ging auf. »Hallo, Sir.« Jared Tenere hörte sich nervös an, und das aus gutem Grund.

Ich streckte die Hand aus. »Schön, dich zu sehen.« Falls ich einen übertrieben herzlichen Ton anschlug, schien es niemandem aufzufallen.

P. T. fing meinen Blick auf. Dankbarkeit leuchtete ihm aus den Augen.

Zögernd sagte ich: »In Ordnung, ich bin bereit, Dr. Rains zu sehen.« Ich saß in dem motorisierten Rollstuhl und war so mit Kissen abgestützt, daß ich die Hände frei hatte. Bis vor wenigen Tagen hatte ich ja nicht geahnt, wie wichtig die Beinmuskulatur war, um aufrecht sitzen zu können. Ich hatte eine Menge zu lernen, das meiste davon unerträglich.

P. T. ging hinaus und redete mit der Schwester. Er war in New York geblieben und kampierte seit dem Abend seines ersten Besuchs in Robbie Bolands Wohnung. Mein Vorschlag, er möge sich wieder um sein eigenes Leben kümmern, fiel auf taube Ohren, und ich konnte ihm nicht zeigen, wie dankbar ich war.

Arlene blieb in Washington. Im Rufer klang sie freundlich, aber sie sagte, sie würde mich erst zu Hause wieder sehen. Zeit und Aufrichtigkeit waren, wie ich wußte, entscheidend dafür, daß sie mir wieder verzieh. Ich war entschlossen zu tun, was immer dafür nötig wurde. Ich fing an, indem ich mich mit einem Brief bei ihr entschuldigte, und jedes Wort meinte ich ernst.

Ich zappelte nervös herum, aber es dauerte nur wenige Augenblicke, bis Dr. Rains erschien. Drei weitere Ärzte begleiteten ihn, wovon ich einen schon kannte.

Rains stellte mir seine Kollegen als einen Röntgenologen, einen weiteren Neurologen und als Dr. Knorr vor, einen Experten in Weltraummedizin. Rains musterte mich vorsichtig.

»Nun?« Mein Ton war eisig. »Welche Neuigkeiten haben Sie?«

Er räusperte sich. »Herr GenSek, Sie haben eine teilweise Rückenmarkstranssektion am T-12, Ebene L-1, erlitten, was zu einer Lähmung der unteren Gliedmaßen führte, aber ...«

»Gibt es irgendwelche *guten* Nachrichten?«

»Die gibt es tatsächlich. Zunächst erstreckt sich, wie Sie bemerkt haben, Ihre Lähmung von den Oberschenkeln abwärts. Ein Teil der Bombenummantelung hat Sie wie ein Schrapnellgeschoß getroffen, aber das Rückenmark nicht ganz durchtrennt. Somit blieb die Empfindungsfähigkeit in Leiste und Hüften teilweise erhalten. Das ist einer der Gründe, warum Sie nicht an Inkontinenz leiden.«

Wäre das der Fall gewesen, hätte ich vor Gottes Richterstuhl gestanden. Das Leben wäre für mich nicht mehr lebenswert gewesen, hätte es eine solche Entwürdigung mit sich gebracht.

»Und Sie sind nicht impotent geworden.«

»Weiter.«

»Hör zu, Vater.«

»Die Verletzung hat nicht ...«

»Sagen Sie mir, was sie getan *hat!*« Ich ignorierte P. T.s schweigenden Tadel, aber ich war nicht bereit, mich vor einem Kind zu rechtfertigen, das ich aufgezogen hatte.

»Sie haben kein Gefühl in den Beinen. Sie können nicht gehen.«

»Das weiß ich. Ist mit einer Besserung zu rechnen?«

Ich bemühte mich um einen gelassenen Tonfall, verriet mich aber doch, indem ich die Luft anhielt.

»Nein. Die Nerven wurden zu stark beschädigt, um noch zu heilen. Ich kann Ihnen die genauen Stellen zeigen.« Er schaltete ein Holovid ein und rief mein Schaubild auf. »Hier, direkt unterhalb des Brustkorbs. Sehen Sie mal, wo . . .«

»Ich glaube Ihnen.« Allmächtiger Gott, verdamme diese Umweltterroristen in Deine tiefste Hölle!

Sein Kollege Dr. Knorr zog einen Stuhl heran, setzte sich und beugte sich vor. »Herr GenSek, das wird nicht mehr heilen, und doch besteht etwas Hoffnung. Nicht viel, das gebe ich zu, aber haben Sie schon vom Ghenili-Verfahren gehört? Nein? Nun, gelegentlich ist es möglich, Nervengewebe nachzubilden. In manchen Fällen kann man Ersatzgewebe einpflanzen und, ah, die Verbindung wiederherstellen.«

Mein Herz machte einen Sprung. »In manchen Fällen?«

»Ihrer könnte einer sein.«

»Tun Sie es!« Alles, nur um aus diesem verhaßten Stuhl herauszukommen.

»So einfach geht das nicht. Zunächst müssen wir warten, bis sich das Trauma gelegt hat. Dann . . .«

»Wie lange?«

»Monate.« Er sah, wie verzweifelt ich war. »Jedenfalls einige Wochen. Die Gewebe sind geschwollen, und nach wie vor sterben Nervenenden ab. Sobald das sozusagen abgeschlossen ist . . .«

Sie wollten mich dann erneut untersuchen. Falls die Lücke nicht zu groß wurde, würden sie mich operieren. Die meisten Operierten gewannen mit der Zeit Empfindung und motorische Funktion zurück. Das Verfahren war von Forschern in Lunapolis entwickelt worden, als sie Überlebenden des Fischkrieges halfen. Als die Wohnbezirke dort bombardiert worden waren, ähnelte das

Ergebnis einem Grubenunfall. Es kam zu vielen Wirbelsäulenverletzungen. Die Mediziner wollten Gelähmte nicht mit Shuttles auf die Erde transportieren, also behandelten sie viele Überlebende vor Ort.

Dr. Ghenili und sein Team probierten das neue Verfahren an hoffnungslosen Fällen und erzielten ermutigende Ergebnisse. Sie verfeinerten die Technik und erforschten, wie das Nervengewebe die Verbindungen allmählich wiederherstellte. Schließlich entwickelten sie Protokolle, mit deren Hilfe man bestimmen konnte, welche Patienten als Kandidaten in Frage kamen.

»Und ich könnte einer sein?« Unwillkürlich beschleunigte sich mein Puls.

»Wäre möglich. Unmöglich, das jetzt schon genau zu sagen. Die Sache hat jedoch einen Haken.«

Ich sah P. T. bestürzt an. Immer gab es einen Haken.

Ghenilis Leistung hatte den Berufsstand der Neurologen in Erregung versetzt. Überall auf der Erde versuchten Chirurgen, die gleichen Ergebnisse zu erzielen. Und scheiterten.

Und doch hatte Ghenili auf Lunapolis weiterhin Erfolg. Endlich fand man den Grund heraus. Das Nervengewebe bildete sich nur neu, wenn die Schwerkraft null bis maximal ein Drittel Erdschwerkraft betrug. Auf dem Normwert der Erde starb das eingepflanzte Gewebe ab.

»Wie sieht es später aus? Können die Patienten nach Hause zurückkehren?«

»Nach voller Wiederherstellung, ja.«

Dr. Rains mischte sich ein. »Verstehen Sie bitte – wir greifen der Entwicklung vor. Vielleicht erweisen Sie sich gar nicht als Kandidat. Falls doch, ist die Zeit nach dem Eingriff entscheidend. Sie liegen dann wochenlang im Bett. Danach nur sehr begrenzte Bewegung. Jede Belastung . . .« Er schüttelte den Kopf.

»Ist in Ordnung.« Ich war bald mit dem öffentlichen

Leben fertig, und falls man mich dann operierte, stand es mir frei, mich ganz der Genesung zu widmen. »Wann kann ich das Krankenhaus verlassen?«

»Bislang widersetzen Sie sich der Physiotherapie. Wir müssen ...«

»Antworten Sie meinem Vater.« P. T. sagte es leise, aber mit einem stählernen Unterton. Ich hatte mal einen Drillsergeanten gekannt, der so mit den Kadetten redete. Sie waren auf sein Kommando gesprungen.

»In wenigen Tagen. Er muß eine Verbindung zum Rollstuhl finden und lernen, die tägliche Routine ...«

»Sehr gut.« Ich winkte ab. Ich würde mich Ghenilis Operation unterziehen oder mich umbringen und zur Hölle fahren. »Holen Sie die Therapeuten herein.«

Zwei Tage vergingen, in denen ich vor Ungeduld zappelte. Ich lernte es, mich vom Bett in den Rollstuhl zu hieven und von dort zurück ins Bett. Ich fand heraus, warum der motorisierte Stuhl so massiv, so schwer gebaut war. Er war mit Valdez-Permabatterien unter der Sitzfläche ausgestattet, mit visuellen Sensoren vorn und hinten, mit einem Lautsprecher in einer Armlehne und einem Mikro in der anderen. Im eigentlichen Rahmen war das kybernetische Gehirn untergebracht. Es würde mich auf Anweisung überall hinfahren. Das Vehikel war mehr Comp als Rollstuhl.

Er war weniger vielseitig als ein Schiffscomp und mußte erst lernen, meine Worte zu verstehen. Natürlich verfügte er über ein entsprechendes Programm. »Sprechen Sie bitte einige Sätze.«

»Was für Sätze?«

»Beliebige.«

»Ich heiße Nick Seafort.«

»Mehr.«

»Ich wurde geboren in ... Das ist verdammter Unfug!«

»Ausdruck unverständlich. Sprechen Sie bitte einige Sätze.«

Ich fluchte. »Was soll ich denn ... in Ordnung. Ich, Nicholas Ewing Seafort, schwöre bei meiner unsterblichen Seele, die Charta der Vollversammlung der Vereinten Nationen zu bewahren und zu verteidigen, für die Dauer meiner Dienstzeit dem Flottendienst der Vereinten Nationen die Treue zu halten und Gehorsam zu erweisen und allen seinen rechtmäßigen Befehlen und Vorschriften nachzukommen, so wahr mir der allmächtige Gott helfe.«

Eine Pause trat ein. »Syntax integriert. Linguistische Idiosynkrasien assimiliert.«

»Ach zum Teufel, was immer das heißen soll.«

»Es heißt, daß ich Sie verstehe. Erwarte jetzt Eingaben.«

Ich übte es, mich anzuziehen und sauberzuhalten, und lernte all die Tricks, die Gelähmte meistern mußten, ohne daß der Rest der Welt eine Ahnung davon hatte. Nachts hatte ich unerträgliche Träume, in denen ich mit großen Schritten durch den Wind lief, obwohl das schlimme Knie seit Jahren nur noch gleichmäßiges, schmerzhaftes Gehen ermöglicht hatte.

Und doch akzeptierte ich allmählich, daß das Leben weiterging. Ich rief in Baltimore an und wurde mit Charlie Witrek verbunden. Im Telefon klang er bemüht fröhlich, obwohl der Allmächtige allein wußte, welche Überwindung es ihn kostete. Vielleicht würde eine Transplantation erfolgreich verlaufen, sagte er. Die Ärzte warteten auf passende Organe.

Nach einer Weile stellte ich fest, daß ich mich auf Zuhause freute. Ich rief Moira Tamarow an und fragte, ob ich ihr irgendwie helfen konnte, ihren Verlust zu ertragen. Sie sagte nein. Impulsiv lud ich sie ein, wie vorher schon Alexi, mit der Familie nach Washington zu kommen. Teilnahmslos akzeptierte sie, aber wir ließen das Datum zunächst offen.

Als ich etwa drei Krankenhauswochen hinter mir hatte und durch und durch unruhig wurde, rief ich meinen Stab zu einer lange überfälligen Konferenz zusammen, um die liegengebliebene Regierungsarbeit unter Dach und Fach zu bringen. Branstead, Tilnitz, Philip, Karen Burns und General Donner, der Sicherheitsspezialist der UN-Armee, gesellten sich in einem abgelegenen Raum zu mir.

Ich fragte: »Wurde inzwischen die Verlautbarung der Patriarchen veröffentlicht?« Seit ich der Autorität Gottes auf Erden getrotzt hatte, war reichlich Zeit vergangen. Ich vermutete, daß Mark und Branstead sich verschworen hatten, mich vor den Einzelheiten abzuschirmen.

Jerence sagte ernst: »Ich habe ein paar schlechte Nachrichten.« Er blickte zu Mark hinüber.

»Hat Saythor die Exkommunizierung gefordert?« Arlene würde zu mir stehen, wenn schon niemand sonst, obwohl ich nicht sicher war, ob ich erlauben würde, daß sie ihre unsterbliche Seele riskierte.

»Nicht ganz.« Er reichte mir einen *Holoworld*-Chip.

Ich steckte ihn in mein Holovid. »Grundgütiger!«

Der Älteste drückte im Namen der Patriarchen seine Empörung über den Bombenanschlag in der Rotunde aus, ebenso sein volles Vertrauen in meine Regierung. Seine Lobeshymne war nicht nur förmlicher Natur, sondern geradezu überschwenglich. »Was soll das?«

»Sie jetzt zu verleugnen würde bedeuten, Terrorismus zu billigen. Obendrein hat auch Saythor gesehen, wie die Umfragen ausgefallen sind.« Bransteads Tonfall war sardonisch.

»Ich ... was?«

»Es ist nicht nur die Menge da draußen, wissen Sie. Wir werden mit Briefen überschwemmt. Ich habe Warren damit beauftragt, die E-Mails zu beantworten, damit es nicht Monate dauert.« Warren war unser Hauptcomp und literarisch recht begabt. »Es fing nach dem Von-

Walthers-Bankett an, und seit dem Bombenanschlag ... Sie hatten noch nie so hohe Zustimmungswerte.« Ein Grinsen vertrieb die Erschöpfung aus seinen Augen.

Ich schlug mit der Faust auf den Tisch. »Alexi ist umgekommen und mit ihm drei gute Menschen! Sechs weitere wurden schwer verletzt, um sich die Wertschätzung von Idioten zu verdienen. Verspotten Sie nicht die Toten! Das ist einfach obszön!«

An der anderen Seite des Tisches stand Branstead auf und beugte sich über mich, die Hände auf dem glänzenden Holz ausgespreizt. »Bezeichnen Sie sie nicht als Idioten, Herr GenSek! Das dulde ich nicht. Diese Menschen achten Sie. Einige lieben Sie sogar. Das mindeste, was Sie tun können, ist ihre Intelligenz zu respektieren.«

Betroffen schluckte ich. »Na ja. Hm.«

Niemand sagte etwas.

Also nahmen meine Mühen ihren Fortgang. Vielleicht demnächst von einem Krankenhausbett in Lunapolis aus. Meine Gedanken überschlugen sich. Wenn ich im Amt blieb, wartete Arbeit auf uns. Ich fragte Tilnitz: »Was haben wir über die Ökos erfahren?«

»Immer noch keine Spur von Akademiesergeant Booker. Und was den Bombenanschlag angeht, gibt es kaum Spuren.«

»Mark, das war in der *Rotunde!*« Wie hatten Terroristen an einer so stark bewachten Stelle eine Bombe plazieren können?

»Ich weiß, Sir. Wir haben das Personal befragt, aber damit nichts erreicht. Valera möchte, daß wir den Notstand ausrufen und damit die Rechte Beschuldigter suspendieren.«

Damit würden Polygraph-und-Drogen-Verhöre möglich, ohne daß unabhängige Beweise vorlagen. Ich spitzte die Lippen. Warum nicht? Die Ermordung von Kadetten war schrecklich genug, aber als die Umwelttypen die UN-Enklave selbst bombardiert hatten ...

»Tun Sie es nicht, Sir.« Das war Branstead.

Ich zog eine Braue hoch.

»Sobald Terroristen eine Regierung zwingen, die Bürgerrechte einzuschränken, haben sie gewonnen.«

»Wissen Sie denn so viel über das Thema?« fragte ich bissig. Seit Generationen, seit das Rebellische Zeitalter der Ära des Gesetzes gewichen war, war bürgerlicher Ungehorsam, geschweige denn Terrorismus, so gut wie unbekannt.

»Hope Nation hatte auch seine Dissidenten, als ich ein Junge war.«

Ich wurde rot. In dieser fernen Kolonie hatte ich die Bürgerrechte bedenkenlos hintangestellt, um den Kolonialaufstand niederzuschlagen. »Was liegt denn überhaupt an Informationen vor?«

General Donner machte sich bemerkbar. »Die Bombe war mit altmodischem Plastiksprengstoff gefüllt. Wir versuchen, der chemischen Signatur nachzuspüren. Steht alles in meinem Bericht.«

»Den ich nicht gelesen habe. War ich das Ziel?«

»Nach deren Kommuniqué, ja.«

»Warum dann eine so kleine Bombe? Und was das angeht, warum keine Rakete oder ...« Ich hielt inne. Fast wäre mir ›Atomsprengkopf‹ herausgerutscht, aber in dieser Hinsicht mußte man seine Worte mit Bedacht wählen. Seit den Tagen der Atombombe auf Belfast galt es schon als Verrat, den Einsatz von Nuklearwaffen im Heimatsystem auch nur vorzuschlagen.

»Mangelnde Verfügbarkeit, vermute ich.«

»General Donner?« Philip bat ihn mit einem Blick um Entschuldigung. »Falls Vater wieder nach Hause geht ...«

»Ja?«

»Können Sie ihn schützen?«

Ich knurrte: »Jetzt warte mal eine Minute ...«

»Natürlich.« Das war Donner.

Mark Tilnitz klopfte auf den Tisch. »Dafür sind *wir* verantwortlich.«

»Sie haben versagt. Es war nur Glück, daß er nicht ...«

»Wir haben nicht versagt!« Karen Burns brachte alle beide zum Schweigen. »Aber wir hatten Glück, daß Sie überlebten, Herr GenSek. Es wird Zeit, daß Sie hart durchgreifen. Folgen Sie Valeras Erklärung. Soll Donner die Anführer der Umweltrandgruppen verhaften. Nur wenn wir der Welt zeigen, daß wir nicht klein beigeben, können wir ...«

»Unfug!« Das war Branstead.

»Sie können nicht einfach ...«

»Das Gesetz erlaubt uns nicht ...«

Ich hob die Stimme. »Genug!« Sie wurden still. »Karen, ich lasse mich von den Ökos nicht zur Repression drängen. Damit würde ich ihnen nur in die Hände spielen.«

»Aber ...«

»Thema beendet.«

»Ich habe bislang keine Antwort erhalten.« P. T. klang bedauernd. »Können Sie Vater schützen? Die Ökos haben beide Male in Ihrer Gegenwart zugeschlagen.«

»Eigentlich, Sir ...« Mark Tilnitz wirkte beschämt. »... ist es jetzt leichter, wo Sie weniger beweglich sind. Sie haben – hatten so eine Art, unerwartet auszubrechen.«

Ich kämpfte gegen eiskalte Wut an. P. T. packte meine Hand, aber ich riß mich los. Mark betrachtete meine Lähmung als Vorteil, oder? Ich würde ihn zerbrechen! Ich würde ihm ein Revier im Senegal zuteilen, wo er dann Streife gehen konnte. Nein, Eritrea war noch abgelegener.

Irgendwie bekam ich mich wieder unter Kontrolle, ehe ich eine weitere Beziehung ruinierte. »Hol mir einen Kaffee.«

Philip beeilte sich zu gehorchen.

»Danke.« Dann flammte mein Ärger erneut auf. »Jetzt,

wo Charlie nicht mehr da ist, brauche ich einen neuen Fähnrich. Er sollte das machen.«

Branstead sagte: »Ich hatte vor, die Admiralität um Ersatz zu bitten, aber ich muß mich um so vieles kümmern.«

Ich wurde rot. Mein Schmollen und die Weigerung, mich um Staatsangelegenheiten zu kümmern, hatten seine Belastung nur vergrößert.

»Es macht mir nichts aus, Vati.« Mein Sohn nahm Kurs auf die Tür.

»Mir aber. Jerence, besorgen Sie mir unsere Kandidatenliste. Nein, bei Gott, soll dieser verdammte Ökokadett eine Zeitlang das Mädchen für alles spielen. Damit er lernt, was für Unheil seine politischen Anliegen verursachen.«

»Sir?« Jerence sah mich verständnislos an.

»Der Kadett, oder wissen Sie nicht ... Oh, Sie waren ja nicht dabei. Bivan oder so ähnlich. Bevin, das war es, von der Akademie. Sagen Sie Hazen, es wäre mein Wunsch, daß der Junge für besondere Dienste abgestellt wird.«

»Herr GenSek, sind Sie sicher ...«

»Vollkommen.« Ich gestattete mir ein leichtes, zufriedenes Lächeln. So lernte der Junge auf die harte Tour, wie sich seine Umweltphantasien auswirkten.

Mark fragte: »Wann werden Sie aus dem Krankenhaus entlassen, Sir?«

»Morgen.« Ich war nicht bereit, länger zu warten. Arlene hatte auf meinen Brief nicht geantwortet.

6. Kapitel

»Bist du sicher, daß du das tun möchtest, Vati?« Aus den Kulissen heraus warf Philip einen zweifelnden Blick auf die Medienleute, die sich im Auditorium des Krankenhauses versammelt hatten.

»Nein, aber ich muß es tun.« Ich band mir die Krawatte um und strich die Jacke glatt.

Mich den Medienleuten zu stellen würde sich, wie immer, als Alptraum erweisen. Branstead hatte vorgeschlagen, mich in einer Ambulanz hinauszuschmuggeln und die Entlassung erst später bekanntzugeben. Die Öffentlichkeit sollte allmählich an meine Behinderung gewöhnt werden, damit sie mich nicht als Krüppel betrachtete. Aber ich *war* ja verkrüppelt! Etwas anderes anzudeuten wäre eine Lüge gewesen. Behindert, anders befähigt, beeinträchtigt, mit minderer Gliedmaßenausstattung, verstümmelt, körperlich eingeschränkt – all die Schwafelbegriffe der beiden zurückliegenden Jahrhunderte konnten mich nicht aus diesem verhaßten Rollstuhl bringen. Ich sehnte mich nach dem Tag, an dem ich vielleicht wieder frei davon wurde.

»Ich bin soweit.« Ich hatte selbst darauf bestanden, mich allein und ohne Hilfe durch einen computerisierten Stuhl aufs Podium zu rollen. Verkrüppelt mußte nicht auch abhängig bedeuten. Im Augenwinkel entdeckte ich das mißbilligende Gesicht meines Sicherheitschefs. »Sie haben schließlich deren Ausrüstung kontrolliert, Mark.«

»Und wir stehen ganz vorn, zwischen Ihnen und dem Publikum. Das reicht jedoch nicht.«

»Dann schießen Sie sie alle über den Haufen. Ist mir recht.« Damit rollte ich mich aufs Podium hinaus und manövrierte mich ins Zentrum einer Batterie aus Mikros und Lautsprechern.

Lichter blitzten auf, und Holokams summten, damit die Welt ihren ersten Eindruck vom neuen, verbesserten GenSek erhielt. Einen Augenblick der Benommenheit lang blieb es still. Dann brach die Kakophonie los.

»Mr. Seafort, werden Sie ...«

»Herr GenSek!«

»Werden Sie wieder gehen können?«

»Konnten Sie ermitteln, wo ...«

»HERR GENSEK!«

So machten sie es immer. Ich wartete einfach ab. Als der Lärm endlich nachließ, deutete ich in die zweite Reihe. »Ms. Searles?«

»Sir, möchten Sie einen Kommentar zur Öko-Aktionsliga abgeben?«

»Die unter der Bezeichnung Öko-Aktionsliga bekannten Terroristen werden dingfest gemacht und vor Gericht gestellt. Ich vermute, daß daraufhin die Hinrichtung erfolgt.« Korrekterweise sah das Gesetz keine geringere Strafe vor. Ich deutete auf jemand anderen.

»Weiß die Regierung, wer dahintersteckt?«

General Donner wollte, daß ich behauptete, wir wüßten es, aber das war Unfug. Die Killer selbst wußten es besser. »Noch nicht.«

»Sir, es kursiert das Gerücht, Sie würden das Kriegsrecht ausrufen. Ist das ...«

»Das werden wir nicht.« Meine Stimme glich einem Peitschenknall.

»Mr. Valera sagte gestern, ein Gesetz zum Kriegsrecht würde gerade vorbereitet.«

Mein stellvertretender GenSek war schon immer impulsiv gewesen. Mit fester Stimme sagte ich: »Das Gesetz wird nicht eingebracht werden.« Ein schockiertes Murmeln; ich hatte Valera öffentlich die Beine weggetreten. Er – und die Partei – reagierten bestimmt entrüstet. Das geschah ihnen recht; schließlich hatten sie nicht meine Zustimmung eingeholt.

»Deutet das auf Uneinigkeit unter den Supranationalisten hin?«

Ich zögerte. »Nein, es deutet darauf hin, daß ich nach wie vor der GenSek bin.«

Gelächter breitete sich durch den Saal aus. Auf einmal hatte ich sie auf meiner Seite, und der Tonfall der Fragen änderte sich.

»Wann verlassen Sie das Krankenhaus?«

»Heute.« Ich nickte der Korrespondentin von *Holoworld* zu.

»Sir, wann nehmen Sie die Arbeit in der Rotunde wieder auf?«

»Sobald eine Konferenz ansteht, der ich mich nicht entziehen kann. Ich arbeite lieber zu Hause.«

»Herr GenSek, werden Sie je wieder gehen können?«

Ich versuchte, in alle Holokams gleichzeitig zu blicken. »Ich weiß es nicht.« Neben der Bühne zuckte Branstead zusammen. Na ja, wie schade. Er war zu sehr Politiker geworden. Lieber sollte er sich daran erinnern, daß er ein Mann der Flotte war. Widerstrebend wandte ich mich einem alten Widersacher von *Newsnet* zu. »Mr. Canlo?« Auch er hatte das Recht auf eine Frage.

»Sir, was antworten Sie auf Beschuldigungen, Sie hätten den Tod Ihrer Mitarbeiter durch Nachlässigkeit verschuldet?« Anderswo im Saal wurde heftig Luft geholt.

Mit der Zeit hatte ich gelernt, daß es mich nirgendwohin führte, wenn ich seine Fragen direkt beantwortete. »Ich habe keine derartigen Beschuldigungen vernommen. Sie vielleicht?«

»Ja.«

»Von anderen Reportern in einer Bar?«

Nervöses Gelächter hier und dort im Saal.

Canlo hielt mir stand. »Möchten Sie die Frage beantworten, Sir?«

»Werden Sie deutlicher. In welcher Weise soll ich verantwortlich sein?«

»In der Rotunde wurde eine Bombe gelegt. Ist der Generalsekretär nicht für den UN-Komplex verantwortlich?«

»Ich bin für die ganzen Vereinten Nationen verantwortlich.« Ich legte eine Pause ein, um meinen Widerwillen unter Kontrolle zu bekommen. Gott, wie ich Pressekonferenzen haßte! »Trotzdem können Sie nicht mich persönlich vor Gericht schleppen, wenn Sie in der Vollversammlung stolpern.«

Stürmisches Gelächter. Wurde ich auf meine alten Tage noch zum Politiker? Gott verhüte! Ich fuhr fort: »Ich nehme den Tod von Pressesekretär Carlotti und Sicherheitsoffizier Bailes, wie auch den meines großen Freundes, Kapitän Tamarow, und des Kommunikationsassistenten VanderVort ernst. Ich halte mich jedoch nicht für verantwortlich.« Wirklich nicht? Hätten die Ökos mich nicht aufs Korn genommen, wäre Alexi jetzt zu Hause bei Moira und den Kindern. Und Charlie wäre auf seinem heißersehnten Sternenschiff. Rasch machte ich eine weitere Wortmeldung ausfindig. »Ms. Gier?«

Canlo blieb stehen. »Was sagen Sie zu Forderungen nach Ihrem Rücktritt?«

»Ich trete zurück, wenn die Öffentlichkeit es verlangt.« Oder die Patriarchen. Unter der Jacke schwitzte ich. Ich warf einen Blick in die Kulissen, wo P. T., vor Blicken geschützt, den Medienleuten allen Ernstes den Stinkefinger zeigte. Plötzlich war meine Gelassenheit wiederhergestellt. »Ms. Gier?«

»Welche Maßnahmen haben Sie ergriffen, um die Terroristen zu finden?«

»Wir analysieren ihre Schriften, sichten den Schutt nach Spuren, ermitteln, wer Zugang zur Rotunde hatte, befragen Zeugen. Wir haben um die Kooperation der ...« Ich versuchte, nicht die Lippen zu verziehen. »... rechtmäßigen Umweltgruppen gebeten, um die Angehörigen fanatischer Randgruppen zu identifizieren, die diese abscheulichen Taten begangen haben.« Soweit es mich anging, gehörten sie allesamt zu den fanatischen Randgruppen, aber das war ich nicht bereit zu sagen. Nicht heute.

»Herr, GenSek, werden Sie ...«

»Ich bin noch nicht fertig. Ich bitte jeden Bürger, wo immer er wohnt, uns zu helfen. Wer die Vereinten Nationen angreift, den Staat des allmächtigen Gottes, greift Gott selbst an.« Mir bebte die Stimme. »Das ist schlimmer als Verrat. Es ist abscheulicher, als man in Worte fassen kann. *Denn es gibt keine staatliche Gewalt, die nicht von Gott stammt; jede ist von Gott eingesetzt. Wer sich daher der staatlichen Gewalt widersetzt, stellt sich gegen die Ordnung Gottes, und wer sich ihm entgegenstellt, wird dem Gericht verfallen.** Jeden von Ihnen, der über hilfreiche Informationen verfügt, bitte ich um Beistand. Im heiligen Namen des allmächtigen Gottes: Wer an seiner unsterblichen Seele hängt, möge bitte vortreten, um den Feuern der Hölle zu entrinnen.« Im ganzen Saal war es absolut still. »Guten Tag.« Ich drehte den Stuhl herum und rollte mich langsam vom Podium.

P. T. empfing mich hinter den Kulissen, und seine Augen glänzten. Wortlos bückte er sich und küßte mich auf die Wange.

»Sohn, bring mich nach Hause.«

»Warten Sie, Sir. Nur noch ein paar Minuten.« Mark Tilnitz hob beschwichtigend die Hand.

»Was jetzt?« Mein Stuhl parkte direkt vor der Tür, die aus dem Krankenhaus führte.

»Da draußen schwärmen Leute herum. Es ist nicht sicher. Karen hat die Jerries angewiesen, Absperrungen zu errichten.«

* Römer 13, 1 – 2

»Was möchten die Leute?«

P. T. tätschelte mir die Schulter. »Dich sehen.«

»Warum?« Eine dumme Frage. Menschenmassen verfolgten mich überall. Deshalb brauchte mein Grundstück ja Mauern. Immer, seit ich die *Hibernia* nach Hause gebracht hatte ... Ich hatte das Leben mit dem Versuch zugebracht, den Leuten zu entrinnen.

Und sieh mal, wohin es mich geführt hat. Ich schnauzte: »Öffnen Sie die Tür!«

Mark schüttelte den Kopf. »Noch nicht.«

»Sofort.« Ich rollte darauf zu. »Sollen sie mich ruhig sehen.«

»Vati?«

»Ist schon in Ordnung, Philip. Weiter, Stuhl.« Ehe sie mich aufhalten konnten, schob ich die Tür auf und rollte hinaus in die Abenddämmerung.

Karen und ihre Abteilung kamen über den Rasen gestürmt. »Herr GenSek ...«

Sie hatten Polizeiabsperrungen von der Tür bis zu dem Parkplatz errichtet, wo mein Heli bereitstand.

Ein gedämpftes Gebrüll. Die Menge wogte vor, durchbrach die Absperrungen. Meine Sicherheitsleute bildeten einen Kreis um den Rollstuhl und wandten sich nach außen, die Laser gezogen.

Ich griff nach Karen. »Nicht schießen! Halt!« Verzweifelt durchbrach ich den Wall meiner Wachen mit dem Rollstuhl. »Weiter, Stuhl. Auf die Straße.« Ich riskierte einen Blick zurück. Mit entsetzten Gesichtern eilten Karen und Mark mir nach, gefolgt vom Rest ihres Kommandos. Ich hielt an. Ein Wirbelsturm aus fuchtelnden Händen. Jemand breitete die Arme aus, bildete eine Absperrung. »Gebt ihm Raum!«

Ich griff nach ausgestreckten Händen. »Ist schon in Ordnung. Danke, daß Sie gekommen sind.«

»Herr GenSek ...«

»Wir beten für ...«

»Ich warte schon den ganzen Tag ...« Der Mann hielt mir kurz die Hand hin, nahm sie wieder zurück. Ich reichte ihm meine, und er schlug ein.

»Mir geht es gut. Danke.«

»Es tut mir so leid, was die getan haben ...«

»Gehen Sie mit Gott.« Ich drückte ein Handgelenk. Ein ältlicher Mann blinzelte gegen seine Tränen an.

Mark prallte heftig gegen einen stämmigen Typ, der über mir aufragte, und schob ihn zur Seite.

»NEIN!« Irgendwie konnte ich mir Gehör verschaffen. »Bilden Sie einen Kreis um mich, wenn es sein muß, aber lassen Sie Freiraum. Gewähren Sie jeweils einigen Leuten Zutritt.« Ich zupfte die Decke über den nutzlosen Knien zurecht. »Ich danke Ihnen. Ich bin okay.« Ich umfaßte eifrige Hände. »Danke, daß du gekommen bist, Junge.«

Langsam, unter Flüchen und voller Wut organisierte mein Sicherheitsdienst das Chaos zu einem improvisierten Empfang. Die Nachricht lief eine Reihe ehrfürchtiger Sympathisanten entlang, und allmählich formte sich eine Schlange, zunächst ungeduldig, dann ruhiger, da bekannt wurde, daß ich zu bleiben gedachte.

Zwei volle Stunden und noch etwas länger saß ich auf dem nebeligen Parkplatz, bis die letzte Hand ergriffen und die letzte Schulter gedrückt war, um stille Ermutigung zu spenden.

Müde beugte ich die Finger.

P. T. musterte mich mit Respekt – und mit noch etwas anderem. »Was ist, mein Sohn?«

»Es ist, als ob ... Hast du schon mal von den Händen des Königs gehört?«

»Ich habe diese armen Leute nicht geheilt.«

»Vielleicht innerlich.«

Mark sagte streng: »Als GenSek ist es nicht Ihre Aufgabe, sich zu exponieren.«

Ich überlegte kurz. »Als GenSek ist genau das meine Aufgabe.«

Zu Hause war alles vertraut und fremd zugleich. Einfache Aufgaben, wie die Treppe zu meinem Schlafzimmer hinaufzugehen, waren ungeheuer kompliziert geworden. Ich ertrug es, entschlossen, mich nicht damit abzufinden, daß ich den Rest meines Lebens in dem verdammten Rollstuhl verbrachte.

Und Stück für Stück lernte ich zurechtzukommen, durch die Türen zu manövrieren. Manchmal überließ ich dem Stuhl die Arbeit, und zu anderen Zeiten bestand ich hartnäckig darauf, selbst zu navigieren. Wir räumten das Mobiliar um, damit ich leichter überall entlangfahren konnte. Körperlich schien ich geheilt, nur innerlich nicht. Schmerzen im unteren Rücken machten mich reizbar, und ich bemühte mich, es nicht andere spüren zu lassen. Mit der Zeit würden die Schmerzen nachlassen, hatte man mir erklärt, und bis dahin hatte ich Pillen, obwohl ich mir schwor, sie nicht einzunehmen.

Arlene gab sich zunächst unnachgiebig. »Erinnerst du dich, wie du geleugnet hast, eine Mauer um dich errichtet zu haben, die ich nicht durchdringen konnte?«

»Du hast das auf Dereks Empfang gesagt.« Ich machte eine Pause. »Süße, als ich im Krankenhaus feststellte, daß ich gelähmt war, war ich außer mir. Es tut mir wirklich leid.«

»Ich habe versucht, dir Freiraum zu geben. Du mußtest allein deine Wunden lecken.« Sie schwieg kurz. »Und ich war verletzt. Du hast mich weggestoßen, als ich es dir leichter machen wollte.«

»Kannst du mir verzeihen?«

Endlich bewegte sich ihre Hand langsam zu meiner herüber.

Mit der Zeit erwies sich die Ruhe, die sie mir bot, als ihr größtes Geschenk. Ich ließ mich gehen, brummte und zuckte zusammen, wenn mich die ermüdenden Schmerzen plagten, bis ich sah, wie sich Arlene unbewußt mitfühlend selbst den Rücken rieb. Von diesem Augenblick an bemühte ich mich darum, das eigene Unbehagen zu verbergen, und ihres schien nachzulassen.

Meine Erleichterung, daß ich wieder zu Hause war, schwand dahin. Ich sehnte mich nach Genesung und arbeitete pflichtbewußt mit den beiden Therapeuten zusammen, die mich täglich aufsuchten. Mark Tilnitz nahm ihre Sicherheitsakten scharf unter die Lupe und weigerte sich, das Zimmer zu verlassen, wenn sie zugegen waren. Ich merkte mir vor, ihm besonderen Dank auszurichten, und bat Arlene, ein passendes Geschenk auszusuchen. Seit man mich ins Krankenhaus gebracht hatte, widmete er sich mir völlig. Inzwischen zeichneten sich dunkle Ringe um seine Augen ab, und er zeigte einen gehetzten Ausdruck.

Ich schrieb an Moira Tamarow und wiederholte meine Einladung.

Philip besuchte mich fast täglich von seiner Wohnung in Maryland aus. Langsam lernten wir, in Gesellschaft des anderen wieder entspannt zu sein, wie es früher gewesen war. Gelegentlich blieb er zum Abendessen.

»Nein, Vati, das war in dem Jahr, als du dir das Knie verletzt hast.« Wir saßen in der Küche in einem hell ausgeleuchteten Winkel, nur wir drei. Arlene hatte das Dienstpersonal hinausgescheucht, und in ungewohnter Privatsphäre verspeisten wir eine Lasagne, die wir selbst zubereitet hatten. Da ich in den Rollstuhl verbannt war, hatte man mir gnädig genehmigt, einen Salat zurechtzuschneiden und zu mischen.

»Liebes, wann hast du ihm das Schießen beigebracht? War das nicht früher?«

»Wenn P. T. sagt, daß er fünfzehn war ...« Sie zuckte die Achseln. Philip hatte ein geradezu unheimliches Verständnis für Zahlen, für Daten jeder Art. Seine Gehirnakrobatik überraschte mich heute nicht mehr.

»Du bist zurück nach Hause gekommen, als ich dreizehn war, Mom.« Philip blickte vom einen zum anderen.

Arlene und ich hatten uns nach dem Transpop-Aufstand kurz getrennt.

Sie zog eine Braue hoch. »Hätte ich nicht sollen?«

Pflichtbewußt drückte er sie.

Sie gab ihn frei und schob ihn sachte auf seinen Stuhl zurück. »Vierundzwanzig, ein erwachsener Mann ... wohin ist nur die Zeit verschwunden?«

»Hättest du es lieber, ich wäre noch ein Kind?«

»Nein, aber ...« Sie sah nachdenklich aus. »Es hat Spaß gemacht, Mutter zu sein, verdammt. Und jetzt brauchst du mich nicht mehr.«

»Natürlich tue ich das.« Er bemühte sich, ein verletztes Gesicht zu machen. »Rufe ich dich nicht von der Arbeit aus an? Bitte ich dich nicht um Rat ...«

»Ja, Liebster. Aber du brauchst ihn nicht.«

»Tut mir leid. Ich werde mich bemühen, abhängiger zu sein.« Er hielt mir die Lasagne hin, damit ich sie besser auslöffeln konnte. »Falls es euch nicht gefällt, daß ich erwachsen werde, macht doch noch ein Kind.«

Ich schnaubte. Wenigstens war Philip noch jung genug für völlig unrealistische Ideen.

Ich stürzte mich in die lange vernachlässigten Staatsangelegenheiten. Ich arbeitete gerade am saftigen Etat der UN-Armee, als jemand an die Tür des Arbeitszimmers klopfte. Seufzend legte ich die Akte weg und massierte mir den Rücken. »Ja?«

Ein rothaariger Fähnrich kam hereinmarschiert und nahm Haltung an; ein graugekleideter Kadett folgte seinem Beispiel. »Fähnrich Thadeus Anselm zur Stelle, Sir!« Er salutierte zackig.

»Rühren.«

Forsch nahm er die bequeme Haltung ein, die Hände auf dem Rücken verschränkt.

»Wo ist Ihr ... Ah, Mr. Bivan.«

»Danil Bevin, Sir.« Die Stimme des Jungen hatte sich noch nicht ganz in den unteren Registern niedergelassen.

Ich ignorierte den Kadetten. »Was führt Sie her, Mr. Anselm?«

»Ich bin die Eskorte des Kadetten, Sir!«

»Sehr schön, betrachten Sie ihn als eskortiert.«

»Ja, Sir.« Der Fähnrich zögerte. »Bin ich entlassen?«

Ich gab die strenge Haltung auf. »Wie lauten Ihre Befehle?«

»Zum Stützpunkt Devon zurückzukehren, sobald ich freigegeben worden bin, Sir.«

Wenn er allen Fähnrichen ähnelte, die ich je kennengelernt hatte – z. B. mir im gleichen Alter –, würde er sich darüber freuen, in einer fremden Stadt Ausgang zu erhalten. »Sehr schön, Sie sind zunächst noch nicht entlassen. Hat man Ihnen einen Reisekostenzuschuß für Übernachtung außerhalb bewilligt?«

»Nein, Sir.« Hazen war im Hinblick auf seinen Etat knauserig gewesen, wie es schien.

Na ja, es war meine eigene Schuld; warum mischte ich mich auch ein. Ich rief bei der Sicherheit an. »Führen Sie den Fähnrich in ein Gästezimmer. Mr. Anselm, ich benötige Sie für die nächsten Tage in Reichweite, nur für den Fall ...« Ich schnitt ein finsteres Gesicht. »... daß der Kadett zurechtgewiesen werden muß.« Falls Bevin über eine Spur Grips verfügte, nahm er mich nicht allzu ernst; Kadetten mußten schon mit ein paar verbalen Schikanen rechnen. »Allerdings werden Ihre Dienste bis jeweils Mitternacht nicht benötigt. Sie brauchen nicht unbedingt auf dem Grundstück zu bleiben.«

Anselms Gesicht leuchtete auf. »Ja, Sir!«

»Das war alles.«

Mit der für die Akademie typischen Präzision machte der Fähnrich kehrt und marschierte hinaus.

»Stuhl, fahre um ... ach, vergiß es!« Ich rollte mich eigenhändig hinter dem Schreibtisch hervor und nahm vor Bevin Aufstellung. »Siehst du, was deine Umweltfreunde mir angetan haben?«

»Es sind nicht meine Freunde!«

»Bist du scharf auf den Rohrstock?« schnarrte ich.

»Nicht noch mal, Sir.«

»Dann paß auf, was du sagst!« Ich hielt inne. »Noch mal?«

Er wurde rot. »Nach Ihrem Aufbruch hat Sarge mich eingetragen.«

»Weshalb?«

»Wegen Streits mit ... mit Respektspersonen.« Die Worte kamen widerwillig hervor.

»Es liegt nicht an dem, was du sagst, Bevin.« Ich mußte einräumen, daß der Junge Mut hatte. »Es liegt daran, wie du es sagst.« Nicht nötig, ihn gleich bei der ersten Begegnung zur Schnecke zu machen. »Also dann. Erzähl mir von dir. Bist du Engländer?«

»Aus Manchester.« Ein schüchternes Lächeln.

»Ich bin aus Cardiff.« Aber natürlich wußte er das schon. Jeder wußte es. »Eine Flottenfamilie?« Viele unserer Offiziere hatten bereits in der dritten Generation diese Laufbahn eingeschlagen, wenn nicht noch mehr.

»Wie, nein.« Er sah verwirrt aus.

»Welchen Beruf übt dein Vater dann aus? Oder ist es deine Mutter?«

Vorsichtig fragte er: »Nehmen Sie mich auf den Arm, Sir?«

»Nein.« Ich funkelte ihn an. »Wenn du es mir nicht erzählen möchtest ...«

»Mein Vater ist Andrus Bevin vom Umweltrat. Er ist Mr. Winsteads Stellvertreter.«

Ich prallte zurück. »*Der* Bevin?« Ich hatte ja *gewußt*, daß ich diesen Namen schon kannte.

»Ja, Sir.«

»Wieso hast du es mir nicht gesagt? Schleichst dich in mein Haus, ohne ...«

»Ich habe nie darum gebeten, daß man mich hierher versetzt!« Sein Gesicht war heiß. »Außerdem habe ich es Ihnen schon bei unserer ersten Begegnung gesagt.«

Vage erinnerte ich mich.

Ich bin Umweltschützer, hatte der Junge gesagt. Und mein Vater auch. Ich fluchte vor mich hin. Ich würde ihn natürlich zurück nach Devon schicken; ich konnte mir keinen Spion im Haus erlauben.

Ich wurde rot. Möchten Sie, daß *ich* zurücktrete? hatte Hazen gefragt. Auch er hatte Sympathien für die Ökos. Nicht jeder ihrer Anhänger war verrückt.

»Er ist was – Winsteads Assistent?« Vielleicht ... wenn ich Bevin vor heiklen Daten abschirmte ...

Der Junge hob stolz den Kopf. »Erster Vizepräsident des Umweltrates.«

»Vizepräsident.«

»Ja, Sir. Er ist der Boß Ihres Sohnes Philip.«

Falls ich den Kadetten entließ, hatte das für Philip sicherlich ein Nachspiel. Bestürzt suchte ich nach einer Lösung. Den Jungen ziehen lassen, mit dem Befehl, daß er niemandem erzählte ... Winstead anrufen, ihm erklären, daß die Stellenbesetzung nichts damit zu tun hatte, daß ...

Nein. Ich mußte halt das Beste daraus machen. Ich holte tief Luft. »Hat Haz ... Hat dir der Kommandant erklärt, warum du hergeschickt wirst?«

»Nein, Sir. Sarge sagte, Sie wollten mich im Auge behalten.«

Ich lächelte. »Nicht ganz.« Ich erklärte ihm meinen Brauch, junge Leute aus der Flotte in den Mitarbeiterstab zu berufen. »Ich behalte dich nicht für mehr als ein paar Monate hier. Du kannst zusammen mit den Saalgefährten deinen Abschluß machen.« Wenigstens mit einigen von ihnen. Die Akademie hatte keine festen Abschlußtermine; Kadetten wurden entlassen, wenn man sie für bereit hielt.

Bevin öffnete den Mund, klappte ihn wieder zu. Ein Kadett stellte seinen Offizieren keine Fragen.

Ich seufzte. Ich hätte mir wirklich einen Fähnrich aussuchen sollen; man konnte ja sehen, wohin mich der Groll geführt hatte. »Solange du hier bist, kannst du dich auch zu Wort melden, ohne daß du vorher angesprochen wurdest. Es gibt keine Bestrafung.«

»Danke, Sir. Wenn Sie meine Herkunft nicht kannten, darf ich dann fragen, warum Sie mich gewählt haben?«

»Ich wußte, daß du ein Öko bist. Ich wollte dir zeigen, was eure Umweltkohorten angerichtet haben.« Ich schnitt eine Grimasse. Das war nicht der einzige Grund. »Weil du dich mir in der Unterkunft entgegengestellt hast. Ich verabscheue Jasager.«

Er betrachtete mich zweifelnd. »Sie haben mich aus dem Grund gewählt, aus dem Sarge mir den Rohrstock verpaßt hat?«

»So ist das Leben.«

»Sobald ich hier fertig bin, Sir ...«

»Ja?« Ungeduldig trommelte ich mit den Fingern auf den Tisch.

»Denken Sie ... Falls ich es gut mache, könnte ich dann auf die *Galactic* versetzt werden, wenn ich Fähnrich bin?«

»Was für eine Frechheit!« Kannte seine Unverschämtheit kein Maß? Die *Galactic* war der Hauptgewinn unter den Stellen, die die Raumflotte bot; sie verfügte über die beste Einrichtung, die modernsten Instrumente, die stärksten Laser, die bestausgestattete Brücke. Zweifellos konkurrierten erfahrene Fähnriche von allen Schiffen im Heimatsystem um die Versetzung dorthin. Ich knurrte: »Bitte die Leute von der Sicherheit, dir deine Unterkunft zu zeigen. Entlassen.«

Er salutierte forsch.

»Bevin!«

Er blieb vor der Tür stehen.

»Du solltest ... Ah, es wäre besser ... Vielleicht solltest du niemandem hier erzählen, daß du mit *dem* Andrus Bevin verwandt bist. Einige der Leute, die für mich arbeiten, würden es womöglich nicht verstehen.« Warum schwitzte ich?

»Aye aye, Sir.« Er ging.

»Auf die Veranda, Stuhl.« Der Motor surrte. Arlene hatte sich auf der Couch zusammengerollt und las in einem Holovid. Das *Newsnet* war ihr Stoff.

Ich wollte zwischen Sofa und Sessel hindurchfahren. Brummelnd versuchte ich, das Sofa aus dem Weg zu ziehen, und fiel dabei fast aus dem Rollstuhl. Ich fluchte vor mich hin. »Liebes?« Ich deutete auf das Hindernis.

Arlene schnurrte: »Ja, Nicky?«

Sie wußte verdammt gut, was ich wollte. Trotzdem sagte ich demütig: »Ich brauche deine Hilfe.«

»Sehr schön.« Sie schob den Sessel zur Seite.

»Danke.« Ich rollte vorbei. »Bekomme ich Punkte, weil ich gefragt habe?« erkundigte ich mich hoffnungsvoll. »Du weißt, ich hasse es, abhängig zu sein.«

Ihre Mundwinkel stiegen hoch. »Ist das wieder eine Entschuldigung?«

»Ja, falls sie nötig ist.«

Sie küßte die verblassende Narbe auf meiner Stirn.

Nach einem Moment fragte ich: »Was steht im *Newsnet*?«

»Dein politischer Nachruf.« Sie scrollte zur Überschrift des Artikels. »Sie sagen, du würdest innerhalb eines Monats zurücktreten.«

»Da ist der Wunsch der Vater des Gedankens.«

»Nick ...« Auf einmal wurde sie ernst. »Wie lange bleibst du im Amt?«

»Bis ...« Ich stockte. Ja, wie lange noch? In jeder Amtszeit war ich sicher gewesen, daß es die letzte war, aber inzwischen war meine zweite Regierung seit zwölf Jahren im Amt und hatte dabei drei Wahlen überstanden.

Ungeachtet – laut Jerence jedoch aufgrund – der Verachtung, die ich für politische Verfahren empfand, sorgten die Wähler dafür, daß wir Supranationalisten an der Macht blieben, und die Partei würde mich nicht im Stich lassen. Ich wußte nicht recht, warum nicht. Nur zu oft für ihren Geschmack besetzte ich freie Stellen mit Unabhängigen oder Terries.

Hätte Bischof Saythor seine Drohung wahrgemacht, wäre die Frage gegenstandslos gewesen.

»Ich weiß nicht. Nach wie vor sehnt sich ein kleiner, stiller Teil von mir danach aufzuhören. Besonders seit ich gelähmt bin.« Ich brach ab. »Aber wie ich dir schon erklärt habe, übe ich Macht inzwischen gern aus. Ist das nicht widerwärtig?«

»Hast du sie gut genutzt?«

»Ja natür ... Nein, im Grunde nicht. Ich berufe Freunde in Ämter, tyrannisiere die Raumflotte, mache die Terra-über-alles-Leute bei jeder Gelegenheit zur Schnecke.«

»Wann kommen wir zum Widerwärtigen?«

»Ich ignoriere die Wünsche meiner Partei. Ich gehe grob mit dem Senat um.«

»Ich warte immer noch.«

»Ich breche jedesmal die Regeln, wenn es mir paßt.«

»Nicht zum persönlichen Vorteil. Für das öffentliche Wohl.«

»Wer bin ich, das zu entscheiden?«

»Wer sonst sollte es tun?«

»Die Öffentlichkeit. Darum geht es in der Demokratie.«

»Die Öffentlichkeit besteht aus Trotteln.«

Ich lächelte bitter. »Jerence verlangt von mir, die Leute zu respektieren, weil sie mich lieben. Du sagst mir, daß es Trottel sind.«

Ihr Lächeln wirkte heiterer als meines. »Wir könnten beide recht haben.«

Ich beugte mich vor, um sie zu küssen, verlor das Gleichgewicht und landete mit ausgebreiteten Armen an ihrer Brust.

»Ist das ein Annäherungsversuch, Matrose?« Ihr Ton war trocken.

Ich war hilflos, und das machte mich wütend. Wo würde ich sonst noch feststellen, daß ich untauglich war? »Gottverdammt ...« Ich riß mich zusammen, aber meine Stimmung war dahin. Ich zerrte die Beine auf die Fußstützen zurück und wirbelte den verdammten Rollstuhl herum.

»Nick, was ...«

»Raus, Stuhl.« Ich floh in mein Büro.

7. Kapitel

Philip zog wieder bei uns ein. Zwei Stunden arbeitete er energisch daran, seine Sachen nach oben in sein altes Zimmer zu schaffen, und machte sich eilig wieder auf den Weg, um an die Arbeit zurückzukehren. Gedrückt wurde mir klar, daß ich in all den Jahren, die er jetzt für den Umweltrat tätig war, nie sein Büro besucht oder ihn nach seinen Aufgaben gefragt hatte. Wie wirkte meine Gleichgültigkeit auf ihn? War ich wirklich so grausam? Ich verdrückte mich ins Arbeitszimmer und schloß die Tür, um mit dem Aufruhr meiner Gefühle allein zu sein.

Ich hatte P. T. nach Philip Tyre benannt, einem heldenhaften jungen Fähnrich, den ich gekannt hatte.

Mein Sohn und ich hatten uns so nahe gestanden, als P. T. noch klein war.

Eines Tages, als er fünf oder so gewesen war, hatte ich ihn auf dem Schoß sitzen und zeigte ihm Holos meines

Vaters und der heruntergekommenen Farm bei Cardiff, auf der ich aufgewachsen war. In diesen weit zurückliegenden Tagen hatte P. T. mich ›Daddy‹ genannt. Ernst fragte er mich mit seiner kindlichen Stimme, ob ich es gern hätte, wenn er mich ›Vater‹ nannte, wie ich es mit meinem getan hatte. »Wenn du möchtest«, antwortete ich.

Danach war ich ›Vati‹ für ihn, und ›Vater‹, wenn er förmlich sein wollte.

Voller Staunen und Freude sah ich zu, wie er langsam erwachsen wurde. Sein guter Wille war grenzenlos, seine Intelligenz ehrfurchtgebietend.

Er war das unverdiente Geschenk des allmächtigen Gottes.

Der Transpop-Aufstand hinterließ auf irgendeine Art, die ich nie ganz verstand, Narben bei ihm. Wir entwickelten uns nicht gerade auseinander, aber er wurde zunehmend launischer. In den Teenagerjahren machte er sich die Sache des Umweltschutzes mit bestürzender Intensität zu eigen und ging nach einem Tumult gegenseitiger Beschuldigungen von zu Hause weg. Ich war tief getroffen, weil er sich Einblick in meine Dateien verschafft hatte. Falls ich überhaupt gehofft hatte, ihn etwas gelehrt zu haben, dann unbeugsame Aufrichtigkeit und die Ehre, um die ich mich vor meinem Sturz selbst bemüht hatte.

Ich hatte gehofft, er möge zu einem besseren Menschen werden als ich.

Die Freude über seine Rückkehr wurde ein wenig getrübt, weil er Jared Tenere mitbrachte. Ich konnte ihm das nicht gut verweigern; es hätte unsere Aussöhnung gefährdet.

Na ja, vielleicht hatte die hormonelle Neueinstellung den jungen Tenere stabilisiert. Die Zeit würde es an den Tag bringen. Zumindest hatte er die unerträgliche Großspurigkeit abgelegt, die er in der Jugend zur Schau gestellt hatte. Mit den Neuankömmlingen und weiteren Veränderungen entwickelte das häusliche Leben einen sonderbaren Charakter. Mit grenzenlosem Widerwillen nahm ich hin, wie Typen von der Sicherheit jeden Abend meinen schweren Rollstuhl Stufe für Stufe die Treppe hinaufschleppten, während ich inbrünstig darum betete, daß niemand ausrutschen möge. Ich fühlte mich sogar versucht, einen Fahrstuhl zu installieren. Stolz war eine Sache, ein gebrochenes Genick eine ganz andere.

Danil Bevin lernte rasch, sich dem Leben im Haus anzupassen, und versuchte auf seine nicht direkt schüchterne Art, sich nützlich zu machen.

An seinem zweiten Abend bei uns kam der Fähnrich Thadeus Anselm nach Mitternacht nach Hause getorkelt und sang leise eine zotige Ballade vor sich hin, während er die Treppe zu bewältigen versuchte. Arlene kicherte nur und schlief wieder ein, aber wäre es mir nicht zu aufwendig erschienen, hätte ich mich aus dem Bett geschleppt und ihm Bescheid gestoßen. Ich beschloß, das am Morgen nachzuholen, aber sein blasses Gesicht mit dem erschütterten Ausdruck brachte mich davon ab. Manche Lektionen lernte man von selbst.

Obendrein ging mich sein Verhalten nichts an. Noch einen Tag oder so, und ich schickte ihn ohnehin zurück nach Devon.

Derweil versammelte sich jeden Tag eine Menschenmenge vor der Grundstücksmauer. Ich hatte keine Ahnung, was die Leute wollten. Zweifellos kamen sie, weil ich eine Gestalt des öffentlichen Lebens war und meine Verletzung sie auf eine Art beunruhigte, wie es die einer Privatperson nie getan hätte.

An den erbarmungslos hilfreichen Stuhl gefesselt, wie ich nun mal war, dazu unruhig und reizbar, vergrub ich mich in Arbeit. Zum Glück gab es davon reichlich. Ich brütete über Haushalten, schlichtete Kolonialstreitigkeiten, rang mit dem Hilfsprogramm für die Holländer.

Das vorrangige Problem dabei lautete, wo die Flüchtlinge neu angesiedelt werden sollten, nachdem der größte Teil der Niederlande inzwischen vom Meer überflutet war. Pakistan hatte die meisten Bangladeshis aufgenommen, aber die Niederlande kannten kein ethnisches Schwesterland, und die Belgier verloren allmählich die Geduld; sie hatten schon so viele Menschen aufgenommen, wie ihre Wirtschaft verkraftete.

Überall auf dem Globus wurden tiefliegende Gebiete in einem Ausmaß überschwemmt wie nie zuvor.

Natürlich konnten die Holländer untergebracht werden; sogar die übervölkerte Erde bot noch Platz für ihre Flüchtlinge. Aber die Holländer zu verstreuen hätte sie ihre nationale Identität gekostet, und ihre Führungsleute rangen unermüdlich um andere Lösungen.

Ich hatte schon genehmigt, die Holländer an die Spitze der Emigrantenliste nach Constantine zu setzen, die neueste unserer Kolonien. Ich sah jedoch keine Möglichkeit, im Verlauf der nächsten Jahre mehr als fünfzigtausend Flüchtlinge mit Raumschiffen fortzubringen, und obwohl das Constantine durch und durch niederländisch geprägt hätte, wäre das Flüchtlingsproblem kein bißchen gemildert worden. Obendrein sprach sich das Amt für Kolonialangelegenheiten vehement gegen ethnische Konzentrationen in den Kolonien aus.

Jemand klopfte an. »Kadett Bevin meldet sich zum Dienst, Sir.«

»Kommando zurück. Ich bin Zivilist, also können wir die militärische Form lockern.«

»Sir?«

»Nimm nicht jedesmal Haltung an, wenn du in mein verdammtes Büro kommst!«

»Aye aye, Sir.«

»Nimm diese Chips und ordne sie in den Kasten direkt neben dem Holovid ein, wo . . .«

Der Rufer summte. Es war General Donner vom

Sicherheitsdienst der Armee. Ich ließ den Lautsprecher eingeschaltet. Falls ich mich nicht auf die Diskretion meines Assistenten verlassen konnte, fand ich es lieber gleich heraus.

»Herr GenSek, wir haben im Akademiefall vielleicht einen Durchbruch erzielt.«

»Weiter.«

»Wir haben Sergeant Bookers Familie scharf überwacht. Mutter, Schwestern, Vettern und Kusinen, einfach alle.«

»Und?«

»Sara, die Nichte seines Vaters, erhielt ein paar seltsame Anrufe. Nichts, was sie offen belasten könnte, aber man konnte den Gesprächsinhalt nicht richtig fassen, als wäre es ein Code. Zum Beispiel wurden ohne Zusammenhang auf einmal Lebensmittel diskutiert.«

»Haben Sie die Anrufe verfolgt?«

»Öffentliche Rufer. Der erste in London, der zweite in Manchester.«

»Also ist er in England.«

»Verzeihung, Sir, aber es war nicht Bookers Stimme.«

»Woher wollen Sie das wissen?«

»Wir haben Ihrem Kommandanten die Aufnahme vorgespielt. Er wird nebenbei ebenfalls überwacht.«

Ich fuhr in meinem Stuhl hoch. »Das ist ein Skandal!«

»Finden Sie, Herr GenSek? Wer wäre besser plaziert gewesen, um einen Unfall zu arrangieren?«

Ich sprudelte hervor: »Ich selbst. Wird mein Rufer auch abgehört?«

»Natürlich nicht.« Der General lachte leise; es klang nicht überzeugend.

Falls die Flotte erfuhr, daß ihr Rivale, die UN-Armee, einen ihrer Offiziere überwachte, war die Hölle los. »Der Kommandant war schockiert, als wir von den ermordeten Kadetten erfuhren. Ich war bei ihm, und es war nicht gespielt.« Darauf hätte ich mein Leben gesetzt. Ich zögerte. Hätte ich? Was, wenn ... Nein, ich wurde wohl ebenso paranoid wie Donner. »Streichen Sie Hazen von der Liste der Verdächtigen. Wir spionieren die Raumflotte nicht aus.«

»Sir, falls er auf irgendeine Weise darin verwickelt war, sei es auch nur durch Vertuschung der ...«

»Ich übernehme die Verantwortung.«

Er senkte die Stimme. »Ja, Sir. Was die Kusine angeht ... wir führen ein P-und-D-Verhör durch.«

»Haben Sie die richterliche Verfügung?«

»Heute abend. Wir haben einen Richter in der Tasche.«

Ich öffnete schon den Mund, um zu protestieren, überlegte es mir aber besser. Je weniger ich von unseren Ermittlungsverfahren wußte, desto besser. Manchmal hatte man keine andere Wahl, und im Grunde wurde niemand verletzt. Ich mußte auch an die Rechte unserer Kadetten denken, nicht nur an Bookers Kusine. »Sehr schön. Machen Sie weiter.« Ich legte auf.

Bevin wandte sich vom Holovid ab. »Wir alle möchten, daß die Mörder gefaßt werden, aber wie können Sie Leute ohne Beweise zur P und D schicken?«

»Kümmere dich um deine Sachen.«

»Einen Richter in der Tasche? Ist das ehrenhaft?«

Mir reichte es. »Du bettelst wohl um den Rohrstock.«

»Prima, wenn es mich zurück auf die Akademie bringt.« Seine Wangen waren gerötet. »Ich dachte, Sie wären ein Ehrenmann, egal was Sie sonst sind.«

»Egal was ich sonst ... du unverschämter kleiner Bursche! Was soll das denn heißen?« Ich fuhr um den Schreibtisch herum und hielt nur wenige Zentimeter vor ihm an.

»Sie sind ... Es tut mir leid, Sir. Ich halte lieber den Mund.«

»Viel zu spät. Sprich dich aus. Ich bin was?«

»Sie sind scheinheilig. Sie hassen Ihre politischen Gegner. Sie hassen gedankenlos alle Ökos.«

Ich war eher schockiert als beleidigt. »Bevin, erkennst du denn nicht, daß es eine Ehre ist, für den GenSek zu arbeiten? Nun? Gaffe mich nicht nur an! Antworte!«

»Haben Sie mich deshalb von der Akademie geholt? Damit ich zusehe, wie Sie Günstlingswirtschaft betreiben, auf öffentlichen Rechten herumtrampeln, Ihr Personal schikanieren ...«

»DAS REICHT!« Ich drehte mich zum Schreibtisch herum, krallte nach dem Rufer, schaltete ihn auf die Lautsprecher im oberen Stockwerk. »Anselm! Kommen Sie herunter!« Schäumend wartete ich.

Das Getrampel von Laufschritten. Ein Klopfen, und schon flog die Tür auf. »Sir, Fähnrich Anselm mel ...«

»Nehmen Sie diesen Flegel mit und verpassen Sie ihm eine Tracht Prügel! Er soll nie mehr vergessen ... Sofort, Fähnrich!« Hätte ich noch die Beine gebrauchen können, hätte ich es mit Freude selbst übernommen.

Bevin sah mich voller Verachtung an. »Und die Wahrheit ist keine Entschuldigung?«

»Nicht für einen unverschämten, großspurigen ... Was soll das heißen?« Anselm hatte den Kadetten fast schon bis zur Tür gezerrt. Ich hob die Hand, um ihn aufzuhalten.

Bevin rieb sich den gekniffenen Unterarm. »Sie haben die Überwachung von Mr. Hazen eingestellt, weil er zur Raumflotte gehört, aber Sie haben es bei Sara nicht getan, weil sie nur Zivilistin und Bookers Kusine ist. Das ist Günstlingswirtschaft. Sie schicken ein Mädchen zur P und D, weil sie sich mit jemandem über Lebensmittel unterhalten hat. Es sind Arschlöcher, die Santini und die anderen ermordet haben, aber sie haben auch Rechte. Bei einem ehrlichen Richter wären Sie damit nicht durchgekommen.«

»Nur weiter«, sagte ich bedrohlich leise.

»Ich gehöre zu Ihrem Personal, und Sie schikanieren mich. Was ich denke, ist meine Privatsache, aber Sie befehlen mir, es Ihnen zu verraten. Dann bestrafen Sie mich, weil es Ihnen nicht gefällt.«

»Du warst vorher schon unverschämt.«

»Ja. War ich.«

»Warum?«

Er brach in Tränen aus. »Weil ich den GenSek gern für etwas Besseres gehalten hätte.«

Ein längerer Zeitraum verstrich.

Ich sagte: »Anselm, lassen Sie ihn los.« Ich schob mich zum Schreibtisch und fuhr wieder dahinter.

Was jetzt?

Du bist der GenSek – also liefere selbst die Antwort.

Seufzend nahm ich den Rufer zur Hand. »Holen Sie General Donner ran.« Ich wartete. »Hier ist Seafort. Sagen Sie die P und D für Bookers Verwandte ab, bis Sie echte Beweise haben. Nein, Sie haben mich schon verstanden.« Ich hörte mir seinen Protest an, wiederholte meine Anweisungen und legte auf.

»Fähnrich, holen Sie mir bitte einen Kaffee.«

Anselm ging.

»Zufrieden, Kadett?«

»Es steht mir nicht zu, sowas zu sagen.«

»Bescheidenheit, in diesem Stadium?«

Er öffnete den Mund, überlegte es sich noch einmal, biß sich auf die Lippe. »Wie sollte ich antworten? Ich bekomme Ärger, wenn ich schweige, und ich bekomme Ärger, wenn ich etwas sage.«

»Argh.« Es war nicht ganz unberechtigt. »Wie kommt es, daß du keine Angst vor mir hast?«

»Aber das habe ich!« Er wand sich. »Denken Sie, es gefällt mir, den Rohrstock zu erhalten? Es tut weh!«

»Ich weiß.« Ich war auch Kadett gewesen. »Trotzdem hast du keine Hemmungen, mein Verhalten zu tadeln.«

»Es tut mir leid.« Er war rot geworden. »Aber ... haben Sie mich nicht deshalb ausgewählt?«

Wir musterten einander argwöhnisch.

Anselm kam zurück und brachte Kaffee. Ich nippte an der dampfenden Tasse. Zu Bevin sagte ich: »Ich bin mehrfach so alt wie du und obendrein der GenSek. Denkst du nicht, es wäre unschicklich, mich zu ermahnen?«

»Ja, Sir. Bitte schicken Sie mich nach Hause.« Er sah mich flehend an.

»Sehr schön, falls du das ...«

Wieder summte der Rufer.

»Hier Branstead.« Er klang angespannt.

»Jetzt nicht, ich stecke mitten in ...«

»Es hat einen Zwischenfall in London gegeben. Man hat das Viktoria-und-Albert-Museum angegriffen.«

»Allmächtiger Christus!« Mir war gar nicht klar, was ich gesagt hatte, bis sich Anselms Augen weiteten. »Amen«, ergänzte ich rasch.

»Die Angreifer waren Gott sei Dank nicht gut bewaffnet. Trotzdem gab es elf Tote, und sie konnten einen Brand legen. Zwei der Ökos gehören zu den Toten.«

»Aber die Garnison von London ...«

»Das Bild ist noch unvollständig. Wie es scheint, wurde die UN-Armee überrascht.«

»Typisch. Halten Sie mich auf dem laufenden.« Ich unterbrach die Verbindung, wählte Mark Tilnitz an und richtete ihm die Nachricht aus. »Bereiten Sie mein Flugzeug vor. Ich starte noch heute nachmittag nach Großbritannien.«

»Den Teufel werden Sie!« Sein Ton wurde schärfer. »Herr GenSek, Sie sind nicht beweglich. Sie können nicht einfach in ein Kriegsgebiet fliegen, wenn ...«

»Doch, kann ich. Wir zeigen lieber Flagge, und zudem benötige ich aus erster Hand einen Eindruck von dem Schlamassel.« Ich setzte den Rufer ab. »Anselm, suchen Sie Arlene und helfen Sie ihr, für mich zu packen. Bevin, hol deine Sachen.«

Die beiden eilten davon. Ich machte mich daran, meine Holochips wegzupacken.

Mark erwartete mich auf dem Helistartplatz. Sein Ton war so vernünftig, daß es mich schier zum Wahnsinn trieb, als hätte er es mit einem kleinen Kind zu tun. »Wir können so kurzfristig keine sichere Reise gewährleisten. Die Maschine muß aufgetankt und vorbereitet werden. Wir müssen Sicherheitskontrollen durchführen und logistische Unterstützung für vierzig Personen . . .«

»Und Hotels buchen und meine weit verstreuten Mitarbeiter zusammentrommeln. Ich weiß.« Auf einmal hatte ich die Nase voll. Seit zwölf Jahren folgten mir ein Haufen Leute auf meinen Reisen, die ich weder brauchte noch überhaupt leiden konnte. Manche kannte ich kaum. Jetzt, wo ich gelähmt war, vielleicht für immer, war ich entschlossen zu tun, was mir beliebte. »Verzichten Sie auf all das.«

»Was reden Sie da für einen Unsinn . . .«

»Dieser Heli.« Ich deutete auf den Hubschrauber. »Er ist mit Valdez-Permabatterien ausgestattet, nicht wahr? Er könnte bis London fliegen oder überhaupt um die ganze Welt.«

»Und? Wir passen doch nicht alle . . .«

»Das brauchen wir auch nicht.« Ich schlug jede Vorsicht in den Wind. »Nicht mal Darius von Persien ist mit einem Gefolge wie meinem gereist. Schluß damit, verstanden? Ich bin es leid.« Ich stellte fest, wie ich auf die Armlehne des Rollstuhls hämmerte, und zwang mich, damit aufzuhören. Ich erhielt Marks Hilfe nicht, wenn ich mich wie ein verzogenes Kind aufführte.

Er schlug einen höhnischen Ton an. »Wen möchten Sie zurücklassen? Die Pressecrew? Die Sicherheit? Ihre Therapeuten?«

Er hatte mich mehr gereizt, als ich ertragen konnte. »Sie alle! Helfen Sie Anselm und Bevin dabei, mich in den Heli zu heben. Ich nehme die beiden Jungen mit, um mir mit dem Rollstuhl zu helfen. Sie selbst können fliegen. Das war's.«

»Sie haben den Verstand verloren!« Er verschränkte die Arme.

Wieder hämmerte ich auf den Rollstuhl. »Setzen Sie mich in den Heli! Fähnrich, fassen Sie an einem Ende an. Und fix, wenn ich einen Befehl gebe!«

»Aye aye, Sir.« Anselm mühte sich mit dem Stuhl ab.

»Warten Sie, schieben Sie erst mich hinein und heben Sie dann den Rollstuhl an. Mark, helfen Sie mir, oder suchen Sie sich einen anderen Job!«

Peinlich berührt wich Bevin aus und versuchte, sich so klein wie möglich zu machen. »Sie verlangen meinen Rücktritt!« Mark widerstand meinem finsteren Blick. »Verdammt, ich bin für Ihre Sicherheit verantwortlich!«

»Und da haben Sie mir wirklich viel genutzt.« Sofort tat es mir leid, aber es war zu spät. »Wenn wir uns in voller Stärke aufmachen, in einem Riesenjet, voll mit Personal, weiß gleich die ganze Welt Bescheid. Wenn wir inkognito reisen, sind wir mindestens so sicher. Wer soll schon wissen, daß ich in dem Heli sitze?«

»Es wäre ein Bruch des Protokolls. Mit nur einem Sicherheitsmann losfliegen? Donner würde mich feuern, und nicht ohne Grund.«

»Ich hebe das Protokoll auf. Wir halten es schriftlich fest, um Sie zu schützen.«

»Sie riskieren mehr als Ihr Leben!« Er war rot geworden. »Falls Sie einem Attentat zum Opfer fallen, bricht das Chaos aus.«

»So sei es. Mark, Sie kennen mich. Ich sage Ihnen: Wir fliegen los, und ich lasse mich zu nichts anderem überreden. Helfen Sie mir oder nicht?«

Er schwankte, aber so leicht konnte man ihn nicht überzeugen. Es dauerte fast eine Stunde, ehe er mich endlich im Heli anschnallte. Und selbst dann brachte er unsere ersten hundert Kilometer noch mit dem Versuch zu, mich zur Umkehr zum Potomac-Shuttlehafen zu überreden.

Anselm saß während des langen, verdrießlichen Fluges neben mir.

Ich schnupperte. »Was rieche ich da? Alkohol?«

Der Fähnrich wurde rot. »Ich ... habe was getrunken.« Als er meine Miene sah, sprudelte er hervor: »Ich hatte dienstfrei, Sir! Sie haben mir gestern abend gesagt ...«

»Sehr gut.« Ich verschränkte die Arme. Ich hatte mehr im Kopf als einen fehlgeleiteten Fähnrich. Die Anschläge der Ökoliga eskalierten mit alarmierender Geschwindigkeit. Erst Kadetten auf der Akademie, dann ein wagemutiger Anschlag auf mein Flugzeug, der fehlgeschlagen war, dann eine Bombe, die mich beinahe das Leben gekostet hätte. Jetzt eine Greueltat gegen Zivilisten im hellen Tageslicht. Was als nächstes?

Sorgen bereitete mir auch, wie gut die Ökos organisiert schienen. Bei dem Versuch, sie aufzuspüren, waren wir vor eine Wand gelaufen. Wie hatte sich nur eine so clever organisierte Gruppe direkt vor unserer Nase bilden können? Woher erhielten sie ihre Waffen? Gewehre und Laserpistolen waren nicht leicht zu kriegen; schon der Besitz eines Lasers ohne Waffenschein zog die Todesstrafe nach sich. Wir brummten über den Atlantik hinweg. Von Zeit zu Zeit tätigte Mark über die abhörsichere Leitung einen Anruf. Der Allmächtige allein wußte, was in ihm brodelte.

»Fliegen wir noch heute abend zurück, Sir?« Wenigstens sein Ton war höflich.

»Das hängt davon ab, was wir vorfinden.« Ich war mir nicht sicher, warum ich den Schauplatz des Anschlags überhaupt besuchen mußte, aber ich wußte, daß es so war. Wenn die Londoner nach über einem Jahrhundert einen ersten Eindruck vom Krieg erhalten hatten, würde meine Anwesenheit sie beruhigen. Oder vielleicht auch nicht; der Anblick meines Rollstuhls, der von selbst durch den Schutt eines nationalen Monuments rollte, erschreckte sie womöglich.

»Sir?« Bevin klang schüchtern.

Anselms Ton war scharf. »Belästige ihn nicht.«

Ein Junge, der am hellichten Tag trank, nahm sich heraus, den Kadetten zurechtzuweisen? Das duldete ich nicht. »Was ist, Danil?«

»Wir sind dort so nahe an Devon ... Wenn wir schon dort sind, könnten Sie mich wieder auf der Akademie postieren?«

»Ich mache mir Sorgen wegen Terroristen, und du jammerst darum, auf die Akademie zurückzukehren? Menschen sind gestorben!« Ich packte ihn am Kragen und zog ihn heran. »Ich brauche deine Hilfe, um mich bewegen zu können. Kein Wort mehr, oder ...« Ich schüttelte ihn.

»Aye aye, Sir! Nein, Sir!« Fast hätte er die Hand gehoben, um mich abzuwehren, aber er kam noch rechtzeitig zu Verstand. »Verzeihung, Sir!«

»Vier Minuspunkte.« Ich war mir nicht sicher, ob ich als Zivilist das Recht hatte, Minuspunkte für ihn einzutragen, aber er würde es nicht in Frage stellen.

»Es tut mir leid.« Er hörte sich kleinlaut an. Er starrte auf seinen Schoß. Ich blickte verstohlen hinüber; er war den Tränen nahe. Geschah mir recht, wenn ich schon einen grünen Jungen aus der Schule geholt hatte. In meinem Schreibtisch lag eine Liste perfekt geeigneter Fähnriche.

Wir überließen es dem Autopiloten, uns nach Kensington zu bringen. Ich hätte es vorgezogen, den Heli selbst an der Themse entlangzufliegen, aber ich spürte, daß Mark Tilnitz mit der Geduld bald am Ende war.

Ich hatte geplant, vor dem imposanten Eingang des Viktoria-und-Albert-Museums an der Exhibition Road zu landen, aber die Straße war voller Militär- und Rettungsfahrzeuge. Wir kreisten.

Ich hatte mit mehr Schäden gerechnet, als wir sahen. Ein Stück Wand war zertrümmert, etliche Fenster lagen in Scherben und die Ostfassade zeigte sich stark rauchgeschwärzt. Aber das Gebäude stand immer noch.

»Setzen Sie dort an der Cromwell auf.«

»Und was dann? Fahren Sie einfach heran und verkünden, Sie wären der GenSek?«

»Wieso nicht?«

Mark schäumte, gehorchte aber.

Ein uniformierter Jerry eilte geschäftig herbei, während Mark und die Jungs meinen Rollstuhl auf die Straße hievten. »Weg mit der Maschine, Kumpel! Sie sind hier in einer Sicherheitszone!«

»Helfen Sie mir hinaus!« Ich klammerte mich an Anselms Schulter fest und schob mich vom Hubschraubersitz. »Sie da, Name und Rang!«

Der Jerry blinzelte. »Mit welcher Vollmacht?«

»Sehen Sie gut her. Ich bin GenSek Seafort. Stuhl, etwas zurücksetzen.« Ich schlang jedem der beiden Jungen einen Arm um die Schultern, und gemeinsam schleppten sie mich zum bereitstehenden Rollstuhl. »Vorsichtig, Bevin!« Sachte setzten sie mich ab. »Name und Rang, habe ich gesagt!«

»Ich ... Sergeant Rourke, uniformierte Abteilung. Sind Sie wirklich der Gen ... Zeigen Sie mir einen Ausweis.«

Mark wurde zornig.

»Nein, das ist eine vernünftige Bitte.« Ich lehnte mich zur Seite, zog meine Brieftasche hervor und zeigte dem Jerry die Chipkarte. »Zufrieden? Stuhl, zur Vordertür; das ist rechts von mir. Suche eine Rampe und fahre mich hinein.« Wir rollten los. »Kommen Sie mit, Sergeant. Sie können mir helfen, mich zu erklären.«

Tilnitz lief mit großen Schritten neben mir her. »Sir, das ist verrückt! Wie soll ich darauf achtgeben, daß ...«

»Machen Sie sich nicht die Mühe. Denken Sie, Meuchelmörder hielten sich hier bereit, nur für den Fall, daß ich auftauche? Gehen Sie, und schließen Sie den Heli ab; ich möchte nicht, daß jemand meinen Koffer stiehlt. Ich habe ja die Jungs, falls nötig wird, daß ... Hups!« Der Stuhl schlingerte über ein Trümmerstück. Ich hielt mich fest. »Und wenn Sie schon dabei sind, reservieren Sie drei Zimmer in einem anständigen Hotel.«

»Das Regierungsgebäude liegt ...«

»Die Atmosphäre ist dort wie in einem Grab. Ein gutes Hotel, habe ich gesagt. Stuhl, anhalten. Mark, wir machen das auf meine Art. Sehen Sie mich noch mal böse an, und ich *werde* Ihren Rücktritt akzeptieren! Los, Stuhl.«

»Los was?«

»Losfahren. Vorwärts. Weiter.«

»Ich denke, ich habe mir ein Rad verbogen.« Der Rollstuhl klang wehleidig.

Wackelnd fuhren wir weiter.

Die Leichen hatte man inzwischen abtransportiert, aber das Gebäudeinnere zeigte sich weiter als Schauplatz eines Blutbades. Als der Rollstuhl in einem klebrigen Teich aus trocknendem Blut ins Rutschen geriet, wurde Anselm grün im Gesicht. Ich schluckte fortwährend Galle hinunter und rang darum, nicht mir selbst Schande zu machen und nicht die Toten zu entehren.

Die Überlebenden des Personals klammerten sich förmlich an meine Präsenz, die sie beruhigte. Immer wieder erzählten sie ihre schreckliche Geschichte.

Fünf bewaffnete Typen mit Kapuzen waren durch die Vordertür hereingestürmt. Sie hatten die Wachen mit Lasern niedergemäht und eine Brandbombe in der Hauptausstellung gezündet, die ›Kolonialkleidung durch die Zeitalter, von Indien bis Belladonna‹ hieß. Die Sprinkler gingen los, und der Alarm heulte.

Vielleicht entnervte der Lärm die Eindringlinge, oder vielleicht hatten sie die ganze Zeit ein Blutbad geplant. Aus welchem Grund auch immer – sie blockierten die vordere Eingangshalle und feuerten unterschiedslos auf flüchtende Besucher und Bedienstete. Zu den Abgeschlachteten gehörten ein fünfjähriger Junge und drei Nonnen aus Lahore.

Als die ersten Sirenen in der Ferne heulten, blies der Anführer in eine Pfeife. Sie flohen auf die Straße, wo sie der Heldin des Tages begegneten.

Sie hieß Indira Raj. Eine Museumswächterin, die hinter einem geparkten Lastwagen hockte und auf Verstärkung wartete. Als die Schützen die Stufen heruntergerannt kamen, richtete sie sich auf und eröffnete kühl das Feuer. Sie streckte zwei Terroristen nieder und streifte einen weiteren, ehe die anderen ihr Leben auslöschten. Sie flüchteten zu einem bereitstehenden Wagen und fuhren davon.

Ich hörte mir den schauerlichen Bericht bis zu Ende an. Inzwischen war das Foyer voll. Der Lord Mayor war eingetroffen, begleitet von mehreren Parlamentsmitgliedern und dem örtlichen UN-Abgeordneten.

Ich fuhr zu den wartenden Medienleuten und gab eine grimmige Stellungnahme ab, die live über die Netze ging, während der verzweifelt auf meine Sicherheit bedachte Mark Tilnitz lautlose Anfälle hatte. Ich hatte Verständnis für seine Bedenken; es hatte keinen Sinn, inkognito anzureisen und dann der Welt zu verkünden, daß ich vor Ort war. Andererseits konnte ich den Londonern keine Unterstützung gewähren, wenn ich mich ihnen nicht zu erkennen gab.

Als wir wieder nach draußen kamen, war der junge Bevin bleich und erschüttert. Für einen Moment bedauerte ich es, ihn einer solchen Szene ausgesetzt zu haben. Allerdings war er in der Offiziersausbildung, und das Flottenleben hatte ganz eigene Risiken. Früher oder später mußte er sich mit dem Tod konfrontieren. Der Anblick eines im Vakuum umgekommenen Raumfahrers war in jeder Hinsicht so entsetzlich wie das Blutbad im

Museum. Mark hatte mich beim Wort genommen, als ich von einem ›guten Hotel‹ sprach; er hatte uns im New Dorchester untergebracht. Wir landeten auf dem Dach und fuhren zum Foyer hinunter. Zur Sicherheit hatte Mark alle drei Zimmer auf den eigenen Namen gebucht, aber man erkannte mich sofort.

Eine kurze Verzögerung trat ein, zweifellos, um uns bessere Zimmer zu geben, während sich der Fähnrich und der Kadett wie vom Donner gerührt die makellos uniformierten Pagen ansahen, die vor einem Jahrhundert aus dem historischen Bauwerk geborgenen Messinggeländer, die vertäfelten Wände.

Dann führte man uns in eine Suite mit drei Schlafzimmern und vier Badezimmern, übersät mit Obst- und Blumenkörben. So abgespannt ich auch war, sie raubte mir den Atem.

Na ja, ich war in UN-Geschäften unterwegs. Der Staat übernahm die Kosten.

Zwei Stunden lang lag ich auf dem Bett und telefonierte. Zuerst mit der Familie der ermordeten Wächterin; ich sorgte dafür, daß sie gut versorgt wurde. Ich besprach mich mit der Stadtpolizei; ihre Nachforschungen mußten mit unseren koordiniert werden, aber die U.N.A.F. hatte so eine Art, örtliche Sicherheitskräfte zur Seite zu drängen, und erzeugte damit Ressentiments.

Ich rief Moira Tamarow an – zum dritten Mal seit Alexis Tod. Ich redete ihr zu, am nächsten Tag mit Sohn und Tochter nach Washington zu kommen und für eine Woche bei uns zu bleiben. Ich kannte Alexis Frau kaum, aber vielleicht konnten Arlene und ich zusammen ihr Trost spenden.

Kaum hatte ich das Gespräch beendet, war Jerence Branstead in der Leitung. »Sind Sie verrückt geworden, Herr GenSek? Ein Privatheli? Kein Stab?«

»Nicht Sie auch noch!«

»Ein öffentliches Hotel?«

Wie üblich hatte ich die Bildaufnahme ausgeschaltet, aber ich konnte mir sein Gesicht vorstellen. »Hören Sie auf zu stottern.«

»Sir, mit Ihrem unberechenbaren Benehmen spielen Sie direkt Valera in die Hand. Irgendwann in den nächsten Tagen wird der stellvertretende GenSek ein Mißtrauensvotum einfädeln.«

»Soll er. Rufen Sie deshalb an?«

»Nein. Bischof Saythor wünscht Sie zu sprechen.«

Ich stöhnte. »Wieder mal die Patriarchen? So schnell?«

»Nur Sie beide, privat und inoffiziell. Und bald.«

Interessant, aber ich hatte keinen Schimmer, warum. »Ich bin morgen wieder zu Hause.«

»Ich arrangiere das Treffen in der Rotunde.«

»Nein.« Ich schüttelte den Kopf, hatte vergessen, daß er es gar nicht sehen konnte.

»Ziehen Sie die Kathedrale vor?«

»Wenn er so scharf darauf ist, soll er mich zu Hause aufsuchen.«

»Sir, er ist der Älteste.«

»Und ich bin der GenSek. Gute Nacht, Jerence.« Ich legte auf.

Böse funkelte ich meine Reisetasche an, die auf der anderen Seite des Zimmers stand. Es erschien mir der Mühe nicht wert, mich in den Rollstuhl zu praktizieren, nur um sie zu holen. Einen Moment lang fühlte ich mich versucht zu schlafen, wie ich war, voll bekleidet auf der Bettdecke.

Na ja, wieso hatte ich den Fähnrich und den Kadetten mitgebracht? Ich kämpfte mich in die Sitzhaltung hoch und klingelte in ihrem Zimmer an. »Anselm? Kommen Sie herüber; ich brauche Sie.«

Nur einen Moment später platzte er durch die Verbindungstür herein. Sein Kragen saß schief, als hätte er ihn hastig zurechtgerückt. »Jasir?«

»Meine Tasche.«

»Was ist damit?«

Ich deutete wütend auf die Kommode. »Holen Sie sie.«

»Aye aye, Sir.« Er marschierte durchs Zimmer, stolperte, fing sich wieder. Mit roten Wangen warf er meine Sachen aufs Bett. »Noch was?«

»Würden Sie bitte meine Jacke aufhängen?« Ich versuchte, einen Arm herauszubekommen.

»Während Sie sie noch anhaben?« Er kicherte.

Ich musterte ihn argwöhnisch. »Lassen Sie mich mal schnuppern ... Sie trinken!«

»Das tue ich«, antwortete er würdevoll. »Außer Dienst.« Ein Rülpsen. Er faßte sich an den Bauch, klappte langsam zusammen und erbrach sich auf meine Schuhe.

»Anselm!« Ich wollte mich wegdrehen, schaffte es aber nicht; die Beine waren wie in Zement gegossen. Der Fähnrich kippte stöhnend auf mich. Verzweifelt wehrte ich ihn ab. *»Danil, komm her, rasch! Bevin!«* Bestimmt hatte man mich im Foyer zwanzig Stockwerke weiter oben gehört.

Der Kadett kam hereingestürmt, nur in Unterhose und T-Shirt. Er blieb abrupt stehen. »Kadett Bevin meldet sich ... O mein Gott!«

»Bring diese ... diese *Person* hier raus! Sorge dafür ... *halte ihn fest!«* Zu spät. Anselm sackte in sich zusammen und zerstörte damit meine prekäre Balance. Er plumpste auf mich und zog Bevin dabei noch mit sich.

Ich war außer mir und schlug auf alle nur greifbaren Gliedmaßen ein. Einen Augenblick später fand Bevin das Gleichgewicht wieder und zerrte Anselm vom Bett. Er streckte die Hand aus; ich packte sie und zog mich wieder in die Sitzhaltung hoch. »Bring den Kerl aus meinem Zimmer!« Der Kadett mühte sich erfolglos ab. »Siehst du nicht, daß er nicht gehen kann? Schleife ihn!« Bevin gehorchte und strengte sich dabei mächtig an.

Meine Schuhe und Manschetten waren voll mit Erbrochenem. Der Gestank war übel. Ich unterdrückte ein

Schluchzen. Bitte, lieber Gott, gib, daß das nicht mein ganzes Leben so bleibt! Ein Fähnrich hat mich vollgekotzt, und ich kann mich nicht mal selbst saubermachen.

Bevin steckte den Kopf durch die Tür. »Soll ich ... Brauchen Sie Hilfe?«

Ich kreischte: »Zieh dich an!« Er verschwand. Wenige Augenblicke später war er zurück und hüpfte von einem Fuß auf den anderen, während er in die sorgfältig polierten Schuhe schlüpfte.

Bis dahin hatte ich den Hosengürtel geöffnet. Mühsam hob ich den Hintern vom Bett an. »Zieh sie runter ... hilf mir dabei, sie ... *Jesus Christus!*« Ich zitterte.

»Sir, ist schon in Ordnung.« Er schlug einen beruhigenden Ton an. »Nur noch ... Kommen Sie, überlassen Sie das mir.« Er zog mir die Hose bis zu den Knöcheln herunter und dann ganz aus. Er lief ins Bad, kehrte mit Handtüchern zurück und deckte den Dreck auf dem Teppich ab. »Wir setzen Sie in den Rollstuhl, Sir. Nur einen Augenblick.« Er redete in genau dem Ton, den ich bei Philip benutzt hatte, wenn er zu hoch drehte.

Wenige Minuten später tauchte ich sauber und beruhigt wieder aus dem Bad auf. Danil saß ruhig da und sah zu, wie ein Hotelangestellter den Teppich säuberte und trocknete. »Ich hoffe, es macht Ihnen nichts aus, daß ich ihn gerufen habe, Sir.«

»Nein, ich ... Danke.« Es fiel mir schwer, ihm in die Augen zu blicken. Während ich einen Koller gehabt hatte, hatte er sich um alles Nötige gekümmert.

Als der Hoteldiener gegangen war, fuhr ich mit dem Rollstuhl dicht an Danil heran. Leise fragte ich: »Wie lange geht das schon so?« Ich deutete in Richtung auf Anselms Zimmer.

»Ich kenne Mr. Anselm noch nicht lange«, antwortete er vorsichtig. »Erst, seit er mich nach Washington gebracht hat.«

Ich wurde rot; ich hatte ihn aufgefordert, einen Kameraden zu verraten, nein, schlimmer noch, einen vorgesetzten Offizier. In der Raumflotte tat man das einfach nicht. »Verzeihung, Mr. Bev ... Danil. Ich wünschte ...« Ich tätschelte sein Knie, als wollte ich ihn trösten. »Es ist schwierig.«

»Was, Sir?«

»Gelähmt zu sein.« GenSek zu sein. Alt und ungeduldig zu werden. Getrennt vom allmächtigen Gott zu leben.

Er wartete.

»Danil, hilf mir vom Stuhl. Nein, nicht ins Bett.« Ich deutete auf den Fußboden, nahe genug am Bett, um mich an die Matratze zu lehnen. Andernfalls wäre ich umgekippt.

»Was haben Sie vor, Sir?«

»Beten.«

»Auf den Knien?«

»Ich denke nicht, daß der Herrgott mir sonst Gehör schenkt.« Als Kind hatte Vater mich angewiesen, auf den Knien zu beten. Heute war das aus der Mode, und ich fühlte mich in Gesellschaft des Jungen befangen, aber ich war entschlossen.

Ich verfügte über gar keine Muskelbeherrschung mehr; eigentlich kniete ich nicht, sondern saß auf den Beinen. Es würde reichen. Ich beugte mich vor und formte die Finger zu einem Zelt.

Zu meiner absoluten Verblüffung glitt Danil Bevin herab und kniete sich neben mich. Er senkte den Kopf.

»Ich dachte, ihr Ökos wärt Freidenker.«

»Nun, ich nicht.« Er klang trotzig.

Es war zu lange her. *Es tut mir leid, Herr. Das, was ich getan habe und was ich geworden bin. Aber das weißt du ja. Falls du mich hörst – falls du trotz der Scheußlichkeiten, die ich begangen habe, zuhörst –, bitte ich dich, mir zu helfen.* Ich überlegte mir, ob ich bitten sollte, wieder gehen zu können, wurde aber rot beim Gedanken an eine solche

Unverschämtheit. *Hilf mir, gerecht zu sein, weise mit den Menschen in meiner Obhut umzugehen, die verrückten Öko-Anarchisten dingfest zu machen, die dein Volk in die Irre führen. Segne Indira Raj, die in Erfüllung ihrer Pflicht gefallen ist, und Alexi, der gestorben ist, ohne daß mir irgendein Grund dafür einfallen würde. Und segne diesen leidenschaftlichen Jungen an meiner Seite, mit dem ich so ungeduldig war. Und falls du mir irgendwie – ich habe es nicht verdient, sehne mich aber so sehr danach – ein wenig Frieden schenken könntest ...*

»Amen.« Ich hatte gar nicht bemerkt, daß ich laut sprach. Ich blinzelte, um ein Brennen in den Augen zu vertreiben.

Bevin half mir aufs Bett und setzte sich auf einen Stuhl in der Nähe. Ich saß wortlos da, den Blick zu Boden gerichtet. Es war ein langer Tag gewesen.

Jemand klopfte. Fähnrich Anselm, rot im Gesicht. »Es tut mir furchtbar leid.«

»Danil, geh in dein Zimmer. Das ist nur etwas zwischen ihm und mir.«

»Aye aye, Sir.«

»Und danke. Für alles.«

Ein schüchternes Lächeln. Er verschwand.

Ich deutete entschlossen auf den Stuhl. Fügsam setzte sich Anselm.

»Ist Ihnen schon klar, daß Sie Alkoholiker sind?« Mein Ton war kalt.

»Das bin ich nicht, Sir, nur ...«

»Haben Sie den Alkohol mitgebracht?« Normalerweise durfte ein Junge in seinem Alter keinen Drink bestellen, ohne daß er und der Kellner damit riskierten, in eine Strafkolonie geschickt zu werden. Per Gesetz der Vollversammlung galt ein Fähnrich jedoch als Gentleman und Erwachsener. Er durfte wählen, trinken und sein Leben ruinieren.

»Ja – nein, ich ... Nein, Sir.«

»Was denn nun?« Der Vergleich zwischen ihm und Bevin war abstoßend. So impulsiv der Kadett war, er zeichnete sich doch durch ein gutes Herz und einen Sinn für Anstand aus. Dieser betrunkene Flegel dagegen war eine Schande für die Raumflotte.

Er wand sich. »Beides. Ich hatte etwas im Gepäck, aber es wurde ... Ich habe beim Hotel bestellt.«

»Und Sie behaupten, kein Alkoholiker zu sein?«

»Ich habe nicht gegen das Gesetz verstoßen.« Er klang mürrisch. »Und ich warte immer, bis ich dienstfrei habe.«

Ich war erbarmungslos. »Gab es seit Ihrer Ankunft in Washington überhaupt einen Tag, an dem Sie nicht getrunken haben?«

Er schien besorgt. »Ich schätze, nein. Es ist nur ... Nach ein paar Drinks sieht die Welt heller aus.«

»Ich kann mir vorstellen, daß Sie sich große Mühe gegeben haben, um es zum Fähnrich zu bringen.«

Er schluckte. »O Gott, Sie möchten mich kassieren!«

»Nur Ihr Befehlshaber kann das tun.« Als Zivilist konnte ich in seinem Fall nicht viel tun, außer ihn nach Devon zurückschicken.

Ich seufzte. Auf der Akademie könnte Anselm von Glück sagen, wenn er mit dem Rohrstock davonkam; wahrscheinlicher war, daß Hazen ihn aus dem Flottendienst entließ, wie der Junge befürchtete. Wieso sollte mir das etwas ausmachen? Er hatte es nicht besser verdient. Er hatte nicht nur getrunken, sondern auch die kostbare Beziehung zwischen der Flotte und dem GenSek besudelt. Und falls je bekannt wurde, daß er mich vollgekotzt hatte ... Ich könnte nie wieder mit erhobenem Haupt auftreten.

»Sir, ich ...« Plötzlich brach er in Tränen aus. »Ich schäme mich so.«

»Nur zu Recht.«

»Ihre Schuhe ...« Er schluchzte. »Ich bezahle sie. Falls ich irgendwas tun kann, um es wieder ...« Er hob das tränenüberströmte Gesicht. »Sie sind der GenSek, und Sie waren einmal der Kommandant. Es hat mich so stolz gemacht, Ihnen zu begegnen. Und ich habe Sie vollgekotzt.« Er schlang die Arme um sich und schaukelte hin und her. »O Gott, lieber Gott!«

Falls er glaubte, daß seine Vorstellung mich rührte, fiel er einem traurigen Irrtum zum Opfer. Ich hatte kein Mitgefühl mit törichten jungen Laffen, die ... Von fern erinnerte ich mich an einen jungen Fähnrich auf seinem ersten Urlaub, als ihm entsetzlich schlecht war und er sich in einer Kneipe in Lunapolis an einer Toilette festhielt.

Ich räusperte mich. »Zunächst dürfen Sie nicht mehr trinken; sechs Monate lang. Keinen Tropfen.«

Er wurde bleich, sagte aber nur: »Aye aye, Sir.«

»Sie haben die Raumflotte entehrt.«

Er blickte zu Boden und wurde wieder rot. »Ja, Sir.«

»Rufen Sie Mr. Tilnitz. Er hält sich im angrenzenden Zimmer auf.«

Wenige Augenblicke später stand Mark mit verschränkten Armen unter der Tür.

»Mr. Anselm, Sie erhalten den Rohrstock.« Ich beugte mich vor und stützte mich dabei mit einer Hand ab. Mit der anderen griff ich unter das Kinn des Jungen und hob seinen Kopf an. »Ich täte es selbst, wenn ich könnte.«

Er sah mich flehend an, sagte aber nur: »Ja, Sir.«

»Als Zivilist weiß ich nicht recht, ob ich die Vollmacht dazu habe. Falls Sie Einwände erheben, übergebe ich Sie mit einem Erklärungsschreiben an Kommandant Hazen.«

»O nein, Sir!«

»Sehr schön. Mark, Sie haben die Ehre. Wir haben hier weder Faß noch Rohrstock, also benutzen Sie Ihren Gürtel. Gehen Sie, Junge, und vergessen Sie nicht, daß Sie noch Glück haben.«

Anselm richtete sich unsicher auf und nahm Haltung

an. Mit widerwilliger Entschlossenheit marschierte er in Marks Schlafzimmer.

Ich legte mich zurück, schaltete das Licht aus und hörte mir die gequälten Schreie des Fähnrichs an.

8. Kapitel

Ich gähnte. Der Tag hatte früh begonnen; hinter mir lag ein langer Transatlantikflug in Begleitung eines schläfrigen Kadetten und eines stillen Fähnrichs; danach Brunch mit Arlene, Philip und Jared Tenere. Ich mußte Konversation machen, was mir in ihrer Gesellschaft schwerfiel, um so mehr, weil mir immer noch Bilder von Blut und Zerstörung vor den inneren Augen schwammen. Meine Laune wurde auch dadurch nicht besser, daß Jared sich unauffällig, fast respektvoll verhielt.

Danach funkelte ich in meinem Büro den Rufer an. Ich verabscheute Holokonferenzen. Karen Burns war bei mir, Branstead in der Rotunde und General Donner in Paris.

»Das nennen Sie Fortschritt? Bah!« Finster blickte ich auf den Bildschirm. Zu all den übrigen Problemen tat mir der Rücken weh.

Donner trommelte mit den Fingern, was sein Bild in Schwingungen versetzte. »Wir haben beide toten Terroristen aus dem Museum identifiziert. Das ist ein Durchbruch.«

»Einer war vorher schon tot.«

»Offensichtlich nicht. Ich habe gesagt, sein Tod wäre vor vier Jahren *gemeldet* worden.«

Karen hörte sich unser Wortgeplänkel schweigend an.

Branstead meldete sich zu Wort, indem er auf seinen

Schreibtisch klopfte. »Was mich noch stärker beunruhigt als der Anschlag ...« Er rieb sich die Augen. »Die Terroristen sind einfach zu gut organisiert. Sie sind fähig, eine Bombe in die Rotunde zu schmuggeln, sich Waffen zuzulegen, dem GenSek nachzuspüren, ihren Kohorten falsche Identitäten zu verschaffen. Eine wie große Gruppierung ist dadurch impliziert?«

»Eine riesige.« Karen beugte sich vor. »Zu groß, um hinzunehmen, daß sie uns weiter auf der Nase herumtanzen. Greifen Sie durch, Herr GenSek. Mit P-und-D-Verhören knacken wir sie.«

Ich warf ein: »Falls es so viele sind ...« Warum fanden wir keine Spur von ihnen?

Branstead räusperte sich. »Die Öffentlichkeit billigt dergleichen nicht; es stammt direkt aus den Rebellischen Zeiten. Man braucht nur ein loses Mundwerk in der Kneipe. Ein Prahlhans, und schon erhalten wir einen anonymen Anruf mit einem Tip. Mit einem Dutzend Leuten wären die Terroristen bereits in der Grenze dessen, was für sie sicher ist, schätze ich. Wieso finden wir dann nicht mal einen Hinweis?«

Wir sahen uns gegenseitig an, und jeder hoffte, daß ein anderer etwas sagte.

Ich dachte laut nach. »Wir suchen die falschen Leute.« Damit handelte ich mir erstaunte Blicke ein. »Ich meine ... Was, wenn es gar nicht so viele sind, wie wir denken?«

Jerence sagte: »So viele Anschläge ...«

»Ich war gestern abend in London und bin heute wieder zurück. Wir können uns bewegen; warum sie nicht auch? Nein, lassen Sie mich ausreden, Jerence. Von wie vielen Leuten wissen wir definitiv? Einer auf dem Flughafen; er ist tot. Sergeant Booker auf der Akademie. Jemand, der eine Bombe in die Rotunde geschmuggelt hat. Fünf im Museum, von denen zwei umkamen. Womöglich ist es insgesamt nur ein halbes Dutzend.« Ich rutschte hin und her, versuchte das Rückgrat zu entlasten.

»Und die falschen Identitäten, der Kanister Nervengas?«

»Denken Sie doch, wieviel leichter es wäre, zwei oder drei Leute zu verstecken, als eine große Truppe. Nehmen wir mal an, daß Booker einen Kanister hinausgeschmuggelt und seine Freunde ihn gefüllt haben.«

»Woher hatten sie das Toxin?«

»Wie konnten sie eine Bombe bauen?« Das war Karen Burns.

»Wie sind sie hineingelangt?«

Ich antwortete: »Was, wenn wir uns alles zu kompliziert denken? Wir wissen, wie das Nervengas in die Akademie gekommen ist: über Sergeant Booker. Die Sache am Flughafen war leicht; sie sind einfach an den Flugsteig herangefahren. Konzentrieren wir uns auf die Bombe. Erstellen wir eine Liste aller Leute, die in den drei Tagen vor dem Anschlag Zugang zur Rotunde hatten oder hätten haben können. Einer davon ist unser Terrorist.«

»Das sind Hunderte«, sagte Donner. »Senatoren, Abgeordnete, ihr Personal ...«

Karen machte ein grimmiges Gesicht. »Mit P und D erführen wir es.«

Ich sagte: »Nicht schon wieder, Karen. Wir haben nicht das Recht dazu.«

»Unter Kriegsrecht hätten Sie es.«

Mir wurde kalt. »Kommt nicht in Frage.« Sie war zweifellos entrüstet über den Bombenanschlag, aber selbst so wirkte die Schärfe, mit der sie ein Durchgreifen forderte, beinahe rachsüchtig.

»Wie viele Menschen sollen Ihrer Meinung nach noch sterben?«

»Das ist nicht ...« Jemand klopfte. »Ja?«

Fähnrich Anselm in makelloser Uniform, das Haar

gekämmt, das Gesicht geschrubbt. Er salutierte forsch. »Verzeihung, Sir, aber Bischof Saythor ist eingetroffen. Zwei Helis stehen auf dem Landeplatz.«

»Warum richten *Sie* mir das aus? Sie haben hier keine Pflichten.«

»Ja, Sir. Ich meine, nein, Sir. Ich habe Kadett Bevin angewiesen, dort zu bleiben und die Besucher zu begrüßen. Ich dachte, Sie wollten es sofort erfahren.«

»Sehr schön. Wer begleitet den Bischof?«

»Ich kenne sie nicht, aber drei haben Schußwaffen.«

Karen schaltete ihren Rufer ein. »Arnie? Wer ist da draußen – Sicherheitsleute der Kirche? Können Sie sie entwaffnen? Nun, lassen Sie sie wenigstens nicht ins Haus. Nein, das ist endgültig. Ich bin gleich da.« Sie ging mit großen Schritten zur Tür.

»Fähnrich, führen Sie den Ältesten herein. Versuchen Sie, ihn nicht vollzukotzen.«

Anselm wurde knallrot. »Aye aye, Sir.«

Vom Bildschirm herunter fragte Branstead: »Was hatte das zu bedeuten?«

»Gestern abend ist etwas hochgekommen. Vergessen Sie es.«

»Herr GenSek ...« Jerence zögerte. »Letztes Mal hatte ich mich gegen P und D ausgesprochen, aber nach dem Museum ... Ich stimme Karen zu.«

»Ich werde nicht das Kriegsrecht ausrufen. Wofür immer man mich auch im Gedächtnis behält, das wird es nicht sein.« Ich funkelte Donner an. »Sind noch weitere Gespräche über Lebensmittel geführt worden?«

»Nein.« Der General gab sich keine Mühe, seinen Widerwillen zu verhehlen. »Wir halten uns bereit, Anrufe zu verfolgen. Überall in England habe ich schnelle Eingreiftruppen stationiert.«

Unwillkürlich mußte ich kichern. »Fallen Sie bei der ersten Erwähnung von Kohl über den Gemüsehändler her?«

»Das ist nicht komisch, Herr GenSek. Wenn das jemand wissen müßte, dann Sie.« Sein Bildschirm ging aus.

»Das war nicht nötig, Mr. Seafort.« Jerence klang verärgert. »Er ist unerträglich frustriert.«

Ich seufzte. »Ich mache es wieder gut. Das ist alles für den Moment.«

»Verhalten Sie sich Saythor gegenüber diplomatisch, ja?«

»Ich bin immer diplomatisch.« Ich ließ ihm keine Chance zu einer Antwort. »Raus, Stuhl. Ins Wohnzimmer.«

Bischof Saythor saß gelassen auf meinem Lieblingssofa. Rings um ihn saßen und standen drei Mitarbeiter. Auf der gegenüberliegenden Seite des Zimmers stand Bevin bequem.

»Stopp, Stuhl. Soll das ein privates Gespräch werden?«

»Warum fragen Sie mich? Meine Aufgabe ist es, Sie zu befördern.«

»Halt die Klappe, Stuhl. Ich habe mit dem Ältesten gesprochen.« Mein Rücken zwackte.

»Diese Gentlemen genießen mein Vertrauen.« Saythors Ton war frömmlerisch.

Er hatte um ein persönliches Gespräch ersucht, und jetzt das. Ich war nicht in Stimmung für Spielchen. »Gleiches gilt für Karen Burns und meinen Kadetten. Und meine Frau. Ich rufe sie.«

»Das wird nicht nötig sein. Ich habe Sie verstanden.« Er winkte, und seine Leute gingen zur Tür.

»Kann ich helfen, Sir?« Das war Bevin.

»Ja. Beziehe vor der Tür Stellung. Sorge dafür, daß wir nicht gestört werden.« Sorge dafür, daß Saythors Assistenten nicht am Schlüsselloch lauschen, aber das konnte ich nicht laut sagen. Ich hätte nicht mal daran denken sollen, aber der schlimme Rücken machte mich reizbar.

Der Älteste musterte mich skeptisch.

Ich wartete.

»Ich bete darum, daß Sie sich wieder von Ihren furchtbaren Verletzungen erholen.«

»Ja.« Er gab einen Dreck darauf, ob es mir gutging, dessen war ich mir sicher.

»Mr. Seafort, was ich zu sagen habe, ist schwierig. Sie waren krank und sind nach wie vor nicht ganz der alte.«

Wohl wahr, aber bald würde man mich im Hinblick auf das Ghenili-Verfahren begutachten. Das war meine Rettungsleine.

»Der Bombenanschlag hat das Vertrauen der Öffentlichkeit in alle unsere Institutionen erschüttert. Viele einflußreiche Bürger nehmen Anstoß an Ihrer Politik.«

Mein Gesicht war steinern.

»Ich möchte nicht um den heißen Brei herumreden, Herr GenSek. Ich möchte, daß Sie zurücktreten.«

»Sehr schön.«

»Heißt das, Sie werden zurücktreten?«

»Es heißt, Sie möchten, daß ich zurücktrete.«

»Werden Sie?«

»Nein.«

»Warum nicht?«

Gute Frage. Schließlich repräsentierte er die Macht und Autorität von Mutter Kirche.

Nein, tat er nicht. Die Patriarchen taten es, wenn sie zusammentraten.

»Nun, Mr. Seafort?«

Ich haßte es, wenn man mir zusetzte. Wäre er nicht so arrogant gewesen, hätte er das gewußt. Ich beugte mich vor und hielt mich an den Armlehnen fest, damit ich nicht aus dem Rollstuhl fiel. »Bischof Saythor, was zum Teufel hat Sie nur auf die Idee gebracht, Sie könnten sich in die Politik einmischen?«

Er schnappte nach Luft.

Ich drängte weiter. »Sie verlangen meinen Rücktritt, sprechen damit aber sicher nicht für die Kirche. Die

Patriarchen haben volles Vertrauen in meine Regierung; ich weiß das aus Ihrer Stellungnahme in *Holoworld*.« Er wurde rot. »Aber selbst wenn Sie Ihre Kollegen zum Konklave zusammenrufen, sind Sie nicht berechtigt, meinen Rücktritt zu verlangen.«

»Wir repräsentieren den Willen des Allmächtigen!«

Was in Gottes Namen tat ich hier? Ich überlegte mir, mich zu zügeln, aber Saythors höhnisches Grinsen trieb mir dieses Vorhaben aus. »Sie können mich verleugnen, sogar exkommunizieren, falls es dazu kommt. Mehr nicht. Die Vollversammlung kann mich stürzen, indem sie mir das Mißtrauen ausspricht, oder die Wähler, indem sie bei einer UN-Wahl für meinen Gegenkandidaten stimmen. Auf diese Weise wird eine Regierung aus dem Amt entfernt.«

»Es läuft auf dasselbe hinaus. Falls wir erklären, daß wir kein Vertrauen mehr ...«

»Tun Sie das. Widerrufen Sie öffentlich Ihre Stellungnahme. Ich habe keine Einwände.«

»Warum sind Sie dann so stur?«

»Weil Sie, Sir, Ihre Grenzen überschreiten!« Meine Augen loderten. »Die Öko-Aktionsliga möchte unseren Staat zerstören, unser System ins Chaos stürzen; dabei gibt es legale Wege, wie sie ihre Standpunkte vorbringen könnten. Sie ignorieren diese korrekten Mittel und werfen lieber Bomben. Sie vereiteln den Willen des allmächtigen Gottes, dessen Regierung ich leite.«

»Aber ...«

»Und Sie tun das gleiche! Wo gibt die UN-Charta dem Ältesten das Recht, Seine Regierung zu entlassen? Wo erlaubt es die kirchliche Lehre den Patriarchen, sich mit einer bestimmten Partei zu verbünden?«

»Hören Sie mal ...«

»Nein, Sir, *Sie* hören zu.« Ich drehte an den Rädern des Rollstuhls und setzte mit einem Ruck vor. »Ich tue die Arbeit des Allmächtigen nach den Einsichten, die Er mir gewährt. Fordern Sie die Vollversammlung auf, mich zu entlassen, falls das Ihr Wunsch ist. Vielleicht tut sie es.« Zweifellos würde sie das tun. Besonders, wenn man dort mitbekam, wie ich mit Seinem Stellvertreter auf Erden redete.

Saythor stand auf, weiß im Gesicht. »Das grenzt an Blasphemie!«

»Dann ist Exkommunikation das Mittel Ihrer Wahl.« Unnachgiebig hielt ich seinem Zorn stand. »Bis Sie bereit sind, es einzusetzen, möchte ich keine Apostasie mehr hören.«

»Apostasie?« Ihn traf fast der Schlag.

»Was sonst? Sie versuchen, unsere Charta und kirchliche Doktrin zu untergraben, um Seine Regierung zu stürzen!«

Die Augen quollen ihm aus dem Kopf.

»Aus Liebe zu Seiner Kirche, Sir, werde ich nichts von dem erzählen, was hier geschehen ist. Fühlen Sie sich frei, öffentlich Stellung zu nehmen, wie es Ihnen gefällt.« Ich deutete zur Tür. »Anselm! FÄHNRICH!«

Die Tür flog krachend auf. »Fähnrich Anselm meldet ...«

»Unsere Konferenz ist beendet. Führen Sie Bischof Saythor zu seinem Heli, vorausgesetzt, er möchte keine Erfrischung mehr zu sich nehmen.«

Ich wartete allein im Zimmer darauf, daß sich Herz und Atem wieder beruhigten. Ich lehnte mich zurück. Ein warnender Stich von der Wirbelsäule. Ich stöhnte.

Nach einer Weile klopfte jemand.

»Was jetzt?«

Danil Bevin schloß die Tür hinter sich, marschierte über den Teppich, nahm Haltung an und salutierte in Paradeform.

»Ja, Kadett?«

Seine Augen leuchteten. »Sie waren ... wundervoll, Sir!«

Ich fuhr hoch oder versuchte es wenigstens. »Du hast spioniert? Widerwärtig!« Ich hämmerte auf die Armlehne. »Ich lasse dir den Rohrstock verabreichen. Nein, aus der Akademie entlassen! Falls du nicht genug Ehre hast ...«

»Sie hatten mir befohlen, vor der Tür zu stehen!«

Ich klappte den Mund auf und zu. Wie konnte es dieses unverschämte, dreiste Kind nur wagen, etwas so Verachtenswertes zu verteidigen, wie an der Tür zu lauschen? Was für eine Unverfrorenheit! Was ...

Ich *hatte* ihm allerdings befohlen, vor der Tür zu stehen und Saythors Mitarbeiter an genau dem zu hindern, was er getan hatte.

»Hmpff.« Mehr brachte ich nicht hervor.

»Darf ich etwas sagen?« Es klang flehend. Ich nickte. »Sarge hat uns immer Geschichten über Ihre Zeit auf der Akademie erzählt. Wie Sie und Admiral Thorne heimlich losgezogen sind, um die Kühlschränke zu plündern. Wie Sie sich später allein den Fischen entgegengestellt haben. Sir, ich ...« Er wand sich. »Manchmal habe ich nicht alles geglaubt, was erzählt ... Aber heute waren Sie phantastisch! Der Älteste hat sich zuviel erlaubt, und Sie haben ihn ohne Skrupel in die Schranken verwiesen. Jetzt erkenne ich, daß alles wahr sein könnte.«

»Blödsinn! Noch nie zuvor habe ich solchen Unsinn gehört.«

»Ja, Sir. Ich danke Ihnen so sehr, daß Sie mich hierher versetzt haben. Es ist ... Ich bin ...«

»Gestern hast du noch darum gebettelt, zurückkehren zu dürfen.«

Es war, als hätte ich ihm den Wind aus den Segeln genommen. Er sackte in sich zusammen. »Ja, Sir. Ich bin ...« Er biß sich auf die Lippe. »Scheiße.«

»Bevin!« Fast hätte ich noch mehr gesagt, aber seine Augen waren feucht. »Ist schon in Ordnung, Junge. Komm.« Ich packte seine Hand. »Reden wir nicht mehr darüber.«

»Danke, Sir.« Es war kaum ein Flüstern.

»Hilf mir eine Zeitlang im Büro.« Ich fuhr auf den Flur hinaus und sonnte mich im Schein von Danils Anerkennung.

Zwei Stunden lang arbeiteten Danil und ich fleißig und erzielten beträchtliche Fortschritte bei meinem Papierkram. Zu meiner Überraschung stellte ich fest, daß der Kadett ein williger und munterer Arbeiter war, der sich klaglos jeder Aufgabe widmete, die ich ihm übertrug. Als er den Boland-Bericht über das Gravitronenwerk Wolgograd zur Hand nahm, sah er ihn rasch durch und stellte mir eine Reihe präziser Fragen, die mich nachdenklich stimmten. Ja, wir benötigten die Produktion, aber war es absolut unumgänglich, daß das Werk so viele metallische Nebenprodukte in die Umwelt ausspie? Ich kritzelte etliche Fragen hin.

Moira Tamarow traf zur Mittagszeit ein. Sie kam in Begleitung der Kinder mit dem Hitranszug aus New York und nahm vom Bahnhof aus ein Taxi. Die Torwächter bestätigten, daß sie auf der Liste stand, und gewährten ihr Zutritt aufs Grundstück. Warum sie nicht mit dem Heli gekommen war, wußte ich nicht. Sicherlich hätte sie es sich mit Alexis Pension leisten können. Ich nahm mir vor, sie zu fragen.

Arlene begrüßte die Tamarows, während ich mich aus dem Büro loseiste. Ich schloß mich den beiden Frauen in der Küche zum Tee an. Meine Frau saß auf der Anrichte und lächelte auf Moira hinunter, die in der Frühstücksecke saß.

»Mr. Seafort.« Moira stand auf. Sie trug das dunkle Haar im Nacken zusammengebunden. Ihre orientalischen Augen wirkten matt und leblos, ein krasser Gegensatz zu unserer letzten Begegnung vor zehn Jahren.

»Nick, bitte.« Ich rollte vor und umarmte sie verlegen. »Das mit Alexi tut mir so leid.«

»Ich weiß.«

»Ich war zur Zeit der Beerdigung ruhiggestellt.« Vielleicht hätte ich seine Vergebung erbitten können. »Wo sind die Kinder?«

»Draußen, denke ich, mit Ihrem Fähnrich.« Sie schien sich unwohl zu fühlen.

»Stimmt irgendwas nicht?« Natürlich stimmte etwas nicht, du Idiot! Ihr Mann wurde vor einem Monat in Stücke gerissen.

»Ich hoffe, daß sie, solange wir hier sind ... Ich habe sie gewarnt.«

»Wen?«

»Carla und Mikhael. Sie sind ... Es betrifft vor allem ihn, aber sie macht mit.«

»Wobei?«

An der Tür trat Unruhe auf. »Entschuldigung, könnten wir ...« Tad Anselm mit zwei Teenagern im Schlepp. Er sah sich um. »Ups, ich störe sicher.«

»Nick, Sie haben doch unsere Kinder schon kennengelernt, nicht wahr?«

Das Mädchen war um die zwölf und unbeholfen, versprach aber anmutig zu werden.

»Das ist Carla, und ... Mikhael, versteck dich nicht auf dem Flur! Komm und sag hallo.«

»Schön, dich zu ...« Ich stockte und holte Luft. *»Alexi?«* Unmöglich! Der Raum drehte sich um mich. »Aber du bist ...« Ich schlug die Hände vors Gesicht.

»Ist schon in Ordnung, Nick.« Arlene rutschte von der Anrichte herunter und schlang von hinten die Arme um mich.

Ich weinte.

Der Junge *war* praktisch sein Vater, wie ich ihn vor so vielen Jahren auf der *Hibernia* kennengelernt hatte. Lebensgetreu. Gesicht, Größe, die schlanke Gestalt, das

Haar. Jeder einzelne Aspekt, abgesehen von dem verdrossenen Gesichtsausdruck.

»Was ist denn mit *dem* los?«

»Mikhael!« Seine Mutter war entgeistert.

»Wie alt ist er?« nuschelte ich.

»Fünfzehn, und reden Sie nicht an mir vorbei.«

Ich wischte mir die Augen ab. »Tut mir leid. Du hast mir einen Schreck eingejagt.«

»Als ob ich einen Scheiß darauf geben würde.« Mikhael durchbrach die vor Benommenheit erstarrte Szenerie von uns anderen und verschwand auf dem Flur. Einen Augenblick später schlug eine Verandatür ins Schloß.

Mit einer Grimasse zog sich auch Anselm aus der Küche zurück.

Moira fuchtelte nervös mit den Händen. »Es tut mir so leid. Er führt sich so wild und böse auf, seit Alexi mit der *Melbourne* losgefahren ist. Ungehorsam und ...« Sie schien Carlas Verachtung nicht zu bemerken. »Am besten reisen wir wieder ab, denke ich.«

»Schluß damit.« Ich bemühte mich um ein Lächeln. »Ich bin froh, daß Sie hier sind; wir werden zurechtkommen.«

Carla schnaubte.

Ich drehte den Rollstuhl zu ihr herum. »Bist du auch wütend?«

»Nicht besonders.«

»Benimmt sich dein Bruder auch sonst so?«

»Wenn er Grund dazu hat.«

»Welchen Grund hat er?«

»Wenn Sie das nicht wissen, hat es keinen Sinn, darüber zu reden.«

Moira warf die Hände in die Luft. »Ich werde nicht mit ihnen fertig, und sie wissen es. Wir haben Alexi so unvermittelt verloren; er ist nicht da, um ihnen Sicherheit zu geben, und ...« Ihre Augen füllten sich mit Tränen.

Ich fuhr zur Tür.

»Nick, wohin gehst du?« Arlene fragte es leise.

»Mikhael suchen.«

»Sei ... verständnisvoll.«

»Wie immer. Ich komme dann zum Abendessen. Stuhl, nach draußen; und scharre diesmal nicht an der Wand entlang.«

»Ich habe nicht ...«

»Sei still.« Ich war nicht in Stimmung für eine Auseinandersetzung.

Die Sonne brannte vom Himmel. Ich blickte hinauf und war unschlüssig. Sollte ich einen Sonnenschirm mitnehmen? Ich hatte mir die tägliche Ozonmeldung noch nicht angehört. Na ja, ich würde ohnehin nicht lange im Freien bleiben.

»Zum Tor.« Ich winkte den Wachtposten heran. »Haben Sie den Tamarow-Jungen gesehen?«

»Nein, Sir.«

»Stuhl, umkreise das Haus.« Gott sei Dank war der Boden trocken; ich konnte mir vorstellen, wie der Stuhl vor- und zurücksetzte, um sich aus dem Schlamm zu befreien. Na ja, ich würde nicht oft über den Rasen fahren und nicht lange im Rollstuhl leben. Der Tod war dem bei weitem vorzuziehen. Wir holperten über den Rasen, aber vergeblich. Ich probierte es in den Schuppen, auf dem Heliplatz, im Wachhaus an der Rückseite.

Ich entdeckte Mikhael in dem Bungalow, der einmal Adam und Jared Tenere gehört hatte. Heute wohnte dort niemand, obwohl dort bei vollem Haus gelegentlich Gäste untergebracht wurden.

Der Junge lag ausgestreckt auf einer Chaiselongue auf der schattigen Terrasse, wo Adam früher gern gesessen hatte.

»Darf ich dir Gesellschaft leisten?«

Er reagierte nicht; ich faßte das als Zustimmung auf und fuhr durch die Hecke.

»Es ist heiß.« Keine Antwort. Ich mußte mir mehr Mühe geben und wußte es. »Mikhael, warum bist du so wütend?«

Er verschränkte die Arme und wandte den Blick ab.

»Geht es um deinen Vater?«

»Ich habe ihn nicht gebraucht. Ich bin fast erwachsen.«

»Es tut mir leid, daß du ihn verloren hast.«

»Was bedeutet Ihnen das schon.« Sein Ton war verächtlich.

Hätte ich es gewagt, so mit Vater zu reden, dann wußte Gott allein ... Mindestens eine Tracht Prügel. Woher nahm dieser verdrossene Junge nur die Dreistigkeit, den Generalsekretär der Vereinten Nationen zu verspotten?

»Sind Sie bald fertig damit, mich anzufunkeln?« Er spie die Worte hervor.

»Nun, an deinem Mut hätte dein Vater sicher nichts auszusetzen.«

»Sprechen Sie nicht von ihm!«

Ich schuldete es Alexi, wenigstens den Versuch zu unternehmen, aber man konnte den Jungen nicht erreichen. Geschlagen stellte ich die Lehne zurück, um den schmerzenden Rücken zu entlasten.

Hinter mir ertönten Schritte. »Oh. Ich wußte nicht ...«

Ich drehte mich um. »Jared.«

»Ich gehe wieder.« Philips Partner trat verlegen von einem Fuß auf den anderen.

»Nein, bleib.«

Mit einem Ausdruck des Widerwillens richtete sich der schlaksige Mikhael langsam auf und schob sich an Jared vorbei zum Fußweg.

»*Komm sofort zurück!*« Die Worte entfuhren mir unwillkürlich.

Der Junge drehte sich um, die Hände in den Hüften.

»Sofort!« Falls er mich ignorierte, war ich hilflos.

Langsam kehrte Mikhael auf die Terrasse zurück.

»Setz dich auf diesen Stuhl! Wie kannst du es wagen, einfach wegzugehen, ohne dich zu entschuldigen?«

»Sie sind nicht mein ...«

»Vater? Nein, aber ich bin erwachsen, und du bist ein Kind. Du wirst mir höflich begegnen, oder ...«

»Oder was?«

»Versuch es nur!« Ich sagte es gelassen. Einen Augenblick später senkte er den Blick. »Du bleibst sitzen, bis wir fertig sind.« Immer noch verärgert, wandte ich mich wieder Jared zu.

Zögernd sagte Tenere: »Ich wollte nicht stören.«

»Jared, das ist Mikhael Tamarow, der Sohn meines alten Freundes Alexi. Mikhael, nimm seine Hand oder ... nimm sie!« Mir reichte es.

Jared wurde rot. »Wären Sie so mit mir umgegangen, als ich noch ein Junge war, dann wäre ich ...« Er verstummte.

Ich musterte ihn. Wie alt war er inzwischen? Siebenundzwanzig? Drei Jahre älter als Philip. Hatten wir uns in den zwölf Jahren, seit er von hier weggelaufen war, je eingehend unterhalten? Von Zeit zu Zeit war ich ihm in Gesellschaft seines Vormunds Rob Boland begegnet, und er hatte jeweils irgend etwas Höfliches gemurmelt. Ich meinerseits hatte kaum den Wunsch gehabt, mit ihm zu reden.

»Dann wärst du was?« Es klang unwirsch.

»Dann wäre es mir besser ergangen.« Erneut wurde er rot. »Vielleicht hätte ich es nicht zur Sprache bringen sollen.«

»Wieso nicht?« Ich zeigte keine große Höflichkeit. Wie konnte ich mich nur aus dieser Lage befreien? Ich hatte den Jungen, zu dem ich gern Zugang gefunden hätte, gründlich gegen mich aufgebracht, und fand mich jetzt im Gespräch mit einem Typen wieder, den ich eigentlich so wenig wie möglich sehen wollte.

Jared sah Mikhael unbehaglich an und platzte hervor:

»Mr. Seafort, seit Jahren möchte ich Ihnen schon etwas sagen.«

»Dann sag es.« Nur noch einen Augenblick, und ich würde den Rollstuhl anweisen, ins Haus zurückzufahren. Irgendwie würden wir alle die Woche hinter uns bringen.

»Ich war als Teenager furchtbar. Ich sehe das jetzt ein. Ich habe mich über Sie geärg ... habe Sie gehaßt.« Sein Ausdruck war fast trotzig. »Weil Sie P. T. gaben, was ich nie bekam.«

»Liebe?« Sein Vater war buchstäblich für ihn gestorben. Wenn er die Tiefe von Adams Liebe nicht verstand, hatte ich kein Mitgefühl mit ihm.

»Mehr. Ein Gefühl für ... Ordnung. P. T. kannte seinen Platz in der Familie und die Grenzen, die Sie ihm setzten. Er wußte, daß er sich benehmen mußte.«

Das konnte ich so nicht stehenlassen. »Der Unterschied war, daß er es so wollte.«

»Ja, Sir.« Er zeigte ein schüchternes Gesicht. »Ich habe P. T. dafür verspottet, daß er Sie ›Sir‹ nannte.«

Von Mikhael kam ein verächtliches Schnauben.

»Und heute?«

Abrupt geriet seine Selbstbeherrschung ins Wanken. »Ich wünschte, ich könnte so viel ungeschehen machen! Hätte Dad meinen Comp aus diesem Fenster geworfen ...« Er deutete auf den Bungalow. »... und hätten Sie ... an dem Abend, als Sie mich auf dem Dach erwischten ...« Er hatte Rob Boland und seinem Vater in unserem Gästezimmer nachspioniert. »Hätten Sie dem ein Ende gemacht ...«

Hatte ich womöglich ... Ich schrak von dem Gedanken zurück. Hatte ich ihn vielleicht falsch eingeschätzt? »Adam wollte, daß ich dir Disziplin beibringe.« Mein Ton war barsch. »Er wußte nicht, wie er es machen sollte.«

Abrupt wechselte Jared scheinbar das Thema.

»Wissen Sie, ich liebe ...«

»Ich gehe ins Haus.« Das war Mikhael in trotzigem Ton.

Ich drehte mich um, schob den Rollstuhl vor ihn. Mit Absicht versetzte ich ihm eine Ohrfeige.

»Zur Hölle mit Ihnen!« Er krallte nach meinen Augen.

Irgendwie bekam ich seine Finger zu packen, umklammerte sein Handgelenk und schaffte es, ihm den Arm auf den Rücken zu drehen. Obwohl er sich wehrte, fiel er auf meinen Schoß. Ich drückte das Handgelenk immer höher zwischen seine Schultern, bis er schrie.

»Du bleibst sitzen, bis ich etwas anderes sage.« Keine Antwort. »Verstanden?«

»Okay!«

»Ja, Sir!«

»Ich werde nicht ... hören Sie auf, mir den Arm ... *Ja, Sir!*«

Ich ließ los. Mikhael wich zurück und rieb sich den Arm. Schwer atmend wandte ich mich wieder Jared zu, dankbar für mein unglaubliches Glück. Der Junge hätte mich mühelos aus dem Rollstuhl zerren können, daß ich hilflos auf den Boden geplumpst wäre.

»Was wolltest du gerade sagen?«

»Ich liebe Philip.« Vielleicht hatte meine Brutalität ihn nervös gemacht; seine Worte klangen herausfordernd.

»Das ist mir klar.«

»Er spricht nicht viel von Ihnen. Er möchte mir nicht weh tun, sehen Sie? Er ist dominant, obwohl ich älter bin. Er weiß so viel mehr, und ...« Zum Glück beließ er es dabei.

»Was möchtest du von mir?«

»Ich möchte nicht, daß Sie zwischen uns stehen! O Gott, so habe ich das nicht gemeint! Ich weiß, daß ich schrecklich war. Nur Onkel Robbie hat mich vor dem Gefängnis bewahrt. Und Dad ... Was ich getan habe, war furchtbar, aber ich liebe P. T. so sehr, und wir ...« Er verstummte. »Ich möchte mich in diesem Cottage verkriechen und wieder fünfzehn sein und heil und ganz werden, nicht so verrückt, wie ich war. Wenn Sie nur wüßten, wie sehr ich davon träume!«

Lange herrschte Schweigen, durchbrochen nur von Mikhaels Atemzügen.

Ich sprach leise. »Das tue ich, mein Junge.« Mehr, als Jared ahnte.

»Mr. Seafort, wäre es möglich, daß Sie mir vergeben?«

Langsam und scheu streckte ich die Hand zu ihm aus.

Minuten später blickte ich ihm hinterher. Mir war warm zumute, ohne daß ich recht wußte, warum.

Zeit, mich um die Katastrophe zu kümmern, die ich angerichtet hatte. Mit grimmigem Gesicht drehte ich mich zu Mikhael um. Wie sollte ich Moira dieses Fiasko erklären? Ich war auch nicht mehr dazu berechtigt, ihren Sohn anzufassen, als ... als ... Ich schob den Rollstuhl auf ihn zu.

Er fuhr zurück und riß einen Arm hoch, um sein Gesicht zu schützen.

»Ich bin hergekommen, weil ich nicht wollte, daß du mich haßt. Jetzt ist es mir egal. Hasse mich ruhig, wenn du möchtest.« Ich musterte ihn finster. »Du darfst es mir aber nicht zeigen.«

Er nickte fügsam.

»Bevor wir wieder hineingehen, möchte ich ... Nein, das wäre nicht fair. Ich bitte dich darum und befehle es nicht. Würdest du mir bitte sagen, warum du so wütend auf mich bist? Was habe ich getan?«

»Sie wissen es verdammt gut ...« Er schluckte.

»Ist schon in Ordnung. Sag es mir im Zorn, wenn es nicht anders geht.«

Er musterte mein Gesicht, um zu prüfen, ob ich es ernst meinte. Anscheinend beruhigt, sagte er bitter: »Sie haben ihn umgebracht!«

»Unfug.«

»Sie könnten es genausogut getan haben. Sie haben ihn mit zur UN geschleppt, obwohl Sie wußten, daß schon jemand versucht hatte, Sie zu ermorden.«

Ich schrie: »Nicht mal zehn Pferde hätten ihn aufhalten können!« Er starrte mich überrascht an. »Mein Junge ... Mikhael ... Du hast deinen Vater nicht besonders gut gekannt, oder?«

»Dads letzte Fahrt nach Neuchina ... Sie hat anderthalb Jahre gedauert. Ich hatte darum gebettelt, mitfahren zu dürfen, aber er und Mutter entschieden, ich sollte weiter zur Schule gehen. Als er mit der *Melbourne* zurückkam, nahm er sich sechs Monate Sonderurlaub, damit wir einander kennenlernen konnten. Nur, ehe er das konnte ...« Ihm versagte die Stimme.

Ich war der Hecke zugewandt, als ich sagte: »Früher war dein Dad mit mir zusammen Fähnrich auf der *Hibernia.* Er war ... Wie kann ich dir nur sein Bild verdeutlichen? Ein gewissenhafter Junge. Gutaussehend, wie du. Selbstsicher. Tatsächlich seht ihr euch so ähnlich, daß ich heute glaubte, ein Gespenst zu sehen.«

Ich wartete auf seinen Hohn, aber es kam nichts.

»Wir haben mehrere Offiziere verloren und waren personell knapp dran. Kapitän Malstrom ernannte ihn zum Verteidiger eines Matrosen vor dem Kriegsgericht. Eine Verteidigung erwies sich als unmöglich, und der Mann wurde zum Tode verurteilt.«

»Und?«

»Ich fand Alexi in seiner Koje in der Fähnrichskabine. Er weinte.« Wie konnte ich es ihm nur begreiflich machen? »Der Matrose hatte einen Destillierapparat aufgebaut, um illegale Drogen herzustellen und zu verkaufen. Er schlug einen Unteroffizier. Er hatte das Urteil verdient, aber dein Dad hat sein Bestes getan, um ihn zu retten. Es brach ihm das Herz, daß er es nicht schaffte. So ein Mann war er.« Verstohlen blickte ich hinüber; Mikhael musterte gedankenverloren seine Finger.

»Ich habe ihn getröstet. Ich konnte es nicht gut, aber ich habe mit der Hand über ihn gestrichen, um ihm Frieden zu geben.«

Ein Schniefen.

»Natürlich hat er mich zur Rotunde begleitet, mein Junge. Ich sollte an dem Tag von den Patriarchen entlassen werden, und er konnte einfach nicht dulden, daß ich mich dem allein stellte.«

Der Junge blickte gequält auf.

Mein Ton war angespannt. »Falls du zum allmächtigen Gott beten möchtest, daß wir die Plätze tauschen, dein Vater und ich, dann schließe ich mich dem an.«

Schweigend saßen wir da.

»Ich möchte dir ein besonderes Geschenk machen. Falls du es nicht möchtest, weise es nicht mit Verachtung zurück. Das ist alles, worum ich bitte. Behandle es mit Respekt.«

»Was ist es?«

»Eine Überraschung. Sobald du mir dein Wort gegeben hast.«

Geraume Zeit verstrich. »Ich verspreche es.«

»Ich verspreche es, *Sir.*«

Eine Pause trat ein, von der ich glaubte, sie würde ewig dauern. »Ich verspreche es, Sir.«

9. Kapitel

Wieder sicher in der Privatsphäre des Arbeitszimmers angekommen, rief ich mein Büro in der Rotunde an. »Wo steckt Derek Carr?«

»In Singapur, um Weizenverträge abzuschließen. Wir erwarten ihn nächsten Montag zurück.«

Ich runzelte die Stirn; Derek ließ keine Gelegenheit ungenutzt, unsere Kolonialpolitik zu untergraben. Jetzt umging er das Importbüro. »Verbinden Sie mich mit ihm.«

Nach zehn Minuten summte der Rufer. Leise sagte ich: »Derek, alter Freund, ich brauche Sie. Kommen Sie?«

»Wann?«

»Sobald Sie können.«

»Ich stecke gerade in Verhandlungen ...« Ein Seufzen. »Ich schätze, ich kann mit einigen davon nach Washington umziehen und weitere über Holo abwickeln. Morgen vormittag. Ich bringe heute abend eine Konferenz unter Dach und Fach und nehme den Suborbitalflieger.«

Wir legten auf. Gott sei für Derek gedankt. Wohl wissend, daß ich ihn nicht leichtfertig rief, hatte er mich nicht mal nach dem Grund gefragt. Fünfzig Jahre Vertrauen bewirken so etwas.

Ich tat mein Bestes, um das Abendessen fröhlich zu gestalten, aber nichts konnte den Tag retten. Zu viele Gefühle hatten sich ausgetobt, und wir alle waren müde. Nach dem Essen entschuldigte ich mich bei Moira dafür, ihren Sohn geschlagen zu haben. Zu meiner Verblüffung schlang sie die Arme um mich.

Spät am Abend zog ich mich ins Arbeitszimmer zurück. Dort fand mich Fähnrich Anselm.

Er zauderte und druckste herum, ehe er endlich mit seinem Anliegen herausrückte. »Ich möchte einen Drink.«

»Ich sagte Ihnen ...«

»Ja, Sir. Ich habe den Nachmittag lang überlegt, ob ich ausgehen sollte. Ich könnte über die Mauer springen, wenn ich müßte. Aber das brauche ich gar nicht; ich habe in Ihrem Schrank alkoholische Getränke jeder Art gefunden.«

»Sie tückischer kleiner ... zwei Minuspunkte! Vier!«

»Ich habe nicht gesagt, daß ich etwas getrunken hätte. Es war dumm, hierher zu kommen. Ich dachte, Sie würden mir vielleicht helfen.« Das konnte Verachtung oder Unverschämtheit sein. Oder Verzweiflung.

Ich verlagerte das Gewicht, um den Rücken zu entlasten. »Warum ich?«

»Wer sonst, Sir? Sie sind mein vorgesetzter Offizier.«

Warum kam nur jeder verdammte Typ, den ich kannte, mit seinen Problemen zu mir? Ich hatte selbst zu viele und außerdem keine Kraft mehr. »Sehr schön, mein Befehl ist aufgehoben. Trinken Sie, soviel Sie möchten.«

Er blinzelte. Er ballte die Fäuste, entspannte sie, ballte sie erneut.

»Noch etwas, Anselm?«

Er sackte besiegt in sich zusammen. »Nein, Sir.« Er trottete zur Tür.

Sollte er schwimmen oder untergehen. Er war nicht als Alkoholiker geboren worden, sondern hatte sich zu einem entwickelt. Er hatte sich sein Bett bereitet und konnte jetzt auch darin schlafen.

Irgendwo war immer Tag. Wenn die Amerikaner Mondlicht hatten, mühten sich in anderen Gegenden der Welt Funktionäre an ihren Schreibtischen ab. Ich führte so viele Ferngespräche, wie ich konnte, aber nach einer Stunde gähnte ich unbeherrscht. Ich gab auf, klingelte bei der Sicherheit an und fuhr zur Treppe. Wenige Augenblicke später packten drei kräftige Wachleute meinen Rollstuhl.

Ich seufzte. »Noch nicht.« Ich schob mich zum Wohnzimmer.

Anselm saß vor der Getränkebar und starrte verdrossen vor sich hin.

»Wieviel haben Sie schon getrunken.« Meine Stimme triefte vor Verachtung.

»Noch gar nichts.«

»Wieso nicht?«

»Gott, Sie sind ein grausamer Mistkerl!« Er unterdrückte ein Schluchzen. »Ich schätze, Sie werden mich kassieren, aber ich denke, es macht mir nichts aus.«

Herr Jesus, was hatte ich nur angerichtet? Ich manövrierte ins Zimmer und schloß die Tür. »Anselm ...«

Er richtete sich auf. »Ich bitte um Entschuldigung, Herr GenSek. Ob im Dienst oder nicht, ich habe meine Grenzen überschritten.«

»Nicht, wenn Sie die Wahrheit sagen. Ich *bin* grausam. Ich habe daran noch nie etwas ändern können.« Ich tätschelte die Couch. »Ich bin es, der um Entschuldigung bitten sollte. Kommen Sie, setzen Sie sich zu mir.« Er tat wie geheißen. »Wie alt sind Sie, siebzehn?«

»Na ja ... in zwei Monaten.«

»Wann haben Sie angefangen zu trinken?«

»Vor drei Jahren.«

»Devon bietet reichlich Gelegenheit dazu.« Ein halbes Dutzend Pubs allein innerhalb eines Spaziergangs vom Tor. Trotzdem, damals mußte er noch Kadett gewesen sein. Jemand hatte den Zorn des Gesetzes riskiert. Ich fragte mich, warum.

»Es ist zarky; dort fragen sie mich nicht mal nach einem Ausweis. Die Uniform reicht schon.«

»Bei Ihrer Ehre, Fähnrich. Trinken Sie jemals im Dienst?«

Er wurde zornig. »Niemals. Nicht ein einziges Mal!«

»Aber es kommt vor, daß Sie sich sternhagelvoll auf dem Stützpunkt zurückmelden?«

»Nicht ganz so schlimm.« Ein Lächeln flackerte kurz auf. »Ich wäre aber nicht der einzige.«

Ich schluckte den Köder nicht. Soldaten waren überall auf der Welt gleich. »Bekommen Sie denn so häufig Ausgang?«

»Fast jede Woche. Kommandant Hazen ist ... freundlich?« Er wurde rot. »Großzügig ist das bessere Wort.«

›Töricht‹ hätte besser gepaßt. Als Kommandant hatte

ich meinen Fähnrichen auch gelegentlich Ausgang gewährt, aber nicht so häufig, daß sie zu Säufern wurden.

»Zu häufig Ausgang«, überlegte ich laut. »Und sogar hier haben Sie Urlaub. Das ist ein Fehler.«

»Sie schicken mich also zurück.« Aus irgendeinem Grund wirkte er niedergeschlagen.

Das wäre einem Fuchs im Hühnerstall gleichgekommen. Dieser Bursche hatte keine besondere Selbstbeherrschung, und ihn ohne Überwachung zu den ganzen Kneipen zu schicken ...

»Nein, Tad. Ich lasse die nötigen Befehle ausstellen. Sie werden hier stationiert.« Obwohl Danil Bevin willig und gutmütig war, kam es bei einem Kadetten einer Überforderung gleich, wenn er allein mit einem übelgelaunten GenSek zusammenarbeiten mußte. Ich brauchte einen Fähnrich, und das konnte genausogut Anselm sein. Ich schuldete ihm etwas für meine Grausamkeit.

Er machte ein Gesicht wie ein Junge, der einen Gameboy in seinem Weihnachtsstrumpf entdeckt hatte. Er schluckte, war sich nicht sicher, ob er träumte. »Ich soll für Sie arbeiten, Sir?« Seine Stimme zitterte.

»Ist Ihnen das recht, Mr. Anselm?«

»Ja. O ja!«

Ich brummte, froh darüber, diese Entscheidung getroffen zu haben. »Sie hatten inzwischen so viel Urlaub, daß Sie eine ganze Weile damit auskommen müssen. Kein Trinken, weder im Dienst noch außer Dienst. Sie dürfen das Grundstück nicht ohne meine oder Mr. Bransteads Erlaubnis verlassen.«

»Aye aye, Sir. Sonst noch etwas?«

»Ja. Es ist unvorstellbar, einen direkten Befehl zu verweigern, aber falls Sie es tun – das heißt, falls Sie auch nur einen Schluck Alkohol zu sich nehmen –, haben Sie sich sofort zu melden.«

»Aye aye, Sir.«

»Und, könnte ich hinzufügen, ich lasse Ihnen dann dermaßen den Rohrstock verabreichen, daß Sie gerade noch mit dem Leben davonkommen. Vielleicht hilft Ihnen diese Drohung.«

Er sah wehmütig den Schrank an. »Sie vertrauen mir in Anbetracht all dieser Flaschen und verlassen sich darauf, daß ich mich anschließend melde?«

»Ich hoffe, daß Sie begreifen, was Ehre ist, Junge. Ansonsten ist in der Flotte kein Platz für Sie.« Soviel wurde von jedem Fähnrich erwartet: Zum Beispiel die anstrengenden Übungen ins Logbuch einzutragen, mit denen er einen Minuspunkt abgearbeitet hatte. Niemand kontrollierte das je. Es war unvorstellbar, in solchen Dingen zu lügen.

»Ja, Sir. Wie lauten meine Pflichten?«

»Ich werde mich bemühen, Sie auf Trab zu halten. Fangen Sie an, indem Sie Bevin jeden Morgen bei den Fitneß-Übungen anleiten. Ich möchte nicht, daß Sie beide verweichlichen.«

Ich hätte schwören können, ein abschätziges Schnauben zu hören.

Nach dem Frühstück fing Philip mich auf dem Weg ins Büro ab. »Wieso hat Jared gestern abend geweint?«

Ich hielt abrupt an. »Ich habe keine Ahnung.«

»Du hast mit ihm gesprochen, nicht wahr?«

»Eher umgekehrt. Ich kann mich aber nicht erinnern, daß ich hart mit ihm umgesprungen wäre.« Ich zögerte. »Hast du ihn gefragt?«

»Er wollte es mir nicht sagen, außer daß er froh wäre, endlich zu Hause zu sein.« Philip schnitt eine Grimasse. »Ich hoffe, er leidet nicht wieder an Gemütsschwankungen. Es wäre schlimm für ihn, wenn er weiter behandelt werden müßte.«

Ich tätschelte ihm den Arm. »Du hast dich immer um

ihn gekümmert, nicht wahr?« Mit zwölf war er Jared in den Stadtdschungel des Unteren New York gefolgt, ein überstürzter Versuch, den Freund zu retten.

»Ich habe es versucht. Vati, wir müssen reden.«

»Ich bin im Arbeitszimmer.« Ich fuhr voraus.

»Du machst ein grimmiges Gesicht. Stimmt etwas nicht?«

»Nein, es ...« Ich schüttelte den Kopf. »Ich habe einen Anruf aus dem John Hopkins erhalten. Charlie Witreks Transplantate haben versagt. Sie müssen es noch einmal probieren.« Ich gab mir Mühe, den Gedanken daran zu verbannen. »Was ist los, mein Sohn?«

P. T. zog ein Sitzkissen heran und setzte sich vor mich, wie er es als kleiner Junge getan hatte. »Früher mal durfte man den König um einen Gefallen bitten.«

Ich schnaubte. »Ich bin kein König.«

»Nur ein Autokrat.« Er lächelte, nahm den Worten damit die Schärfe. »Wie schwierig war dein Flug nach England?«

»Schrecklich. Überall Blut. Ich habe einige der Familien angerufen. Und der Wasserschaden ... Die Ausstellungsstücke sind zerstört. Es wird Zeitalter dauern, alles wieder sauber ...«

»Ich meine, wie schwierig war die Reise selbst?«

Ich wollte kein Mitleid. »Mir geht es gut. Na ja, offenkundig bin ich weniger beweglich als früher. Ansonsten brauchst du dir keine Sorgen zu machen.« Ich hätte ihm gegenüber nicht so kurz angebunden sein sollen. Er hatte nur die besten Absichten.

»In dem Fall bitte ich dich um einen Gefallen.«

Seine Förmlichkeit erschreckte mich. Ich gab einen unverbindlichen Laut von mir. »Ein paar Tage deiner Zeit.«

»Ich weiß, daß ich sehr beschäftigt war, seit du wieder nach Hause gekommen bist. Ich werde mir Mühe geben, es besser zu machen.« Ein Mittagessen, nur wir zwei. Und nach dem Abendessen bekam ich bestimmt noch ...

»Ich möchte dich mit auf eine Reise nehmen.«

»Wohin?«

»Ich zeige es dir lieber vor Ort.«

»Junge, ich habe ein gigantisches Personal. Das Vorausteam, die Sicherheit ... Ich kann nicht einfach drauflos ...«

Schelmisch zog er eine Braue hoch. »Und was war mit London?«

»Das war etwas anderes.«

»Bitte, Sir. Falls du dir irgendeine Gegenleistung wünschst, bekommst du sie.« Er sprach leise und war ganz ruhig, als hätte er einen gewissen inneren Frieden gefunden.

»Gibst du auch deine Ökopolitik auf?« Es war nur halb im Scherz.

Eine lange Pause. »Falls das der Preis ist.«

Nach einem Augenblick wandte ich den Blick ab. »Darum werde ich dich nicht bitten.« Nicht, falls ich über einen Funken Anstand verfügte.

»Vati, ich brauche dich. Kommst du?«

Ich atmete zischend. Woher hätte er wissen können, daß ich Derek mit genau solchen Worten hergebeten hatte?

Ich hatte keine Ahnung, in welchen Sumpf ich mich da begab. »Ja, mein Sohn. Wann?«

Wir verhandelten und einigten uns auf einen Zeitpunkt in fünf Tagen. Damit hatte ich Zeit, meine Termine zu klären, und ich ließ die Tamarows nicht im Stich.

Ich sauste mit dem Rollstuhl in dem Moment Richtung Heliplatz, als ich das Brummen von Dereks Hubschrauber hörte. Bevin legte einen verzweifelten Sprint ein, um Schritt zu halten; wir hatten im Arbeitszimmer an Depeschen der Admiralität gearbeitet.

Auf dem Landeplatz warteten wir ab, daß die Rotorblätter der Maschine zum Stillstand kamen. Danil keuchte: »Das war nicht fair! Sie haben dem Stuhl immer wieder gesagt, er sollte schneller fahren.«

»Nur einmal.«

»›Schnell, Stuhl, schnell!‹« Er bückte sich und stützte sich mit den Händen auf den Knien ab.

»In Ordnung, zweimal. Ah, Derek! Vielen Dank.«

Er packte meine Hand. »Kein Feuer? Niemand krank?«

»Nein, aber ich brauchte ...«

»Ich hätte eigentlich eine Nacht lang schlafen können? Warum ist der Kadett so rot im Gesicht?«

»Er ist außer Form. Danil, suche Mikhael Tamarow und sag ihm, daß ich sein Geschenk habe. Wir sind in meinem Büro.«

Derek und ich machten es uns mit eisgekühlten Drinks bequem. Ich deutete mit einem Wink auf die Stapel bereitliegender Chips, allesamt als zu geheim klassifiziert, um sie über die Netze zu schicken. »Es hört nie auf.«

»Delegieren Sie Arbeit«, sagte er.

»Ich versuche es, aber ...« Ich steckte einen Chip ins Holovid. »Hier haben wir ein Beispiel. Admiral Dubrovik hat sich bei einem Sturz verletzt. Die Admiralität möchte seinen Adjutanten Simovich als Stellvertreter einsetzen. Falls sich der alte Mann nicht mehr erholt, übernimmt Simovich die Stelle ganz. Sollte ich ...«

»Welche Stelle?«

»Das Kommando Lunapolis. Sollte ich mich einmischen oder die Admirale ihre Arbeit tun lassen? Ja, wenn man es so formuliert, beantwortet sich die Frage von selbst. Aber manchmal ernennen sie Idioten, und es ist verteufelt schwierig, die dann wieder zu entlassen.«

»Kennen Sie Simovich?«

»Nein, aber er kann auch nicht schlimmer sein als Admiral Dubrovik.« Bei der Indienststellung der *Galactic* hatte er mich zu meiner Verlegenheit ohne Sinn und Verstand gepriesen.

Die Tür schwenkte auf. »Sie wollten mich sprechen?« Es war Mikhael. Sein Ton war nicht aggressiv. Nicht ganz. Beim Frühstück hatte er zwischen Streitlust und Höflichkeit geschwankt.

»Das ist mein Büro. Klopf gefälligst an, ehe du eintrittst.«

Wir funkelten uns gegenseitig an.

»Geh hinaus und mach es richtig. Ich warte.«

Er knallte die Tür nicht direkt zu. Nach einer geraumen Weile klopfte er.

»Komm herein, Mikhael.« Ich deutete auf einen Stuhl. »Das ist Mr. Carr von Hope Nation. Er hat mit deinem Vater auf der *Hibernia* und der *Portia* gedient. Er wird dir eine Stunde lang Gesellschaft leisten und Geschichten erzählen.«

»Dafür haben Sie mich aus Singapur gerufen?« beklagte sich Derek.

»Ich erkläre es später.«

»Soll *das* Ihr Geschenk sein?« Der Junge schnaubte.

»Du hast es mir versprochen, Mikhael: Kein Hohn. Weise mein Geschenk zurück, wenn du möchtest, und ich entschuldige mich bei Derek und schicke ihn heim.« Ich wartete und hielt dabei die Luft an. Mikhael schwieg. »Dann los, ihr beide.« Ich trieb sie hinaus.

Nervös wie eine Katze fuhr ich vom Fenster zur Tür und wieder zurück. Ich hatte mir nie klar gemacht, wie sehr ich es brauchte, auf und ab zu marschieren. In einem Rollstuhl war es nicht dasselbe.

Was in Gottes Namen tat ich eigentlich? Ich hatte Derek von einer Arbeit weggeholt, die er für wichtig hielt – für die er die neunmonatige Reise von seiner Heimatwelt auf sich genommen hatte –, um einem schmollenden, verzogenen Jungen zu helfen, der die Gabe seiner Gesellschaft nicht zu würdigen wußte. Und wozu das alles? Es war nicht meine Aufgabe, den Jungen großzuziehen. Wäre es das, hätte ich ihm die bockige Art schon lange ausgetrieben. Alexi hatte einen Fehler begangen, als er ihn bei Moira zurückließ. Ein Schiff bot eine bekömmliche Umgebung: Keine Drogen, keine Videospiele, dafür Fähnriche als disziplinarisches Vorbild. Und natürlich hätte Mikhael dort unter dem strengen Blick des Vaters gelebt.

Ich schaltete den Rufer ein und wählte Anselm an. Auch ein Junge, den man nicht lange sich selbst überlassen konnte. Vielleicht sollte ich meine alkoholischen Getränke kennzeichnen. »Fähnrich? Melden Sie sich in meinem Büro.« Ich legte auf.

Einen Augenblick später donnerten Schritte die Treppe herunter. »Fähnrich Anselm zur Stelle!«

»Kommando zurück. Wo steckt Danil?«

»Ms. Seafort hat ihn zum Mittagessen eingeladen.«

»Ich schätze, Sie sind auch hungrig?«

»Eigentlich nicht.« Er verzog das Gesicht. »Ich habe Magenschmerzen.«

»Entzugsbeschwerden?«

»Sir, selbst wenn ich Alkoholiker bin, wie Sie sagen – so weit ist es nicht gegangen.«

»Beten Sie darum, daß es so ist. Helfen Sie mir beim Ablegen. Die Chips auf dem Schreibtisch sind danach sortiert, wie ... Jetzt sehen Sie nur mal, was Sie angerichtet haben!« Mit tolpatschigem Enthusiasmus hatte er ein Dutzend Chips auf den Boden gestoßen. »Sie betteln wirklich um Minuspunkte, nicht wahr?«

Er hörte sich kleinlaut an. »Nein, Sir, tue ich nicht.« Er sammelte sie wieder auf.

»Egal.« Ich versuchte zu verbergen, daß ich meine Reaktion bereute. »Es sind nur meine Rückenschmerzen.« Und Sorgen wegen Dereks und Mikhaels. »Stecken Sie sie einzeln ins Holovid, sehen Sie die Überschrift nach und legen Sie sie nach ... Was denn nun schon wieder?«

Mein Rufer summte. Die private Verbindung, die nur wenige kannten.

»Mr. Seafort? Hier Jerence Branstead. Ich bin in der Vollversammlung.« Er wirkte grimmig. »Die Territorialisten haben überraschend eine Abstimmung gefordert, mit der sie das Gesetz über die Treibhausgase killen möchten.«

»Können Sie sie nicht aufhalten?«

»Die Abgeordneten sind namentlich aufgerufen.«

Über tausendfünfhundert Abgeordnete. Ein mühseliger Vorgang, aber falls die Terries sich organisiert hatten und wir nicht, stand der Ausgang fest. Ich hatte geplant gehabt, die unsicheren Kantonisten in unseren Reihen zu überreden und die Zweifler ins Glied zu bringen. Ich sagte: »Wir bringen das Gesetz in der nächsten Sitzung neu ein.«

»Es geht nicht nur um dieses Gesetz. Sie werden behaupten, sie hätten ein ganzes Gesetzespaket abgeschmettert, und es liefe auf ein Mißtrauensvotum hinaus.«

»Blödsinn.« Die Abstimmung war eine taktische Überraschung, und wir hatten keine Gelegenheit mehr, unsere Kräfte zu sammeln. Die Geschäftsordnung der Vollversammlung erlaubte weder stellvertretende noch fernmündliche Stimmabgabe. Die Abgeordneten mußten persönlich abstimmen. Die Terries mußten hart daran gearbeitet haben, uns damit zu überrumpeln. Warum dieser plötzliche Griff nach der Macht?

»Sie und ich sehen das so, aber die Medien werden es anders darstellen. Sir, wir werden hoffnungslos unfähig dastehen. Die Regierung könnte sogar stürzen.«

»So schlimm?« Falls ich zurücktrat, wollte ich die Regierung einem Supra übertragen, und sei es auch ein Zauderer wie Cisno Valera. Unsere Opposition, die Territorialisten, waren zu radikal, sowohl den Kolonien wie der Bevölkerung zu Hause gegenüber. Sie waren es, die schwere Armeebrigaden in die unglücklichen Transpopbezirke geschickt und mit den Lasern von Lunapolis auf New York geschossen hatten. Ich hatte versucht, ein Gleichgewicht zwischen den Ökorandgruppen und legitimen Wirtschaftsinteressen zu finden, aber die Terries würden das ganze Heimatsystem für einen kurzfristigen Gewinn verkaufen.

»Haben wir keine Möglichkeit, die Abstimmung zu stoppen?« Mir taten die Finger weh, so fest hielt ich die Armlehnen umklammert.

»Nein. In drei Stunden ist es gelaufen.«

Drei Stunden. Das war der Schlüssel. »Jerence, gehen Sie in den Plenarsaal. Halten Sie sie hin.«

»Wie? Warum?«

»Fordern Sie unsere Leute auf, ihre Stimmen zurückzuziehen, stellen Sie Verfahrensfragen zur Debatte. Ich bin unterwegs.«

»Sie sind was?«

»Erwarten Sie mich am Eingang zur Vollversammlung. Ich bin in ... zwei Stunden oder so dort. Solange die Abstimmung läuft, haben wir noch eine Chance. Bleiben Sie bis dahin am Rufer, trommeln Sie alle Supras zusammen, die Sie finden können, üben Sie Druck auf die Unabhängigen aus. Wir ...«

»Sie können nicht rechtzeitig hier sein. Mark müßte erst den Landeplatz sichern ...«

»Fangen Sie an!« Ich wirbelte den Rollstuhl herum. »ANSELM!«

Er fuhr zusammen. »Jesus, ich bin ja hier! Sie haben mich zu Tode ...«

»Suchen Sie Derek. Sagen Sie ihm, daß wir uns seinen Heli ausleihen, und erwarten Sie mich auf dem Landeplatz. Los!« Ich schaltete den Rufer ein. »Kadett, sofort auf den Flur, mit Höchstgeschwindigkeit! Mark, melden Sie sich auf dem Landeplatz. Stuhl, auf die Veranda.« Ich riß die Tür auf und raste in ein Beinpaar.

»Aua!«

»Gehen Sie aus dem ... Verzeihung, Jared. Halte bitte die Tür nach draußen auf, ja? Bevin, wo zum Teufel ... ah, da bist du ja. Leg das Sandwich weg, wir haben es eilig.«

»Wohin geht es, Sir?«

»New York. Stuhl, ich könnte schneller kriechen, als du ... Hoppla!« Ich klammerte mich verzweifelt an den Armlehnen fest. »Nicht *so* schnell!«

In wenigen Augenblicken waren wir auf dem Heliplatz. Anselm kam herangaloppiert, um sich uns anzuschließen. Jared Tenere folgte ihm, erst langsam, dann im Trab.

»Hebt mich hinein.« Ich deutete auf den Hubschrauber. »Danil, Tad, anheben!« Ich versuchte zu helfen. »Wo steckt Tilnitz?«

»Ist er zurückgekommen?« Das war Bevin. »Er ist vor etwa einer Stunde zum Tor hinaus ...«

»Jared, hilf mit, ja? Ich bin zu schwer für sie.« Verdammt! Ich hatte mich darauf verlassen, daß Mark den Heli steuerte. »Vermutlich kann niemand von euch fliegen, oder? Ich würde es ja tun, aber meine Beine ...«

Meine drei Mitarbeiter schleuderten mich in den Heli.

Anselm sagte vorsichtig: »Ich hatte Flugstunden, Sir.« Die Ausbildung zum Piloten war eine der Freuden des Akademielebens. Ironischerweise konnten viele unserer Kadetten schon lange fliegen, ehe sie Bodenfahrzeuge beherrschten.

»Wie viele? Haben Sie einen Abschluß?«

»Nur ein paar, aber ...«

Jared Tenere sagte mit ruhigem Selbstvertrauen: »Ich habe einen Flugschein. Ich bringe Sie hin.«

»Hat Derek die Schlüssel steckenlassen? Gut. Bring uns hoch. Schieb den Rollstuhl nach hinten.« Angestrengt wuchtete ich mich auf einen Sitz und streifte die Jacke ab. »Rufe Philip an und sage ihm, daß ich zum Abendessen nicht zurück bin.«

Einen Augenblick später hatte Jared den Rotor angeworfen. Ich drückte eine Taste am Rufer. »Arlene, ich bin unterwegs zur Rotunde. Sag Mark Bescheid, wenn du ihn siehst. Wir kommen heute abend zurück.«

»Nick, sei vorsichtig.«

»Natürlich.«

»Wer ist bei dir?«

»Die Jungen und Jared.«

»Ich meine zur Sicherheit.«

»Die Jungen und Jared. Ich komme klar.« Ich hoffte sehnlichst, daß das zutraf.

»Fliege nach Nordosten.« Ich gab Jared die Koordinaten. »Soll es der Autopilot machen. Ignoriere die Geschwindigkeitsbegrenzung, ich habe es eilig.«

Wir brausten über die Landschaft hinweg. Ich rief Branstead an. »Machen Sie eine Flugschneise für uns frei. Heutzutage sind die in der Rotunde ein bißchen schießwütig; sorgen Sie dafür, daß man uns nicht abschießt. Jared, was sendet unser Transponder?« Ich übermittelte Branstead den Code. »Wir landen in anderthalb Stunden, vorausgesetzt, dieser Junge bummelt nicht.«

Abrupt heulte der Motor stärker auf. Zufrieden lehnte ich mich zurück.

Wir landeten auf dem braun gewordenen Rasen vor der Vollversammlung, wo normalerweise kein Hubschrauber aufsetzen durfte. Sofort riß meine aufgeregte Besatzung die Tür auf, warf meinen Rollstuhl hinaus, zerrte mich hinterher. Ich sah mich um; Gott sei Dank blockierte der Heli den einzigen Medienleuten, die anwesend waren, das Blickfeld. Sonst hätte ich mir die Schlagzeile gut vorstellen können: Protestierender Gen-Sek Seafort über den Rasen gezerrt.

Sie verfrachteten mich in den Rollstuhl. Ich befahl dem Stuhl, die Rampe hinaufzufahren. Branstead riß die Tür auf. »Wo ist Mark? Kommen Sie herein, ehe jemand Sie filmt. Die Abstimmung ist fast zu Ende. Ich konnte sie nicht besonders verzögern. Wir werden um hundertelf Stimmen verlieren. Ich habe mit sieben Unabhängigen gesprochen ...«

»Jerence, halten Sie mal die Luft an.«

»... und sie sind nicht damit einverstanden, daß ...«

»Tief Luft holen. Sofort!« Ich fuhr durch den Marmorflur in Richtung Plenarsaal. »Rufen Sie Perrel und Bosconi heraus.« Ich hielt an. Der GenSek betrat den Plenarsaal niemals, während eine Abstimmung lief; das tat man einfach nicht. Andererseits kannte ich keine Vorschrift, die diesen Brauch verbindlich gemacht hätte. »Egal. Geradeaus weiter, Stuhl. Jungs, ihr begleitet mich.«

»Sie dürfen doch nicht ...« Branstead schien meine Gedanken zu lesen.

»Achten Sie mal darauf.« Ein uniformierter Beamter stand vor der Tür. »Herr GenSek? Gerade ist Sitzung ...« Er riß die Tür auf, um sie vor Schaden durch meinen Aufprall zu bewahren.

»Wo steckt der Abgeordnete Perrel?« Ich blickte in erstaunte Gesichter. »Ah. Platz da!« Ich fuhr den Zwischengang entlang. Perrel war ein Schwächling. Käuflich, aber schwach. Wenn ich seinen Willen brach, hatte ich einen Anfang gemacht.

Die Präsidentin der Vollversammlung blickte auf. Kurz zeigte sich ihre Verblüffung. Sie nickte dem Schriftführer zu, der weiterleierte.

»Jared, suche Denlow; er ist hier der dickste Mann und hat einen Walroßbart. Hol ihn her.« Als der junge Mann losstürmte, wandte ich mich an Perrel. »Sie stimmen gegen uns, Howard?«

Perrel hatte den Anstand, rot zu werden. »Tut mir leid, aber ...«

»Keine Zeit für Erklärungen. Sind Sie bereit für eine neue Regierung?«

»Soweit braucht es nicht zu kommen.«

»Natürlich muß es das.«

»Hätten Sie beim Bergbaugesetz nachgegeben ...«

»Vergessen Sie es. Wie viele haben Sie mit herübergezogen?«

Er zuckte die Achseln. »Ein paar.«

»Dreißig?«

»Siebenunddreißig, denke ich.« Er klang stolz.

»Dann an die Arbeit; sie sollen ihre Stimmen zurückziehen.«

»Warum? Sie können mir nicht drohen. Ich habe eine Absprache mit den Terries. Sobald Sie gestürzt sind ...«

»Minister für was? Bodenschätze?«

Er wurde rot. »Das geht Sie nichts an.«

»Bodenschätze?«

»Ja.«

»Sehr schön.« Ich setzte mit dem Rollstuhl zurück, um zu wenden. »Kadett, Mr. Branstead soll die Führer der Unabhängigen zusammentrommeln.«

»Was haben Sie vor?« Das war Perrel.

»Eine Pressekonferenz abhalten, sobald die Abstimmung vorüber ist.«

»Um was zu sagen?«

Ich lächelte. »Aber Howard, nichts als die Wahrheit! Daß Sie eine Absprache mit den Terries getroffen haben; daß Sie ihnen siebenunddreißig Stimmen als Gegenleistung für ein Ministerium zugeführt haben; daß ich solche miesen Geschäfte widerwärtig finde und mich frage, ob die Wähler sie zu schlucken bereit sind. Mehr nicht.« Ich fuhr ein paar Schritte weit und sagte über die Schulter: »Die Wähler werden Sie wahrscheinlich nicht aus dem Amt jagen, aber die Terries fassen Sie danach nicht mal mehr mit einer drei Meter langen Zange an. Sagen Sie Ihrem Ministerium Lebewohl. Und wer vertraut Ihnen später überhaupt noch?«

Er leckte sich die Lippen.

»Holen Sie Ihre siebenunddreißig Stimmen zurück, und ich schicke Rob Boland los, damit er noch einmal Verhandlungen über das Bergbaugesetz führt. Keine Versprechungen.« Ich bemühte mich, an einer massigen Gestalt vorbeizusehen. »Wo sind die Unabhängigen?«

Einigen redete ich gut zu, andere flehte ich an. Als die Präsidentin mit der Namensliste fertig war, standen die Mitglieder von Perrels Kohorte einer nach dem anderen widerwillig auf, um ihre Stimmabgabe zu revidieren. Das alles beanspruchte Zeit, die ich dringend benötigte. Ich versprach den Unabhängigen, ihre Forderung nach Geld für die Bildung zu unterstützen, was ich ohnehin schon geplant hatte. Sechzehn Stimmen; zwei verweigerten sich. Ich fuhr durch den Saal, schluckte die Galle hinunter und packte Politiker beim Schlafittchen. Während Branstead mit gedämpfter Stimme Befehle über den Rufer erteilte, rannte Jared Tenere von einem Zwischengang zum nächsten und rief die Opfer herbei, die ich unter Druck zu setzen wünschte.

Vielleicht konnten sie mich nicht leiden, aber ich war immer noch der GenSek; sie kamen, wenn ich sie rief.

Während der Vorsprung der Opposition allmählich schmaler wurde, fächerten Branstead und seine Mitarbeiter im Saal aus und lockten weitere Abgeordnete in unsere Reihen. Mit jeder Stimme, die wir gewannen, wurde der Rest einfacher. Und mein Stabschef hatte heroisch gekämpft; bislang abwesende Supras kamen in den Plenarsaal gestürmt, per Suborbitalflieger aus weit verstreut liegenden Orten auf der Welt herbeigetrommelt.

Ich fuhr schlingernd kreuz und quer durch den Sitzungssaal der Vollversammlung.

Als es überstanden war, hatten wir mit drei Stimmen Vorsprung gesiegt.

»Erleichtert?« Derek saß behaglich da, die Beine übereinandergeschlagen, und hielt sich an seinem abendlichen Drink fest.

»Ich schätze schon.« Ich überlegte. »Eine Ironie: Wir sind beinahe über ein Umweltschutzgesetz gestolpert, das ich im Grunde nicht befürworte. Eigentlich nicht die Methode meiner Wahl, um das Amt zu verlassen.«

»Wieso haben Sie . . .«

»Wir müssen den Ökos irgendwas geben.« Das Gesetz über die Treibhausgase stellte schon die Grenze meiner Konzessionsbereitschaft dar. Es würde unserer Wirtschaft übel mitspielen, und dabei war ich mir gar nicht sicher, ob es wirklich nötig war. Und doch hatte eine überraschende Zahl von Abgeordneten das Vorhaben unterstützt.

Ich verabscheute politische Kompromisse. Richard Boland, Robs Vater, hatte mir seine Liebe für Absprachen zu vermitteln versucht, aber ich konnte sie nicht ausstehen.

Uns gegenüber döste Moira Tamarow auf dem Sofa vor sich hin. Carla beschäftigte sich lustlos mit einem Videospiel. Das erinnerte mich an unerledigte Aufgaben. »Wie war Ihr Gespräch mit Mikhael?«

»Ich habe mich in Erinnerungen ergangen. Zu Anfang reagierte er verdrossen.«

»Und dann?«

»Die Sache mit Alexi und dem Admiral gefiel ihm. Als ich ihm von der *Portia* erzählte, mußte er sich die Augen abwischen. Nick, was soll das?«

»Du wirst sehen.« Ich schaltete den Rufer ein. »Mr. Anselm, kommen Sie zu uns herunter, und bringen Sie bitte Mikhael mit.«

Einen Augenblick später kamen die beiden Jungen herein.

»Mr. Anselm, Sie sollten ein sportliches Training mit dem Kadetten beginnen. Haben Sie das getan?«

»Noch nicht, Sir. Heute morgen haben wir ...«

»Einen Minuspunkt. Sie fangen morgen früh an.« Ich wandte mich an Mikhael. »Hat dir mein Geschenk gefallen?«

»Ich schätze schon.« Er setzte sich auf die Armlehne eines Sessels.

»Wenn das alles ist, geh wieder nach oben.«

Er blieb, wo er war. »In Ordnung, es hat mir gefallen.«

»Sehr schön.« Mein Ton war eisig. »Du bist noch für fünf Tage hier. Jeden Morgen wird dir Mr. Carr von deinem Vater erzählen.« Ich legte eine Pause ein. »Eine Stunde Geschichten für jede Stunde, die du mit dem Fähnrich und dem Kadetten trainierst.«

»Vergessen Sie's!«

»Es ist vergessen. Geh ins Bett.«

Er stolzierte zur Tür. Er trampelte die Treppe hinauf.

»Vereihen Sie mir, Derek.« Ich verzog das Gesicht. »Es hat nicht funktioniert.«

»Er ist kein leichter Fall. Unfreundlich, rotznäsig ...«

»Wie Sie in seinem Alter.«

Derek wurde rot. »Ja, Sie haben mir schon ein wenig Verstand eingeprügelt. Aber er ist Zivilist; Sie haben keine Befehlsgewalt über ihn.«

»Ich muß es versuchen.«

Sanft sagte Derek: »Nick, ich hatte dringende Geschäfte in Singapur. Es macht mir nichts aus, für Sie meine Pläne neu zu ordnen, obwohl sie dann nicht mehr so effektiv sind. Aber für ihn ...«

»Seien Sie nicht so streng mit ihm. Er hat seinen Vater verloren.«

Dereks Ton war scharf. »Ich meinen auch.« Randolph Carr war umgekommen, als die Barkasse der *Hibernia* explodierte. »Das hat mich nicht zu einem ...« Er brach ab und überlegte. »Trotzdem war ich monatelang im Schock. Hätte ich nicht mit Ihnen Freundschaft geschlossen ...«

Ich saß verdrossen da, in alten Zeiten versunken.

»Nick, Sie haben selbst so viel um die Ohren; wieso inkommodieren Sie sich seinetwegen?«

»Nicht seinetwegen. Eines alten Schiffskameraden wegen. Ich schulde es Alexi.«

»Er war nach Ihnen mein erster Freund.« Derek starrte ins Glas. »In der Fähnrichskabine war Vax Holser ... schwierig. Alexi hat mir geholfen, das durchzustehen.«

»Sagen Sie es ihm. Dem Jungen.«

»Es fällt mir schwer, davon zu sprechen. Aber wir waren gute Freunde. Und später, nachdem Sie auf die *Challenger* gewechselt waren, wurde es hart. Ich fürchtete, Alexi könnte sich für seine offene Verachtung für den Admiral die Dienstentlassung eintragen.«

»Davon hat er mir nie erzählt.«

»Er hat Ihnen eine Menge nie erzählt.« Derek war in düsterer Stimmung. »Ah, na ja. Lang vergangene Zeiten. Denken Sie, Sie können den Jungen noch retten?«

»Unwahrscheinlich. Sie waren seine einzige Chance.«

»Wieso wollen Sie, daß ich trainiere?« Es war Mikhael von der Tür her.

Ich sagte, ohne mich umzudrehen. »Wieso, *Sir.*«

»Wieso, Sir?« Er spie es förmlich hervor.

»Weil du verzogen und übellaunig bist und ich dich nicht mag. Weil du Mr. Carr nie mehr sehen wirst, sobald er nach Hause zurückgekehrt ist; du hast hier eine Gelegenheit, wie sie sich dir nur einmal im Leben bietet, und du weißt sie nicht zu würdigen. Weil ...« Ich warf die Hände hoch.

Derek fragte: »Warum ich? Sie haben auch mit Alexi gedient.«

»Ihnen wird er glauben. Bei mir ist er nie sicher, daß ich nicht lüge.«

»Das habe ich nie gesagt.« Mikhael klang bockig.

»Das brauchtest du auch nicht.«

»Ich möchte keinen Sport treiben.«

»Dann tue es auch nicht, Junge. Fähnrich, um wieviel Uhr beginnen Sie?«

»Acht Uhr dreißig, Sir.«

»Sei dort oder laß es bleiben, wie du möchtest. Sag höflich gute Nacht, ehe du gehst.«

Kochend kam Mikhael meiner Forderung nach.

»Derek, falls Ihre Verhandlungen darunter leiden, mache ich es wieder gut. Wir drehen etwas an den Transportgebühren, oder ...« Mein Rufer piepste. Resigniert schaltete ich ihn ein. »Ja?«

»Hier Branstead. Was halten Sie davon?«

»Von der Abstimmung? So ziemlich das äußerste, was wir ...«

»Die Nachricht auf Ihrem Comp. Haben Sie sie nicht gelesen?«

»Nein.«

»Tun Sie es. Sie haben es mit ihm zu weit getrieben. Ich rede später mit Ihnen.« Er legte auf.

»Stuhl, in mein Büro.« Ich war zu müde, um ihn selbst zu schieben.

Die Nachricht erwartete mich im Startfenster.

Herr GenSek Seafort,

mit Bedauern lege ich aus persönlichen Gründen mein Amt als Sicherheitsdirektor für den Generalsekretär nieder. Ich wünsche Ihnen alles Gute.

Mark H. Tilnitz

»Verdammt!« In Anbetracht meines ungenierten Ausflugs nach New York war er mit der Geduld am Ende gewesen.

»Probleme, Sir?«

Es war Anselm von der Tür her.

Ich hatte gar nicht bemerkt, daß ich laut gesprochen hatte. »Nein. Ja. Kommen Sie herein, und seien Sie still.«

Ich wählte meine Nachtsekretärin in New York an. »Können Sie mich mit Mark Tilnitz verbinden?«

»Nur einen Moment, Sir.«

Ein Klicken. Noch eines. »Karen Burns.«

»Ich hatte nach Mark gefragt.«

»Wie ich gehört habe, hat er die Abteilung verlassen.« Ihr Ton war kühl. »Und ich glaube, daß er in Urlaub gefahren ist.«

»Sehr schön.«

»Ich bin in drei Stunden in Washington. Unternehmen Sie morgen eine Reise?«

»Geplant ist nichts.«

»Das wußte ich schon, Herr GenSek.«

So. Also war auch Burns über meine Impulsivität verärgert. Vielleicht führte es zu einem Massenrücktritt, aber ich war nicht bereit, als Gefangener meiner Sicherheitsgruppe zu leben. In gegenseitiger Feindseligkeit unterbrachen wir die Verbindung. Ich wählte Bransteads Nummer. »Ob wir ihn zurückholen können?«

»Akzeptieren Sie es denn, beschützt zu werden?«

Ich debattierte mit mir. »Jerence, die Sicherheitsverfahren treiben mich zum Wahnsinn.«

»Kein weiter Weg.« Es war kaum mehr als ein Flüstern.

Ich wirbelte herum. Der Fähnrich studierte die Decke. »Das habe ich gehört! Fünfzig Liegestütze!«

»Aye aye, Sir.« Er lockerte die Krawatte.

»Was geht da vor?« Das war Branstead.

»Eine kleine Meuterei.« War es mein Rollstuhl? Die entspannte Atmosphäre von Zuhause? Etwas in der Luft? Nicht nur Anselm, sondern auch Bevin und obendrein Mikhael hatten keine Hemmungen, alles auszusprechen, was ihnen in den Sinn kam.

Das konnte ich nicht dulden. Wieso war mir dann nach einem Grinsen zumute? Warum empfand ich keine Feindseligkeit gegenüber dem Fähnrich? Wieso erinnerte mich das alles an Philip in jüngeren Jahren? »Jerence, können Sie einen Kompromiß mit Mark aushandeln?«

»Damit er Sie nur von der Taille aufwärts beschützt? Oh, ich mache nur Spaß, aber eigentlich ist es nicht komisch. Keiner von uns möchte, daß man Sie umbringt.«

Der Fähnrich grunzte, war auf halbem Weg durch seine Übungen.

»Herr GenSek, ich versuche es, aber ich bin in diesem Punkt Marks Meinung.«

»Ich weiß, Jerence.«

»Nebenbei: Sie haben nicht nur die Abstimmung gewonnen, sondern auch die Sympathien der Magazine. ›GenSek eilt zur Rettung der Regierung.‹ ›Überraschungsbesuch wendet das Glück.‹ ›Seafort rettet die Sache des Umweltschutzes.‹«

Ich schnaubte.

»Ich bin fertig, Sir.«

»Dann noch dreißig mehr. Ziehen Sie die Jacke aus.« Sollte der Junge mich ruhig aufziehen, wenn er es sich nicht verkneifen konnte. Er mußte jedoch lernen, daß alles seinen Preis hatte. Dann sagte ich: »Ruhen Sie sich aber erst aus, wenn nötig.« Mein Ton war barsch.

»Ständig strömen Glückwünsche herein. Nicht nur von Winsteads Leuten. Auf einmal steht jeder hinter dem Treibhausgesetz. Der Pakistanische Premierminister, die Philippinos. Die morgige Ausgabe der *Calcutta Times* spricht vom wichtigsten Gesetz des Jahrzehnts. Andrus Bevin vom Umweltrat preist Sie für Ihre zuverlässige Führung. Wissen Sie, die Terries haben sich übel verrechnet.«

»Hmpff.« Wir ebenfalls, falls ich eine neue Flut von Ökoleidenschaften losgetreten hatte.

»Es ist eine richtige Welle«, sagte Branstead, als wollte er mich noch mehr ärgern. »Die Mütter für eine gesunde Zukunft, die Schwedische Liga für eine bessere Politik, der Rat der Kleinunternehmer ...«

»In *Ordnung,* Jerence!« Ich warf die Hände hoch. »Schicken Sie mir eine Zusammenfassung.«

»Wird gemacht, Sir. Meinen Glückwunsch.«

Nachdem das Gespräch beendet war, wies ich Anselm an, sich ein Erfrischungsgetränk zu holen. »Setzen Sie sich. Wenn Sie schon mal so unverschämt sind, besteht auch kein Grund mehr für Förmlichkeiten.«

Er lief rot an. »Sie hätten es nicht hören sollen.«

»Sind Sie sicher?«

Seine Augen funkelten. »Na ja ... nicht ganz, Sir.«

Plötzlich erinnerte mich sein Schalk an Alexi, als er noch ein Junge gewesen war. Traurig fragte ich: »Wissen Sie, was mit Mikhael Tamarow nicht stimmt?«

»Hat er nicht vor kurzem den Vater verloren?«

»Mal abgesehen davon.«

Sein Ton war trübsinnig. »Kann man davon absehen?«

Ich wurde still. Ich hatte mir die Akte des Fähnrichs nie angesehen und nie daran gedacht, ihn zu fragen. »Erzählen Sie mir davon.«

»Vor drei Jahren. Ich war auf der Akademie. Der Berliner Suborbitalflieger.«

Ich zuckte zusammen. Eine korrodierte Motorenabdeckung; das Shuttle war unweit des Wolgograd-Werkes stationiert gewesen. Manche gaben der Umweltverschmutzung die Schuld. Was immer die Ursache war, der Absturz der brennenden Maschine kostete dreihundert Menschen das Leben. Dabei hatten wir noch Glück gehabt; sie war nur zur Hälfte besetzt gewesen. »Es tut mir leid.«

»Es ist nur ...« Er trank das Glas aus. »Schon egal.«

Ich schob mich näher heran. »Erzählen Sie es mir.«

Er schüttelte den Kopf. Gerade als ich beschloß, ihn in Ruhe zu lassen, platzte alles aus ihm heraus. »Er war unterwegs, um mich zu besuchen. Mein erster Urlaub. Wir wollten ... wollten ...« Seine Schultern bebten lautlos.

Herr Jesus, wieso hatte ich nicht die Finger von ihm lassen können?

»Mr. Hazen rief mich zu sich. Er gab sich Mühe, sanft zu sein.« Ein Schniefen. »Als ich sein Gesicht sah, war es, als würde mir jemand ein Messer im Bauch umdrehen. Ich fing an zu weinen, ehe er auch nur ein Wort sagte.«

Hilflos drückte ich ihm die Schulter.

»Meine Mutter war Jahre vorher gestorben. Ich hatte nur noch ein paar entfernte Tanten. Ich habe meine zwei Wochen Urlaub ganz benommen in Devon verbracht.« Er lächelte bitter. »An den Abenden hat mich ein Fähnrich mit auf Ausgang genommen.«

Mir dämmerte etwas. »Da haben Sie zu trinken angefangen?«

»Wir fanden einen Barkeeper, der meine graue Uniform nicht zur Kenntnis nahm.«

»O Tad.«

»Ich war ... Ich konnte gar nicht erwarten, daß Pa endlich eintraf. Meine Noten und meine Akte waren ordentlich. Mehr als das. Er hätte sie sich angesehen, auf seine typische Art gelächelt, mich mit solchem Stolz angeschaut.« Seine Augen waren naß. »Aber so ist es dann nicht gekommen.«

Ich hätte ihn so gern an mich gedrückt, aber ich steckte nun mal in diesem verdammten Rollstuhl fest, und es wäre auch nicht richtig gewesen. Nicht, wenn ich der GenSek war und obendrein Anselms kommandierender Offizier.

»Und wem zeigen Sie jetzt Ihre Noten?«

Ein Achselzucken. »Niemandem. Sie bedeuten nichts.« Sein Ton war angestrengt ruhig.

Wir hatten beide unsere Väter verloren, während wir auf der Akademie waren. Seiner wurde von einem Feuer verzehrt, meiner ging einfach davon. Ob er sich je davon erholte?

Ob ich mich je davon erholte?

»Komm her, Junge.« Ich zog ihn näher heran und dann zu seiner Verblüffung an meine Brust.

Nach einer Weile war meine Jacke feucht.

10. Kapitel

Zwei trübe Tage gingen ins Land. Branstead mühte sich in New York mit den Nachbeben des gescheiterten Coups der Terries ab. Ich suchte nach Mark Tilnitz, aber er blieb unerreichbar. Derweil machten die Ermittlungen im Fall des Viktoria-und-Albert-Museums langsam Fortschritte. Wir wußten jetzt viel mehr über die toten Terroristen, ihre Familien, ihre Freunde, ihre Arbeit. Aber nichts von ihren lebendigen Kohorten.

Schäumend machte Mikhael Tamarow bei den sportlichen Übungen Anselms und des Kadetten mit. Nach vierzig Minuten stolzierte er davon; ich gewährte ihm vierzig Minuten mit Derek.

Am nächsten Tag trainierte er anderthalb Stunden.

Vor meinem Grundstück versammelten sich täglich Menschenmassen – Touristen, Neugierige, Verzweifelte. Die Nachricht von meinem Krankenhausurlaub hatte sich verbreitet. Aus einer Laune heraus wies ich Karen an, das Tor zu öffnen und jeweils einige der Besucher hereinzulassen, während ich auf dem Hof saß.

Nachmittags kämpfte ich mich mit Bevin und dem Fähnrich durch Papierkram. In drei Tagen würde ich mit Philip auf die mysteriöse Reise gehen, die ihm vorschwebte. Ich mußte bis dahin den Schreibtisch leerräumen.

Ich hatte einen Termin bei den Neurologen; des lieben Friedens willen nahm ich hin, daß Karen Burns den Ausflug arrangierte. Arlene bestand darauf, ebenfalls mitzukommen. Widerstrebend akzeptierte ich. Falls ich schlechte Nachrichten erhielt, war ich mir nicht sicher, ob ich wollte, daß sie sie ebenfalls erfuhr. Ich müßte dann Vorkehrungen treffen, um mein Ende herbeizuführen, und vielleicht würde sie mich daran hindern wollen.

Ich dachte darüber nach, ein Leben im Rollstuhl zu akzeptieren. Falls der Herrgott es wünschte ...

Ich hatte ihm jedoch schon so oft getrotzt, daß es zur Gewohnheit wurde. Unmöglich konnte ich mir die Hölle noch mehr verdienen als ohnehin schon. Also war ich zum Selbstmord entschlossen, statt daß ich mich in Zukunft abmühte, mich auf die Toilette zu hieven, mich anzuziehen, auf meinem Grundstück herumzufahren, angewiesen auf Helfer, die mich die Treppe hinaufschafften.

Das Leben war nicht wertvoll genug dafür. Nicht, wenn man schon zu den Sternen gefahren war.

»Darf ich bitte hereinkommen?« Es war Mikhael, die drahtigen Haare ordentlich gebürstet, das Hemd gebügelt.

Ich deutete auf einen Stuhl.

»Ich möchte mehr ...« Er zügelte sich, versuchte es noch einmal. »Ich kann nur ein bestimmtes Maß an Training durchhalten. Was, wenn ich mehr Zeit mit Mr. Carr verbringen möchte?«

»Kadetten trainieren zwei Stunden täglich.«

»Ich bin kein Scheißkadett!«

»Gewiß nicht; dich würden sie auf keinen Fall nehmen.«

»Das ist nicht fair.«

Ich ertrug seine verdrossene Art nicht. »Geh raus.«

Seine Laufschritte verklangen treppauf.

Ich spielte mit dem Holovid, war wütend auf ihn. Auf mich selbst. Ich fuhr hinaus zum Fuß der Treppe und öffnete den Mund, um ihn herunterzurufen.

Ein schwacher Laut. Schluchzte da jemand?

Bevin und Anselm waren nirgendwo zu sehen. Wer konnte mich hinaufheben? Ich brummte einen Fluch und hievte mich auf die unterste Stufe, mit dem Gesicht treppab. Stufe für Stufe schleppte ich den Unterleib nach oben. Auf halbem Weg hielt ich an und befreite mich von der Jacke, um nicht geröstet zu werden. Dann kämpfte ich mich weiter.

Am oberen Treppenabsatz begegnete ich Carla Tamarow. Sie hatte mir zugesehen. »Geh bitte hinunter. Suche jemanden, der mir mit dem Rollstuhl hilft.«

»Sie haben ihn zum Weinen gebracht.«

»Ja. Sowas tue ich.«

Sie trabte die Treppe hinunter. Sitzend schleppte ich mich zu Mikhaels Zimmer. Ich klopfte an, griff nach oben und schwenkte die Tür auf.

»Verschw ...« Seine Augen weiteten sich. Ramponiert und schwitzend bot ich schon einen Anblick.

Ich schleppte mich zu seinem Bett hinüber. »Alexi würde dich trösten. Ich verstehe mich nicht darauf.«

»Ich brauche Sie nicht.« Sein Ton war verächtlich.

»Doch, tust du«, sagte ich bitter. »Du hast sonst niemanden.«

»Wozu?«

»Hilf mir auf. Ich zeige es dir.«

Verdutzt half er mir, mich aufs Bett zu stemmen. Ich zog mir die Beine gerade und gönnte mir eine Pause, um wieder zu Atem zu kommen. Ich faßte Mikhael unters Kinn und hielt es so, daß er mir in die Augen blickte. »Verzeih mir, daß ich dich hinausgejagt habe. Ich habe deinen Vater geliebt. Wäre ich tot, hätte er sich genauso um meinen Sohn gekümmert.«

Er riß sich los und wirbelte zur Wand herum.

»Deine Mutter ist ... überfordert.«

»Ich weiß.« Es klang erstickt.

»Soll ich sie fragen, ob du eine Zeitlang hierbleiben

kannst?« Was sagte ich da? Ich hatte noch nicht mal genug Zeit für die täglichen Holochips, ganz zu schweigen von dem Fähnrich, Arlene, P. T. ...

»Wir kämen keine Minute lang miteinander aus.«

Er hatte recht. Gott sei Dank hatte wenigstens einer von uns genug Verstand, um das zu erkennen.

»Werten Sie nicht ab, was Sie mir bedeutet haben. Und immer noch bedeuten.« Alexi hatte das in meiner Suite in Lunapolis gesagt.

Ich dachte nach.

Mikhael wandte den Blick ab. »Sie machen ein böses Gesicht.«

»Falls dein Vater gesehen hätte, wie du dich in meinem Haus benimmst, was hätte er dazu gesagt?«

»Ich habe keine Ahnung.«

»Sag es mir!« Ich packte ihn am Handgelenk.

Er zuckte die Achseln, aber ich hielt ihn fest. »Er hätte ... Ich habe keine ...« Auf einmal schlug er Alexis Ton an. »Reiß dich zusammen, Junge, und ich meine damit: *SOFORT!*« Er wurde rot.

Ich drehte sein Gesicht zu mir um. Ruhig sagte ich: »Reiß dich zusammen, Junge, und ich meine damit: Sofort.«

»Was tun Sie ... Er ist nicht mehr da, und Sie können nicht ...«

»Ich kann. Ich frage deine Mutter.«

»Was fragen?« Moira stand unter der Tür; ihre Tochter sah von weiter hinten aus zu.

»Ob Mikhael ein paar Monate bleiben kann. Er braucht ...« Ich wußte nicht recht, was.

»Das liegt an ihm.« Sanft strich sie ihm eine Haarlocke aus den Augen. »Oder du kommst mit uns nach Kiew zurück.«

Wir warteten.

»Ich bin verzogen und übellaunig, wissen Sie noch? Und Sie mögen mich nicht.«

»Können wir für einen Moment allein sein?« Ich wartete, bis die Tür zu war. »Du bist genauso, wie ich gesagt habe, und ich verachte dein Verhalten.«

Er wirkte entrüstet.

»Wie es Alexi auch täte.« Ich ließ sein Kinn los. »Du brauchst jemanden, der freundlich zu dir ist. Mehr, als ich zu geben gewohnt bin. Aber das ist nicht alles.«

Er klang gedrückt. »Ich bin richtig durcheinander.«

»Weine um Alexi. Das respektiere ich. Aber verhalte dich so, daß er stolz auf dich wäre. Und du selbst es auf dich sein kannst.« Mehr verstand ich vom Leben nicht.

»Ich vermisse ihn so!« Der Schrei kam aus tiefstem Herzen.

»Ich auch. Bleibst du hier?«

»Ich denke darüber nach.«

»Entscheide dich jetzt.« Mein Rücken pochte abscheulich. Ich war den Tränen nahe und mußte die Sache jetzt zu einem Abschluß bringen.

»Sie werden bestimmt hart zu mir sein.«

»Wenn du es verdient hast.«

»Ich bin fast erwachsen. Ich brauche niemanden, der für mich den Vater spielt.«

»Dann reise mit Moira ab. Oder ziehe auf eigene Faust los.« Mit lauter Stimme fragte ich: »Moira, ist mein Rollstuhl oben?«

Er hämmerte in ein Kissen. »In Ordnung, gottverdammt, ich bleibe!«

»Kein Abendessen heute«, schoß ich zurück. »Ich dulde keine Blasphemie.« Angestrengt versuchte ich, den Türgriff zu packen. Bevin und Arlene warteten draußen mit dem Rollstuhl. »Schiebt ihn rein, ja?«

»Und wenn ich es noch mal sage?«

»Dann lasse ich dich züchtigen. Andererseits kannst du morgen früh zwei Stunden mit Anselm trainieren und erhältst dann ebensoviel Zeit mit Mr. Carr. Und noch mehr Zeit mit mir. Ich werde mir Mühe geben, mich an

Geschichten zu erinnern, die er nicht kennt. Kadetten schaffen zwei Stunden. Du kannst es auch.«

»Ich werde das alles verabscheuen.« Mit einem Wink schloß er das Zimmer, das Haus und mich ein.

Ich lächelte. »Aber es ist gut für dich.«

Als Bevin und ich am Morgen zur Arbeit kamen, fand ich eine handgeschriebene Notiz vor, die an mein Holovid gelehnt war. »*Sir, ich melde mich selbst wie befohlen. Fähnrich Thadeus Anselm.*«

Ich stöhnte. »Wo ist unser Fähnrich?«

»Auf seinem Zimmer, denke ich.«

»Hol ihn.«

Bevin blickte den Rufer an.

»Laufe nach oben und hole ihn. Ich erwarte ihn in einer Minute!« Ich brachte kaum noch Höflichkeit auf.

»Aye aye, Sir!« Er stürzte hinaus.

Als sie hereingestürmt kamen, war Anselm noch damit beschäftigt, sich das Hemd in die Hose zu stopfen. »Fähnrich Anselm zur Stelle!«

»Nehmen Sie Haltung an. Danil, warte draußen.« Seine Notiz in der Hand, musterte ich Anselm böse. »Sie waren also ungehorsam?«

Er blickte starr geradeaus. »Ja, Sir.«

»Werden Sie deutlicher.«

»Ich habe ...« Er holte tief Luft. »Sir, als Sie gestern nachmittag mit Mikhael zusammen waren, bin ich zu Ihrem Getränkeschrank gegangen und habe von dem Bourbon getrunken.«

Ich brüllte: »Damit kommen Sie nicht durch!« Krachend fuhr meine Faust auf den Tisch, daß das Holovid durch die Gegend flog. Er reagierte nicht.

»Nun?« Ich wußte, daß das unfair war. Ich hatte gar keine Frage gestellt, und solange er Haltung bewahren mußte, durfte er nicht von sich aus reden.

»Ja, Sir, ich werde damit nicht durchkommen. Ich wußte das, als ich mich gemeldet habe.« Seine Stirn glänzte leicht.

»Wieviel war es?«

»Bourbon? Ein paar Schlücke.«

Dank meiner toten Beine konnte ich nicht vom Stuhl hochfahren. Ich hämmerte auf die Armlehne. »Verachtenswert! Skandalös!«

»Ja, Sir, das war es.« Seine Stimme bebte.

Ich musterte ihn verdrossen. Er hatte den Bauch fest eingezogen und die Hände an die Seiten gedrückt. Seufzend streckte ich die Hand nach meinen offiziellen Briefbögen aus. Ich brauchte nicht lange, um mein Schreiben abzufassen.

»Ziehen Sie sich komplett an. Begeben Sie sich unverzüglich zum Potomac-Flottenstützpunkt, und händigen Sie diesen Brief dem Offizier vom Dienst aus. Diesmal kommen Sie auf ein richtiges Faß.«

»Aye aye, Sir.« Er nahm den Brief entgegen.

»Auf dem Rückweg suchen Sie ein Geschäft für alkoholische Getränke auf und ersetzen meine Flasche Bourbon aus eigenen Mitteln.«

»Aye aye, Sir.«

»Melden Sie sich danach bei mir, Mr. Anselm. Wir werden uns unterhalten. Entlassen.«

Mit korrekter Präzision salutierte er, schwenkte herum und marschierte hinaus.

Die Arbeit, die wir an diesem Vormittag leisteten, registrierte ich kaum.

Es war kurz vor dem Mittagessen, als Anselm deprimiert an meine Tür klopfte.

»Fähnrich Anselm meldet den Vollzug der disziplinarischen Maßnahme, Sir.« Es wäre nicht nötig gewesen, mir das zu sagen. Es war an seinem Gang und dem schmerzlich verzogenen Gesicht zu erkennen.

»Sehr schön. Das war für den Moment alles, Danil.

Tad, bleiben Sie stehen, oder setzen sie sich, wie es Ihnen lieber ist.«

Behutsam setzte sich Anselm in einen Sessel und drehte sich, damit das Gewicht auf der Seite ruhte.

»Ich wünschte, es wäre nicht nötig gewesen, Sie aufs Faß zu schicken. Ich bewundere Ihren Mut, sich zu melden. Sie haben ehrenvoll gehandelt.«

»Es war ein Befehl.«

»Nicht zu trinken war auch einer.«

»Ich konnte nicht ...« Tränen verschleierten seinen Blick. »Ich konnte es mir einfach nicht verkneifen.«

Ich schlug einen sanften Ton an. »Helfen Sie mir, den Grund zu verstehen.«

»Muß ich?«

Ich gab nach. »Nein.« Ich konnte ihn für das bestrafen, was er tat, aber nicht in seine Gedanken eindringen.

Lange war nur sein Atem zu hören. Dann: »Hatten Sie je einen Traum, der immer wieder auftauchte?«

»Als ich jünger war.« Ich war immer wieder schweißgebadet aufgewacht, noch das Bild von Vater vor Augen, wie er sich vom Tor der Akademie entfernte. Zweifellos hatte er mich auf seine eigene Art geliebt, obwohl er es nur selten zeigte.

»Ich habe einen. Er ... Sir, ich habe nicht das Recht, Sie darum zu bitten, besonders heute nicht, aber ...« Er schluckte. »Lachen Sie mich nicht aus. Ich könnte es nicht ertragen.«

»Das werde ich nicht.«

»Ich hatte den Traum schon etwa ein Dutzend Mal. Ich stehe auf einem Bahnhof, dem Hitrans-Terminal, denke ich. Ich stehe auf dem Bahnsteig. Mein Vater ist dabei, und der Zug steht im Begriff abzufahren.«

Schweigend fuhr ich hinter dem Schreibtisch hervor.

»Wir steigen ein. Nur ist er dann im Zug, ich aber nicht. Ich weiß nicht, warum. Ich möchte ja noch einsteigen, aber die Türen sind schon zu. Und dann fährt der ...

der ... der ...« Er rang um Selbstbeherrschung. »Der Zug fährt an. Zuerst langsam. Pa steht hinter der Tür und blickt traurig durchs Fenster. Ich laufe daneben her, versuche hineinzukommen, mit ihm zu fahren. Der Zug wird schneller, bis ich nicht mehr Schritt halten kann. Pa blickt durchs Fenster zu mir zurück, während der Zug aus dem Bahnhof fährt. Und mich alleinläßt.«

Ich wagte nicht zu reden.

»Und dann wache ich auf. Normalerweise weine ich.«

»Gott im Himmel!«

»Ich hatte den Traum gestern wieder.«

»Und deshalb haben Sie von meinem Bourbon getrunken.«

»Ja, Sir. Das habe ich.«

»Sehr schön. Ich weiß, daß Ihnen das Hinterteil weh tut; nehmen Sie den Nachmittag frei.«

»Aye aye, Sir. Danke.«

»Falls Sie wieder trinken, erhalten Sie auch wieder den Rohrstock. So einfach ist das.«

»Ja, Sir.«

Ich zögerte, entschied dann, jede Zurückhaltung in den Wind zu schlagen. »Eine feststehende Order: Falls der Traum wieder auftritt, haben Sie mich unverzüglich zu wecken. Bestätigen Sie.«

»Befehl erhalten und verstanden, Sir. Falls der Traum wieder auftritt, habe ich Sie zu wecken.«

»Entlassen.«

Im hell erleuchteten Untersuchungsraum des Boland Memorial knöpfte ich mir wieder das Hemd zu. »Und?«

Dr. Knorr antwortete heiter: »Alles läuft den Erwartungen entsprechend gut.«

Arlene klopfte mit dem Fuß auf den Boden. »Und das bedeutet?«

»Der Schnitt ist geheilt; es liegt keine Infektion vor.«

»Er hat schreckliche, stechende Schmerzen, so daß er nachts manchmal ...«

Ich wand mich. Es war mein Körper und meine Entscheidung, ob ich mich beklagen wollte.

»Das ist eigentlich ein gutes Zeichen. Die Verbindungen sind nicht gänzlich durchtrennt.« Knorr breitete die Hände zu einer Geste aus, mit der er um Entschuldigung heischte. »Und Sie benutzen jetzt Muskeln, die Sie noch nie zuvor gebraucht haben. Stellen Sie sich ein altes Haus vor, das jahrelang leergestanden hat. Sie tauschen nun die Hälfte aller Kellerbalken aus. Es wird ein bißchen knarren, bis sich wieder alles gesetzt hat.«

»Das ist der dümmste ...«

»Nick.« Es war ihr Warnton.

»Na ja, ist es doch. Kann sich eigentlich niemand von Ihnen klar ausdrücken?«

»Was soll ich denn sagen, Herr GenSek?«

Ich holte tief Luft und tat es dann noch einmal. »Wie sieht es mit der Operation aus, die meine Beine wieder funktionsfähig macht?«

»Bislang vielversprechend, weil Sie immer noch über eine gewisse Empfindungsfähigkeit in der Leistengegend verfügen. Ich möchte, daß Sie Ghenili aufsuchen.«

»Wie schnell kann er hier eintreffen?«

»Sie werden nach Lunapolis fliegen müssen.«

Ich wurde wütend. »Ich bin gelähmt und habe Arbeit zu tun. Rufen Sie ihn her.«

»Das wird nicht möglich sein.« Er hob eine Hand, um weitere Einwände zu unterbinden. »Die gesamte diagnostische Ausrüstung befindet sich in seiner Klinik. Er kann nicht für einen Patienten die ganze Praxis verlagern.«

Ich kämpfte mich vom Tisch zu meinem Rollstuhl. »Guten Tag.«

»Nick, hör dir doch ...«

»Raus, Stuhl. Zum Helilandeplatz.« Wir schlingerten zur Tür.

Meine Frau seufzte und folgte mir auf den Flur. Karen Burns und ihre Abteilung schlossen sich an.

»Was hast du damit erreicht?« fragte Arlene.

»Diese Arroganz! Dieser herablassende, hochnäsige, aufgeblasene ...«

»Halt, Stuhl!« Sie schlug einen Befehlston an. Erstaunlicherweise gehorchte die Maschine. »Was hast du damit erreicht, Nick? Ein Anruf dort oben, und Ghenili weigert sich vielleicht, dich zu empfangen.«

»Ich mache ihn fertig! Ich nenne das eine Herausforderung! Ich werde dafür sorgen, daß er ...«

Sie beugte sich herab, stützte sich mit beiden Händen auf die Armlehnen des Rollstuhls und blickte mir direkt in die Augen. »Das reicht.«

Ich schluckte. »Habe ich wieder dermaßen über die Stränge geschlagen?«

»Ja.«

»Arggh. Es ist nur ... Ich hasse Ärzte.« Das Bild von Dr. Uburu von der *Hibernia* blitzte vor mir auf, die mir mit ihrer sanften Anständigkeit oft beigestanden hatte. Von Dr. Bros auf der *Portia,* der meinem ersten Kind auf die Welt geholfen hatte. »Na ja, die meisten.«

Sie betrachtete mich einen Augenblick lang und küßte mich dann ernst auf die Nase.

»Arrangiere das für mich, Liebes, ja? Ich möchte nicht noch mal mit Dr. Knorr sprechen.«

»In Ordnung.«

»Fliegen wir nach Hause.«

»Bald. Ich habe eine Überraschung vorbereitet.«

»Karen mag keine Überraschungen.« Wir hatten einen Waffenstillstand geschlossen, sozusagen.

»Sie ist eingeweiht.«

Der Heli startete, sobald wir uns angeschnallt hatten. Wenige Minuten später landete er auf einem Dach. »Was für ein Turm ...«

»Franjee vier.« Das war einer der vielen Türme, die

sich aus dem Schutt des Unteren New York erhoben hatten, aus den schrecklichen Ruinen des Transpop-Aufstands. Nach den Verwüstungen durch die Laserkanonen war das alles, was ich hatte tun können, um die Kultur der Transpops zu bewahren. Ich hatte dafür gesorgt, daß für jeden Turm mehrere Blocks ihrer Viertel wieder aufgebaut wurden.

»Robbie Boland?«

Sie nickte. »Ein Abendessen.«

Vielleicht wollte er auf die Niederlage der Terries in der Vollversammlung anstoßen. Ich hatte keine Einwände gegen eine solche Feier.

Wir drängten uns in den Fahrstuhl. Wie immer schickte Karen Sicherheitsleute voraus. Gott allein wußte, wie viele Bewohner des Turms keinen Zutritt zu ihren Fahrstühlen erhielten, damit ich sicher hinunterfahren konnte.

Mit den Händen an den Waffen führte uns die Sicherheit zu der Wohnung. Ich bestand darauf, daß sie auf dem Flur warteten. Nur Karen begleitete uns hinein.

»Willkommen, Sir.« Robbie trat zur Seite.

Im Wohnzimmer warteten zwei gutaussehende junge Männer darauf, mich zu begrüßen. Jared Tenere und mein Philip.

»Hallo Jungs.« Ich streckte die Hand aus. Jared schüttelte sie. P. T. drückte mich an sich. Ich tätschelte ihm den Rücken.

Wir begannen mit Cocktails. »Was haben die Ärzte gesagt, Vati?«

Ich schnitt eine Grimasse. »Erinnere mich nicht daran.«

»Bist du in Form zum Reisen?«

»Solange ich nicht tanzen muß.« Wieso nur kam mir meine Bürde in P. T.s Gesellschaft leichter vor?

Wie hatte ich nur zulassen können, daß sich unsere Entfremdung über Jahre hinzog?

Beim Abendessen und beim Wein plauderten wir liebenswürdig über Politik, Sport und die Raumflotte. Fast zum ersten Mal beobachtete ich meinen Sohn außerhalb von Zuhause in Jareds Gesellschaft. Hin und wieder legte Jared seine Hand auf die Philips. Ich fragte mich, ob sie wirklich ein Kind adoptieren würden, wie Philip angedeutet hatte. Falls er bisexuell war, wie er gesagt hatte, bekam ich dann je ein Enkelkind vom eigenen Blut zu sehen?

Verdrossen füllte ich mein Weinglas nach.

Er war mein einziges Kind. Natürlich gab es da noch Nate, der aber schon lange tot war. Und vielleicht konnte ich die vielen Kids als meine Kinder bezeichnen, die mir gefolgt waren und dabei den Tod gefunden hatten. Selbst heute hielt ich wieder unschuldige Menschenleben in der Hand. Danil Bevin, furchtlos in seiner Leidenschaft für die Wahrheit. Anselm, der sogar meine rauhe Leitung akzeptierte, um Rettung zu finden. Der junge Mikhael, der sich verzweifelt nach einem Vater sehnte, den er für immer verloren hatte.

Hätte ich ihnen doch nur mehr bieten können! Aber ich hatte nur mich selbst einzubringen, fehlerhaft, cholerisch, hilflos.

»Vati, warum weinst du?« Philip stand auf und lief um den Tisch herum.

»Weil ich langsam alt werde. Weil ich betrunken bin. Weil ich dich liebe.« Ich fiel ihm in die Arme.

Klugerweise gaben sie mir danach kaum noch Wein. Mit der Zeit wurde mein Kopf wieder klarer. Nach dem Dessert begaben wir uns in ein riesiges Zimmer, dessen Balkon und Aussichtsfenster das Panorama des wiederhergestellten Parks eröffneten – eine Aussicht, die sich nur sehr reiche Leute leisten konnten. Als junger Offizier hatte ich schon solche Wohnungen besucht und nur Verachtung für ihre Bewohner empfunden.

Wie es hieß, kam mit dem Alter die Weisheit.

Wir waren in heiterer Stimmung. Ich erging mich in Erinnerungen an meine besseren Zeiten in der Flotte. Karen saß ruhig in der Ecke.

Jared saß mit gekreuzten Beinen neben seinem Vormund auf dem Boden. »Hast du schon die *Galactic* gesehen, Onkel Rob?«

»Noch nicht. Ich plane aber weiterhin, mal hinaufzufliegen.« Als Senator und Vertrauter des GenSec würde Boland keine Schwierigkeiten haben, Zutritt zu erhalten.

»Wir hätten sie mit Vater besichtigen können, wären wir auf Earthport geblieben.« Das war Philip.

»Und mit Mutter.« Arlenes Ton war scharf. »Du redest immer so, als wäre Nick der einzige Offizier in der Familie.«

»Ups! Verzeih mir, Ma'am.« Philip lächelte schwach. Selbst mitten in der Pubertät war er stets uneingeschränkt höflich gewesen. »Du warst mit an Bord. Erzähle uns, was wir versäumt haben.«

»Ein fliegender Palast. Ich bin mir nicht sicher, ob ich das gutheiße.«

»Ich bin entsetzt«, sagte ich. »Rob, wie konnten wir die Flotte nur so in die Irre gehen lassen?«

»Die Admiralität hegt ihre eigenen Vorstellungen. Wir können nicht jedes kleine Detail verwalten.«

»Der Teufel«, meinte Jared, »steckt im Detail.«

Ich musterte ihn argwöhnisch, nicht sicher, ob das eine Blasphemie gewesen war.

Er wurde rot. »Ich habe das irgendwo gelesen.«

Rob tätschelte ihn geistesabwesend. »Sir, haben Sie sich in letzter Zeit mal mit der Admiralität getroffen?«

»Nicht mit allen Mitgliedern«, sagte ich, »aber ich plane es.«

»Eine bestimmte Offiziersclique hat keine Hemmungen, ihren Standpunkt klarzumachen. Ihre Politik ist … überholt.«

»Ich bin ein paar von ihnen begegnet.«

»Sie sind gefährlich. Wir können keinen Krieg vom Zaun brechen, um die Kolonien zurückzugewinnen; wer Verstand hat, weiß das, aber diese Leute möchten unseren ganzen Etat in den Ausbau der Flotte gesteckt sehen. Ich wüßte gern, daß die Admiralität sich über die Lage im klaren ist.« Rob war unverblümt. »Je schneller Sie diese Leute ausmerzen, desto besser.«

Ich winkte ab. »Ein oder zwei lange Sternenreisen bringen sie wieder zur Räson.«

»Dann sorgen Sie bald dafür.« Boland schien sich unwohl zu fühlen. »In Anbetracht der Ökoterroristen, Ihrer Behinderung, der Hitzköpfe in der Vollversammlung ...«

»Rob, machen Sie nicht in Panik. Ich kümmere mich darum.« Egal was, wir konnten uns auf die Raumflotte verlassen. Der Flottendienst war die Lebensader, die uns mit den Kolonien verband; er transportierte die Frachten, die unsere Welt ernährten. Und die Flotte wußte das. Ihre Offiziere waren von Ehrgefühl durchdrungen und stolz auf ihre unzähligen Aufgabenfelder.

Auf dem Rückflug nach Washington döste ich vor mich hin, diesmal froh darüber, daß wir in einem riesigen Jet flogen anstatt dem klappernden Hubschrauber. Ich stellte meine Lampe niedrig ein, streckte mich auf meinem Platz aus und machte zufrieden ein Nickerchen.

Als wir endlich wieder zu Hause waren, machte ich mich fürs Bett bereit. Kurz bevor ich aus dem Rollstuhl stieg, fiel mir noch ein, daß ich Mikhael gute Nacht sagen wollte. Er schlief schon fast, und falls ihm meine Zudringlichkeit mißfiel, zeigte er es nicht.

Dankbar schleppte ich mich ins Bett. Ich kuschelte mich an Arlene, badete in ihrer Wärme, schlief ein.

Die Venturas waren atemberaubend. Ihre drohenden Gipfel beherrschten den unbewohnten Westkontinent von Hope

Nation. Derek schwitzte glücklich, als wir durch Gestrüpp und Unterholz zur anderen Seite des Tals hinüberhasteten. Immer wieder erhaschten wir kurze Blicke auf den eiskalten Teich, der unser Ziel war.

»Ein Wettrennen, Sir?«

Ich war Kapitän und er nur Fähnrich, aber auf unserem herrlichen Urlaub hatten wir die Bestimmungen gelockert. »Seien Sie nicht albern. Was ist das?« Ich deutete den Berg hinauf.

Kaum hatte er den Kopf gedreht, da stürmte ich los, daß mir Zweige ins Gesicht peitschten.

»Hey, warten Sie!« Er kam lärmend hinter mir hergestürmt.

Ich trampelte den Hang hinunter, zog mir das Hemd aus der Hose, fummelte an den Knöpfen herum. Ich riskierte einen Blick zurück. Der Fähnrich holte auf.

Meine Beine pumpten. Die Brust stieg auf und nieder. Gott, es war so schön, jung zu sein!

»Nick?«

Ich würde ihn knapp schlagen. Ich stampfte keuchend durch hohes Gras. Ein tiefhängender Ast tauchte vor mir auf, und ich hastete durch die Lücke.

»Nicky?«

»Ich habe Sie, Fähnrich!« Ich hatte kaum noch Luft für die Worte. »Wer als letzter in ...«

»Nick!«

Mit klopfendem Herzen wachte ich auf.

»Liebling, du hast um dich geschlagen. War es ein Alptraum?«

Nein.

Das Aufwachen war der Alpdruck. Ich hielt mich an Arlene fest wie ein Ertrinkender an einem Rettungsfloß, den Kopf an ihre Brust gedrückt.

Traurige Stunden später schlief ich wieder ein, endlich getröstet von ihrer Hand, die mich gleichmäßig sanft streichelte.

TEIL ZWEI
September,
im Jahr unseres Herrn 2241

11.
Kapitel

»Wirst du dich benehmen?«

Mikhael blickte unbehaglich drein. »Ja, Sir.«

»Was erwarte ich von dir?« Ich fuhr hinter dem Schreibtisch hervor.

Er verdrehte die Augen. »Sie wissen, daß ich nicht an alles denken werde.«

»Wir fangen mal mit folgendem an: Höflichkeit Arlene gegenüber, während ich unterwegs bin. Training mit Mr. Anselm. Täglich ein Bad.«

»Warum sind Sie so hart zu mir? Ich bemühe mich ja, Ihnen keinen Ärger zu machen.«

»Du hast dich in den letzten Tagen gut gehalten. Ich bin stolz auf dich.«

»Wenn Sie zurückkommen, ist Mr. Carr schon fort.«

»Er muß sich um seine Arbeit kümmern. Wir sehen ihn aber wieder.« Dereks Schiff fuhr nicht vor Ablauf eines Monats.

»Warum kann ich Sie nicht begleiten?«

»P. T. braucht mich allein. Ich kenne den Grund nicht. Ich rufe jeden Tag an.«

»Yeah.«

Ich wartete.

»Ja, Sir.« Es fiel ihm immer noch schwer. Nach jedem Tag mit Dereks Erzählungen kam Mikhael ein Stück weiter aus seinem Schneckenhaus hervor und gab sich größere Mühe, meinen Beifall zu finden.

Ich hatte Derek nach dem Grund gefragt. »Nicht alle meine Geschichten handeln von Alexi«, war alles, was er darauf antwortete. »Einige sind von Ihnen.« Unverständlich.

»Sag Philip, daß ich soweit bin.« Ich schaltete den Rufer ein. »Danil?« Innerhalb von Sekunden tauchte der

Kadett mit seiner Reisetasche auf. Er mußte auf der Stufe gewartet haben. »Wo sind meine Sachen?«

»Schon im Heli, Sir.« Bevin grinste wie ein dummes Hündchen von einem Ohr zum anderen. Wie befohlen, trug er Zivilkleidung, um keine Aufmerksamkeit auf mich zu lenken.

»Was hast du für ein Problem?« Ich bemühte mich um einen strengen Ton.

»Keines, Sir. Ich freue mich nur.«

Auf dem Helilandeplatz fing Karen Burns meinen Rollstuhl ab. Sie schlug einen kalten Ton an. »Herr Gen-Sek, ich protestiere erneut.«

»Zur Kenntnis genommen. Ich melde mich wenigstens einmal täglich, und ich rufe im Notfall an.« Als ob das irgendwas genützt hätte.

»Wir überwachen Ihren Transponder.«

»Sehr schön.«

P. T. und Jared spazierten zum Hubschrauber hinüber und hatten ihr Gepäck dabei. Arlene ging Arm in Arm mit Philip.

»Liebes, weißt du, wohin sie mich mitnehmen?«

»Frage nicht.«

»Was bedeutet, daß du es weißt.«

»Philip und ich hatten ein Schwätzchen.« Sie drückte ihn flüchtig. »Gib auf deinen Vater acht.«

»Mache ich, Mom.« Er half Jared dabei, die Reisetaschen zu verstauen.

»Ich wußte nicht, was ich mitnehmen soll.« Meine Stimme wies einen vorwurfsvollen Unterton auf.

Arlene zeigte sich bestimmt. »Es ist Philips Show.«

Ich knurrte: »Es ist mein Heli.«

»Sieh genauer hin, Liebster.« Ich tat es. Die Maschine war kleiner als mein sonstiger Hubschrauber und wies stärkere Gebrauchsspuren auf.

P. T. sagte: »Ich habe ihn gemietet.«

»Wo hattest du das Geld her?« Ich bezweifelte, daß

seine Arbeit für den Umweltrat viel einbrachte; sie waren dort immer knapp bei Kasse.

»Aus der Summe, die Oma Sanders hinterlassen hat.« Er wirkte unbekümmert. »Ich habe dir ja gesagt, daß es wichtig ist, Vati.«

Wir sagten Lebewohl und starteten.

Mein Rollstuhl war zwischen Jared und dem Kadetten verstaut. Ich saß angeschnallt auf einem der vorderen Sitze und versuchte, mich zu entspannen. P. T. war ein fähiger Pilot; ich hatte ihn selbst ausgebildet.

Ich warf einen Blick auf den Kompaß. »Erzählst du es mir jetzt?«

»Bald, Vati.« Wir flogen nach Westen. »Ich dachte, du würdest sie letztlich noch mitnehmen.«

»Mom? Oh, du meinst Karen.« Ich zuckte die Achseln. »Man kann ihr nicht vorwerfen, daß sie sich keine Mühe gibt, ihren Job zu erledigen.« Ich überlegte kurz. »Das erinnert mich an etwas.« Ich streckte die Hand zum Armaturenbrett aus und schaltete den Transponder ab.

P. T. zog eine Braue hoch.

»Sonst spüren sie uns nach. Ich vermute, daß du lieber Privatsphäre hast.« Falls Karen unseren Transponder verfolgte, kamen als nächstes Kontrollflüge, dann offene Überwachung.

»Wieso die Sicherheit provozieren?«

»Pubertäre Aufsässigkeit.« Das ergab keinen Sinn, aber es brachte ihn eine Zeitlang zum Schweigen.

Auf dem Rücksitz plauderte Jared angeregt mit Danil über Comps, Videospiele und Netzwerke. Der Kadett reagierte zunächst mit förmlicher Höflichkeit, wie es von ihm Zivilisten gegenüber erwartet wurde. Bald jedoch erwärmte er sich für Jareds Enthusiasmus, und die beiden waren tief in ein Gespräch versunken.

Ich döste.

»Vati, wir sind da.« Der Motor war still.

»Das ging aber schnell.«

»Du hast drei Stunden lang geschnarcht.«

Ich sah mich neugierig um. »Wo sind wir?«

»Südlich von Lawrence, Kansas.« Er sprang aus dem Heli, ging um ihn herum und öffnete meine Tür. Zu Jared sagte er: »Hilf uns mit dem Stuhl, Liebster.« Die Jungs verfrachteten den Rollstuhl auf den staubigen Erdboden. Philip half mir, es mir bequem zu machen, und tätschelte mich beruhigend. Wirkte ich denn tatsächlich schon so alt und tatterig?

»Was jetzt?«

Er zerrte die Sonnenschirme aus dem Hubschrauber, steckte einen davon in die Fassung an meinem Rollstuhl und reichte die anderen herum. »Sieh dich um, Vati.«

Was sollte ich mir hier ansehen? Die Überreste eines alten Farmhauses sackten langsam müde in sich zusammen. Rostige Stacheldrahtzäune standen größtenteils noch, aber die Äcker dahinter waren von Unkraut überwuchert. Hinter dem Haus stach die untere Hälfte eines Silos zornig in den herabsinkenden Himmel.

Philip hatte mich aus einem bestimmten Grund hergebracht. Es lag an mir, darauf zu kommen, aber ich schaffte es nicht. »Junge, das ist doch nur eine verlassene Farm.« Das ländliche Amerika war mit sowas übersät.

»Setzen wir uns mal auf die Veranda.« Er spazierte vorneweg. Ich sah mich gezwungen, ihm zu folgen, und Bevin und Jared flankierten meinen Rollstuhl. P. T. setzte sich unter dem zersplitterten Geländer auf die Veranda und ließ die Füße baumeln. Ich fuhr bis an die eingebrochenen Stufen heran.

Ich zitterte. »Es ist kalt.«

»Der Wind setzt bald ein. Es ist früh am Nachmittag. Ich muß dich in Deckung bringen.«

Ich blickte zum Sonnenschirm hinauf. Er würde reichen. »Ich fürchte mich nicht vor ein bißchen Wind.«

Er lächelte und blieb friedlich sitzen. Etwas gelangweilt sah ich mich um, während der Kadett mit den

Füßen im Staub scharrte. Das Haus war einmal in weichem Grün gestrichen gewesen und inzwischen zu Grau verblaßt. Ein Tier huschte unter der Veranda einher.

»Die letzten Eigentümer waren die Wattersons. Janice und Tom. Sie haben die Farm 2199 von Janices Vater gekauft.«

Vor zweiundvierzig Jahren. Ich zuckte die Achseln. »Und?«

»Das Land gehörte ihrer Familie seit zweieinhalb Jahrhunderten, Vati.«

»Philip, spiel nicht den Geheimnisvollen. Falls du mir irgend etwas ...«

»Seit wann vertraust du mir nicht mehr?« Sein Ton war scharf.

Wieso hatte ich diesem Ausflug zugestimmt, wenn ich meinem Sohn kein Vertrauen mehr schenkte? »Es tut mir leid.«

»Sie haben Sorghum, Weizen und Mais angebaut. Manchmal haben sie auch Bohnen dazwischengenommen. Der Vater von Janice hieß Roland. Roland Kitner. Alle seine Freunde nannten ihn Rollo. Er hat die Farm mit seinem eigenen Vater zusammen geführt. Die High School, auf die er ging, liegt fast fünf Kilometer dort die Straße entlang.« Er deutete hinüber.

Pflichtschuldig blickte ich hin, sah aber nichts.

»Janice ist vor ein paar Jahren gestorben. Sie war da schon Witwe. Jared, schieb Vaters Rollstuhl hinüber, damit er die Scheune sehen kann.«

Ich unterdrückte meine Verärgerung, nahm hin, daß der Junge mich durch die Gegend schob, und betrachtete finster den Kuhstall.

»Janice wurde 2212 Witwe, als Tom Watterson sich dort in der Scheune das Hirn rausgepustet hat. Ihre Kids waren da sieben und neun. Das ältere Mädchen ...«

Es reichte. »Mein Sohn, warum erzählst du mir das?« Der Wind zauste in meinem Haar.

»Ich mache es an Personen fest, damit du es verstehst. Bei dir ist das die einzige Möglichkeit.«

Ich knurrte: »Sei mir gegenüber nicht herablassend!«

»Sei still und hör zu!«

Ich glotzte ihn an.

»Ich habe alles, was ich habe, in diese Expedition gesteckt. Du schuldest mir meine Chance.«

»Ich bezahle für den Heli.«

»Das wirst du nicht!«

Wir funkelten uns gegenseitig an.

Jared räusperte sich. »Bitte ...« Er blickte vom einen zum anderen.

»Die First National Bank von Irvington hielt eine Hypothek auf die Ernte, die Farmer's Bank eine weitere. Die Weizenpreise waren himmelhoch, aber aus irgendeinem Grund konnten die Wattersons einfach keine Ernte behalten. Das erste Jahr – 2208 – war eine Pechsträhne. Alle haben das gesagt.«

»Und sie haben die Farm verloren. Red weiter.«

»Nicht im ersten Jahr. Nicht bis zum Juli 2212, nachdem sie es mit jedem verdammten Getreide probiert hatten, das sie nur anbauen konnten, einem nach dem anderen!« Heftig riß er einen Grashalm aus, der aus dem Verandaboden wuchs.

»Es tut mir leid für sie, aber das war vor neunundzwanzig Jahren.«

»Aye.« Es erschreckte mich, daß er die alte Redeweise benutzte. Sie erinnerte mich an Vater in Cardiff. »Es hat nicht nur die Wattersons getroffen, Sir. Wie viele amerikanische Farmen mußten 2212 aufgeben?«

Eine Windböe wirbelte Staub zu einem kleinen Sturmwirbel hoch. Ich antwortete: »Ich habe keine Ahnung.«

»Sechstausendzweihundertzwölf, nach amtlichen Unterlagen.«

»Woher weißt du das alles?« Meine Handbewegung schloß das Haus, die Scheune, die Felder ein.

»Ich habe Nachforschungen angestellt.« Philip klang bitter. »Wie viele wurden letztes Jahr aufgegeben?«

»Frage meinen Landwirtschaftsminister.«

»Elfhundertvierzehn. Nicht viele, außer als Prozentsatz. Es sind nur so wenige übrig, die man noch aufgeben kann. Wußtest du eigentlich, daß Amerika einmal die Kornkammer der Welt war?«

Ja, ich wußte es. Aber dafür hatten wir unsere Kolonien. Ich blickte in den dunkler werdenden Himmel. »Die Zeiten haben sich geändert.«

»Ja!« Abrupt stand er auf. »Wir bringen dich lieber in den Heli.« Ohne um Erlaubnis zu fragen, drehte er meinen Rollstuhl um und schob mich den Weg entlang.

Nur wenige Augenblicke später war ich froh, daß er es tat. Der Wind war kräftig aufgefrischt. Wolken jagten über den Himmel. Staub tanzte.

»Hilf mir, die Ansaugöffnungen abzudecken!« Philip mußte schreien, um sich verständlich zu machen. Danil beeilte sich, ihm zu helfen. Beweglich wie ein Affe kletterte er auf unseren Hubschrauber und half P. T. dabei, Planen auszuspannen.

»Bitte, lieber Gott!« Jared sagte es leise, aber fast direkt neben mir. »Keine Tornados. Nicht heute!« Er wiegte sich hin und her.

»Hast du Angst, Junge?«

»Nein. Ja.« Er griff nach meiner Hand. »Ich soll Angst vermeiden. Angeblich bringt sie mich aus dem Gleichgewicht.«

»Wir kommen schon durch.« Mein Ton war schroff.

Ein plötzliches Tosen, als die Tür aufgerissen wurde. P. T. und Danil sprangen in den Heli. Der Kadett schnappte begeistert nach Luft. »Absolut zarky, das!«

Jared lächelte schwach.

»Die Gegend hier wäre ausgedörrt, gäbe es den täglichen Regen nicht!« rief Philip. Wie aufs Stichwort klatschten ein paar Tropfen auf die Windschutzscheibe.

»Siehst du, nichts außer Unkraut wollte für Janice und Tom wachsen. Jedes Getreide, das hoch genug wuchs, erwischte der Wind. Aber auch die Niederschläge stiegen um achtzig Zentimeter pro Jahr. Das hat die Saat weggespült. Die Felder waren ein Meer aus Schlamm und Unkraut. Wenn du möchtest, zeige ich es dir in einer Stunde. Ich denke, ich werde dich tragen müssen.«

»Müssen wir eine Stunde lang hier warten?«

»Ich kann bei dem Wetter nicht fliegen, Vati.« Ringsherum heulte der Sturm und rüttelte an den Fenstern. Die auf Freilauf geschalteten Rotorblätter drehten sich heftig. Jared ächzte.

Draußen prasselte Hagel herunter.

Ich sagte barsch: »Danil und ich setzen uns lieber nach vorn.« Erschrocken machte mir P. T. Platz und ging mit Jared nach hinten. Ich hoffte, daß es half.

Spät am Nachmittag, als sich das Wetter wieder beruhigt hatte, hoben wir von einem durchnäßten Feld ab. Um den Motor zu übertönen, sagte Philip lautstark: »Sieh dir die Gegend an, Vati. Das war einmal das fruchtbarste Land der Welt.« Zuvorkommenderweise legte er die Maschine schräg, damit ich das verwundete Land besser überblicken konnte.

Ich hielt mich fest.

»Wohin jetzt?« Es wurde allmählich spät.

»Ich habe in Florida Zimmer für uns gebucht.«

»Zarky!« Bevon hüpfte auf seinem Platz auf und ab.

»*Kadett!*«

Er wurde still. Knurrend zog ich meinen Gurt enger.

»Wo zum Teufel haben Sie gesteckt, Herr GenSek?« Karens Stimme klang gepreßt.

Ich schnitt am Rufer eine Grimasse. Ich hatte mich eigentlich entschuldigen wollen, aber ihr Verhalten ärgerte mich. »Draußen«, antwortete ich kühl.

»Wie ich sehe, halten Sie sich im Searest Hotel in Tampa auf«, sagte sie demonstrativ.

»Sehr gut, nächstes Mal rufe ich nicht an.«

»Falls man Sie entdeckt . . .«

»Das würde ärgerlich. Autogrammjäger, weiß Gott wer.« Ich gab mir keine Mühe, meinen Sarkasmus zu verbergen. Wir hatten problemlos im Hotel eingecheckt. Natürlich blieb ich im Heli sitzen, während Philip die nötigen Vorkehrungen traf.

»Ich verstehe schon, warum Tilnitz zurückgetreten ist.«

»Das reicht jetzt.« Ich unterbrach die Verbindung. Ich hatte versprochen, mich zu melden, aber nicht, mir ihre Dreistigkeit gefallen zu lassen. War das mein Personal oder ich ihres?

Schäumend tippte ich Arlenes Nummer ein und wartete. »Hallo, Süße.«

»Alles okay hier. Wie läuft es?«

»Gott weiß, was Philip erreichen möchte. Falls er damit rechnet, daß ich schmalzig werde und in Tränen ausbreche, nur weil ich ein vergammeltes Farmhaus sehe . . .«

Sie schlug einen trockenen Ton an. »Ich denke, dazu kennt er dich zu gut.«

»Hmpff.« Ich wechselte das Thema. »Benimmt sich der Fähnrich?«

»Ich denke schon. Ich überwache ihn nicht.«

»Ich habe ihm Aufgaben übertragen. Achte darauf, daß er beschäftigt ist, ja?«

»Ich erwarte ihn heute zum Abendessen.«

»Nicht nötig, ihn zu verziehen. Was macht Mikhael?«

»War ein bißchen verdrossen, nachdem du abgereist bist. Ich habe ihm Arbeit in den Schuppen aufgebrummt.«

»Und es hat ihm nichts ausgemacht?«

»O doch.« Ihr Ton war kühl.

Ich lächelte. Eine alte Fahrensfrau wie Arlene, die es gewöhnt war, mit Fähnrichen an Bord eines Schiffes umzugehen, ließ sich von einem Teenager sicher nichts gefallen. Mikhael würde etwas lernen.

»Hat Moira keine Einwände?«

»Sie hat mich gebeten, mit Carla das gleiche zu tun. Nick, manche Leute sollten einfach nicht Eltern werden.«

»Bringe bitte nicht *das* Thema zur Sprache.« Unter der Regierung Khan hatte das Gesetz über einen Zulassungsschein für Eltern beinahe die Terrie-Partei zerrissen. Es scheiterte letztlich, aber Arlene und ich waren uns über seine Bestimmungen entschieden uneins gewesen.

»Ich wünschte mir fast, P. T. wäre wieder jung«, sagte sie wehmütig. »Er würde Mikhael ein Beispiel geben.«

»Er war ein guter Junge«, sagte ich. Widerstrebend setzte ich hinzu: »Ist er immer noch.«

Sie dachte weiterhin an Moira Tamarow. »Nicht zufällig«, sagte sie. »Wir haben ihn entsprechend erzogen.«

Wir schwatzten noch ein Weilchen und legten auf.

Am Morgen frühstückten die Jungs und ich im Hotelrestaurant. Ich kümmerte mich nicht um Seitenblicke und Geflüster. Ein Gast musterte mich direkt und sagte zu seiner Frau: »Er sieht genauso aus wie der GenSek.« Natürlich wußten sie, daß es für den Regierungschef nicht in Frage kam, in einer solch schäbigen, heruntergekommenen Gaststätte zu übernachten; meine Ähnlichkeit mit dem GenSek war reiner Zufall. Ich stellte fest, daß ich es richtig genoß.

Auf dem Weg zum Heli sammelte Bevin eine Handvoll Kieselsteine auf und warf sie so, daß sie über den Landeplatz hüpften.

»Kadett ...« Es war ein warnendes Knurren.

P. T. sagte: »Warum soll er nicht spielen?«

»Weil ...« Ich suchte nach einem Grund und gab es schließlich auf. »Weitermachen, Danil.« Meine eigene Schuld, wenn ich ein Kid aus der Akademie entführte. Er verfügte noch nicht mal über die Reife eines Fähnrichs. Ich schnaubte. Die Reife eines Fähnrichs wie Anselm! Auf einmal fragte ich Bevin: »Hast du jemals Alkohol getrunken?«

Er machte große Augen. »Nein, Sir! Das ist illegal.«

Sobald unser Gepäck verstaut war, starteten wir. Ich blickte mit zusammengekniffenen Augen in die gnadenlose Sonne und fragte: »Wohin diesmal?«

»Ein paar Meilen nach Süden.«

Unter uns erstreckte sich eine unfertige Straßenbrücke über eine weitläufige Bucht. Philip bremste ab und legte den Heli auf die Seite, damit ich besser sehen konnte.

»In Ordnung, ich habe es gesehen. Wohin geht es?«

»Wir sind da.« Er stieß hinunter. Als der Rotor zum Stehen kam, warf er die Tür auf.

Die Luft war wie ein nasser Ziegelstein: heiß, schwer, zäh. Ich hatte keine Krawatte an, aber ich fühlte mich versucht, mir auch noch das Hemd herunterzureißen. »Leben Menschen in diesem Klima?«

»Es ist schlimmer geworden.«

Ich verdrehte die Augen angesichts der Vorlesung, die ich mir zweifellos eingehandelt hatte. »Erzähl es mir.«

»Wir stehen auf den Anfängen der Tampa-Bay-Brücke. Die Straße begann als amerikanische Interstate, die Tampa mit St. Petersburg verband. Setzen wir dich erst mal in den Rollstuhl.« Danil sprang hinaus und zog an meinem Transportmittel, die Zunge zwischen den Zähnen.

»Sachte, Junge.« Jared packte an der anderen Seite an. Gemeinsam hoben sie die Maschine auf den Erdboden. »Gestatten Sie mir zu helfen, Sir.« Überraschend sanft setzte Jared mich in den Rollstuhl. Plötzlich zog er ein Taschentuch hervor und wischte mir die Stirn ab. »Sie brauchen Ihren Schirm.« Er baute ihn auf. P. T. sah zu, ein Lächeln in den Augen.

Ich fragte meinen Sohn. »Was erwartest du hier von mir?«

»Fahr die Straße entlang.«

»Man wird mich überfahren.«

»Das ist nicht möglich.« Er hörte sich traurig an. »Sie ist seit zwanzig Jahren geschlossen.«

»Warum?«

»Sag deinem Stuhl, er soll nach Süden fahren.«

Wenn schon ... »Nach Süden, Stuhl. Die Straße entlang.«

Die Straßenbettung aus Beton war rissig und aufgesprungen. Wir fuhren um riesige Schlaglöcher herum und an Haufen von Treibholz vorbei. Philip mußte traben, um Schritt zu halten. »Die Flutwellen, Vati. Sie steigen bis auf ...«

»Einundachtzig Zentimeter.« Die Holozine plapperten diese Zahl in einem fort nach.

»Nein, Sir, das ist nur der Wert für die letzten vierzig Jahre.« Er holte Luft. »Die Brücke ist hundertsiebzig Jahre alt. Rechne noch mal fünfundvierzig Zentimeter hinzu.«

»Langsamer, Stuhl.« Falls ich nicht vorsichtig war, bekam P. T. noch einen Hitzschlag. »Bestimmt hat man sie doch anderthalb Meter über Meereshöhe gebaut?«

»Mehr; die im zwanzigsten Jahrhundert waren keine Idioten. Aber hier geht es um Sturmfluten, Vati.«

»Halte an, Stuhl.« P. T. stützte sich auf der Armlehne ab; ich tätschelte ihm die Hand, damit er nicht weiterredete. »Komm erst mal wieder zu Atem. Es tut mir leid.« Ich wartete.

»Vor hundert Jahren schwappte die Flut zum ersten Mal über die Straße. Die Straßenmeisterei hat den Schaden repariert.«

»Komm unter meinen Sonnenschirm.«

»Ja, Sir. Mit der Zeit hat das Wasser die Straße wieder unterspült. Wir haben sie neu gebaut. Das heißt, die alte amerikanische Regierung tat es; sie war damals noch unabhängig. Es kostete zwei Milliarden ihrer Dollars.

Fünfzehn Jahre später schwappte das Wasser wieder über die Straße. Niemand hatte geahnt, daß die Fluten so rasch steigen würden. Siehst du das dort drüben? Das war ein Fischereipier. Die Leuten fuhren zur Brücke hinaus, parkten und fischten zu jeder Tages- oder Nachtzeit.«

»Warum tun sie es nicht mehr?«

Er musterte mich seltsam. »Vati, sie schaffen es nicht mehr bis dorthin. Die Straße ist an dreizehn Stellen unterspült.«

»Oh.« Ich kam mir wie ein Idiot vor.

»Sieh dir mal die Brücke an.«

»Habe ich schon.«

»Nein, sieh mal richtig hin.«

Ich betrachtete mir genauer den gewaltigen Brückenbogen, der sich in die Ferne erstreckte. Elegante, schlanke Pfeiler ragten bis zu den Wolken auf. Die Straße zog sich über viele Kilometer dicht am Wasser entlang bis zur Brücke. »Sie ist schön.«

»Und schrecklich teuer.«

Ich zuckte die Achseln. »Ein Jammer.« Ich wischte mir das Gesicht ab. Wenigstens war der Heli klimatisiert.

»Möchtest du sie mal aus der Nähe sehen?«

»Ja.«

»Wir können sie nicht erreichen. Die Brücke ist abgeschnitten. Ich schätze, daß man mit einem Stuntheli vielleicht zwischen den Pfeilern landen könnte.«

Riesige Kabel, gewaltige Masten, ein paar Möwen. Außer uns war keine Menschenseele zu sehen.

»Auf dem Höhepunkt der Nutzung fuhren pro Jahr neunzig Millionen Fahrzeuge auf dieser Straße. GenSek Von Walthers bewilligte enorme Summen, um die Bucht auszubaggern. Siehst du diese Felsen? Das waren mal Wellenbrecher.«

»Sind wir fertig?«

»Vati, ist dir das alles egal?«

»Ja, es war eine dumme Verschwendung von Mitteln. Ich denke nicht, daß ich in meiner Amtszeit zugelassen habe, Geld so töricht zu vergeuden.«

»Vati, neunzig Millionen Fahrzeuge! Selbst wenn man in Rechnung stellt, daß Fahrzeuge mehrfach dabei waren, weist das auf Millionen Bürger hin, die die Bucht nicht mehr überqueren können.«

»Wurde keine neue Brücke gebaut?«

»Doch, aber die Zubringerstraßen ...« Er verzog das Gesicht.

Die Sonne grillte mich förmlich. »Sonst noch was, mein Junge?«

»Ich schätze, nein.« Er klang niedergeschlagen. »Wir reden beim Mittagessen.«

Ein paar Minuten später starteten wir. Ich genoß die herrliche Kühle.

Wir flogen nach Norden. Irgendwo in den Carolinas landete Philip. Das Restaurant war recht nett. Philip fischte in seiner Tasche und gab Jared und Danil Geld. »Ich muß mit Vater allein reden.« Die beiden setzten sich an einen anderen Tisch.

Philip wartete ab, bis ich über Sojaburger und Reis hergefallen war. »Vati, erkennst du die Zusammenhänge?«

»Die Welt geht zum Teufel.« Ich konnte nichts daran ändern.

»Sonst noch was?«

»Deine verrückten Freunde haben dich einer Gehirnwäsche unterzogen.«

Er packte sein Glas fester. »Ist das alles?«

»Was soll ich denn sagen?«

»Entschuldigen Sie.« Es war eine Frau, ordinär aufgedonnert mit purpurfarbenem Overall und passender Sonnenbrille. »Sind Sie zufällig der GenSek?«

Ich verdrehte die Augen. »*Natürlich!*« Die Worte trieften vor Sarkasmus.

»Na ja!« Sie zog beleidigt Leine.

Philip lächelte. »Du hast vielleicht eine Scheißart, die Wahrheit zu sagen!«

»Lästere nicht.« Aber der Vorfall hatte die Spannung zwischen uns aufgelöst. Ich nahm eine Gabel voll Reis. »P. T., ich bin kein Idiot. Du zeigst mir unsere Umweltkatastrophen. Ich weiß nicht, warum. Hoffst du auf einen Gesinnungswandel?«

»Eine Veränderung der Politik. Radikal, extrem, grundlegend. Uns bleibt nicht mehr viel Zeit.«

»Bis was passiert?«

»Bis wir den Planeten unbewohnbar gemacht haben.«

»Der Planet wird überleben.« Ich schlug einen heiteren Ton an. »Falls es hart auf hart kommt, bleibt uns immer noch die Auswanderung. Wir besteigen ein Rettungsfloß.«

Er packte meinen Arm mit eisernem Griff. »Sei ernst! Weiche mir wenigstens einmal im Leben bei diesem Thema nicht aus!«

Ich wollte mich seinem Griff entwinden, stellte aber fest, daß ich es nicht schaffte. »Laß mein Handgelenk los!« Mein Ton war eisig.

»Tue, worum ich dich gebeten habe!«

»Laß *los!*« Endlich kam ich frei. »Das war es, Junge. Ich will nach Hause.« Ich wirbelte den Rollstuhl herum.

»Du hast mir drei Tage versprochen.«

Ich fuhr aus dem Restaurant. »Das war einmal.« Er hatte Hand an mich gelegt. Wäre ich jünger gewesen … Nein, wäre ich nicht an diesen gottverdammten Scheißrollstuhl gebunden gewesen …

Er holte mich an der Tür ein. »Es tut mir leid.«

»Aus dem Weg!«

Er trat zur Seite. Ich brauste an ihm vorbei. Ich würde schon ein Lufttaxi finden, oder ich rief Karen Burns an. Ich war nicht von ihm abhängig. Noch nicht.

Er fand mich auf dem Hubschrauberplatz wieder. »Sir, ich bitte um Entschuldigung. Wirklich!« Er senkte sich auf ein Knie, um mir geradeaus in die Augen zu blicken. »Ich werde dich nie wieder festhalten.«

Ich zitterte. »Wärst du noch ein kleiner Junge, würde ich ...«

»Ich würde es hinnehmen, daß du mich jetzt verprügelst, wenn du mir danach verzeihst.«

Es war wie ein Guß Eiswasser. Ich schloß die Augen und beruhigte das Herz willentlich. »O Philip!«

»Ich drehe gleich zu hoch. Halte mich fest.«

Ich tat es. Ich spürte, wie er zitterte.

Als wir uns wieder beruhigt hatten, tätschelte ich ihn verlegen.

»Vati, ich möchte dir noch zwei weitere Stellen zeigen.«

Ich seufzte. »In Ordnung.« Ich mußte mich in Geduld üben.

»Aber falls du mich so respektierst wie ich dich, schuldest du mir eine Antwort. Warum lehnst du jede Umweltpolitik so bedenkenlos ab? Warum diskutierst du nicht mal darüber?«

»Mein Sohn, ich ...«

Er hob eine Hand. »Nein. Die Wahrheit oder gar nichts.«

Ich hatte ein beachtenswertes Kind großgezogen.

In der sengenden Hitze auf dem Heliplatz saß ich da und überlegte. Die Ökos hatten alle fundamental einen Schlag weg und wollten die Veränderungen umkehren, die der Allmächtige an unserer Welt vorgenommen hatte. Aber da war noch etwas mehr. Ich wußte nicht recht, warum es mir so zuwider war, darüber zu diskutieren; es gab keinen Grund, sich dafür zu schämen.

»Philip, glaubst du an Ihn?«

»Ja, Sir. Wenn auch nicht ganz auf deine Art.«

Ich war mir nicht sicher, was das heißen sollte, überging es aber. »Er ist der Mittelpunkt meines Lebens, egal wie schlimme Taten ich verübe.«

»Ich weiß.«

»Er hat die Welt in sieben Tagen erschaffen. Ich weiß nicht recht wie und wie lange diese Tage waren. Ich akzeptiere auch die Physik und die Geologie.« Ich lächelte. »Und die Paläontologie.« Vater hatte mich gelehrt, daß es vieles gab, was wir nie erfahren würden. Er akzeptierte das, und deshalb tat ich es auch. »Es ist Seine Welt. Ich glaube mit ganzer Seele daran. Aber ... früher oder später wird sie enden.«

»Sprichst du von der Apokalypse?«

»Was sonst? *Denn der Herr selbst wird vom Himmel herabkommen, wenn der Befehl ergeht, der Erzengel ruft und die Posaune Gottes erschallt.* Philip, erkennst du denn nicht, wie vermessen es wäre, wenn man versuchte, Seine Welt zu ändern?«*

»Wir haben sie schon verändert.«

»Aber nicht vorsätzlich, zum Zweck der Veränderung. So etwas würde andeuten, daß wir auf Dauer hier sind, daß Sein Versprechen falsch ist. Daß wir die Welt für unzählige Generationen zu bewahren haben.«

»Aber das haben wir!«

»Es ist Seine Aufgabe, nicht unsere. Etwas anderes zu behaupten wäre unverschämt.«

»Wir sind Verwalter Seiner ...«

»Nein, wir sind Erben und Besitzer. Der Herrgott hat uns die Erde gegeben, um damit nach unserem Belieben zu verfahren.« Mein Ton war hitzig. *»Ihr seid es, die ihren Boden in Besitz nehmen sollen. Ich bin es, der ihn euch zum Besitz geben wird, ein Land, in dem Milch und Honig fließen.** Und genau so ist es geschehen.«*

Er beugte sich über meinen Stuhl. »Vati, du würdest die Erde aufgrund einer blödsinnigen *Theologie* zum Teufel gehen lassen?«

»Ich sollte dir eine Ohrfeige geben.«

* 1. Thessalonicher, 4;16

** Levitikus, 20;24

Mein Ton war angespannt.

Philip nickte, rührte sich aber nicht.

Ich wandte mich ab oder versuchte es wenigstens. »Falls du es nicht verstehst, kann ich dich nicht dazu zwingen.«

Sein Ton war dumpf. »Wir machen weiter wie geplant. Vielleicht ...«

»Ja?«

»Du hast gefragt, ob ich glaube. Heute abend werde ich niederknien, wie wir es getan haben, als ich noch klein war. Ich werde für ein Wunder beten.«

»Lästere nicht.« Aber ich sagte es nur halbherzig.

»Bei Ravensburg.«

Ich streckte mich, spürte jedes einzelne meiner Jahre.

»Ein Tal im Süden Bayerns am Fuß der Alpen. Touristen aus aller Welt sind früher hierhergereist.«

»Und jetzt hat der Meeresspiegel ...«

»Bitte mach keine Witze. Diese Gipfel ...« Er deutete über eine wellige Hügellandschaft hinweg. »... sind über viertausend Meter hoch.« In den fernen Bergen leuchteten Blitze auf. Düstere Felder, braunes Gras, ein starker Gestank. Eine Straße kurvte in ein Tal hinein.

»Dieser Sessellift. Er diente zum Skifahren. Gelegentlich gibt es immer noch Schnee, aber nicht genug für profitable Geschäfte.«

»Ich weiß, daß sich das Klima erwärmt hat; das trifft überall zu. Wenn du mich rings um die Welt schleppst, wird mich das auch nicht ...«

»Wir sind nicht deshalb hier. Riechst du es?«

»Ja, es riecht nach sowas wie schwerem ...« Ich schnupperte. »Nach Sumpf.«

»Es ist verfaulendes Holz. Komm.« Er drehte meinen Rollstuhl. »Jared, möchtest du mit uns wandern? Du auch, Danil. Bring die Masken mit.«

Ich fragte: »Wozu?«

»Es wird schlimmer.« Wir machten uns auf den Weg, die Straße hinunter.

Es war ein schöner Nachmittag, obwohl sich die Aussicht stark verbessert hätte, wäre die Sonne mal durch die düsteren Wolken gebrochen. Wir ließen die Sonnenschirme zurück. Wir hatten nicht vor, so lange draußen zu bleiben, und dem Wetterbericht zufolge war die Gammastrahlung gering.

Die Straße war befestigt, hatte aber seit Jahren keinen Verkehr mehr erlebt. Eifrig bahnte sich Gras den Weg durch Spalten und Risse.

P. T. schritt an meiner Seite aus. »Diese Stadt war zweitausend Jahre bewohnt. Als erste Touristen kamen die Römer.«

Danil linste die Berghänge hinauf. »Hier wachsen keine Bäume.«

»Nur sehr wenige.«

»Die globale Erwärmung tötet keine Bäume«, warf ich ein.

»Nein, Vati. Saurer Regen tut es, und chemische Schadstoffe tun es.«

»Das ist unter Kontrolle. Wir haben die Emissionen um dreißig ...«

»Nein, haben wir nicht. Wir haben den Anstieg der Verschmutzung vermindert. Das ist keinesfalls dasselbe. Vor siebzig Jahren setzte das Baumsterben ernsthaft ein. Damals war Manfred Rolf der Bürgermeister. Er wohnte am Fluß in einem ... Egal, du bekommst es ohnehin gleich zu sehen.«

Die Luft war feucht, aber erträglich. Die Höhe hatte ihre Vorzüge. Ich entspannte mich, während Philip mich dahinschob, vorbei an alten Wohnhäusern mit pittoresken Mansardendächern. Kein Mensch war zu sehen. War die Stadt verlassen?

»Der alte Manfred war ein schwieriger Mensch. Große,

buschige Augenbrauen, hitziges Temperament. Das Haus hatte schon seinem Großvater und dessen Großvater gehört. Es wurde nach dem Letzten Krieg erbaut.«

»Hat er sich in der Scheune erschossen?«

»Bitte, Vati. Ich bitte dich wirklich. Nichts mehr davon.«

»Verzeih mir.« Zu spät war ich zerknirscht.

Ich holperte an dürren Büschen, durchweichten Feldern und den Ruinen von etwas vorbei, was vielleicht mal ein Geschäft gewesen war.

»Er ist im Bett gestorben, wie man es sollte. Wenn er nicht als Bürgermeister tätig war, war er Comptechniker. Und für seine Zeit sehr gut darin.«

Ich blieb friedlich. Philip würde schon noch auf den Punkt kommen.

»Die Stadtgeschäfte haben nicht viel von seiner Zeit beansprucht. Die einzige Industrie war der Tourismus und bestand nur aus den Hotels und Restaurants, die vom Marktplatz ausfächerten.«

Danil bückte sich, um Kieselsteine aufzuheben. Vor uns machte die Straße eine Kurve.

»Du kannst den Fluß hören. Wir sehen ihn gleich. All diese Ortschaften waren ursprünglich Mühlenstädte. Das Wasser hat das Getreide gemahlen.«

Unweit des Flusses ging die Zementstraße in Schotter über. Eine primitive, provisorische Fußgängerbrücke war über einen lebhaften Fluß gespannt, dessen Bett von großen, abgerundeten Steinen gesäumt war. Dahinter lag das Stadtzentrum. P. T. schob meinen Rollstuhl holpernd und schaukelnd hinüber. »Da ist Manfreds Haus.«

»Wo?«

»Dieses Fundament. Die Überschwemmung von '99 war die schlimmste in der Geschichte. Damals verschwanden alle tieferstehenden Häuser; die Menschen zogen sich auf höheren Grund zurück.«

Ich starrte traurig auf die schartigen Gemäuer. Fluten begleiteten uns schon lange. Seit Noah.

Die Straße machte eine scharfe Kurve. P. T. schritt forsch aus und schob dabei meinen Stuhl vor sich her.

Wir kamen um die Kurve. »Der letzte Bürgermeister hieß Hermann Rolf. Zufällig Manfreds Enkel. Er wohnte mit seiner Frau ...«

Mir stockte der Atem. Es war eine Szene entsetzlicher Verwüstungen. Fenster, Türen und Mauern lagen verstreut herum. Umgeknickte Bäume waren hierhin und dorthin gewirbelt worden.

»Orkane? Wirbelstürme?«

»Nein, Vati. Überschwemmungen. Siehst du, diese Berge waren früher bewaldet. Die Schadstoffe haben die Bäume umgebracht, und Vegetation hält das Wasser. Jedes Jahr werden die Fluten schlimmer.«

»Also wurde eine Stadt ...«

»Es ist nicht nur eine Stadt, Vati. Der Wind weht aus der Mitte Europas heraus.«

Ich wurde munter, hatte endlich mal festen Boden unter den Füßen. »Der Balkan holt zu guter Letzt auf. Endlich ist seine Wirtschaft wettbewerbsfähig.« Die Kohleförderung war gestiegen, und Eisenerz wurde in reichen Mengen aus der Erde geholt. Und Fabriken wie das moderne Chipwerk in Dresden waren Symbole der schönen neuen Welt Europas.

P. T. sagte: »Die Todesfälle durch Lungenkrebs sind um siebenunddreißig Prozent gestiegen. Ungeachtet der modernen Krebsmittel.«

Ich protestierte. »Das ist weltweit der Fall!« Entsetzt fiel mir auf, was ich da gesagt hatte. Rinnsale des Zweifels sickerten durch die Mauer meiner Gewißheit.

P. T. tätschelte mir die Schulter, als verstünde er mich.

Wir suchten uns einen Weg durch den Schutt. Ein paar Regentropfen kamen heruntergeplatscht.

»Hermann Rolf hat dort drüben gewohnt, über dem Fluß. Er hat mit sechzig geheiratet; sie war neunzehn. Sie haben sich sehr geliebt.«

»Anhalten, Stuhl.« Ich blickte über die Schulter. »Junge, woher weißt du das alles?«

Er kniete neben mir nieder. »Das ist meine Arbeit, Vati.« Sein Ton war düster. »Es ist mein Projekt, an dem ich arbeite, wenn ich nicht gerade Winsteads Statistiken analysiere. Ich forsche für den Umweltrat, um der Katastrophe ein menschliches Gesicht zu geben. Ein Teil der PR des Umweltrates ist erfunden. Meine Geschichten sind alle wahr.«

Er war so ernst, daß ich mich danach sehnte, ihn an mich zu drücken. Natürlich waren sie wahr. Ich hatte es schließlich mit P. T. zu tun, dem Jungen, der mir lieb und teuer war.

»Ich spreche mit Überlebenden, mit Nachfahren. Ich suche Bilder, lese alte Unterlagen. Das ist viel interessanter als die Analyse von Statistiken.«

»Du kannst alles tun, was du in Angriff nimmst.«

Der Regen wurde heftiger. Ich zog mir die Jacke fester um die Schultern.

»Meistens.« Er war frei von falscher Bescheidenheit. »Sie – Frau Rolf – hieß Marlena. Sie spielte wie ein Engel Klavier. Hatte Unterricht, seit sie fünf war. Keine Kinder, aber sie gaben die Hoffnung nicht auf, ungeachtet des Altersunterschieds.«

Ich wappnete mich. »Was ist aus ihm geworden?«

»Sie hatten sechs gemeinsame Jahre. Im Frühjahr 2219 besuchte Bürgermeister Rolf einen Parteitag in Berlin. Es hat schlimm geregnet damals. Der größte Teil Europas war völlig durchweicht.« Er blickte zum grimmigen Himmel hinauf, den brütenden Gipfeln, über denen bedrohliche Blitze zuckten. »Tatsächlich sollten wir lieber gehen.«

»Komm erst zum Schluß.« Nach meinem Hohn schuldete ich es ihm.

»Was soll ich noch sagen? Ein schrecklicher Sturm fegte durch die Berge. Die Rufer fielen aus, und Rolf kehrte eilig nach Hause zurück. Als sie drei Tage später das Haus ausgruben, fanden sie Marlena unter dem Bett eingekeilt; sie hielt eine Porzellanpuppe umklammert. Sie war im Schlamm ertrunken.«

»Allmächtiger Jesus!«

»Amen. Es hat ihn kaputtgemacht. Er lebt noch, in einem Pflegeheim in München. Ich bringe dich zu ihm, wenn du möchtest.«

»Nein! Bitte nicht.«

Verstohlen fuhr sich Bevin mit dem Ärmel über die Augen. Wie zufällig sank Jareds Arm auf seine Schulter.

Ein langsamer Wirbel von Kesselpauken drang aus den fernen Höhen herüber.

»Nach 2219 brauchten sie keinen Bürgermeister mehr. Niemand wollte etwas wiederaufbauen. Vati, es waren die Bäume! Hohe, leblose Stengel säumen diese Bergrücken Kilometer um Kilometer, wie geisterhafte Wachtposten Seiner Schöpfung. Jungbäume mühen sich ab und stürzen halb ausgewachsen um. Wenn der Wind richtig steht ...« Seine Stimme war rauh. »Ich wünschte, ich könnte es dir zeigen. Heute brauchen wir keine Maske.«

»Ich glaube dir.« Ich konnte mich selbst kaum hören.

»Ich habe Karten, Bilder, Holos gesammelt. Ich konnte nicht mehr aufhören. Bayern war einmal so schön, Vati. Es war der Garten Eden.« Er versuchte weiterzureden, wurde still.

Jared faßte ihn am Arm, führte ihn zu einem abgelegenen Gestrüpp. Ich kauerte in meiner Jacke und sah zu, wie Regentropfen auf den Schotter fielen.

Nach einer Weile sagte Danil: »*Unternehmen* Sie etwas, Herr GenSek.«

»Was, Junge? Soll ich Kadetten losschicken, damit sie die Berghänge wieder bepflanzen? Das Dresdner Werk schließen? Osteuropa ruinieren?«

»Das haben wir schon getan.« Sein Ton war bitter. »Mein Vater denkt, daß die einzige Methode, etwas zu retten ...«

»Fang nicht damit an! Ich warne dich!«

»Sir, ich ... Aye aye, Sir. Darf ich offen sprechen?«

»Nein.« Ich konnte Philips Leidenschaft ertragen; er war mein Sohn. Aber keine Umweltlektion durch einen Kadetten. Nicht heute.

Schritte.

»Tut mir leid, Vati.« P. T.s Ton war forsch. »Du bist ja ganz naß. Gehen wir lieber.« Er drehte meinen Rollstuhl herum. Danil lief ungeduldig voraus.

Meine Beine waren klitschnaß, aber ich hatte kein Gefühl in ihnen. Ich mußte vorsichtig sein, darauf achten, mich nicht zu erkälten. Oder mich zu verletzen, was das anging. Ohne Empfindung riskierte ich .... Nein, soweit würde es nicht kommen. In zwei Wochen hatte ich meinen Termin bei Ghenili. Innerhalb von Tagen später die Operation. Falls sie schiefging, würde ich Schluß machen.

»Ist das ganze Tal verlassen?«

»Größtenteils. Ein paar Bauern schlagen sich recht und ...«

Danils schrille Stimme ertönte. »Schnell!« Er kam uns entgegengestürzt. »Sir, der Bach ...« Rutschend kam er zum Stehen. »Das Wasser ist viel höher! Und lauter! Es gefällt mir nicht.«

»Scheiße!« P. T. schob heftiger. »Jared, lauf voraus.«

»Ich bleibe bei dir.«

Ich schnauzte: »Seid ihr alle verrückt? Niemand bleibt. Stuhl, schneller! Über die Brücke. Wirf mich nicht raus.«

»Ich kann nicht beurteilen ...«

»Halte einfach an, wenn du mich aus dem Graben schreien hörst.«

»Ich bin nicht dazu programmiert, Befehlen aus der Ferne zu folgen. Nur wenn Sie auf dem Stuhl sitzen ...«

Wir hüpften über eine Furche. »Dann programmiere dich um.« Schon mein ganzes Leben peinigten mich die Comps. Ich haßte sie.

Bevin hatte recht gehabt. Der Bach plätscherte definitiv lauter. Wir näherten uns der Metallbrücke. Die Fluten erzeugten Wirbel darunter. Die steinigen Wände des Bachbetts waren überflutet. Weißer Schaum leckte an den Brückenpfeilern.

»Heiliger Jesus, sie wackelt!« Jared leckte sich über die Lippen.

»Nein.« Ich befahl dem Stuhl abzubremsen und fuhr vorsichtig heran. »Sie vibriert nur. Helft mir hinüber. Dieser Chipeimer rechnet vielleicht falsch.«

»Meine Steuersysteme ...«

»Halt die Klappe, Stuhl.«

Das Wasser schäumte und brodelte kaum einen Fuß unter der Brücke.

Philip blieb ruhig. »Vati, ich laufe hinüber und hole den Heli. Ich kann hier landen.«

»Nicht nötig. Jungs, auf drei! Eins ... zwei ...« Ich drehte heftig die Räder.

Sie schoben mich im Lauftempo auf die Brücke. Ein Rad blieb hängen; der Stuhl machte einen Satz. Ich stürzte auf die Brücke und schlug mir den Kopf an.

Donner krachte. Ich lag benommen da. Wasser spritzte auf mein Kinn.

»Sie schwankt!«

Eine Metallplatte zitterte unter meinem Ohr. Die Brücke schlingerte. Ich geriet ins Rollen, hielt mich an der Kante fest.

»Packt ihn!«

Ich krallte nach dem Geländer. Philip packte mich an einem Arm, Jared am anderen. Sie zerrten mich von der Kante weg.

»Ich bin okay.«

Die Brücke war es nicht. Kleine Wellen überspülten sie inzwischen. »Was ist ...«

»Es hat in den Bergen stark geregnet.« Das war Philip.

»Setzt mich in den Rollstuhl!«

»Keine Zeit. Zieh, Jared!« Gemeinsam packten sie zu, und halb zerrten sie mich, halb trugen sie mich ans Ufer. Danil tanzte hilflos um uns herum.

Ich rief: »Stuhl, losfahren! Sofort!« Ohne einen Passagier schwankte der Stuhl von der Brücke und versank im Schlamm. Bevin lief hinüber, um ihn freizuzerren, und schaffte es auch. Wasser tropfte mir in die Augen.

Die Brücke ächzte.

»Wir müssen auf höheren Boden!« P. T. wirbelte herum und hielt Ausschau.

»Setzt mich ab!« Sie hielten mich immer noch fest; ich war hilflos. Ich versuchte mich freizuwinden. Wie ein Mann ließen sie mich los. Ich plumpste in den Matsch und schlug mir erneut den Kopf an. »P. T., starte den gottver ... den Heli. Hast du verstanden? *Los!* Jared, setze mich in den Scheißrollstuhl!«

Philip sprintete los.

»Kadett, ich habe einen Schuh verloren. Hast du ihn gesehen?«

Zu meinem Entsetzen flitzte Danil auf die Brücke und hob ihn auf. Ich war ein Idiot. Er rannte wieder in Sicherheit.

Ächzend schleppte Jared mich zum Rollstuhl und stemmte mich hinein.

Ich plumpste auf meinen Platz und erzeugte dabei ein matschiges Geräusch, schlammdurchtränkt, wie ich war. Ich wischte mir Wasser von der Stirn; meine Hand war rot.

Zornige weiße Strudel kauten an den Uferbänken des Baches.

»Stuhl, zum Heli!« Schwankend ging es die Straße entlang, in Richtung auf höheren Grund, wo wir den Heli gelandet hatten.

Philip sprang aus der Maschine und riß die Tür für mich auf. »Bist du verletzt?«

»Nein.«

Tadelnd sagte der Stuhl: »Hätten Sie sich meiner Steuerung überlassen, wäre ich nicht umgekippt ...«

»Halt verdammt noch mal die *Klappe!*« Philip versetzte ihm einen kräftigen Tritt, der ein Rad verbeulte.

Ich packte seine Hand. »Ich bin nicht verletzt, Junge. Wirklich nicht.«

Er erstickte einen Laut.

Sie bugsierten mich wie einen nassen Sack in den Heli. Danil durchwühlte meine Sachen und brachte eine saubere Hose zum Vorschein. Minuten später, als der Motor schon lief, saß ich zitternd vor dem Heizlüfter und hielt mir ein Taschentuch an den Schnitt in der Kopfhaut.

Philip schnallte sich an.

Ich brummte: »Ich könnte einen Drink gebrauchen.«

»Ich auch.« Das war Danil.

Ich zog eine Braue hoch. »Du hast gesagt, du würdest nicht trinken.«

»Heute würde ich damit anfangen.« Sein Blick war trotzig. Als wir starteten, stand die Brücke immer noch, überspült von kräftigen Strudeln.

12. Kapitel

»Wir haben sie gefunden!« General Donner klang triumphierend.

Ich starrte meinen Rufer an und biß mir auf die Lippe. »Wie können Sie so sicher sein?« Ich lag in einem piekfeinen Münchener Hotel auf meinem Bett. Ein warmes Bad hatte Wunder gewirkt, obwohl es ein Kampf gewesen war, danach ohne Hilfe aus der Wanne zu kommen. Ich war wie ein Fisch auf dem Trockenen auf die Badematte geplumpst.

»Wir haben jeden Anruf überwacht, von jeder Person, die etwas mit den toten Terroristen oder mit Bookers Familie zu tun hat. Die Comps haben auf Muster geachtet.«

Ich fragte: »Nur sieben?«

»Es müssen noch mehr sein. Deshalb haben wir sie noch nicht hochgenommen.«

»Das ist riskant.«

»Bis zu einem gewissen Grad, Herr GenSek. Aber sie können nicht mal niesen, ohne daß wir es erfahren. Wir setzen Richtmikrophone ein, Sensoren über und unter ihren Wohnungen, haben ihre Fahrzeuge verkabelt, und Agenten folgen ihnen auf Schritt und Tritt.«

»Einer Ihrer Leute wird sich blicken lassen. Sie kriegen es mit.«

»Und wir nehmen sie gleich in Gewahrsam. Die Lage ist unter Kontrolle, Herr GenSek.«

»Haben Sie Booker gefunden?«

»Noch nicht. Ein P und D wird seinen Verbleib klären. Einer von denen muß es wissen.«

»Und falls nicht?«

Er klang geduldig. »Wir bleiben dran.«

»Seien Sie vorsichtig, Donner. Falls diese Leute entwischen, werde ich ...« Nicht nötig, ihm zu drohen. Er wußte es. »Achten Sie darauf, daß niemand davon erfährt.«

»Niemand weiß, daß wir sie gefunden haben, außer Ms. Burns vom Geheimdienst der Flotte und dreien meiner eigenen UN-Sicherheitsadjutanten. Ich habe nicht mal die Jerries informiert.«

»Sehr gut.« Wir trennten die Verbindung.

Ich wollte dafür sorgen, daß für die ganze Bande P und D angeordnet wurde. Diesmal hatten wir die Beweise, und kein vernünftiger Richter konnte einen Einwand erheben. Unsere Kadetten würden gerächt werden. Und Alexi. Ich saß da und grübelte, bis der Rufer mich aus einem Nickerchen weckte.

»Hier Mikhael. Ms. Seafort hat gesagt, ich dürfte telefonieren.«

»Wie geht es dir?«

»Lassen Sie mich nach Hause gehen.« Eine Pause trat ein, und ich unternahm nichts, um sie zu beenden. »Es war ein Fehler, bei Ihnen zu bleiben.«

»Deine Mutter hat gesagt, zwei Monate.«

»Es wird ihr nichts ausmachen.«

»Mir aber.« Die klaffende Stirnwunde pochte. Ich würde eine Beule bekommen. Der Allmächtige allein wußte, was die Medienleute daraus machten.

»Ich hasse es, hier zu sein. Ich rufe Mom an.«

»Sei still!« Ich fuhr ihn an wie einen Fähnrich.

»Sie wird ein Scheißticket schicken. Ich bin so gut wie weg von hier.«

Ich würgte den Rufer und wünschte, es wäre Mikhael gewesen. »Für den Moment bin ich dein Vormund. Also ...«

»Also?«

Ich brüllte: »Hol Arlene an den Apparat! Sofort!«

»Ich habe doch nur gesagt ...«

»Auf der Stelle!«

Lange Augenblicke verstrichen.

Ihr Ton war vorsichtig. »Wie ich höre, bist du auf dem Kriegspfad?«

»Verdonnere ihn zu Sport, bis ihm die Zunge heraushängt! Laß ihn arbeiten und gib ihm für den Rest der Zeit Arrest in seinem Zimmer. Ich bin übermorgen zurück. Er darf den Rufer nicht benutzen.«

»Hat er dich geärgert?«

»Ich lasse mir nicht bieten, daß er ...« Ich schäumte, fern und machtlos. »Ich habe Fähnriche schon für weniger aufs Faß geschickt!«

»Zweifellos.«

Ich sammelte die Reste meiner Gelassenheit wieder ein. »Er wollte nach Hause. Warum?«

»Er hat ein paar geschmacklose Witze erzählt. Ich war ein bißchen schroff zu ihm.«

»Was für Witze?«

»Wie nennt man einen Holländer in Schwimmweste? Boje. Was macht ein Holländer in einem Boot? Zelten.«

»Argh.«

»Nicky, diese Leute haben die Hölle durchgemacht, seit die Polder überflutet wurden. Ich wünschte, du wärst hiergewesen, um sie zu begrüßen – an dem Tag, als du in der Akademie geblieben bist. Ich war gar nicht besonders hart zu ihm, schließlich ist er nur ein Heranwachsender, aber ...«

»Alexi wäre empört.« Davon war ich überzeugt. Einmal hatte er mitgehört, wie unsere Fähnriche Witze über die Transpops rissen, und ... Ich zwang mich, in die Gegenwart zurückzukehren. »Die Witze waren widerwärtig, aber wichtiger noch: Mikhael war unhöflich zu mir. Kümmere dich um ihn, Liebes. Du bist begabt, was den Umgang mit Kindern angeht.«

»Du kannst das leicht sagen, von der anderen Seite des Globus her.« Ihr Ton wurde ernst. »Schatz, ich habe mit Philip gesprochen. Er ist ziemlich bestürzt.«

Ich war betroffen. »Worüber?«

»Er sagt, er hätte dich verletzt. Und du würdest dich über ihn lustig machen.«

»Liebes, es ist ...« Ich konnte es nicht erklären; es war zu kompliziert. »Mit mir ist alles okay. Und ich mache mich nicht mehr über ihn lustig. Was jetzt Mikhael angeht ...«

»Ich setze ihm den Kopf zurecht.« Ihr Ton war grimmig. Beinahe tat mir der Junge leid. Arlene war völlig in der Lage, ihren Willen durchzusetzen. Sogar P. T. hatte das als Teenager gelernt.

Jemand klopfte. Ich fuhr zur Tür.

Jared Tenere, der wie ein fehlgeleiteter Schuljunge von einem Fuß auf den anderen trat. »Darf ich hereinkommen?« Er zwängte sich an mir vorbei. »P. T. denkt, ich würde einen Spaziergang machen.«

»Warum?«

Er setzte sich. »Mr. Seafort, ich kenne Sie nicht lange genug, um ... Ich meine, seit unserem Gespräch ...«

»Ist schon in Ordnung.«

Er studierte den Teppich. »Ich bin gekommen, um Philips Absichten zu erklären.«

Ich schnaubte. »Das ist nicht nötig.«

»Sie irren sich.« Seine stille Festigkeit erschreckte mich. »Sie halten ihn für ... impulsiv, wie er auch als Junge war.«

Ich lächelte. »Du warst es noch mehr.«

»Ich war verrückt.« Ein ruhiges Eingeständnis, das meinen Beifall fand. »Aber er hat diese Reise seit Monaten geplant. Seit Jahren.«

Ich schluckte.

»Mein Philip ...« Er stand auf, setzte sich zu meinen Füßen auf den Boden und verschränkte die Beine. »Er ist der leidenschaftlichste Junge, dem ich je begegnet bin.« Er errötete plötzlich. »Ich meine es nicht so, obwohl selbst dabei ...« Er lächelte schüchtern. »Er würde sein Leben für seine Überzeugungen geben. Er ist so zielstrebig, daß es mir angst macht.«

»Ein Fanatiker«, sagte ich.

»Überhaupt nicht. Er hört zu; Fanatiker tun das nicht. Man kann ihn davon überzeugen, daß er im Irrtum ist, aber nur selten.«

»Ich wünschte, ich könnte es.«

»Er wünscht sich verzweifelt, Sie zu überzeugen, Mr. Seafort. Ich weiß nicht, was er tut, wenn es ihm nicht gelingt.«

»Es gibt noch andere Politiker.«

»Wir leben jetzt seit ... wie langer Zeit zusammen? Fünf Jahre? Ich liebe ihn. Aber Sie sind der Brennpunkt seines Lebens. Er verehrt Sie. Als er Ihr Blut sah ... letzte Nacht habe ich ihn eine Stunde lang halten müssen. Er hat zu hoch gedreht, konnte einfach nicht mehr damit aufhören. Er hatte es den ganzen Nachmittag lang zurückgehalten; er konnte es Ihnen nicht zeigen.«

»Wieso nicht?«

»Er fürchtete, Sie könnten sich aus Mitleid verpflichtet fühlen, ihm zu helfen.«

O Philip!

Er flüsterte: »Sie haben soviel Macht, ihn zu verletzen.«

»Das ist nicht fair!«

»Es ist nicht so, daß Sie es versuchen würden.« Er suchte nach den richtigen Worten. »Aber Sie hören ihm einfach nicht richtig zu. Sie öffnen ihm einfach nicht Ihr Herz. Und überlegen Sie mal – wünscht er etwas so Schreckliches? Die Welt vor dem Ruin zu retten?«

»So einfach geht das nicht.«

»Doch, falls Sie es tun.« Seine Hand zuckte kurz zu meinem Knie – für einen flüchtigen Augenblick. »Falls Sie es einfach tun.«

Ich saß lange da und schwieg. »Rob Boland hat gute Arbeit bei dir geleistet.« Mein Ton war barsch.

»Onkel Robbie hat mir das Leben gerettet.« Ein vorsichtiges Lächeln. »Das ist alles, was ich sagen wollte.«

Ich beugte mich vor und küßte ihn sanft auf die Stirn. »Sorge für meinen Sohn.«

Kurz nach Mitternacht summte der Rufer. Verschlafen schaltete ich ihn ein.

»Ja?«

»Mr. Seafort? Cisno Valera.«

Ich wollte mich aufsetzen, stellte fest, daß ich dazu die

Beine in die richtige Position hätte ziehen müssen, und gab es auf. »Irgendwas passiert?«

»Ich wünschte wirklich, Sie würden die Bildübertragung einschalten.« Mein Stellvertretender GenSek klang gereizt. »Es ist soviel leichter, wenn man sieht, mit wem man spricht.«

Ich verabscheute die Bildübertragung, und er wußte es. Alle wußten es, die mich je angerufen hatten. Aber es wäre sinnlos gewesen, es mir mit Cisno zu verderben; auf meiner Pressekonferenz im Krankenhaus hatte ich ihn schon genug in Verlegenheit gebracht. Ich bemühte mich, nicht laut zu seufzen. »Einen Augenblick nur.«

Mühsam zog ich die Beine heran, setzte mich auf, stützte mir den Rücken mit Kissen ab, schob mir das Haar aus der Stirn. Ich drückte den Schalter für die Bildübertragung und wartete, bis die Intellilinse mich gefunden und scharfgestellt hatte.

»Ja?«

Valeras fahles Gesicht zeichnete sich vor mir ab. »Oh, Verzeihung, ich wußte nicht, daß Sie schon zu Bett gegangen waren. Mit den Umweltgesetzen treiben Sie es zu weit. Die Eingeborenen werden unruhig.«

»Welche Eingeborenen?«

»Der Senat ist kampfbereit.« Er sprach aus seinem Büro in der Rotunde. Er machte Überstunden. Nein, in Nordamerika war es noch gar nicht so spät. »Zum einen: Warum greifen Sie nicht hart gegen die Öko-Randgruppen durch?«

Ich zog eine Braue hoch. »Sie verlangen eine Erklärung?«

»Ich nicht.« Sein Ton war salbungsvoll. »Der Senat tut es. Wir müssen diesen Öko-Irren zeigen, daß wir nicht im Traum daran denken, ihnen nachzugeben. Statt dessen treiben Sie die Umweltgesetzgebung voran und lassen die Ökoliga ungestraft. Sie haben nicht . . .«

»Wir suchen noch nach . . .«

»... die Ausrufung des Notstands würde ermöglichen, P und D zu ...«

»... irgendwelchen Spuren von ihnen. Und bis ...«

»... Sie sind weich geworden!«

Seine Worte klangen in der plötzlichen Stille nach.

Valera räusperte sich und sprach mit weniger Vehemenz weiter.

»Sehen Sie, Sie können zwar die Vollversammlung mit törichten Ökogefühlen überzeugen, aber Senatoren verbünden sich in der Regel mit wirtschaftlichen Interessengruppen, ungeachtet der Partei. Sie wissen, daß es so ist.«

»Cisno, welche Krise hat Sie bewogen, mich anzurufen?«

»Der Senat wird Ihrem Gesetz zur Senkung der Treibhausgase nicht zustimmen.« Hörte ich da eine Spur von Befriedigung heraus? »Rob Boland hat mich heute informiert. Eine solch massive Senkung der Emissionen ...«

»Fünf Prozent sind ein Klacks!« Jetzt hörte ich mich schon wie Kadett Bevin an, oder schlimmer noch, wie sein Vater. Ich verdrehte die Augen, hatte ganz die Bildübertragung vergessen.

»Interstellar Ltd. ist nicht dieser Meinung, auch nicht Boeing Airbus oder ...«

»Ersparen Sie mir die Liste.« Ich rieb mir das Gesicht. »Unterstützen Sie die Regierung in dieser Frage?«

»Ich unterstütze die Regierung immer.« Sein Ton war samtig.

»Meine oder Ihre?«

»Sie sind der GenSek. Es ist *Ihre* Politik.«

»Und falls wir im Senat scheitern ...« Die Regierung würde nicht darüber stürzen; nur ein Votum der Vollversammlung konnte uns absetzen. Aber wenn Gesetze scheiterten, die so im Blickpunkt der Öffentlichkeit standen, würde man meinen Rücktritt fordern, zum Teil aus der eigenen Partei. Valera würde natürlich ganz still hinter den Kulissen abwarten. Ich konnte seine Schadenfreude beinahe spüren.

»Nun.« Ich genoß den Augenblick. »Wie gehen wir damit um? Lösen wir die Vollversammlung und den Senat auf und schreiben Neuwahlen aus?«

»Herr GenSek!« Das wäre das letzte, womit er einverstanden sein konnte: Daß ich ihnen zu meinen eigenen Bedingungen den Kampf antrug. Das Spiel der Politik war wirklich furchtbar. Ich schluckte meinen Abscheu hinunter.

»Oder vielleicht sollte ich das Kabinett umbesetzen«, überlegte ich. »Ihnen das Kolonialministerium übertragen, das Sie sich schon immer gewünscht haben. Robbie Boland zum Stellvertretenden GenSek machen.«

Ich trat lieber zurück, als Valera das Kolonialministerium zu übertragen, aber das brauchte er nicht zu erfahren. Bestimmt war er über meinen Vorschlag entsetzt; was er sich erhofft hatte, war das Kolonialministerium zusätzlich zu seinem Amt als Stellvertreter, nicht an seiner Stelle.

Wie ich erwartet hatte, startete er hektische Proteste. Ich ließ mich von ihm überreden, nichts zu verändern.

Nichtsdestoweniger hatte er meine unausgesprochene Botschaft verstanden: Ich hielt ihn für entbehrlich und würde ihn über Bord werfen, wenn ich auch nur einen Hauch von Illoyalität von ihm zu hören bekam. Vielleicht arbeitete er weiter gegen mich, aber viel vorsichtiger.

Irgendwann mußte ich ihn aus der Regierung drängen. Er hatte gewissenhaft für die Partei gearbeitet, und viele waren ihm verpflichtet. Aber falls ich meine Zustimmung gegen seine ausspielte, verlor er.

Vorläufig noch.

Das Frühstück in meiner Suite war eine klägliche Angelegenheit. Ich hatte kein bißchen geschlafen. In den frühen Morgenstunden war ich aus dem Bett gekrochen, hatte mein Bestes getan, mich hinzuknien, und eine Stunde im unbeantworteten Gebet verbracht.

Jetzt war ich müde, gereizt und wund.

»Vati?« Philip deckte meine Hand mit seiner ab. »Tust du mir noch einen Gefallen?«

»In Ordnung, was immer es ist.«

Er schien erschrocken. »Meinst du das ernst?«

»Ja.« Zweifelte er vielleicht an mir?

»Sobald wir im Heli sind, möchte ich ...« Er sah unbehaglich drein. »Ich hätte gern, daß du dich auf den Boden setzt.«

»Was?« brüllte ich.

»Damit du nicht siehst, wohin wir fliegen. Es dauert nicht lange.«

»Auf keinen Fall! Kommt gar nicht in Frage.« Wollte er mich hochnehmen? Von allen Respektlosigkeiten ...

»Sehr gut, Sir.« Er sagte nichts mehr.

Bevin sah mich vorwurfsvoll an. Beinahe hätte ich ihm eine Ohrfeige verabreicht. »Ein Minuspunkt. Ändere deine Haltung.«

»Aye aye, Sir.« Er warf die Serviette hin. »Darf ich vom Tisch aufstehen?«

»Mach zwei daraus.« Ich schluckte meinen lauwarmen Kaffee hinunter und goß nach. Vielleicht half er.

Während Philip den Heli belud, rief ich bei der Rezeption an und bat um die Rechnung. Philip hatte schon bezahlt. Ich wies sie an, es auf meinen Namen zu ändern. Sie lehnten ab; er hatte entsprechende Weisung erteilt. Ich knallte den Rufer hin.

Danil hielt die Türen für meinen Rollstuhl auf. Ich saß in der Tür des Helis und ließ die nutzlosen Beine hängen, während die anderen den ramponierten Apparat einluden. Jared warf die Reisetaschen in den Hubschrauber.

Ich musterte ihn verdrossen. »Setz dich zu Philip nach vorn.«

»Und Sie, Mr. Seafort?«

»Ich bleibe hier hinten.« Ich versuchte, es mir auf dem Helideck bequem zu machen. »Gib mir ein Kissen.« Philip warf mir einen so dankbaren Blick zu, daß es die Unbequemlichkeit fast lohnte.

Da die Sonne hinter Wolken versteckt war, hatte ich keinen Hinweis auf unseren Kurs. Die Maschine brummte vor sich hin. Ich döste ein. Bevin saß mit verschränkten Armen da und starrte aus dem Fenster. Ich debattierte mit mir, ob ich die Minuspunkte widerrufen sollte; hätte er mich auch nur einmal angeblickt, hätte ich es getan.

Beißender Gestank weckte mich. Ich übertönte den Motor: »Wie lange noch?«

»Gleich, Vati.«

»Mir tut alles weh.«

»Es ist unser letzter Halt.« Er klang traurig.

Nach Hause. Ein anständiges Bett. Arlenes warmherzige Umarmung.

Eine Weile später setzten wir zur Landung an. Augenblicke später stoppten die Rotorblätter. Müde streckte ich mich. Danil stieß die Tür auf. Gestank attackierte meine Nase, meinen Hals. Die Augen brannten.

»Die brauchen wir heute.« Philip verteilte Masken. Ich setzte meine auf. Einen Augenblick später ging der Atem wieder leichter. Die Filter des Hubschraubers hatten gute Arbeit geleistet; die Luftverschmutzung erwies sich erst nach der Landung als Problem.

»Wo sind wir – vielleicht in Wolgograd?« Die Verschmutzung durch Schwermetalle außerhalb des ausgedehnten Gravitronenwerks war berüchtigt.

Philip gab keine Antwort. Alles, was ich vom Helideck aus sehen konnte, waren eine Straße und kahle, tote Bäume dahinter.

P. T. sagte: »Danil, hilf Jared mit dem Rollstuhl.« Er stieg in den Heli und setzte sich neben mich. »Ich will dir von den Leuten erzählen …«

»Mach nichts Persönliches daraus. Nicht schon wieder.« Es war eine effektive Taktik, bis man sie leid wurde.

»… die hier zuletzt gewohnt haben. Drei Generationen.« Die Stimme klang gedämpft unter der Maske hervor. »Zwei davon Bauern. Der Sohn ging weg, zur Raumflotte. Später brachte er seine Frau nach Hause, damit sie hier lebte. Aber damals wurde das Land schon nicht mehr bestellt. Sie ließen sich scheiden. Die Frau blieb noch eine Zeitlang mit dem zweiten Ehemann. Dann verkauften sie.«

»Niemand ist gestorben? Keine Überschwemmung?« Ich hatte versprochen, nicht zu spotten, aber die Nacht hatte meine Absichten zunichte gemacht.

»Nein, sie sind einfach fortgegangen. Der Nachbar, der das Grundstück erwarb, hoffte, damit seine Farm zu vergrößern. Das erwies sich jedoch als unmöglich.«

»Wegen des Gestanks. Zeig mir, weshalb du gekommen bist. Es muß außergewöhnlich sein, wenn du es bis zuletzt aufgespart hast.«

Er packte mich um die Schultern, schob mir die Hand unter den Arm. Mit einer Kraft, von der ich nichts geahnt hatte, trug er mich zur Tür. Gemeinsam setzten er und Jared mich in den Rollstuhl.

»Hinter uns.«

Der Heli versperrte mir die Sicht. Für einen Moment wirkten wir in unseren unförmigen Masken wie riesige, unansehnliche Fliegen, die gekommen waren, eine Fensterbank zu begutachten.

»Stuhl, um den Heli herum.« Gehorsam fuhr er los. »Philip, worauf soll ich achten?« Er konnte mich nicht verstehen. Ich zerrte mir die Maske herunter. »P. T.!« Schwefel würgte mich. Ich hustete, prustete, atmete pfeifend. Hastig setzte ich die Maske wieder auf.

Ich blinzelte, um die tränenden Augen wieder freizubekommen. Ich rieb sie, aber die Maske war im Weg. Gelassen, aber flott schob Philip meinen Rollstuhl einen Weg entlang, hangabwärts zu einem Haus, das ich nur trübe erkennen konnte.

»Ich brauche mich hier nicht umzusehen, Junge. Du hast klargemacht, worauf du hinauswolltest.«

Er drückte mir die Schulter, drehte sich um und ging weg.

Danil nahm seine Stelle ein. »Sir, wo sind wir?«

»In irgendeinem gottverlassenen Höllenloch. Zweifellos hat er sich die schlimmste Stelle auf der Welt ausgesucht, um mich zu beeindrucken.« Ich blinzelte; das Blickfeld klärte sich allmählich. Braunes, ungesundes Gras. Ein vernachlässigter Zaun. Ein paar dürre Bäume, die sich um eine unwahrscheinliche Lebenschance mühten.

»Es ist nur eine Farm«, sagte Danil. »Eine heruntergekommene alte Bude, wenn Sie mich fragen. Mr. Winstead könnte Ihnen tausend ...«

Ein Verzweiflungsschrei.

Er machte einen Satz, wie durch einen Stromstoß.

»Nein. Nicht hier! NEIN!«

»Sir, was ...«

»Bring mich weg!« Meine Fäuste hämmerten eine Tätowierung in den Stuhl.

Danil wich zurück, starrte mich erschrocken an.

Vaters Farm, das Zuhause meiner Kindheit.

Cardiff.

Die Reste aufgeplatzter Farbe hingen von einsackenden Außenwandverkleidungen.

Ein Vierteljahrhundert jetzt, daß ich zuletzt hier war. Nicht mehr, seit meine Frau Annie ... Ich ließ sie mit Eddie Boß hier zurück und flüchtete ins Kloster. Schließlich ließ sie sich scheiden. Die Farm war ein letztes Geschenk. Ich hatte das Haus nicht mehr sehen wollen, auch Annie nicht, hatte mich nicht an das Lebensversprechen erinnern wollen, das ich vergeudet hatte.

Das Tor, das ich zu reparieren versprochen hatte, lag verfault auf dem Fußweg.

Der Hügel hinter mir war grau und tot, dieser Hügel, den ich hinabgelaufen war, die Arme weit ausgebreitet, um den Wind einzufangen.

Unter meiner Maske weinte ich.

Danils Hand bewegte sich kurz zu meiner Schulter, zuckte wieder zurück, als hätte er sie sich verbrannt.

»Philip!« Es war ein Flehen.

»Ja, Vati.« Der Atem rasselte unter seiner Maske.

»*Warum?*«

»Ich mußte meinem Anliegen ein Gesicht geben.« Sein Ton war sanft. »Damit du es verstehst.«

Es vernichtete mich.

Als er dachte, daß ich ihn wieder verstehen konnte, sagte er: »Zum Teil liegt es an den wiedereröffneten Schmelzhütten.« Er deutete zur Bridgend Road und nach Cardiff.

»Wir haben Emissionsgesetze ...«

»Nachdem die Fische uns bombardiert hatten, ließ man die Bestimmungen außer acht. Wir benötigten jedes bißchen Produktion. Aber das Schlimmste stammt nicht von hier. Der Wind trägt es vom Kontinent herüber.«

»Es ist furchtbar.«

»Das habe ich dir klarzumachen versucht.«

Ich klammerte mich an ihn. »Bring mich weg.«

»Noch nicht sofort, Vati. Du darfst es nicht mehr vergessen.« Dann fügte er sanfter hinzu: »Wir dürfen niemanden von uns vergessen.«

»Was ist ... aus ihnen geworden?«

»Annie ist vor ein paar Jahren gestorben. Eddie lebt in Prag.«

»Ob er mich empfangen würde?« Wieso fragte ich danach?

»Das kann ich mir gut vorstellen, Sir.«

»Du hast gesagt, sie hätten es verkauft.« Meine Handbewegung schloß das Haus, das Land, die eigene Vergangenheit ein.

»An Garth.« Der Nachbar, dessen streunende Kühe Vater so aufgebracht hatten. »Er hat es wieder aufgegeben.«

»Wem gehört es jetzt?«

»Mir, Sir.« Er erwiderte meinen Blick. »Onkel Rob hat mir das Geld geliehen. Ich zahle es in Monatsraten zurück.«

Ich musterte das verlassene Haus, den nutzlosen Boden. Mein Ton war bitter. »Es kann nicht viel gewesen sein.«

»Es reicht.«

Ich starrte das verfaulte Tor an. Abrupt riß ich mir die Maske herunter, beugte mich über die Seite des Rollstuhls und würgte.

»Sachte, Sir. Du bist gleich wieder in Ordnung.«

»O nein! Das werde ich nie sein.« Ich fummelte an der Maske herum. »Verzeih mir.«

War es Philip oder der Allmächtige, zu dem ich das sagte?

Keiner von beiden antwortete.

Nach einer Weile sagte ich: »Wieso hast du es gekauft?«

»Ich hoffe, hier wieder wohnen zu können, ehe ich sterbe.«

Eine lange Zeit verstrich.

»Du wirst es.« Ich packte seinen Arm mit eisernem Griff. »Ich schwöre es, Philip. Du wirst es.«

Wir saßen erschöpft im Heli. Jared brachte einen Flachmann zum Vorschein; gierig schluckte ich den stechenden Alkohol. Ich gab ihn zurück; Jared nahm einen tiefen

Schluck und bot mir den Flachmann erneut an. Ich goß ein klein wenig in einen winzigen Becher und reichte ihn Danil. »Keiner von euch hat etwas gesehen.« Ob GenSek oder nicht, das konnte mich ins Gefängnis bringen. Den Jungen ebenfalls.

Mannhaft kippte er das Getränk und mußte prusten, bis er rot anlief.

Philip startete den Motor. »Ins Hotel?«

»Wo ist das?«

»Ich habe für uns Zimmer in Devon gebucht.« Er bemühte sich um einen gelassenen Tonfall und wußte sehr gut, daß er mir damit eine Freude gemacht hatte.

»Noch nicht. Findest du den Friedhof?«

»Aus der Luft.«

Wieder landeten wir. Ich besuchte Vaters Grab. Die Gräber ringsherum wirkten ungepflegt und desolat, aber seine Parzelle war ordentlich gemäht. Ein paar Blumen ließen die Köpfe hängen. Ich zog unter der Maske eine Braue hoch.

Philip zuckte die Achseln.

»Es kostet nicht viel.«

»Danke.« Es war meine Aufgabe. Sie war unerledigt geblieben. Verzeih mir, Vater.

»Reisen wir ab?«

»Gleich.« Ich versuchte, die Räder des Rollstuhls bergan zu drehen. Danil, der unter seiner Maske schwer atmete, trat hinter mich, um zu schieben. »Da drüben auf der linken Seite. Zwei Reihen weiter hinten.« Ich hätte die Stelle im Schlaf gefunden.

Oft hatte ich es auch.

»Der Granitgrabstein. Der braune.« Wir hielten an. »Hilf mir aus dem Stuhl.« Für Vater hatte ich mich nicht hingekniet, aber hier wollte ich es tun.

Er half mir zu Boden. »Wer ist es, Sir?«

»Mein bester Freund, Jason. Er war gerade in deinem Alter.« Wie ich, damals in ferner Vergangenheit.

Ich senkte den Kopf. Wenig später wurde ich mir einer kleinen Gestalt bewußt, die neben mir kniete.

Irgendwie tröstete mich das.

Einige Minuten später kämpfte ich mich auf den Stuhl zurück. »Die Minuspunkte sind aufgehoben.«

»Danke.«

»Es tut mir leid, daß ich grausam bin.«

»Es tut mir leid, daß ich Sie immer wieder provoziere. Ich werde mich bemühen, es weniger zu tun.« Ein kluger Junge. Er versprach nicht das Unmögliche.

13. Kapitel

»Ein kompletter Umschwung.« Jerence Branstead wirkte benommen.

»Ich helfe, so gut ich kann.« Ich trommelte auf den Schreibtisch. Ich empfand es als enorme Erleichterung, zurück zu Hause zu sein. Vor dem Komplex hatte sich wieder mal eine Menschenmenge versammelt. Vielleicht sollte ich mir Zeit nehmen, ihr gegenüberzutreten, aber jede ausgestreckte Hand zu schütteln konnte den ganzen Tag ausfüllen, falls nicht das ganze Leben. Ich seufzte. In Anbetracht meiner Planungen war ich wahrscheinlich nicht mehr lange im Amt. Vielleicht spürten die Leute das irgendwie und wollten Lebewohl sagen.

»Ich bin nicht sicher, wer bei der Stange bleibt«, sagte er. »Das wird die Partei spalten.«

»Ja.« So sei es. Ich hatte eine schlaflose Nacht damit zugebracht, mit meinem Kurs zu ringen. »Jerence ...« Mechanisch sah ich mich um, um sicherzugehen, daß niemand mithörte – außer Philip, der still in der Ecke saß. »Etwa ein Drittel der Terries sind heimliche Ökos.

Falls es uns gelingt, die Hälfte unserer Supras zu halten und gleichzeitig die Ökos und die Unabhängigen an Bord zu holen, haben wir gerade genug Stimmen.«

»Also bilden wir eine neue Koalition? Sir, bei einem so großen Thema gibt es kein Zurück. Die Parteienlandschaft wird sich neu ordnen.« Er klang ehrfürchtig.

»Vielleicht ist es so am besten.« Die Terries und die Supras hatten lange genug die Regierung unter sich ausgemacht.

»Aber ... Sollen wir das Gesetz über die Treibhausgase fallenlassen, nachdem wir es knapp gerettet haben?«

»Ich werde nicht so tun, als wäre eine Reduzierung um fünf Prozent genug.«

»Letzte Woche war es Ihnen zuviel.«

Ich schloß die Augen und erinnerte mich an unsere langen Überlegungen in Devon. Im Verlauf des Abends hatte P. T. mich mit Zahlen überwältigt, mit Diagrammen, die er mir auf meinem Comp zeigte, mit erschreckenden Statistiken. Er gab mir sein Wort, daß sie nicht übertrieben waren, und Philips Wort war ein Fels.

Warum hatte ich es in all meinen Jahren nicht erkannt?

Ich war von den Fischkriegen beansprucht gewesen. Damit beschäftigt, unsere grausam verwüstete Wirtschaft wiederherzustellen. Damit, die Ausrottung der Transpops zu stoppen, die Plünderung unserer Städte.

Es war fundamental falsch, sich in Seinen Plan einzumischen; nichts von dem, was Philip mir gezeigt hatte, änderte meinen Glauben. Aber wir *hatten* uns schon eingemischt. Sicherlich konnte es nicht die Absicht des Allmächtigen gewesen sein, daß wir Vaters Heimstätte besudelten. Oder Bayern auf eine nasse Ruine reduzierten. Oder Wolgograd verwüsteten, oder Amsterdam, oder Louisiana ...

Es tut mir leid.

Wenn Du mich in die Hölle verbannst, wirst Du mich wie immer blöken hören: »Es tut mir leid.«

Ich sagte: »Wir benötigen eine Senkung um volle sechzehn Prozent.«

»Politisch nicht zu erreichen.«

Wir würden sehen.

»Das ist nur der Anfang«, warnte ich ihn. »Natürlich werden wir daran arbeiten, den Schmutz, den wir hervorgebracht haben, wieder wegzuräumen – das versteht sich von selbst –, aber die Klimaerwärmung ist unser größtes Problem. Jedesmal, wenn wir fossile Treibstoffe verbrennen, setzen wir die Sonnenenergie frei, die vor Millionen Jahren gespeichert wurde. Das ergänzt noch unsere normale heutige Sonneneinstrahlung. Wir setzen einfach zuviel Energie frei.«

»Ich habe die Informationen gesehen.«

»Wir können die Energie reduzieren, die wir aufwenden, oder die Energie, die uns erreicht. Von erstrangiger Priorität wird der Solarschutzschirm sein.« Während ich redete, betrachtete mich P. T. mit einem Ausdruck fast väterlicher Zustimmung.

Branstead verschränkte die Arme. »Nicht wieder dieser verrückte Plan!«

»Er hängt seit fast zweihundert Jahren in der Schwebe. Wenn wir einen Schirm zwischen uns und die Sonne setzen ...«

»Er hätte fast zweitausend Kilometer Durchmesser. Herr GenSek, egal woraus wir ihn herstellen, wir können einfach nicht soviel Masse aus unserem Schwerkraftfeld heben.«

»Das brauchen wir nicht. Wir kaufen Erz aus den Asteroidenminen.«

»Die Raumflotte wird nicht begeistert sein.« Der weitaus größte Teil der Asteroidenproduktion war auf Jahre hinaus für Schiffsrümpfe der Raumflotte reserviert.

»Die Raumflotte tut, was ihr gesagt wird.«

Jerence seufzte. »Geben Sie mir ein paar Tage, um es unseren Leuten klarzumachen.« Er schüttelte den Kopf.

»Eine Revision solchen Ausmaßes ... Sie werden Führungsqualitäten zeigen müssen. Aktiv.«

»Sehr schön. Ich telefoniere fleißig und halte Reden.«

»Wir müssen auch Absprachen treffen. Nicht jeder Poli ist ein Visionär.«

Das war mir selbst schon klar. »Auch das.« Ich lächelte dünn. »Wie nennen wir uns selbst?«

Philip räusperte sich. »Die Wiedergeborenen Ökos?«

Mein Lächeln verschwand. »Das ist nicht witzig.« Wir wollten eine politische Partei gründen, keine religiöse Revolution einleiten. Etwas anderes anzudeuten, auch im Scherz, grenzte an Ketzerei.

»Und dann ist da noch die Ökoliga.« Branstead machte ein grimmiges Gesicht. »Es wird so aussehen, als würden Sie klein beigeben, egal wie wir es formulieren.«

»Nicht, wenn wir sie geschnappt haben.« Nicht mal Jerence kannte den Umfang von Donners Überwachungsmaßnahmen.

Unsere Konferenz ging dem Ende zu. Jerence schüttelte mir ernst die Hand und spazierte mit P. T. davon, um Arlene zu finden. Ich fuhr zur Tür. »Ist unser Kadett oben? Oh, du.« Ich runzelte die Stirn.

Mikhael stand schnell auf. »Darf ich Sie sprechen?«

»Sehr gut.«

Er schloß die Tür, lehnte sich daran. »Ich bitte um Entschuldigung. Ich tue es nicht wieder, Sir. Ich bin für zwei Monate hier und werde Ihnen in dieser Beziehung keinen Blödsinn mehr erzählen.«

Ich musterte ihn. Er schwitzte. »Kommst du mit Arlene zurecht?« In meinem Ton schwang leichte Boshaftigkeit mit.

»Mit ihr ...« Was immer er hatte sagen wollen, er überlegte es sich noch mal.

»Ist nicht gut Kirschen essen«, beendete ich den Satz.

»Nein, Sir.«

»Setz dich.« Prompt tat er wie geheißen. Vielleicht war

das die Lösung für all meine Probleme – sie an Arlene weiterzureichen. »Hat sie dich geschlagen?«

»Nein, sie . . .« Er schluckte. »Beinahe.«

»Hat sie dir noch etwas aufgetragen, was du sagen sollst?«

Er wurde dunkelrot. »Ich soll Sie mit ›Sir‹ anreden, tun was Sie sagen und meine Meinung für mich behalten; und es wäre anständig von Ihnen, mich hierzubehalten.«

»Sie ist ein bißchen zu weit gegangen.« Ich gestattete mir ein frostiges Lächeln. »Hast du soviel Angst vor ihr?«

»Nicht wirklich Angst. Es ist . . . Sir, wenn Sie das nächstemal auf Reisen gehen, darf ich dann mitkommen?«

Mein Lächeln wurde breiter. Ich mußte sie nach ihrer Technik fragen. Andererseits wollte ich es vielleicht gar nicht wissen. »Sachte, Junge. Ich möchte, daß du zivilisiert wirst, nicht terrorisiert.«

»Danke.« Er zögerte. »Würden Sie ihr sagen, daß ich mit Ihnen gesprochen habe?«

»Ahh.« Ich legte die Fingerspitzen aneinander. »Bis wann solltest du das tun?«

»Bis ein Uhr, Sir. Würde sie wirklich . . .« Er wand sich. »Darf ich gehen?«

»Ja.« Als er aufstand, sagte ich. »Nein, bleib noch kurz.« Mir gefiel der neue Mikhael viel besser. Andererseits war Angst kein Respekt; ich stand immer noch vor der Aufgabe, zu ihm durchzudringen. »Ich werde eine Vortragsreise antreten. Möchtest du mitkommen?«

»Ja, bitte.« Die Antwort erfolgte augenblicklich. Dann fragte er: »Hat das mit Ihren Konferenzen hinter verschlossener Tür zu tun? Den ganzen Anrufen?«

»Das geht dich nichts . . . Ja.« Ich hätte es ihm eigentlich nicht sagen sollen; er war nicht diskret. Aber er war Alexis Sohn und unterlag meiner Fürsorge.

»Wir planen einen bedeutsamen politischen Kurswechsel«, sagte ich.

»Umweltpolitik.«

Falls ich gekonnt hätte, wäre ich jetzt aufgesprungen. »Woher weißt du das?«

»Ich bin nicht dumm.« Als er meinen Gesichtsausdruck bemerkte, fügte er hastig hinzu: »Von Bevin, Sir. Der Kadett grinst die ganze Zeit so dämlich, seit Sie wieder nach Hause kamen. Und er ist ein Öko, oder? Hat mir erzählt, sein Vater würde für die Umweltliga arbeiten.«

»Den Umweltrat. Die Ökoliga ist eine ganz andere ... Den Umweltrat.«

»Was auch immer. Falls es ihn so glücklich macht ...« Mikhael zuckte die Achseln.

Einen Augenblick lang zögerte ich, dann legte ich meine Zukunft in seine Hände. »Wir gehen mit aller Kraft an die Wiederherstellung der Umwelt.«

»Wieso?« Es war nicht herausfordernd, nur neugierig.

»Denkst du nicht, es wäre nötig?«

»Wen interessiert schon, was ich denke?« Er klang bitter.

»Mich.«

»Schätze ich auch. Der Meeresspiegel ist ...« Er verzog das Gesicht. »Ich habe diese Holländerwitze nicht ernst gemeint, Sir!«

»Ich weiß, Mikhael.« Mein Ton war sanft.

»Sie hat mir das Gefühl vermittelt, ich hätte die Leute selbst ertränkt. Das war nicht fair.«

»Wir lachen nicht über geschundene Menschen.« Ich erzählte ihm vom Besuch des niederländischen Hilfskomitees und schilderte die entsetzliche Verwüstung von Bangladesch, die ich beim Überfliegen gesehen hatte. »Arlene war dabei. Sie hat geweint.«

Mikhael scharrte mit dem Fuß. »Es tut mir leid.«

»Sie wird sich freuen, das zu erfahren.«

»Aber die Sache mit Holland ist nicht neu. Warum haben Sie es sich anders überlegt?«

»Durch Philip. Obwohl ich es selbst hätte erkennen können.«

Er musterte mich, als überlegte er, was meine Antwort zu bedeuten hatte.

Ich sagte: »Auf der Akademie läßt man die Kadetten heute nicht mehr ins Freie, wenn die Gammastrahlung hoch ist, und dazu kommt es immer häufiger. Wir haben Emissionen, undichte Stellen, entsetzliche Fluten, Brände, und zum erstenmal seit hundert Jahren einen Anstieg der Krebsrate. Die Nahrungsmittelproduktion liegt im Chaos; wir sind völlig von den Kolonien abhängig. All das hat mit der Umweltsituation zu tun.«

»Es ist nicht Ihre Schuld.«

»Ich habe mich selbst blind gemacht!« Ich legte den Kopf in die Hände. »Wie viele sind umgekommen, während ich stur blieb?«

»Dad hat mir gesagt: Belaste dich nicht mit den Sorgen der Welt.«

»Mein Vater hat mich anderes gelehrt. Der Mann, der auf mich geschossen hat ... Seine Familie verlor ihr Fischerboot nach dem großen Sterben im Pazifik. Die Öko-Aktionsliga handelt falsch und unverantwortlich, aber ich habe all ihr Flehen ignoriert, sie aufgestachelt, bis ...« Ich brach entsetzt ab.

»Ja?«

Ich brachte es nicht hervor.

Nein. Sollte es doch ein Teil meiner Strafe sein.

Ich flüsterte: »Du hast recht gehabt. Ich habe deinen Vater getötet. Wäre ich rechtzeitig zu Verstand gekommen, hätte die Ökoliga die Bombe nicht gezündet.«

»Oh, Mr. Seafort!« Seine Augen waren feucht. »Ich möchte Sie so gern hassen.« Eine lange Pause. »Aber Mr. Carr hat mir alles über Sie und Dad erzählt. Ich weiß, warum er Sie zur Rotunde begleiten wollte.«

Ich schluckte. »Es tut mir leid, Mikhael.«

»Verdammt, ich vermisse ihn so!« Er schlang die Arme

um sich. »Aber ich werde nicht Ihnen die Schuld geben.«

Eine Stille trat ein, in der wir so etwas wie Frieden fanden. Schließlich räusperte ich mich. »Setzen wir uns auf die Veranda. Ich tue so, als wäre ich Derek, und erzähle dir Geschichten.«

»Ja, Sir.« Er sprang auf, immer noch eifrig bedacht, seine guten Manieren zu zeigen.

Ich gab ihm mit einem Wink zu verstehen, die Doppeltür zu öffnen. Es war eine dieser immer selteneren Gelegenheiten – ein kühler Sommertag. Vor ein paar Jahren hatte ich Markisen aus Alulegierung installieren lassen, um das Sonnenlicht zu blockieren. Unbewußt hatte ich mich, wie mir jetzt klar wurde, mit der zunehmenden Umweltkatastrophe arrangiert.

Ich patschte auf einen Stuhl neben mir. »Ich habe Derek – ich meine, Mr. Carr – kennengelernt, als ich ungefähr in deinem Alter war.«

»Sie haben ihn dienstverpflichtet. Er hat es mir erzählt.«

»Zunächst als Kadett. Ich konnte ihn nicht direkt zum Fähnrich machen.«

»Mein Dad fand, es wäre eine dumme Idee gewesen. Er sagte zu Mr. Carr ... Es tut mir leid!« Er sprang auf. »Sir, so habe ich es nicht gemeint!«

Das war jetzt weit genug gegangen. »Setz dich.« Ich wartete ab, bis er gehorcht hatte. »Ich werde Arlene sagen, daß du in meiner Verantwortung stehst, außer wenn du *sie* ärgerst. Ich kümmere mich um alles andere.«

»Ich fühle mich wie ein Idiot.« Er starrte seine Schuhe an. »Ich bin so vorsichtig und stolpere doch über meine Zunge.«

»Du brauchst nicht soviel Angst vor mir zu haben. Und eigentlich auch nicht vor ihr. Ich gestatte dir einen Fehltritt hin und wieder. Gehe jetzt dein Hemd wechseln – du hast es ganz durchgeschwitzt. Und dann erzähle ich dir von deinem Dad und Mr. Carr.«

Drei Tage vergingen in relativer Ruhe.

Soweit ich wußte, ließ Anselm die Finger von meinen alkoholischen Getränken. Er half mir im Büro, und in der Freizeit betreute er Bevin beim Lernen. Die Tatsache, daß der Kadett sich nicht auf dem Campus aufhielt, war keine Ausrede, nicht weiter zu studieren. Eigentlich auch nicht, das körperliche Training zu vernachlässigen. Von Zeit zu Zeit machte ich morgens Pause und fuhr hinaus auf den Rasen, wo der Fähnrich zwei schwitzende Jungen bei Fitneß-Übungen anleitete.

Bevin trainierte klaglos, wie es sich gehörte. Kadetten wurden hart rangenommen, was ihnen nur guttat. Wehmütig erinnerte ich mich an die eigene Akademiezeit, die langsame Ausbildung der Gestalt, das allmähliche Wachstum an Stolz und Selbstvertrauen.

Mikhael war ein anderer Fall. Zwar war er relativ gut in Form, aber er verabscheute das Training inbrünstig, besonders die Tatsache, daß Anselm es leitete. Er entschied, mich auf die Probe zu stellen; ich zeigte mich jedoch eisern in dem Entschluß, ihm nur dann Geschichten zu erzählen, wenn er sie sich durch sportliche Übungen verdient hatte. Er reagierte mit einem Hagel von Flüchen und mußte daraufhin einen Tag auf seinem Zimmer verbringen. Nächstesmal würde ich härter zu ihm sein.

Am Morgen darauf schloß er sich Anselm und Bevin für die vollen zwei Stunden an. Ich sparte nicht mit Lob und zerbrach mir den Kopf nach Geschichten aus meiner Jugend.

Gegen Ende der Woche bereitete ich allmählich meine Tour vor. Da wir einen großen politischen Feldzug planten, stützte ich mich in hohem Maß auf meinen offiziellen Stab; die Satellitenverbindungen zwischen Washington und der Rotunde knisterten mit unseren Konferenzen.

Wir wollten unsere umweltpolitischen Vorschläge in

zwei Tagen auf einer Sitzung der Vollversammlung bekanntgeben; ich gedachte, im Anschluß daran einen Wirbelsturm aus Interviews und Auftritten zu veranstalten. Ich stürzte mich in die Aufgabe, örtliche Amtsträger zu zwingen, daß sie sich auf Podien zu mir gesellten. Während wir immer mehr Leute ins Vertrauen zogen, begann die Gerüchteküche zu brodeln. Ich tat mein Bestes, Cisno Valera im Dunkeln zu lassen, überzeugt davon, daß er die Nachricht von unserer Kehrtwende hinausposaunen würde, wenn er darin einen Vorteil für sich erblickte.

Meine Rede, die ich selbst verfaßte, blieb völlig geheim, nur nicht vor Jerence Branstead. Kein Redenschreiber, kein Mitarbeiter, nicht einmal Karen Burns durfte sie sehen.

Endlich wurde es Zeit zu packen. Es würde viele Tage dauern, bis ich wieder nach Hause kam. Eifrig machte Mikhael die eigenen Sachen bereit und half mir bei meinen. Er zeigte sich niedergeschlagen, als er erfuhr, daß Arlene uns begleitete, strengte sich aber mannhaft an, sich zu beherrschen; zweifellos befürchtete er, ich könnte ihn bei ihr verraten.

Er war noch stärker beunruhigt, als sie seinen Koffer durchsuchte, seine Abendgarderobe glattstrich und neu einpackte. Daß sie für Anselm das gleiche tat, besänftigte ihn wieder einigermaßen. Obwohl Mikhael und Bevin gut miteinander auskamen, herrschte zwischen Tamarow und dem Fähnrich eine Rivalität, die drohte, zu regelrechtem Streit auszuarten.

Es war spät am Abend; wir planten, morgen vormittag abzureisen. Ich saß in meinem Büro und sichtete Chipnotizen. Danil Bevin blickte herein.

»Ja?« Ich runzelte die Stirn.

»Verzeihung, Sir.« Er wandte sich zum Gehen. Dann: »Was werden Sie ihnen sagen?«

»Der Vollversammlung?« Für einen Augenblick war

ich verärgert, daß ein bloßer Kadett die Frechheit hatte zu fragen. »Daß wir eine Kehrtwende vollführen.«

»Ob sie das verstehen?« Ungebeten setzte er sich auf seinen gewohnten Arbeitsplatz.

Ein frostiges Lächeln. »Das hoffe ich jedenfalls.«

»Sie sollten ihnen von unserer Reise erzählen.«

»Sei nicht albern.« Ich hatte meine Rede logisch geordnet und endlos daran gearbeitet, die Fakten klar zu formulieren und in die richtige Reihenfolge zu bringen.

»Aber die Stellen, an die er Sie gebracht hat, machen es interessanter. Armer Philip.« Er kaute auf einem Fingernagel. »Er muß furchtbare Angst gehabt haben, Sie vielleicht nicht zu überzeugen.«

»Ach ja?«

Danil wurde rot. »Verzeihung, es geht mich nichts ... Sir, ich muß es einfach sagen: Ich danke Ihnen so sehr!«

Ich zog eine Braue hoch. »Wofür?«

»Für das, was Sie jetzt vorhaben. Dafür, daß Sie mich mitgenommen haben, damit ich erleben konnte, wie es passierte. Ich denke ... Ich erlebe, wie Geschichte gemacht wird. Ich weiß, daß unsere Arbeit vertraulich ist, aber wissen Sie, wie gern ich meinen Vater anrufen würde, um sicherzustellen, daß er vor dem Holovid sitzt?«

»Mach dir keine Sorgen.« Mein Ton war mürrisch. Bestimmt kursierten reichlich Gerüchte; jeder Öko auf dem Planeten würde an irgendeinem Sender kleben.

»Ich habe geweint, damals in der Nacht.«

»Wann?«

»In München, nach der Flut. Die Leute in dieser Stadt ... Menschenleben, Generationen, die im Schlamm versunken sind.« Seine Augen glänzten feucht. »Hätte Philip ... Mr. Seafort, falls er nicht ...«

»Sachte, Junge. Du bist überreizt.«

Er nickte und fuhr sich mit einer Hand über die Augen. »Darf ich Ihre Rede lesen?«

»Nein.«

Ein Seufzen. »Es tut mir leid.«

»Ist schon in Ordnung.« Beinahe hätte ich sie ihm gezeigt, aber es gab Grenzen. »Ist dir die Umweltarbeit deines Vaters so wichtig?«

»Durch ihn habe ich Interesse daran gefunden, aber ... Stimmt es eigentlich, daß man früher immer ins Freie gehen konnte, wenn man wollte? Daß man in der Sonne Ball spielen konnte?«

»Man kann es immer noch, wenn man vorsichtig ist.« Ich lehnte mich zurück. »Als Jason und ich noch kleine Jungs waren ...« Nein. Ich wollte diesen Gedanken nicht weiterverfolgen; sonst wäre ich noch so gefühlsduselig geworden wie Danil. »Eines Tages, Danil, wenn du erwachsen bist, wird es wieder so sein. Falls wir es schaffen, die Ozonschicht neu anzulegen ...« Das war das größte unserer ungelösten Probleme. »Du hast Zeit in der Sonne verdient.«

»Werden die Leute es verstehen, Mr. Seafort?« Es war ein Flüstern.

Ich tippte auf eine Kopie meiner sorgsam zurechtgelegten Ansprache. »Wir bringen sie dazu.«

Mein Stab, meine Familie und ich reisten in voller Stärke nach New York ab. Die Nachrichtenmagazine brachten unseren Aufbruch; seit Tagen schon hatten sie die Gerüchte hinaustrompetet, die inzwischen fast zur Gewißheit geworden waren: Daß die Regierung Seafort entweder zurücktreten oder ihre Politik völlig umstürzen würde.

Wir nahmen eine Suite für meine Familie im Sheraton Skytel, das nach der Invasion der Transpops völlig umgebaut worden war. Falls die Unterbringung Jared Tenere Unbehagen bereitete, verriet er es nicht. P. T. schien besorgt und schob mich zu dem Treppenhaus, durch das wir einst hinaufgestiegen waren, um Rauch und Flammen zu entkommen.

Um ihn auf andere Gedanken zu bringen, fragte ich: »Hast du etwas von Pook gehört?« Der junge Transpop vom Stamm der Mids war auf eine Obie-Turmschule geschickt worden.

»Seit Mr. Changs Tod nichts mehr. Vati, du tust das Richtige.«

»Ich weiß.« Jeden Tag fühlte ich mich ein Stück wohler, was meine Kehrtwende anging.

»Vielleicht kreuzigen sie dich dafür.«

»Ich hoffe, sie tun es nicht wörtlich.«

Mein Scherz erreichte nicht sein Ziel. Philip ließ sich auf eine Betonstufe sinken. »Es ist von entscheidender Bedeutung, daß wir den Planeten reinigen. Ich möchte dich allerdings nicht dafür opfern.« Er zupfte an seinem Hemd herum.

»Philip ... Nein, sieh mich an. In die Augen. Erinnerst du dich an den Tag in der Barkasse?« Wir waren beinahe ins Feuer der Laser von Earthport hineingefahren, um den Transpopkrieg zu beenden.

»Ja, Sir.« Seine Stimme bebte.

»Wir waren damals zu einem größeren Opfer bereit. Falls man mich zum Rücktritt zwingt, habe ich immer noch dich. Wir haben einander für eine Zeitlang verloren. Jetzt, wo ich dich zurückhabe, bedeutet mir sonst kaum noch etwas.«

Etwas in seinem Blick schien gelassener zu werden. Langsam wurden seine Finger ruhig.

Ich saß vor dem Parkett der Rotunde, mit meinen besten Kleidern richtig herausgeputzt. Ich hatte meinen Stuhl angewiesen, aus eigener Kraft hineinzufahren, und Philip und Mikhael mitten im Blickfeld der Holokameras und der Vollversammlung aufgefordert, mich auf einen normalen Stuhl zu setzen. Ich wollte nicht, daß eine mechanische Kuriosität von meinem Thema ablenkte. Der arme Mikhael – in seinem besten, frisch gebügelten Overall und Halstuch war er so nervös, daß er mich beinahe fallenließ, aber ich denke nicht, daß es jemand bemerkte. Es war wichtig, daß er das volle Ausmaß meines Vertrauens einsah.

Ich starrte in die neugierige Vollversammlung. In der ersten Reihe strahlten Arlene und Philip vor Stolz. Die Jungen hatten sich nach oben auf die Galerien zurückgezogen. Weiter unten waren keine Plätze mehr frei. Branstead hatte gehört, daß sie zu Wucherpreisen weiterverkauft worden waren. Viele wollten den Sturz der immerwährenden Regierung Seafort miterleben. Eine Reihe nach der anderen saß voller wohlhabender Politiker, die Haare perfekt frisiert, die Anzüge im neuesten Stil.

Auf unterschiedlichen Höhen pulsierten im Saal die Holokameras. Seit meiner inbrünstigen Bitte, die ich ein Dutzend Jahre zuvor während der Transpop-Rebellion an die Welt gerichtet hatte, war keine Ansprache mehr für ein so zahlreiches Publikum ausgestrahlt worden. Meine Worte würden simultan in mehr als fünfzig Sprachen übersetzt werden.

Es wurde still im Saal.

Ich räusperte mich, blickte hinunter in die erwartungsvollen Gesichter.

»Ich bin gekommen, um meinen Fehler einzugestehen. Einen Fehler, den Sie mit mir teilen.« Meine Hände lagen still im Schoß. »Seit Jahren – seit Jahrzehnten – ist unser Blick fest nach außen gerichtet. Auf die Produkte unserer Kolonien, die Heldentaten unserer großartigen Raumflotte, die Abwehr der Fische und die Reparatur der von ihnen angerichteten Verwüstungen.«

Mein Ton war steinern. »Und jetzt müssen wir den Preis dafür zahlen. Einen Preis, der niedriger gewesen wäre, hätten wir schneller gehandelt. Einer, der unseren

Geldbeutel strapazieren wird, der aber bezahlt werden kann und muß.«

Unbehagen regte sich.

Und dann breitete ich meine großartige Strategie vor ihnen aus. Eine massive Wiederbelebung der Landwirtschaft, entsprechende Einschnitte in der Industrie. Ein Ende für den Dreck, den wir in die Luft abgaben, und für die Partikel, die unsere Ozonschicht zerstörten.

All die wilden Pläne, für die ich den Umweltrat in all den Jahren heruntergeputzt hatte.

Ich sprach mit ruhiger Stimme, aber ich sah, daß ich mein Publikum verlor. Ich entdeckte diesen berechnenden Ausdruck von Abgeordneten, die sich überlegten, welche Industrien ihrer Wahlbezirke womöglich betroffen waren, welche reichen Gönner den Hahn ihrer Großzügigkeit zudrehen würden.

Ich mußte die fünfzehnhundert Männer und Frauen im Raum erreichen, um mit meinen Absichten nicht zu scheitern. Die Leute in den feinen Ledersitzen vor mir waren die einzige Hoffnung der Welt.

Meine Sprechweise wurde langsamer.

Nein. So sah es gar nicht aus.

Sie waren nur die Delegierten meines eigentlichen Publikums. Es waren die Bewohner der Welt, die zu verlieren ich mir nicht leisten konnte, nicht diese selbstzufriedenen Politikos auf ihren gut gepolsterten Sitzen.

Ich mußte meine Ideen der Welt verkaufen. Oder wenn mir das nicht gelang, mich selbst verkaufen. Die Menschen vertrauten vor allem meiner Person. Seit Jahren verachtete ich sie dafür. Jetzt mußte ich an dieses Vertrauen appellieren.

Aber wie konnte ich die Menschen erreichen?

Danil Bevins ernsthaftes Gesicht schwebte vor mir. *Sie sollten ihnen von unserer Reise erzählen ...*

Ich gab meinen auswendig gelernten Text auf.

»Vielleicht haben einige von Ihnen in Ihren Städten,

Ihren Dörfern verfolgt, wie ich heute abend zur Vollversammlung angereist bin. Ein Helikopter von meinem Grundstück aus, ein Jet vom Potomac Shuttlehafen nach New York, eine ganze Hubschrauberflotte, die meinen Stab zur Rotunde beförderte.«

Medienleute hielten winzige Rekorder hoch, entgeistert darüber, daß ich von der Rede abwich, die Branstead gerade verteilt hatte. Jetzt mußten sie doch tatsächlich nachdenken.

»Ich reise nicht immer in diesem Stil. Manchmal holpere ich in einem motorisierten Rollstuhl herum, einem unhandlichen Vehikel mit eigenem Kopf.« Wie ich gehofft hatte, lockerte Gekicher die Stimmung im Saal auf.

»Und dann ist da noch von diesem Ausflug zu berichten, von dem meine Sicherheitsleute hoffen, daß ich ihn geheimhalte. Vor ein paar Tagen bin ich in einen Heli gehüpft … Na ja, *hüpfen* ist nicht ganz das richtige Wort.« Ich lächelte.

Glucksen, das sich zu schallendem Gelächter ausweitete.

»Es war ein alter, ramponierter Heli, eine Mietmaschine. Ich werde Ihnen nicht verraten, welche Firma ihn bereitgestellt hat.« Gelächter. »Und sobald wir in der Luft waren, schaltete ich den Transponder aus. Zweifellos ist die UN-Sicherheit die Wände hochgegangen.«

Jetzt hatte ich sie; jetzt hörte jeder genau hin.

»Und wir flogen in so etwas wie einen Urlaub, mein Sohn und ich und zwei Mitarbeiter. Die Leute, die uns sahen, taten meine Ähnlichkeit mit dem GenSek sofort ab. Schließlich wäre nicht mal Seafort so dumm, allein zu reisen.«

Brüllendes Gelächter ging durch den Saal.

Ich erzählte ihnen von der Frau, die mich in dem Restaurant in Carolina angesprochen hatte. Meine kleine Episode erzeugte Lachsalven. Ich schilderte den Hagelsturm in Kansas, die Überschwemmungen in Bayern, die Porzellanpuppe in der Hand der ertrunkenen Hausfrau. Den kaputten Highway in Florida, der Amerikas Traum symbolisierte.

Zwanglos plauderte ich von jeder Stadt, über die wir geflogen waren, jedem Motel, in dem wir übernachtet hatten, jedem Restaurant, in dem wir gespeist hatten. Ich bemühte mich, meinen Zuhörern nicht als ferne Verkörperung von Autorität zu erscheinen, sondern als ein Mitreisender, der durch die gleiche Welt streifte wie sie. Ich erzählte ihnen, wie Philip eine Delle in den Rollstuhl trat, der die Frechheit besessen hatte, mich in den Matsch zu kippen.

Mein Ton war freundlich und fröhlich. Ich redete tatsächlich weitgehend in dem Stil, in dem ich Mikhael nach seinem täglichen Training von Alexi erzählt hatte. Nur alte Freunde, die ein stilles Schwätzchen genossen.

Ich erzählte den Menschen, was ich auf meiner Reise gesehen hatte, erzählte von dem Horror, den es geweckt hatte, und von meinem Entschluß, daß ich dieser Entwicklung nicht gestatten würde, sich fortzusetzen, solange ich im Amt blieb. Ich erläuterte unsere Pläne, die schlimmsten Verwüstungen in wenigen Jahren umzukehren. Ein so rasches Handeln würde mehr Unruhe erzeugen, sagte ich, aber es hatte den Vorteil, schnell genug Resultate zu zeitigen, um die Bürger zu überzeugen, daß ihre Opfer nicht vergebens waren.

Ich sprach von der riesigen Ballung von Interessengruppen, die unserem Plan Widerstand leisten würden, Gruppen, zu denen viele Leute in genau diesem Saal gehörten.

Ein unbehagliches Rascheln.

»Es liegt an Ihnen«, sagte ich. »An Ihnen allen auf der ganzen Welt, die mich heute hören. Wir können nicht zulassen, daß politische Erwägungen den Sieg davontragen. Wir können nicht dulden, daß wirtschaftliches

Eigeninteresse den Fortbestand unserer Lebensform gefährdet.«

Ich brach ab, blickte ernst in die Holokameras. »Falls die Vollversammlung und der Senat der Vereinten Nationen uns unterstützen, schön und gut. Aber ich bitte Sie, die Mitglieder abzuwählen, die es nicht tun. Falls unsere Gesetzesentwürfe ohne meine Zustimmung geändert werden, löse ich den Senat und die Vollversammlung auf ...«

Protestierendes Murmeln. Aber von mehr als nur wenigen gab es Applaus.

»... und schreibe Neuwahlen aus. Mitbürger, wir stehen kurz vor einer Katastrophe. Es ist Zeit, eine Kehrtwende durchzuführen. Die Not ist groß, das Ziel erreichbar und der Lohn grenzenlos. Für Sie, Ihre Kinder und zum Ruhm des allmächtigen Gottes bitte ich um Ihre Unterstützung und Ihr Vertrauen. Danke, und möge Er uns alle segnen.«

Zuerst blieb es still. Mit gelassener Miene starrte ich sie an, riskierte ihre Feindseligkeit.

Der Applaus setzte langsam ein, unsicher. Dann rollte er in mächtigen Wellen durch den Saal, wie anschwellender Donner, der einen Sturm ankündigte. Pfeife. Rufe. Die Menschen auf der Galerie erhoben sich und spendeten Beifall im Stehen, wenig später gefolgt von vielen der eigentlichen Abgeordneten. Aber es gab auch die wenigen, Terries wie Supras, die mit verschränkten Armen sitzen blieben.

Während des ganzen Vorgangs saß ich inmitten der Bewunderung reglos da und zitterte unter meiner Fassade der Ruhe.

Es war der größte Auftritt meines Lebens und zugleich der unehrlichste. Ich hatte die Holokams wie Freunde angesprochen. Ich hatte eine Version meiner selbst gezeigt, von der ich wußte, daß sie unaufrichtig war: einen freundlichen, fröhlichen Menschen, der sich zum erstenmal der Öffentlichkeit offenbarte. Einen Jedermann, einen Typ aus der Nachbarschaft, der zufällig ein besonderes Amt ausübte, einen ...

Genug. Was ich getan hatte, hatte ich für Philip getan und für Vater. Im Verlauf vieler Jahre hatte ich schlimmeres getan und für geringere Ziele.

Ich würde den Preis dafür ertragen.

14. Kapitel

Interviews folgten, mit *Holoworld, Newsnet* und *Holoweek*, geführt im Sheraton Skytel. Dann ein viel publizierter Besuch auf dem New Yorker Deich, wo ich mit finsterer Miene die Hudson-Mündung betrachtete, die an seinen massiven, algenbefleckten Blöcken leckte. Schließlich der Suborbitalflieger nach Brasilien und eine Besichtigung des Ödlands aus ausgepreßten Farmen, das vor Generationen noch Regenwald gewesen war.

Vehemente Reden in Rio, Sao Paulo und Brasilia. Dann weiter nach Buenos Aires und La Plata. Montevideo. Mexico Stadt.

Unser Tagesablauf entwickelte ermüdende Routine. Mikhael, Tad Anselm und Bevin halfen mir in den Rollstuhl und wieder hinaus, erledigten Botengänge für mich, kümmerten sich um unsere Sachen. Wenn die Zeit reichte, gestattete ich ihnen, auf Besichtigung loszuziehen.

Arlene sah Entwürfe meiner Reden durch und änderte sie, damit ich bei der Sache blieb und anschaulicher sprach.

Jerence Branstead organisierte heimliche Treffen mit örtlichen Führungspersonen, die ich dann für unser Programm zu gewinnen versuchte. Ich entwickelte rasch eine Begabung dafür, die neuen Fabriken herauszustellen, die durch unseren Ökofeldzug entstehen würden.

Trotzdem verfolgten uns hartnäckige Fragen. Warum hatte ich der Erpressung durch die Ökoliga nachgegeben? Würde eine Kette anonymer Terroristen die Umweltpolitik diktieren? Ich gab mir Mühe, die Beherrschung zu wahren.

Beim Abendessen beruhigte mich Arlene. »Das gehört zur Entwicklung. Jeder politische Führer hat das immer schon durchgemacht.«

»Dschingis Khan nicht.«

Anselm schnaubte. Mikhael verkniff sich ein Grinsen.

»Hab Geduld, Nick. Du wirst Erfolg haben.« Die Umfragen zeigten, daß wir unsere Basis hielten. Unsere Gegner in der Vollversammlung würden das ebenfalls sehen. Wenige riskierten es, uns offen entgegenzutreten; ich hatte eine gewichtige Koalition geschmiedet. Wir mußten allerdings damit rechnen, daß sie unsere Pläne mit Anhörungen, Gutachten, hilfreichen Zusätzen zerstörten. Ich rief Cisno Valera an. »Sagen Sie ihnen, daß es nicht funktionieren wird. Das Paket wird in drei Wochen dem Plenum vorgelegt, oder ich löse die Vollversammlung auf.«

»Sie bekommen das nicht so schnell hin.«

»Sie sollten es lieber.« Ich war entschlossen, ihr politisches Überleben davon abhängig zu machen.

»Mr. Seafort ...« Er klang unbehaglich. »Als Stellvertretender GenSek kann ich nichts unterstützen, was auf einen Staatsstreich gegen den legislativen Prozeß hinausläuft.«

»Trennen sich damit unsere Wege, Cisno?«

Er legte den Rückwärtsgang ein. »Der Senat hat Regeln, Verfahren, Bräuche ...«

»Machen Sie ihnen Beine. Drei Wochen.« Ich war zu müde, um mich um Diplomatie zu scheren.

Am nächsten Morgen waren wir in Irland. Ich sprach vor der Ausbildungsbasis der Raumflotte unweit der Stelle, wo die Atombombe in Belfast detoniert war. »Es gibt Leute, die zur Verzögerung raten. Vielleicht meinen sie es nur gut. Derweil steigen die Fluten jährlich um fünf Zentimeter. Wir können uns keine Vorsicht mehr leisten. Wir brauchen praktisches Handeln, Stärke und Entschlossenheit.«

An diesem Abend kam Anselm nicht ins Hotel zurück. Karen Burns weckte mich um drei: Er war nach einer Schlägerei in einer Raumflottenkneipe betrunken verhaftet worden. Ob ich wollte, daß er freigelassen wurde?

»Nein.« Ich legte mich wieder schlafen.

Am nächsten Morgen überlegte ich es mir anders, müde und angewidert, wie ich war, und schickte einen Mitarbeiter los, um die Entlassung auf Kaution zu arrangieren. Als der Fähnrich wieder bei mir erschien, schickte ich ihn aufs Faß, mit Instruktionen, keine Zurückhaltung walten zu lassen. Mikhael sah anschließend Anselms Haltung und lachte offen.

Schwierig, aber ich hatte keine Zeit, mich damit zu befassen; es ging weiter nach Südafrika. Siebenundvierzig Senatoren verkündeten, sie würden mein Gesetz blockieren, nachdem es die Vollversammlung durchlaufen hatte. Jerence Branstead bemühte sich angestrengt, einen Hebel zu finden, mit dem er sie umstimmen konnte.

Endlich – nach fünfzehn erschöpfenden Tagen flogen wir zurück nach Hause. Eine Konferenz mit den Patriarchen erwartete mich.

Anselm saß im Suborbitalflieger neben mir. Ich hatte in den Tagen seit seinem Fehltritt kaum mit ihm gesprochen. »Ich habe entschieden, Sie zurück nach Devon zu schicken.«

Er zuckte zusammen. »Ja, Sir.« Dann: »Sie wissen nicht, warum ich mich geprügelt . . .«

»Es ist mir auch egal.«

»Die haben Sie als Verräter an der Raumflotte bezeichnet!«

»Wer?«

»Leutnants und Fähnriche von der *Sevilla,* die Urlaub hatten. Sie sagten ...«

»Ich möchte es nicht hören.«

»Sie hätten sich verkauft. Sie wären zu den Ökos übergelaufen!«

»Bah! Leeres Gerede von betrunkenen Flegeln. Und Sie waren einer von ihnen.«

Er wurde rot. »Ich ... ja.«

»Warum haben Sie getrunken? Wieder dieser Traum?«

»Nein.« Er straffte die Schultern. »Ich habe mir leid getan.«

»Haben Sie sich eingebildet, mir Ehre zu erweisen, indem Sie für mich eintreten? Ich verachte es.«

Seine Stimme zitterte. »Ich auch, jetzt, wo ich wieder nüchtern bin. Aber als ich gehört habe, wie diese Leute ...«

»Vielleicht geben Sie auf Ihrem nächsten Posten ein besseres Bild ab.«

»Ja, Sir.« Es klang verzweifelt. Eine letzte Bitte: »Ich denke nicht, daß ich es wieder tue.«

»Zu spät.«

»Ich bin bereit, einen Eid ...«

»Sie haben schon geschworen, allen rechtmäßigen Befehlen Folge zu leisten. Ihr Wort ist wertlos.« Brutal, aber ich scherte mich nicht mehr darum. Die Senatoren blieben unbeugsam. Ich mußte zu viele Lasten schultern, und ein fehlgeleiteter Fähnrich war mehr, als ich mir zumuten konnte.

Er schrie: »Helfen Sie mir doch, statt mich zu ruinieren!«

»Tad, Sie sind nicht der Mittelpunkt meines Lebens.«

Er legte den Kopf in die Hände.

Einen Moment später fragte ich barsch: »Wie?«

Ein Blick, als hoffte er wieder, gegen jede Erwartung. »Halten Sie mich beschäftigt. Geben Sie mir zusätzliche Aufgaben. Diese Briefe, die Sie an die norwegischen Abgeordneten schreiben möchten. Ich entwerfe sie. Sie sagten, Sie hätten es gern, wenn Charlie Witrek zu Besuch käme. Ich arrangiere es. Ich tue alles, was Sie sagen. Nur gestatten Sie mir, mit ...« Er wurde dunkelrot. »Gestatten Sie mir, hin und wieder mit Ihnen und Ms. Seafort zu reden. Ich bin manchmal so einsam.«

Auf einem Stützpunkt oder an Bord eines Schiffes waren Fähnriche mit ihresgleichen zusammen. In der Fähnrichskabine und bei ihren Kameraden fanden sie Gesellschaft und Trost.

Während ich überlegte, zappelte er herum. »Sir, ich trinke auch nicht mehr! Ich kann es nicht mehr ertragen.«

»Betrunken zu sein?«

»Den Rohrstock. Sie wissen ja nicht, wie das ist.«

»Natürlich weiß ich es.«

»Ich werde nächste Woche siebzehn. Damit sollte ich eigentlich zu alt sein für ... Verzeihung, das war nicht als Kritik gedacht, Sir. Aber ich bin kein kleiner Junge mehr. Über ein Faß gebeugt zu sein und von irgendeinem Leutnant geschlagen zu werden, der weiß, daß ich mir Schande bereitet und vor Betrunkenheit gesabbert habe ...« Er unterdrückte ein Schluchzen. »Es tut so weh. Und dann nach Hause zu kommen und Mikhael lachen zu hören und Ihre Verachtung zu sehen, das ist das schlimmste überhaupt.« Seine Augen waren feucht. »Sir, es kommt nicht wieder ... Ich weiß nicht, wie ich mich beherrschen soll, aber ich werde es tun.«

Falls ich ihn jetzt nicht nach Devon zurückschickte, war ich für die Folgen verantwortlich. Und doch ... »Den Rohrstock jedesmal, wenn Sie trinken: Daran ändert sich nichts.«

»Ja, Sir.«

»Und falls Sie es unterlassen, mich zu informieren, werden Sie aus dem Flottendienst entlassen.« Ehre bedeutete alles.

»Ich weiß, Sir.«

»Sagen Sie Mr. Branstead, daß Sie bei meiner Terminliste helfen sollen. Abends können Sie Warren dabei helfen, meine Post zu sichten.« Ich sprach nur selten mit meinem Comp in der Rotunde und zog es vor, ihm die Bearbeitung von Routineanfragen zu überlassen. Er hörte sich mehr nach mir an als ich mich selbst.

»Sir, ich danke Ihnen von ganzem Herzen!« Eine altmodische Wendung, die mich übertrieben rührte.

Wir durchbrachen die Wolkendecke und sanken in den Smog des Nordostens hinab.

»Höchst unklug.« Bischof Saythor funkelte mich an. Seine Kollegen schienen ihm beizupflichten. Die meisten von ihnen musterten mich ablehnend, einige richtig unfreundlich. Sämtliche Patriarchen, von einem abgesehen, waren im Rat versammelt, in der prächtigen, hoch aufragenden Vereinigungskathedrale in Chicago. Ich saß ihnen allein gegenüber und tippte nervös auf die Armlehnen meines Stuhls.

Ich sagte: »Es muß geschehen.«

»Gerade in dem Augenblick, in dem sich unsere Wirtschaft wieder erholt ...«

»Sir, geht es hier um Vermögen?«

Der Präsident der Heiligen der Letzten Tage drohte mit dem Finger.

»Nicht Vermögen, sondern das, wofür es steht. Die manifestierte Macht des Herrn, Seine Verkörperung auf Erden ...«

Ich litt immer noch unter der Zeitverschiebung und war sauer, daß sie mich so abrupt herbeigerufen hatten. »War das nicht Jesus?«

Der Bischof von Rom wurde zornig. »Sie wagen es, mit uns über Theologie zu streiten?«

»Nein, Sir. Ich bitte um Entschuldigung. Es war ein Fehler.« Innerlich verfluchte ich meine Torheit. Ihre Aufgabe war es, über kirchliche Angelegenheiten zu sprechen, meine war es, zu gehorchen.

»Indem Sie den Wohlstand der Nationen vernichten, bedrohen Sie die Mutter Kirche selbst.« Saythor blieb streng. »Es ist von entscheidender Bedeutung, daß wir den guten Namen der Kirche sowohl zu Hause wie in den Kolonien wahren.«

»Was möchten Sie, daß ich tue?«

»Schränken Sie Ihren Ehrgeiz ein. Versuchen Sie, das Mögliche zu erreichen, ohne Verwüstungen anzurichten.«

»Sie möchten nicht, daß ich ganz auf den Umweltschutz verzichte?«

»Sie haben öffentlich gesprochen und damit im Namen der Regierung. Sie dürfen nicht den Anschein erwecken, eine Kehrtwende zu vollziehen.« Aber ich *hatte* bereits eine Kehrtwende vollzogen, als ich meine Rede vor der Vollversammlung hielt. Abrupt hatte ich eine Jahrzehnte alte Politik der milden Nachlässigkeit widerrufen. Was die Patriarchen damit eigentlich sagen wollten: Meine Vorschläge hatten zuviel öffentliche Unterstützung gewonnen, um sie gänzlich zu verwerfen.

Bischof Saythor sagte: »So wenig uns dieser Gedanke gefällt, die Kirche muß wie ein Geschäft geführt werden. Eine destabilisierende Veränderung, die unsere Gemeinde in Armut stürzt, wirkt sich unvermeidlich auch auf die Finanzen der Kirche und ihre Tätigkeit aus.«

Ich betrachtete ihn neugierig. Würde der Allmächtige ihn mit einem Blitz erschlagen? Sicherlich würde Er nicht hinnehmen, daß solche Gedanken im Namen Seiner Kirche geäußert wurden.

Aber Er schwieg.

Ich ebenfalls.

»Nun, Herr GenSek?«

»Ich denke darüber nach.« Wieso spielte ich auf Zeit?

»Wir brauchen mehr als das.«

»Wir haben dieses Gespräch früher schon geführt.« Ich hielt seinem Blick stand.

Er wurde rot.

»Ja, wir könnten Sie verleugnen. Wir haben darüber diskutiert.«

»Und?«

»Der Zeitpunkt kommt uns nicht gelegen.« Sie hatten sich die Umfrageergebnisse angesehen. *Es tut mir leid, Herr. Ich bitte für Deine Priester um Verzeihung.*

Später rief ich Arlene an. »Ich bin nach wie vor im Amt.«

»Soll ich sagen, daß es eine Erleichterung ist?«

»Nicht für dich; das weiß ich.« Mein Ton war sanft. »Es dauert aber nicht mehr lang. Ich habe da so ein Gefühl.«

»Ehe ich es vergesse: Mark Tilnitz hat angerufen. Er hat es ausgesprochen eilig, dich zu sehen.«

»Weshalb?«

»Das wollte er nicht sagen. Nicky, irgendwas stimmt da nicht; ich denke, er hat den Verstand verloren. Sei vorsichtig. Sprich per Rufer mit ihm.«

»Ich habe keine Angst vor Mark. Falls er seinen Job zurückhaben möchte, dann wäre ich sehr erfr . . .«

»Zweimal hat er mich gefragt, wer sonst noch in der Leitung wäre. Die Sicherheit ist ein furchtbarer Job; vielleicht war der Druck zuviel für . . .«

»Mark ist so gefestigt, wie man sich nur denken kann.« Ich zuckte die Achseln, vergaß, daß Arlene es gar nicht sehen konnte. »Rufe ihn an; er soll heute abend ins Haus kommen.« Auf ein paar Stunden kam es nicht an.

Auf dem Weg zum Shuttlehafen Daley erreichte mich ein Prioritätsanruf von General Donner: »Wir haben einen Hinweis auf Booker!«

»Gott sei gelobt.« Der Mörder meiner Kadetten würde der Gerechtigkeit überantwortet werden. »Wie? Wann?«

»Über die angezapften Telefone. Er hat endlich seine Kusine angerufen. Er ist in Barcelona.«

»Wir haben lange genug gewartet. Nehmen Sie die Leute hoch.«

»Ich bin Ihrer Meinung. Heute abend nehmen wir sie in einer koordinierten Aktion fest.«

Im Flugzeug war ich in Hochstimmung. Die Terroristen waren erledigt. Ich rief Karen Burns zu mir; gemeinsam brachten wir einen Trinkspruch aus. »Sie werden hängen, jeder einzelne von ihnen.«

»Natürlich.«

»P und D wird die ganze Geschichte ans Licht bringen.« Ich fragte mich, warum wir gewartet hatten. Allerdings war es besser, auf Nummer Sicher zu gehen.

»Meinen Glückwunsch, Sir.«

Ich war begeistert. »Jetzt gehen die Umweltgesetze mühelos durch die Vollversammlung! Eine Menge Terries haben gezögert, weil sie fürchteten, ich ließe mich erpressen.«

»Das muß eine große Erleichterung sein.« Sie hatte, wie ich mich erinnerte, den Bombenanschlag in der Rotunde miterlebt. Es mußte ein Alptraum für sie gewesen sein, daß ihr Klient verletzt wurde, während sie im Dienst war.

Ich goß Champagner nach. »Mark möchte mich sehen. Ob er zurück in den Dienst möchte?«

»Das kann ich nicht wissen.« Sie klang kühl. »Sie haben noch nicht mit ihm gesprochen?«

»Ich tue es heute abend. Er kommt aufs Anwesen.«

Als ich endlich wieder zu Hause war, gestattete ich, daß man mich aus dem Heli in den Rollstuhl hob. Karen entschuldigte sich, um einige Anrufe zu tätigen. Ich rief Danil herbei. Während meiner langen Reise hatte sich ein Berg Papierkram angehäuft.

Der Kadett schlüpfte in mein Büro.

»Fang mit den Zusammenfassungen der Artikel an. Lege sie nach ... Grundgütiger, zeig mir das mal!«

Zögernd kam er näher. Das rechte Auge war blau. »Wie ist das passiert?«

Er scharrte mit den Füßen. »Ich bin, ah, gegen etwas gerannt, Sir.« Es geschah mir recht, wenn ich ihn schon aufforderte, einen Vorgesetzten zu kritisieren. Er würde nie seinen Fähnrich verraten – nicht, wenn er meinen Respekt genießen wollte.

Im Gegensatz zu Fähnrichen galten Kadetten als Kinder; sie unterlagen der disziplinarischen Vollmacht der Älteren. Ich hatte jedoch nie erlaubt, daß ein Fähnrich einen Kadetten bestrafte, nicht ein einziges Mal in meiner Laufbahn. So etwas führte zu leicht zum Mißbrauch. Diese Frechheit von Anselm, nach all meiner Nachsicht! »Warum hat er das getan?«

Danil scharrte mit den Füßen. »Wir haben uns geprügelt.«

Ich ging hoch wie eine Rakete. »ANSELM, KOMMEN SIE SOFORT HERUNTER!« Ich knallte den Rufer wieder hin. »Besorge dir etwas Eis, Junge.«

»Sir, er ...«

»Streite nicht mit mir! Lege Eis auf das blaue Auge, und zwar sofort.«

»Aye aye, Sir.« Er rannte los.

»Fähnrich Anselm zur Stelle, Sir!«

»Ziehen Sie die Jacke aus! Fünfzig Liegestütze. Los!«

»Aye aye, Sir!« Er warf sich zu Boden.

Ich schäumte und fuhr mit dem Rollstuhl von einer Seite zur nächsten, als würde ich auf und ab gehen. »Schneller! Falls Sie glauben, Sie kämen damit durch, einen ...«

»Ist das gut genug, Sir?« Es war Bevin mit einem Tuch voller Eis. Er drückte es sich an die Wange.

»Warum hat er dich geschlagen? Und jetzt nichts von

diesem Quark, es mir nicht erzählen zu wollen! Ich dulde nicht, daß …«

»Sir, ich …«

»Fähnrich, seien Sie still. Dreißig Liegestütze mehr. Nun, Kadett?«

»Es war nicht Mr. Anselm, Sir. Ich habe ja versucht, es Ihnen zu sagen!«

Zu meinen Füßen mühte sich Anselm ab. Er atmete schwer.

»Wer dann?«

»Mr. Tamarow, Sir.«

Ich glotzte. Dann endlich: »Kommando zurück, Anselm.«

Dankbar ließ sich der Fähnrich auf den Boden sacken.

»Ich, ah, entschuldige mich.« Ich schnitt eine Grimasse und sah den keuchenden Jungen an. »Wie viele Minuspunkte haben Sie angesammelt?«

»Drei, Sir.«

»Einer ist gelöscht.« Das war das mindeste, was ich tun konnte.

»Danke.« Anselm zögerte. »Darf ich achtzig weitere machen und damit noch einen abarbeiten?« Erstaunlicherweise funkelte der Schalk aus seinen Augen.

»Nein. Und ziehen Sie mich nicht auf, oder …« Na ja, ich konnte nicht immer den Menschenfresser darstellen. »Ja, Sie dürfen.«

Begeistert machte er sich wieder ans Werk. Einen Minuspunkt zu löschen erforderte normalerweise zwei volle Stunden sportliches Training.

»Danil, hast du Mikhael als erster geschlagen?«

»Nein, Sir.« Fest und ohne Zögern.

»Sehr gut. Ordne diese Artikel ein; du weißt, wohin sie müssen. Stuhl, hinaus.« Ich fand Mikhael im Freizeitzimmer, wo er sich ein Holo ansah. »Du. Komm mit.« Ich führte ihn ins Büro. »Entschuldige dich bei Mr. Bevin.«

»Mister? Er ist doch nur ein Scheißkadett!«

»Ich war so fair und habe dich gewarnt, Mikhael. Du bist zu weit gegangen.« Falls er jetzt die Hörner einzog, würde ich ihn in Ruhe lassen.

Mit geballten Fäusten trat er einen Schritt auf Anselm zu. »Hör auf zu grinsen, du blödes Arschloch!«

»Danil, Tad, entschuldigt uns.« Mein Ton war leise, bedrohlich. Ich ging auf Mikhael los. »Du hast ein böses Mundwerk.«

»Wen interessiert es?«

Welcher Teufel ritt einen Jungen, so mit einem Erwachsenen zu reden? Glaubte er vielleicht, er lebte immer noch im Rebellischen Zeitalter? »Hol dir ein Stück Seife.«

»Sie haben wohl den Verstand verloren! Niemand wird ...«

»Du wirst es selbst tun.«

»Einen Scheiß werde ich tun!«

Mit großer Anstrengung schob ich den Rollstuhl hinter dem Schreibtisch hervor, raste zur Tür, drehte mich dort um. »Das war es, Mikhael.« Ich fummelte an meinem Gürtel herum.

»Fassen Sie mich nicht an!«

Ich fuhr auf ihn zu. Er sprang hinter meinen Schreibtisch. Mühsam rollte ich hinter ihm her.

Mikhael stieß die Verandatür auf und stürmte hinaus in die Dunkelheit.

Unterdrückt fluchend fuhr ich zurück und öffnete die Bürotür. »Kommt herein, Jungs.« Ich deutete auf zwei Stühle. »Worum ging es dabei?« Sie sahen sich an. »Schluß damit! Redet jetzt.«

Bevin blickte unbehaglich drein. »Er hat Mr. Anselm wieder aufgezogen.«

»Und?«

»Anstatt ihn niederzuschlagen, ist Mr. Anselm einfach weggegangen. Ich habe Mikhael gesagt, was ich von ihm hielt.« Ein verlegenes Grinsen. »Und er hat mir eine geknallt.«

»Das hätte ich auch!« versetzte ich scharf. Seit wann schalt ein Kadett einen Zivilisten, egal welchen Alters?

»Es ist meine Schuld, Sir.« Das war Anselm. »Danil sollte es besser wissen.« Als Fähnrich hatte er die Verantwortung.

»Völlig richtig. Was ist eigentlich los mit euch allen? Ich dulde das nicht. Auf eure Zimmer.«

»Sir, ich ...«

»Sofort.«

Sie gingen. Ich fuhr zwischen Tür und Schreibtisch hin und her und brummelte Schimpfwörter.

Der Rufer summte. »Wilkins, vom Tor. Mark Tilnitz ist hier, Sir. Er steht jedoch nicht mehr auf der Liste.«

»Lassen Sie ihn herein. Rufen Sie Karen, damit sie ihn begleitet; sicher möchte sie ihn auf den neuesten Stand bringen.« Ich wischte mir über die Stirn und setzte mich um. Es würde ein schwieriges Gespräch werden. Ich mochte Mark, aber ich wollte nicht mehr hinnehmen, daß die Sicherheit meinen Tagesablauf diktierte. Ich würde gehen, wohin ich wollte, reden, mit ...

Die Tür flog auf. Es war Karen Burns mit gezogenem Laser.

»Was zum Teufel ...« Ich starrte sie an.

Sie zerrte mich aus dem Rollstuhl, schlug mir auf die Schläfe. Benommen versuchte ich, mich in Sicherheit zu schleppen.

»Komm her, du Arschloch.« Sie riß mir den Gürtel herunter, band mir die Hände auf den Rücken, zerrte meine Krawatte los, benutzte sie als Knebel. Sie riß einen Wandschrank auf, schleppte mich hinein. »Ich komme zurück. Dann machen wir einen Ausflug.« Sie schloß die Tür zum Flur ab und stürmte hinaus auf die Veranda.

Heftig kaute ich auf der Krawatte herum. Ich bekam sie nicht durch, schaffte es aber endlich, sie auf eine Seite zu verschieben. »Hiiefe! Schiherheit!« Meine Stimme war gedämpft. »Ansem! Ahhene!«

Nichts. Niemand konnte mich hören.

»FÄHHICH!« Eine Spur Entsetzen klang mit.

In verzweifelter Hektik wälzte ich mich von einer Seite auf die andere. »Ahhene!« Mir tat der Mund weh. Ich konnte nicht richtig artikulieren.

Der Allmächtige allein wußte, welcher Wahnsinn von Karen Besitz ergriffen hatte. Arlene war im Haus, mein Sohn ebenfalls. Falls Karen ... Ein kalter Schauer lief mir den Rücken hinunter. Man mußte Karen aufhalten! Ich kämpfte darum, die Hände freizubekommen.

Ich war hilflos.

Nicht ganz. »Schuhl, komm hüber!«

Ein Motor summte.

»Schuhl, ahwohde miie!«

»Ich bin hier.«

»Hoh Hiiefe!«

»Hinweis nicht verstanden.«

»Hoh Hiiefe, du vehuchter Schippeime!«

»Ich bin Nicholas E. Seafort, dem GenSek, zugeteilt. Fremdbefehle werden nicht anerkannt.«

»Ihh bih kein Femde, ihh bih Sehavoht!« Ich zerrte am Gürtel, bekam aber die Handgelenke nicht frei. »Niholas Sehavoht!«

»Bitten sprechen Sie deutlich. Befehle müssen in einer Form erfolgen, die ...«

»Sei shill!« Ich war außer mir. »Ihh kann nih rehn. Du muht miie heefen.«

»Zunächst benötige ich eine positive Identifizierung.«

»Niholas Sehavoht. Hottvedammt, mahh eine Schimmanalisch. Vaggisch die Wohhte.« Ich hielt die Luft an, hoffte, daß er verstand.

»Stimmabdruck analysiert. Vorläufige ID als Nicholas Seafort.«

»Suuhe Ahhene. Hah du veschanden?«

»Befehl als ›Suche Arlene, hast du verstanden?‹ interpretiert.«

»Rihhig.«

»Ich bin nicht darauf programmiert, Fernbefehlen zu folgen. Ich kann nur reagieren, wenn Sie auf mir sitzen.«

»In Waiern hahe iie die hesaht, du soll's umbohammiern.«

»Reaktion modifiziert. Ich kann einem Fernbefehl Folge leisten.«

»Schuhl, hannst du's Büro verhassen?«

»Die Tür ist abgeschlossen.«

»Vehammt. Fahh durhh!«

»Und dann?« Der Stuhl klang zweifelnd.

»Suuhe Ahhene. Sah iie, dash Gewah besheht. Kahen Vuhrns hat'n Lescher. Sah iie, dashich im Bühoschank gewesselt bin. Beschdädige Bewehl!«

»Sie möchten, daß ich Arlene sage, es bestünde Gefahr. Kahen Vuhrns hat einen Laser. Ich soll Arlene sagen, daß Sie in Ihrem Büroschrank gefesselt sind.«

Es würde reichen.

»Schell, Schuhl!«

»Sie befehlen mir, Eigentum zu zerstören? Eine Bürotür?«

»Iia.«

»Gehört die Tür Ihnen?«

»Iia!«

Ein Motor brummte. Ein Krachen ertönte. Erneut. Holz splitterte. Der Motor kam näher. Eine Pause. Ein enormes Krachen. Stille.

Rufe vom Hof. Ein verzweifelter Schrei, der in einem entsetzlichen Stöhnen verklang. Laufschritte. Stille.

Ich wartete in qualvoller Spannung.

»Nick, wo bist du?«

»Hieh dinn!«

Die Schranktür klapperte. »Das Miststück hat den Schlüssel mitgenommen!« Ein Laser winselte. Prasselte. Holz brannte. Ein Tritt. Die Tür gab nach. Arlene tauchte auf, eine Pistole in der Hand.

Sie zerrte an meinem Knebel. Endlich hatte ich den Mund wieder frei.

»Kümmere dich nicht um mich, bring Philip in Sicherheit!«

Sie drehte mich auf den Bauch und löste den Gürtel.

»Hast du nicht gehört? Suche P. T.!«

»Das tue ich. Stuhl, wo zum Teufel steckst du?«

»Hier.« Er kam zur Tür hereingerollt.

Angestrengt ächzend schleppte mich Arlene hinüber. Ich half ihr dabei, mich draufzusetzen. »Nick, wo ist deine Pistole?«

»Im Schreibtisch.« Sie riß die Schublade auf, kontrollierte die Ladung. »Achte auf Karen. Ich fahre dich ...«

»Schieb mich an die Wand dort; von da aus habe ich beide Türen im Blick. Rette Philip!«

Sie gab mir einen flüchtigen Kuß auf die Wange. Sie schob den Rollstuhl zur Wand, blickte vorsichtig zur Tür hinaus und stürmte den Flur hinunter.

Ich saß schwitzend da. Mir zitterten die Arme, und die Pistole schwankte.

Stampfende Schritte auf dem Rasen. Ich zielte mit beiden Händen.

Die Türen flogen krachend auf. Karen glotzte mich mit offenem Mund an. Ich schoß. Der Schuß versengte ihr das Haar, als sie wieder hinaus in Sicherheit sprang.

»Seafort, nehmen Sie die Pistole herunter! Sonst töte ich Sie!«

Ich wartete. Meine Hände waren jetzt ruhig.

Sie warf sich an der Tür vorbei und schoß im Sprung. Der Strahl brutzelte auf meinem Schreibtisch, der zwischen uns stand. Ich erwiderte das Feuer, aber sie war schon vorbei.

Schreie. Karen brummte irgendwas Böses. Verklingende Laufschritte. Das ferne Jaulen eines Lasers. Ein Schmerzensschrei.

»Stuhl.« Ich flüsterte es nur. »Zur Verandatür.«

Sofort setzte sich der Apparat in Bewegung.

Ich stützte mich mit einer Hand ab und zielte. Meine Beine würden als erstes auftauchen; daran konnte ich nichts ändern. Falls Karen auf sie schoß, spürte ich es wenigstens nicht.

»Durch die Tür und schnell nach rechts drehen.«

Wir taten es. Niemand war dort.

Ich senkte die Pistole. »Wieder hinein.«

»Nick, was zum Teufel tust du da?« Arlene zog den Rollstuhl zurück. »Du Verrückter!«

»Wo ist P. T.?«

»Bei Jared in ihrem Zimmer. Anselm bewacht die Treppe.«

»Womit?«

»Ich habe ihm ein Gewehr gegeben.«

»Wir haben gar kein Gewehr.«

»Der Wachtposten braucht es nicht mehr. P. T. wollte kämpfen, aber ich habe es nicht geduldet.«

»Gut.«

»Er ist wütend.«

»Herr GenSek?« Eine Stimme vom Hof. Gemeinsam hoben Arlene und ich die Pistolen.

»Wer da?«

»Wilkins. Kommen Sie heraus, damit ich Sie sehen kann.«

»Nein.« Das war Arlene. »Lassen Sie Ihre Pistole fallen, und zeigen Sie sich mit erhobenen Händen!«

»Das kann ich nicht. Woher soll ich wissen, ob nicht jemand Sie in der Gewalt hat?«

»Das ist nicht der Fall.« Jetzt nicht mehr.

»Ich komme hinein. Ich bin bewaffnet.«

»Ich töte jeden, der bewaffnet dieses Zimmer betritt«, sagte Arlene mit dem Unterton des Endgültigen.

»Das reicht, ihr beide.« Ich fuhr zur Tür. »Wir können es uns nicht erlauben, uns gegenseitig festzuhalten.« Ich blickte forschend hinaus. Wilkins war allein. Etwa zwanzig Schritte hinter ihm kniete ein Wachtposten und gab ihm mit dem Gewehr Deckung. »Wo ist Karen Burns?«

»Sie ist entkommen. Tilnitz ist tot.«

»O nein!«

»Es war sein Schrei, den Sie gehört haben.« Wilkins gab dem anderen Wachmann einen Wink. »Der GenSek ist okay.«

Langsam klärten wir die Lage.

Wenn Karen ein Feind war, wem konnte ich noch trauen? War Tilnitz ihr Komplize gewesen? Warum in Gottes Namen hatte sie mich angegriffen?

Wir wußten keine Antwort. Ich rief bei der Potomac Raumflottenbasis an und verlangte vom diensthabenden Offizier, seinen Kommandanten zu wecken. »Schicken Sie mir sofort zwei gut bewaffnete Korporalschaften Marineinfanterie. Sie werden die Grundstücksgrenzen bewachen.«

Wir waren hier auf der Erde. Eigentlich hätte ich die UN-Armee rufen sollen, nicht die Raumflotte. Ach, zur Hölle mit den Feinheiten!

Ich fuhr über den Rasen und hielt neben Marks Leiche an.

Der Laser hatte ihn auf kurze Distanz erwischt und einen Arm gänzlich weggebrannt. Ich kämpfte gegen Übelkeit an.

Zwei Torposten waren tot, einer hatte Verbrennungen.

Ich rief Jerence Branstead in New York an. Zwei Stunden später war er unterwegs, zusammen mit einer Kompanie vertrauenswürdiger Soldaten. General Donner folgte ihm eine halbe Stunde später.

Erhitzt von der Anspannung, rückte Anselm sein Gewehr nur widerstrebend wieder heraus. Bevin legte den Schläger weg, mit dem er den oberen Treppenabsatz bewacht hatte. Jared und P. T. tauchten wieder auf, Philip weiß im Gesicht. »Es war falsch, Mom. Absolut falsch.«

Ich überließ sie ihrem Streit.

Mikhael Tamarow war nirgendwo zu finden. Ich war verzweifelt; nach Alexi wäre der Tod seines Sohnes nicht zu ertragen gewesen. Jemand kam auf die Idee, das Torlogbuch zu kontrollieren. Mikhael hatte sich dort abgemeldet, kaum daß er aus meinem Büro gerannt war. Der Zielort war nicht angegeben. Ein Ärgernis zuviel. Ich fluchte lange und fließend und fühlte mich etwas besser.

Branstead landete auf dem Helifeld. Er kam mit einem riesigen Militärhubschrauber voller Soldaten. »Sind Sie okay? Gott sei Dank.« Er umarmte mich leidenschaftlich.

»Wir müssen uns wieder sortieren. Was in Gottes Namen ...«

»Mark hat mich angerufen, als er zu Ihnen unterwegs war. Er war außer sich. Er glaubte, daß Karen zu ihnen gehört.«

»Zu wem?«

»Der Ökoliga!«

»Warum zum Teufel haben Sie nicht angerufen? Er ist tot, und zwei Torwachen ...«

»Denken Sie vielleicht, ich hätte es nicht versucht? Ihre Rufer waren tot. Sogar Ihre persönliche Leitung war blockiert.«

»Aber ...« Stotternd kam ich zum Stehen.

»Ich habe fast den Verstand verloren, Sir. Niemand konnte Sie erreichen.«

»Warum heute abend, Jerence? Was hatte sie vor?« Da dämmerte es mir. »Allmächtiger, ich bin dafür verantwortlich!« Ich hämmerte mir auf das empfindungslose Knie.

»Inwiefern?«

»Ich habe es ihr erzählt, im Flugzeug! Daß wir die Ökoliga enttarnt hätten und die Leute heute abend hochnehmen würden. Sie wußte, daß ihr keine Zeit mehr blieb. Ich habe die Sicherheit durchbrochen, und das hat Mark das Leben gekostet.«

»*Sie* hat Mark umgebracht.« Sein Ton war bestimmt.

»Es war meine Dummheit.«

»Unsere. Wir alle sind schuld. Donner, ich, Sie ... Zumindest wissen wir, wer die Bombe in der Rotunde gelegt hat.«

»Wer?« Ich fand die Antwort. »Gütiger Jesus! Karen?«

»Gelegenheit, Motiv ...«

Donners Maschine landete. Eine Stunde später trafen wir uns in der Küche, ein Rat aus vieren. Arlene verteilte Kaffee und setzte sich mit grimmiger Miene. »Sie sind in mein Haus eingedrungen!«

»Wir schnappen sie, Ms. Seafort.«

»Mein Haus!« Sie hieb auf den Tisch. »Sie gehörte zu Ihren Leuten!«

Ich sagte: »Das ist nicht ganz fair, Liebes. Sie ...«

»Von jetzt an nehme ich mir jede Sicherheitsakte persönlich vor.« Arlenes Ton duldete keinen Widerspruch.

»Wird gemacht.« Der General schien froh, dem Folge zu leisten. »Wir haben die Verdächtigen geschnappt. Karen hat etliche Anrufe getätigt, zweifellos an diese Personen, aber man kann Ihre persönlichen Leitungen nicht kontrollieren. Vier von den Ökobastarden haben gerade Kleider in ihre Reisetaschen gestopft, und einer war schon zur Tür hinaus.«

»Haben Sie sie alle?«

»Alle, die wir kennen, außer Karen. Und Booker.«

Ich fluchte. »Sie sagten, sie hätten ihn.«

»Ich denke, daß wir ihn haben. Zur Zeit werden die Straßen durchkämmt. Er hat seine Kusine aus den Barcelona Ramblas angerufen; sie überwachen ...«

Ich schüttelte den Kopf. Der, dessen ich am sehnlichsten habhaft werden wollte, war entkommen. Vielleicht sollte ich doch das Kriegsrecht ausrufen.

Jerence fragte: »Was sollen wir den Medien erzählen?«

»Die Wahrheit. Wir wurden angegriffen, und drei Menschen sind tot.«

»Und über die Ökoliga?«

»Daß wir sie in Gewahrsam haben. Verbreiten Sie Bookers Bild über die Holonetze. Zehntausend Unies Belohnung. Zwanzig.«

»Sehr gut.« Damit vertagten wir uns.

Spät am Abend ein Anruf. Der entgeisterte Bischof Saythor. Er richtete mir sein Mitgefühl aus, versprach mir, für mich zu beten. Er schien es ernst zu meinen.

Endlich schlief ich ein, Arlene in den Armen.

Am Morgen wimmelte es auf der Straße von Medienleuten, die mit ihren Holokams das Tor überwachten. Zu General Donners Bestürzung ordnete ich an, sie hereinzulassen, erlaubte ihnen, den Rasen zu filmen, und gab eine knappe Stellungnahme ab.

Ich wartete auf den Bericht über das Polygraph-und-Drogen-Verhör.

Zur Mittagszeit ein Anruf. »Sir, hier Edgar Tolliver.« Mein früherer Adjutant, später Kapitän, heute im Ruhestand, wohnhaft in Philadelphia.

»Edgar! Schön, daß Sie anrufen. Wir haben einen, ah, schwierigen Tag.«

»Kann ich mir vorstellen.« Sein Ton war trocken. »Ich habe den Tamarowjungen.«

»Gütiger Himmel! Warum Sie?«

»Sein Vater und ich waren Freunde. Mikhael sagt, er wäre von Ihrem Anwesen und aus Ihrem Gewahrsam geflüchtet. Soll ich ihn abliefern? Ich fliege morgen abend nach Lunapolis. Urlaub.«

»Ist er kooperativ?«

»Nicht besonders. Seiner Einstellung fehlt es an einer gewissen, ah, Glattheit. Möchten Sie ihn zurückhaben?«

»Nur, wenn er einverstanden ist.« Eigentlich nicht mal dann, aber ich schuldete es Alexi, daß ich tat, was ich konnte.

»Natürlich werden Sie ihn beruhigen und verhätscheln, wenn er zurückkommt, oder?«

»Tolliver!«

»War nur eine Frage.« Ich konnte förmlich heraushören, wie er grinste. Er hatte schon immer Spaß daran gehabt, mich zu foppen, und jahrelang hatte ich es hingenommen. »Mikhael zappelt herum, Sir. Er möchte, daß ich ihn überrede zurückzukehren, aber er fürchtet Ihre, ah, berühmte Freundlichkeit.«

»Machen Sie sich nicht die Mühe.«

»Aber Herr GenSek, das ist überhaupt kein Problem.« Abrupt wurde er ernst. »Mein Beileid, was den Angriff angeht, Sir. Kann ich irgendwas tun?«

»Nein, aber danke.«

»Meine besten Wünsche an Ms. Seafort.«

»Achten Sie auf sich, Edgar.« Wir trennten die Verbindung.

Wieder eine kurze Konferenz mit Branstead und Donner. »Kusine Sara hat Hinweise auf zwei weitere Leute gegeben, aber sie sind entwischt. Wir schnappen sie noch.«

»Was in Gottes Namen«, fragte Jerence, »hat sie nur zum Massenmord angetrieben? All diese Angriffe ...«

Donner verzog das Gesicht. »Ich weiß nicht recht, ob sie politische Fanatiker oder eine Art Kult darstellen. Der Tod würde keine Rolle spielen, sagten sie, weil unsere nachlässige Umweltpolitik schon so viele das Leben gekostet hätte.«

Der Satan ging geheimnisvolle und hintergründige Wege. Mir schauderte.

Jerence sagte: »Karen Burns und dieser Booker sind immer noch auf freiem Fuß. Herr GenSek ...« Er tippte auf mein Terminbuch. »... Sie müssen unter Bewachung bleiben. Zumindest, bis die beiden festgenommen wurden.«

»Aber wenn meine eigenen Wachleute ...«

»Karen muß vorgehabt haben, Sie zu entführen, andernfalls hätte sie Sie einfach niedergebrannt. Sie könnte immer noch ...«

»Woher wollen Sie das wissen?«

»Sie sagte, sie würde einen Ausflug mit Ihnen machen, nicht wahr?«

»Aber wohin?«

Er zuckte die Achseln. »Ich weiß auch nicht mehr als Sie.«

»Aber warum, verdammt?« Ich schickte ein lautloses Reuegebet nach.

»Die Ö.A.L. war verzweifelt darauf aus, daß Sie Ihre Politik ändern, trotz Ihrer Rede. Sie wollten stärkere Veränderungen.«

»Sollte ich vielleicht unsere ganze Wirtschaft stilllegen?«

»Anscheinend.«

Ich zuckte die Achseln. Irre. Wie alle verrückten Ökos waren sie ... Nein, ich hatte selbst die Fronten gewechselt. Das durfte ich nicht vergessen.

»Schützen Sie Arlene und Philip«, sagte ich. »Ich werde aber nicht eine Kompanie Soldaten mit auf die Toilette nehmen, nur um mich sicher zu fühlen.«

Branstead und der General sahen sich an. »Jetzt, wo Ihre Vortragsreise beendet ist, finden wir ...«

»Wir?«

»Donner und ich haben darüber gesprochen. Sir, Sie reisen zuviel. Bis wir diese Bastarde geschnappt haben, sollten Sie hier oder in der Rotunde bleiben. Niemand kann Sie schützen, wenn Sie sich herumtreiben.«

»Ich bin doch nicht deren Gefangener!« Ich knallte mit der Faust auf den Tisch.

»Sir, es ist doch nur für kurze ...«

»Nein! Ich habe Verabredungen. Dr. Ghenili erwartet mich in vier Tagen; soll ich das vielleicht absagen? Meine Zukunft hängt davon ab.«

»Aber fanatische Terroristen treiben sich ...«

Ich schrie: »Das ist mir egal!«

Arlene steckte den Kopf ins Büro.

»Brülle etwas leiser, Liebster.«

Ich winkte sie herein.

»Diese Leute möchten, daß ich mich auf dem Anwesen einschließe. Alle Reisen absage. Hast du je solchen Blödsinn gehört?«

»Das erinnert mich an etwas, Donner«, sagte sie. »Ich möchte einen Laserschein für Philip.«

Er runzelte die Stirn. »Ich kann das deichseln, aber die öffentliche Politik ...« Nur wenige durften eine Lasterpistole besitzen. Ich hatte natürlich einen Schein, und Arlene ebenfalls.

»Er schießt gut; ich habe es ihm selbst beigebracht. Und er ist vernünftig.«

»Sehr gut, ich kümmere mich darum. Aber falls Sie sich bedeckt halten ...« Donner sah hoffnungsvoll drein.

»Wie gut kennen Sie meinen Nick?« Arlenes Ton war süffisant. »Er wird nicht damit einverstanden sein, was es ihn auch kostet.« Sie machte ein nachdenkliches Gesicht. »Andererseits könnte ich den Rollstuhl unbrauchbar machen.«

»Andererseits könnte ich auch kriechen.« Ich konnte nicht erkennen, was daran komisch war. Ja, meine Sturheit war für jeden eine Gefahr, der mit mir reiste. Und es würde mir schwerfallen, P. T. und Arlene zu zwingen, daß sie zu Hause blieben, falls ich das Grundstück verließ. »Sehen Sie, wie wäre es, wenn ...« Ich überlegte es mir. »Jerence, was, wenn ich geheim reiste? Wieso sollten wir bekanntgeben, daß ich nach Lunapolis fliege, um Ghenili zu konsultieren?«

»Die Medien behalten Ihren Jet und Ihren Amtsheli im Auge.«

»Schmuggeln Sie mich in einem Militärshuttle nach oben. Wir docken an der Raumflottensektion von Earthport an, und ich steige in eine Privatmaschine um.«

»Es wird durchsickern.«

»Branstead, Sie sind der geborene Verschwörer. Denken Sie nur daran, wie Sie Glückssaft an Bord der *Victoria* geschmuggelt haben. Ich habe Vertrauen zu Ihnen.«

»Sie sind größer als eine Flasche ...«

»Wir benutzen diesen Ausflug als Test. Falls es funktioniert, prima. Sonst probieren wir etwas anderes. Bis dahin sollten Sie Karen und Sergeant Booker schnappen. Ich erwarte, daß ihre Holos stündlich in den Nachrichten zu sehen sind. Sorgen Sie dafür.«

»Die Sender tun nicht immer ...«

»Sorgen Sie dafür.«

Mittlerer Nachmittag. Ich machte Pause nach einer Reihe eintöniger politischer Telefonate und setzte mich auf die Veranda. Thadeus Anselm beugte sich durch die Tür, die Hände in den Taschen. »Darf ich mich zu Ihnen setzen?«

»Wenn Sie möchten.« Ich klang bestenfalls unhöflich. Ich riß mich zusammen. »Setzen Sie sich. Besorgen Sie sich ein Erfrischungsgetränk.«

Schüchtern entspannte er sich auf einem Salonstuhl.

Wie ich mich erinnerte, hatte er mir einmal erzählt, daß er einsam war. Verlegen suchte ich nach einem Gesprächsthema. »Was läuft zwischen Ihnen und Mikhael, mein Junge?«

»Ich weiß nicht, Sir. Vielleicht ist es das Training.«

»Sind Sie streng zu ihm?«

»Das kann ich nicht; ich habe gar nicht die Befehlsgewalt. Ich sage Bevin, was er tun soll, und Mikhael macht mit oder nicht, wie er möchte. Ich habe mich nie darüber beklagt.«

»Was dann?«

Für einen Moment schien er besorgt. »Ich schätze, ich bin nicht besonders sympathisch.«

»Hatten Sie Freunde in Devon?«

»Ein paar. Kadettin Santini, aber sie ...«

»Wurde ermordet. Es tut mir leid.« Ich räusperte mich. »Wenn Sie nicht trinken, finde ich Sie sympathisch.«

»Danke.« Er grübelte. »Danil hat letzte Nacht geweint.«

»Während ... des Aufruhrs?«

»Danach.«

»Verständlich.« Ich hätte den Jungen aufsuchen und trösten sollen. Er war erst vierzehn. »Kümmern Sie sich um ihn, Tad.«

»Aye aye, Sir.« Es war eine gute Übung für die Zeit, wenn er erster Fähnrich wurde.

Der Rufer klingelte. Senator Uzuki, so stur wie immer, was unsere Umweltgesetze anging. Widerstrebend machte ich mich wieder an die Arbeit.

Als es Abend wurde und ich allein in meinem Büro saß, wagte ich zu hoffen, daß ich Fortschritte machte. Indem ich jedes Druckmittel einsetzte, das ich kannte, hatte ich sieben Senatoren dazu gebracht, ihre Oppositionshaltung noch einmal zu überdenken. Nicht viel, aber ein Anfang. Ich war zuversichtlich, die Vollversammlung zu gewinnen, aber falls sich der Senat eingrub, war unsere Gesetzgebung blockiert.

Jemand klopfte. Mikhael Tamarow mit zerknittertem Overall und zerzauster Frisur. Er musterte mich unsicher.

»Bist du wegen deiner Kleider hier?« Mein Gesicht war reglos.

»Und um mit Ihnen zu reden.«

»Das ist nicht nötig.«

Unaufgefordert plumpste er auf den Stuhl vor meinem Schreibtisch. »Ich bin völlig durcheinander, Mr. Seafort.«

»Das ist mir klar.« Mein Ton war steinern.

»Manchmal denke ich, daß ich eine Macke habe. Ich hatte darauf gewartet, mit Dad zu reden. Er hat Verständnis für diese ... Hatte Verständnis.« Er ballte die Fäuste. »Hatte Verständnis.«

Er sah Alexi so ähnlich, daß es mir richtig weh tat. »Und jetzt ist er nicht mehr da. Du wirst nie wieder mit ihm reden. Niemals seine Fürsorge erleben, dein ganzes Leben lang nicht mehr.« Brutal, aber ich sah keine andere Möglichkeit. »Du bist auf dich selbst angewiesen.«

»Bin ich das?« Seine Wangen waren naß.

»Ganz gewiß, Junge.« Ich nahm den Rufer zur Hand. »Soll ich den Kadetten schicken, damit er dir hilft zu packen?«

Er weinte offen.

Ich wartete ab.

»Wohin sollte ich gehen?«

»Nach Kiew, vermute ich.« Ich ließ zu, daß das Schweigen andauerte. »Sofern du mich nicht bittest, dich wieder zurückzunehmen.«

»Würden Sie es denn?« Es war ein Flüstern.

»Diesmal nur mit richterlichem Vormundsentscheid.« Mit seiner Zustimmung und der seiner Mutter konnte man das arrangieren.«

»Wieso?«

Wie sollte ich es ihm begreiflich machen? »Wir sind eine Familie. Arlene und ich, P. T. ... wir gehen auf eine besondere Art miteinander um.«

»Ich gehöre nicht dazu.«

»Doch, wenn du hier bei uns wohnst.«

Schritte auf dem Flur. Philip blickte herein. »Störe ich?«

»Ja, wir ... Nein, warte. Du kannst helfen.« Ich lud ihn mit einem Wink ein, sich zu setzen, und fuhr hinter dem Schreibtisch hervor, um mich zu den beiden zu gesellen. »Erinnerst du dich noch an damals, als du sechzehn warst und wir dieses Gespräch hatten?«

Er wurde rot. »Lebhaft.«

»Mikhael muß es verstehen lernen. Würdest du es ihm erklären?«

»Wenn ich muß.« Philip schlug ein Bein übers andere

und spitzte nachdenklich die Lippen. »Ich habe Vati in diesem Jahr damals große Probleme bereitet. Wir stritten uns, und er ließ mir nur selten meinen Willen.«

Ich öffnete den Mund, um gegen diese unfaire Darstellung zu protestieren, verzichtete aber doch darauf. Ich hatte ihn aufgefordert zu sprechen.

»Zum Teil lag es an meiner Überzeugung, daß ich recht hatte, was jede Höflichkeit überflüssig machte. Ich rang mich zu dem Entschluß durch, fortzugehen. Wenn du dir nicht die Mühe machst, mich anzusehen, wieso sollte ich dann mit dir reden?«

Mikhael fuhr zusammen, als hätte man ihn angeschossen. »Es tut mir leid! Ich wollte nicht ...« Er verschränkte die Arme, umklammerte sich selbst. »Reden Sie weiter.« Von Zeit zu Zeit warf er Philip einen besorgten Blick zu.

»Wo war ich? ... Ich war bereit zu gehen. Ich forderte Vati heraus, sagte ihm, er sollte doch die Jerries rufen. Er sagte, er würde es nicht tun. Ich habe ihn als ...« P. T. schluckte. »Ich habe ihn als Lügner bezeichnet, ihm gesagt, er wollte mich ja im Grunde doch nicht fortgehen lassen.

›Ich helfe dir packen‹, sagte Vati zu mir. ›Ich gebe dir noch was als Abendessen mit und begleite dich zum Tor. Danach stehst du auf eigenen Füßen.‹«

Es war still im Zimmer.

»Er lud mich ein, mich zu setzen – sogar genau dort, wo du jetzt sitzt –, und sagte mir, Mom und ich wären sein Lebensinhalt. Wir teilten ein Band, ein Familienband, das ihm heilig wäre. Es gäbe absolut nichts, was ich tun könnte – gar nichts –, das ihn bewegen würde, mich hinauszuwerfen. Ich könnte ihn anspucken, ihm den Heli stehlen, ihm den ganzen Tag lang Flüche an den Kopf werfen. Ich wäre immer noch sein Sohn und würde sein Haus mit ihm teilen. Er wollte dieses Bandes wegen jedes Verhalten ertragen.

Aber, setzte Vati hinzu, er würde auf dieses Verhalten

reagieren. Mit disziplinarischen Maßnahmen. Und falls ich mich entschied, dieses Band zu zerreißen, indem ich fortginge, würde er mich nie zurücknehmen, niemals. Und, Mikhael … er hat es ernst gemeint.«

Leise sagte ich: »Danke, mein Sohn.«

Mikhael fuhr sich mit der Zunge über die Lippen. »Was ist … danach passiert?«

»Ich erhielt Prügel, zum zweiten Mal in meinem Leben. Und dann versöhnten wir uns.«

»Er wird mich nie schlagen!«

»In Ordnung. Noch etwas, Vati?«

»Hat Mom mit dir über eine Pistole gesprochen?«

»Ja, Sir. Es ist eine gute Idee.« Er stand auf und streckte sich. »Gute Nacht.«

Als wir wieder allein waren, beschäftigte ich mich mit Papieren. »Triff deine Entscheidung, und tue es schnell.«

»Mr. Seafort?«

Ich setzte mein Holovid ab und bemühte mich, nicht ungeduldig zu klingen. »Ja?«

»Was würde Dad von mir erwarten?«

Ich überlegte. Alexi hatte Moira geliebt, daran zweifelte ich nicht. Hatte er gewußt, daß sie als Mutter schwach war? Kam es darauf an? »Ich weiß nicht recht. Falls ich umgekommen wäre und Arlene nicht fähig gewesen wäre, P. T. großzuziehen, dann hoffe ich, daß Alexi es getan hätte. Oder Derek.«

»Warum die beiden?«

»Sie kannten mich und wußten, was ich mir für meinen Sohn wünschte.«

»Ich lasse nicht zu, daß Sie mich schlagen.« Sein Ton war stur.

»Gut, die Entscheidung ist gefallen. Hol deine Sachen.«

Statt dessen saß er vornübergebeugt da, auf die Hände gestützt, und starrte einen abgewetzten Schuh an. Minuten dehnten sich zu einer Viertelstunde.

Ich fummelte mit Holochips herum und kämpfte gegen den Impuls an, nachzugeben.

Ein resigniertes Seufzen. »Was muß ich tun, Sir?« Sein Ton war fügsam.

»Ich warne dich: Noch mal solche Flüche wie gestern, und ich spüle dir den Mund aus! Was dein Verhalten angeht, so war es inakzeptabel. Beuge dich über den Schreibtisch.«

Er wollte etwas sagen, entschied sich aber dagegen. Mit einer Grimasse beugte er sich über den Schreibtisch und stützte den Kopf auf die Hände.

Ich zerrte meinen Gürtel los, denselben, mit dem Karen mich gefesselt hatte. Sorgfältig brachte ich den Rollstuhl in Position. Ich packte die Armlehne, hob den Arm weit an und knallte das Leder auf Mikhaels Hosenboden.

»Bessere dich, Junge«, sagte ich. »Und ich meine damit: *Unverzüglich!*«

15. Kapitel

In unserem Gästequartier in Devon blickte ich forschend in den Spiegel. »Streichen Sie sich die Haare glatt, Anselm. Das ist eine Frage des Respekts.«

»Ja, Sir.«

»Es heißt ›aye aye, Sir‹. Haben Sie denn alles vergessen? Mikhael, wir sind bald zurück. Danil, bist du soweit?«

Der Kadett kam ins Zimmer gesprungen, die graue Uniform ordentlich und steif. »Ja, Sir!«

Uns erwartete ein Gedenkgottesdienst für die fünf hingemordeten Kadetten. Ich hatte Hazen mit seinem Vorschlag, ihn abzuhalten, solange hingehalten, bis wir die Ökos gefaßt hatten; irgendwie erschien es obszön, unserer Kids zu gedenken, während ihre Mörder noch auf freiem Fuß waren.

Für die feierliche Zeremonie hatte Hazen die gesamte Akademiebelegschaft in Devon versammelt, hatte sogar die auf dem Stützpunkt Farside stationierten Kadetten heruntergerufen.

Wir kamen im Speisesaal zusammen, dem einzigen Raum der Akademie, der groß genug war für die ganze Gesellschaft. Ernst hielt Hazen seine Lobrede auf unsere Toten, deren blutige Leichen ich an jenem furchtbaren Julitag im Gras gefunden hatte.

*Ich aber, ich verliere noch alle Kinder.**

Als Hazen fertig war, fuhr ich an die Stirnseite der Halle, um zu reden. Ich sprach von unerfüllten Hoffnungen, einem frühzeitig beendeten Leben, den zerstörten Freundschaften.

»Ich bin aus Respekt vor euren Kameraden gekommen, die gestorben sind, aber auch aus Respekt vor euch, und um das Unrecht anzusprechen, das wir euch zugefügt haben.« Ich zwang mich, ihnen in die Augen zu blicken.

»Der Flottendienst gründet auf Ehre und Vertrauen und nichts weiter. Ihr habt das Recht, das unbedingte Recht, euren Mitkadetten zu vertrauen, den Fähnrichen, euren Ausbildern, euren Offizieren. Wie sie das Recht und die Pflicht haben, euch zu vertrauen.«

Im ganzen Saal war kein Laut zu hören.

»Als die jungen Leute aus der Krane-Halle den Anzugsraum durchquerten, war jeder einzelne von ihnen berechtigt, sich in der Gewißheit zu wiegen, daß keine Person in Gottes Raumflotte ihm Böses wünschte. Daß niemand, ungeachtet seiner politischen Einstellung,

* Genesis, 43, 14.

das Vertrauen verraten würde, das unser aller Leben einander verbindet. Das Leben jedes einzelnen von uns hängt von seinen Kameraden ab, wenn er zu den Sternen fährt. In der Devon-Akademie wurde dieses Vertrauen erschüttert. Ich hoffe und bete darum, daß ihr gestatten werdet, es wieder aufzubauen.

Im Namen der Vereinten Nationen, der Regierung des allmächtigen Gottes, bitte ich euch alle demütig um Entschuldigung.«

Ich holte langsam und tief Luft.

»Entlassen.«

In seinem Büro wirbelte Hazen das Eis im Glas herum. »Wohl gesprochen. Das ist es, was wir sie zu lehren versuchen.«

»Danke.« Mir fiel auf, daß er oder ein Vorgänger die meisten Möbel wieder aufgestellt hatte, die ich als Kommandant hatte entfernen lassen. Ich hätte es unmöglich gefunden, hier auf und ab zu gehen, ohne mir das Schienbein zu stoßen.

»Ich wünschte, alle würden es so sehen.« Er sagte es leichthin, aber mit einem gespannten Unterton.

Er wollte mir irgend etwas sagen. »Wer denn nicht?«

»Sie waren länger dabei als ich, Sir. War die Raumflotte schon immer so politisiert?«

Ich dachte an Admiral Duhaney zurück, in meiner Jugendzeit, an seine Machenschaften mit dem Senat. »Hin und wieder.«

»Heutzutage stellt man eine gewisse ... Vehemenz fest.« Hazen zögerte. »Diese verdammte *Galactic* ist ein Symbol. Alle meine Kadetten wollen dorthin. Drei Fähnriche haben die Versetzung beantragt.«

»Inwiefern soll das politisch motiviert sein?«

»Ich habe ein halbes Dutzend Anrufe von Offizieren erhalten, die entsetzt waren über Ihre – verzeihen Sie, *unsere* neue Umweltpolitik. Sie fürchten, dadurch könnten die *Olympia* und ihre drei noch nicht gebauten Schwesterschiffe auf Eis liegen. Ob ich irgendwelchen Einfluß auf Sie hätte, usw. usf.«

Ich machte schmale Augen. »Wer war es?«

»Wovon haben Sie gesprochen, Sir, von Vertrauen?«

Ich schloß die Augen. Es konnte einen rasend machen. Falls ich ihm den direkten Befehl gab, würde er es mir wahrscheinlich sagen, mich aber anschließend verachten. Ich hätte dankbar sein sollen, daß er sich überhaupt genug Sorgen machte, um mir einen Hinweis zu geben. Ich nahm mir erneut vor, mich mit der Admiralität zusammenzusetzen, sobald unsere Gesetze den Senat passiert hatten. Im Chaos unseres Kampfes um Stimmen und des brutalen Angriffs auf mein Heim war dieser Entschluß untergegangen.

»Ich denke«, sagte er und wählte seine Worte mit Bedacht, »die Raumflotte möchte hören, daß unsere Betonung der Ökologie nicht den Schiffbau beeinträchtigt oder letztlich die Flotte schwächt.«

Und das war exakt, was ich nicht versprechen konnte. Unsere Umweltschutzmaßnahmen würden solche Wirkungen zeitigen, ganz ohne Zweifel. Sollte ich es ihm sagen? Ich zögerte, war mir bei seiner gespaltenen Loyalität nicht sicher.

Draußen vor dem Fenster übten Kadetten im schwindenden Tageslicht einen Präzisionsmarsch. Ich vermutete, daß Hazen diese Show für mich arrangiert hatte. »Schicken Sie die Belegschaft von Farside wieder hinauf?«

»Bald. Ich gewähre ihnen vielleicht Urlaub, solange sie auf der Erde sind.« Auf der Basis Farside, auf der Rückseite des Mondes, waren unsere Leute sogar vom Routinekontakt mit der Erde abgeschnitten. Man fand dort keine öffentlichen Rufer und keine Sat-Relaisverbindungen, außer denen, die von der Raumflotte betrieben wurden. Die Eltern würden für den außerplanmäßigen Urlaub dankbar sein. Ich malte mir aus, wie sich Bevin eifrig auf den Besuch seines Vaters vorbereitete, und seufzte. »Ich schätze, ich sollte meine Jungs einsammeln und weiterreisen.«

»Stellt der junge Bevin Sie zufrieden?«

»Völlig.« Jetzt, wo ich zum Öko geworden war – ein Wechsel, bei dem mir immer noch schwindelig war –, konnte ich mich kaum mehr über seine politische Einstellung beschweren.

»Und Anselm?«

Sollte ich ihm erzählen, daß der Fähnrich ein Säufer war? Nein, das wäre ein Schandfleck auf seiner Akte, und zwar einer, den in Stein zu meißeln ich noch nicht bereit war. »Schade, das mit seinem Vater.«

»Eh? Oh, das. Ja.« Er stand auf. »Ich begleite Sie zu Ihrem Heli.

Zwei U.N.A.F-Kommandoeinheiten begleiteten uns in einem robusten Armeehelikopter. Mein Ausflug nach Devon war nicht angekündigt gewesen, ebensowenig wie unser Rückflug. Bevin und Anselm schwatzten und übertönten dabei das Heulen des Motors. In meiner Nähe saß Mikhael – dort, wo ich ein Auge auf ihn haben konnte. Gelegentlich wischte er sich kläglich den Mund mit einem Taschentuch ab.

Ich runzelte die Stirn und verschränkte die Arme. Der Junge war unmöglich. Als wir ins Gästequartier zurückgekehrt waren, um unsere Sachen zu holen, hatte er mich verdrossen angepöbelt.

»Wieso durfte ich nicht mitkommen?«

Ich stopfte den Mantel in meine Reisetasche. »Es war ein privater Gottesdienst für Flottenoffiziere.« Die Kadetten hatten meine Entschuldigung verdient gehabt, aber es war undenkbar, die schmutzige Wäsche der Raumflotte in der Öffentlichkeit zu waschen. Niemand, der nicht zur Flotte gehörte, und sei es die eigene Familie, durfte dabei zugegen sein.

Mikhael brummte etwas und wandte sich ab.

Entrüstet packte ich ihn am Arm. »Was war das?«

Er zuckte die Achseln.

»Ich habe ›blöder Scheiß‹ verstanden.«

Er sagte nichts, sah aber trotzig drein.

»Auf die Toilette.« Ich deutete zur Tür.

»Wieso?«

»Los!« Ich folgte ihm, schob ihn beinahe.

Ich nahm die Seife vom Waschbecken. »Benutze sie.«

»Dazu können Sie mich nicht zwingen!«

»Vor zwei Tagen hast du mir versprochen, neu anzufangen.« Nach seiner Züchtigung in meinem Büro war es zur tränenreichen Versöhnung gekommen, zum Versprechen guten Benehmens.

»Ich habe es auch versucht.«

»Ich dulde dein Schandmaul nicht. *›Wer seinem Vater flucht und seiner Mutter, dessen Lampe erlischt zur Zeit der Finsternis.‹** Mit flammenden Augen hielt ich ihm die Seife hin. »Tu, was ich gesagt habe!«

Jetzt im Heli spuckte er mit einer Grimasse üblen Nachgeschmacks ins Taschentuch. Vielleicht lernte er ja etwas. Seife war reichlich vorhanden, und ich war am Ende meines Geduldsfadens angelangt. Zu meiner Überraschung hatte ich erlebt, wie sein Trotz in sich zusammenfiel, wie er sich lammfromm den Mund ausspülte. Vielleicht wünschte er sich ja doch einen Vater. Sicherlich hätte der Alexi, den ich kannte, das Verhalten des Jungen nicht hingenommen. Nicht einen Augenblick lang.

Beiläufig, als merkte ich gar nicht, was ich tat, legte ich ihm den Arm um die Schultern.

* Sprichwörter, 20, 20

»In der Vollversammlung gewinnen wir, aber den Senat haben wir verloren.« Branstead wirkte niedergeschlagen.

»Robbie?« Ich wandte mich an Senator Boland, der für den Tag aus New York gekommen war.

»Er hat recht. Ich kann einfach nicht genügend herüberziehen.«

»Unsere Kampagne, meine Reden ...«

»Es hat geholfen. Die nordamerikanischen Umfragen stehen drei zu eins für uns, die europäischen zwei zu eins. Aber nur ein Drittel der Senatoren steht nächstes Jahr zur Wahl an, und ...«

»Was können wir ihnen bieten, das wir noch nicht vorgebracht haben?« Sie glotzten mich an. Ich konnte ihnen kaum einen Vorwurf daraus machen. Jahrelang hatte ich das Geben und Nehmen im Kompromißgewerbe gemieden. »Das Emigrationsgesetz? Die Bankenreform?«

»Damit gewinnen wir bestenfalls zehn«, sagte Robbie. »Das wären immer noch neunzehn zu wenig. Ich habe mir immer wieder den Kopf zerbrochen und mich gefragt, welche Tricks mein Vater benutzt hätte. Falls es einen Weg gibt, finde ich ihn jedoch nicht.«

Wir waren erledigt. Abgesehen davon, das Kriegsrecht zu verhängen, gab es keine Möglichkeit, ein Veto des Senats der Vereinten Nationen zu übergehen. »Und wir können sie wirklich nicht überreden?«

»Sir, sie sind durch längere Amtszeiten von ihren Wählern isoliert, und ihnen gefällt nicht, welchen Druck Sie auf die Vollversammlung ausüben. Mir sind die Argumente ausgegangen. Offen gesagt: Falls jemand anderes GenSek wäre, könnte ich mich selbst auf der Gegenseite wiederfinden.«

Sanft fragte ich: »Sie stimmen also für meine Person, nicht die Umweltgesetze?«

»Ich vertraue Ihnen, Sir. Ungeachtet Ihrer gegenteiligen Erklärung auf dem Von-Walthers-Bankett, ist Ihr moralischer Kompaß zuverlässiger als meiner.« Vor Jahren waren wir in der Transpopfrage unterschiedlicher Meinung gewesen, und er hatte später das Versagen seines Gewissens bedauert.

»Falls wir die Patriarchen irgendwie an Bord bekommen könnten ...« Jerence musterte mich hoffnungsvoll.

»Das ist ausgeschlossen.« Ich wollte die Patriarchen nicht ermutigen, sich in die Politik einzumischen, und ihre Sympathien gehörten ohnehin der Opposition.

»Was dann?«

»Ich weiß nicht. Wir spielen auf Zeit.« Manchmal war das an Bord von Schiffen das einzige gewesen, was mir noch einfiel. Zuzeiten hatte es funktioniert. Unter den jetzigen Umständen war es unwahrscheinlich. Wie konnte ich Philip gegenübertreten, wenn wir scheiterten? »Hatte Valera seine Finger ...«

»Verzeihen Sie.« Anselm war an der Tür aufgetaucht. »Darf ich mich dazugesellen?«

Hatte er weder Sinn noch Verstand? »Senator Boland ist der Mehrheitsführer, Jerence mein Stabschef; unsere Umweltgesetze stehen im Begriff zu scheitern, und Sie platzen einfach zu einem Schwätzchen herein?«

»Verzeihung!«

»Raus!«

Er schloß die Tür.

Boland und Branstead sahen sich an.

»ANSELM!«

Er tauchte wieder auf.

Ich winkte ihn herein. »Setzen.« Zu Robbie: »Arbeitet Valera gegen uns?«

»Nicht aktiv, aber Sie destabilisieren die Partei. Er möchte die Supras zusammenhalten; er erscheint als natürlicher Nachfolger.«

Müßig spielte ich mit dem Comp herum, schaltete eine Videosimulation ein, drehte den Bildschirm zu dem Jungen. Er sperrte den Mund auf. »Los, zeigen Sie mir, was Sie draufhaben.«

Er griff nach der Steuerung, machte sich bereit, holte tief Luft.

Boland fragte: »Hatten Sie und Cisno eine Auseinandersetzung? Er verhält sich, ah, vorsichtiger als sonst.«

Ich lächelte freudlos. »Ich wollte nicht, daß er uns durchgeht.«

»Ich bin froh, daß ich nicht in seiner Position bin.« Er blickte auf die Uhr. »Nebenbei: Ich gehe mit Jared zum Abendessen aus. Möchten Sie mitkommen?«

»Danke, nein. Sie beide sollten die Zeit für sich haben.«

»Oh, ich sehe ihn oft genug. Kommen Sie mit. Es ist ein neues ukrainisches Restaurant. Echtes Fleisch.«

Ich zögerte, wollte Arlene nicht alleinlassen. Andererseits hatte sie dann Zeit für Philip. Und falls Ghenili mich als Patient annahm, wußte niemand, wie lange ich fort sein würde. Charlie Witrek wurde erst nach dem Abendessen erwartet; ein Therapeut vom John Hopkins wollte ihn auf dem Anwesen absetzen. Immerhin, ein gutes Essen außer Haus würde mir Spaß machen. »In Ordnung.«

Die Leute von der Sicherheit würden hochgehen wie Raketen, aber das war ihr Problem.

Als Robbie dann gegangen war, um sich umzuziehen, fragte ich Anselm: »Was sollte das?«

»Ich hatte Langeweile und bin durchs Haus spaziert.« Er zuckte die Achseln. »Ich fand mich im Wohnzimmer wieder, wie ich Ihre Bar anstarrte.«

»Also sind Sie zu mir gekommen?«

»Ich hätte Sie nicht stören dürfen, Sir.«

Wohl wahr, aber ich hatte ihn als Mitarbeiter behalten, obwohl ich seine Schwächen kannte. Ich sagte: »Alle verbliebenen Minuspunkte sind gelöscht. Gut gemacht, Mr. Anselm.«

Er grinste erfreut. »Danke!«

»Morgen früh Inspektion. Halten Sie Ihre Sachen bereit.«

»Aye aye, Sir, aber Ms. Seafort hat mir schon alles gesagt.«

Ich zog eine Braue hoch. »Was gesagt?«

»Über Lunapolis. Wann brechen wir auf?«

Soviel zu Geheimnissen. »Und Sie haben es natürlich Bevin gesagt.« Der es zweifellos einem Wachmann gesagt hatte, der es *Newsnet* weitererzählte, wo man es der ganzen Welt erzählen würde.

Er richtete sich auf. »Das habe ich nicht.«

»Hmpff. Das Shuttle startet morgen früh um neun.«

»Ich bin bereit. Sie hat gesagt, Sie würden uns alle mitnehmen.«

»Bevin erweist sich vielleicht als nützlich. Und es wäre nicht fair, Mikhael zurückzulassen. Er ist mein Pflegesohn.« Das Gericht hatte unseren Antrag bewilligt. Jerence Branstead hatte sich mit üblicher Gewandtheit als hilfreich erwiesen.

»Dann sind wir fünf, Ms. Seafort mitgezählt.«

»Haben Sie Einwände?«

»Natürlich nicht. Es ist nur ... Sir, Danil ist kein Problem. Aber wenn Sie im Krankenhaus sind, wer kümmert sich dann um Mr. Tamarow?«

»Arlene.«

»Bleibt sie nicht bei Ihnen?«

»Meistens schon.« Das war ein Problem. Ich ergänzte: »Ich denke, ich weiß eine Lösung.«

Wir rasten in einem gepanzerten Auto über abgesperrte Straßen und hielten direkt vor dem Restaurant. So schnell sie nur konnten, führten mich meine Wachleute hinein. Dank meiner Vortragsreise wurden mein Rollstuhl und ich sofort erkannt. Ich hatte gerade noch Zeit, erstaunten Gesichtern zuzuwinken, die ich kaum richtig sehen konnte, da ich gleich in einen Privatraum geschoben wurde. Jared Tenere und Robbie saßen bereits am

Tisch. Die Sicherheitsleute überprüften den Raum und bezogen dann direkt davor Position.

Wir machten große Umstände bei der Auswahl des Weins und bestellten Gerichte mit echtem Fleisch, die wir auf der üppigen Speisekarte fanden.

Jared hob das Glas. »Danke, Sir. Sie machen Philip sehr glücklich.«

»Es sind bislang nur Worte. Der Senat ...«

Boland nickte verdrossen. »Er ist ein Problem.« Seine Miene hellte sich auf, und er tätschelte Jared das Knie. »Mein Junge hat mir erzählt, Sie hätten meine ... äh, Investition gesehen.«

Langsam kam ich darauf. »Sie meinen Cardiff? Es ist mir peinlich, daß sich P. T. wegen der Hypothek an Sie gewandt hat.«

»Es war meine Idee«, sagte Jared bescheiden. »Ich wußte, daß Onkel Robbie es verstehen würde. Und P. T. ... Sobald er den Besitz gesehen hatte, mußte er ihn einfach haben.«

Ohne nachzudenken, fragte ich: »Stellt ihr euch wirklich vor, dort zu wohnen?«

»Sobald die Luft wieder atembar ist. Bis dahin könnten wir das Haus hermetisch abdichten, aber ...«

Ich nickte. Völlig unpraktisch. »Wieso in aller Welt bei Cardiff?«

Leise sagte er: »Es ist ein guter Ort, um ein Kind großzuziehen.«

Ich verschüttete Wein und tupfte wirkungslos auf dem Tischtuch herum, bis der Kellner kam.

»Es tut mir leid. Hätte ich das nicht sagen dürfen?«

»Nein, es ist nur ...« Ich gab es auf. »Du hast mich erschreckt.« P. T. und Jared waren ernsthaftere Leute, als ich geahnt hatte. Ich versuchte, mich nicht als Großvater vorzustellen. Wie konnte ich das sein? Ich war kaum damit fertig, den eigenen Sohn großzuziehen.

Jared lächelte. »P. T. wird einen guten Vater abgeben.«

Ich sagte etwas Höfliches.

Später während des Mahls beugte sich Robbie Boland zu mir herüber. »Auf ein Wort, wenn ich darf.« Und an Jared: »Das ist privat. Du wirst es niemandem erzählen.«

»Natürlich nicht, Onkel Rob.«

Ich wartete.

Boland sprach leise. »Diese Burns. Sind Sie sicher, daß Sie der einzige faule Apfel in Ihrem Stab war?«

Ein Stich der Unruhe. »Wir haben alle noch mal überprüft. Soweit wir wissen ...«

»Sir, gehen Sie lieber absolut sicher!«

Er genoß meine ungeteilte Aufmerksamkeit. »Rob, welche Informationen haben Sie?«

»Keine.« Eine Grimasse. »Das frustriert mich ja so. Aber ich habe die Politik noch nie in solchem Aufruhr erlebt. Falls die Umweltgesetze durchkommen, werden manche Leute ein Vermögen machen, andere eines verlieren. Es könnte Sie noch jemand aufs Korn nehmen.«

»Ich kann da nicht viel tun. Obendrein läuft ohnehin alles auf den Senat hinaus. Wir verlieren ihn.«

»Ja.« Er machte ein finsteres Gesicht.

Jared sagte leise: »Ich kenne mich nicht in der Politik aus, aber in Ihrer und Onkel Robs Umgebung aufzuwachsen ...«

»Ja?« Ich hoffte, daß der Ton nicht meinen Ärger verriet.

»Wieso verkünden Sie nicht einfach, Sie hätten die nötigen Stimmen?«

Ich starrte ihn an.

Er leckte sich die Lippen. »Ich meine, Sie wissen doch, wie Politiker sind, was es für sie bedeutet, auf den fahrenden Zug zu springen. Erklären Sie, Sie hätten das Versprechen von genug Senatoren, um das Gesetz durchzubringen. Damit holen Sie weitere an Bord.«

Kalt versetzte ich: »Das wäre gelogen.«

»Oh, Blödsinn!«

»Jared!« Robbie warf ihm einen scharfen Blick zu. »Er ist der GenSek!«

»Ja, es tut mir leid, aber es wäre nicht gelogen, sondern eine Kriegslist.« Er klang trotzig.

»Ich bin nicht im Krieg, Jared.«

»Natürlich sind Sie das. Ein Krieg um die Herzen und Seelen dieser Leute. Ein Krieg, um die Erde vor sich selbst zu retten. Und erzählen Sie mir bloß nicht, das machte man nicht; Kandidaten behaupten immer, in den Umfragen vorn zu liegen, selbst wenn das Gegenteil zutrifft.«

»Das habe ich nie getan.«

Rob Bolands Mundwinkel zuckten. »Sie brauchten es nicht.«

»Und ich hätte es auch sonst nicht getan. Ich sage die Wahrheit, egal was es mich kostet.«

»Na ja ...« Jared spielte mit seinem Brot herum. »Wäre es denn eine Lüge, wenn Sie sie wahr machen?«

»Es tut mir leid.« Charlie hielt sich an meiner Schulter fest, während ich zum Sofa fuhr. »Ich kenne das Wohnzimmer nicht so gut. Im Büro könnte ich den Stuhl auch blind ... wie ich es bin.« Er tastete nach der gepolsterten Armlehne. »Ah, jetzt habe ich es.« Vorsichtig setzte er sich. »Ich wollte Ihnen keine Ungelegen ...«

»Tun Sie das nicht.« Es war eine Bitte. »Charlie, entschuldigen Sie sich nicht! Wir haben Ihnen das angetan.«

»Nein, das haben Sie nicht.« Er sagte es munter. »Diese verdammten Ökobastarde waren es. Ups! Verzeihen Sie die Wortwahl.«

»Unfug.« Ich winkte ab, vergaß dabei, daß er es nicht sehen konnte.

»Ich bitte Sie nur um eins: Schnappen Sie sie!«

»Die meisten haben wir, und die restlichen erwischen wir auch noch.« Ich sprach mit einer Zuversicht, die ich nicht spürte. Ich goß Charlie ein Erfrischungsgetränk vom bereitstehenden Tablett ein und gab es ihm in die Hand. »So. Die Ärzte versuchen es erneut?«

»In ein oder zwei Wochen, sagen sie.« Er fuhr sich mit den Fingern durchs Haar. »Diesmal sollte es lieber funktionieren.«

»Ich fühle mich verantwortlich. Falls ich irgend etwas tun kann ...«

»Das haben Sie schon.« Ein ironisches Lächeln. »Ich hatte Durst.« Demonstrativ kostete er von seinem Getränk.

»Charlie ...«

»Ich weiß.« Seine Stimme klang ruhig. »Es sieht schauerlich aus, nicht wahr? Haben Sie Narben?« Seine Hand zuckte zum verwüsteten Gesicht hinauf.

»Nein, mein Sohn.«

»Sie wollen meine entfernen. Sie warten nur ab, bis sie wissen, ob es echte oder kosmetische Augen werden. Aber ...« Ein langes Schweigen trat ein.

»Ja?«

»Selbst wenn die Transplantate funktionieren, werde ich nicht gut genug sehen können, um wieder in den aktiven Dienst zu kommen. Ich erhalte kein Schiff.« Ein Lächeln, das gezwungen wirkte. »Falls ich überhaupt wieder sehe. Höchstwahrscheinlich werde ich der jüngste Fähnrich auf der Liste der Offiziere im Ruhestand.«

Ich blickte auf zum Himmel. Herr, wenn Du überhaupt Gnade kennst, Anstand ...

»Was haben Sie vor?«

»Das frage ich mich manchmal – nachts.« Ein Lachen. Der Ton war fröhlich. »Ich erlebe jetzt viel Nacht.«

Das üppige Abendessen lag mir schwer im Magen. »O Charlie!« Ich fuhr an seine Seite.

»Sie brauchen kein Mitleid zu haben, Herr GenSek.« Er wich vor mir zurück. »Solche Sachen passieren nun mal. Sie selbst sind viel schlimmer dran. Mir tut so leid, was sie Ihnen angetan haben.«

»Ich komme zurecht.« Vorläufig. Bis Ghenili mich heilte oder ich die Sache beendete.

Wir saßen schweigend da.

»Komische Sache«, sagte er schließlich. »Wenn man keine Augen hat, kann man nicht weinen.«

Spät am Abend saß ich in meinem Wohnzimmer und starrte den unerwarteten Besucher an. »Haben Sie den Verstand verloren?«

»Ich glaube nicht.« Derek Carrs Ton war kühl.

»Sie haben schon eine Woche für die Verhandlungen verloren, als ich Sie wegen Mikhael rief. Selbst wenn Ghenili mich annimmt, operiert er vielleicht nicht sofort.«

»Ich arrangiere Holokonferenzen und fliege nächste Woche für die Abschlußverhandlungen zur Erde zurück. Ich begleite Sie.«

Mikhael verfolgte das Zwischenspiel, wie auch Arlene.

»Liegt diese Entscheidung nicht bei mir?«

»Nur, wenn Sie ganz Lunapolis dichtmachen.« Derek verschränkte die Arme.

»Ich weiß ja zu schätzen ...« Ich schluckte, hatte einen Kloß im Hals. »Es ist wirklich nicht nötig.«

»Dann sagen wir, daß ich an Alexis Stelle mitkomme.«

»Er hätte nicht ...«

»Ach zum Teufel!« Für einen Moment wurde sein Ausdruck grimmig. »Ich höre mir das nicht weiter an. Sie beleidigen mich!«

Ich warf einen verstohlenen Blick auf Mikhael. Sein Blick ruhte gebannt auf Derek.

»Ich schätze«, murrte ich, »daß wir noch Platz für eine Person haben.«

Der Mund des Jungen entspannte sich, zeigte ein dämliches Lächeln.

»Sie haben wohl keine weiteren Geschichten auf Lager?«

»Ein paar schon.«

»Nicht eine einzige, falls Sie irgendwas von ihm hören, das nicht in ein Nonnenkloster passen würde.«

Eine Braue von Derek zuckte hoch. »Mikhael, hast du ihm Schwierigkeiten gemacht?«

»Nein, Sir. Nicht ... Ich meine, in letzter Zeit nicht.«

»Komm mit, Junge. Gehen wir spazieren.« Er entrollte seine schlaksige Gestalt, stand von der Couch auf. »Habe ich dir je davon erzählt, wie Alexi den Rohrstock erhielt?«

In dieser Nacht machten Arlene und ich Liebe, langsam, vorsichtig. Beim ersten Mal waren wir sechzehn gewesen, Fähnriche in ihrem ersten Urlaub. Damals war ich ahnungslos und unsicher gewesen, und sie hatte mir hindurchgeholfen. Jetzt tat sie es wieder. Es war höllisch, Beine zu haben, die sich keinem Wunsch fügten, wo man sie haben wollte, Muskeln, die nicht reagierten, Nerven, die nur ungleichmäßige Empfindungen aus der Leistengegend übermittelten.

Danach lagen wir dösend da, zufrieden in der Fülle des Erlebten.

»Nick, du weißt ja, daß ich Eizellen habe einfrieren lassen.«

»Was?« Ich fuhr hoch.

»Wir sind nicht zu alt. Für Mikhael dazusein ... scheint dich ganz zu machen.«

»Ich tue es für Alexi.«

»Und für dich. Du nimmst junge Leute unter deine Fittiche. Sieh dir nur Danil und Tad an.«

»Was möchtest du damit sagen?«

»Daß es nicht zu spät für uns ist, noch ein Kind zu haben.«

»Wenn es erwachsen würde, wäre ich ...« Ich war schockiert. »In den Siebzigern!«

»Na und? Falls du eine Enzymbehandlung einleitest …«

»Ich würde jünger aussehen und immer noch siebzig sein. Es ist unnatürlich.«

»Das sind falsche Zähne auch. Und du hast auch welche.«

»Das ist etwas anderes.«

»Oder neue Lungen.«

Ich richtete mich auf einen Arm auf. »Liebes, möchtest *du* ein Kind?«

Eine geraume Weile verstrich. »Ich weiß nicht recht.« Sie schmiegte sich an meine Brust. »Aber falls ja, dann von dir.«

Ich bemühte mich, nicht zu weinen. »Gott, ich liebe dich!«

Ihre Hand kroch abwärts. Wenig später murmelte ich: »Ruhig, Liebes, wir machen noch die Pferde scheu.«

Man schmuggelte uns in Bransteads und Dereks Heli aus dem Haus, als gerade der Morgen dämmerte. Wir alle waren ausgelassen wie die Kinder und kicherten über unsere List. Arlene und ich saßen ineinander verschlungen auf dem Deck von Dereks Hubschrauber. Die Jungs flogen mit Jerence. Hin und wieder stieß mich Arlene an, wie es Kadetten taten, wenn der Sergeant nicht hinsah. Ich kitzelte sie unter dem Hals, eine ihrer wenigen verwundbaren Stellen. Derek hielt den Blick tolerant auf die Instrumente gerichtet und kümmerte sich nicht um das schallende Gelächter vom Rücksitz.

»Ich habe beschlossen«, sagte Arlene, »daß ich es möchte.«

Ich blinzelte. »Was denn?«

»Spiele mir gegenüber nicht den Senilen, du alter Dummkopf.« Sie erstickte meinen entrüsteten Protest mit einem Kuß.

»Du möchtest ein Kind?« Meine Tonlage stieg fast bis zum Quieksen. »Meinst du das ernst?«

Sie nickte.

Verwirrt blieb ich still und knuddelte sie auf dem ganzen Weg bis zum Shuttlehafen.

Die Raumflottenbasis Potomac hatte eigene Hangars, die einen Teil des Hafenkomplexes bildeten. Um Lunapolis zu erreichen, mußten wir auf der Orbitalstation Earthport umsteigen. Die meisten Shuttles nach Earthport wurden von der Armee betrieben, aber die Raumflotte hütete eifersüchtig ihr Vorrecht, trotzdem eigene Maschinen zu unterhalten.

Wenn es um die Entscheidung ging, welcher Dienst eher ein Geheimnis wahrte, hätte ich jederzeit auf die Flotte gesetzt. Daß sie der Dienst war, dem ich selbst angehört hatte, trug dazu bei, ihre Loyalität zu gewährleisten, aber mehr noch war die lange Tradition der Ehre, wie die Flotte sie pflegte, etwas, das der nüchterneren U.N.A.F. fehlte. Um die Sicherheit noch zu verstärken, hatte man nur zwei Personen auf Earthport informiert, daß ich an Bord sein würde, und eine davon war Admiral McKay.

Wir gingen in einem geschlossenen Hangar an Bord des Shuttles, damit es niemand sehen konnte. Jerence hatte gleich den Befehlshaber des Shuttlehafens aufgesucht, der einen Leutnant schickte, um den Einsatz zu leiten. Bei seinem Anblick zappelte Anselm nervös herum und wurde rot. Ich zog eine Braue hoch. »Er war es, der mir den Rohrstock verabreicht hat«, flüsterte er.

Der Leutnant stellte den Stationsarzt vor. »Herr GenSek, wir schicken nur selten Gelähmte nach oben. Verstehen Sie, die Sitze sind nicht dafür geeignet, einen ...«

Ich stöhnte. »Nun machen Sie voran! Ich komme schon klar.«

»Und sobald sich das Shuttle von der Erde gelöst hat und in Schwerelosigkeit fliegt ...«

»Arlene, sag ihm, daß ich kein Grünschnabel bin.«
»Ruhig, Schatz.«
Ich ertrug seine eifrigen Instruktionen mit aller Würde, die ich nur aufbrachte. Danach reckte ich den Hals, um Mikhael anzusehen. »Warst du schon im Weltraum?«
»Dad hat mich früher mitgenommen. Ich bin es gewöhnt.«
Endlich der Start. Sicher auf meinem Platz angeschnallt, machte ich die Entspannungsübung, die Sarge seinen eifrigen Kadetten beigebracht hatte. Ich hörte immer noch sein leises Lachen. »Entspanne deine Brustmuskeln, Seafort. Spüre, wie es dich herunterdrückt. Wie eine Frau, die auf dir liegt, aber ich schätze, davon weißt du noch nichts.« Damals hatte ich wirklich noch nichts davon gewußt.
Nach endlosem Motorengedröhn und unaufhörlichem Druck verschwand die rote Farbe wieder aus den Augenwinkeln. Ich saugte Luft ein, öffnete die Gurte und schwebte vom Sitz hoch.
Hinter mir tat Anselm fröhlich das gleiche. Mikhael schluckte und war grün im Gesicht.
Ich brüllte: »Denk nicht mal darüber nach! Setz dich aufrecht hin! Benimm dich!«
Es funktionierte. Er war zu erschrocken, um noch an die Übelkeit zu denken.
Sanfter setzte ich hinzu: »Atme tief und langsam, mein Junge. Du wirst dich wieder besser fühlen. Falls nicht, findest du dort die Tüte.«
»Jasir!« Er klammerte sich daran wie an eine Kuscheldecke.
»Danil, du und Mikhael könnt mal probieren, ob ihr Earthport entdeckt.« Grünschnäbel verloren in Schwerelosigkeit leicht ihr Frühstück. Eine Ablenkung half.
Derek blinzelte.
»Wie fühlst du dich, Schatz?« Arlene schwebte über mir.

»Gut.« Die Rippen taten mir weh, aber es war nicht nötig, das zu erwähnen.

Die Tür zum Cockpit ging auf, und der Copilot schwamm auf uns zu, zog sich dabei von einem Handgriff zum nächsten.

»Herr GenSek, eine Dringlichkeitsmeldung von Ihrem Stabschef.«

»Sehr schön.« Ich nahm die gekritzelte Notiz entgegen. *»Admiral McKay bei Druckunfall auf Earthport getötet. Wen möchten Sie als Nachfolger? Andernfalls ernennt die Admiralität Hoi vom PersBü.«*

Ohne nachzudenken, richtete ich mich auf. Ich stellte fest, daß ich in der Schwerelosigkeit wieder die Freiheit genoß, nach der ich mich sehnte. »Ich muß mit Branstead reden. Haben Sie einen abhörsicheren Rufer?«

»Natürlich, Sir. Im Cockpit.«

Er und der Pilot hörten dort meinen Beitrag zum Gespräch mit, aber daran war nichts zu ändern. »Wenn ich bitten darf.«

»Nick?« Arlene blickte vom einen zum anderen.

»Schwierigkeiten auf Earthport. Ich bin gleich zurück.« Hand über Hand bewegte ich mich bugwärts und zog dabei die nutzlosen Beine hinter mir her.

Ich tippte die Nummer ein. »Jerence?«

»Das ging ja schnell.« Bransteads Stimme knisterte.

»Wie ist es passiert?«

»Ein seltener Unfall. Außenwartung. Jemand hatte die Kontrolle über einen Werkzeugschlitten verloren, und er hat ein Bullauge zerschmettert.«

Ich fluchte. Ein Werkzeugschlitten war ein Mittelding zwischen einem riesigen Triebwerksanzug und einem winzigen Gig. Gerade groß genug, um unhandlich zu sein, zu groß für jede Feinsteuerung. Ich verabscheute diese Dinger und hatte sie auf Schiffen nie benutzt.

»Sind Sie sicher, daß es ein Unfall war?«

»Das wird man natürlich untersuchen. Aber ich denke,

daß ein Matrose unaufmerksam war. Jedenfalls ist McKay tot.«

»Richtig. Was wissen wir über Hoi?«

»Sie haben ihn auf Earthport getroffen, wissen Sie noch?«

»Ah, ja.« Auf Admiral McKays Konferenz, als sie mich über die *Galactic* belehrten. Ein eher kleiner Typ, gepflegt, besorgt um die koloniale Funktion der Raumflotte. »Möchten Sie einen bestimmten Kandidaten? Können Sie jemanden empfehlen?« Jerence hatte ein Mitspracherecht bei unseren Ernennungen verdient; seine Loyalität war nicht mit Geld aufzuwiegen.

»Niemand besonderen. Ich könnte die Liste durchgehen, aber damit würde ich die Admiralität schwer verärgern.«

»Dann akzeptieren Sie deren Kandidaten. Und rufen Sie die Admiralität zu einer Konferenz zusammen, sobald ich wieder auf der Erde bin. Reservieren Sie einen kompletten Tag dafür.« Ich gedachte, die Admirale vor politischer Einmischung zu warnen und sie zu informieren, daß die Schiffsbauvorhaben *Olympia* und ihre Schwesterschiffe eingestellt waren. »Und schicken Sie die übliche Kondolenznachricht an McKays Familie.« Ich hatte den Mann nicht gut gekannt.

»Wird gemacht. Versprechen Sie bitte anzurufen, sobald Sie bei Ghenili waren.«

»Mache ich.«

»Alles Gute, Sir.« Er trennte die Verbindung.

Ich manövrierte mich zu meinem Platz zurück. Mikhael schien es besser zu gehen, und er unterhielt sich ernsthaft mit Derek. Als ich mich anschnallte, tauchte Bevin neben mir auf. »Sind Sie beschäftigt, Sir?«

»Rede.«

»Ich habe ... Mr. Seafort hat mir Einzelheiten von unseren Umweltgesetzen erzählt. Ihren Gesetzen, meine ich.«

Einen Moment lang war ich verwirrt, bis mir klar wurde, daß er von Philip sprach. »Und?«

Seine Miene erhellte sich. »Sie sind wundervoll, Sir! Sie sollten stolz darauf sein.«

»Du gibst mir Noten für meine Politik, mit vierzehn?«

»Ja, Sir, es ist anmaßend von mir. Aber es ist trotzdem wundervoll.«

»Hmpff. Sei nicht zu hoffnungsvoll. Der Senat ist gegen uns.«

»Sie werden eine Möglichkeit finden, wie Sie es auch in der Vollversammlung geschafft haben.« Er redete mit der fehlgeleiteten Zuversicht der Jugend.

»Ich bezweifle es. Obendrein war das alles Philips Idee, nicht meine.«

»Nein, Sir. Bitte verzeihen Sie mir. Es war seine Idee, aber es ist Ihre Tat.«

Arlene, die zu ihrem Platz zurückkehrte, zerzauste Bevin im Vorbeischweben die Haare. Danil grinste wie ein dummes Hündchen. Entsetzlich. Als nächstes nahm sie ihn noch auf den Schoß. Wie sollten wir Kadetten zur Mannhaftigkeit erziehen, wenn sie sie ständig verhätschelte? Manchmal war Arlene einfach unvernünftig.

Als wir uns Earthport näherten, blickte ich mit zusammengekniffenen Augen zur Sichtluke hinaus und hoffte, Spuren des Schadens zu erkennen, der Admiral McKay umgebracht hatte. Ich wußte jedoch, daß das nicht ging; Earthport war so riesig, daß die Unfallstelle nicht erkennbar sein würde. Eine Schande, daß er genau zu diesem Zeitpunkt in der entsprechenden Sektion gewesen war; eine Chance von eins zu zehntausend. Aber wenn nicht ihn, dann hätte es womöglich jemand anderen getroffen. Die Raumfahrt war so sicher, wie wir sie nur gestalten konnten, was bedeutete, daß sie trotzdem gefährlich blieb. Es war ein Risiko, obgleich ein geringes, Mikhael mit in den Orbit zu nehmen. Als sein Vormund war es meine Aufgabe, mir über solche Dinge Sorgen zu machen.

Arlenes Vorschlag, ein weiteres Kind zu bekommen, erstaunte mich. Ungeachtet meiner Erziehung – ich hatte meine Gastmutter nie gesehen – waren meine Frau und ich ziemlich altmodisch, was Elternschaft anging. Konnten wir uns darauf verlassen, lange genug am Leben und bei Gesundheit zu bleiben, um ihn oder sie aufzuziehen?

Um die Wahrheit zu sagen, war ich gar nicht so alt für die heutige Zeit. Zu den aktiven Kapitänen gehörten Personen, die gut über achtzig waren; der alte Hoskins konnte ohne Hilfe nicht mal mehr gehen. Ungeachtet der ausgeleierten populären Holodramen trafen an Bord von Raumschiffen erfahrene Kommandanten kühle Entscheidungen, nicht junge Helden mit wildem Blick und zueinander passenden Platinlasern.

Wollte ich einen weiteren Sohn? Sollten wir das Geschlecht überhaupt auswählen? Konnte ich eine Tochter großziehen? Würde ich den ersten jungen Fähnrich erwürgen, der sie musterte?

Ich saß nachdenklich da, während wir uns der Station näherten. Unser Liegeplatz befand sich auf Deck 7 zwischen Frachthangars der Raumflotte.

Es war ungewöhnlich, jedoch nicht gänzlich unbekannt, daß der Zutritt zu einem Hangar vor dem Entladen gesperrt wurde; manche Frachten waren schließlich militärischer und geheimer Natur. Wir betraten einen verlassenen Hangar und wurden direkt zu einem Mondshuttle geführt. Mikhael war bitter enttäuscht; er hatte gehofft, auf Erkundung losziehen zu können. Bevor ich explodieren konnte, nahm Derek ihn mit auf die Seite und redete in scharfem Ton mit ihm. Ein toller Vater würde ich sein: Ich hatte keine Geduld. Der Allmächtige allein wußte, wie sich P. T. so gut hatte entwickeln können.

Ein paar Stunden später waren wir in Lunapolis.

Dr. Ghenilis Klinik lag am Ende eines sauberen, aber

zwielichtigen Labyrinths, drei Ebenen unter der Mondoberfläche. Mein Gesicht war halb von einem Tarnverband bedeckt, während wir an gleichgültigen Menschenmassen vorbeifuhren, an Korridornotverschlüssen und hin und wieder einem Geschäft, bis zur Eingangsluke.

Das Klinikpersonal brachte mich in einem bescheidenen Zimmer unter. Ich hätte ein Hotel vorgezogen, aber das war ausgeschlossen, wenn das Geheimnis gewahrt werden sollte. Selbst wenn ich in einer Flottenunterkunft abstieg, würde früher oder später die Nachricht hinaussickern. Das Klinikpersonal war besser geschult, die Privatsphäre der Patienten zu wahren. Wie sich herausstellte, war Ghenili selbst ein begeisterter Öko und zeigte sich hocherfreut, mich aufzunehmen.

Arlene und Derek machten viel Aufhebens dabei, für meine Behaglichkeit zu sorgen. Mir fehlte nur der motorisierte Rollstuhl; es wäre eine ungeheuere Verschwendung von Treibstoff gewesen, ihn mitzunehmen, und zu welchem Zweck auch?

Die drei Jungs spazierten gelangweilt durch mein Zimmer, faßten alles an, nahmen Instrumente, Sensoren, meine Sachen zur Hand. Ich rief sie zusammen. »Mr. Anselm, Sie und Danil haben Urlaub.« Einen Augenblick lang überkamen mich Zweifel. »Kein Tropfen, Tad, einverstanden?«

»Ich werde nicht trinken.« Ein förmlicher Entschluß, der mich überraschte.

»Besuchen Sie mich täglich und jederzeit, wenn Sie das Bedürfnis haben. Zögern Sie nicht. Behalten Sie Danil im Auge und melden Sie sich bis Mitternacht im Hilton.«

»Aye aye, Sir.«

»Was ist mit mir?« Das war Mikhael.

»Sieh dir Holodramen im Hotel an.« Er zeigte sich niedergeschmettert, wie ich es vorher gewußt hatte. Ehe er mit seinem Protest herausplatzte, sagte ich: »Du kannst auch in Gesellschaft von Mr. Anselm losziehen.«

Er warf dem Fähnrich einen skeptischen Blick zu.

»Unter seiner Aufsicht.«

»Nein!« Die reine Bestürzung.

»Du bist fünfzehn, und ich kenne Lunapolis zu gut. Du wirst nicht allein ausgehen.« Die untersten Bezirke der Mondsiedlung waren berühmt für Unterhaltungsangebote, bei denen selbst Matrosen rot wurden.

»Er ist nur ein Jahr ...«

»Aber Mr. Anselm ist per Gesetz der Vollversammlung ein Gentleman und ein Erwachsener.« Das galt für alle Offiziere, selbst wenn sie gerade sechzehn waren. »Fähnrich, Sie tragen die Verantwortung. Behandeln Sie ihn höflich, aber lassen Sie sich keinen Mist gefallen. Er ist minderjährig, und ich unterstelle ihn Ihrer Aufsicht.«

»Aye aye, Sir.« Anselms Ton war kühl.

Mikhael sagte ärgerlich: »Ich bleibe im Zimmer.«

»Jungs, für einen Moment raus hier.« Ich hielt Mikhael zurück. »Ich weiß, daß es dir nicht gefällt, aber es ist eine gute Übung. Du mußt lernen, dich zu beherrschen. Jeder Kadett würde ...«

»Ich bin kein Kadett.«

»Du hast mich unterbrochen.« Mein Ton war kalt.

Er schluckte. »Verzeihung, Sir.«

»Guter Junge. Mikhael, dein Vater ist mit dreizehn zur Raumflotte gegangen. Er hat genau die Disziplin gelernt, die ich dir beizubringen versuche. Gib der Sache eine Chance; tue es für ihn, wenn nicht für mich.«

»Ich hasse Anselm. Ich werde ihn nicht ›Sir‹ nennen.«

»Das ist nicht nötig. Sei höflich und tue, was er dir sagt.« Er verschränkte die Arme. Ich fügte leise hinzu: »Bitte?«

Einen Moment später gab er nach und nickte. »Ja, Sir.«

Da ich nicht wußte, was ich sonst tun sollte, zerzauste ich ihm das Haar.

»Ja.«

Mein Herz machte einen Sprung.

»Ein Erfolg ist nicht garantiert«, setzte Ghenili hinzu. »Tatsächlich haben Sie nur etwa eine vierzigprozentige ...«

»Sie ist gut genug.«

»Sie müssen verstehen: Es besteht eine gewisse Möglichkeit, daß Sie den Eingriff nicht überleben ...«

»Ich weiß. Tun Sie es.«

»Hör ihm zu, Schatz.« Arlene drückte mir fest die Hand.

Zwei Tage lang hatten sie mich durch die Mangel gedreht, sondiert und abgeklopft, bis ich fast mit den Nerven fertig war.

»Wann?« Wenn möglich, am liebsten sofort.

»Freitag.«

In drei Tagen. Es würde reichen.

»Dann mindestens eine Woche, bis Sie aus dem Bett können. So lange liegen Sie fest.«

»Ich weiß.« Sie hatten es mir in einem fort erklärt.

Der Zeitablauf sank auf ein erbarmungsloses Kriechtempo herab. Aus Stunden wurden Wochen. Ich stieg auf einen nichtmotorisierten Rollstuhl, fuhr im Zimmer herum und hinaus auf den Flur.

Arlene verbrachte soviel Zeit mit mir wie möglich; hin und wieder mußten wir uns trennen, um unsere Ehe zu retten. Vielleicht war ich schwierig.

Wenn Derek gerade keine Geschäftsgespräche von seinem Hotelzimmer aus führte, verbrachte er Stunden ausgestreckt auf meinem Bett, während ich auf dem Rollstuhl saß und schimpfte. Zuzeiten brachte er Mikhael mit, und gemeinsam verabreichten wir dem Jungen eine doppelte Dosis Erinnerungen.

Anselm und Bevin meldeten sich täglich bei mir. Sie schienen eine schöne Zeit zu haben. Na ja, ein junger Fähnrich konnte im unteren Lunapolis ganz gewiß seinen Horizont erweitern. Ich hoffte, daß er Danil dabei nicht mitnahm.

Ich sah mir Holos an und verfolgte die Nachrichten. Der Kampf um die Ökogesetze dominierte die Meldungen; Senatoren und Abgeordnete der Vollversammlung dozierten im Rahmen ihrer Manöver vor laufender Holokam.

Branstead rief mich an und benutzte dabei die beste Sicherheitsschaltung, die wir nur hinbekamen. Er wollte die Behauptung ausgeben, wir hätten genügend Stimmen in beiden Häusern.

»Ist das Ihre Idee?« Ich bedachte ihn mit finsterem Gesicht.

»Na ja ... nein. Rob Boland hat sich das ausgedacht.«

Ich verkniff mir ein Lächeln. »Ach, wirklich?«

»Ich schätze, man könnte es eine Lüge nennen. Betrachten Sie es als List.« Sein Ton wurde ernst. »Allmählich gehen uns die Mittel aus.«

»Ich denke darüber nach.« Vor Jahrzehnten hatte ich Lügen hervorgesprudelt und damit unschuldige Jungen und Mädchen in den Tod geschickt. Vielleicht war es nötig gewesen, aber nichts am Firmament des Allmächtigen würde mich dazu bringen, so etwas noch einmal zu tun. Eher sollte die Erde zugrundegehen. Dieser Entschluß war alles, was mir den Verstand rettete.

»Ich gebe es bekannt, Sir. Sie selbst brauchen kein Wort zu sagen.«

Ich war nicht Hüter von Bransteads Moral, oder? Trotzdem fühlte ich mich unwohl dabei. »Warten Sie. Ich melde mich wieder.«

Admiral McKays Begräbnis schaffte es in die Nachrichten, ebenso der merkwürdige Todesfall einer Armee-Offizierin, die in Lunapolis stationiert gewesen war, aber in einem verlassenen Lagerhaus in New Jersey gefunden wurde. Ich hätte mir den Zwischenfall gar nicht gemerkt, hätte die Frau mich nicht an Karen Burns erinnert.

Burns entzog sich unserem Netz. Die Nachforschungen führten ins Nirgendwo; wir hatten nicht mal herausgefunden, wohin sie mich hatte bringen wollen oder warum. Auch Sergeant Booker blieb auf freiem Fuß. Donner hätte Barcelona in dem Moment absperren sollen, als Bookers Anruf erfolgte. Wäre ich richtig vorbereitet gewesen und hätte sofort das Kriegsrecht ausgerufen …

Ich seufzte. Von Rourke hatte seine Infamie vor dem Letzten Krieg begonnen, indem er das Kriegsrecht ausrief; vielleicht hatte es Hitler ebenfalls getan. Man würde Booker zweifellos schnappen. Falls das geschah, gedachte ich seiner Hinrichtung beizuwohnen und sie zu feiern. Gott sei Dank waren Hinrichtungen öffentlich.

Jerence drängte mich, erneut eine Rede zugunsten unseres Programms zu halten, in der Hoffnung, ein paar Senatoren zu überzeugen. Er entwickelte einen phantastischen Plan, meine Sendung über eine private Satellitenverbindung auf die Erde zu übermitteln und sie dort von meinem Grundstück auszustrahlen, als hielte ich mich zu Hause auf. Er wollte sogar unseren Comp Warren anweisen, die weiße Wand des Krankenhauses im Hintergrund gegen die vertraute Vertäfelung meines Büros auszutauschen.

Ich lehnte natürlich ab. Das grenzte nicht nur zu stark an direktes Lügen, obwohl man darüber streiten konnte, sondern ich zweifelte daran, daß noch eine Ansprache einen Umschwung herbeiführte.

»Hallo, Vati.« P. T. und Jared standen grinsend an der Tür meines Krankenzimmers.

»Was soll das? Woher kommt ihr denn?«

»Wir haben ein Shuttle erwischt.« Philip fuchtelte mit einer kleinen Holokam. »Vorher und nachher. Zuerst vorher.« Er richtete sie auf mich.

»Nein!« Ich warf die Decke über mich. »Nicht, solange ich diesen … diesen …«

»In Ordnung, ich höre auf.« Er tat es jedoch nicht. »Mom sagt, du wärst charmant wie immer gewesen.«

»Sie kann mir ihre Beschwerden persönlich vortragen.«

»Unserem Autokraten?« Endlich hörte er auf zu filmen und bückte sich, um mich auf den Kopf zu küssen. »Winstead fragt nach dir. Ich habe ihm nicht gesagt, daß du hier bist.«

»Richte ihm meine ...« Es schmerzte mich, das zu sagen. »... besten Grüße aus.«

»Andrus Bevin hat gerade erfahren, daß sein Sohn zu deinem Stab gehört. Er ist begeistert.«

»Das kann ich mir vorstellen.« Ein Spion für die Ökos in den Reihen der ... Nein, ich war selbst Öko. Ich seufzte. Noch vor einem Jahr hätte ich nie gedacht, einmal mit den Fanatikern vom Umweltrat verbündet zu sein. »Jared, versperre nicht die Tür; die Schwester möchte hindurch.«

»Verzeihung.«

Ich entblößte den Arm für die üblichen Spritzen. »Ms. Gow, der Junge mit der Holokam ist Philip Seafort, und der da an der Tür herumzappelt ist Jared, mein Schwiegersohn.« Das war nicht ganz korrekt; sie waren ein Paar, aber nicht verheiratet, nur ...

Jared lächelte froh. War es möglich, daß ich unsere Beziehung noch nie öffentlich anerkannt hatte? Na ja, es war lange überfällig. Barsch klopfte ich auf das Bett. »Setz dich eine Weile.«

Wenigstens ein Tag meiner Wartezeit verging rasch.

Am Freitag schickte ich letzte Nachrichten an Rob Boland und Briefe mit der Bitte um Unterstützung an zwei aufsässige Senatoren, die zweifellos glaubten, ich säße sicher zu Hause.

Ehe die Beruhigungsmittel mich zu groggy machten, um mich noch zu konzentrieren: Ein letztes Lebewohl an Jerence Branstead. Er legte abrupt auf, mitten im Satz, als ich ihm gerade erklären wollte, wie viel ich von ihm hielt. Eine ernste Umarmung von Philip, eine weitere – zu meinem grenzenlosen Erstaunen – von Jared.

Dereks Hand zuckte kurz über meine Stirn. »Ich werde hier sein, Sir, wenn Sie aufwachen.«

»Ich weiß.« Womit hatte ich ihn verdient?

Er schnaubte. »Nehmen Sie sich die Freiheit, mich als selbstverständliches Inventar zu betrachten.«

»Sie waren ein guter Junge. Ich war stolz auf ...«

»Was?«

»Bin. Werde es sein, falls ich das überstehe. Falls nicht ...«

»Verdammt.« Er blinzelte rasch und verschwand aus meinem Blickfeld.

Ich schwebte in weichem Nebel.

Mikhaels Gesicht ragte über meinem Bett auf. »Sir ... Mr. Seafort ...« Er trug seine besten Sachen und war makellos herausgeputzt.

»Kannst mich nicht so nennen. Mußt dir was anderes ausdenken.« Sein Vater konnte kein ›Mister‹ sein.

»Jasir. Ich wollte nur sagen ...« Er blickte kurz zu Arlene zurück. »Werden Sie wieder gesund. Danke für alles. Ich meine es ernst. Werden Sie wieder gesund, Sir.« Ein flehender Blick an Arlene. Sie nickte.

»Sehr gut, Fähnrich.« Warum sah er verwirrt aus? Er war doch ... wann befördert worden? Wo war er stationiert? Gleich wußte ich es bestimmt wieder. Im Moment war es einfach zu ... zu ...

Schwarz.

Eine endlose Ausdehnung aus weißen Decken. Ein Stoß; eine übelkeiterzeugende Schmerzwelle.

Vergessen.

Ich trieb wieder daraus hervor und erneut hinein, besuchte mal Vater, machte mal Mikhael wegen seiner

Streitsucht zur Schnecke, verfolgte mit, wie P. T. heranwuchs. Eines Tages konnte ich ihn auf meine Schultern setzen, und am nächsten ...

Heiß. So heiß.

Schlaf.

»... fektion breitet sich aus. Ich habe die Antibi ...«

»Nick? Drücke meine Hand.«

Das Bett holperte. Rote Wogen der Qual.

Mein Mund war trocken und rissig.

»... jetzt seit drei Tagen, und er reagiert nicht. Falls seine Nieren versagen ...«

Weißer Dunst. Schmerz.

»Sir?« Das war Derek. »Halten Sie durch, Sir. Bitte.«

»Lebewohl.« Ich versuchte mich zu räuspern. »Alter Freund.«

»Gott verdamme dich!« Arlenes Stimme knirschte wie ein Nagel auf einer Schiefertafel. »Stirb mir nicht weg, du Mistkerl!«

»Es ist ... Zeit.«

»Ach zum Teufel!«

Ich dämmerte in Schlaf hinüber.

»Atmen Sie, Nick! Tief Luft holen.« Finger drückten meine Schulter. »Bleiben Sie bei mir, Sir.« Dereks Ton war gepreßt.

Ich versuchte es.

Rot verblaßte zu Weiß. Mein Atem ging leichter. Die Welt verblaßte.

Ich blinzelte. Derek, grau und gebeugt in der Ecke.

»Wie spät ist es?« Eine Stimme aus einem antiken Grab.

Er fuhr zusammen. »Herr Jesus!«

»Lästern Sie nicht.«

»Gott sei Dank!« Er lief zum Bett, fiel auf die Knie. »Oh, Gott sei Dank!«

»Weinen Sie nicht.«

»Ich dachte, ich würde Sie verlieren.«

»Wo bleibt Ihre Würde? Sie sind Regierungschef.«

»Sie sind ...« Entschlossen hob er den Kopf. »... mein Regierungschef.«

Ich döste ein.

Als ich aufwachte, hielten Arlene und die drei Jungen Wache. Ich hatte wahren Heißhunger. Sie verabreichten mir mit dem Löffel Getreidebrei.

»Gebt mir was Richtiges zu essen.«

»Dr. Ghenili sagt ...«

»Wo ist er?«

»Genau hier.« Es kam von der Tür. »Willkommen zurück, Herr GenSek.«

»Ich hatte mich ... verirrt.« Vielleicht war es immer so. Ich versuchte, mit dem Fuß zu wackeln, schaffte es aber nicht. »Ist es schiefgegangen?«

»Ihr Körper ist voll in Gips. Versuchen Sie nicht, sich zu bewegen.«

»Es juckt.«

»Tut es das jetzt?« Er musterte mich ernst.

Nach einem Augenblick der Verwirrung schrie ich entzückt auf. »Ich kann fühlen!« Trotz seiner Warnung wackelte ich wie verrückt mit den Zehen. Bevin tanzte von einem Fuß auf den anderen. Anselms Augen glänzten feucht.

Ich sah Arlene an. »Wo steckt Derek?«

»Er ist betrunken. Mikhael kümmert sich um ihn.«

»Allmächtiger! Doktor, wie lange muß ich im Bett liegen?«

»Noch drei Tage, selbst bei Anwendung des Wachstumsstimulators. Sie müssen erst noch heilen. Dann einen Monat lang beschränkte Bewegung. Danach sollten Sie wieder auf dem Damm sein.«

Mein Blick fiel auf Arlene. »Lange genug, um ein Kind aufzuziehen?« Ihr Lächeln wärmte meine Seele.

16. Kapitel

War die Zeit vor der Operation schon langsam verlaufen, so blieb sie danach ganz stehen. Ich war noch hilfloser als zuvor und wurde mit Schläuchen versorgt, die sich unter der Bettdecke entlangschlängelten. Hätte ich den Rufer benutzt, dann hätte die Zeitverzögerung zwischen Lunapolis und New York meinen Aufenthaltsort verraten, also konnte ich zur Zeit nicht politisch tätig werden, um unsere Umweltgesetze voranzubringen.

Ich redete mit Branstead, der verdrossen klang. Im Senat bestand keine Hoffnung. Er und Robbie waren entschlossen, den bevorstehenden Sieg zu verkünden, alles auf einen letzten Würfelwurf zu setzen. Ich willigte ein.

Philip und Jared saßen bei mir, wenn Arlene nicht da war.

Am zweiten Abend kehrte Tad Anselm nicht ins Hotel der Jungs zurück. Mikhael verriet es Arlene, vielleicht aus Boshaftigkeit. Sie ging wieder schlafen und informierte mich tags darauf.

Mehr als alles andere war ich traurig. Ungeachtet aller Andeutungen, auf die ich hätte achten sollen, hatte ich mit der Zeit mehr von Anselm erwartet.

Derek kam zu Besuch und setzte sich eine Zeitlang zu mir. »Ich fliege zur Erde hinunter, um die Handelsgespräche abzuschließen ... Manchmal muß man im gleichen Raum sein und den anderen in die Augen blicken.«

Ich lächelte. »Und was möchten Sie dort entdecken?«

»Welcher Unidollar die Grenze für sie ist. Nick, die Tonnage an Getreide, die wir schicken ...« Er schüttelte den Kopf. »Sie wird riesig, und Ihre Delegierten haben keine andere Wahl, als zu kaufen. Nur die haarsträubenden Frachtpreise der Raumflotte stellen noch einen Anschein von ausgeglichener Handelsbilanz her.«

»Genießen Sie es, solange Sie können. In ein paar Jahren wird unsere Produktion ...«

»Das haben Sie schon früher gesagt. Ich hoffe, daß es diesmal so kommt.«

»Warum? Im Grunde haben Sie uns dort, wo Sie uns haben wollten.«

»Letztlich stimmen unsere Interessen mit Ihren überein. Die meisten von uns wissen das.« Er blickte auf die Uhr.

»Wann brechen Sie auf?«

»Heute abend.«

Ich hatte keinen Grund, mich verraten zu fühlen. Überhaupt keinen. »Sehr gut.« Wir hatten über die Jahre wenig genug Zeit zusammen gehabt. »Mikhael wird traurig sein.«

»Nick, darf ich Ihnen einen Rat geben?«

»Natürlich.«

»Sie haben ihm furchtbar Angst gemacht.«

»Ich? Wovon reden Sie?« Ich hatte ihn bestraft, das stimmte, aber man konnte ihn wohl kaum als terrorisiert bezeichnen.

»Er hat Alexi verloren. Sie haben die Schale seines Kummers durchdrungen und sein Vertrauen geweckt. Dann haben Sie ihm gedroht, ihn im Stich zu lassen.«

»Er war es, der weggelaufen ist, nicht ...«

»Nick, denken Sie doch, wie er Alexi verloren hat.«

Ich schwieg. »Bedeute ich ihm so viel?«

»Er läuft mit Jammermiene durchs Hotel, ganz anfällig und weinerlich.«

»Er braucht eine hormonelle Neueinstellung.«

»Er braucht Sie.«

»Ich bin kein Seelenklempner. Diese Dinge sind ...«

»Fähnrich Anselm meldet sich zur Stelle, Sir.« Das war Thadeus von der Tür her. Er klang streitsüchtig, und seine Uniform war unordentlich und schmutzig.

»Wie wagen Sie es, hier aufzutreten!«

»Soll ich ins Hotel gehen?«

»Wo haben Sie gesteckt?« Nicht, daß es darauf ankam. Er hatte gegen eine Regel zuviel verstoßen.

»Überwiegend in den unteren Bezirken.«

»Gehen Sie mir aus den Augen. Ich entscheide später, was mit Ihnen geschieht.«

»Aye aye, Sir.« Und er war verschwunden.

Ich fragte Derek: »Was würden Sie mit ihm machen?«

Er zuckte die Achseln. »Ich habe es nie über den Fähnrich hinaus gebracht.«

»Trotzdem.«

»Er unterscheidet sich im Grunde nicht sehr von Mikhael. Jung, einsam, leidend.«

»Wir leiden alle, Derek. Und er ist nicht mein Sohn.«

»Warum haben Sie ihn genommen?«

Ich wurde still.

»Früher haben Sie die Kinder gerettet, haben Sie uns gerettet.«

»Ich habe nichts mehr, was ich geben könnte.«

»Kassieren Sie ihn?«

»Ich sehe keine Möglichkeit, das zu vermeiden.«

»Verdammt, Nick, die Raumflotte ist mehr als Turnübungen und Stockschläge!« Derek war ungeheuer stolz auf seine fünfjährige Dienstzeit. »Was ist mit Barmherzigkeit?«

»Man hätte Anselm nicht den Abschluß gewähren dürfen. Er ist nicht soweit.«

»Zerstören Sie nicht sein Leben.«

»Er hat es selbst getan.«

Darauf hatte Derek keine Antwort.

Ich sah Jerence Branstead im *Newsnet*. Er hörte sich absolut überzeugend an. Wir hätten die Vollversammlung gewonnen und sechs Stimmen Vorsprung im Senat. Hätte es doch nur gestimmt!

Man hatte mich aus dem Gipsverband befreit. Langsam und vorsichtig konnte ich gehen, zumindest in der Sechstelschwerkraft des Mondes. Die normale Erdschwerkraft hätte mein genesendes Rückgrat zerstören können.

Mikhael kam zu Besuch. »Entlassen Sie ihn nicht. Bitte!«

»Du hast selbst dafür gesorgt, daß Arlene von seiner Abwesenheit erfuhr.«

»Yeah.« Er ließ die Schultern hängen.

»Tut es dir jetzt leid?«

»Yeah.« Er regte sich. »Mr. Carr hat mit mir gesprochen.«

»Warum haßt du ihn so?«

»Weil Sie ihn so gut leiden können!« Er scharrte mit den Füßen. »Was ich tue, ist nie gut genug.« Sein Ton war bitter. »Sehen Sie, ich bin keiner Ihrer beschissenen Kadetten. Ich trage keine gottver ... keine Uniform und nehme nicht auf Befehl Haltung an. Ich brülle nicht auf jeden Ihrer Befehle ›aye aye, Sir!‹ und springe gleich los. Aber Anselm tut es, und deshalb respektieren Sie ihn.«

Weil ich ihn so mochte. Ich kostete die Idee. Anselm enttäuschte mich, machte mich wütend. Als erfahrener Fähnrich hätte er es besser wissen sollen, als sich nicht wieder in der Kaserne zu melden. Und es war nicht sein erster Verstoß.

Trotzdem ...

Ich mochte ihn so.

»Mikhael, ich erwarte von dir nicht, dich wie ein Fähnrich zu verhalten. Und es tut mir leid, daß ich so krank war.«

»Was hat das mit ...« Er brach ab und blinzelte Tränen weg.

»Komm, nimm meine Hand.« Wir saßen eine Zeitlang friedlich zusammen. Dann sagte ich: »Mir gefällt, wie du dich entwickelst, Mikhael.«

»Sie ziehen immer über mich her. Sitz aufrecht. Rede nicht in dem Ton. Benimm dich.«

»Weißt du, wie man seine Kinder dazu bringt, daß sie sich selbst mögen?«

Er schüttelte den Kopf.

»Man erzieht sie so, daß sie liebenswert sind.«

»Ist es das, was Sie tun, Mr. Seafort?«

»Ich versuche es. Und ich habe dir schon gesagt, daß du mich nicht so anreden sollst.« Ich hatte die Vormundschaft gefordert. Und das hatte ich jetzt davon.

»Wie soll ich Sie denn anreden? Ich habe einen Dad.«

»Pa. Vater. Sir.«

»Sie nehmen das wirklich ernst, nicht wahr?«

Ich fragte verwundert: »Du nicht?«

Er saß für einen Moment still da. »Darf ich die Wahrheit sagen?« Ich nickte. »Yeah, ich nehme es ernst. Ich fühle mich manchmal so verlassen. Dad ist nicht mehr da, und ich bin froh, jemanden zu haben, der das versteht. Ich rede Sie an, wie Sie möchten, aber nicht ›Dad‹. Niemals. Das wird er immer für mich bleiben.«

»Anders möchte ich es auch nicht haben.« Ich war stolz auf ihn.

»Ich probiere es mit ›Pa‹, aber es ist mir peinlich. Und was den Fähnrich angeht ... Er war nett zu mir, als Sie ihm sagten, er solle auf mich aufpassen.«

»Es ist meine Entscheidung. Ich denke darüber nach.«

»Ja, Sir. Pa.«

Arlene fand, ich sollte Anselm kassieren. Wie immer sagte sie ihre Meinung, versuchte aber nicht, sie mir aufzuzwingen. Sie wußte gut, daß ich ihren Rat meistens befolgte.

»Er hätte es besser wissen müssen«, fand sie. »Und hat trotzdem so gehandelt. Was wäre, wenn er auf einem Schiff Dienst täte?«

»Tut er aber nicht.« Unruhig fuhr ich im winzigen Krankenhauszimmer hin und her.

»Darauf kommt es nicht an.«

Trotzdem zögerte ich zu tun, was ich hätte tun sollen.

Am Nachmittag erwartete ich Derek, der sich verabschieden wollte. P. T. und Jared wollten mich am Abend besuchen. Ich rief den Fähnrich zu mir, um unsere Konfrontation hinter mich zu bringen.

Anselm erschienen in meinem Krankenzimmer und hatte dunkle Ringe unter den Augen.

Ich entließ ihn aus der Habachtstellung. »Sie haben natürlich getrunken, nicht wahr?«

»Ich bin von einer Kneipe in die nächste gezogen. Die Stadtbezirke sind voll davon.«

»Ich bin angewidert von ...«

»Aber ich habe nicht einen einzigen Drink genommen.«

»Trotzdem haben Sie ...«

»Nicht einen.«

Ich schrie: »Hören Sie auf, mich zu unterbrechen!«

»Deshalb bin ich losgezogen. Um mich bewußtlos zu saufen.«

»Sind Sie verrückt geworden?« Ein Kapitän sollte für einen Fähnrich wie ein Gott sein, erhaben und distanziert, niemand, den er unterbrechen durfte. Und ein GenSek stand so weit über einem Kapitän ... Und doch fiel er mir nach Belieben ins Wort.

»Ja, ich denke, ich bin es.« Er erwiderte meinen Blick. »Ich habe Ihre Befehle nicht vergessen. Mitternacht, hatten Sie gesagt. Ich beschloß, es zu ignorieren.«

»Sie lassen mir kaum eine Wahl.«

»Ich weiß, Sir.« Es klang bedauernd. »Bringen Sie es hinter sich.«

»Sehr gut, Sie sind ...« Kassiert, wollte ich sagen. »Warum haben Sie nicht getrunken?«

»Ich wollte mir beweisen, daß ich mich zügeln konnte.

Nur dieses eine Mal. Zunächst hatte ich gar nicht vor, die ganze Nacht draußen zu sein. Ich wollte einen Scotch, und es hat mich so verdammt wütend gemacht, daß ich keinen kriegen konnte; nichts hatte mehr eine Bedeutung für mich.« Er klang bitter. »Nachher habe ich reichlich Zeit zum Saufen.«

Mein Ton war sanft. »Anselm, ich kann nicht riskieren, Ihnen den Befehl über Kadetten oder einen Trupp Matrosen zu übertragen. Sie sind nicht fit dafür. Als Oberbefehlshaber aller UN-Streitkräfte ziehe ich hiermit Ihr Patent ein.«

»Ich bin kassiert.«

»Nein, du bist zum Kadetten degradiert.«

Er sperrte den Mund auf.

Es war die einzige Alternative, die ich sah. Ihn mit einer geringeren Strafe davonkommen zu lassen, das wäre eine Beleidigung seiner Kameraden gewesen. Und er wußte es. Trotzdem war ich nicht bereit, ihn aufzugeben.

»Können Sie das tun?«

»Ich habe es gerade getan. Und natürlich erhältst du den Rohrstock. Melde dich beim Quartiermeister der Raumflotte und bestelle eine graue Uniform. Melde dich dann bei Arlene zu deiner Bestrafung.«

»Ms. Seafort?« Er wurde bleich.

»Ich würde dich ja zum diensthabenden Offizier von Lunapolis schicken, damit aber meine Anwesenheit verraten. Bei Arlene bezweifle ich allerdings, daß du diese Nummer noch einmal durchziehen wirst.« Dafür würde sie sorgen. Sie war selbst erster Leutnant auf der *Wellington* gewesen und brachte dem Unfug von Fähnrichen wenig Toleranz entgegen. »Zieh deine Hörner ein, Anselm. Ein Kadett wird als Kind behandelt. Du wirst alles, was sich bewegt, ›Sir‹ oder ›Ma'am‹ nennen. Ich werde nicht zögern, die Kadettendisziplin durchzusetzen.«

»Ja, Sir!«

»Ging es bei deinem Fehltritt darum, daß du deinen Vater vermißt?«

»Ich weiß nicht.« Sein Blick war gequält.

»Du wolltest ihm deine Noten zeigen, wie? Sehr gut, das machen wir! Schreibe ihm einen Brief.«

»Was?«

»Du hast mich schon verstanden. Einen Brief, der erklärt, was seit seinem Tod geschehen ist. Adressiere ihn an deinen Vater. Sage ihm, wie du dich benimmst, was du dabei empfindest. Erwähne alles.«

»Dazu können Sie mich nicht zwingen.«

Der Rufer summte, aber ich ignorierte ihn. Unsicher richtete ich mich auf und benutzte dabei die zwei stabilen Krücken aus Alulegierung, die man mir zur Verfügung gestellt hatte. Ich stemmte mich vom Bett hoch. »Kann ich das nicht, Kadett?« Ich versetzte ihm einen leichten Klaps.

Das erinnerte ihn an seinen Status, und es zeitigte die gewünschte Wirkung. Er fiel in sich zusammen. »Aye aye, Sir.« Ein besiegtes Flüstern.

»Entlassen. Hole dir die graue Uniform.«

Derek machte ihm an der Tür Platz. »Sehr interessant.«

»Wie lange haben Sie schon zugehört?«

»Eine Zeitlang. Ich vermutete, daß Sie die Tür geschlossen hätten, falls Sie Privatsphäre wünschten.« Er veränderte seine Haltung. »Nick, mein Shuttle fliegt um acht. In zwei Stunden.«

»Sehe ich Sie wieder?«

»Ich bezweifle es. Mein Schiff geht in einer Woche, und ich liege mit den Verhandlungen weit zurück.«

»Ich werde Sie vermissen.«

»Und ich Sie. Kommen Sie wieder mal nach Hope Nation?«

»Unwahrscheinlich«, sagte ich. »Ich werde nicht jünger.«

Wir blickten uns in die Augen. »Ist das wirklich der Abschied?« In seiner Stimme klang Verwunderung mit.

»O Derek!«

Der Rufer summte wieder.

»Es war ...« Er bekam den Satz nicht fertig.

Ms. Gow, die Krankenschwester, kam ins Zimmer gerannt. »Ein Mr. Branstead sagt, er würde verzweifelt versuchen, Sie zu erreichen. Kümmern Sie sich nicht um Ihren Rufer?«

»Warten Sie einen Moment, Derek. Hallo?«

»Schalten Sie die Nachrichten ein!« Branstead schien in Panik.

Ich fummelte am Holovid herum und schaltete *Newsnet* ein.

»*... vermißt und wahrscheinlich in seinem Haus in Washington umgekommen, wo er sich von Verletzungen erholte, die er beim Bombenanschlag in der Rotunde erlitten hatte.*«

Ich wollte mich kerzengerade aufrichten und schnappte vor Schmerz nach Luft.

»*Rettungsarbeiter sagen, bedingt durch die Stärke des Laserangriffs bestünde keine Chance, in den rauchenden Ruinen Leichen zu finden. GenSek Seafort wurde vor allem als unversöhnlicher Feind der Fremdlebewesen berühmt, die man die Fische nennt. Geboren wurde er in Cardiff, Wales, im ...*«

»Herr Jesus Christus!«

Eine Helikam flog über einen Haufen Schutt hinweg. Ein paar Reste der Außenmauer standen noch. Vom Haus war nichts übrig.

»Amen«, sagte Branstead.

»Wer? Warum?«

»Laser aus dem Orbit. Die Comps der Verteidigung sagen, von Earthport oder der *Galactic*. Im Augenblick stehen sie so dicht nebeneinander ...«

»Wer führt auf der Station das Kommando?«

»Admiral Hoi. Es ist noch mehr zu melden, Sir. Die

Admiralität in London hat eine Funknachricht abgefangen. Vor gerade einer Stunde hat die *Galactic* eine Barkasse voller Matrosen nach Earthport geschickt. Sie haben die zivile Kommandozentrale gestürmt.«

»Gott im Himmel!«

Eisenfinger packten mich am Arm. »Wo liegt Ihre Pistole?«

»Jetzt nicht, Derek. Was ist mit dem Flottenstützpunkt?«

»WO LIEGT SIE?«

»In der Schublade. Hat das Earthport-Flottenkommando reagiert?«

»Ich kann Admiral Hoi nicht erreichen.«

Derek ging zur Luke hinüber, öffnete sie mit einem Hieb auf den Schalter und bezog draußen Stellung, meinen Laser mit der blinkenden Ladeanzeige in der Hand. Die Waffe war entsichert.

Die Türluke fuhr wieder zu.

Branstead sagte: »Kapitän Stanger führt anscheinend den Staatsstreich. Er hat der Rotunde, dem Senat, der Vollversammlung und dem Armeekommando ein Ultimatum übermittelt. Wir sollen die Umweltgesetze sofort zurückziehen. GenSek Valera soll ihn bis spätestens Mittwoch auf der *Galactic* aufsuchen, oder die Laser des Schiffes werden so viele Städte aufs Korn nehmen, als nötig ist, um den Widerstand zu brechen. Er möchte in sechs Stunden eine Antwort hören. Das erste Ziel ist die Rotunde.«

Ich fragte: »Was ist mit Dubrovik in Lunapolis?« Der Admiral kommandierte unsere lunare Flottenbasis, von der Klinik aus am anderen Ende der Stadt gelegen.

»Er ist krank geschrieben, wie Sie sich erinnern werden. Verletzt. Kapitän Simovich ist amtierender Kommandant. Ich kann auch ihn nicht erreichen.«

Ich sagte schwer: »Eine umfassende Meuterei.«

»Wenn wir Glück haben, Sir.«

Ich explodierte. »Glück? Wie möchten Sie es denn sonst nennen?«

»Eine Revolution.«

Der Raum drehte sich um mich. Ich ordnete meine Gedanken. »Welche Schiffe haben wir?«

Die wenigen Sekunden Zeitverzögerung reichten schon, um mich schier verrückt zu machen. Endlich knisterte Bransteads Stimme wieder in der Leitung. »Im Heimatsystem nichts, was der Rede wert wäre. Die *Melbourne* ist mit einer vollen Ladung Touristen Richtung Titan abgefahren. Die *New Orleans* liegt an Earthport angedockt und wartet auf ihre Umrüstung. Sie kennen das Problem.« Heutzutage war praktisch die gesamte Heimatflotte gezwungen, auf den Strecken zwischen den Kolonien und der Heimatwelt zu verkehren. Wir brauchten dringend mehr Schiffe.

Genau das, worauf Kapitän Stanger hinauswollte. Die Ironie bestand darin, daß ich die Schiffe, die er forderte, gegen ihn einsetzen würde.

»Und Sie können Hoi nicht erreichen?« Ich griff nach Strohhalmen. »Besteht die Möglichkeit, daß er noch loyal ist?«

»McKay wurde getötet. Wahrscheinlich, um Hoi an seine Stelle zu setzen.«

Ich stöhnte. Warnsignale hatte es gegeben, und ich hatte sie ignoriert. Warnung auch vor der Bestürzung der Raumflotte über unsere Politik. Ich hatte mich nicht darum gekümmert. Warnung vor der zunehmenden Politisierung unserer Offiziere. Auch darum hatte ich mich nicht geschert.

Meine Torheiten waren unser Untergang.

»Sir, was jetzt?«

»Sind Sie in der Rotunde? Verschwinden Sie von dort, ehe die Putschisten sie einebnen.«

»Ich habe noch Zeit. Werden Sie kämpfen?«

Die Luke ging auf.

Ich lachte, heiser und verbittert. »Womit? Wir haben keine Schiffe und keine Befehlsstruktur mehr, und man hält uns eine Pistole an den Kopf.«

Arlene kam hereinmarschiert, Bevin im Schlepptau. »Die Armee verfügt über Bodenabwehrlaser.« Sie machte ein grimmiges Gesicht. »Setze sie ein! Puste die *Galactic* aus dem Heimatsystem!«

»Du hast davon gehört?«

»Das Ultimatum geht über alle Sender.«

Jerence hörte es mit. Er klang im Rufer angespannt. »Herr GenSek, denken Sie daran, daß die *Galactic* schon die ganze Woche lang Passagiere an Bord genommen hat. Inzwischen sind zweitausend Zivilisten an Bord.«

Arlene knirschte: »Vernichte das Schiff! Er begeht Meuterei.« Noch nie in der Geschichte hatte die Raumflotte Verrat verübt. Jetzt waren zweihundert Jahre der Ehre zunichte geworden.

Ich sagte: »Es wäre Massenmord.«

»Das ist mir egal.«

»Wir können das nicht tun.«

Die Hände in die Hüften gestemmt, funkelte sie auf mich herab. »Was dann? Sollen wir kapitulieren?«

Ich wußte es nicht. »Jerence, wer hält zu uns?«

»Das kann ich noch nicht sagen. Alles ist so schnell passiert ...« Er holte lange und tief Luft. »Höchstwahrscheinlich das Oberkommando der Armee, sobald es erfährt, daß Sie am Leben sind. Die Admiralität, hoffe ich. Allerdings hat sie die Umbesetzungen unterschrieben, die Simovich und Hoi auf ihre jetzigen Positionen gebracht haben. Es ist riskant.«

»Wie sieht die öffentliche Meinung aus?«

»Die Öffentlichkeit hält Sie für tot. Die Nachrichtenmagazine bringen Rückblicke. *De mortuis nil nisi bene.*«

»Wir können auf die Kolonisten, die Transpops, die Ökos zählen.«

»Richtig. Niemanden mit Waffen. Die anderen haben

den Senat, die halbe Vollversammlung und die Raumflotte. Am schlimmsten ...«

»Das haben sie nicht!«

»Sie verfügen über die Flotteneinheiten, auf die es ankommt: die Stützpunkte Lunapolis und Earthport und die *Galactic*, das einzige große Schiff in Erdnähe. Sie haben die absolute Überlegenheit an Lasern. Sir, wir müssen uns öffentlicher Unterstützung versichern! Geben Sie bekannt, daß Sie in Lunapolis sind und wieder das Kommando übernehmen; damit festigen Sie die Haltung der Armee.«

»Wie, aus einem Bett im Krankenhaus?«

»Wir sagen nicht, daß Sie in der Klinik sind.« Eine Pause trat ein. »Sie sind zu einer Konferenz hinaufgeflogen und übernehmen jetzt wieder persönlich die Kontrolle.«

»Lügen.«

»Herr GenSek, wir sind im Krieg!«

Ich schrie: »Nein, das sind wir nicht!« Wir konnten nicht zum Kampf gegen die eigene Flotte antreten. Das wäre abscheulich gewesen. In meiner Wirbelsäule pochte es. »Soll Valera damit fertig werden.«

»Das meinen Sie doch nicht im Ernst! Er würde sofort zu denen überlaufen. Er ist insgeheim ein Erde-über-alles-Anhänger.«

Ich sagte: »Dann reden wir mit Stanger.«

Arlene schüttelte den Kopf. »Wenn du ihm verrätst, daß du noch lebst, startet er eine massive Menschenjagd, oder schlimmer noch, einen Laserangriff.«

»Einen Moment.« Das war Jerence. »Ich erhalte gerade etwas über den UN-Kanal für öffentliche Informationen.« Eine lange Pause. »Valera hat Stangers Ultimatum erläutert. Er sagt, daß er nachgibt, um den UN-Komplex zu retten.« Eine Pause. »Um Menschenleben zu retten. Eine irregeleitete Umweltpolitik hätte ...«

»Der Mistkerl!«

»Zum bedauerlichen Tod des GenSek, und so weiter ... du Arschloch!« Bransteads Stimme zitterte vor Wut. »Als amtierender GenSek befiehlt er der Armee und Admiralität, keinen Widerstand zu leisten, bis die Lage geklärt ist.«

»Geklärt!«

Jerence gab einen langen Strom von Flüchen von sich. »Valera hat schon mit Stanger Verbindung gehabt. Die *Galactic* verzichtet darauf, die Rotunde anzugreifen. Er beruft eine gemeinsame Sitzung von Senat und Vollversammlung um siebzehn Uhr ein, um die Umweltgesetze abzulehnen. Unmittelbar davor wird er eine öffentliche Stellungnahme abgeben.«

Ich schwang die Beine aus dem Bett, ignorierte einen warnenden Stich. »Arlene, meine Kleider. Bevin, versuche, im Klinikbüro einen Videorufer zu finden. Richte ihn auf eine weiße Wand; ich möchte im Hintergrund keinerlei Hinweis auf unseren Aufenthaltsort haben. Los! Jerence, übernehmen Sie die Sender für eine Notdurchsage.«

»Mit welcher Autorität? Valera wird ...«

»Sonderbestimmung drei achtzehn; Sie kennen die Prozedur. Inmitten der ganzen Konfusion wird Sie wahrscheinlich niemand aufhalten, selbst wenn die Leute denken, daß es jetzt Valeras Aufgabe wäre.«

»Welche Uhrzeit?«

»Sechzehn Uhr dreißig östliche Zeitzone.« Ich blickte auf die Armbanduhr. Noch zwei Stunden. »Wir überspielen Ihnen die Sendung, und Sie strahlen sie von dort unten aus.« Vielleicht verbarg das, woher das Signal kam.

»Was haben Sie ...«

»Ich wende mich an die Welt. Die Putschisten werden meine Regierung *nicht* übernehmen. Sie werden meine Gesetzesentwürfe *nicht* erledigen!« Fieberhaft zog ich mir ein frisches Hemd an. »Gehen Sie von jetzt an bewaffnet, Jerence. Sollten wir den Kontakt verlieren, rufen Sie über Jeff Thorne in London wieder an. Er wird zu uns halten, koste es, was es wolle.«

»Ja, Sir.«

Ich legte auf.

»Wieso sind Sie aufgestanden?« Das war Dr. Ghenili, der von der Tür aus hereinsah, an Derek vorbei.

»Lassen Sie uns in Ruhe.« Mein Ton war angespannt.

»Ich habe Ihnen gesagt: Fünfzehn Minuten pro Tag. Wenn Sie das verlängern, verletzen Sie sich.«

»Wir haben eine Krise.«

»Das ist mir egal. Sie haben jetzt eine Sitzung mit dem Wachstumsstimulator. Die Pfleger bringen Sie ...«

»Raus!« Ich knurrte es förmlich. »Sofort!«

Er wich zurück. Erschrecken und Verletztheit mischten sich in seinem Ausdruck.

»Bevin, mach die Tür zu!« Ich zog mir die Hose an, während die Luke vor meinem Retter ins Schloß fuhr.

In einem medizinischen Konferenzraum, umrahmt von weißen Vorhängen, rieb ich mir das Knie und war froh über den vertrauten Schmerz.

Was in Gottes eigener Hölle hielt sie nur auf? Die Verbindung hätte inzwischen stehen müssen. »Jerence?«

Keine Antwort. Ich rieb mir die schwitzenden Handflächen.

Die *Galactic.* Ich bemühte mich, nicht an ihr Bild zu denken. Unser prachtvolles neues Schiff mit den opulent ausgestatteten, funkelnden Korridoren, mit Passagieren, die sich in den eleganten Kabinen einrichteten. Der wachsame Zahlmeister und seine Maate, die jede Sorge beschwichtigten. Höfliche junge Fähnriche, die zu ihren Pflichten eilten, in dieser Gangart, die gerade hinter einem Lauf zurückblieb, mit dem sie sich Minuspunkte eingehandelt hätten. Der von Lasergeschütztürmen strotzende Rumpf.

Und auf der glänzenden Brücke hatte ein Tumor Metastasen gebildet und breitete sich in meiner geliebten Flotte aus.

Und am schlimmsten überhaupt war, daß es Warnsignale gegeben hatte. Robbie Boland hatte mir klarzumachen versucht, daß die Raumflotte aus dem Ruder lief. Auch Hazen. Sogar Derek. Selbstgefällig in meinen Vollmachten als GenSek, hatte ich sie alle ignoriert.

Direkt vor meiner Nase hatte man loyale Admirale durch eigene Leute ersetzt. Dubrovik, verletzt und ausrangiert. McKay. Träge hatte ich Branstead sogar gefragt, ob es wirklich ein Unfall gewesen war. Aber ich war der Frage nicht nachgegangen.

Nicht willens, mich mit widerwärtiger Politik zu befassen, hatte ich nicht einmal die Admiralität konfrontiert. Hatte sie nicht auf politisierte Offiziere angesprochen oder auf die Torheit der *Galactic* oder die Absage an die neue Flotte.

Ich hatte die Admirale ihren Sorgen und Befürchtungen überlassen.

Meine selbstgefällige Blindheit hatte zur Rebellion geführt.

Falls ich das Krankenhaus verließ, riskierte ich lebenslange Lähmung. Auf keinen Fall konnte ich zur Erde zurückkehren und dort die Reaktion meiner Regierung leiten.

Egal; selbst wenn ich beweglich gewesen wäre – was hätte ich tun können?

Zurücktreten. Die Konsequenzen meiner Torheit akzeptieren.

Nein. Noch nicht.

Ich würde es zu Ende bringen.

Ich hatte keine Zeit, eine Rede zu schreiben. Ich mußte aus dem Stegreif sprechen. Ich würde die Welt um Hilfe bitten und um Zeit, die Krise beizulegen. Um die Geduld der Menschen. Mehr konnte ich nicht tun.

Sechzehn Uhr dreißig. Eine verschwiegene Verbindung zur Rotunde.

Auf der anderen Seite des Konferenzzimmers, nicht im Blickfeld der Holokam, sah ich Arlene, Derek, Mikhael, zwei ernste Jungen in Grau. Anselm war korrekt gekleidet vom Stützpunkt Lunapolis zurück. Falls er über die erzwungene Rückkehr in den Kinderstatus Groll empfand, so zeigte er es nicht. Vielleicht hatte ihn der Staatsstreich auf andere Gedanken gebracht. Er hatte berichtet, bei der Anforderung seiner grauen Uniform auf der Flottenbasis wäre ihm nichts Ungewöhnliches aufgefallen. Interessant.

Ich funkelte in die Holokam. Ich gehörte zu den wenigen Menschen des öffentlichen Lebens, die visuelle Wiedergabe verabscheuten und nur selten benutzten.

Wo im Namen des Allmächtigen steckte Branstead? Es war sechzehn Uhr fünfundvierzig. Falls wir noch viel länger warteten, war Valera auf Sendung.

»Sind Sie da, Herr GenSek?«

Ich fuhr zusammen. »Ja.«

»Verzeihung, aber die Lage ist ... angespannt. Valeras Leute ... sie verlangen Zutritt zu Ihrem Büro. Ich halte sie bislang hin. Ich kann Sie nicht sehen. Wir haben nur eine Audioverbindung.«

»Derek!«

Er fummelte an der Holokamera herum.

»Hier, Sir, lassen Sie mich.« Der eifrige Bevin. Derek machte ihm Platz. Der Junge drückte diverse Tasten. Einen Augenblick später stand die volle Bildverbindung.

»Sir, Valera ist auf Sendung!« Das war Jerence.

»Können wir uns einschalten?«

»Ich bezweifle, daß die Sender es gestatten würden.«

Ich kochte. »Sobald er fertig ist!«

»Klar.«

Valera sprach ernst von der Tragödie meines Todes

und von der Notwendigkeit, weitere Tragödien abzuwenden. Von meinem fehlgeleiteten Idealismus.

Er pries den Patriotismus der Flotte. Ich brummte endlose Flüche, bis Arlene herüberlangte und meine Hand nahm.

Der Senat und die Vollversammlung tagten bereits, noch während Valera sprach. In wenigen Augenblicken würden sie per mündlicher Abstimmung die Umweltgesetze für immer zurückgestellt haben. Danach wollte er wieder sprechen.

Er ließ mir keine Zeit. Ehe ich öffentliche Unterstützung mobilisieren konnte, war die Sache schon verloren.

Der Bildschirm wurde dunkel.

Meine Rede war um jeden Zweck gebracht.

»Jetzt, Herr GenSek. Sie sind in drei ... zwei ...«

Ich strich mir das Haar glatt und rückte die Krawatte zurecht.

»Eins ... Los!«

»Ich bin Generalsekretär Seafort. Ich bin bei dem feigen Angriff, der mein Haus zerstört hat, nicht verletzt worden. Ich spreche heute von einem geheimen Standort aus zu Ihnen, wo ich loyale UN-Streitkräfte mobilisiere, um die Rebellion niederzuschlagen, die Kapitän Ulysses Stanger von der *Galactic* anführt.«

Das war nicht genug, und ich wußte es. In wenigen Augenblicken würden Senat und Vollversammlung durch Zurückweisung unserer Gesetzesvorlagen Stangers Staatsstreich billigen.

Damit blieb nur das Undenkbare.

So sei es.

»Durch die Vollmacht, die mir aufgrund der Charta der Vereinten Nationen zusteht, durch die Gnade des allmächtigen Gottes setze ich hiermit das Kriegsrecht in Kraft. Die UN-Charta ist damit auf der ganzen Erde, auf Lunapolis, Station Earthport und allen Kolonien, Schiffen und Stationen im Heimatsystem vorübergehend aufgehoben.«

Meine Worte tönten laut durch die still gewordene Klinik.

»Der Senat und die Vollversammlung der Vereinten Nationen sind aufgelöst. Alle Erlasse, Proklamationen, Gesetze und Verfügungen, die sie von jetzt an verabschieden, erkläre ich für null und nichtig. Hiermit übernehme ich, Nicholas Ewing Seafort, persönlich die Regierungsgewalt über die Welten.«

TEIL DREI
Oktober, im Jahr unseres Herrn 2241

17. Kapitel

Cisno Valera war nicht zu erreichen.

Derek übernahm in der Klinik das Kommando. Mit der beträchtlichen Autorität seiner stählernen Persönlichkeit wies er den Verwalter an, Termine zu verschieben oder abzusagen. Die Angestellten, die nichts von meiner Anwesenheit wußten – die meisten –, wurden nach Hause geschickt. Derek stationierte Bevin und Anselm an der Außenluke des Krankenhauses. Sie waren mit meinem kostbaren Laser ausgestattet, einer unserer beiden einzigen Waffen. Arlene hatte die andere.

Es war eine Überbrückungsmaßnahme. Ich mußte eine sichere Unterkunft finden. Und wichtiger: Ich mußte Verbündete finden. Trotz meiner tapferen Worte wagte ich es nicht, mich zu zeigen, und hatte keinerlei Streitkräfte unter meinem Kommando.

Branstead nahm eine Stunde nach meiner Sendung wieder Verbindung auf. »Sir, es ist ... schwierig. Trupps der Armee streifen durch die Korridore. Niemand weiß richtig, wem er trauen kann. Oder wer das Kommando führt.«

»Wo steckt Valera?« Sekunden verstrichen, während meine Worte zur Erde flogen und seine Antwort denselben Weg zurück nahm.

»In der Vollversammlung. Sie haben dort ein Hauptquartier eingerichtet.«

»Er ist übergelaufen?« Ich hatte gehofft, daß er nach meiner Erklärung auf Kurs bleiben würde.

»Ich weiß es nicht. Wahrscheinlich. Wann können Sie zurück auf die Erde kommen?«

Noch wochenlang nicht, Ghenili zufolge. Falls ich mich der vollen Erdschwerkraft aussetzte, lag ich vielleicht für den Rest meines Lebens auf dem Rücken.

»Noch nicht, Jerence.« Ich massierte mir die Wirbelsäule. Der Schmerz war schlimmer geworden. »Arrangieren Sie eine Relaisverbindung zu Stanger.« Ich mußte meinen Verbleib nach wie vor geheimhalten, und die Kommunikation über die Rotunde brachte die von ihm erwartete Zeitverzögerung mit sich.

»Sehr gut, Sir. Visuelle Verbindung?«

»Nein. Na ja, doch.« Ich mußte Stanger sehen, um ihn richtig einzuschätzen.

Eine Stunde später war der Comp der Rotunde bereit. Wir stellten Kontakt zur *Galactic* her.

»Herr GenSek.« Stanger war abgespannt. Er sprach von der Brücke aus. »Wir müssen dem ein Ende machen.«

»Finde ich auch.«

»Trotz Ihrer Rede halten wir alle Trümpfe in der Hand. Ich möchte niemandes Tod verursachen. Werden Sie kooperieren?«

»Was genau möchten Sie?«

»Verzichten Sie auf die Umweltgesetze. Das schließt die fünfprozentige Senkung der Treibhausgase ein, die Sie früher vorgeschlagen hatten. Setzen Sie die Gelder ein, um den Bau der *Olympia* und ihrer Schwesterschiffe zu beschleunigen. Verpflichten Sie sich öffentlich, die Raumflotte auf volle Vorkriegsstärke zu bringen.«

»Woher wollen Sie wissen, daß ich eine solche Zusage einhalte?«

Er sagte schlicht: »Sie werden mir Ihr Wort geben.«

»Wiegt das schwerer als Ihr Eid?«

Er wurde rot. »Sie haben uns keine Wahl gelassen. Ich weiß nicht, wie Sie es geschafft haben, genug Senatoren zusammenzutreiben, um Ihre verrückten Ökophantasien zu verabschieden. Wir waren überzeugt, daß die Senatoren standhaft bleiben würden. Ihr Plan hätte die Raumflotte ausgeplündert.«

»Keinesfalls. Er hätte das Wachstum verlangsamt ...«

»Sir, Schiffe sind lebenswichtig! Die Kolonien werden unruhig. Wir können uns ein weiteres Hope Nation nicht leisten.«

Am Rand meines Blickfelds runzelte Derek die Stirn.

»Also haben Sie gemeutert.«

»Gegen was, Sir? Die Regierung untersteht dem Allmächtigen. Wir genießen Seine Unterstützung.«

»Anmaßend von Ihnen.«

»Glauben Sie nicht, daß die Patriarchen Ihn repräsentieren?«

»Sie haben keine Stellung bezogen.« Ich sagte es mit einer Zuversicht, die ich nicht spürte.

»Nicht öffentlich.« Er blickte zur Seite. »Später, Mr. Speke.« An mich gewandt: »Sir, ich habe mich bemüht, an Sie zu glauben. Wir hätten die Rotunde in Asche verwandeln können, während Sie reden. Wir haben es nicht getan. Möchten Sie, daß ich das Feuer eröffne?«

»Nein.«

»Dann haben Sie keine große Wahl. Sollte auch nur ein einziger Bodenlaser die *Galactic* anpeilen, erwidern wir das Feuer mit allem, was wir haben. Das gleiche werden Earthport und Lunapolis tun. Geben Sie uns unsere Schiffe und stoppen Sie diesen Umweltwahnsinn.«

»Warum, verdammt? Warum?«

»Wir brauchen Schiffe, um die Kolonien zu halten, und wir brauchen die Kolonien, um unsere Versorgung mit Getreide und Erzen zu garantieren. Die Erde wird stark bleiben, Herr GenSek, ungeachtet Ihrer verrückten Umweltkohorten.«

»Und falls ich Ihnen mein Wort gebe?« Bevin verzog bestürzt das Gesicht.

»Sie werden es natürlich schriftlich tun. Ein Vertrag oder ein Memorandum zwischen der Regierung und der Raumflotte. Dann können Sie beruhigt aufbrechen.«

»Aufbrechen?«

»Ich möchte Sie an Bord der *Galactic* haben. Keine politischen Mitarbeiter, keine Truppen, keine Marineinfanteristen. Nur Sie. Wir zementieren unsere Übereinkunft.«

»Wann?«

»Spätestens übermorgen.« Mittwoch. »Sir, Admiral Hoi überwacht alle anfliegenden Shuttles, die von der Erde oder Lunapolis kommen, aber ich möchte auch Ihr Wort, daß Sie nichts versuchen. Versuchen Sie nicht, die *Galactic* zu stürmen. Wir haben unschuldige Zivilisten an Bord, und obendrein möchten Sie doch bestimmt nicht das mächtigste Schiff in Ihrem Arsenal beschädigen.«

»*MEINEM* Arsenal?«

»Das war es und wird es wieder sein, Sir.« Stangers Stimme schwankte. »Ich verabscheue das, wozu Sie uns zwingen. Ich möchte loyal sein.« Er blickte zur Seite, zu einem Offizier außerhalb des Blickfelds der Kamera. »Sagen Sie mir in drei Stunden Bescheid, sonst sind wir gezwungen, unsere Macht zu demonstrieren.«

»Wie?«

»Von Earthport aus, der Basis Lunapolis und der *Galactic* können wir unsere Ziele frei wählen. Ich möchte diese Sache hinter mich bringen, also werden wir auf maximale Wirkung abzielen. Großstädte. Paris, Madrid, Sydney, Caracas. Die Zivilbereiche von Lunapolis. Machen Sie kein so erschrockenes Gesicht, nur weil wir so erbarmungslos sind wie Sie.« Seine blauen Augen erwiderten unverwandt meinen Blick.

»Sie würden Tausende töten. Millionen.«

»Falls Sie uns keine andere Wahl lassen.«

»Sehr gut. Drei Stunden.« Kochend trennte ich die Verbindung. »Branstead!«

»Hier, Sir.«

»Stellen Sie die Befehle an Armee-Stellungen aus, die freies Schußfeld haben.«

»Sie gehorchen vielleicht nicht.«

»Aber einige werden es.« Falls ich gezwungen war, den Befehl zu geben.

»Ich möchte Robbie Boland und Senator McGhan konsultieren.«

»Sie werden nichts dergleichen tun.« Ich machte ein böses Gesicht, aber er konnte es nicht sehen; ich war aus dem Blickfeld der Intellilinse gefahren. »Die beiden sind mit dem restlichen Senat ihres Amtes enthoben.« Ich legte auf.

»Nun?« Derek zog eine Braue hoch. »Wie möchten Sie kämpfen?«

»Wissen wir, wer auf unserer Seite steht?« Meine Frage war nicht deutlich. »Ist die Basis Lunapolis wirklich zu den Rebellen übergelaufen?«

»Kapitän Simovich ist es ...«

»Ja, aber was ist mit seinen Matrosen? Falls ich den Stützpunkt aufsuche – werden sie mir gestatten, das Kommando zu übernehmen?«

»Du wirst dieses Risiko nicht eingehen.« Das war Arlene.

»Es ist meine Aufgabe.«

»Wenn sie dich gefangennehmen, wer sollte die Kräfte der Regierung zusammenhalten? Valera? Kahn?«

Tad Anselm regte sich. »Ich könnte gehen ...«

»Sei still.« Sie sah ihn nicht mal an.

Ich brauchte alle Hilfe, die ich bekommen konnte. »Sprich, Tad.«

»Ich könnte zum Flottenstützpunkt gehen und dort herumspazieren. So tun, als würde ich eine Botschaft übermitteln. Mal hören, was so geredet wird.«

»Man würde dir nichts sagen. Du bist nur ein Kadett.«

Er wurde rot, aber ich hatte es gar nicht als Kritik gemeint.

»Kadetten sind in Lunapolis nicht stationiert«, ergänzte ich freundlich. »Du würdest wie ein verletzter Daumen herausragen. Und man hat dich dort schon in Fähnrichsblau gesehen. Falls ich gehe, kann ich die Basis vielleicht für mich gewinnen.«

»Und einen Bürgerkrieg anzetteln«, sagte Arlene. »Simovich ist der Befehlshaber.«

»Falls wir die dortigen Laser in die Hand bekämen ...«

»Könnten wir die *Galactic* aufs Korn nehmen. Und sie uns. Wie viele kämen dabei um?«

In meinen Gedanken heulten die Alarmsirenen. Druckfeste Türen knallten zu und zermalmten die, die Pech hatten. Bezirke zerbröckelten in dichten Staubwolken. Rauch, Schreie, einstürzendes Gestein. Und dann war da die *Galactic,* ihre gewaltigen Kosten verschwendet. Hunderte, die sich im erbarmungslosen Laserlicht wanden. Für die wenigen, die Glück hatten, das Vakuum.

Die Vision schwand. »Nein«, stimmte ich ihr zu. »Wir werden keinen Krieg provozieren.«

Und doch: Falls wir klein beigaben, schürte ich die Umweltkatastrophe. Und die Diktatur der Flotte würde unausweichlich drückender werden und nicht wieder schwinden.

Ich war hilflos. Ich konnte keine Armee aufrufen, keine Flotte, keine politischen Bundesgenossen.

Nur Resignation und Schande blieben.

»Nick.« Derek legte mir die Hände auf die Schultern. »Es gibt nichts zwischen Krieg und Kapitulation.«

Ich dachte sehr lange nach. Mein Herz wurde schneller. »Wirklich nicht?«

Ich legte den Rufer ab. Die Fragen Kommandant Hazens klingelten mir noch in den Ohren. Ich hatte schließlich eine scharfe Bemerkung geknurrt, wie es denn darum stünde, Befehle zu befolgen, andernfalls ich die Akademie jemandem übertragen könnte, der bereit wäre, ein besseres Beispiel zu geben. Unfair. Ich hatte ihn nur angerufen, weil ich mir seiner Loyalität fast sicher war.

Inzwischen mußte er unterwegs sein.

Ich wartete ungeduldig auf Bransteads Anruf. Endlich war es soweit. »Nun?«

»Lincroft, Andersen, Polluck ...« Und vier weitere Flottenoffiziere, alles Mitglieder der Admiralität.

»Ist das alles?«

»Bondell und Petrow haben abgelehnt. ›Persönliche Gründe.‹ Die übrigen sind nicht erreichbar.« Branstead klang ironisch.

Sieben von fünfzehn. Ich rief also einen Rumpfausschuß zusammen.

»Entlassen Sie Bondell und Petrow«, sagte ich. »Geben Sie den übrigen zwei Stunden, auf Ihren Anruf zu antworten, und tun Sie mit ihnen das gleiche. Was haben Sie den sieben gesagt?«

»Daß sie sich heute abend in London zusammenfinden sollen. Daß Admiral Thorne wieder in Dienst genommen wurde und Ihre Befehle weitergeben wird.«

Auf Jeff Thorne konnte ich mich verlassen. In jedem Fall. »Steht das Shuttle bereit?«

»Ja, Sir. Sind Sie sicher? Es kompliziert die Angelegenheit.«

»Es muß von Angesicht zu Angesicht geschehen, und ich kann nicht zu ihnen kommen.«

»Überlegen Sie es sich doch noch einmal, Sir. Lassen Sie mich auch hinaufkommen.«

»Nein.« Branstead war Zivilist und nicht mehr jung. Ich wollte ihn in Sicherheit wissen.

Ein Seufzen war zu hören. »Was bleibt sonst zu tun?«

»Verlassen Sie die Rotunde. Bleiben Sie in Deckung.« Ich räusperte mich. »Jerence, wenn das vorüber ist ...«

»Sagen Sie es nicht.«

»Was soll ich nicht sagen?«

»Daß Sie vielleicht nicht zurückkehren. Das ist wieder eines Ihrer behämmerten Komplotte, nicht wahr?«

»Unfug.« Mein Ton war barsch.

»Sie vergessen, daß ich bei Ihnen auf der *Trafalgar* war.

Und ich habe gesehen, wie Sie die Orbitalstation nuklear hochgejagt haben. Was immer Sie vorhaben, überlassen Sie es jemandem, der jünger und beweglicher ist. Jemandem ...«

»Das reicht völlig, Jerence.« Ich hatte sonst niemanden, der meinen unglückseligen Plan ausführen konnte, und obendrein könnte ich mich vielleicht bewegt finden, eine kleine Sühnemaßnahme in Kauf zu nehmen.

Sein Ton war ernst. »Rufen Sie mich an?«

»Vor der Morgendämmerung, östliche Zeitzone.«

»Ich werde auf den Beinen sein. Viel Erfolg.«

Als ich die Verbindung trennte, massierte Arlene mir die Schultern. Es half. »Nicky, du wirst es mir sagen.«

»Ja.«

»Sofort.«

»Nein.« Sie könnte versuchen, mich aufzuhalten. Ich spielte auf Zeit. »Es ist fast Zeit, Stanger anzurufen.« Die kleinste Fehlkalkulation meinerseits, und meine geringe Hoffnung hatte sich zerschlagen. Unter großen Schwierigkeiten überredete ich sie, das Hotel aufzusuchen und P. T. und Jared abzuholen. Falls Stanger auf die Idee kam, Lunapolis zu bombardieren, wollte ich unsere Gruppe zusammen haben.

Ich wartete auf die Verbindung und erinnerte mich daran, daß Stanger nach wie vor glaubte, ich befände mich auf der Erde. Ich mußte vor jeder Antwort eine kurze Pause einlegen.

»Stanger.«

»Ich komme an Bord der *Galactic.*« Müßig rieb ich mir das schmerzende Knie.

Ein Seufzen, das vielleicht von Erleichterung kündete. »Sehr schön.«

»Sie erwarten mich am Mittwoch?«

»Je länger wir warten, desto größer das Risiko, daß irgendein Hitzkopf das Feuer eröffnet.«

»Das finde ich auch. Ich arrangiere meinen Shuttleflug.

Sie haben meinen Eid, daß ich bis nächsten Mittwoch auf der *Galactic* bin.«

»Keine Tricks. Keine Waffen, keine Truppen. Nur Sie.«

»Kapitän Stanger, ich schwöre Ihnen beim allmächtigen Gott, daß ich allein und unbewaffnet auf die *Galactic* komme und keine Marineinfanteristen, U.N.A.F.-Truppen oder Flottenoffiziere mit an Bord bringe. Oder auch Matrosen. Nicht einmal einen Londoner Jerry.«

Ein leises Lachen.

Ich fragte: »Sind Sie bereit zu verhandeln?«

»Nur dazu, das Memorandum auszuformulieren, über das wir gesprochen haben. Keine Veränderungen.«

»Ich versuche vielleicht, Sie umzustimmen.« Mein Ton war sardonisch. »Sonst noch etwas?« Ich hielt die Luft an.

»Schwören Sie das alles ohne Vorbehalt? Sie bringen keine bewaffnete Person an Bord der *Galactic*, Sie eingeschlossen?«

»Ja. Sie haben meinen feierlichen Eid. Allein, unbewaffnet, Mittwoch.«

»Als Beweis des Vertrauens verraten Sie mir bitte Ihren Aufenthaltsort.«

»Nein.«

»Warum nicht?«

»Ich habe Personen bei mir, denen Sie vielleicht weh tun.«

»Sie Mist . . .« Er brachte es nicht zu Ende.

»Stanger, wie viele Ihrer Besatzungsmitglieder wissen, was Sie getan haben?« Er hatte den Funkraum in der Hand; durchaus möglich, daß niemand auf der *Galactic*, abgesehen von ein paar Offizieren, etwas von seiner Perfidie ahnte.

»Ich habe die informiert, die es wissen müssen. Sie werden mit mir fahren. Unser Ziel ist Constantine, wie Sie wissen, sobald wir die restlichen Passagiere an Bord haben. Unsere letzten Vorräte werden in diesem Moment geladen.«

Die Unverschämtheit dieses Mannes! Eine kleine Meuterei, ein Umsturz der Regierung, und dann eine Routinefahrt. Ich stellte fest, daß ich zitterte. »Guten Tag, Sir.«

»Wirklich, mein Junge, mir geht es gut. Du brauchst nicht bei mir zu bleiben.«

»Vati, warum siehst du so grimmig drein?«

»Mir geht viel durch den Kopf.«

Philip musterte mich. »Jared, warte bitte draußen.« Einen Augenblick später waren wir allein in meinem Krankenhauszimmer. »Sir, soll ich dich ab jetzt anlügen?«

»Nein.«

»Dann lüge auch mich nicht an.« Er machte es sich auf dem Stuhl bequem, als bereitete er sich auf ein langes Schwätzchen vor.

»Es war keine Lüge.«

»Spalte keine Haare. Zwischen uns ist die Wahrheit mehr als eine Formsache.«

Er hatte recht. »Es gibt da etwas, was ich dir nicht sagen möchte. Schlafe etwas. Morgen früh werde ich – wird es klarer werden.«

»Du bist erregt. Du versuchst uns loszuwerden. In Ordnung, wir haben eine Krise. Was planst du? Warum verhältst du dich ausweichend? Warum ist Derek wütend auf dich?«

»Ist er das?«

»Er sitzt mit den Kadetten zusammen und wirkt wie der verkörperte Tod. Ich würde ihm jetzt lieber nicht dumm kommen.«

»Er ärgert sich ein bißchen, weil ich es ihm nicht verrate.« Ich seufzte. »Du machst es mir nur schwerer. Ihr beide tut es.«

»Soll ich ihn rufen, damit wir es beide erfahren?«

Ich warf die Hände hoch. »Wenn es sein muß.«

Ich fuhr im Zimmer hin und her, ein hilfloser Versuch im Auf- und Abschreiten.

»Vati, das kannst du nicht tun! Es gibt Gerichte, Gesetze, den ganzen Staatsapparat. Sollen *sie* Stanger der Gerechtigkeit zuführen.«

Darüber schüttelte sogar Derek den Kopf.

Ich sagte: »Als er von Loyalität sprach, habe ich ihm beinahe ins Gesicht gelacht. Macht ist verführerisch.« Ich blickte von Derek zu meinem Sohn. »Glaub mir, ich muß das wissen. Siehst du ...« Ich fuhr von einer Wand zur nächsten. »Falls wir kapitulieren – falls die Armee und die Vollversammlung klein beigeben –, wird es nur schlimmer. Die Meuterer werden dann einen höheren Etat für die Flotte fordern, mehr Schiffe, garantierte Autonomie, Kontrolle der Kolonien. Eine Forderung führt zur nächsten. Ich weiß, daß wir das Leben Unschuldiger riskieren, aber ich sehe keine andere Möglichkeit.«

Derek fragte schlicht: »Wann brechen wir auf?«

»Sie gar nicht. Nur die Kadetten.«

»Warum sie?«

»Sie sind verfügbar, sie sind ausgebildet, sie sind Militärangehörige und haben das Risiko akzeptiert.«

»Ich bin auch verfügbar, ausgebildet und akzeptiere das Risiko.«

»Sie sind nicht mal einer unserer Bürger. Was bedeutet es Ihnen, wenn meine Regierung stürzt?«

»Für mich ist das eine persönlichere Sache.«

»Tut mir leid, Derek, aber es bleibt dabei: Nein.«

Seine Augen flammten. »Hören Sie mir gut zu, Nick! Ich war noch ein Junge, als Sie mir verweigerten, auf der *Challenger* mitzufahren. Nie wieder! Ich habe mich entschieden mitzukommen. Schütteln Sie nicht den Kopf; wenn Sie es mir verweigern, erzähle ich Stanger, was Sie planen.«

»Das würden Sie nicht tun.«

»Ich schwöre beim allmächtigen Gott, daß ich es täte.« Er hielt meinem Blick stand, bis ich mich abwenden mußte. »Ich lasse Sie kein zweites Mal im Stich.«

Ich ließ besiegt die Schultern hängen. »Dann also drei.«

»Vier.« Das war Philip.

»Ich begleite Philip.« Das war Jared.

»Dann geht keiner von uns!« Ich fand keine Worte mehr und schleuderte meinen Krückstock durchs Zimmer. Er prallte von der Luke ab, unmittelbar bevor sie aufging. »Ich dulde das nicht!«

»Heh«, sagte Mikhael. Er bückte sich, um meinen Stock aufzuheben. »Haben Sie mir nicht die ganze Zeit beigebracht, mich zu beherrschen?«

»Keine Widerworte von dir!« Ich humpelte durchs Zimmer und riß ihm den Stock aus der Hand.

»Warum trägt der Fähnrich grau, Pa?«

»Er wurde degradiert. Wo ist Arlene?«

»Hier.« Sie musterte Derek, ihren Sohn, dann mich. »Wer hat gewonnen?«

Mein Rücken pochte. »Wir haben Gleichstand.«

»Ihr Ehemann«, sagte Derek kalt, »benimmt sich wie ein Esel.«

Jemand holte scharf Luft; es war Jared.

Ich rang mit mir, ob ich meinem alten Freund den Stock an den Kopf werfen sollte, beherrschte mich aber.

»Es wäre nicht das erste Mal«, sagte Arlene lieb. Kochend dachte ich über ein neues Ziel nach.

»Vater ist nicht der Feind«, sagte P. T. ruhig. »Stanger ist es.«

»Danke.« Mit brutaler Gewalt unterdrückte ich meinen Zorn. »Nur die Kadetten begleiten mich.«

»Wohin, Sir?« Das war Bevin von der Luke her. Anselm blickte ihm über die Schulter.

Ich ließ den Blick durch das kleine Zimmer schweifen, das plötzlich so überfüllt war.

»Ja, wohin?« Dr. Ghenili, der als letzter gekommen war.

»Ich verlasse die Klinik.«

»Das dürfen Sie nicht!« Ghenili stand auf Zehenspitzen, um über die Menge hinwegzublicken. »Nervenverbindungen heilen nur langsam. Falls die Ganglien dabei gestört werden ...« Er stieß Bevin zur Seite und trat an mein Bett.

»Ich weiß.«

»Herr GenSek, Gott allein weiß, welchen Schaden Sie sich vielleicht zufügen. Eine Lähmung, diesmal für immer. Oder Schlimmeres.«

Ich löste mich von seiner Hand. »Ich verstehe.« Wenn das der Preis war, würde ich ihn zahlen. Soviel schuldete ich meinem Volk. Vielleicht leistete ich damit Sühne für die ungezählten Millionen, die ich mit meiner Nachlässigkeit, meiner Dummheit verraten hatte.

Das Gehen in dem schwerfälligen Anzug fiel mir schwerer, als ich gehofft hatte. Das Pochen im Rückgrat hatte sich zu anhaltenden Schmerzen entwickelt, dann sogar zu brennender Glut. Vielleicht lag es an den Verrenkungen, die nötig gewesen waren, um in den Anzug zu steigen. Der Helm verbarg jedoch mein Gesicht, wofür ich ungeheuer dankbar war. Auf dem langen, mühsamen Weg durch die Bezirke von Lunapolis schwitzte ich meine Kleider durch, aber dafür blieb ich unentdeckt. Vielleicht hatten die drei ausgelassenen Jungs unerwünschte Aufmerksamkeit von mir abgelenkt, indem sie, wie von mir verlangt, herumliefen und jauchzten. Ich mußte sie lobend erwähnen, wenn alles vorbei war.

Die meisten Shuttles wurden von der Armee oder der Flotte betrieben. Wir wagten nicht, uns in einem Gebiet blicken zu lassen, das unter ihrer Kontrolle stand.

Von den oberen Bezirken aus waren nur wenige öffentliche Luftschleusen zu erreichen. Eine führte natürlich zu der berühmten Lichtershow. Um diese Zeit, in der nominellen Nacht, hatte die Show geschlossen, trotz der langen dunklen Stunden.

Pflichtgemäß meldeten wir uns als private Gruppe in gemieteten Raumanzügen ab. Idioten stand es frei, sich draußen auf der Oberfläche um Kopf und Kragen zu bringen, wenn sie das wirklich wünschten. Wachleute waren nicht aufgestellt, außer wenn die Lichtershow stattfand.

Wir durchquerten die Luftschleuse.

Eine Seilabsperrung markierte den Weg zum nahen Krater, in dem die Show veranstaltet wurde. Mein Atem rasselte im Raumanzug, während ich den eigenartigen Mondgang praktizierte, der Erdenleuten so schwer fiel – halb Springen, halb Gehen.

Vor mir bewegten sich Bevin und Anselm verspielt in langen, raschen Sätzen und landeten jeweils wieder in aufspritzendem Mondstaub. Zuletzt waren sie auf der anderen Seite des Mondes, auf Farside, auf der Oberfläche gewesen, damals jedoch unter der strikten Aufsicht ihrer Sergeanten.

Mikhael klammerte sich an Arlenes Hand und machte kleine, vorsichtige Schritte. Obwohl durchaus mit Druckanzügen vertraut, verhielt er sich vorsichtig und unsicher. Eine gesunde Einstellung.

Derek, ein alter Hase, spazierte lässig dahin. P. T. und Jared waren es weniger gewöhnt, kamen aber ziemlich gut zurecht. Ich schüttelte den Kopf und staunte darüber, daß ich mich als so schwach erwiesen und sie alle auf meine Odyssee mitgenommen hatte. Andererseits hätte ich sie auch nicht in Lunapolis zurücklassen können, dem Zorn Simovichs ausgesetzt. Ich mußte irgendeine Möglichkeit finden, um allerwenigstens Arlene und P. T. irgendwo abzusondern. Und Mikhael; er war zu jung, um sich in Gefahr zu bringen.

Mein Pflegesohn war älter als Bevin.

Trotzdem. Ich schuldete ihm väterlichen Schutz.

P. T. legte den Helm an meinen. »Wohin jetzt, Vati?«

»Einen Kilometer nordöstlich des Kraters.«

Es war ein langer Weg, sogar in der Mondschwerkraft. Er wurde noch dadurch verlängert, daß ich zwei Krückstöcke benutzte. Notfalls wäre ich mit einem ausgekommen, aber nach wenigen Schritten wäre es zu schmerzhaft geworden und hätte meine Schritte zu wackelig und unsicher gemacht.

Nach einer Weile stellte ich fest, daß Arlene mich unter einem Arm sanft stützte. Beiläufig bezog Derek an der anderen Seite Position.

Die Glut wurde zur Lötlampe. Ich ächzte bei jedem Schritt.

»Ich brauche eine Pause.« Das war Derek.

»Seien Sie nicht gönnerhaft.« Ich stieß es zwischen zusammengebissenen Zähnen hindurch.

»In Ordnung. Sie brauchen eine Pause.«

»Es kann nicht mehr weit sein.« Ich blickte auf die Anzeige. Zwei Uhr Ortszeit. »Wir müßten jeden Moment dort sein. Achten Sie auf den Horizont.« Im Gegensatz zur Darstellung in Holodramen setzten Shuttles in einem Winkel zur Landung an, statt geradlinig herabzusinken. Bis zur letzten Anflugsphase, hieß das. Dann bremsten sie ab und setzten wie Senkrechtstarter auf. Ich blickte forschend durch das Helmvisier.

»Ich sehe es!« Unter Mikhaels schrillem Schrei platzten mir fast die Trommelfelle. Zu spät drehte ich die Lautstärke herunter. Er sprang in Zeitlupe auf und ab. »Da drüben!«

Das Triebwerk des winzigen Shuttles leuchtete, während es Bremstreibstoff versprühte. Langsam setzte es auf, gut einen halben Kilometer entfernt.

Ich seufzte und ging zögernden Schritts weiter.

Endlich stiegen wir die Shuttlerampe hinauf.

Eine Gestalt im Raumanzug empfing uns an der Luftschleuse. »Guten Morgen, Sir. Ich bin Pilot Van Peer.«

Die Luke ging zu; wir durchliefen den Schleusenzyklus. Ich blickte prüfend auf die Luftanzeige und schraubte den Helm auf. »Wir sind uns jahrelang nicht begegnet«, sagte ich. »Seit der *Portia* nicht mehr.«

Sein Unterkiefer klappte herunter. »Aber Sie ... Sie sind ... Herr GenSek?«

»Genau der.« Der Kommandant hatte seine Befehle buchstabengetreu ausgeführt; sein Pilot war angewiesen worden, hinter dem Krater eine Gruppe aufzunehmen, aber er hatte nicht gewußt, wer das sein würde. Na ja, die einzige Möglichkeit, das Geheimnis länger zu wahren, hätte darin bestanden, bis Farside in dem Raumanzug zu schwitzen, und ich war einfach nicht in Stimmung dafür. Ich wischte mir die feuchte Stirn ab.

»Sir, es ist ... Ich bin erstaunt.« Van Peer war ein ziemlich junger Mann gewesen, als ich noch die UNS *Portia* kommandierte. Lässig, nicht kleinzukriegen, ebenso an Schach interessiert wie ich. Er war stilvoll gealtert, ganz Dereks Beispiel folgend.

»Sollen wir?« Ich deutete aufs Cockpit.

»Aye aye, Sir.« Van Peer traf die Startvorbereitungen.

Während wir uns anschnallten, saugte Mikhael alle Details der Umgebung in sich auf, die Sauerstoffflaschen an den Schotten, die einunddreißig Sitze, die normalerweise mit Kadetten besetzt waren. »Würdest du gern in die Flotte eintreten, mein Sohn?« Mein Ton war so jovial, wie es der schmerzende Rücken erlaubte.

»Auf keinen Fall.« Er beugte sich vor, um das Cockpit besser sehen zu können. »Was macht er?«

»Den Check zur Startvorbereitung.« Falls der verdammte Comp mitmachte. Ich hatte festgestellt, daß Shuttlecomps notorisch stur waren.

Ich versuchte, eine erträgliche Position zu finden. Wir

würden Stunden an Bord des winzigen Schiffes verbringen, und ich hatte beträchtliche Schmerzen.

Ich fürchtete, der Start könnte problematisch werden.

Er war es nicht. Ich wurde ohnmächtig.

»Vorsichtig. Wir müssen ihn sachte anheben.«

»Ich bin okay.« Ich stieß die helfenden Hände weg. »Ich werde gehen.«

»Lassen Sie mich helfen.« Mikhaels Ton war fügsam. Er bot mir eine Schulter, auf die ich mich stützen konnte.

»Hast du geweint?« Vorsichtig verlagerte ich das Gewicht auf die Beine. Gott sei Dank für die geringe Schwerkraft; Hazen war angewiesen worden, die Gravitronen herunterzudrehen.

»Nein.« Mikhael wischte sich die roten Augen ab.

Bevin formte lautlos ein Wort: »Lügner.« Ich gab vor, es nicht zu bemerken, und lehnte mich schwerer auf Mikhael, als vielleicht nötig war.

Ein kräftige Gestalt nahm direkt hinter der Schleuse Haltung an. »Kommandant Hazen meldet sich wie befohlen, Sir.«

»Sehr gut. Rühren.« Der Korridor war verlassen, wie ich erwartet hatte. Ich sah mich um. »Ihr Stab?«

»Die meisten sind mit den Kadetten auf der Erde. Die übrigen . . .«

»Sie haben keine Kadetten hier oben?« Ich hatte es vergessen; er hatte sie alle für den Gedächtnisgottesdienst nach Devon geschickt. Meine Pläne waren ruiniert.

Seafort, du Idiot! Meine ganze Planung beruhte darauf, seine Kadetten einzusetzen.

Was jetzt?

»Ich besorge einen Stuhl.« Er verschwand. Einen Moment später fand ich mich im Sitzen wieder und atmete tief vor Erleichterung.

»Ich habe eine Unterkunft bereit, falls Sie sich ausruhen möchten.«

»Ja.« Mir schwamm der Kopf.

Arlene sagte: »Rufen Sie Ihren Meditech.«

Ich sagte: »Sei nicht albern.«

»Wenigstens kann er die Schmerzen dämpfen. Kommandant, rufen Sie ihn. Nicky, das hier ist ein isolierter Stützpunkt, der fast leer steht. Niemand außer dem Meditech wird erfahren, daß du hier bist. Mach nicht so ein finsteres Gesicht.«

Zuzeiten mußte Arlene ihren Willen haben. Ich nickte. Im Schneckentempo wankte ich zum Schlafsaal.

»Ich bringe Sie in der Thomas-Keene-Halle unter«, sagte der Kommandant. »Der neuen Unterkunft.« Fünfzehn Jahre alt, und sie nannten sie immer noch neu. Sie war nach dem tapferen Jungen benannt, den ich an einem herzlosen Nachmittag an Bord der Ausbildungsboote umgebracht hatte.

»Wer weiß, daß wir hier sind?«

»Niemand. Natürlich ist bekannt, daß ich besondere Gäste habe.« Daran war nichts zu ändern. Auf einer kleinen Basis wie Farside konnten die geheimnisvollen Vorbereitungen des Kommandanten nicht unbemerkt bleiben.

»Wann erwarten Sie die Admiralität?«

Er blickte auf die Uhr. »In sechs Stunden. Van Peer empfängt sie wie vereinbart. Sir, alles wurde geregelt. Sie sind blaß wie ein Gespenst. Bitte, legen Sie sich hin.«

»In Ordnung.« Ich war zu erschöpft für eine Auseinandersetzung.

Ich warnte den Meditech davor, mir irgend etwas zu verabreichen, was die Gedanken benebelte. Vielleicht pochte mein Rücken deshalb so unerträglich.

Ich erwachte und hörte die Jungs murmeln. »Ich hätte gern noch was zu trinken.« Eine erwartungsvolle Pause.

»In Ordnung, Mr. Tamarow.« Das war Anselm. Er

durchquerte den Schlafsaal, trat an einen improvisierten Tisch mit Erfrischungen und kehrte mit einem kalten Getränk zurück.

Ich schlug ein Auge auf. Mikhael saß mit gekreuzten Beinen auf einem Bett.

»Du wurdest hier ausgebildet, wie? Warst du in diesem Schlafsaal?«

»Nein, Sir.« Anselm klang ruhig.

»Er muß den Cleveren vorbehalten sein.«

»Das weiß ich nicht, Sir.«

»Das reicht, Mikhael.« Anselm hatte wie alle Kadetten routinemäßig viel härtere Schikanen durchgemacht, als mein Pflegesohn austeilen konnte, aber das stand Mikhael ohnehin nicht zu. Ich bewegte mich vorsichtig. Nichts war gebrochen, aber eine Feuerwoge fuhr mein Rückgrat entlang.

»Ich habe nichts getan, Pa.«

»Komm her.« Ich bedachte ihn mit meinem allerstrengsten Blick. »Zwanzig Liegestütze. Auf der Stelle.«

Er schluckte, gehorchte aber. In der geringen Schwerkraft war das nicht anstrengend.

»Stelle diesen Stuhl ans Fußende des Bettes. Stell dich drauf. Du hast richtig gehört. So, welches ist die Hauptstadt von Irland?«

»Dublin.«

»Argentinien?«

»Brasilia.«

»Falsch. Lernst du eigentlich nie etwas? Bist du ein Idiot?«

»Pa, ich . . .«

»Zehn Liegestütze, rasch!«

Er sprang vom Stuhl. Als er fertig war, tätschelte ich das Bett. »*Das* ist Schikane, mein Sohn. Überlaß das den Experten.«

»Jasir.« Beiläufig wischte er sich ein Auge ab.

»Und du bist auch kein Idiot.« Mein Ton war schroff.

Dann sagte ich: »Anselm, komm her.« Ich musterte ihn. »Nimm diesen Jungen mit nach draußen, und regelt das zwischen euch. Mir ist egal, wie.«

»Aye aye, Sir.« Mit einer höflichen Geste für Mikhael deutete er zur Luke.

Ich hatte seit Zeitaltern nicht mehr gut geschlafen. Ich döste wieder ein.

Ich erwachte in einem dumpfen Schmerzschleier und zum Geplärr einer Nachrichtensendung. Müßig spielte Danil mit dem Holovidempfänger herum.

»... bezeichnete GenSek Seaforts Anspruch als illegal. Valera übernimmt das Kommando vom ...«

»Admiral Hoi versicherte der Regierung Valera-Stanger seiner Loyalität als ...«

»... verhaftet und sieht einer Anklage wegen Verrats entgegen. Branstead war Stabschef des früheren GenSek ...«

»... den morgigen Sendungen.«

»LASS ES!« Ich strengte mich an, mich aufzusetzen.

»Was, Sir?«

»Stell es wieder darauf zurück!«

»Jerence Branstead von Hope Nation übte dieses Amt trotz der Einwände von Traditionalisten aus, die fanden, nur ein Staatsbürger sollte Stabschef sein. Seine Verhaftung durch eine U.N.A.F.-Patrouille vor der Rotunde ...«

»O Gott!« Ich hatte all die Warnsignale mißachtet, und jetzt das! Und ein Verratsprozeß ... Sie würden ihn hinrichten, und sei es aus schierer Rachsucht.

Ich bewegte mich. Es ging, wenn auch nur gerade eben. Selbst wenn Hazens Kadetten nicht auf der Erde gewesen wären, wäre ich vielleicht unfähig gewesen, meinen verzweifelten Plan auszuführen. Ohne sie waren mein Scheitern und mein Tod fast sicher.

Ich dachte ausgiebig nach.

Sehr gut. Ich hatte nichts weniger verdient.

Die Luke fuhr auf. Jared Tenere.

Ich winkte ihn herein. »Reden wir.« Er setzte sich auf einen Stuhl. »Jared, falls Philip mich begleitet, setzt er sich einer beträchtlichen Gefahr aus. Überrede ihn, darauf zu verzichten.«

Sein Lächeln wirkte eine Spur traurig. »Wie sollte ich das tun, Mr. Seafort? Er hat seine Entscheidung gefällt.«

»Du hast gesagt, er wäre für Vernunftgründe aufgeschlossen.«

»Wenn er sich irrt. Tut er das diesmal?«

»Natürlich. Es könnte ihn das Leben kosten.«

Jared fragte: »Würden Sie ihm erlauben, loszuziehen und sein Leben allein zu riskieren?«

»Natürlich nicht. Ich bin sein Vater.«

»Er fühlt ebenso. Er ist Ihr Sohn.« Eine Pause trat ein. »Ich kenne Ihren Plan nicht, aber auch ich muß mitkommen.«

»Ich möchte das nicht.«

»Weil ich empfindlich bin?«

»Zum Teil.«

»Ich bin kein Mauerblümchen.« Jared sagte es fast im Plauderton. »Ich habe im Tranniekrieg Menschen getötet. Ich kann es wieder tun. Besonders, um P. T. zu beschützen.«

Ein kalter Schauer lief mir über den Rücken. Einen Moment lang strahlte er etwas Grimmiges aus, das ich noch nie bei ihm erlebt hatte.

»Ich möchte nicht, daß du Menschen tötest.«

»Ich dulde nicht, daß Philip umkommt.« Das war endgültig, jedem Einwand enthoben.

Derek blickte herein und sah, daß ich wach war. »Nick, das Shuttle ist da.«

Endlich. »Sagen Sie Mr. Hazen, daß ich sein Büro benutze.« Ich kämpfte mich vom Bett hoch.

»Pa ...«

Ich war noch erschüttert von dem langen, zermürbenden Gespräch und zeigte keinerlei Geduld. »Du bleibst hier.« Ich würde Hazen anweisen, auf ihn zu achten. »Keine Einwände.«

»Aber wieso?«

Ich war offen zu ihm. »Du könntest umkommen.«

Mikhael wandte ein: »Geben Sie mir die Möglichkeit, tapfer zu sein. Dad hätte es auch getan. Es wird Zeit, daß ich es lerne. Ich kann mehr als nur jammern und weglaufen.« Er sah mich flehend an. »Bitte, Pa!«

Ich zog ihn in meine Arme. »Noch nicht, mein Sohn. Aber ich bin stolz auf dich.«

Er stampfte mit dem Fuß auf. »Ich war bereit, bei Ihnen zu leben, wie Sie es gefordert hatten. Ich tue, was Sie mir sagen. Ich nenne Sie ›Pa‹, wie Sie es möchten. Ich nehme hin, daß Sie mich bestrafen, als wäre ich Ihr Sohn. Und jetzt, wo es darauf ankommt ...« Seine Lippen bebten.

Derek nahm mich auf die Seite. »Legen Sie es eigentlich darauf an, ihn in eine Klinik für Neueinstellungen zu treiben? Sie können ihn jetzt nicht im Stich lassen.«

»Unser Haus liegt in Schutt und Asche.«

»*Sie* sind sein Zuhause!«

Wir hatten bald keine Zeit mehr. Ich kämpfte mit meinem Triebwerksanzug. Ich fragte Anselm und Bevin: »Seid ihr euch wirklich im klaren darüber, worauf ihr euch einlaßt?«

»Ja, Sir.« Danil sah den älteren Kadetten an, suchte bei ihm die Bestätigung.

»Sir?« Das war Pilot Van Peer von der Luke her. »Falls Sie den Termin einhalten möchten ...«

So gelassen, wie ich konnte, sagte ich: »Arlene, behalte Mikhael im Auge. P. T., ich sehe dich in ein oder zwei Tagen. Derek, ich brauche ...«

»Sie sind schon zu lange GenSek«, bemerkte Derek. »Sie denken, die ganze Welt würde Ihnen gehorchen.«

Ich fuhr ihn an: »Kommen Sie mir jetzt nicht damit!«

Er machte die Verschlüsse seines Raumanzugs dicht. »Akzeptieren Sie das Unvermeidliche. Ich komme mit.«

»Ich befehle ...«

Arlene küßte mich auf die Lippen, um mich zum Schweigen zu bringen. »Still, du törichter Mann. Du entscheidest nicht über unser Leben!«

»Und Mikhael?«

»Ich finde auch, daß er hierbleiben sollte.«

»Ma'am, nein!« Mikhael war so ernsthaft, daß ich es kaum ertragen konnte. »Bitte, ich möchte mitkommen, so weit es geht. Zumindest auf dem Shuttle. Ich muß doch Lebewohl sagen ...« Er schlang die Arme um sich.

Derek sagte: »Das Shuttle selbst wird nicht in Gefahr kommen. Van Peer kann ihn auf Earthport absetzen, falls wir ...« Er verzog das Gesicht. »Falls er zurück nach Kiew muß.«

»Sehr gut.« Es war eine kleine Gunst, eine der wenigen, die ich gewähren konnte. Wir stapften zur Shuttleschleuse.

»Ihre Reservetanks?«

»Sind voll.« Ich blickte an Derek vorbei und versuchte, die Station Earthport vor dem Hintergrund der Sterne zu erkennen.

Derek räusperte sich. »Mr. Seafort ...«

»Bin ich nicht mehr ›Nick‹?«

»Im Augenblick nicht.« Sein Ton war ernst. »Sir, glückliche Reise.«

»Ihnen auch.« Unbeholfen umarmte ich ihn, ließ dabei die Krückstöcke aus Alulegierung von den Handgelenken baumeln.

Ich wandte mich an die anderen. »Keine Waffen. Ich habe mein Wort für uns alle gegeben.«

»Einverstanden.« Arlene wirkte sauer. Die übrigen nickten.

»Lebwohl, Mikhael. Ich sehe dich bald wieder.« Aber das stimmte gar nicht. Er würde mit dem Verlust fertig werden. Er trug Alexi in sich.

Ich mußte seine Finger einzeln von mir lösen.

»In Ordnung, Pilot.«

Van Peer nahm den Rufer zur Hand. »Akademie-shuttle T-455 an Earthport-Flugleitung.«

Im Lautsprecher knackte es. »Reden Sie.«

»Wir legen in einem Flottenhangar an. Wir haben einen Fähnrich an Bord, den Mr. Hazen zu Übungen schickt. Ich bitte um Erlaubnis, vor dem Andocken Manöver auszuführen. Ich schätze, fünfzehn Minuten lang.«

»Außerhalb der Zwei-Kilometer-Andockzone, Shuttle.«

»Natürlich. Wechsle den Kurs auf 025, 36, 198.«

Ich leitete den Schleusenzyklus ein. »Kein Funkverkehr. Nichts.«

»Verstanden, Sir.« Van Peer wandte den Blick zu keinem Zeitpunkt von seiner Steuerung.

Ich schaltete die Funkelektronik aus und betrat die Luftschleuse.

Als die Luft abgepumpt war, packte ich einen Handgriff und zog mich aus dem Shuttle hinaus. Die Schleuse war fast schon schwerelos gewesen, was mir enorm half. Falls ich irgendwie zwischen den Sternen hätte leben können, hätte das Rückgrat gar nicht mehr weh getan.

Ich wartete und blickte forschend zwischen die gleichgültigen Sterne, bis ich die grellen Lichter der *Galactic* entdeckte.

Bei Van Peers Manövern würde der Zeitpunkt kommen, an dem das Shuttle in Bezug auf das große Sternenschiff stillstand. In etwa fünfzehn Minuten, falls alles nach Plan verlief. Ich mußte dann bloß den Griff loslassen und weit genug schweben, um außer Reichweite von Van Peers Steuerdüsen zu sein. Ich heftete den Blick auf das Sternenschiff.

Als der Zeitpunkt kam, ließ ich los und trieb verträumt ins Weltall hinaus. Hinter einem Shuttle-Bullauge erblickte ich Arlenes besorgtes Gesicht. Ich winkte, aber sie verfolgte ohne zu blinzeln, wie ich davontrieb, als wollte sie meine Gestalt in ihr Gedächtnis einmeißeln.

Nach einer Weile war das Shuttle verschwunden.

Vorsichtig, ach so vorsichtig gab ich Schub aus meinem Anzugstriebwerk.

Der Trick bestand darin, mich nur ansatzweise fortzubewegen.

Die *Galactic* verfügte wie Earthport über zahlreiche Außensensoren. Besonders in der Nähe einer Orbitalstation war der Weltraum jedoch voller abgeworfener Tanks, verlorengeganger Werkzeuge, Müllpakete und anderer langsam dahinschwebender Abfallposten, die in einem fort durchs All trieben, bis die Erde sie in ihr Schwerefeld saugte. Falls ich ganz langsam zum Sternenschiff hinüberschwebte, würde ich nicht auffallen.

Das hoffte ich jedenfalls.

Meine Geschwindigkeit war so gering, daß ich acht Stunden brauchen würde.

Ich erreichte die *Galactic* dann um siebzehn Uhr.

Am Dienstag. Ich hatte Stanger versprochen, bis Mittwoch an Bord zu sein.

Das würde ich auch.

Ich hatte vor, Stanger zu töten, falls ich konnte. Das verstand sich von selbst. Ich schuldete dem Allmächtigen ein Menschenleben, Stangers oder meines.

Im Dahintreiben bemühte ich mich, wach zu bleiben. Schlaf wäre tödlich gewesen; ich mußte meinen Kurs mit ganz winzigen Eingriffen anpassen und durfte nicht erst die Richtung wechseln, wenn ich der *Galactic* nahe war. Ich wollte keinesfalls, daß irgendein wachsamer Fähnrich bemerkte, wie ein Stück Schutt in großem Bogen auf sein Schiff zuhielt.

Von Zeit zu Zeit betete ich. Für Mikhael, für den armen Anselm, für Jared. Für alle, die ich falsch beurteilt hatte.

Nach einer Weile flog Jason, mein Freund aus Kindertagen, in freundschaftlichem Schweigen an meiner Seite. Dann folgte Vax Holser seinem Beispiel, mein großer Widersacher, später mein Freund. Vax gehörte zu den ersten, die ich ermordet hatte.

Mit einem Ruck kam ich zu mir. Achte auf deinen Tank, Seafort! Immer noch grün, aber du wirst bald umschalten müssen.

Wo war ich?

Näher an der *Galactic*, aber immer noch ein gutes Stück entfernt. Ich dachte über eine kurze Zündung der Steuerdüsen nach. Genausogut hätte ich aber ein Funkfeuer auslösen können. Oder meine Anwesenheit auf allen Frequenzen bekanntmachen können. Ich seufzte.

Wo war Van Peers Shuttle? Seine Anweisungen lauteten, die Manöver zu beenden, für vier Stunden im Dock zu liegen und dann am Mittwoch von der Station abzulegen.

Erneut durchdachte ich meinen Plan. Er hatte einen überwältigenden Vorteil: Ich brauchte nicht zu überleben, um zu gewinnen. Solange ich nur Stangers Vorhaben vereitelte ...

Arlene hatte davon gesprochen, ein weiteres Kind zu bekommen. Wie schade. Vielleicht benutzte sie meine eingelagerte DNA entsprechend. Ich würde posthum ein besserer Vater sein als lebend. Jahrelang hatte ich mir P. T. entfremdet, dank meiner sturen Weigerung, seine Umweltanliegen zu unterstützen. Und ich hatte Mikhael geschlagen, war brutal mit ihm umgesprungen. Hätte er sich nicht so verzweifelt nach einem Vorbild gesehnt, hätte er das nie hingenommen.

Mein Tod wäre kein großer Verlust.

Mühsam bereitete ich mich darauf vor, den Tank zu wechseln. Es war ein schwieriges, aber kein unmögliches Manöver. Für kurze Zeit hing ich dabei von der Luft im Raumanzug ab, aber die reichte notfalls für Minuten, während der Tankwechsel nur Sekunden dauerte. Ich löste die Halterung des alten Tanks, schloß die Düse an den neuen an und sicherte die Halterung. Geschafft.

Wann hatte ich zuletzt im Vakuum den Tank gewechselt? Es mußte in Anselms Alter gewesen sein, noch als Fähnrich. Armer Tad ... Wieder zum Kadetten herabgestuft, und das mit sechzehn. In der ganzen Geschichte der Akademie kannte ich kein zweites Beispiel für eine solche Degradierung. Ein Fähnrich bereitete sich sein Lager, und man erwartete dann von ihm, auch darin zu schlafen. Falls er mit dem Fähnrichsleben nicht fertig wurde, sortierte man ihn aus. Obwohl ... Ich mußte lächeln. Anselm hatte die rechtliche Volljährigkeit wieder verloren. Als Kadett konnte er keinen Alkohol erwerben. Vielleicht hatte ich ihm also doch einen Gefallen getan.

Vor mir ragte der Schiffsrumpf auf. Mußte ich noch eine Kurskorrektur durchführen?

Nein.

Ich würde zuerst mit den Füßen auftreffen, aber das durfte nicht passieren. Falls die Wirbelsäule erschüttert wurde, verlor ich womöglich das Bewußtsein. Ich nahm mir vor, im letzten Moment die hintere Steuerdüse gerade so weit zu zünden, daß ...

Dichter dran. Ich hielt mich bereit.

Schalte deine Handmagneten ein, du Idiot! Möchtest du vielleicht abprallen?

Jetzt sachte Schub geben.

Sanft und vorsichtig Kontakt herstellen.

Ich klammerte mich an den Schiffsrumpf, ein Krebs an einem Wal. Wo war ich? Außerhalb einer Scheibe, aber welcher? Ich war zu dicht dran, um es zu erkennen;

warum hatte ich nicht früher darauf geachtet? Nur die Schleusen von Deck 1 und Deck 2 kamen in Frage.

Nicht in Panik geraten! Sie wird beschriftet sein. Du wärst nicht der erste Raumfahrer, der nach Draußen geht und die Orientierung verliert.

Ich kletterte von Griff zu Griff und wich dabei den am Rumpf montierten Sensoren aus. Das Schiff dehnte sich bis in die Ferne aus. Es war länger als drei Football-Felder, und ich mußte mich an einem ordentlichen Stück davon entlangziehen, wobei mir die Krückstöcke am Rücken hingen.

Normalerweise stieß sich ein Matrose im Triebwerksanzug vom Rumpf ab, steuerte den Zielpunkt an und heftete sich wieder an den Schiffskörper. Ich war jedoch höchst besorgt, möglicherweise externe Sensoren auszulösen.

Nur die Schwerelosigkeit machte mir die Mühsal überhaupt möglich.

Eine gute Stunde später klammerte ich mich an einen Griff neben der Luftschleuse von Deck 2. Vorsichtig zog ich mich an den Rumpf heran und stapfte Schritt für Schritt bis zum Sensor direkt über der Schleuse. Aus meiner Tasche zog ich das einzige Werkzeug, das ich mitgebracht hatte: einen Schraubenschlüssel. Ich achtete sorgsam darauf, nicht ins Blickfeld des Sensors zu geraten, während ich sein Gehäuse abschraubte und das Datenkabel abriß.

Jetzt kam der härteste Teil. Auf irgendein armes Schwein zu warten, das kam, um den Sensor zu reparieren.

Direkt über der Luftschleuse steckte ich den Arm durch einen Handgriff und begann meine Wache. Vielleicht ging mir die Luft aus, und ich erstickte, ehe mein Plan Früchte trug.

Sekunden dehnten sich zu Minuten, dann zu einer Stunde. Zwei. Ich überlegte, auf die letzte Flasche Sauerstoff umzuschalten. Ich mußte den Wechsel vornehmen, während die alte noch gut im grünen Bereich war, um nicht später in einem entscheidenden Augenblick abgelenkt zu werden.

Drei Stunden.

Was, wenn ich noch einen Sensor abkoppelte? Machte ich sie damit argwöhnisch oder ...

Die äußere Schleusenanzeige blinkte.

Ich öffnete die Anzugstasche.

Ich wagte nicht, mich hinzukauern und durch das Bullauge der Luftschleuse zu blicken. Ich mußte mich auf meine Hoffnung verlassen, daß es nicht mehr als zwei Matrosen waren.

Die Schleuse wurde leergepumpt. Die Außenluke glitt auf. Eine Gestalt im Raumanzug tauchte auf und hielt sich am Haltegriff fest. Ich drückte mich an den Rumpf, machte mich kleiner.

Einen Schraubenschlüssel in der Hand, zog sich die Gestalt aus der Schleuse und nahm Kurs auf den Sensor, neben dem ich hockte. Ich wartete auf den zweiten Matrosen. Es tauchte keiner auf.

War es möglich, daß nur einer kam?

Er hatte mich fast erreicht. Keine Zeit mehr. Um mich vor dem Rückstoß zu sichern, packte ich den Griff fest, holte mit dem Schraubenschlüssel hoch über dem Kopf aus und knallte ihn so fest an den Helm des anderen, wie ich konnte.

Ein Luftstoß. Nicht mal mehr Zeit für einen Schrei. Die Gestalt zuckte und krallte nach dem zertrümmerten Helm.

Vergib mir, Herr! Er war eine Deiner unschuldigen Seelen. Ich nenne es Pflicht, aber in Wirklichkeit ist es Mord.

Sein Raumanzug war ein Standardschiffsmodell, kein Triebwerksanzug wie meiner. Triebwerksanzüge waren weiß, Magnetanzüge grau. Das bedeutete ... Ich packte seinen schon steif werdenden Arm, kletterte an den Haltegriffen in die Schleuse hinunter und zog den Matrosen wie einen unhandlichen Ballon hinter mir her.

Schnell, bevor noch ein neugieriger Kamerad einen Blick durch die Sichtluke wirft! Ich schlug auf die Verschlußtaste der Außenluke und setzte die Schleuse wieder unter Druck. Zunächst den eigenen Anzug, ein Teil nach dem anderen. Den Helm. Den Antriebstornister. Das Rumpfteil und die Beine. Es fiel mir jetzt schwerer, da die Gravitronen der *Galactic* hier ein Schwerefeld erzeugten. Ein Schmerzstich; ich hatte mich in die falsche Richtung gedreht.

Ich hockte unterhalb der Sichtluke und nahm dem Matrosen den zertrümmerten Helm ab. Ein Keuchen. Es stammte von mir. Weiches braunes Haar, blicklose Augen, das Gesicht einer Frau.

Ich knirschte mit den Zähnen und zog ihr den restlichen Raumanzug aus. Hätte es einen Unterschied gemacht? Hätte ich eine Frau kaltblütig töten können?

Ich hatte es früher schon getan, in meiner bösen Vergangenheit.

Ich schob den Gedanken in irgendeinen dunklen Winkel meines Bewußtseins und machte mich daran, in ihren Raumanzug zu steigen. Es fiel mir schwer, die Beine in die Öffnung zu bekommen; bei dem Versuch zuckten mir warnende Stiche durch die Wirbelsäule. Die Anstrengung war so groß, daß ich meine Kleider durchschwitzte, aber endlich steckte ich in dem Magnetanzug. Gott sei Dank waren Helme austauschbar. Das konnte man allerdings auch erwarten; hätte jeder Helm nur zum eigenen Anzug gepaßt, wäre es in einer Krise leicht zur Katastrophe gekommen, falls sich jemand den falschen Helm schnappte.

Ich pumpte die Schleuse leer und zerrte die Leiche zur Außenluke. Als die Luke auffuhr, versetzte ich der Matrosin einen Stoß und blickte hinterher, während sie auf Station Earthport zustürzte. Einen Augenblick später folgte ihr mein Triebwerksanzug, allerdings erst, nachdem ich die Krückstöcke aus Alulegierung an mich gebracht hatte.

Die Außenluke schließen. Die Schleuse vollpumpen. Die Innenluke öffnen. Falls jemand auf der Brücke die Schleusenzyklen verfolgt hatte, ging er hoffentlich davon aus, daß die Frau, die den Sensor reparieren sollte, ein Werkzeug vergessen hatte. Vielleicht funkte man sie gerade an. Nein, das hätte ich gehört. Ich trug ja ihren Anzug.

Ich hatte mich aus mehreren Gründen für Deck 2 entschieden. Zunächst war es nicht Deck 1; entsprechend war das Risiko geringer, einem Offizier zu begegnen, ehe ich das wollte. Zweitens hielt Stanger nur die Decks 1 und 2 unter reduzierter Schwerkraft. Auf einem tieferen Deck hätte ich nicht gehen können. Und den Angaben der Admiralität zufolge fand ich auf Deck 2 die Unterkunft des Schiffsprofos'.

Ich stützte mich schwer auf die beiden Stöcke und stampfte in dem schlecht sitzenden Raumanzug unbeholfen durch den teppichbedeckten Korridor, vorbei an neugierigen Passagieren, vorbei an zwei Matrosen, die Reinigungsdienst hatten. Wo war der Schiffsprofos? Ich kam an einem Passagiersalon rechts vorbei. Hilfreiche Tafeln über jeder Luke identifizierten die Kabine dahinter. Ein Trainingsraum. Ein Lagerraum des Zahlmeisters.

Schweiß lief mir den Rücken hinunter. Jeden Moment konnte ich angehalten, konnte meine List aufgedeckt werden, während ich die Hälfte eines opulenten Umfangskorridors entlangspazierte, der von der Länge her einer verdammten Laufpiste ähnelte. In einem gestohlenen Raumanzug, eine Größe zu klein, gestützt von den Stöcken eines Krüppels. Falls sie mich erwischten, brachten sie mich dann wohl in eine Zelle oder zu einem Psychiater?

Endlich: Die gesuchte Kabine!

Ich hieb auf den Öffnungsschalter, humpelte hinein.

Wie auf jedem Flottenschiff war der Schiffsprofos ein Unteroffizier und trug die blaue Kluft eines Matrosen. Er war klein, muskulös, dunkelhäutig; er stellte sein Holovid zur Seite, wandte sich von der Konsole ab, rollte mit dem Ledersessel ein Stück zurück. »Was kann ich für Sie tun, Matrose?«

»Einen Moment noch.« Ich balancierte auf einem Stock, öffnete die Helmklammern und holte genießerisch einen Zug Schiffsluft. »Würden Sie mir bitte hierbei helfen?« Ich öffnete die Frontseite des Raumanzugs.

Er runzelte verärgert die Stirn, als er mir aus dem Anzug half.

Er erstarrte, gaffte mich an. Vielleicht lag es an der weißen Galauniform eines Admirals, die ich darunter trug.

18. Kapitel

»Sie sind ..?«

»Admiral Seafort. Nehmen Sie Haltung an.«

Militärische Disziplin ist ein automatisierter Vorgang. Der Profos erstarrte. Ich fischte einen Chipbehälter aus der Tasche und steckte den Chip, den mir die Admiralität übergeben hatte, in seine Konsole.

»Admiralität der Vereinten Nationen an Nicholas Ewing Seafort, Flottendienst der Vereinten Nationen«, las ich laut vor. »Mit Wirkung vom 4. Oktober 2241 sind Sie im Rang eines Admirals wieder in den aktiven Flottendienst eingesetzt. Sie werden ein Geschwader kommandieren, bestehend aus der UNS *Galactic*, einem an

Station Earthport liegenden Schiff, und allen weiteren Schiffen und Booten, die jetzt oder später das Heimatsystem befahren. Besagtes Geschwader werden Sie führen, wie Sie es für richtig halten, bis Sie Ihres Kommandos wieder enthoben . . .«

Als ich fertig war, drehte ich das Holovid so, daß er es selbst lesen konnte.

»Ja, Sir?«

»Rühren. Ihr Name?«

»Schiffsprofos Yvgeni Tobrok.«

»Ich gehe davon aus, daß Sie die Vorschriften der Flotte kennen.« Während sich die meisten Matrosen darauf verließen, daß die Offiziere ihre Befehlsgewalt rechtmäßig ausübten, wußte der Jerry eines Schiffes mehr vom Gesetz.

»Ja, Sir.«

»Hören Sie mir gut zu, Mr. Tobrok. Als erstes übernehme ich hiermit den Befehl über dieses Geschwader. Als zweites enthebe ich Ulysses Stanger des Kommandos über dieses Schiff und versetze ihn auf die Liste der nicht mehr aktiven Offiziere. Als drittes ernenne ich mich selbst zu seinem Nachfolger. Zweifeln Sie meine Identität oder meine Befehlsgewalt an?«

Schweißperlen bildeten sich auf seiner Stirn. »Nein, Sir.«

»Bestätigen Sie bitte meinen Befehl. Ich muß Sie darauf hinweisen, daß Sie im Falle eines Fehltritts, was diese Frage angeht, aller Wahrscheinlichkeit nach gehängt werden.« Zweifellos wußte er das schon. Ein Offizier – und überhaupt jeder an Bord – schuldete dem rechtmäßigen Kapitän unbedingten Gehorsam. Einen Kapitän unrechtmäßig abzusetzen war ein Delikt, auf das die Todesstrafe stand, und die Strafe wurde fast immer vollstreckt.

Für Tobrok sprach, daß er zögerte. »Zeigen Sie mir bitte noch mal das Holovid.« Er las es sorgfältig durch.

Als er fertig war, war seine Uniform fast so klamm wie meine. »Sir, ich bestätige Ihre Befehlsgewalt. Ihrer eigenen Erklärung zufolge sind Sie Kapitän dieses Schiffes. Aber wir müssen es Kapitän Stanger sagen.«

»Müssen wir das, ja?« Ich setzte mich auf seinen Stuhl, dankbar, endlich nicht mehr auf den Beinen zu sein.

Es war ein verwickeltes Manöver, was ich hier durchgezogen hatte.

Ein Schiff konnte nur einen Kapitän haben, andernfalls gerieten die Befehlskanäle in Unordnung. Nach den Vorschriften der Flotte hatte das höhere Dienstalter Vorrang, wenn zwei oder mehr Angehörige der Schiffsgemeinschaft gleichen Ranges waren. Der Dienstälteste galt als Ranghöchster. Ich kannte diese Bestimmung gut; ich hatte sie mal benutzt, um ein Schiff zu stehlen und die Transpop-Rebellion zu beenden.

Kapitän Stanger, ein erfahrener Mann, hatte ein weit höheres Dienstalter, als ich in meiner relativ kurzen Flottenkarriere hatte ansammeln können. Hätte ich mich von der Admiralität zu einem bloßen Kapitän ernennen lassen, dann hätte es mir an der nötigen Befehlsgewalt gefehlt, ihn seines Amtes zu entheben, falls er Widerstand leistete.

Als Admiral konnte ich das Schiff zwar nicht direkt befehligen, aber ich konnte Stanger entlassen. Ich konnte mich dann selbst für den vakanten Kapitänsstuhl ernennen, wie ich es getan hatte.

Wieso machte ich mir die Mühe, anstatt mich auf die ungeheure Machtfülle zu verlassen, die mir unter Kriegsrecht zustand?

Aufgrund genau der Gefahr, gehängt zu werden, vor der ich Schiffsprofos Tobrok gewarnt hatte. Die Offiziere würden es nicht riskieren, meinem vagen Anspruch auf Befehlsgewalt Folge zu leisten, wenn er gegen den ihres Kapitäns stand – es sei denn, ich entließ ihn auf korrekte Art.

Sie weigerten sich vielleicht trotzdem. Aber jetzt hatte ich wenigstens eine Chance.

»Über welche Waffen verfügen Sie, Mr. Tobrok?«

»Sir, wir müssen den Kommandowechsel ins Logbuch eintragen.«

»Das werden wir auch.«

»Ich kann nicht nur auf Ihr Wort hin gegen Mr. Stanger vorgehen, Sir.«

»Sie haben meine Kommandogewalt anerkannt, nicht wahr?« Unbewaffnet wie ich war, mußte ich mich der Waffen dieses Mannes versichern, aber er hätte mich körperlich leicht überwältigen können. Es kam unbedingt darauf an, daß er meine Autorität akzeptierte.

»Ja, Sir, aber ...« Ein Schweißfilm zeigte sich. »... ich hätte es nicht tun sollen. Mr. Stanger muß informiert und seine Entlassung durch Sie im Logbuch eingetragen werden.«

Tobrok hatte recht: Die Übernahme des Kommandos mußte ins Logbuch, aber das Problem bestand darin, daß ich Stanger alarmierte, wenn ich das tat. Der Kapitän würde mir wohl kaum gestatten, sein Schiff zu übernehmen; er hatte schon gemeutert und sich damit die Todesstrafe eingehandelt. Was spielte es dann noch für eine Rolle, sich auch der Admiralität zu widersetzen?

Ich fluchte unterdrückt vor mich hin. Alles war so gut gelaufen, bis ich diesem Paragraphenreiter über den Weg lief. Nein, das war nicht fair. Er war ein gewissenhafter Unteroffizier, der sich bemühte, seine Pflicht zu tun.

»Alles zu seiner Zeit, Mr. Tobrok. Die Sicherheit des Schiffes ...«

»Die Vorschriften verlangen es.«

»Ich übergehe die Vorschriften.«

»Aye aye, Sir. Ich bestehe darauf, daß Sie sie schriftlich und im Logbuch außer Kraft setzen.«

Ich musterte ihn. »Wechseln Sie die Front?«

»Wir haben hier keine Fronten.« Er klang verzweifelt.

»Wir haben die *Galactic* und die Flottenbestimmungen und den Verhaltenskodex.«

Hier ging Zeit verloren, die ich nicht hatte. »Falls ich in den Vorschriften die Rechtfertigung dafür finde, die Übernahme des Kommandos nicht ins Logbuch einzutragen, sind Sie dann zufrieden?«

»Das muß ich dann wohl, Sir.« Beinahe hatte ich Mitgefühl. Er versuchte um jeden Preis, die Gefahr zu vermeiden, daß er gehängt wurde.

»Sehr gut. Warten Sie mal.« Als Junge, als ich Schikanen erduldete, wie Mikhael sie auf Farside spielerisch ausprobiert hatte, hatten mich die Fähnriche angewiesen, in der Fähnrichskabine auf einen Stuhl zu steigen und Vorschriften zu rezitieren. Dabei entdeckte ich ein unerwartetes Talent dafür, solche Dinge auswendig zu lernen, ein Talent, das mir über die Jahre hinweg zustatten gekommen war.

»Absatz 135, Allgemeine Bestimmungen. Jeder Schiffsoffizier darf sich in der Ausübung seiner Pflichten auf die augenscheinliche Befehlsgewalt eines Vorgesetzten verlassen ... Nein.« Das unterstützte nur Stangers augenscheinliche Befehlsgewalt als Kapitän, nicht meine eigene als Eindringling. »Vergessen Sie das.«

Er wartete, während ich mir den Kopf zerbrach.

»Wenn alle Mann auf ihre Posten gerufen werden, können Funktionen der Bordroutine übergangen oder hinausgeschoben werden. Absatz 50 und irgendwas.«

»Nur der Kapitän kann alle Mann auf ihre Posten rufen, Sir. Sind Sie Kapitän, solange Sie es nicht ins Logbuch eingetragen haben?«

»Darauf können Sie wetten.« Aber die bloße Behauptung konnte ihn nicht überzeugen. »Irgendwo in Absatz 12. Jeder rechtmäßige Befehl ist gültig, ob nun schriftlich oder anders erteilt.«

»Sir, ich möchte nicht respektlos erscheinen, aber die Frage lautet, ob Ihr Befehl rechtmäßig ist.« Er trat von einem Fuß auf den anderen, wie ein Pennäler, der auf die Toilette mußte.

Mir waren die Vorschriften ausgegangen. »Ihre Konsole. Haben Sie Zugriff auf den Schiffscomp?«

»Ja, Sir, aber nur der Kapitän ...«

»Wie heißt der Comp?«

»Baron, Sir.«

Ich rümpfte die Nase. »Wie anmaßend.« Die Comps glaubten, sie würden die Flotte führen. »Rufen Sie ihn auf.«

»Womit kann ich dienen?« Ein Beiklang von Ungeduld schwang in der Stimme des Comps mit.

Ich führte den Chip der Admiralität ein und übermittelte Baron meinen neuen ID-Code. »Bestätige.«

»Ich bestätige, die Befehle der Admiralität erhalten zu haben. Identität von Admiral GenSek Seafort durch ID und Stimmvergleich bestätigt.«

»Sehr gut.« Für Baron ging ich noch einmal das Gedöns durch, das ich schon für Tobrok absolviert hatte: Ich übernahm den Befehl über das Geschwader, entließ den Kapitän, setzte mich selbst an seine Stelle.

»Übernahme der Befehlsgewalt bestätigt.«

»Comp, kannst du eine Kopie des Logbuchs erstellen?«

»Natürlich.«

»Kopiere das Logbuch in der Version, die vor meiner Übernahme der Befehlsgewalt bestand.«

Eine Millisekunde Pause. »Erledigt.«

»Sehr schön. Friere die zweite Ausgabe des Logbuchs in seiner jetzigen Form ein. Gib diese Version auf jede Anfrage von der Brücke aus. Bestätige.«

»Befehle erhalten und verstanden, Kapitän.«

Ich wischte mir über die Stirn. »So, Baron. Trage meine Befehle, Kapitän Stanger abzusetzen und mich zum Kapitän zu ernennen, nur ins ursprüngliche Logbuch ein. Betrachte das ursprüngliche Logbuch als die offizielle und aktuelle Version. Gib sie auf Anfrage der Admiralität oder durch mich aus.«

»Ist notiert. Kapitän, das ist ein höchst ungewöhnliches ...«

»Behauptest du, es wäre ein Verstoß gegen deine Programmierung?«

Ein deutlich merkbares Zögern. »Nein.«

Ich funkelte Tobrok an. »Zufrieden?«

»Ja, Sir, das sollte reichen.« Er salutierte. »Schiffsprofos Yvgeni Tobrok zur Stelle, Kapitän.«

Danke, lieber Gott!

»Welche Waffen haben Sie?«

»Zwei Betäubungspistolen, Sir.«

Mein Gesicht verriet die Bestürzung. »Ist das alles?«

»Mr. Stanger hält die übrigen Waffen im Waffenschrank unter Verschluß.«

»Auf Deck 1?«

»Ja, Sir.« Er musterte mich seltsam. Waffenschränke waren immer auf Deck 1.

»Welche Waffen verwahrt er auf der Brücke?« Sofort wurde mir klar, daß es eine törichte Frage war.

»Ich habe keine Ahnung, Sir.« Stanger hatte sicher keinen Grund, den Schiffsprofos darüber zu informieren. Zweifellos hatte er eine Laserpistole, wenn nicht mehr, in seinem Brückensafe.

»Holen wir uns die Betäubungswaffen.«

Widerwillig rückte er sie heraus. Ich steckte mir eine hinter den Hosenbund, die andere in die Jackentasche.

»Wer befehligt den Maschinenraum?«

»Chief McAndrews.«

»Er soll ... Sie machen Witze!« Der phlegmatische, zuverlässige Chefingenieur der *Hibernia* – hier auf der *Galactic*?

»Das tue ich nicht, Sir.« Tobrok schien verwirrt.

»Er muß wenigstens achtzig sein.«

»O nein, Sir. Höchstens vierzig.« Ein anderer Mann.

Mein Herz beruhigte sich langsam wieder auf sein übliches Niveau.

»Sein Vater war ebenfalls in der Raumflotte, denke ich.«

Ein eifriges Klopfen. »Gehen wir – nein, ich kann nicht. Rufen Sie ihn her.«

»Er ist mein Vorgesetzter, Sir. Ich kann ihm nichts befehlen.«

»Finden Sie eine Ausrede. Er soll sofort herkommen, aber erwähnen Sie nicht, ah, unsere Aktionen.«

»Aye aye, Sir.« Tobrok überlegte. Er schaltete den Rufer ein. »Maschinenraum, hier Schiffsprofos.«

»Reden Sie.« Die Stimme klang fast vertraut.

»Chief, ich habe einen Ihrer Leute am Schlafittchen gepackt, als er eine Passagierkabine durchstöberte. Die Frau ist bereit, auf eine Anzeige zu verzichten. Ich dachte, Sie wollten vielleicht ...«

»Ich komme sofort.« Es klickte.

»Ausgezeichnet, Mr. Tobrok. Ich werde Sie lobend erwähnen.«

Er wurde rot vor Freude.

Nach einer Weile schwere Schritte. Die Luke wurde aufgerissen. »Wo ist er?« Ein breitschultriger Mann mit der Statur eines ländlichen Grobschmieds. Er ignorierte meine Tressen.

Hilflos sah Tobrok mich an.

Ich befahl dem Chief, Haltung anzunehmen, identifizierte mich und befahl ihm, das Logbuch zu lesen.

Als er fertig war, fragte ich: »Nun?«

»Nun was, Sir?«

»Erkennen Sie meine Befehlsgewalt an?«

Er runzelte verwirrt die Stirn. »Natürlich.«

Tobrok wurde rot.

»Ich glaube, ich kannte Ihren Vater.«

Langsam breitete sich ein Grinsen im rötlichen Gesicht des Chiefs aus. »Aye, Sir. Ich bin mit Geschichten aus der alten Zeit aufgewachsen. Ich habe immer gehofft, Ihnen mal zu begegnen.«

»Lebt er noch?«

»Ja, nach der letzten Post zu urteilen. Er hat sich auf Wega zur Ruhe gesetzt. Er hat neu geheiratet.«

»Wunderbar!« Wir hatten viele Abende über den Schwaden seines antiken Rauchapparats verbracht.

»Sir, geht es hier um die Ökos?«

»Nein, es geht um Verrat.« Zu spät bedauerte ich meinen harten Tonfall. »Was meinen Sie mit Ökos?«

»Der Kapitän hat uns gesagt, die Flotte wäre aufgerufen, einen Öko-Aufstand niederzuschlagen. Sie hätten Ihre Rede zur Auflösung der Vollversammlung nur gehalten, weil Sie Gefangener eines fanatischen Kults wären.«

»Haben Sie ihm geglaubt?«

»Sind Sie verrückt? Natürlich nicht, nach Paps Geschichten.« Er grinste. »Aber ich konnte es ihm nicht gut sagen.«

»Chief, Stanger hält die Brücke, und ich weiß nicht recht, wie man ihn dort herausholen kann. Was auch immer geschieht – ich möchte ihm die Möglichkeit verwehren, in Fusion zu gehen. Vielleicht müssen wir auch die Energieversorgung der Laser unterbrechen.«

»Das mit der Fusion ist kein Problem. Ich löse sie einfach nicht aus. Die Laserenergie steht auf einem anderen Blatt. Ich muß die Versorgung aus den Hauptleitungen umlenken. Davon erfährt er natürlich. Man kann die Sicherheitsmaßnahmen auf keinen Fall ausschalten.«

Ich überlegte. »Wir müssen ihn von der Brücke locken.« Ich blickte auf die Uhr. »Wir haben nur eine Stunde Zeit.«

»Was geschieht dann, Sir?« Das war Tobrok.

Konnte ich ihm trauen? Ich zögerte. Wie konnte ich es nicht tun, nach all dem, was ich für ihn hatte aufführen müssen? Und er hatte den Chief mit einem cleveren Trick hergelockt. Was McAndrews anging – er war der Sohn seines Vaters, und das reichte mir.

»Verstärkungen treffen ein.«

Tobrok machte große Augen. »Marineinfanterie?«

»Leider nein.« Ich hatte geschworen, keine Bewaffneten an Bord zu holen. Ich hatte einmal im Leben absichtlich einen Eid gebrochen, und das verfolgte mich noch heute. Nichts in der Schöpfung des Allmächtigen konnte mich dazu bringen, dergleichen noch einmal zu tun.

»Wir brauchen den Funkraum.«

»Ich könnte den Diensthabenden im Funkraum anrufen.« Tobrok klang zweifelnd. »Aber er darf seinen Posten nicht verlassen.

»Welches Deck?«

»Drei, Sir.«

Außer Reichweite, es sei denn, ich wollte kriechen; in hoher Schwerkraft konnte ich nicht gehen. »Das schaffe ich nicht.« Ein plötzlicher Einfall. »Chief, kontrollieren Sie die Gravitronen?«

»Nicht die eigentlichen Geräte; jedes befindet sich im Zentrum des eigenen Vortex. Aber die Steuerung schon.« Er runzelte die Stirn. »Na ja, ich habe zwar die Steuerung, kann aber keine Einstellung verändern, solange die Sicherungsmechanismen nicht erst von der Brücke aus abgeschaltet wurden.«

»Sehr gut. Chief, zurück in den Maschinenraum. Warten Sie auf meine Befehle. Verschließen Sie Ihre Korridorluken.«

Sein Gesicht nahm einen angespannten Ausdruck an. »Aye aye, Sir.«

»Ich schätze, Sie verfügen über keine Waffen.«

McAndrews blieb im Lukendurchgang stehen. »Nun, nein, Sir.«

»Dann benötigen wir Schneidwerkzeuge, um den Waffenschrank aufzubrechen.«

»Kein Problem. Ich schicke zwei meiner zuverlässigeren Leute.« Er salutierte und verschwand.

Ich wandte mich an Tobrok. »Auf wie viele Leute Ihrer Abteilung können Sie sich verlassen?«

»Hierbei, Sir? Mal sehen ... Höchstens zwei oder drei. Die anderen könnten, ah, schwankend werden.«

»Rufen Sie sie. Sie sollen vor dem Funkraum auf uns warten.« Als das erledigt war, fragte ich: »Ich denke nicht, daß Sie hier irgendwo einen Rollstuhl haben, oder?«

»In der Krankenstation, könnte ich mir vorstellen.«

»Holen Sie ihn.«

Während ich wartete, spielte ich auf der Konsole herum. Mit einem Rollstuhl konnte ich mich auf Deck 3 wagen. Falls wir den Funkraum in die Hand bekamen, hatten wir eine Chance. Die Luke glitt auf. »Haben Sie einen gefun ...«

»Wer sind Sie?« Ein ziemlich ungepflegter Matrose.

»Nehmen Sie Haltung an!«

»Sie gehören nicht auf dieses Schiff.«

Ein verzweifelter Satz, der mich vom Stuhl riß. Im Sturz erwischte ich den Mann mit der Spitze der Betäubungspistole. Er brach zusammen.

Weiße, gezackte Blitze fuhren durch mich, drohten mich zu zerreißen. Ich lag stöhnend am Boden.

»Ich habe den Roll ... Gütiger Himmel!« Tobrok kniete nieder. »Was ist passiert?«

»Ich bin gestürzt.«

»Hat er ..?« Ein Blick auf den Matrosen. Hätte er mich unaufgefordert angefaßt, wäre er gehängt worden. Kein Besatzungsmitglied durfte den Kapitän anfassen.

»Nein.« Ich hielt ihm die Hand hin – eine Aufforderung. »Können Sie ...«

Sachte half er mir auf den Rollstuhl. »Wohin jetzt, Sir?«

»Den da ins Gefängnis. Dann zum Funkraum, und zwar schnell.« Ich umklammerte die Stöcke, schwere, nutzlose Gegenstände aus Alulegierung. Tobrok zerrte den bewußtlosen Matrosen durch die Innenluke ins Schiffsgefängnis.

Ich war nervös und blickte ständig nach links und rechts, während ich ihm zum Aufzug auf halbem Weg um den Korridor herum folgte. Die Luke glitt auf. Zwei Passagiere machten uns Platz, ganz ohne Neugier, blieben in ihr Gespräch vertieft. Ich vermutete, daß sie einen militärischen Rang nicht vom anderen unterscheiden konnten.

Auf dem Weg hinunter zu Deck 3 veränderte sich unser Gewicht. Selbst im Rollstuhl empfand ich es als unerträglichen Druck. Ich wurde totenbleich.

Mühsam fuhr ich hinter Tobrok her. Der üppige Teppich erleichterte mein Fortkommen, aber ich hielt mich an den Armlehnen fest, als hinge mein Leben davon ab.

Zwei grimmig aussehende Gesellen mit Schlagstöcken warteten vor dem Funkraum. Tobrok machte uns bekannt und erläuterte ihnen kurz die Lage. Er klopfte an die Luke zum Funkraum. »Achtung!« Sein Gebrüll brachte die Wachhabenden sofort auf die Beine.

Da sich das Schiff im unerklärten Kriegszustand befand, rechnete ich mit einem voll bemannten Funkraum, und so war es auch. Fünf Matrosen überwachten an ihren blinkenden Konsolen den Stationsfunkverkehr und behielten die vielen Sensoren des Schiffs im Auge.

»Mr. Tobrok, setzen Sie ihnen die Lage auseinander.« Er tat es präzise. Ich wies alle an, das revidierte Logbuch aufzurufen und unsere Einträge zu verifizieren. »Wer führt hier das Kommando?«

Stille.

»Mr. Tobrok, werfen Sie den dienstältesten Wachhabenden ins Schiffsgefängnis. Die Anklage lautet auf Insubordination.«

»Ich schätze, das bin ich, Sir. Verzeihung.« Ein Typ mit wachsamen Augen, der in einem fort die Fäuste ballte und wieder öffnete. »Funkspezialist Panner.«

»Sehr gut. Warten Sie, Mr. Tobrok. Mr. Panner, ignorieren Sie alle künftigen Durchsagen von der Brücke. Bestätigen Sie das.«

»Befehl erhalten und verstanden, Sir. Die Brücke ignorieren.« Er schwitzte. »Was ist, wenn der Kapitän . . .«

»Der ehemalige Kapitän.«

»Ja, Sir.« Er wurde still.

»Schalten Sie den Brückenfunk ab. Ich möchte nicht, daß sie dort Verbindung zu Station Earthport oder zur Erde bekommen.«

»Aye aye, Sir. Es geht nicht.« Er leckte sich die fettigen Lippen. »Die Brücke kann nicht abgeschnitten werden. Der Kapitän hat Kontakt nach draußen und kann alles mithören, was aus dieser Kabine gesendet wird.«

»Was ist mit anderen Schiffsstationen?« Ich fürchtete, daß ich die Antwort bereits kannte.

»Die Brücke und der Maschinenraum erhalten überallhin Verbindung. Vielleicht wären sie abgeschnitten, wenn die Energie völlig herunterfahren würde, aber ich zweifle daran.«

»Sehr gut. Legen Sie eingehende Funksprüche auf Ihren Lautsprecher.«

Er drückte ein paar Tasten. Das Zischen von Trägerwellen war zu hören und gelegentlich eine gelangweilte Anweisung der Flugleitung von Earthport.

Wir warteten. Es war zehn Minuten vor Mitternacht. Minuten bewegten sich wie Gletscher.

Zwanzig Minuten später ertönte eine Stimme, die ich kannte. »*Galactic,* hier ist das Shuttle von GenSek Seafort.« Es war wirklich mein Shuttle. War es gewesen.

Kapitän Stanger, mit kalter Stimme: »Identifizieren Sie sich.«

»Pilot Walter Van Peer, Shuttle T-455 der Flottenakademie.«

»Da hat sich also der Mistkerl versteckt. Wer ist bei Ihnen?«

Van Peer antwortete lakonisch. »Sir, niemand sonst ist an Bord. Sie haben mein Wort.«

Gut. Er hatte es genau so ausgedrückt, wie wir es einstudiert hatten.

»Sehr gut, nehmen Sie Kurs auf die Schleuse von Deck 4. Er kann mit dem Raumanzug übersetzen.« Stanger ging auf Nummer Sicher. Bugwärts der Deck-2-Schleuse, die ich benutzt hatte, folgte ein Frachtraum mit Halterungen, um die Luftschleusen in direkten Kontakt zu bringen. Der Kapitän wollte allerdings nicht, daß irgendein verdächtiges Fahrzeug an seinem Sternenschiff festmachte.

Wir betrachteten die Sensorbildschirme, während Van Peer das Shuttle heranlenkte.

Tobrok flüsterte: »Wie viele hat er an Bord?«

»Niemanden. Er hat sein Wort an meiner Stelle gegeben.«

Der Schiffsprofos musterte mich starr.

Van Peer stoppte das Shuttle wenige Meter vor der Luftschleuse.

»Schicken Sie Seafort durch die Schleuse von Deck 4. Seien Sie gewarnt, wir haben Sie als Ziel erfaßt. Laserraum, bereitmachen zum Feuern.«

Wieso nur hatte ich den Funkraum übernommen, nicht den Laserraum? Ich spürte, wie mir unter der unvertrauten Uniform klamm wurde.

Der Lautsprecher knackte. »Mr. Tobrok, rufen Sie zur Brücke durch.«

Wir wechselten Blicke. Ich nickte.

Er aktivierte den Rufer. »Hier Schiffsprofos Tobrok, Sir.«

»Führen Sie ein Kommando zur Schleuse von Deck 4. Falls Seafort allein ist, gewähren Sie ihm Zutritt. Andernfalls verteidigen Sie die Schleuse und melden sich über Rufer bei mir.«

Ich nickte.

Er sagte: »Aye aye, Sir.«

Ich regte mich. »Mr. Panner, verschließen Sie die Luke und öffnen Sie sie nur für mich oder den Schiffsprofos. Tobrok, bringen Sie mich zur Schleuse auf Deck 4. Nehmen Sie Ihre Leute mit.«

Er öffnete die Luke. Draußen stand ein Fähnrich, der gerade Anstalten getroffen hatte anzuklopfen. Sein Blick zuckte an Tobrok vorbei. »Der GenSek, hier?« Es klang ungläubig.

»Schnappen Sie ihn!«

Er wirbelte herum und flüchtete. Einer von Tobroks Männern setzte ihm nach, aber es war hoffnungslos.

»Schnell!« Ich hatte die Stöcke auf dem Schoß und ruderte an den Rädern. »Deck 4! Rasch!«

Wir stürmten durch den Korridor, vorbei an einer Schar erschrockener Passagiere. Der Aufzug lag einen Viertelkreisumfang hinter der Treppe. Zu weit. »Tragen Sie mich! Die Zeit wird knapp!« Nur Tobrok riskierte es zunächst, mich anzufassen. »Heben Sie mich hoch, verdammt! Die Leiter hinunter! Sie, tragen Sie den Rollstuhl. HERR JESUS, HÜPFEN SIE NICHT!« Verzeihung, Herr, aber das war wirklich schlimm.

Alarmsirenen heulten. Stanger meldete sich über die schiffsweite Sprechanlage: »*Enterer an der Deck-4-Luftschleuse zurückschlagen! Alle Passagiere in die Kabinen!*«

Am Fuß der Leiter warfen sie mich in den Rollstuhl. Wir stürmten zur Schleuse. Tobrok keuchte: »Warum, Sir? Wer kommt an Bord?«

»Meine Verstärkung.« Nur sechs, aber wenn Gott wollte, war das genug. Ich hatte den Funkraum und den Maschinenraum in der Hand und konnte Stanger von jeder Fusion abhalten. Und ich hatte den Schiffsprofos auf meiner Seite.

»Wenn sie nicht im Shuttle sind, wie ...«

An einem Kabel, hundert Meter achtern ans Shuttle angehängt. Weit genug, damit die sachten Schübe aus den Steuerdüsen sie nicht rösteten. Nahe genug, um sich schnell hereinziehen zu können. Van Peers sensibles Manöver hatte das Shuttle relativ zum Schiff in Ruheposition gebracht, ohne meine Leute an den Rumpf zu schwingen.

Hinter dem Shuttle. Nicht an Bord. Ich hatte die Wahrheit gesagt.

Keine Zeit für Erklärungen. »Vertrauen Sie mir.«

»Achtung, Schiffsgemeinschaft!« schnarrte Stangers Stimme aus den Korridor-Lautsprechern. *»Der Schiffsprofos unterstützt die Enterer. Nehmen Sie ihn fest. Mr. Tobrok ist seines Amtes enthoben. Speke, Wilkins, Tarnier, schnell zum Waffenschrank!«*

Stanger hatte lobenswert schnell reagiert. Aus der dürren Meldung des Fähnrichs hatte er sich ein genügend umfassendes Bild gemacht, um seine Abwehr zu mobilisieren.

Wir kamen vor der Luftschleuse zum Stehen; wir waren die ersten. Ich blickte forschend durch die Sichtluke und erblickte zwei Gestalten in Raumanzügen. Dann eine dritte. Die Außenluke stand weit offen, aufgestemmt durch eine Stange aus Alulegierung.

Schnell! Ich hämmerte auf die Armlehnen.

»Sir, die Prioritätsschaltung!«

Ich warf einen Blick auf die Schalttafel; das Licht für die Prioritätsschaltung von der Brücke blinkte. Sollte Stanger zur Hölle fahren! Damit konnte meine Gruppe die Innenluke nicht öffnen. Und wir konnten es vom Korridor aus ebenfalls nicht. Wie ... »Was ist da drin?«

»Ein Schrank für Raumanzüge, Sir.«

Keine Hilfe. Ich zerbrach mir den Kopf. Ah! »Tobrok, der Chief hat einen Schweißbrenner in Ihrer Unterkunft bereitgelegt. Holen Sie ihn schnell!«

»Die Luftschleuse aufbrechen?« Er klang ungläubig. Kein Matrose kam so leicht auf die Idee, sein Schiff zu beschädigen.

»MACHEN SIE SCHON!«

Ich hatte beide Betäubungspistolen und gab jedem von Tobroks Männern eine. »Geben Sie mir den Scheißknüppel!« Der erschrockene Matrose warf mir den Schläger auf den Schoß. Das Ding nützte nicht viel, war aber besser als nichts.

»Da!« Weiter unten auf dem Korridor zeigten eine Handvoll Matrosen der *Galactic* auf uns und rafften Mut für einen Angriff zusammen.

»Attackieren Sie sie!« Ich spornte meine Leute an.

Die beiden Männer von Tobrok liefen los und zielten beidhändig mit den Betäubungspistolen, die sie im Laufen vor sich ausgestreckt hielten. Sie trampelten über den Teppich. Die gegnerischen Matrosen wurden unsicher. Einer drehte sich um und riß aus. Abrupt flüchteten sie alle.

»Kommen Sie zurück! Rasch, zur Schleuse!« Irgendwie konnten meine Leute das durch ihren Adrenalinstoß hindurch hören. Mit langen Schritten kamen sie zurück.

Die Luftschleuse füllte sich. Vier Gestalten. Fünf. Ich entdeckte Derek. Wer fehlte noch? Wo zum Teufel blieb Tobrok mit dem Schweißbrenner?

Laufschritte ertönten. Der Schiffsprofos kam um die Biegung getrabt und schleppte eine schwere Schneidvorrichtung. Er war rot vor Anstrengung; ich hätte zwei Leute schicken sollen.

Ich raunzte: »Kontrollieren Sie die Leiter auf der anderen Seite! Geben Sie einen Warnruf, wenn sie angreifen.« Nicht, daß es viel helfen würde. Und sie konnten uns genausogut vom Fahrstuhl aus angreifen.

Tobrok legte den Schweißbrenner vor mir ab und lehnte sich schweratmend an die Schleuse.

»Schnell, bauen Sie ihn zusammen!« Er und sein Kamerad beeilten sich, die Apparatur zu montieren. Ein Klicken. Noch ein Klicken, und wir hatten eine Flamme.

Hinter der Korridorbiegung waren Stimmen zu hören.

Ich reichte Tobrok meinen Schlagstock. »Nehmen Sie Ihre Männer, und wehren Sie sie ab.« Ich blickte forschend den Korridor entlang. »Benutzen Sie die Feuerwehrschläuche!« Stanger konnte ihnen das Wasser abdrehen, aber zunächst mal gewannen wir Zeit. Besonders wenn er seinen Befehl erst an den Maschinenraum übermittelte, wo der Wasserkreislauf des Schiffs gesteuert wurde. Ich packte den Schweißbrenner.

Ich hämmerte ans Bullauge der Luftschleuse. Um Gottes willen, beeilt euch! Sechs Personen waren jetzt in der Schleuse. Dann seltsamerweise sieben. Derek trat die Stange weg. Die Außenluke glitt zu. Er sicherte sie und rammte dann den Druckausgleichhebel herunter.

Während Luft in die Schleuse strömte, setzte ich den Schweißbrenner an. Ich mußte die Riegel durchtrennen, die die Luke geschlossen hielten, denn die Schalttafel war von der Brücke aus abgeschaltet worden. Die Riegel befanden sich auf halber Höhe der Luke. Von meinem Rollstuhl aus nahm ich einen Punkt auf der Alulegierung in Angriff und hatte die Apparatur dabei schwer auf dem Schoß liegen. Die Krücken waren mir im Weg, und ich warf sie aufs Deck.

Wutschreie im Osten. Tobroks Hochdruckschlauch hatte ein Ziel gefunden. Schade um den schönen neuen Teppich. Ich beugte mich über meine Arbeit. Die Alulegierung glühte und fing an zu tropfen. Ich zerrte meine Füße in Sicherheit.

»Schnell, Kapitän!«

Ich brummte. Im Westen hatte Tobroks Mann die Betäubungspistole weggesteckt und rang mit einem zweiten Feuerwehrschlauch. Clever. Er konnte mit dem eiskalten Wasser mehr Leute zu Boden strecken als mit der Pistole, mit der man dichter herangehen mußte.

Ich hatte einen der beiden Riegel halb durch. Stanger mußte jetzt jeden Moment das Wasser abschalten.

Ein Schrei. Ich blickte auf. Das Korridorschott glühte

unter einem Laserschuß aus der Distanz auf. Gott helfe uns! Feuerwehrschläuche waren keine Gegner für Laser. Tobrok zog sich um die Biegung herum zurück, in meine Richtung.

Der erste Riegel war durchtrennt. Ich machte mich an den zweiten. War der verdammte Schweißbrenner auch voll aufgedreht? Warum hatte ich nicht selbst einen mitgebracht? Oder Laser? Oder eine Atombombe?

In gräßlicher Zeitlupe glühte der zweite Riegel auf und teilte sich allmählich.

»Jetzt, Sir! Schnell!« Tobrok hatte mich auf seinem Rückzug vor dem Laser fast erreicht. Der Schlauch war straff gespannt. Nur die Korridorbiegung schützte den Profos noch, aber weiter konnte er nicht mehr zurückweichen. Ein guter Schuß, und er war eine blasenbedeckte Leiche.

Der Riegel war zur Hälfte durch. Zu zwei Dritteln.

Ich hielt den Schweißbrenner gleichmäßig und riskierte es, nach rechts und links zu blicken. Im Westen hielt sich Tobroks Mann mit einem weiteren Schlauch bereit. Im Osten ein durchnäßter Teppich. Ein gleichmäßiger Wasserstrahl klatschte ans Schott.

An der Korridorbiegung tauchte ein Fähnrich auf, die Uniform tadellos und trocken. Kühl zielte er mit dem Laser. Ich zuckte zusammen. Mit einem Wutschrei stürzte Tobrok vor, den Schlauch in der Hand. Ein Laserstrahl zischte rechts von ihm ans Schott. Tobrok griff den Fähnrich an und zerrte dabei den Schlauch hinter sich her. Der Fähnrich zielte erneut, aber Tobroks Wasserstrahl erwischte ihn voll an der Brust und schleuderte ihn ans Schott. Der Laser flog durch die Luft. Der Fähnrich hastete hinterher.

Jemand hämmerte an die Schleusenluke. Ich blickte auf. Jesus, Seafort, du Idiot! Der Riegel war durchschnitten, und ich hielt immer noch die Schweißflamme darauf gerichtet. Ich drehte sie ab und schlug auf die Schalttafel, genau in dem Augenblick, als jemand in der Schleuse das gleiche tat.

Die rauchende Luke glitt auf und knirschte dabei in der Fassung. Gestalten, die noch halb in Raumanzügen steckten, strömten aus der Schleuse. Arlene. Philip. Bevin. Andere, die noch Helme trugen.

Ich warf den Schweißbrenner hin und packte meine Krücken. »Tobrok! Männer!« Ich winkte heftig.

Der Schiffsprofos ließ den Schlauch los, der wie ein gestrandeter Fisch wild hin und her peitschte. Tobrok stürmte durch den Korridor, auf uns zu.

»Hier entlang!« Ich deutete nach Westen, fort von der bewaffneten Gruppe mit dem Laser.

Jemand packte meinen Rollstuhl an den Griffen. Schlingernd ging es los, und ich hielt mich fest, so gut ich konnte.

Trommelnde Schritte, keuchender Atem. Wir trampelten durch den Korridor. Jared riß sich den schweren Helm herunter.

Hinter uns Geschrei.

»Schneller!« Ich versuchte, die Räder zu drehen. Wo in drei Teufels Namen war nur die Leiter?

Drei Männer sprangen aus einer Kabine und schwenkten Schlagstöcke. Derek duckte sich unter einem hindurch. Jared holte mit dem Helm aus und schlug heftig zu. Er erwischte seinen Angreifer an der Stirn, und der Mann ging wie ein Stein zu Boden. Wir stürmten weiter.

Vor uns die Leiter. Als wir uns ihr näherten, stürmten ein Dutzend Matrosen die Stufen von Deck 3 herunter.

Wir saßen in der Falle. Jemand riß meinen Rollstuhl zurück. Ich kippte nach vorn. Eine Hand packte mich am Kragen und zog mich während des Rückzugs wieder auf den Stuhl zurück.

»Hier entlang!« Tobrok lief den Weg zurück, den wir gekommen waren. »Schnell!« In dieser Richtung warteten die Laserpistole und der Tod. »Schnell, Sir!«

Wir hatten keine Wahl. Wie ein Mann folgten wir ihm.

Zwanzig Schritte vor der Leiter sprang Tobrok zu einer Luke im Schott. Der Fahrstuhl.

Er hämmerte auf die Ruftaste.

Die Luke glitt auf. Wir drängten uns hinein. Wir waren zu viele. Ich zog jemanden auf meinen Schoß – Bevin. Derek, Anselm und Jared zwängten sich in den übervollen Lift wie verrückte Studenten in ein Elektroauto.

»Wohin?«

»Zwei!« stieß ich hervor. Ich mußte aus der vollen Schwerkraft heraus, egal was es uns kostete.

»Da sind sie!« Unsere Verfolger gingen auf den Fahrstuhl los.

Jemand schlug auf die Schalttafel. Die Tür fuhr zu. Ein Schlagstock zuckte hoch; Derek schrie auf. Ich wartete auf den unausweichlichen Laserstrahl, der uns alle umbrachte. Es kam nicht dazu.

Die Luke war zu. Wir fuhren nach oben.

»Bevin, halt still.« Mir brach förmlich das Rückgrat. »Tobrok, wohin?«

»Zu meinem Quartier.«

»Die wissen aber, daß Sie zu uns übergelaufen sind.«

»Dann zum Speisesaal. Im Westen.« Er hatte mehrere Eingänge, wie ich mich erinnerte, und war ein ebenso gutes Ziel wie jedes andere.

Meine Last wurde leichter. Wir gelangten in den Vortex des Buggravitrons.

Die Luke fuhr auf. Ich wappnete mich für die dumpfen Schläge von Knüppeln, das Aufblitzen von Lasern.

Nichts.

»Schicken Sie den Fahrstuhl auf Deck 6 hinunter.« Vielleicht brachten wir die Verfolger damit von unserer Spur ab.

»Schnell!« Tobrok führte uns durch den Korridor, vorbei an Salons, Trainingsräumen, Kabinen. Endlich der Eingang zum Speisesaal.

Wir stürmten hinein.

Wir erreichten eine verlassene Insel der Ruhe. Elegantes Glas. Vornehme Stühle.

»Die Kombüse, Sir. Sie hat Luken zum Korridor.«

»Dann los.«

Einen Augenblick später waren wir dort. Ein gutes Stück nach Mitternacht, wie jetzt, war sie verlassen. Tobrok schaltete das Licht aus. Im matten Schein der Notbeleuchtung kauerten wir uns hinter eine Reihe Kühlschränke und zogen Bilanz.

»Jemand verletzt?«

»Nein, Sir.« Das war Bevin.

»Ich nicht.« Anselm.

Ich sah mich um. »Gut, alle sind ... Verdammt noch mal, was tust *du* denn hier?«

Mikhael wand sich.

»Ich habe ihn mitgebracht.« Dereks Ton war ruhig.

»Warum?«

»Weil er Ihr Sohn ist.«

»Ich habe Ihnen doch gesagt ...«

»Er ist Ihr Sohn, oder nicht?«

»Ja.« Deshalb hatte ich ihn ja in Sicherheit haben wollen.

»Sie haben Philip auch mitgenommen.«

Das mußte ich. Mit vierundzwanzig war er meiner Autorität enthoben.

Mikhael würde diesen Unterschied nie begreifen.

Bedächtig sagte ich: »Sie haben recht. Mikhael, ich entschuldige mich. Es war falsch, es dir zu verbieten.« Seine Augen glänzten feucht.

»Nick, wir brauchen Waffen!« Arlene schritt auf und ab, eine Tigerin auf der Jagd.

»Ich konnte keine beschaffen.« Ich kam mir wie ein Idiot vor. »Wir haben nur zwei Betäubungspistolen.«

»Und Messer.« Derek fingerte am Besteck herum.

»Feuerwehräxte, wenn es sein muß.« Das war Philip.

»Sir, es sind meine Kameraden«, wandte Tobrok ein. »Ich verteidige Sie, aber verlangen Sie bitte nicht von mir, meine Matrosen mit einer Axt niederzustrecken.«

»Ich verstehe.« Ich hatte von ihm schon mehr verlangt, als mit Anstand möglich war.

Während sie wieder zu Atem kamen, brachte ich meine Bundesgenossen auf den aktuellen Stand. Fragen wurden gestellt; ich tat mein Bestes, um sie zu beantworten.

Philip sagte wenig. Als wir fertig waren, kniete er neben meinem Rollstuhl nieder. »Im Maschinenraum befindet sich ein Werkzeuglager. Wir können uns dort bewaffnen.«

»Die Zeit reicht nicht, um Waffen herzustellen.«

»Sie haben dort Schweißbrenner. Metall für Schlagstöcke. Säure. Öl für Brandbomben.« Sein ruhiger Tonfall täuschte über die blutrünstigen Implikationen der Worte hinweg.

»Mein Sohn, wir wollen doch kein Blutbad anrichten.« Ich wollte das Schiff übernehmen, nicht die Besatzung niedermetzeln.

»Falls wir Laser hätten, würden wir sie benutzen.«

»Stimmt.«

Ganz vorsichtig stand ich vom Rollstuhl auf, dankbar für die geringe Schwerkraft. Ich spürte Stiche in der Wirbelsäule, aber ich hatte überall Empfindungsvermögen, und meine Beine bewegten sich. Mit Hilfe der Krücken ging ich auf und ab. Was wir erreichen mußten, war, die Brücke zu knacken. Oder den Waffenschrank, falls Stanger irgendwelche Waffen darin zurückgelassen hatte.

»Unser Ziel ist Stanger. Wenn wir ihn gefangennehmen, bricht der Widerstand zusammen.«

»Nicht unbedingt, Sir. Alle, die ihn unterstützt haben, müssen mit dem Strick rechnen. Sie werden verzweifelt sein.«

»Das gilt nur, wenn sie wissen, daß ich ihn des Kommandos enthoben habe.«

»Mache eine schiffsweite Durchsage.« Das war Arlene. »Informiere alle und treibe damit einen Keil zwischen seine Leute.«

Derek sagte: »Dazu benötigen wir den Funkraum.«

»Nein. Nur einen Rufer.« Ich blickte mich um. »Der Funkraum kann uns auf die Sprechanlage schalten.«

»Warten Sie mal, Sir.« Das war Tobrok. »Falls wir anrufen, erfahren die Funktechniker, wo wir sind.«

Ja, aber sie hatten meine Befehlsgewalt über die *Galactic* anerkannt. Ob sie wieder auf Stangers Seite umschwenkten? Das Leben von Philip und Arlene hing davon ab. Und Mikhaels.

Philips Ton war scharf. »Wo steckt Jared?«

»Er war vor einer Minute noch hier.« Anselm sah sich um.

»Suchen wir ihn.« Philip ging zu den Türen hinüber, durch die das Essen in den Speisesaal gebracht wurde.

Ich raunzte: »Bleib in der Kombüse!« Ich humpelte übers Deck. »Falls einer von außen hineinblickt ...«

»Ich muß ihn finden!«

»Tue, was ich dir gesagt habe.« Mein Ton war eisig.

»Vati ...«

»Sofort!«

»Aber ich ...« Er ließ die Schultern hängen. »Ja, Sir.«

Jared war entbehrlich. Jeder von uns war es. »Mr. Tobrok, schicken Sie jemanden ...«

»Seafort, hier spricht der Kapitän.« Sein Ton war hart. *»Wir haben Ihr Shuttle zerstört. Sie können das Schiff nicht mehr verlassen. Legen Sie die Waffen nieder, und ergeben Sie sich.«*

Arlene schnaubte. »Welche Waffen?«

»Still.«

»Falls nötig, suchen wir Sie in allen Kabinen, und meine Leute werden in tödlicher Absicht schießen. Rufen Sie auf der Brücke an, um zu kapitulieren.«

Ich wartete, aber mehr kam nicht. »Was jetzt?« Ich sah mich um.

»Mache deine Durchsage«, sagte Arlene. »Ehe er die Besatzung gegen uns mobilisiert.«

»Tobrok, schicken Sie einen Mann mit Betäubungspistole zum Funkraum. Falls wir ein Auge auf sie haben, werden sie uns nicht verra ...«

Draußen war Stimmengemurmel zu hören. Ich legte den Finger an die Lippen. »Die Betäubungspistole!« Ich flüsterte es kaum. Arlene bezog an der Tür Stellung.

Wir waren gerade erst an Bord gekommen, und es war schon vorüber. Noch ein sinnloser, symbolischer Widerstand, und man würde uns überwältigen. Ich erhob mich vorsichtig vom Rollstuhl, balancierte auf einer Krücke und packte den Schlagstock.

Kommt schon, ihr Bastarde!

»Machen Sie schon, verdammt!« Ein Fähnrich kam durch die Tür gestolpert, die Hände in der Luft, den Mund zu einem höhnischen Lächeln verzogen. Hinter ihm ein Matrose. Dann noch einer. Den Schluß bildete Jared, einen Laser in der Hand. »Achten Sie auf sie, Sir.« Vorsichtig gab er den Laser an Derek weiter.

Philip rannte durch die Kombüse. Er versetzte Jared eine kräftige Ohrfeige und umarmte ihn heftig. »Du Idiot! Du Trottel!«

Derek lächelte die Matrosen an. »Ja keine Faxen! Probiert es nur!« Sie standen vollkommen still.

Ich fand die Stimme wieder. »Jared, wie in Gottes Namen hast du ...«

Seine Antwort kam gedämpft von P. T.'s Schulter. »Sie brauchten Waffen.«

»Wo ... warum ..?«

»Ich habe mich durch den Seiteneingang verdrückt.«

»Die hätten dich umbringen können.«

»Mir wurde klar ...« Er hob den Kopf, löste sich aus den Armen meines Sohnes. »Wie viele Passagiere sind schon an Bord gebracht worden? Zweitausend? Und sie sind noch nicht lange hier. Niemand konnte mich erkennen. Also spielte ich den verängstigten Fahrgast, der nach Hilfe suchte. Die Enterer sind nicht weit von meiner Kabine, Sir. Bitte kommen Sie. Die Nummer? Ich weiß nicht, aber es ist dort drüben ...« Seine Hand zuckte vor, als schlüge er jemandem die Waffe aus der Hand. »Ich wußte nicht, was ich sonst tun sollte, also habe ich sie hergebracht.«

Ich wandte mich an den Fähnrich. »Sie!« Wir waren uns schon begegnet.

»Edwin Speke.«

»Auf welchem Deck waren Sie? Wie lauteten Ihre Befehle?«

»Edwin Speke, Fähnrich. ID 76L542 ...«

»Antworten Sie!«

»Edwin Speke.« Seine Stimme bebte vor Haß. »Dieses Arschloch hat um Hilfe gebeten! Wir wollten ihm gerade helfen, als er uns angegriffen hat!« Die Unfairness überwältigte ihn. »Sie gottverdammtes blödes ...«

Ich hob warnend den Finger. Es gab Grenzen.

Er verschränkte die Arme. »Mehr erfahren Sie von mir nicht.«

»Ich bin Nick Seafort. Ich habe Ihren Kapitän des Kommandos enthoben und mich selbst an seiner Stelle ernannt.«

»Das ist mir egal.«

Was für Fähnriche schickte uns die Akademie heutzutage? »Vorsichtig, Junge! Ihr Leben hängt davon ab.«

»Sie würden mich erschießen?« Sein Ton triefte vor Verachtung.

»Die Admiralität wird Sie hängen. Ich bin Kapitän der *Galactic,* und Sie unterstehen meinen Befehlen.«

»Beweisen Sie es.«

Ich sah mich um, entdeckte keine Konsole und sagte lahm: »Es steht im Logbuch.«

»Zeigen Sie es ...«

»Sir, wir verschwenden Zeit!« Das war Derek.

»Tobrok, nehmen Sie Ihre Leute, und versuchen Sie, den Funkraum zu erreichen. Postieren Sie dort jemanden, um sicherzustellen, daß die Besatzung Stanger nicht verrät, wo wir stecken. Rufen Sie dann hier an.« Ich wollte dem ganzen Schiff verkünden, daß ich den Befehl übernommen hatte.

»Aye aye, Sir. Und diese beiden?« Er deutete auf die Matrosen.

Ein Problem. Ich konnte nicht mehr als ein paar Leute gleichzeitig ins Schiffsgefängnis stecken; der Platz reichte nicht. Und das setzte ohnehin voraus, erst das Schiffsgefängnis zu erreichen und daß Stangers Leute sie nicht gleich wieder freiließen, sobald wir gegangen waren.

Das Schiff war einfach zu groß, und bei einer Besatzung von achthundert standen mehr auf Stangers Seite als auf unserer. Ich zerbrach mir den Kopf nach einer Lösung.

»Arlene.« Ich machte ein gelassenes Gesicht. Sie setzte einem der beiden die Betäubungspistole an die Rippen. Er verdrehte die Augen, als er hinfiel. Sie wirbelte zu seinem Kameraden herum und streckte auch ihn nieder, ehe er protestieren konnte.

»Sie Verbrecher!« Der Fähnrich ballte die Fäuste.

»Zwei Minuspunkte. Vier.«

»Sie können mir keine ...«

»Fünf.«

Er wurde still.

Ich sagte: »Wir müssen den Waffenschrank aufbrechen, vorausgesetzt, Stanger hat ihn noch nicht leergeräumt.« Der Waffenschrank war jedoch, ähnlich der Brücke, wie eine Festung gebaut. Es wäre ein Großeinsatz, seine verstärkten Platten zu durchschneiden. »Ich habe den Schweißbrenner an der Luftschleuse zurückgelassen.«

»Dieses Gebiet hat Stanger inzwischen gesichert.«

»Zweifellos.« Ich brauchte Hilfe. Böse musterte ich den Fähnrich. »Junge, wo ist die nächste Konsole?«

»Das brauche ich Ihnen nicht zu sagen. Der Kapitän ...«

»Derek, erschießen Sie ihn. Ich habe genug.«

»Nein!« Ein Schrei echter Angst.

Entgegenkommenderweise zielte ihm Derek zwischen die Augen. Ich fragte mich, ob der Junge sah, daß die Waffe gesichert war.

»Bitte, Sir!«

»Sie werden tun, was ich sage?«

»Ja!« Reflexhaft fuhr sich der Fähnrich mit den Fingern durchs Haar. Die Hand zitterte.

»Gehen Sie ins Schiffsgefängnis. Es liegt ein paar Luken hinter der Biegung. Setzen Sie sich an die Konsole, und rufen Sie das verdammte Logbuch auf!«

»Nick, er läuft zu Stanger.« Das war Arlene.

»Nein, das tut er nicht. Nicht, ehe er nachgesehen hat. Entscheiden Sie, wer Kapitän ist, Mr. Speke. Falls ich es bin, tragen Sie Ihre Minuspunkte ein. Kommen Sie dann schnellstens zurück.« Ich funkelte ihn an. »Nun?«

»Aye aye, Sir.«

»Laß ihn nicht gehen! Du bringst uns noch alle in Gefahr.«

»Ist schon in Ordnung, Liebes.« Auch wenn er vielleicht selbst nicht daran dachte, hatte mich der Fähnrich schon anerkannt, als er auf meine Minuspunkte hin still geworden war.

Der Junge schlich hinaus.

Stanger schwieg jetzt schon eine ganze Weile. Was führte er im Schilde? Tobte er seine Wut an einer Welt aus, die er als Geisel hielt? »Wir brauchen den Laserraum.«

Derek kontrollierte seine Pistole. »Wahrscheinlich reicht die Ladung, um sich durch die Luke zu brennen.

Aber falls sie drinnen auf uns warten ...« Eine Schießerei, bei der weiß Gott wie viele umkamen.

»Wir brauchen mehr Waffen.«

P. T. sagte: »Ich ziehe los, wie es Jared getan hat. Mom und Derek sollen sich in einer Kabine verstecken, und ich führe Matrosen in den Hinterhalt.«

»Du bist zu bekannt.« Als mein Sohn war sein Gesicht zuzeiten in den Holos aufgetaucht.

»Nicht so gut ...«

»Ich gehe.« Das war Mikhael.

»Kommt gar nicht in Frage.«

»Wen können Sie sonst schicken? Die Kadetten würden durch ihre Uniformen verraten. Jared war schon draußen. Mr. Carr? Ihn kennt man auch aus den Holozinen. Und ich bin nur irgendein Junge; wer sollte sich vor mir fürchten?«

»Mikhael ...« Falls ich im Angesicht des Allmächtigen Alexi begegnete und ihm erklären mußte, daß ich seinen Sohn losgeschickt hatte und man ihn niedergemetzelt ...

»Bitte, Pa! Sehen Sie nur!« Mikhael sprang aufgeregt auf und nieder. »Leute mit Lasern und Betäubungspistolen!« Er deutete in die Ferne. »Ich bin gerade aus dem Salon gekommen, und ...«

Ich sah Arlene an.

Sie zuckte die Achseln. »Es könnte klappen.«

»Ich möchte nicht, daß er verletzt wird.«

»Bitte! Ich möchte auch tapfer sein!«

Während ich zögerte, sagte Arlene: »Sag ihnen, du wärst aus Kabine zwei sechzehn. Führe sie am Trainingsraum vorbei, wo wir auf der Lauer liegen. Vergiß nicht, daß wir nur eine Pistole haben. Mit Hilfe des Überraschungsmoments erwische ich vier, vielleicht fünf Mann. Führe also keinen Trupp aus fünfzehn zu uns.«

»Nein, Ma'am.«

»Falls es zu viele sind, gehe auf sie zu und frage, ob es in Ordnung wäre, daß du dich außerhalb der Kabine herumtreibst. Sie werden dir sagen, daß du verschwinden sollst. Derek, gehen wir. Nick, mach deine Durchsage. Du weißt ja, wo wir stecken.«

Wohl wissend, daß es eine gefährliche Torheit war, ließ ich zu, daß sie gingen.

Während ich hilflos wartete, ging ich den Plan durch. Zuerst die Durchsage. Dann der Laserraum. Irgendwie würde ich die Laser der *Galactic* ausschalten, und wenn ich dazu die Konsolen in dampfende Pfützen verwandeln mußte. Falls ich das Schiff sicher in der Hand hatte, konnte Stanger ruhig die Brücke halten. Er konnte die *Galactic* nirgendwohin bringen; Chief McAndrews würde es ihm verwehren. Notfalls hungerte ich ihn aus.

Ich humpelte auf und ab. »Tobrok hätte inzwischen anrufen müssen.«

P. T. sagte: »Falls er einer Patrouille begegnet ist . . .«

»Soll ich es riskieren, im Funkraum anzurufen?«

»Nein. Warte.«

Ich hätte mit dem Schiffsprofos gleich zum Laserraum gehen sollen, als ich an Bord gekommen war. Nach Ausschaltung der Geschütze hätte ich Zeit gehabt, den Rest auszutüfteln. Aber Tobrok hatte meine Autorität angezweifelt, und wir hatten den Funkraum sichern und die Schleuse durchschneiden müssen . . . Ich seufzte.

Rufe in der Ferne. Ein gellender Schrei.

Ich setzte mich. Nach einiger Zeit waren meine Nerven straff gespannt.

Schritte im Speisesaal.

P. T. zog die Betäubungspistole und ging gleich hinter der Doppeltür in Stellung. Er hockte sich hin. Anselm packte ein Messer, Bevin eine Eisenpfanne mit langem Griff. Sie bauten sich vor meinem Rollstuhl auf.

»Nicky, wir sind es.« Es war Arlene. Ich ließ die Luft wieder fahren, von der ich gar nicht mitbekommen hatte, wie ich sie anhielt.

Die Tür schwenkte auf. Arlene packte ihre Beute auf

die Anrichte: Drei Pistolen und ein häßliches Lasergewehr, noch präziser als eine Pistole. Hinter Arlene sicherte Derek seine Waffe wieder.

Heiser fragte ich: »Wo ist Mikhael?«

»Draußen. Du solltest lieber zu ihm gehen.«

Oh, Allmächtiger! Er war verletzt. Ich stützte mich schwer auf die Krücken und stieß mich in der geringen Schwerkraft fast vom Boden ab.

Ich durchquerte die Doppeltür in den luxuriösen Speisesaal.

Mikhael lehnte, mit dem Rücken zu mir, schluchzend an einer Säule und ließ die Schultern hängen.

»Was ist los, mein Sohn?«

Seine Schultern bebten lautlos. Ich stellte eine Krücke weg und legte ihm einen Arm um die Schultern. »Erzähl es mir.«

»Sehen Sie nur, was ich getan habe.« Tiefrot vor Scham drehte er sich zu mir um und zeigte damit die durchnäßte Hose. »Wie ein ... wie ein ...« Er weinte. »Ich wollte so tapfer sein wie Dad, und jetzt das.«

Erleichterung breitete sich in mir aus. »Ist das alles?« Ich barg seinen Kopf an meiner Brust. »Du mußt furchtbare Angst gehabt haben.«

»Dieser Fähnrich, Speke. Er hat mich gesehen, und ich dachte, er würde es ihnen sagen, und dann hat Ms. Seafort ... hat sie ...«

Es mußte grausig gewesen sein, auf die kurze Distanz.

»Ich kann nicht hineingehen. Ich kann es den anderen nicht zeigen.«

»Ich verrate dir ein Geheimnis.« Ich hob sein Kinn an. »Es ist mir auch einmal passiert.« Eine außerirdische Gestalt huschte durch das Wrack der *Telstar*, dicht genug, um sie anzufassen. *Gehen Sie in Fusion, Vax! Bringen Sie das Schiff in Fusion!* Mir schauderte.

»Das sagen Sie nur so.« Er machte ein elendes Gesicht. »Ich möchte sterben.«

»Es stimmt. Ich habe mich naß gemacht. Wie kommst du nur auf die Idee, du müßtest immun gegen Angst sein?«

»Sie und Mr. Carr, Sie sind so tapfer. Nichts macht Ihnen Angst ...«

»Oh, mein Sohn! Mut bedeutet nicht, ohne Furcht zu leben. Er besteht aus dem, was man trotz seiner Angst tut.«

Nach einer Weile schien ihn das zu beruhigen. Er klammerte sich an mich wie ein schüchternes Kleinkind und duldete, daß ich ihn in die Kombüse führte.

Ich war verzweifelt. Anscheinend hatten wir Tobrok und seine Männer verloren. Der Fähnrich Speke war nicht zurückgekehrt. Stanger hatte uns jeden Moment am Wickel. Ich wagte nicht, im Funkraum anzurufen; damit hätte ich unsere Position verraten. Der Laserraum lag auf Deck 1. Wir hatten die nötige Feuerkraft, um seine Luke aufzubrechen, aber der Kapitän ließ bestimmt die Treppenhäuser bewachen. Selbst wenn ihm wie durch ein Wunder weder Speke noch Tobrok unseren Standort verraten hatten, wußte er mit Sicherheit, daß seine Patrouillen auf Deck 2 nicht ganz zufällig verschwunden waren.

»Ich komme hinein.« Eine Stimme aus dem abgedunkelten Speisesaal.

»Herr Jesus!« Ich versuchte aufzuspringen und prallte vor einem weißglühenden Schmerzstich zurück.

»Nicht schießen!« Fähnrich Speke steckte den Kopf zur Tür herein.

Arlene packte ihn am Kragen und stieß ihn an einen Kühlschrank. »Wo waren Sie?« Sie versetzte ihm einen Stoß, daß ihm die Zähne klapperten. »Antworten Sie!«

»Sachte, Schatz.«

»Komm mir nicht mit ›sachte‹.« Sie zog die Pistole. »Falls Sie uns verraten haben ...«

»Ma 'am ... Käpten, Sir, das habe ich nicht!« Er sah mich hilfesuchend an. »Ich habe das Logbuch gelesen, und Sie sind der rechtmäßige ... Sie brauchen Laser, also bin ich auf die Brücke gegangen. Mr. Stanger ...«

»Tu es nicht, Arlene!«

»Ich habe Stanger erzählt, ich hätte meinen bei einem Schußwechsel verloren und Sie wären auf Deck 4, ob ich wohl eine Ersatzwaffe haben könnte; und er sagte ...« Der Junge wurde dunkelrot. »Falls ich noch eine Pistole verlöre, würde er mir den Rohrstock verabreichen lassen. Ich soll den Trupp von Stabsbootsmann Fahren kommandieren. Er ist auf Deck 5 versammelt. Ich habe Laser, Schlagstöcke und Betäubungspistolen erhalten.«

»Wo?«

»Direkt hinter der Korridorluke.« Ich blickte forschend in den Speisesaal hinaus und sah Waffen, die aufgehäuft auf einem Elektrokarren lagen.

Ich funkelte Speke an. »Wie viele Minuspunkte haben Sie?«

»Acht, Sir. Einschließlich Ihrer fünf.« Er errötete heftig. »Fähnrich Edwin Speke meldet sich zum Dienst, Sir.«

»Sehr gut.« Seine Heldentaten hatten mehr verdient. Ich räusperte mich. »Gut gemacht, Fähnrich.« Ich zwang mich, wieder an unsere Probleme zu denken. Wir hatten Waffen, brauchten aber mehr Leute. Wie ... Ah! »Mr. Speke, suchen Sie den Trupp von Stabsbootsmann Fahren und bringen Sie die Leute her.«

»Aber ... Aye aye, Sir.«

»Falls Sie auf die Gegenseite treffen, hoffe ich doch, daß Sie sich herausreden können.«

Er wirkte verlegen. »Wahrscheinlich.«

Er war kaum in Gefahr. Unsere Gruppe befand sich im Versteck des Messesaals, und für den Feind würde es den Anschein haben, daß Speke Stangers Befehle ausführte.

Zehn Minuten später musterte ich mein neues Kommando. Fahrens Einheit bestand aus zweiundzwanzig Matrosen unter dem Befehl des Stabsbootsmanns. Speke hatte ihnen mit ruhiger Zuversicht erklärt, daß ich der rechtmäßige Kapitän war und mich anscheinend auf der Siegesstraße befand. Stabsbootsmann Fahren versicherte mir nervös seine Unterstützung.

Zeit für einen Ausfall. Man hatte uns nur deshalb noch nicht entdeckt, weil der Speisesaal als Versteck für uns eine so unwahrscheinliche und nutzlose Wahl war.

Die *Galactic* war größer als jedes andere Schiff, das ich kannte, aber ihr Aufbau ähnelte dem aller Sternenschiffe der Flotte: Zwei Treppenhäuser zogen sich alle Decks hinauf, im Osten und im Westen. Falls wir beide Leitern hielten, konnten wir Deck 2 verteidigen. Ups, ich hatte den Fahrstuhl vergessen. Beide Treppen und den Fahrstuhl.

»Nein.«

Derek und P. T. betrachteten mich seltsam; ich hatte gar nicht bemerkt, daß ich laut redete. Wir wollten gar nicht Deck 2 verteidigen; wir mußten Deck 1 erobern. Die Offiziersquartiere, den Laserraum, die Brücke.

»Mr. Speke, erkunden Sie die Ostleiter.«

In wenigen Augenblicken war er zurück. »Wachen am unteren Absatz. Wahrscheinlich auch auf Deck 1, aber ich bin nicht dicht genug herangekommen, um es zu sehen.«

»Probieren Sie es im Westen.« Er tat es. Das gleiche Ergebnis.

»Fähnrich, versammeln Sie Ihre Einheit auf dem Korridor. Ich möchte einen Angriff auf die Osttreppe führen. Wie viele Laser haben Sie – zehn? Laserschützen nach vorn. Suchen Sie Leute aus, die wissen, wie ...«

»Nicky, überlaß mir die Führung.«

»Du bist Zivilistin, Schatz.« Ich betrachtete Arlene finster. »Sie können deinen Befehlen nicht folgen, selbst wenn sie vorhatten ...«

»Nimm mich in Dienst.«

»Was?« Ich wollte mehr sagen, war jedoch sprachlos.

»Du hast mich verstanden. Ernenne mich zum Leutnant.«

P. T. sah ernst zu.

»Schatz, jetzt ist nicht die richtige Zeit, um ...« Ich suchte nach einem stichhaltigen Argument. »Eine Verpflichtung gilt für fünf Jahre«, setzte ich eilig hinzu. »Natürlich besteht immer die Möglichkeit, sie wieder aufzuheben.« Als Admiral konnte ich die Dienstverpflichtung jedes Offiziers aufheben. Wir hatten das im Fall der Passagiere getan, die ich auf der *Challenger* in Dienst genommen hatte.

Was für eine alberne Idee sie da hatte. Die Frau ein untergeordneter Offizier, die den Befehlen des Ehemanns Folge leisten mußte und doch in der gemeinsamen Kabine gleichrangig war? Stimmt, es gab verheiratete Offiziere, aber keiner von ihnen war Kapitän gewesen.

Und doch: Wieso war ich einverstanden gewesen, daß sie sich an unserem Einsatz beteiligte, wenn ich dann nicht auf ihre Fähigkeiten zurückgriff? Ich spielte auf Zeit. »Schatz, wenn du dich verpflichtest ... Jeden Befehl, den ich gebe ...«

»Um Gottes willen, Nicky! Ich weiß!«

»Sehr gut.« Fünfundzwanzig Jahre nach ihrer Entlassung war sie damit wieder Leutnant. »Hebe die rechte Hand. Ich ...«

»Ich, Arlene Sanders Seafort, schwöre hiermit bei meiner unsterblichen Seele, die Charta der Vollversammlung der Vereinten Nationen zu bewahren und zu beschützen, dem Flottendienst der Vereinten Nationen für die Dauer meiner Verpflichtung die Treue zu halten und Gehorsam zu erweisen und allen seinen rechtmäßigen Befehlen und Vorschriften nachzukommen, so wahr mir der allmächtige Gott helfe.« Sie sprach ohne Zögern.

Ich zupfte mir die Jacke zurecht, glättete kurz die Krawatte und salutierte förmlich. Forsch erwiderte sie die Geste.

Herrgott, wie ich sie liebte. »Greifen Sie an, Leutnant.«

»Aye aye, Sir.«

»Sie alle haben es gehört: Sie ist jetzt Flottenoffizier. Folgen Sie ihren Befehlen. Fähnrich, nehmen Sie drei Leute aus der Einheit und dazu meine beiden Kadetten. Halten Sie Fahrens Trupp den Rücken frei. Beziehen Sie Stellung zwischen dem Speisesaal und der Westleiter.«

Speke wollte nicht zurückstehen und zeigte einen Akademiegruß. »Aye aye, Sir.« Er marschierte los, Bevin und Anselm im Schlepptau.

»Was ist mit uns?« Das war Jared.

»Du und P. T., ihr helft mir die Leiter hinauf, sobald es sicher ist.« Mein Ton war barsch. »Mikhael, die Jungs werden deine Hilfe brauchen.«

»Ja, Sir.« Seine Dankbarkeit war mitleiderregend.

P. T. rührte sich. »Setz dich auf den Stuhl, Vati.«

»Ich brauche ihn nicht.« Hier in der geringen Schwerkraft konnte ich gehen. Ich lehnte mich auf die Krücken. Falls ich vorsichtig war, kam ich sogar mit nur einer aus.

P. T. sagte: »Jar, kontrolliere mal den Korridor bei der Treppe. Wir müssen wissen, wann Mom angreift.«

Jared umarmte ihn kurz und ging.

»Danke, Vati.«

»Wofür?«

»Daß du ihn nicht in Gefahr gebracht hast.«

»Er bemüht sich sehr, dich zu beschützen.«

»Komisch, nicht wahr? Eigentlich sollte ich ihn beschützen.«

Wir warteten.

Derek war nachdenklich. »Mr. Seafort, Sie könnten auch mir Leute unterstellen.«

»Nicht Sie auch noch. Der gleiche Einwand gilt.«

»Daß ich Zivilist bin? Sie wissen ja, wie man das ändert.«

»Sie sind zu alt für einen Fähnrich.« Er bekam schon graue Haare.

»Aber nicht für einen Leutnant.«

Ich winkte ab. »Als nächstes fordern Sie mich noch auf, Mikhael zu verpflichten. Oder Jared.«

»Sehr gut, Sir.« Sein Ton war eisig. Er wandte sich ab und starrte die Luke an.

Ich brummte etwas.

»Was?«

»Ich sagte: ›Primadonnen.‹«

Ein langer Augenblick verstrich, in dem sich die Temperatur auf der des interstellaren Raums bewegte.

Ich knurrte: »Heben Sie die rechte Hand.«

19. Kapitel

»Ms. Seafort sagt, in fünf Minuten.« Jared war atemlos. »Sie möchte ein Ablenkungsmanöver an der Westleiter.«

Ich schnitt eine Grimasse. »Sie braucht mehr Leute.«

»Ich schätze, daß ich nur hier die Stellung halte?« Dereks Ton war trocken.

»Sie sind meine Reserve.« Plötzlich gelangte ich zu einer Entscheidung. »Haben Sie im Trainingsraum einen Rufer gesehen?«

»Es war ziemlich blutig da drin. Ich habe es nicht mitbekommen.«

»Gehen Sie nachsehen. Wenn Sie einen finden, rufen Sie im Funkraum an. Verschaffen Sie sich eine Vorstellung davon, auf wessen Seite die dort stehen.« Falls sich meine Kampfgruppe zur Kombüse zurückziehen mußte, war es sinnvoll, Stanger nicht auf diese Position aufmerksam zu machen, indem wir von hier aus telefonierten. »Schnell!«

»Aye aye, Sir.« Er marschierte hinaus. Erstaunlich, wie

leicht man sich wieder in der Förmlichkeit des Flottenlebens zurechtfand. Ich fragte mich, ob es mir genauso ginge, falls ich wirklich wieder als Kapitän tätig wurde. Ich verwarf diese Phantasievorstellung.

Jared kehrte zu seinem Posten hinter den Angreifern zurück.

Wenige Augenblicke später war Derek wieder da. »Keine Antwort, Sir.«

»Unmöglich. Der Funkraum ist immer besetzt.«

»Sie haben mich schon verstanden.« Sein Ton war schroff. »Ich habe angeklingelt, und sie haben nicht reagiert. Oder wollten nicht.«

»Gehen Sie zu Arlene. Helfen Sie ihr.«

Er ging. Ich wünschte mir, ich hätte nicht alle unsere Laser an die Kampfgruppe ausgegeben. Hier hatten wir nur einen Schlagstock.

P. T. sagte: »Vielleicht geht der Funktech nur auf Nummer Sicher. Falls er ...«

Jared platzte herein. »Jetzt, Mr. Seafort!«

Ich humpelte zum Ausgang des Speisesaals. P. T. zögerte, lief dann zum Rollstuhl zurück. »Wirst du dich um Gottes willen da hineinsetzen?«

»Ich werde nicht ...« Ich gab nach, reichte ihm meine Krücken, setzte mich. Jared lief voraus, um die Luke offenzuhalten; P. T. und Mikhael fuhren mich im Laufschritt zum Korridor und der Ostleiter.

Mikhael hielt rutschend an. »Argh.«

Der Teppich war naß und klebrig. Leichen lagen jeweils dort, wo sie gefallen waren. Der entsetzliche Gestank von verbranntem Fleisch durchdrang den Korridor.

Ich erhob mich schwankend vom Rollstuhl. P. T. und Jared packten mich unter den Armen, halfen mir die Leiter hinauf. Mikhael kletterte mit dem Rollstuhl hinter uns her.

Auf Deck 1 kam Arlene in langen Schritten um die

ferne Korridorbiegung gelaufen. Ihr Overall war blutbespritzt. Sie bildete mit den Händen einen Trichter vor dem Mund. »Der Laserraum liegt in Sektion neun!« Sie warf sich herum und lief den Weg zurück, den sie gekommen war.

Ich versuchte mich zu orientieren. Dieses Deck war karg und praktisch ausgestattet, wie auf den Schiffen, die ich bislang kannte. Aber es war so groß ... Die Brücke lag im Westen, der Laserraum im Osten. Natürlich war das letztlich egal; der Umfangskorridor verlief schließlich kreisförmig. Auf einem Schiff mit derart großen Scheiben schlug man jedoch ungern die falsche Richtung ein.

Ich hastete auf den Krücken den Korridor entlang. Wo war der Waffenschrank? Den brauchten wir auch.

»Achtung, hier spricht Kapitän Stanger.«

Ich erstarrte.

»Es ist zu einiger Verwirrung gekommen.«

»Beeile dich, Vati.«

»Hör zu.« Ich humpelte weiter.

»In einer Verzweiflungstat ist der ehemalige GenSek Seafort mit einer Gruppe bewaffneter Angreifer in die Galactic *eingedrungen und hat dadurch seinen Eid gebrochen. Er hat einige unserer Matrosen ermordet und streift zur Zeit auf den Decks 1 und 2 herum. Er erhebt den falschen Anspruch, Kapitän der* Galactic *zu sein. Das ist er nicht, aber selbst falls er es wäre, würde ich ihn des Kommandos entheben, da er wahnsinnig ist.«*

»Der Mistkerl!«

»Still, habe ich gesagt.«

»Alle Mann sofort auf Gefechtsstation. Die Korridorluken werden in einer Minute geschlossen. Falls Sie auf die Enterer stoßen, informieren Sie sofort die Brücke. Passagiere, riskieren Sie es nicht, ich wiederhole, riskieren Sie es nicht, auf die Korridore hinauszugehen.«

Ich plumpste auf den Rollstuhl. »Schiebt mich!«

Sobald die Notluken in den Korridoren versiegelt waren, konnten nur autorisierte Codes oder ein Signal von der Brücke sie wieder öffnen. Ich hatte damit gerechnet, daß Stanger früher oder später alle Mann auf Gefechtsstation rufen würde. Indem er das Schiff in isolierte Segmente unterteilte, beraubte er uns der Bewegungsfreiheit, die wir brauchten.

Wir stürmten zum Ende von Sektion sieben. Hindurch nach acht. Vor einer Kabinenluke tauchte ein Offizier auf. Er blieb stocksteif stehen. Wir rasten vorbei. Er zerrte an etwas Schwarzem, was er im Gürtel stecken hatte. Mir kribbelte die Haut am Rücken, während ich auf den Schuß wartete.

»PA, SIE GEHT ZU!« Mikhael huschte voraus.

P. T. donnerte den Flur entlang und schob dabei den Rollstuhl vor sich her. Luken flogen so schnell vorbei, daß sie verschwammen.

Korridorluken waren für den Fall des Druckverlusts ausgelegt. Wenn sie sich schlossen, dann aber auch schnell. Philip stürmte auf die nächste Luke zu, kam jedoch zu spät. Abrupt wurde ihm klar, daß wir in der Falle saßen; er ließ den Stuhl los und rannte den Weg zurück, den wir gekommen waren. Ich rollte weiter, hilflos dem Impuls ausgeliefert, den Philip aufgebaut hatte. Mikhael packte die Griffe und stützte sich ab, um den Stuhl abzubremsen. Mit seiner hohen Geschwindigkeit riß ihn der Stuhl von den Beinen, und Mikhael plumste zu Boden.

Etwas verlangsamt krachte ich an die massive Luke. Der Aufprall schleuderte mich fast aus dem Sitz. Halb benommen kurbelte ich an den Rädern.

Philip galoppierte den Korridor entlang. Jared folgte ihm und strengte sich wie verrückt an. Der Offizier, an dem wir vorbeigekommen waren, stand bereit und zielte mit der Betäubungspistole.

Mit einem Schrei warf sich Philip auf ihn. Er erwischte

ihn voll an der Brust, fiel schlaff zu Boden und rollte sich zweimal ab. Jared raste weiter durch den Flur. Der Offizier zielte gerade von neuem, als Jared auf ihn prallte. Beide ruderten mit den Armen, während sie stürzten.

Jared sprang auf. Er trat die schlaffe Gestalt des Offiziers einmal, zweimal, dreimal, lief zu Philip, kniete sich neben ihn.

Langsam und unter Schmerzen fuhr ich auf sie zu. Mit beschämter Miene kam Mikhael herbei und half schieben.

Jared nahm Philips Kopf in den Arm.

Ich tätschelte ihm die Schulter. »Es war nur eine Betäubungspistole. In einer Stunde ist er wieder okay.«

Jared sah mich traurig an. »Er hat mich nicht vorgewarnt . . .«

»Ich weiß, mein Sohn.« Ich sah mich um. »Wir können hier nicht bleiben.« Jeden Moment würde man uns entdecken.

»Wohin . .?«

Wir waren in unserer Sektion eingeschlossen, bis mir ein Ausweg einfiel. »Da.« Ich suchte aufs Geratewohl eine Kabine heraus. Alles war besser, als mitten auf dem Korridor zu stehen.

»Ich ziehe ihn.« Jared griff P. T. unter die Achseln.

»Nimm den Rollstuhl.« Ich kämpfte mich auf die Beine und balancierte auf meinen Krücken. Jede Sekunde konnte jetzt jemand auftauchen. Mir kribbelte der Rücken.

Jared und Mikhael zerrten meinen Sohn auf den Rollstuhl. In seiner Bewußtlosigkeit wirkte er viel jünger als vierundzwanzig. Ich schluckte und humpelte schneller.

Vor der nicht beschrifteten Kabine schlug ich auf den Öffnungsschalter. »Hinein.« Schnell schoben wir den Rollstuhl hinein und schlossen die Luke. Ich sah mich um.

Sechs Kojen, vier eilig verlassen. Eingebaute Kleiderschränke. Ein innerer Raum folgte mit weiteren Betten.

Die Fähnrichskabine.

»Was jetzt?« fragte Jared.

»Du und Mikhael, ihr zieht Fähnrichssachen an.«

Er machte große Augen. »Nehmen Sie uns in Dienst?«

»Nein, aber ihr seid in Zivilkleidung zu auffällig.« War es möglich, daß Mikhael ein enttäuschtes Gesicht machte?

»Was ist mit P. T.?«

»Zuerst ihr. Kümmert euch um ihn, sobald er wach wird.«

Mikhael wühlte in einer Schublade herum und entdeckte eine blaue Fähnrichsuniform und ein Hemd. Mit erkennbarer Erleichterung zog er seine feuchte Hose aus. Jared würde mehr Schwierigkeiten haben; er hatte inzwischen die Figur eines Erwachsenen.

»Mikhael, kommst du mit der Krawatte zurecht?« Verdammter Anachronismus; zuzeiten fragte ich mich, wieso sich die Raumflotte etwas daraus machte. Andererseits war Tradition alles.

»Nein, Sir.« Er klang gedrückt.

»Komm her.« Unbeholfen band ich sie ihm. Eigentlich saß der Knoten schlecht genug für einen Minuspunkt, aber heute abend würde es reichen. »Du siehst gut aus.« Er ähnelte Alexi so sehr, daß es mir das Herz brach.

»Danke, Pa. Hier, Jared, probiere diese hier; sie sind größer.«

Wir waren jetzt soweit, uns wieder hinauszuwagen, aber zu welchem Zweck? »Wo ist der Rufer? Ah.« Ich humpelte hin. Ich wollte es mit dem Funkraum versuchen, oder ...

»Alle bewaffneten Matrosen auf Deck 1 zum Laserraum! Rufen Sie auf der Brücke an, um sich die Korridorluken öffnen zu lassen. Leutnant Perez, Sie übernehmen das Kommando vor dem Laserraum.«

»Da haben wir unsere Chance.« Sie starrten mich an, also erklärte ich es ihnen. »Wir gehen zur Luke nach Sektion neun und melden uns auf der Brücke. In dem ganzen Chaos erhalten wir Durchgang.« Wenn der allmächtige Gott es wollte. »Laßt P. T. hier. Wir holen ...«

Die Luke fuhr auf. Ein Fähnrich lief herein. »Was macht ihr denn ... Heh, ihr seid nicht ...«

Wie ein Mann griffen Jared und Mikhael ihn an, ohne daß ich sie dazu auffordern mußte. Sie rollten übers Deck; Mikhael krabbelte dem Fähnrich auf den Brustkorb. Ich schaffte es, den Kampfschauplatz zu umgehen, die Lukensteuerung zu erreichen und die Luke zu schließen.

Der Fähnrich bäumte sich auf. Ich stieß ihn mit dem Stock an. »Das reicht jetzt aber!«

Beim Anblick meiner Uniform war er kurz verwirrt. »Sie sind ... GenSek Seafort.«

»Ja. Mikhael, ist er bewaffnet? Nein? Er soll aufstehen.«

»Er wird ...«

»Sofort!« Ich war von Kids in Fähnrichsblau Gehorsam gewöhnt.

Mit rotem Gesicht rappelte sich der Fähnrich der *Galactic* auf. »Was tun Sie hier?«

»Nehmen Sie Haltung an.«

Er zögerte. »Woher soll ich wissen, wem ich gehorchen muß? Kapitän Stanger sagt, daß Sie Ihres Kommandos enthoben sind.«

»Auf Anweisung der Admiralität habe ich den Kapitän vorher abgesetzt. Er ist als Offizier nicht mehr im Dienst und hat nicht die Autorität, mich des Kommandos zu entheben. Und ohnehin bin ich immer noch GenSek.«

»Er sagt ...« Was immer es war, er überlegte es sich noch einmal. Einen Moment später richtete er sich auf. Vor dem Schott, wo er glaubte, für mich nicht sichtbar zu sein, holte Mikhael tief Luft, legte die Arme an die Seiten und bemühte sich um starre Haltung. Eine brauchbare Imitation, für einen Zivilisten.

Den Fähnrich fragte ich: »Weshalb sind Sie hier?«

»Wegen einer Permalampe. Der Kapitän möchte ...« Er preßte die Lippen zusammen.

»Weiter.«

»Ich werde meine Schiffskameraden nicht verraten.«

»Verraten? Haben Sie irgendeine Ahnung, was er getan hat?«

»Er ist dabei, die Raumflotte zu retten.«

Ich lief rot an. »Die *Galactic* ist auf Gefechtsstation, so daß auf Insubordination der Tod steht. Im Schnellverfahren. Was führt Stanger im Schilde?«

»Ich weiß es nicht genau.«

»Erkennen Sie meine Befehlsgewalt an?«

Ein langer Augenblick verstrich. »Ich schätze ... Ja, Sir. Fähnrich Pyle zur Stelle. Ich werde für Sie arbeiten, aber verlangen Sie nicht von mir, Ihnen zu sagen, was die Gegenseite vorhat. Es wäre nicht richtig.«

Ich zögerte. Mehr konnte ich wohl kaum erreichen, und seine Position hatte etwas für sich. »Sehr gut. Mikhael, wer ist auf dem Korridor?«

Er schob die Luke auf. »Ein paar Matrosen. Keine Offiziere, soweit ich ... Oh, da ist einer.« Er zog sich wieder nach innen zurück. »Sie werden erkennen, daß wir nicht zur Schiffsgemeinschaft gehören, oder?«

»Die Offiziere schon.« Unsere betrügerischen Fähnrichsuniformen gingen vielleicht bei den Mannschaftsgraden durch – die *Galactic* war sowohl ein neues wie auch ein riesiges Schiff –, aber die Leutnants kannten ihre eigenen Fähnriche.

Ich mußte mit Pyles Hilfe die Korridorluke passieren und den Laserraum in Sektion neun erreichen. »Mr. Pyle, wo werden Sie erwartet?«

»Auf Deck 4.«

»Welche Leiter?«

»Das hat er nicht gesagt, aber ...«

Die Ostleiter lag viel näher, und es war für uns die

falsche Richtung; um sie zu erreichen, mußte Pyle nach Sektion sieben, nicht neun. Andererseits hatte Stanger viel um die Ohren und bemerkte es vielleicht nicht. »Wir versuchen es.«

Vorsichtig spähte ich auf den Korridor. Kein Offizier zu sehen. »Legt Philip in diese Koje. Gehen wir.«

»Gestatten Sie mir, bei ihm zu bleiben.« Das war Jared.

»Nein. Er ist hier so sicher wie überall sonst, und wir brauchen dich.«

Er runzelte die Stirn, nickte aber widerwillig. »Ihr Rollstuhl?«

»Er ist zu auffällig.« Als ob das nicht auch für meine Admiralsuniform galt oder meine zwei Krücken. Ich versuchte, ohne sie zu stehen; ich schaffte es mit Mühe. Falls wir gesichtet wurden, hatte ich vor, sie wegzuwerfen und zu hoffen, daß wir uns irgendwie durchmogeln konnten. Kein toller Plan, aber mein Versuch, die *Galactic* in die Hand zu bekommen, war von Anfang an eine Verzweiflungstat gewesen, mit wenig Aussicht auf Erfolg.

Wir gingen hinaus auf den Korridor.

Pyles Augen suchten Mikhaels Dienstabzeichen, fanden aber keine. »Welches Schiff?«

»Die *Melbourne.*« Mikhael wurde rot. Es war das Schiff seines Vaters gewesen. Jetzt war es unterwegs zum Titan, eine dieser Touristenkreuzfahrten, über die sich interstellare Kapitäne so ärgerten. Obwohl diese Fahrt mit dem Holostar Anton Bourse an Bord sicher etwas Besonderes war.

Ich humpelte zur verschlossenen Sektionsluke. An einer Schalttafel hing ein Rufer. »Pyle, sagen Sie ihm ...«

»Hören Sie gut zu. Seafort, das ist für Sie.«

Eine Stimme voller Angst: *»Mr. Seafort? Hier Kadett Bevin. Sie sagen, sie würden uns als Piraten hinrichten, es sei denn, Sie ...«* Die Sprechanlage ging mit einem Klicken aus.

»Nehmen Sie den Rufer ab, Seafort. Sofort.«

Ich versetzte Pyle einen Stoß. »Bringen Sie uns durch die verdammte Luke!«

Er wählte die Brücke an. »Fähnrich Pyle, Sir. Bitte öffnen Sie die Luke zu Sektion neun, damit ich hinuntersteigen kann.« Er lauschte. »Danke.«

Die Luke glitt auf.

Ich knurrte: »Wo ist der Laserraum?«

»Am gegenüberliegenden Ende der Sektion.« Direkt hinter der Korridorbiegung. »Sir, wer steht auf unserer Seite? Wie viele Marineinfanteristen haben Sie ...«

Pyle hatte uns geholfen. Ich sah keinen Grund, ihm zu mißtrauen. »Keine.«

Er glotzte. »Aber Sie haben mit Lasern angegriffen. Wen haben Sie mitgebracht?«

Ich zeigte ein grimmiges Lächeln. »Ein paar Freunde.« In seiner schlechtsitzenden Fähnrichsuniform errötete Jared vor Stolz.

»Noch zwei Minuten, Seafort.«

»Pyle, laufen Sie zum Laserraum voraus. Melden Sie sich zurück.«

»Aye aye, Sir.« Er rannte los.

Falls wir den Laserraum in die Hand bekamen, hatten wir eine Chance. Mit Hilfe des Maschinenraums, der die Laser mit Strom versorgte, konnten wir uns der Bedrohung entgegenstellen, die von Earthport und Lunapolis ausging.

So sehr mir vor einem Bürgerkrieg graute, ich war nicht bereit hinzunehmen, daß Zivilisten auf der Erde bombardiert wurden.

Einen Augenblick später war Pyle zurück. »Wir – ich meine Kapitän Stanger – haben den Laserraum abgesperrt. Leutnant Garrow führt das Kommando. Von Ihren Leuten ist nichts zu sehen. Sind sie drinnen?«

Das mußten sie wohl, wenn Stanger die Kabine belagern ließ.

Ich entdeckte einen Rufer an einer Lukenschalttafel und wählte den Laserraum an.

Eine kühle Stimme. »Leutnant Sanders.«

»Schatz?«

»Nick! Ich meine, Kapitän.«

»Sanders?« Eigentlich hatte ich nicht genug Zeit dafür, aber ich fragte mich, warum sie ihren Mädchennamen benutzte.

»Damit war ich in der Flotte bekannt.« Ruhig, aber mit Biß. Sie mußte mich für verrückt halten, weil ich so etwas zu diesem Zeitpunkt zur Sprache brachte.

»Sehr gut. Wie sieht es bei Ihnen aus?«

»Wir sind fünfzehn. Wir haben uns durch die Luke gebrannt. Ich habe Fahren angewiesen, die Tür durch Laserschweißung wieder dichtzumachen. Es wird nicht lange halten.«

»Die Lasertechs?«

»Gefesselt und unter Bewachung, Sir.«

»Der Rest Ihrer Einheit?«

»Drei sind tot. Die anderen haben mit Bevin und Anselm die Nachhut gebildet.«

»Noch eine Minute, Seafort. Ich habe jedes Recht, sie zu exekutieren, und werde es tun.«

»Und Derek?«

Sie sagte: »Er ist bei uns.«

»Nehmen Sie den Flottenstützpunkt Earthport und die Flottenbezirke von Lunapolis in die Zielerfassung. Eröffnen Sie das Feuer, wenn Sie nicht innerhalb einer Stunde wieder von mir hören.« Ich redete schnell. »Verteidigen Sie den Laserraum, aber ergeben Sie sich, ehe Sie umgebracht werden.«

»Aye aye, Sir.« Sie zögerte. »Ich glaube, diese Entscheidung liegt beim Befehlshaber vor Ort.«

»Gehorchen Sie Ihren Befehlen, Leutnant.« Ich wollte nicht zulassen, daß sie ihr Leben für nichts opferte.

»Aye aye, Sir.«

»Pyle, führen Sie diese Fähnriche sofort in die Fähnrichskabine zurück. Bleiben Sie dort, bis ich anrufe oder Sie abhole.«

»Aber, Sir ...«

»Vier Minuspunkte!« Ich hatte keine Zeit mehr. Besiegt führte Pyle Jared und Mikhael zurück zur Fähnrichskabine. Als sie davonliefen, aktivierte ich den Rufer. »Kapitän Seafort an Brücke.«

Eine Stimme, die ich nicht kannte: »Nur einen Moment, Sir. Für den Kapitän.«

Stanger meldete sich. »Ah, da sind Sie ja. Ihr Kadett war ein wenig besorgt.«

»Sie sind des Kommandos enthoben.«

»Quatsch. Ich genieße die Unterstützung des Senats, des GenSeks Valera, des Patriarchats.«

»Ich führe die Regierung des Allmächtigen.«

»Das ist strittig. Valera hat Ihre Proklamation für nichtig erklärt. Die U.N.A.F. schließt sich uns an. In wenigen Stunden sind Sie abgesetzt. Einen Moment. *Mr. Garrow, Seafort ist an der Korridorluke von Sektion acht. Ergreifen Sie ihn.*«

»Seien Sie gewarnt. Wenn Sie meinen Kadetten verletzen, hänge ich Sie persönlich. Ich schwöre es beim allmächtigen Gott!« Ich knallte den Rufer hin.

Keine Zeit. Keine Zuflucht. Die Luke hinter mir war geschlossen. Ich tappte zur nächsten Kabine. Sie war verschlossen. Die nächste.

Es war der Fahrstuhl. Ich hämmerte auf die Ruftaste. Ein Licht blinkte.

Hinter der Biegung ertönten Stimmen. Garrows Streife näherte sich.

Langsam glitt die Luke auf. Ich stolperte hinein, schlug auf die Schalttafel.

Die Luke traf Anstalten, sich zu schließen. Ein Funkenregen, ein Strahl aus sengender Hitze, als jemand einen Laser abfeuerte. Kreischend schwankte ich zur Seite und hämmerte auf den ersten Decksindikator, den ich sah. Die rauchende Luke ging zu. Der Fahrstuhl sackte ab.

Deck 2. Es ging weiter abwärts. Mir quollen die Augen hervor. Deck 3. Verzweifelt klammerte ich mich an die Krücken, als sich das volle Gewicht Terras auf mich senkte.

Deck 6. Irgendwie hielt ich mich immer noch auf den Beinen. Zoll für Zoll schleppte ich mich durch den Korridor. Die Schmerzen waren unglaublich. Die Beine waren praktisch nutzlos; ich bezweifelte, daß ich ohne Krücken noch hätte stehen können.

Der Maschinenraum lag am Ende von Sektion neun. Ich hatte die Luke zum Fahrstuhl mit meiner Jacke blockiert – das einzige, was ich noch fertiggebracht hatte. Stangers Leute mußten also die Leiter in Sektion sieben benutzen. Damit gewann ich ein paar Augenblicke.

Ich schleppte mich auf den Maschinenraum zu.

Der Korridorlautsprecher schaltete sich ein. »*Bitte, Mr. Seafort! O Gott, bitte antworten Sie!*« Danil Bevin, den Tränen nahe. »*Ich flehe Sie an!*«

Ich versuchte, nicht zu würgen. Minuten gingen in Stunden über, in Tage. Ich spürte förmlich die kränkliche Blässe in meinem Gesicht. Schwitzend, kraftlos schleppte ich mich im Schneckentempo dahin.

Die Luke zum Maschinenraum stand einen Spalt weit offen. Ich drückte mich hindurch. Zwei Matrosen saßen vor ihren Schalttafeln.

»ACHTUNG!« Ich hatte mich um einen rauhen Tonfall bemüht, aber im Dunst der Agonie klang es dann noch schlimmer. Die Matrosen sprangen auf. »Wo ist Chief McAndrews?«

»Im Schiffsgefängnis, Sir.« Einer der Matrosen hob seine Haltung auf, indem er sich die Stirn abwischte. Ich machte ihm keinen Vorwurf daraus; ich hätte gern das gleiche getan, wagte aber nicht, die Hand auch nur von einer Krücke zu nehmen.

»Wo ist die Steuerung der Gravitronen?«

»In der Elektronikkabine, Sir.«

»Zeigen Sie sie mir.«

Nervös führte er mich hin.

Drei Reihen von Kästen, mit Kabeln, die sich von einem zum anderen schlängelten. Chief McAndrews hatte gesagt, er könnte die Steuerung nicht umstellen.

Sehr gut.

»Einen Schweißbrenner! Machen Sie schon, verdammt!« Ich bemühte mich um einen beherrschten Ton, aber mein Rückgrat ließ es einfach nicht zu. Der Matrose lief zu einem Schrank und kehrte mit dem Schweißbrenner zurück. »Diese Schaltstelle. Schmelzen Sie den Deckel durch.«

»Sir, ich kann kein Gravitron beschädigen. Der Kapitän wird ...«

Ich kreischte: »Ich hänge Sie! Fangen Sie sofort an! Ich führe das Kommando!«

Das war zuviel für ihn. Er setzte den Schweißbrenner an. Sofort glühte die Schalttafel auf. Alarmsirenen heulten. Lichter blinkten nachdrücklich. Endlich schmolz die Abdeckung durch. Ich wies den Matrosen an, jetzt die internen Schaltungen aufs Korn zu nehmen. Funken sprühten. Der Mann zuckte zusammen, aber die Funken erloschen harmlos.

»Jetzt den nächsten.« Einen Schaltkasten nach dem anderen mußte er auf meine Anweisung zerstören. Das Alarmgeheul verdoppelte sich.

Plötzlich ließ der Druck auf meine Wirbelsäule nach. Einen Augenblick später war er ganz verschwunden. Ich stieß mich mit den Krücken ab und schwebte vom Deck hoch. Danke, lieber Gott! Viel länger hätte ich nicht durchgehalten.

Ich hatte dem Chief einen scheußlichen Schlamassel

hinterlassen, aber man konnte ihn wieder reparieren. Hätte ich die eigentlichen Gravitronen beschädigt, hätte ein Lebenseinkommen nicht ausgereicht, um die Kosten zu decken.

Die Maschinenraumkonsole erweckte meine Aufmerksamkeit. Ich stieß mich von einem Wandschott ab und packte sie. Ich schlang einen Arm um den Stuhl und tastete meinen ID-Code ein. »Baron!«

»Hier Comp. Stimmaufzeichnung von Käpten Seafort.«

»Lösche die eingefrorene Kopie des Logbuchs, die du der Brücke zeigen solltest. Ersetze sie durch die echte Version.« Stanger wußte, daß ich an Bord war und was ich im Schilde führte. Nicht mehr nötig, es zu verbergen. »Und wenn du schon dabei bist, unterbrich die Brückenkommunikation mit ...«

»Da ist er!« Ich blickte zum Korridor hinüber. Soweit ich blicken konnten, standen die Luken offen. Ein Trupp wütender Matrosen hangelte sich an den Handgriffen entlang auf den Maschinenraum zu.

»Die Brückenkommunikation kann nicht abgeschaltet werden. Ich bin hardwaremäßig so programmiert, daß ich ...«

Ich stieß mich mit den Krücken zur Luke ab. Ich schaffte es hindurch, prallte von den Wandschotten zum Deck ab, von dort zur Decke, bis ich den Bogen raushatte. Dann bewegte ich mich mit erstaunlicher Schnelligkeit.

Die Schwerelosigkeit glich die Chancen aus. Jetzt brauchte ich nur noch gegen die schiere Zahl von Stangers Legionen anzutreten, denen ich allein gegenüberstand.

Sektion zehn. Ich prallte von einem Schott ab und ging auf geradlinigen Kurs. Die Krücken waren jetzt im Grunde ein Vorteil; ich brauchte nicht an eine Oberfläche heranzukommen, um mich abzustoßen.

Sektion elf.

Ein Matrose bewegte sich in der Schwerelosigkeit gewandter als die übrigen. Langsam holte er auf und schwenkte eine Betäubungspistole.

Sektion zwölf. Die Westleiter. Wie eine mutierte Spinne krabbelte ich dahin, spürte dabei schon den Atem des Matrosen im Nacken.

Er stieß sich von einem Handgriff ab. Ich benutzte eine Krücke, um mich von einem Schott abzustoßen, und schwebte zur Seite. Als er an mir vorbeisegelte, knallte ich ihm heftig den Ellbogen ins Gesicht. Er krachte ans Wandschott und schwebte dann reglos in der Luft. Ich nahm ihm die Betäubungspistole aus der schlaffen Hand, sicherte sie, steckte sie mir in den Gürtel.

Am Treppengeländer zog ich mich zu Deck 5 hinauf. Hilflos schwebende Passagiere blockierten den oberen Treppenabsatz und riefen um Hilfe. Wieso zum Teufel waren sie nicht in ihren Kabinen? Sogar Stanger hatte sie angewiesen, uns nicht in die Quere zu kommen.

Ich ignorierte ihr Flehen und ihre Fragen und schob sie in wachsendem Zorn zur Seite. Als der Weg frei war, schwamm ich zu Deck 4 hinauf.

Ein halbes Dutzend Matrosen mit Schlagstöcken hielt sich am oberen Treppenabsatz fest. Ich klemmte mir die Krücken unter den Arm, stieß mich in Richtung auf die Matrosen ab und hielt dabei die Betäubungspistole ausgestreckt. Zwei der Leute kamen auf mich zu; der Rest zerstreute sich.

Einen erwischte ich an der Stirn. Er zuckte wie unter Strom und trieb dann schlaff an mir vorbei. Ich hatte ihn getötet. Betäubungspistolen waren für den Rumpf gedacht, nicht das Gehirn.

Der zweite Kerl holte pfeifend mit dem Schlagstock aus. Die fehlende Schwerkraft schwächte die Wucht seines Schlages. Der Rückstoß trieb den Mann mit gleicher Kraft nach oben, wie er mich nach unten drückte.

Trotzdem reichte der Aufprall, um meine Schulter zu betäuben. Ich wechselte die Betäubungspistole in die linke Hand und stieß mich mit den Füßen vom Schott ab. Er trieb mitten in der Luft und konnte nicht entkommen. Zuckend blieb er zurück.

Der Weg war frei. Hinauf auf drei. Die Schmerzen meldeten sich zurück, trotz der Schwerelosigkeit. Ich versuchte, ab jetzt ohne Mithilfe der Füße voranzukommen, aber ich wurde dadurch langsamer.

Rasselnder Atem drang aus den Lautsprechern. »*Leutnant Sanders an Kapitän Seafort. Wir sind ausgebrochen.*«

Gott segne dich, Liebste. Du hast eine Chance entdeckt und sie genutzt. Im Schiff mußte das Chaos herrschen. Matrosen erhielten zwar eine Ausbildung in Schwerelosigkeit, aber keine sehr intensive. Gleichzeitig schossen Laser ohne Schwerkraft so gut wie mit. Clever von dir, deinen Zug über Lautsprecher bekanntzumachen. Zweifellos wußte Stanger ohnehin schon, daß du dich freigekämpft hast, also hast du die Gelegenheit genutzt, es auch mir zu sagen.

Wohin wollte sie wohl?

Zur Kombüse. Deck 2. Genau das, was ich vorgehabt hatte.

Der Speisesaal war hell erleuchtet. Ich gab mit den Krücken Schub und schwebte durch die Luke.

»Packt ihn!« Gestalten bewegten sich. Sie hatten mich im Kreuzfeuer, falls sie schossen.

»SCHLUSS DAMIT!« Arlene schrie es förmlich. »Stopp!« Sie tauchte hinter einer Säule auf. »Käpten!«

Ihr zuliebe konnte ich nicht laut sagen, was mir so sehr auf der Zunge lag. »Leutnant.« Ich bemühte mich um ein beiläufiges Nicken. »Wie viele sind übrig?«

»Elf, Sir.« Sie sah mich unverwandt an.

»Haben Sie die Laser funktionsunfähig gemacht?«

»Nein, ich dachte, Sie bräuchten sie womöglich noch gegen die Flottenbasis Earthport.«

Ein schrecklicher Fehler, aber keine Zeit, es auszusprechen. »Schicken Sie einen Trupp los, um das Schiffsgefängnis zu knacken. Es liegt hinter der Korridorbiegung. Die andere Seite bewacht es bestimmt. Befreien Sie Chief McAndrews.«

»Aye aye, Sir.« Keine Fragen. Nur ein Offizier, der seine Pflicht tat. »Sie, Tyrol, Bennett, Peng, antreten.« Sie konnten es zwar nicht wörtlich tun, aber sie stießen sich Richtung Luke ab. Alle waren mit Lasern bewaffnet.

Arlene führte sie nach draußen. »Wir nehmen Handgriff für Handgriff Kurs auf diese Kabine.« Sie zeigte hinüber. »Dann stoßen wir uns durch den Korridor zum Schott gegenüber ab. Dort sehen wir das Schiffsgefängnis. Schießen Sie, sobald Sie ein Ziel sehen. Keinen Laut.«

»Aye aye, Ma'am.«

Wir im Speisesaal warteten.

Schrille Schreie ertönten auf dem Korridor. Laser knisterten. Minuten später kam Arlene durch die Luke. »Leutnant Sanders zur Stelle, Sir. Zwei gefallen.« Sie klang erschüttert. »Wir haben das Schiffsgefängnis eingenommen. Nur vier Mann haben es bewacht. Sie sind tot.«

Hinter ihr tauchte die massige Gestalt des Chiefs auf. Sein Gesicht war ramponiert. »Tut mir leid, Sir. Der Maschinenraum hat einfach zu viele Luken.« Man hatte ihn überwältigt.

»Arlene, Sie haben drei Männer mitgenommen.«

»Peng kommt noch.« Vier Matrosen tauchten unter der Luke auf. Einer war Peng, den Laser im Anschlag. »Diese Jungs sagen, sie wären auf Ihrer Seite, Sir.«

»Mr. Tobrok.« Meine Miene hellte sich auf. Zwei Matrosen folgten dem Schiffsprofos.

»Wir hatten nie eine Chance. Sie haben vor dem Funkraum mit Lasern auf uns gewartet.«

»Ich verstehe.« Auf Funkspezialist Panner wartete die Abrechnung. Zu Arlene sagte ich: »Können wir entweder den Maschinenraum oder den Laserraum halten?«

»Nicht den Laserraum. Die Luke ist unbrauchbar.«

»Verzeihung, Sir.« Das war McAndrews. »Ich habe Platten im Lager, um die Luke zu verstärken, und alle Werkzeuge, die man dafür braucht. Aber ich bezweifle, daß wir sie holen könnten.«

»Warum?«

Unter all den blauen Flecken wurde sein Ausdruck munterer. »Sie haben die Gravitronen ausgeschaltet, nicht wahr? Stanger wird sie ruckzuck wieder online haben wollen. Gott weiß, wie viele Leute er da unten schon an der Arbeit hat.«

»Vom Maschinenraum aus schaffen sie das nicht mehr.«

»So schlimm?«

Ich nickte.

»Dann wird er versuchen, die Steuerung zu umgehen und die direkten Energieleitungen zu aktivieren. Trotzdem könnte ich mir vorstellen, daß er Wachen vor meinen Luken postiert hat, damit wir keinen Ärger mehr machen können.«

»Arlene ... Leutnant Sanders kann sie ausschalten.«

»Nicht für immer, Sir.« Sie wirkte bedrückt. »Ich verliere jedesmal Leute, und wir haben nicht viele.«

»Sir.« Das war Derek Carr.

Ich wandte mich ihm zu. »Sie leben noch.«

»Mehr oder weniger.« Sein Knie war voller Blut. »Darf ich nach dem Plan fragen?«

Ich schloß die Augen und kostete den bitteren Geschmack der Niederlage. »Wir evakuieren.« Stanger war zu stark, zu gut organisiert.

»Wie?«

»Wir entführen eine Barkasse.« Einer der vier Barkassenhangers war von Deck 1 aus zugänglich, wo sich

Jared, Philip und Mikhael in der Fähnrichskabine versteckten.

»Einen Augenblick.«

Ich war entrüstet. Chief McAndrews hätte es besser wissen sollen, als einen Kapitän so anzusprechen, sogar in einer Krise. Besonders in einer Krise.

»Sie nehmen hin, daß er das Schiff stiehlt?« Er rieb sich das geschwollene Gesicht. »Und meinen Maschinenraum einnimmt?«

Ich fragte: »Haben wir denn eine Chance?«

»Was hat sich verändert, seit Sie an Bord gekommen sind?«

Derek warf leise ein: »Es war von Anfang an hoffnungslos. Warum jetzt aufgeben?«

»Seien Sie still, Leutnant.« Ein tapferer, vergeblicher Angriff war eine noble Idee, aber ich war nicht bereit, mit anzusehen, wie Philip sinnlos getötet wurde. Oder meine Frau.

»Sir, darf ich etwas sagen?« Das war Arlene.

»Ja.«

»Die *Galactic* ist das entscheidende Element. Sie ist das einzige Schiff, das sich am Aufstand beteiligt. Ihre Laser können Nordamerika und Europa verwüsten, oder sie könnten ...«

»Das weiß ich.«

»Verzeihung, lassen Sie mich bitte ausreden. Oder sie könnten gegen Earthport gerichtet werden und die Meuterei niederschlagen. Falls wir die *Galactic* verlieren, verlieren wir auch die UN-Regierung. Leute von Stangers Schlag übernehmen sie. Falls das geschieht, ist die Sache der Umwelt verloren. Man wird eine Flottendiktatur einrichten, faktisch jedenfalls, wenn schon nicht dem Namen nach. Die Patriarchen werden die letzten Reste an Religionsfreiheit beseiti ...«

»Und?«

»Würden Sie sterben, um das zu verhindern?«

Ich sagte: »Ja.«

Sie holte tief Luft. »Ich auch.«

In Schwerelosigkeit kann man nicht auf und ab gehen. Ich ruderte sinnlos mit den Gliedern, bis ich zur Decke hinaufschwebte, und stieß mich dort wieder ab. »Ich würde mein Leben geben, um Stanger zu besiegen. Ich möchte jedoch nicht für eine nutzlose Geste sterben. Mir sind die Ideen ausgegangen.«

»Erlauben Sie mir, in den Maschinenraum zurückzukehren.« Das war McAndrews. »Ich besorge Ihnen Schweißbrenner, mit denen Sie die Brückenluke knacken. Die großen mit den Stromkabeln.«

»Erst vier Decks abwärts, um uns dann wieder den Weg nach oben freizukämpfen. Und Stanger wird nicht tatenlos zusehen, während wir uns den Weg auf die Brücke freibrennen.«

Arlene sah finster drein. »Verdammt, Sir, es ist besser als nichts!«

»Das reicht völlig, Leutnant Sanders!« Sie wurde still. Ich denke, keiner von uns beiden erinnerte sich in diesem Augenblick daran, daß wir verheiratet waren.

Schiffsprofos Tobrok sagte: »Käpten, es gibt einen Weg, um ... Vorsicht!« Er stieß mich zur Seite. Ich segelte durch den Speisesaal. Er ebenso, in Gegenrichtung. Ich landete am Wandschott.

»Gott sei Dank – ich habe Sie gefunden!« Es war ein heiseres Flüstern. Fähnrich Edwin Speke. »Darf ich hereinkommen?« Er stieß sich von einem Schott ab, packte einen Stuhl, schlang die Beine herum.

»Wo zum Teufel haben Sie gesteckt?« Mir stand der Sinn nicht mehr nach Feinheiten.

»Ich habe mich versteckt.« Er wurde tiefrot. »Alles ist so schnell gegangen. Vor dem Laserraum haben sie uns von hinten angegriffen und die Kadetten und Jensen geschnappt. Hickley wurde niedergeschossen, und der andere Typ auch. Ich habe mich in die Kabine des Zahlmeisters verdrückt, ehe sie mich entdeckten. Sie hatten Laser, und ich nicht.« Er holte Luft. »Dann waren Sie aus der Kombüse verschwunden. Ich fürchtete, Kapitän Stanger wußte bereits, daß ich zu Ihnen übergelaufen war, also konnte ich nicht ...« Eine stumme Bitte. »Es tut mir leid.«

»Sehr schön, Sie sind zurück. Irgendwelche Waffen?«

»Nur den Schlagstock.«

Vor dem Überfall aufs Schiffsgefängnis hatte Arlene elf Mann gehabt, dort jedoch zwei verloren. Ich und jetzt der Fähnrich waren inzwischen wieder zu ihr gestoßen. Dazu kam Tobroks Einheit. Mit Philip, Jared und Mikhael kamen wir auf achtzehn, falls wir zu den dreien vorstoßen konnten. Mit Fähnrich Pyle neunzehn.

»Sehr schön. Erst die Fähnrichskabine, um P. T. und Jared zu holen. Dann greifen wir den Maschinenraum an. Los, machen Sie sich bereit.«

»Sir?«

»Jetzt nicht, Derek.« Ein Vorstoß auf Deck 1 war riskant. Sollte ich die ganze Gruppe oder nur eine Handvoll schicken? Falls ...

»Sir!« Mit den Händen in den Hüften schwebte er unmittelbar über dem Deck. Sein flammender Blick brannte jeden Humor aus diesem Bild heraus. »*Hören* Sie mir jetzt zu!«

»Also was?« Um seine Insubordination konnte ich mich später kümmern.

»Verfügt die Fähnrichskabine nicht über einen Rufer?«

Ich machte den Mund auf, um zu antworten, aber mir fiel nichts mehr ein. Ich glotzte wie ein Fisch. »Nun. Ja. Ähem.« Meine Ohren brannten. »Arlene, rufen Sie sie an. Sagen Sie diesem, wie heißt er noch, dem richtigen Fähnrich ... Pyle. Er soll den Korridor überprüfen. Falls der Weg frei ist, sollen sie herunterkommen. Holen Sie sie an der Leiter ab.«

»Dem richtigen Fähnrich?«

»Es ist eine lange Geschichte. Machen Sie schon.«

Sie stieß sich ab und schwebte zum Rufer der Kombüse hinüber.

Die Ostleiter war unbewacht. Stanger konnte nicht an alles denken.

Endlich waren wir wieder zusammen. Ich umarmte erst Philip, dann Mikhael. Jared schien der natürliche dritte. Vor Pyle zog ich die Grenze.

Der Fähnrich sah sich um. »Verzeihung, Sir, sind das alle von uns?«

»Ja.«

Er blickte vom einen zum anderen. »Sie haben die *Galactic* angegriffen und halb zerstört ... mit Zivilisten?« Er schüttelte erstaunt den Kopf.

Wir wappneten uns zum Angriff auf den Maschinenraum.

Arlene verteilte die verbliebenen Laser unter uns. Wir hatten nur wenige Nachladepacks, nur die, die wir dem Feind abgenommen hatten. Vorsichtig suchten wir uns den Weg durch verlassene Korridore. Die Korridornotluken standen offen; anscheinend waren Schwerelosigkeit und verschlossene Luken eine zu schwierige Kombination für Stangers untrainierte Besatzung.

Die *Galactic* verfügte über eine Crew aus achthundert Menschen; wo zum Teufel versteckten sie sich? Nicht an der Ostleiter. Wir zogen uns daran in die Tiefe. Ich arbeitete vor allem mit den Krücken, die sich als bewundernswerte Werkzeuge für die Nullschwerkraft erwiesen hatten.

Auf Deck 4 leistete man uns Widerstand. Tobrok und Derek zielten mit ihren Lasern. Sie verfehlten, aber plötzlich war der Treppenschacht verlassen. Wir beeilten uns, am Absatz vorbeizukommen.

Wir arbeiteten uns bis zu Deck 6 hinunter. Der Maschinenraum lag in Sektion neun. Wir rückten vor. Sektion sieben. Dann acht. Mikhael fiel es am schwersten, sich in der Schwerelosigkeit zu bewegen; ich blieb in seiner Nähe und half ihm, wenn ich konnte.

Wir waren mitten in Sektion acht und arbeiteten uns Richtung neun vor, als die Luken abrupt zugingen. Die lange still gebliebenen Lautsprecher erwachten zum Leben. »*Wir haben sie auf Deck 6, Sektion acht in der Falle! Alle Matrosen, an die Waffen ausgegeben wurden, haben sich vor dem Maschinenraum zu versammeln!*«

Sofort entriß Arlene Speke den Laser und drückte ihn mir in die Hand.

»Was haben Sie ...«

Sie packte einen Griff und versetzte mir einen kräftigen Stoß zur Luke nach Sektion sieben. Sie stieß sich nach mir ab. Ich bremste mit den Krücken und kugelte mir beinahe die Schultern aus. Arlene packte einen weiteren Griff und zielte aus unmittelbarer Nähe mit der Pistole auf den Lukenverschluß. Mikhael zog sich in seiner gestohlenen Fähnrichsuniform mühselig auf uns zu. Die übrigen verschwanden in Kabinen und duckten sich hinter jede Deckung, die sie nur fanden. Philip schob Jared hinter sich und zielte kühl auf die Luke nach Sektion neun. Er wartete darauf, daß der Feind erschien.

Der Verschluß der Sektion-acht-Luke rauchte und spritzte im erbarmungslosen Strahl von Arlenes Laser. »Komm schon, verdammt!«

Ich brummte »Lästere nicht.« Es war gedankenlos dahingesagt. Sie scherte sich nicht darum.

Der Verschluß gab nach. Grunzend vor Anstrengung drückte Arlene die Lukenplatten auseinander. »Los, Nick!« Sie blockierte eine Lukenhälfte mit dem Fuß und schob mich mit der freien Hand durch die Öffnung. Mit einem Angstschrei hastete Mikhael hinterher.

»Was haben Sie ...«

»Retten Sie sich, Käpten! Ich liebe dich.« Sie warf einen

Blick auf ihren Laser; noch enthielt er Ladung. Sie stieß sich mit den Füßen ab, um den Eingang nach neun zu verteidigen. Die jetzt nicht mehr behinderte Korridorluke knallte zu.

Mikhael klammerte sich an mich. »Bringen Sie uns hier weg!«

Ich schüttelte ihn ab. »Ruhig, mein Sohn.«

»Schnell!«

Ich wollte mich ja beeilen, aber wohin? Mein Ton war dumpf. »Zum Laserraum.« Als letzte Geste wollte ich die Laser außer Gefecht setzen. Ich zog mich an den Griffen entlang. »Mikhael, es ist vorbei. Ich bringe dich in einer Kabine unter. Wenn sich die Lage wieder beruhigt, ergibst du dich am besten. Sie werden dir nichts tun.« Ich hoffte inbrünstig, daß ich damit recht behielt.

»Ich bleibe bei Ihnen.«

Das Herz war mir schwer. »Nein.« Arlene kam wahrscheinlich um, Philip ebenfalls. Ich würde mich ihnen anschließen. Aber nicht von eigener Hand. Falls ich großes Glück hatte, überraschte ich die Wachen vor dem Laserraum womöglich. Und die Luke war nicht zu verteidigen.

Wir nahmen die Leiter zu Deck 5. Niemand hielt uns auf. Ich hämmerte an die erste Kabinenluke, die ich fand. Keine Reaktion. Die Schalttafel im Korridor fiel mir endlich ein, und ich öffnete die Luke mit einem Hieb auf die Taste. »Mikhael, hinein.« Ich schob ihn hindurch. »Gib keinen Laut von dir. Warte, bis ...«

Eine drahtige Gestalt fiel über ihn her und drosch mit Fäusten und Füßen auf ihn ein. Ein Hieb erwischte Mikhael an der Stirn. Finger krallten nach seinen Augen. »Aus meiner Kabine! Raus!« Der rasende Passagier prallte von einem Schott ab und stürzte sich erneut auf Mikhael. »Du verdammter ...« Er rammte Mikhael an die Wand. »Sieh zu ...«

Ich zog die Pistole, schoß, erwischte den Fahrgast

genau in der Brust. Ein sprudelndes Geräusch ertönte. Blutklumpen spritzten durch die Gegend. Ich packte Mikhael am Kragen, schleuderte ihn auf den Korridor hinaus. Ich knallte die Luke zu. Zitternd vor Adrenalin schwebte ich in der Luft.

Mikhael trat verzweifelt nach dem Schott gegenüber und flog zurück über den Korridor. Er stieß einen Entsetzensschrei aus und klammerte sich mit Händen und Füßen an mich. Ich versuchte, mich zu befreien. Eine meiner Krücken segelte davon. Ich bog seine Finger durch. »Mikhael ...« Sinnlos. Er war wie eine Zwangsjacke. Ich brüllte: »LASS MICH SOFORT LOS! BENIMM DICH GEFÄLLIGST!«

»Ich hab' solche Angst, Pa!«

»HÖR AUF ZU FLENNEN!«

Das schockierte ihn so, daß er mich freigab. Er prallte von mir ab. Ich packte ihn am Arm, ehe er davonschweben konnte. »Sachte, Junge. Ich kümmere mich um dich.«

»O Gott!«

»Hol meine Krücke.« Vorsichtig schob ich ihn in die entsprechende Richtung. Er packte sie im Vorbeisegeln, prallte von einem Schott ab. Mit der Krücke als Ruder schaffte er es, zu mir zurückzukehren. Er war totenbleich.

Ich hatte keine Zeit dafür. Aber wenn es auf nichts mehr ankam, war andererseits alles wichtig. »Einmal drücken?«

»Jasir!«

Ich schlang die Arme um ihn und drückte ihn an mich, als wollte ich das Leben aus ihm herauspressen. Nach einer geraumen Weile sickerte die Spannung aus ihm heraus. Er legte mir eine Hand auf die Schulter und vergrub das Gesicht unter meinem Kinn. Ein Laut ertönte, der vielleicht ein Schluchzen war.

Nach einer Weile schob ich ihn weg. »Wieder okay?«

Unfähig, mir in die Augen zu blicken, nickte er.

»Guter Junge. Brechen wir auf.« Ich stieß mich ab und hielt ihn dabei am Arm fest.

Wir arbeiteten uns Richtung Laserraum hinauf.

»Seafort, es ist vorbei.« Das war Kapitän Stanger. *»Wir haben ein paar Überlebende Ihrer Gruppe in der Hand. Niemand außer Ihnen ist noch frei. Stellen Sie sich.«*

»Ich sehe Sie in der Hölle.« Hatte ich es laut gesagt? Ich war mir nicht sicher. Wir mühten uns die Leiter zu Deck 3 hinauf.

»Pa?«

»Ja, mein Sohn?«

»Ich hab' solche Angst, daß ich nicht richtig denken kann.«

»Das haben wir alle.«

Auf dem Korridor unweit der Treppe manövrierten drei Matrosen einen Karren mit elektronischer Ausrüstung. Ich schwenkte meinen Laser. Sie flüchteten. Der im Stich gelassene Karren schwebte nutzlos in der Luft.

Deck 2.

»Ich möchte ...« Mikhaels Atem ging bebend. »Ich möchte es sagen, solange ich noch kann.« Er half mir um den Absatz herum. »Ich weiß, daß Sie nicht mein richtiger Vater sind. Aber ...« Er wand sich vor Verlegenheit. »Ich wünschte, Sie wären es.«

»Sag sowas nie!« Alexis vorwurfsvolles Gesicht zeichnete sich hinter dem Schott ab.

»Mir tun all die dummen Sachen leid, die ich angestellt habe. Ich weiß, daß ich Ihnen nie so viel bedeuten werde wie P. T., aber das ist okay.« Er klammerte sich an meinen Arm. »Das wollte ich sagen. Ist schon okay.«

Ich hätte ihn tadeln sollen, brachte es aber nicht über mich. Nicht, nachdem er mir sein Herz ausgeschüttet hatte. »Danke.« Es war nur ein Flüstern.

»Sie gehen weg.« Es war mehr Feststellung als Frage.

»Ich werde jetzt sterben, ja.« Seltsamerweise empfand ich Frieden.

»Wie kann ich ...«

»Da ist er!«

Ich riß den Laser hoch und schoß, ohne zu zielen. Ein Aufschrei, ein Funkenregen. Mit einer Krücke stieß ich mich ab, die Leiter hinauf. Ein Schatten tauchte auf. Ich feuerte.

»Sehen Sie zu, daß Sie ihn erwischen, Fähnrich!«

Sie gaben einen Schuß ab, der nicht mal in meine Nähe kam. Das Schott warf Blasen. Ich packte das Geländer und zerrte mich energisch aufwärts. Ich raste wie eine Rakete am Treppenabsatz vorbei und schoß, als ich an die Decke krachte. Jemand kreischte. Weitere Schüsse brutzelten.

Stille.

Ich hatte meinen Bewegungsimpuls weitgehend verloren. Ich schwebte hilflos in der Luft und wartete darauf, daß mich die Trägheit in Zeitlupe wieder an ein Schott trug.

Mikhael stieß sich mit den Füßen ab, packte mich und übertrug seinen Impuls an mich. Gemeinsam segelten wir auf den Treppenabsatz. Ich packte einen Handgriff und beförderte mich zur Leiter hinüber.

Ein Deck weiter.

»Womit kann ich helfen, Pa?«

»Das kannst du nicht. Ich möchte dich retten.«

»Nein.« Seine Stimme zitterte. »Ich werde helfen.«

Vor Jahren hatte ich P. T. angeboten, sich für den Tod zu entscheiden. Freudig hatte er sich zu mir an Bord der Barkasse gesellt, in der wir uns den Laserkanonen von Earthport entgegenstellten.

Es war mein Schicksal, die jungen Leute zu vernichten, die mir ihr Vertrauen zu Füßen legten.

»Bist du sicher, mein Sohn?«

»Ja, Sir.« Er blickte auf seine Hose hinab und wurde rot.

Deck 1. Hier waren die Korridorluken verschlossen.

Ich hörte Stimmen. Instinktiv stieß ich Mikhael leiterabwärts.

»Hab' ihn!« Ein Lasergewehr war ruhig auf meine Brust gezielt. »Nein, Sie verdammter Mistkerl, schieben Sie sich nach oben. Lassen Sie den Laser los!«

Ich wäre tot gewesen, ehe ich die Pistole gehoben hätte.

Trostlos tat ich wie geheißen. Sie waren zu dritt, alle bewaffnet. Aber nur ein Laser; die anderen hatten Betäubungspistolen und Schlagstöcke.

»Nehmen Sie Haltung an, allesamt!« Die Stimme klang eiskalt. Ein ganz junger Fähnrich kam von der Leiter geschwebt.

Einer der Angreifer versuchte Haltung anzunehmen und stellte dann fest, daß es in Schwerelosigkeit nicht ging. Die anderen gafften. »Wer sind Sie, Sir?«

»Fähnrich Tamarow. Ich bin neu.« Es klang stolz. »Sie haben ihn erwischt? Wundervoll! Ich bringe ihn zum Käpten.« Er streckte die Hand aus. »Übergeben Sie mir das Gewehr.«

»Sir, ich sollte lieber ...«

»Das war ein Befehl.«

Disziplin war ein Reflex. »Aye aye, Sir.« Der Matrose zog sich langsam von mir zurück und reichte Tamarow das Gewehr.

»Kommen Sie her, Sie.« Der Fähnrich zog mich an sich heran. »Matrosen, Leutnant Garrow benötigt Hilfe in der Kombüse. Greifen Sie ihm unter die Arme.«

»Wenn der da entwischt ...«

»Bin ich derjenige, der den Rohrstock erhält.«

Damit rief er nervöses Lächeln hervor. »Aye aye, Sir.« Sie verschwanden die Leiter hinunter.

Als sie weg waren, schob mir Mikhael das Gewehr in die Arme. »Ich glaube, mir wird schlecht!«

»Nein, wird dir nicht.« Beiläufig drückte ich ihm die Schulter und tätschelte ihn beruhigend, als hätte ich von ihm nichts weniger erwartet als diesen Mut. »Der Laserraum liegt in Sektion neun. Gehen wir.«

An der Korridorluke nach acht legte ich das Gewehr an und schoß auf den Verschluß. Alarmsirenen heulten. Ich schoß erneut, diesmal auf einen höheren Punkt gezielt. Mikhael zwängte die Lukenhälften auseinander. Wir drückten uns hindurch.

»So schnell du kannst!« Noch eine Sektion lag vor uns. Ich hängte mir das Gewehr über die Schulter. Ich setzte die Krücken wie Skistöcke ein und stieß mich von den Wandschotten und dem Deck ab.

Das Gewehr hatte immer noch Ladung. Ich legte an und eröffnete schon viele Meter vor der Sektionsluke das Feuer. Die Verschlüsse rauchten und schmolzen. Eine Platte verbog sich. Mikhael hechtete hinüber, um sie zu packen.

»Vorsicht, das Metall ist heiß.«

Vorsichtig zwängte er die Korridorluke auf. Ich schob mich hindurch und schoß dabei. Ein Gesicht duckte sich hinter eine Kabinenluke. Passagier oder Matrose? Egal; ich konnte das Risiko nicht eingehen. Ich feuerte ins Schott; ein Stöhnen ertönte dahinter.

Ich bemühte mich, einen Handgriff zu fassen zu kriegen, und bewegte mich in verzweifelter Hast weiter. Der Alarm heulte. Stanger wußte genau, wo ich war.

Vor dem Laserraum warteten drei Wachtposten. Nur einer blickte in meine Richtung. Wir schossen im selben Augenblick. Hitze fuhr mir über einen Stiefel; das Deck unter mir rauchte und zischte. Der Wachtposten löste sich in einer Explosion aus Blut und Flammen auf. Ich schrie und stieß mich von der Hitze ab. Ein Warnton piepte. Ich schoß erneut und erwischte ein Schott. Brennende Metalltropfen fielen einem Matrosen ins Gesicht. Er prallte kreischend von der Wand ab und krachte aufs Deck. Der dritte Posten floh.

Die Signallampe des Gewehrs verriet, daß die Ladung verbraucht war. Mit wüstem Fluch schleuderte ich es den

Korridor hinunter und zog die Pistole. Ich stieß Mikhael in eine Vorratskabine und flog hinüber zur zerstörten Luke des Laserraums.

Drinnen waren drei Techs vor Schreck erstarrt.

Ich stieß mich ab und segelte zu einem Stuhl, der am Deck verschraubt war. »VERSCHWINDET!«

Einer krallte nach dem anderen, als sie in wilder Hast auf den Korridor hinausstrebten.

Zwei Reihen Laserkonsolen, jede mit eigenem Simultanschirm und eigener Funkelektronik. Im Gefecht war jeder Sitz bemannt.

Keine Zeit für Feinheiten. Ich stabilisierte meine Position mit den Krücken, zielte auf die erste Konsole, drückte den Abzug. Sie glühte und brach in Flammen aus. Alarm heulte.

Die zweite. Ich brauchte eine frische Ladung, um alle auszuschalten.

Die dritte.

»Noch eine Bewegung, und ich töte Sie.« Eine leise, eine tödliche Stimme. Eine, die ich kannte.

Langsam drehte ich den Kopf. Es konnte nicht sein. Aber es war doch so.

Karen Burns.

Ich hatte eigentlich vor, den Laser herumzuschwenken. Ich wollte es. Stattdessen war ich zur Salzsäule erstarrt und gaffte nur verständnislos.

»Nicht mal zucken, Seafort.« Sie hatte die Pistole schußbereit im Anschlag, und die Ladungslampe leuchtete gleichmäßig grün.

»Was tun ... Wie konnten ... mein Gott!«

»Wie beredsam.« Sie gab mir einen Wink mit der Pistole. »Legen Sie den Laser hin.«

»Was tun Sie an Bord?«

»Sie hatten nie einen Schimmer, was?« Ein heiseres, leises Lachen. »Ich wette, Sie glaubten, ich wäre eine dieser Verrückten von der Ökoliga.«

»Sind Sie das nicht?«

»Stanger ist ziemlich verärgert; Sie haben uns eine ganz schöne Jagd geliefert. Legen Sie die Pistole weg, oder ich puste Ihnen den Arm weg. Ich würde Sie gern gleich umbringen, aber der Kapitän wünscht eine öffentliche Hinrichtung.«

»Schießen Sie.« Ich behielt den Laser an der Seite. Endlich bekam ich Antworten. »Die Ökoliga war gegen die Förderung der Flotte. Falls Sie nicht dazugehören, was hatten Sie dann vor?« Ich spannte den Griff um die Krücken.

»Die Ökos waren einfach zu kleinmütig. Man mußte sie erst anstacheln; ich half dabei nur zu gern. Die Bombe in der Rotunde brachte die Dinge in Bewegung. Es war eine Situation, in der wir nur gewinnen konnten. Entweder kamen Sie um, und wir erhielten Valeras Unterstützung für die Raumflotte, oder Sie überlebten und hatten keine andere Wahl mehr, als hart gegen die Umweltbewegung durchzugreifen.« Sie runzelte die Stirn. »Nur haben Sie es nicht getan. Irgendwie konnten Sie den Deckel drauf halten. Ich will verdammt sein, wenn ich den Grund wüßte, aber Sie haben es getan. Also mußten wir eine Eskalation herbeiführen.«

»Indem Sie mich entführten? Warum?«

»Sie waren dabei, die süße Sara und ihre Leute hochzunehmen. Die wußten zwar nicht, wie ich hieß, aber sie hatten mich gesehen. Die Zeit wurde für mich knapp, also haben wir Sie aufs Korn genommen. Hätte ich Sie aus Ihrem Anwesen fortbringen können, hätte ein Bodenfahrzeug bereitgestanden und schließlich auch ein Shuttle. Wir hätten sie hierher gebracht. Im Erfolgsfall hätten wir über die Macht Ihrer Proklamationen verfügt. Wie *zum Teufel* sind Sie aus dem Wandschrank herausgekommen? Sie können doch nicht gehen.«

»Ich bin teleportiert. Wieso, Karen? Was ist der Sinn dabei?«

»Letztlich der Wiederaufbau der Flotte. Das wußten Sie. Eine Zeitlang haben wir sogar gehofft, Sie würden sich uns anschließen. Halten Sie die Hand ganz still!«

Ich tat wie geheißen. »Und warum haben Sie mein Haus bombardiert?«

»Sogar Sie müßten darauf kommen. Sie wollten nicht mit uns zusammenarbeiten, und Sie standen uns im Weg.«

Sie hatten gesiegt. Vollständig, komplett, endgültig. Die Vereinten Nationen waren am Ende. Die Flotte würde in ihrer Arroganz über die Welten herrschen.

»Und Booker?«

»Tot. Ein Schwächling. Solche Gewissensbisse. Er hätte uns alle verraten.«

»Und Barcelona?«

»Der Anruf? Gefälscht.«

Man hatte uns in jeder Hinsicht übertölpelt. Ich stählte mich. Mir blieb nichts mehr. Nur noch nutzlose Rache. Meine Waffe war entsichert; ich mußte nur die Krücke loslassen, mich herumwerfen und feuern. Falls ich Karen mitnahm ... Um sie abzulenken, fragte ich: »Wie sind Sie hergekommen?«

»Ich habe eine Frau entdeckt, die mir sehr ähnlich sah, und mir ihre ID ausgeliehen. Sie war Armee-Angehörige, aber es brachte mich nach Earthport.« Ihr Lächeln war grausam. »Und dann habe ich Stanger angerufen.«

Benommen suchte ich nach einem alten Gebet. *Ave Maria, voller Gnaden ...*

Karens Augen wurden schmal. Während sie die Pistole felsenfest ruhig hielt, griff sie nach einem Stuhl, um sich daran festzuhalten.

Plötzlich spürte ich es auch. Langsam kam mir das Deck entgegen. Reflexartig riß ich die Krücken nach vorn, um mich abzustützen. Mein Laser rutschte über den Boden.

Ich wurde allmählich schwer.

Ich war zu weit von einer Konsole entfernt, als daß ich sie hätte erreichen können. Innerhalb von Sekunden waren wir auf voller Schwerkraft, terranischer Wert, als sich die Buggravitronen einschalteten. Schweißperlen bildeten sich auf meiner Haut. Verzweifelt klammerte ich mich an die Krücken. Irgendwie hielt ich das Gleichgewicht und blieb auf den Beinen, aber weißes Feuer griff nach meinem Rückgrat. Ich atmete in flachen Zügen.

»Aber Mr. Seafort.« Karens Stimme war ein Schnurren. »Haben Sie Schwierigkeiten, aufrecht zu bleiben? Waren Sie bei Dr. Ghenili?«

Ich knirschte mit den Zähnen.

»Alle Besatzungsmitglieder in den Speisesaal auf Deck 2. Maschinenmaate, Sie melden sich erst, wenn Sie die Mittschiffs- und Achter-Gravitronen wieder eingeschaltet haben.« Das war Stanger.

Karen traf Anstalten, mir einen Stoß zu versetzen. Ich zuckte zusammen, erwartete, in zwei Hälften zu zerbrechen.

Eine gelenkige Gestalt raste vom Korridor herein und sprang Karen in den Rücken. Sie stolperte. Ich kämpfte darum, auf den Beinen zu bleiben, und konnte lediglich zusehen. Mikhael schlang ihr einen Arm um den Hals und drückte mit aller Kraft zu.

Mit kräftigem Schwung warf sie ihn ab und setzte ihm einen lähmenden Schlag an die Schulter, gefolgt von einem Tritt in den Magen. Er schrie auf und umklammerte sich selbst.

Karen warf mir einen kühlen Blick zu und sah, daß von mir keine Gefahr ausging. Sie zerrte Mikhael auf die Beine. Methodisch und brutal schlug sie auf ihn ein. Vor Anstrengung keuchend hämmerte sie ihm in die Rippen, den Magen, die Brust. Ihre Fäuste prasselten ihm ins Gesicht.

»Aufhören!« Mein Ton war heiser.

Ein bösartiger Hieb in die Eingeweide; Mikhael flog

der Speichel aus dem Mund. Sein Gesicht war todesgrün.

Ich versuchte, einen Schritt vorzutreten. Blitze zuckten mir die Wirbelsäule entlang. Ich schnappte nach Luft.

Mikhael sackte in sich zusammen, kaum noch bei Bewußtsein.

»Tun Sie das nicht, bitte! Lassen Sie ihn! Ich tue ja, was Sie wollen«

»Er hat mich angesprungen.« Mit eisernem Griff hielt sie ihn am Schott aufrecht und knallte ihm die Faust in die Seite, den Magen, die Leiste. »Ich mag das nicht.«

»Karen, um Gottes willen ...«

Schläge hagelten in sein Gesicht. Ein Rückhand auf den Mund knallte wie ein Gewehrschuß. Eine weitere folgte.

Endlich ließ sie von ihm ab. Mikhael rutschte bewußtlos aufs Deck. Blut sickerte aus ihm heraus.

Karen holte tief Luft, bis ihr Atem wieder ruhiger ging. »Nun, wo waren wir stehengeblieben?«

Ich wagte nichts zu sagen. Nur weißglühende Wut hielt die allesverzehrenden Schmerzen im Zaum. Falls ich den Mund öffnete, kam vielleicht alles hervorgestürzt und verschlang den ganzen Laserraum. Mit enormer Mühe hielt ich mich aufrecht.

Karen griff nach einer Konsole und schaltete den Rufer ein. »Brücke, Leutnant Burns meldet sich. Ich habe ihn, Kapitän. Er ist hilflos; er kann unter Schwerkraft nicht gehen. Wo möchten Sie ihn haben?«

Eine Pause. Müßig wandte sie mir den Rücken zu und deckte sich ein Ohr ab. Indem ich einfach ignorierte, was schon über Agonie hinausging, verlagerte ich allmählich mehr Gewicht auf das linke Bein.

»Aye aye, Sir. Er ist in schlechter Verfassung; ich muß ihn vielleicht tragen. Es dauert ein paar Minuten.«

Sie legte den Rufer auf. »Er gestattet Ihnen, der Hinrichtung beizu ...«

Ich wechselte meinen Griff an der rechten Krücke,

packte sie am unteren Ende wieder. Im Stürzen holte ich heftig aus. Der Handgriff knallte Karen an die Schläfe.

Sie stürzte zu Boden. Ich schlug neben ihr hin. Ich verrenkte mir etwas, und meine Beine trommelten krampfhaft aufs Deck. Ich preßte die Zähne zusammen, verzweifelt bemüht, mir nicht die Zunge abzubeißen. Der Schmerz überstieg das bloß Fürchterliche.

Ein entsetzlicher Laut ertönte. Von mir.

Stille.

Zu meiner Bestürzung mühte sich Karen langsam auf die Knie; ich hatte nicht fest genug zugeschlagen. Ich würde nie eine weitere Chance erhalten. »Sie ... verdammter ... Hurensohn!« Ihre Worte schwammen undeutlich ineinander. Sie tastete nach ihrer Pistole.

Die Waffe war gesichert. Sie bemühte sich, sie zu entsichern, schüttelte den Kopf, erstarrte, als lauschte sie auf etwas. Ein Stöhnen. Sie griff sich an die Schläfen, wiegte sich vor und zurück. Gequälte Augen blickten in meine. Sie nahm eine Hand vom Ohr, rot, von Blut tropfend. Langsam, wie in einem Traum, kippte sie nach vorn aufs Gesicht. Blut floß aus beiden Ohren. Massive zerebrale Blutungen. Wie schade.

Ich versuchte, vor der sich ausbreitenden Pfütze zurückzuweichen. Eine Feuerlanze stach mich. Irgendwie gelang es mir, mich auf die Ellbogen zu stützen, und ich wartete darauf, daß sich der rote Schleier wieder lichtete. Ich schleppte mich zur Luke hinüber. Mikhael lag vor dem Schott, als schliefe er. Sein Atem ging flach und unregelmäßig. Er war käseweiß.

Ich kroch auf Karens Pistole zu. Ich hatte noch Konsolen niederzubrennen. Ich packte sie in mörderischem Griff.

Der Lautsprecher knisterte. *»Leutnant Burns, bringen Sie ihn zum Speisesaal. Wir warten.«*

Wieso zum Speisesaal? Hinrichtungen wurden doch im Maschinenraum durchgeführt, oder nicht? Oder hatte nur ich es als Kapitän so gehalten? Ich lag da und träumte.

Es tut mir leid, lieber Gott. Du hast mich einfach zu weit getrieben. Ich kann nichts weiter tun, und ich denke nicht, daß ich mich noch darum schere. Ich hasse sie. Stanger, Admiral Hoi, Karen. Nein, sie ist tot. Trotzdem hasse ich sie. Vielleicht hasse ich auch Dich.

Ein Schluchzen. Ich unterdrückte es. Langsam, bei jeder Bewegung zitternd, richtete ich mich auf die Knie auf. Ich bemühte mich, nicht zu schreien, als ich nach hinten griff und ein Bein nach vorn zog. Dann das andere.

So ging das nicht.

Gekrümmt schleppte ich mich zum Schott hinüber und sang dabei hirnlos vor mich hin. Ich lehnte mich an die Wand. Jetzt noch mal probieren. Es ging ein klein wenig leichter, wenn ich einen Teil meines Gewichts an die Wand lehnte. Die Pistole im Gürtel, die Schulter an der Alulegierung entlangschleifend, arbeitete ich mich auf den Knien zur Luke vor. Die Beine wollten sich nicht heben; ich mußte es von Hand tun und zerrte dabei eine Krücke hinter mir her.

Draußen. Jetzt den verlassenen Korridor entlang.

Es dauerte ewig.

Wir haben gesündigt, wir haben schwer gesündigt, wir sind Sünder, wir bereuen unsere Sünden ... Du hörst nicht zu. Vielleicht hast Du es nie getan. Wieso tue ich das alles? Pflicht? O Jesus, das hat weh getan! Atme. Warte einen Moment. Was ist Pflicht ohne Dich? Na ja, vielleicht hörst Du ja zu, hin und wieder. Aber wieso *antwortest* Du nie?

Es tut mir leid, denke ich. Um die Wahrheit zu sagen: Ich weiß nicht recht.

Jemand steckte den Kopf aus einer Kabine hervor. Ein Passagier. Ihre Augen hefteten sich in meine, und sie duckte sich wieder hinein. Die Luke krachte zu.

Ich kroch an einem Trainingsraum vorbei. Versengter

Teppichboden, und ein Gestank, bei dem ich würgte. Einen endlosen Fuß nach dem anderen kroch ich dahin, wobei das Wandschott mein beständiger Freund war. Die Hand schmerzte vor Anstrengung, die nutzlosen Beine mitzuschleppen.

Das Schiffsgefängnis. Tobrok war dort, nicht wahr? Nein, er war tot, ebenso wie Arlene und Philip. Oder erwartete die Hinrichtung. Ich hatte ihn gezwungen, an einem Kampf teilzunehmen, der nicht seiner war.

Auf meiner endlosen Reise kroch ich an der Luke zum Profosbüro vorbei.

Warte mal, Seafort. Du vergißt etwas.

Ja, du vergißt, daß es hoffnungslos ist. Du hast verloren. Du kriechst durch die Gegend, um Arlenes violette Zunge zu sehen, das letzte Zucken deines Sohns.

Nein. Da war noch etwas anderes.

Ich tastete vorsichtig mit der Krücke umher und drückte auf die Öffnungstaste der Luke über mir. Ich wußte gar nicht, wonach ich suchte. Drinnen erblickte ich die Konsole, an der ich Tobrok vorgefunden hatte. Dahinter die Zellen. Ein Stuhl. Mehr nicht.

Es ging weiter.

Warte mal. Der Stuhl. Anders als die an den Laserkonsolen hatte er Rollen.

Das wird weh tun, Herr. Würdest Du ... Nein. Würdest Du nicht. Ich packte die Konsole mit einer Hand, holte ein paarmal Luft, hob dann die zweite Hand vom Deck. Mit beiden Händen zog ich mich an der Konsole hoch, als versuchte ich auf die Knie zu kommen.

Ich würde bald erfahren, was die Hölle war, so bald. Auch nicht schlimmer als jetzt.

Aus jeder Pore schwitzend, näherte ich mich zentimeterweise dem Stuhl. Meine Bizeps mühten sich ab. Ich zog mich hoch, beugte mich über die Konsole, wie um den Rohrstock zu erhalten. Das Bild verschwamm mir vor den Augen.

Vorsichtig, ach so vorsichtig ließ ich mich rückwärts sinken. Ich konnte diese Nummer auf jeden Fall nur einmal probieren. Tatsächlich war ich nicht mal sicher, daß ich es auch nur einmal ...

Die Stuhlkante. Noch ein paar Zentimeter. Und noch ein paar.

Ich summte vor mich hin, hielt die Augen fest zugepreßt. Es war unerträglich heiß im Schiffsgefängnis. Nach einer Weile blinzelte ich, versuchte wieder etwas zu sehen.

Mein Hemd war klatschnaß.

Aber ich saß auf dem Stuhl.

Vorsichtig langte ich nach unten, tastete nach meiner Krücke. Falls ich mich vom Deck abdrückte ... Nein, aus diesem Winkel, so. Und noch einmal.

Wie ein verrückter Verliebter in einem alten Kanu paddelte ich den Korridor hinunter.

Der Teppich sorgte dafür, daß ich nur langsam vorankam.

»... wegen Piraterie und Mordes zum Tode. Das Urteil wird sofort vollstreckt.«

Paddeln, Seafort! Achte darauf, daß du keine nassen Füße bekommst. Dem Allmächtigen würde das nicht gefallen. In einem schwankenden Kanu, zusammen mit Saythor ...

Ich fuhr hoch. Ich hatte die Luke zum Speisesaal fast erreicht. Ein letzter Stoß, bei dem ich Galle hustete. Oft konnte ich das nicht mehr tun.

Ich war im Lukendurchgang. Der Zwischengang im Speisesaal wurde von Matrosen blockiert, die in einer Reihe angetreten waren, in bequemer Haltung, die Hände flott auf dem Rücken verschränkt.

Vor ihnen stand Arlene, benommen, das rotbraune Haar blutverkrustet. Derek lag schlaff auf einem gestärkten Leinentischtuch. Beiden waren die Hände auf den Rücken gefesselt, und man hatte sie mit Klebeband geknebelt.

Ein Fähnrich, der junge Mann, der meine Minuspunkte akzeptiert hatte. Ein Matrose, einer von Tobroks Leuten. Alle gefesselt.

Tad Anselm, das Kadettengrau voller Flecken in mattem Kastanienbraun. Er schwankte, als schliefe er auf den Beinen. Sein Blick ging ins Leere.

Ich saß auf meiner Pistole. Ich zerrte daran, kämpfte gegen eine Welle der Qualen.

Zwei Matrosen hielten Jared Tenere auf einem robusten Tisch aufrecht. Eine Schlinge war ihm um den Hals festgezogen, der Strick an einer Deckenplatte befestigt. Jared trat aus, wand sich in den Stricken, kämpfte wie rasend darum, sich zu befreien. Ich zerrte erneut an der Pistole, die durch mein Gewicht im Gürtel festgehalten wurde.

Jared kreischte durch das Hautklebeband. Ich hörte es quer durch den Saal. Er schlang ein Bein um das eines Matrosen und zerrte an den Fesseln um die Handgelenke. Blut tropfte darunter hervor.

Unter ihm rangen zwei kräftige Matrosen mit Philip. Auch er war mit Hautband geknebelt, strampelte und kämpfte verzweifelt darum, zu Jared vorzudringen. Sein flehender Blick war auf den Freund geheftet.

Ich riß den Laser los, entsicherte ihn. Auf Stangers Nicken hin schubsten die Matrosen Jared vom Tisch. Er fiel wie ein Stein.

Ich schoß und streckte einen Matrosen nieder. Dann einen weiteren, der P. T. an den Armen hielt. Blut spritzte aus dem Mann hervor. Jared baumelte, zuckte krampfhaft, wurde reglos. Crewmitglieder warfen sich zu Boden. Schreie ertönten, gebrüllte Befehle. Stangers Blick begegnete meinem. Ich zielte. Er duckte sich hinter eine Säule. Ich zog den Laser in weitem Bogen über die Stelle, wo er gestanden hatte.

Jemand, der tapferer war als die übrigen, ging auf mich los. Er verfehlte mich mit einem kraftvollen Tritt, beförderte aber meinen Stuhl durch die Luke. Sie knallte zu.

Ich landete am Schott gegenüber. Mein Rücken wölbte sich krampfhaft. Ich riß den Laser hoch vors Gesicht. Beidhändig feuerte ich pausenlos. Die Luke rauchte und zischte. Ein Piepton. Die Ladung ging zu Ende.

Ich wilder Wut stieß ich mich mit der Krücke ab und rollte nach Osten. Ich würde schon einen anderen Laser finden! Ich paddelte durch eine Sektionsluke.

»*Hier spricht der Kapitän! Leutnant Garrow, schließen Sie alle Korridorluken! Ich benutze meine Prioritätscodes. Achten Sie auf meine Anweisungen, die ich von der Brücke aus gebe. Wir exekutieren die Rebellen, sobald dieser Verrückte tot ist.*«

Hinter mir zischte eine Luke. Ich drehte mich um. Der Speisesaal. Ein Matrose tauchte auf, tapferer als die meisten oder einfach wütend aufgrund des Blutbads. Er schwenkte einen Laser. Sein wilder Blick entdeckte mich. Die Korridorluke fuhr ins Schloß. Er sprang hindurch, verlor dabei fast die Beine. Er rappelte sich wieder auf.

Mein Ton war eisig. »Laß das fallen, Junge.« Ich zielte mit dem leeren Laser auf sein Gesicht.

Seine Augen zuckten zu der Pistole, die er an der Seite hielt.

»Riskiere es, und du stirbst. Laß sie los!« Meine Stimme hatte einen rauhen Klang, der sogar mir Angst machte.

Er schluckte. Der Laser fiel zu Boden.

»Umdrehen.« Er tat es. Den eigenen Laser auf dem Schoß, paddelte ich durch den Korridor. »Knie dich hin, heb den Laser am Lauf hoch, strecke ihn hinter dir aus.« Ich hätte es nie geschafft, mich zu bücken, ohne das Bewußtsein zu verlieren.

Ich tastete am zweiten Laser herum, entsicherte ihn.

»Töten Sie mich?« Seine Stimme schwankte.

»Ich denke, ja.«

Im Knien bekreuzigte er sich und senkte den Kopf.

Ich kam wieder zu Verstand. Ich nahm den entladenen Laser und schlug dem Mann damit heftig hinters Ohr. Er plumpste auf den Teppich.

Die Sektionsluken waren alle geschlossen. Selbst wenn ich die Verschlüsse verbrannte, hatte ich keine Kraft mehr, sie aufzuzwängen.

Ich fuhr an der Luftschleuse vorbei, die ich törichte Jahre zuvor zerstört hatte, damit mein Enterkommando an Bord gelangte. Stangers Besatzung hatte noch nicht die Zeit gehabt, sie zu reparieren; ein Band mit Warnhinweis war über die Luke geklebt.

Gleich schon hatte Stanger die Brücke erreicht, um seine Menschenjagd zu organisieren. Die Crew würde ausfächern und mich gnadenlos hetzen.

Ich hatte noch ein Ziel im Leben.

Es war ein langer Weg bis zum Ende von Sektion sieben. Wie sollte ich die gottverdammte Korridorluke aufzwängen? Noch Meter entfernt, starrte ich sie böse an.

Nein. Mir fiel ein anderer Weg ein.

Ich ignorierte den aufflammenden Schmerz und paddelte den Weg zurück, den ich gekommen war.

Zu der verdammten Luftschleuse. Nur die Außenluke schützte noch vor Druckverlust.

Daran vorbei, zu dem Anzugschrank daneben. Ich zielte mit dem Laser und schoß den dünnen Riegel weg. Mühsam zog ich einen Raumanzug von einem Haken über mir.

Jetzt zum unmöglichen Teil. Ich rang mit dem Rumpfteil. Die Arme waren kein Problem, aber die Beine?

Ich knirschte mit den Zähnen, beugte mich vor, praktizierte das steife Beinstück über mein Bein. Ich mußte Pause machen, mich an die kühle Alulegierung des Schranks lehnen und darauf warten, daß der Schmerz wieder auf ein Pochen zurückging, das mir das Leben auszusaugen drohte.

Wieso hatten sie nicht die Korridorluke geöffnet, um

mich zu fangen? Warteten sie erst darauf, daß Stanger wieder im sicheren Refugium der Brücke eintraf? Darauf, daß Matrosen auch von der anderen Seite kamen, um mich in die Zange zu nehmen?

Ein Bein. Jetzt das andere. Sobald ich fertig war, mußte ich irgendwie auf die Beine kommen, um den Anzug zu schließen.

Ich murmelte unterdrückte Flüche, summte Bruchstücke alter Lieder, Erinnerungen an Lektionen, die Vater mir vor Jahren über der abgenutzten Bibel und der dampfenden Teekanne gehalten hatte.

»Verdammt, Gott, ich schaffe das nicht allein!«

Ich hatte mir die Beine inzwischen übergestreift. Ich streckte mich, um ins Rumpfteil zu schlüpfen. Der Helm mußte warten, bis ich den Rest dichtgemacht hatte.

*»Zieht herauf zu mir, und helft mir! Wir wollen Gibeon schlagen ...«**

Was murmelte ich da? Ich wußte es nicht mehr.

Ich paddelte zur Schleuse, aktivierte die Pistole, feuerte ins Bullauge der zerstörten Innenluke. Das Bullauge löste sich auf. Ich holte mehrfach tief Luft, um mich zu beruhigen. Ich hakte den Arm in die Öffnung, biß die Zähne zusammen, zerrte mich mit schierer Willenskraft hoch. O Gott! Nein, ich ertrage es nicht!

Mit der freien Hand griff ich verzweifelt nach den Anzugsverschlüssen und drückte sie zu.

Als ich es geschafft hatte, senkte ich mich auf den Stuhl zurück und bemühte mich, bei Bewußtsein zu bleiben. Keine Zeit, Seafort! Sie sind unterwegs zu dir.

Zurück zum Schrank. Hebe den Helm hoch. Schraube ihn fest. Die Sauerstoffflasche. Vergiß die Tasche dafür; leg dir den Tank einfach auf den Schoß. Greife hinter dich, schließe die Klammern. Zurück zur Schleuse.

Ich griff durchs Bullauge und fand den Hebel. Mit

* Josua, 10, 4

dem Schweißbrenner hatte ich die Innenluke wirklich völlig zerstört; sie glitt mühelos auf. Ich fuhr hinein.

Die Außenluke wollte sich nicht öffnen, egal was ich tat, solange im Innern Luftdruck herrschte. Und ich hatte keine Möglichkeit, die Innenluke abzudichten. Einen Moment lang zögerte ich bei dem Gedanken an die Passagiere, die ums Leben kommen würden. Aber Stanger mußte aufgehalten werden, damit seine Clique keine Diktatur errichtete, die Kolonien unterwarf und die Milliarden Menschen gefangensetzte, die auf der Erde in der Falle saßen.

Ich zielte mit dem Laser aufs Bullauge. Es glühte auf, tropfte herunter. Alarmsirenen heulten. Abrupt verschwand die ganze Sichtluke. Ich senkte den Kopf, als ich von der entweichenden Luft geschüttelt wurde.

Dann war alles still in dem Vakuum an Bord. Allerdings war nur meine Sektion ohne Luft, denn Stanger hatte alle Korridorluken verschlossen. Sollte ich für die Passagiere beten, die ich umgebracht hatte? Nein, das wäre blasphemisch gewesen.

In der Nähe des Speisesaals gab es nur wenige Kabinen. Vielleicht waren ihre Bewohner geflüchtet. Vielleicht hatte Stanger sie anderswo untergebracht, um sie vor der gefährlichen Schleuse zu schützen. Vielleicht ...

Ich würde es nie erfahren.

Mein Atem ging keuchend im Raumanzug. Ich öffnete die Außenluke mit einem Hieb auf den Schalter. Mit der Krücke schob ich den Stuhl weit genug nach vorn, um einen Griff packen zu können. Dann drückte ich mich hinaus.

Der metallene Schiffsrumpf unterbrach das Gravitronenfeld. Abrupt war ich schwerelos. Die Schmerzen im Rückgrat gingen auf das Niveau eines schwelenden Vulkans zurück.

Ich schaltete die Handmagneten ein. Ich arbeitete mich am Rumpf Richtung Bug vor, und die Beine schwebten hinter mir. Hand auf Hand arbeitete ich mich allmählich vor und zog dabei die Krücke nach.

Der allmächtige Gott allein wußte, wovon Stanger zu diesem Zeitpunkt ausging oder was er plante. Ich versuchte zu fliehen; soviel konnte er sicher zusammenzählen. Würde er mich verfolgen? War er womöglich nur froh, mich verschwinden zu sehen?

Ich wußte es nicht.

Ich scherte mich nicht mehr darum.

20. Kapitel

Langsam und mühselig arbeitete ich mich von einer riesigen Scheibe zur nächsten vor. Längsseits der Scheibe von Deck 1 lag einer der gewaltigen Barkassenhangars der *Galactic*. Hand über Hand kroch ich darauf zu.

Ein Lebensalter später schwebte ich vor einer riesigen Luke, durch den die Barkasse in den Hangar einfahren konnte. Ich hatte keine Möglichkeit, sie aufzubrechen.

Aber das brauchte ich auch gar nicht. Daneben war eine Wartungsluke für Matrosen, die am Hangar zu arbeiten hatten.

Ich drückte den Öffnungsschalter.

Die Luke glitt auf.

Stanger hatte nicht daran gedacht, sie per Prioritätsschaltung von der Brücke aus zu sichern. Aber andererseits: Warum hätte er auch? Im Interesse der Sicherheit sorgte man dafür, daß die Luken von außen geöffnet werden konnten. Welches Besatzungsmitglied hätte sich sonst getraut, draußen Reparaturarbeiten zu leisten? Im Weltraum verlassen, unfähig, wieder Zutritt aufs Schiff zu erhalten ... Trotz meines Elends schauderte mir.

Ich war klug genug, in liegender Haltung durch die Luke zu kriechen. Sofort heftete mich die Schwerkraft ans Deck. Ich tastete mit der Krücke nach oben, knallte die Luke zu, wartete auf die Wiederherstellung des Luftdrucks. Signallampen leuchteten auf, sowohl in der Schleuse wie auf der Brücke.

Jetzt weiß Stanger, daß du hier bist. Ich stocherte nach der Öffnungstaste der Innenluke. Sie glitt gerade in dem Augenblick auf, als die Prioritätslampe ansprang.

Ich zwang mich hindurchzukriechen und unterdrückte dabei ein Stöhnen.

Der Helm war beschlagen. Mit einem Fluch zerrte ich ihn herunter. Den Laser hatte ich in der Anzugstasche. Ich zog ihn heraus.

Krieche, Seafort. Vergiß die Schmerzen. Es dauert nicht mehr lange.

Der Barkassenhangar war riesig, aber ich befand mich in der Nähe der Sicherheitsschleuse, die zum Korridor auf Deck 1 führte. Ich schlängelte mich übers Deck und zog die Beine mit den Händen nach.

Ich drang in einen Zustand jenseits aller Schmerzen vor. Das half mir dabei, schneller zu kriechen. Falls ich es nicht vergaß, würde ich mir genug Ladung für einen Schuß aufbewahren, um mich selbst in die Hölle zu pusten. Satan konnte mir nichts Schlimmeres zufügen, als ich jetzt schon ertrug.

Hinter mir hockte die Barkasse, glänzend und lautlos. Die Gegenseite ging wahrscheinlich davon aus, daß ich sie stehlen wollte.

Wie ich erwartet hatte, blinkte jetzt der Luftschleusensensor zwischen dem Hangar und Deck 1 auf. Ich lag auf dem Hangarboden und wartete, den Laser auf volle Intensität eingestellt. Die Innenluke glitt auf. Ich zog den Laser quer über die Öffnung. Schreie ertönten, von Raumanzügen gedämpft. Mein Laser piepte. Nur noch für einen Schuß Ladung. Ich sicherte die Waffe.

»Hier spricht der Kapitän. Er ist im Barkassenhangar. Panner, Gosset, stellen Sie ein Kommando aus zwanzig Mann zusammen, und stoßen Sie in Sektion sieben zu mir; wir machen der Sache jetzt ein Ende. Sollten Sie ihn vorher sehen, erschießen Sie ihn.«

Ich kroch weiter, auf die Schleuse zu. Dann hinein.

Über eine rauchende Leiche hinweg.

Ich stach nach dem Öffnungsschalter der Innenluke. Auf beiden Seiten herrschte Luftdruck; nicht nötig, erst zu pumpen. Die Luke ging auf.

Der Korridor.

Ich war unweit der Brücke; soviel wußte ich. Aber in welcher Richtung fand ich sie?

Im Westen. Es mußte Westen sein. Ich hatte nicht mehr die Kraft, um mich zu irren.

Der Korridor war leer. Das war zu erwarten gewesen; Stanger hatte die Besatzung im Speisesaal versammelt. Aber jemand bemannte die Brücke. Garrow, hatte Stanger gesagt. Ein Leutnant.

Ich benutzte die altbewährte Schottmethode und hob jeweils ein Bein mit der Hand an. Admiral GenSek Seafort bei der Praxis seines vornehmen Kriechgangs. Wobei er vor sich hinsang. Nach dem Schweiß der Qual stank.

Ein Huckel ragte vor mir auf dem Deck auf. Keine Zeit hinzuschauen. Weiter, Seafort. Du bist so ziemlich am Ende.

Zappelnd legte ich die letzten paar Meter zur Brücke zurück.

Zitternd lag ich auf den Decksplatten und sah mich der verschlossenen Luke gegenüber.

Rechts von mir eine Leiche, schrecklich verbrannt. Ich konnte kaum erkennen, daß die verkohlte Uniform grau gewesen war.

Blicklose Augen, ein unversehrtes Gesicht, in Todesqual verzerrt.

Ich gab einen Laut von mir.

Meine Hand kroch hinüber, packte die schlaffe Hand meines Danil Bevin.

Gemeinsam lagen wir vor der Brücke auf dem Korridor. Von Zeit zu Zeit kontrollierte ich, ob mein Laser auch gesichert war und die Ladung noch vorhanden.

Ich habe dich so im Stich gelassen. Ich habe Dich im Stich gelassen. Du warst nur ein Junge. Ich habe dich von der Akademie geholt. Ich habe Dich verspottet. Es tut mir leid, Danil. Oder bist Du es, Herr? Ich bin sehr müde. Ich meine euch beide.

Du hast ihn in meine Obhut gegeben, und ich habe ihn vernichtet, wie ich sie alle vernichte. Warum hast Du mich nicht aufgehalten?

Ich tätschelte Danils kaltes Handgelenk. Alles wird gut. Ich besorge dir eine frische graue Uniform. Tad wird das Verkohlte abbürsten.

Allmächtiger, ich hasse Dich, weil Du mich nicht aufgehalten hast. Du hättest es jederzeit tun können. Du hast Dein Gesicht von mir abgewandt, aber wieso auch von ihm? Er war einer der Deinen.

Der Korridor war schweigsam und still.

Mit dem Kinn auf dem Deck döste ich vor mich hin, einen Meter vor der dicken Brückenluke aus Alulegierung. Die Pistole in meiner Rechten zielte gerade voraus. Von Zeit zu Zeit spielte ich mit der Idee, sie auf das eigene Gesicht zu richten und mich zu Danil und Jason zu gesellen. Falls sie mich haben wollten.

Danils piepsende Stimme ertönte. »Denken Sie ... falls ich es gut mache, könnte ich dann auf die *Galactic* versetzt werden, wenn ich Fähnrich bin?«

Diese Frechheit von ihm. Na, ich hatte es ihm gezeigt! Ich hatte ihm seinen Wunsch erfüllt. Er würde nie auf ein anderes Schiff versetzt werden.

Einige von uns sind Werkzeuge Satans.

*Schleudre Blitze, und zerstreue die Feinde, schieß deine Pfeile ab, und jag sie dahin!**

Noch ein Schuß war übrig. Ich spannte den Finger.

Heiße Messer drehten sich in meinem Rückgrat.

Danil sank vor Jasons Grab auf die Knie, und seine kleine Gestalt streifte mich. Seid ihr euch begegnet, ihr zwei? Sprecht ihr über mich? Schmäht ihr mich, wie ihr es tun solltet?

Beruhigend drückte ich Danils Hand. Ich würde der Versuchung zu leben widerstehen. Langsam drehte sich der Pistolenlauf. Er kroch auf meinen begierigen Mund zu.

Die Brückenluke glitt auf.

Ein Paar glänzende Stiefel.

Ich drehte das Handgelenk. Ich drückte den Abzug. Die Stiefel lösten sich in aufblitzendem Feuer auf.

Ein dumpfer Aufschlag. Kapitän Stangers Wange krachte aufs Deck. Die Augen traten ihm aus dem Kopf. Er kreischte. Er zappelte immer wieder hin und her und kreischte.

Jemand schlug auf die Lukentaste. Die Luke fuhr zu.

Ich lag auf dem pochenden Deck und streichelte Danil die Hand.

»Käpten Seafort?«

Ich gab keine Antwort.

»Sir, bitte schießen Sie nicht! Bitte, Sir!«

Ich konnte mich nicht bewegen. Die Qualen in meinem Rücken waren in ein weiteres Stadium übergegangen, in gnädige Taubheit.

»Ich habe das Logbuch gelesen, Sir, als ich den Tod des Kapitäns eintrug. Ich möchte herauskommen. Ich bin unbewaffnet. Das heißt, ich lege meine Pistole auf die Konsole. Haben Sie mich verstanden?«

* Psalmen, 144; 6

Ich lag schweigend da, die Wange auf dem kühlen Deck. Er konnte herauskommen, wenn er wollte. Mein Laser hatte keine Ladung mehr. Ich konnte dem Mann lediglich noch in die Zehen beißen.

Die Luke glitt auf. Ich sah mich Ulysses Stanger Auge in Auge gegenüber. Seine Augen waren ausdruckslos, reglos. Meine zuckten zusammen.

Jemand steckte den Kopf hinter dem Lukenrand hervor. »Sir? Bitte schie ... Leutnant Avram Garrow meldet sich zum Dienst.« Das Schott schirmte den größten Teil seines Körpers ab.

Etwas regte sich, rief mich aus großer Ferne zurück. »Sie wußten es.«

»Was wußte ich, Sir?«

»Was Stanger im Schilde führte.« Ich zielte mit dem Laser auf ihn.

»Wir alle ... Eigentlich nicht. Er war Kapitän. Was konnten wir schon tun?«

Die griffige Ausrede der Raumflotte, von uns allen, getragen wie Schutzkleidung. *Satan, weiche von mir.*

»Verantwortung übernehmen. Ihn absetzen.«

»Er hatte den Segen der Admiralität, oder nicht? Sie hätten mich gehängt.«

»Er hatte nichts dergleichen.«

»Darf ich herauskommen? Ich habe die Funksprüche selbst mitverfolgt, Sir. Er stand mit der Admiralität in London in Verbindung.«

Die Admiralität oder das, was von ihr übrig war, erwartete auf dem Stützpunkt Farside meinen Bericht. Stanger und seine Kohorten mußten die Mitglieder zusammengetrommelt haben, die meinem Aufruf nicht gefolgt waren. Vielleicht sogar eine Mehrheit. »Schicken Sie alle Matrosen in die Kojen. Alle Offiziere in ihre Kabinen. Lassen Sie meine Leute frei.«

»Aye aye, Sir. Verzeihen Sie, ich gehe nur ...« Er zog sich Richtung Konsole zurück und trat dabei in eine Blutlache. »Oh, Herr Jesus!« Er sprang zur Seite, wischte sich die Füße ab. Er blickte auf die Konsole. »Nur den Rufer, Sir. Nicht den Laser.«

»Sehr gut.« Garrow schnappte sich den Rufer und erteilte ein wirres Durcheinander von Befehlen.

Das Rumpeln von Korridorluken, die in ihre Fassungen zurückfuhren, drang durch die *Galactic.*

»Sir, darf ich Ihnen aufhelfen?«

Ich schüttelte den Kopf. Bei einer solchen Aktion könnte ich zerbrechen.

»Sie sollten lieber Bescheid wissen ...« Er leckte sich die Lippen. »Ich habe Earthport angerufen, Sir. Nach Mr. Stangers Tod. Um die Information weiterzugeben.«

»Daß Sie das Kommando übernähmen?«

»Nur vorübergehend. Man sagte mir, man würde jemanden schicken. Und ...« Er schluckte. »Davor hatte der Kapitän die Admiralität informiert, daß Sie sich den Weg an Bord freigekämpft hätten. Admiral Hoi bot an, Marineinfanteristen zu schicken, aber Stanger sagte, sie würden das Chaos nur verschlimmern. Er könnte Sie auch so aufstöbern.« Es schien, als stünde Garrow unter dem Zwang zu beichten.

»Bringen Sie mir den Rufer.«

Ich schaltete ihn auf schiffsweiten Funk. »Achtung, an alle Besatzungsmitglieder und Passagiere.« Es war ein Krächzen. »Auf Befehl der Admiralität der Vereinten Nationen übernehme hiermit ich, Nicholas E. Seafort, das Kommando über die *Galactic.*« So, das war geschafft. Ein paar Menschenleben zu spät. »Alle Offiziere und Besatzungsmitglieder haben sich nach Anweisung ihrer Vorgesetzten auf die Brücke zu begeben, um meine Befehlsgewalt anzuerkennen.«

Hinter mir ertönten Laufschritte im Korridor. Es war Arlene, mit Derek nicht weit dahinter.

»Oh, Allmächtiger! Sie da, eine Trage! Bringen Sie ihn auf die Krankenstation.«

»Nein.« Meine Stimme klang gedämpft.

»Rufen Sie den Schiffsarzt. Schnell!« Sanft hob sie meinen Kopf an.

»Nehmen Sie die Hände weg!« Mein Ton war eiskalt. »Ich bin der Kapitän!«

»Nick ...«

»*Sir!*« Falls ich ihrer Bitte nachgab, würden alle Dämme in mir brechen.

Ihre Augen waren naß. »Sir, gestatten Sie mir, Ihnen zu helfen.«

»Ich habe zu tun.« Admiral Hoi kontrollierte nach wie vor Earthport; Simovich hielt die Basis Lunapolis. Ihre Laserbänke zielten auf unseren Planeten. Meine Gedanken schweiften ab; ich zwang mich zur Konzentration. »Philip?«

»Am Leben.«

Danke, lieber Gott.

»Wo?«

»Auf der Krankenstation. Er ist ...«

Ich nickte. Kein Wunder, nach Jareds Tod. »Schicken Sie jemanden in den Laserraum. Mikhael ist verletzt.«

»Aye aye, Sir.«

Ein Offizier kam durch den Flur gestürmt. »Wer ist verletzt? Mein Gott, der Kapitän!« Entsetzt schob er sich an mir vorbei und starrte auf Stangers sterbliche Überreste.

Knurrend warf Arlene ihn herum und drückte ihn vor mir auf die Knie. »Helfen Sie ihm!«

»Was benötigen Sie, Sir?«

»Er ist am Rückgrat operiert worden. Er ist schlimm verletzt.«

»Besorgen Sie mir einen motorisierten Rollstuhl.«

Der Doktor blickte zwischen ihr und mir hin und her.

»Ich bin der Kapitän! Tun Sie es!«

Sie mußten meine Finger von Danils Hand lösen.

Zehn Minuten später saß ich aschfahl auf einem Rollstuhl aus der Krankenstation, direkt an der Kapitänskonsole. »Ein Schmerzmittel. Geben Sie mir eins. Sofort.« Ich hatte mich auf kurze Sätze spezialisiert. Und es wären Verzweiflungsschreie geworden, hätte ich den Mund weiter geöffnet.

»Aye aye, Sir.«

Ich sah mein Spiegelbild auf dem Bildschirm. Meine Augen zeigten einen glasigen Glanz. Die Krawatte hatte sich geöffnet, das Hemd war ein schmutziger Schlamassel, die Jacke gänzlich dahin. Da sehen Sie Admiral Seafort, den Kommandanten des *Galactic*-Geschwaders.

In Zweier- und Dreiergruppen stellten sich die Offiziere auf der Brücke vor, nahmen Haltung an, bestätigten mich als ihren Kommandanten. Dann die Besatzung, truppweise. Ich saß wie in Stein gemeißelt da, die Hände um die Armlehnen gespannt, daß die Knöchel weiß hervortraten. Das Schmerzmittel wirkte nicht.

Tad Anselm wurde auf die Brücke gebracht. Lustlos salutierte er. Sein Gesicht war schlaff.

Ich befahl ihm, sich auf den Platz eines Wachoffiziers zu setzen. »Du warst bei Danil?«

»Ja, Sir.« Eine Stimme wie aus einer fernen Galaxis.

Ich blickte Arlene an, blickte Derek an. »Verlassen Sie die Brücke.« Von der Konsole aus schloß ich die Luke. Ich musterte den Jungen lange. »Was ist passiert?«

»Ich möchte aus dem Dienst ausscheiden. Nach Hause fahren.«

»Erzähle es mir«, sagte ich leise. »Ich höre mir an, was du so fürchtest.«

Ohne Vorwarnung brach er in Tränen aus. Dann, nach einer Weile, sagte er: »Sie haben uns auf die Brücke gebracht. Mich und Danil.« Er wischte sich die Nase mit einem schmutzigen grauen Ärmel ab. »Stanger befahl Danil, Sie anzurufen, damit Sie kapitulieren. Er zeigte Danil seinen Laser, sagte, er würde ihn erschießen, falls Sie nicht aufgeben.«

Ich legte den Kopf in die Hände.

»Danil hat geweint. Stanger ohrfeigte ihn, schob ihm den Rufer förmlich ins Gesicht. Danil rief Sie an. Sie haben nicht kapituliert.« Sein Gesicht war trostlos. »Stanger hat gewartet, dann die Luke geöffnet. Er nahm Danil mit auf den Flur. Er mußte ihn mitzerren. Danil war außer sich. Er brabbelte und flehte. Stanger setzte ihm die Pistole auf die Brust und schoß. Er ließ ihn dort liegen. Als Warnung, sagte er, falls Sie die Brücke erreichten.«

Ich beugte mich zur Seite und kotzte Galle.

»Und was ich gefühlt habe ...« Tränen flossen Anselm übers Gesicht. »In Washington hatten Sie mich angewiesen, mich um ihn zu kümmern. Aber ich war so ... so ... so f-f-froh, Sir. Daß es mich nicht traf. Ich wollte, daß es Danil traf.« Er war allein mit seiner Qual. »Ich fahre nach Hause. Ich muß.«

»O Junge!« Ich versuchte ihn in die Arme zu nehmen, aber er war bleischwer.

»Wo ist er? Wohin haben sie ihn gebracht?«

»In der Krankenstation gibt es Kühlbehälter.«

»Dort werde ich auch sein.« Kein militärischer Gruß, kein Warten, daß er entlassen wurde. Er ging zur Luke, öffnete sie mit einem Hieb. Er verschwand auf dem Korridor.

Ich rief Arlene herein. »Ist der Laserraum bemannt?«

»Ich weiß es nicht, Sir.«

»Sorgen Sie dafür. Drei Konsolen sind zerstört, aber die restlichen ...« Indem wir die Laserkanonen neu auf die verfügbaren Konsolen verteilten, konnten wir unsere Feuerkraft wiederherstellen.

»Aye aye, Sir.«

»Besorgen Sie sich eine Uniform. Und Derek.« Ich wählte den Maschinenraum an. »Mr. McAndrews, haben wir Energie?«

»Ja, Sir?«

»Der Fusionsantrieb?«

»Unbeschädigt.«

»Die Gravitronen?«

»Sie haben sie ganz schön zugerichtet. Wir kümmern uns noch darum.«

»Geben Sie mir Energie für die Manövertriebwerke.« Ich schaltete den Rufer um. »Funkraum.«

Arlene sah gelassen zu, hatte die bequeme Haltung eingenommen.

»Techspezialist Panner hier, Sir.«

»Sie!« Ich kräuselte die Lippen. »Melden Sie sich im Schiffsgefängnis; sagen Sie Tobrok, daß Sie unter Arrest stehen.« Er hatte den Funkraum Stanger ausgeliefert, kaum daß wir von dort weggegangen waren.

»Sir ... Aye aye, Sir, aber Mr. Tobrok ist tot. Der Käpten hat ihn gehängt.«

Ich zuckte zusammen. »Melden Sie sich bei der zuständigen Person. Holen Sie Ihren Ersatzmann an den Apparat.« Ich wartete. Dann: »Arrangieren Sie eine Übermittlung auf allen verfügbaren Frequenzen, sowohl militärischen wie zivilen. In einer halben Stunde.«

Jetzt das, was getan werden mußte. Ich konnte nicht länger warten. Ich schloß die Luke, blickte zu Leutnant Sanders auf. »Wir sind außer Dienst.«

»Sind wir das?«

»Ja.« Ich wartete, hoffte wider alle Chancen.

Sie strich mir mit der Hand über die Schulter.

Ich packte ihre Hand, drückte sie mir an die Lippen. »Kannst du mir verzeihen?«

»Da ist nichts zu vergeben. Du bist der Kapitän. Ich habe das akzeptiert, als ich den Eid ablegte. Nein, Nick, ich meine es ernst. Kennst du mich denn überhaupt nicht?« Sie kniete sich hin. »Ich liebe dich. Weine nicht, ich kann es nicht ertragen.«

Ihre Lippen waren weich und süß.

»Ich möchte dich auf die Krankenstation bringen.«

»Später.« Dazu war noch reichlich Zeit. »Ich möchte Philip sehen.«

»Er weigert sich zu reden.«

»Hole ihn her. Schatz, besorge mir Hemd und Jacke. Mit Abzeichen. Ich muß eine Ansprache von der Brücke aus halten. Vielleicht hilfst du mir beim Anziehen.«

»Sind wir wieder im Dienst?«

»Gleich.«

Rasch bückte sie sich und küßte mich. »Sei nicht zu dickköpfig«, sagte sie, als sie zur Luke ging. »Schone dich.«

Wofür?

»Achtung, UNS *Galactic.* Hier spricht Admiral Johanson auf Earthport Hafenshuttle Zebra 12. Ich komme, um auf Anweisung der Admiralität das Kommando zu übernehmen. Wir koppeln an Ihren Hangar auf Deck 2 an.«

»Soll ich ihn abweisen, Sir?« Das war Leutnant Garrow. Wieder einer seiner beharrlichen Versuche, sich nützlich zu machen.

»Keinesfalls. Er ist willkommen.«

»*Galactic,* bestätigen Sie bitte. Wir kommen bewaffnet und kampfbereit an Bord.«

»Bestätigen Sie das, Leutnant. Fragen Sie, wie viele es sind. Besorgen Sie die IDs.«

Er tat wie geheißen. Neun Personen. Drei Leutnants, eine Handvoll Sergeanten der Marineinfanterie, der zivile Chefadjutant des Stellvertretenden GenSeks Valera.

»Mr. Carr sofort auf die Brücke!« Ich trommelte auf die Konsole, während ich wartete. Was ich im Schilde führte war abscheulich.

Derek Carr lief herein, wirkte vornehm in seiner frischen Flottenuniform. Wie schade, daß er seine Verpflichtung all die vielen Jahre zuvor nicht verlängert hatte. »Leutnant Carr zur Stelle, Sir.«

»Ich erläutere Ihnen jetzt Befehle, die freiwillig auszuführen ich Sie bitte. Falls Sie sich weigern, halte ich es Ihnen nicht vor.«

Schweigend wartete er.

»Weisen Sie die Leute des Schiffsprofos' an, Deck 2, Sektion fünf zu evakuieren. Das wird schnell gehen müssen, aber stellen Sie sicher, daß Sie keinen Passagier übersehen. Ziehen Sie einen Triebwerksanzug an. Stecken Sie einen Schraubenschlüssel und einen voll geladenen Laser in die Werkzeugtasche. Verstanden?«

»Aye aye, Sir.« Sein Gesicht verriet nichts.

»Begrüßen Sie in Ihrem Raumanzug die Gruppe von Admiral Johanson im Namen von Käpten Garrow an der Schleuse von Sektion fünf. Behandeln Sie den Admiral höflich und respektvoll. Zeigen Sie ihm die Anzugschränke neben der Schleuse. Erklären Sie, daß Sie auf dem Weg nach draußen sind, um einen weiteren gestörten Sensor zu reparieren. Solche Störungen sind eine Seuche auf der *Galactic.* Sobald Johansons Gruppe ihre Raumanzüge abgelegt hat, rufen Sie die Brücke an und fragen Sie Mr. Garrow, wo der Fähnrich bleibt, der sie eskortieren sollte. Dann betreten Sie die Luftschleuse.«

»Aye aye, Sir.«

»Pumpen Sie die Luft aus der Schleuse ab. Sobald die Außenluke offensteht, blockieren Sie sie mit dem Schraubenschlüssel. Dann ziehen Sie den Laser aus der Werkzeugtasche und brennen das Bullauge der Schleuseninnenluke weg.«

»Sir!«

Ich wartete gelassen ab.

»Mr. Seafort, das wird ...« Er schluckte.

»Sie sind des Verrats schuldig, Derek. Sie sind bewaffnet. Sie würden mich beim ersten Anblick verhaften oder töten.«

»Aber ...« Er hob eine Hand, um weitere Ausführungen zu unterbinden. Mehrere Augenblicke lang betrachtete er nachdenklich das Deck. Dann sagte er: »Befehle erhalten und verstanden, Sir. Noch etwas?«

»Als Gottes Stellvertreter an Bord erteile ich Ihnen Absolution, jetzt und für später.« Es war nur eine von vielen Greueltaten, die ich in Seinem Namen begangen hatte.

»Danke, Sir. Das wäre nicht nötig gewesen.«

Frisch angezogen und mit einer doppelten Dosis Schmerzmittel fitgemacht, blickte ich in den Simultanschirm. Seine Holokam sendete mein verhärmtes Gesicht, meine grimmige Miene um die ganze Welt und ins ganze Heimatsystem. Außer Sichtweite, an der Wand, hielt Arlene Philips Hand.

Auf Deck 2 arbeitete eine Abteilung der Maschinenbesatzung am Austausch der Sichtluke in Sektion fünf. Sobald sie fertig waren, würden wir Sektion fünf wieder mit Luft vollpumpen.

»Hier spricht Admiral und Generalsekretär Seafort mit allen Vollmachten des Kriegsrechts. Die UNS *Galactic* ist wieder in der Hand der Regierung. Alle Streitkräfte, Armee wie Raumflotte, haben sofort in ihre Unterkünfte zurückzukehren und weitere Befehle abzuwarten. Die Kommandanten der Flottenbasis Earthport und der Basis Lunapolis haben sich selbst unter Arrest zu stellen.«

Meine Augen funkelten. »Cisno Valera ist als Stellvertretender Generalsekretär der Vereinten Nationen abgesetzt. Er wurde in Abwesenheit summarisch abgeurteilt, des Verrats für schuldig befunden und der Todesstrafe überantwortet. Das Urteil wird umgewandelt, vorausgesetzt, er stellt sich unverzüglich auf dem Flottenstützpunkt Potomac. Nach Ablauf von vier Stunden ...« Ich sah auf die Uhr. »... also zwölf Uhr Ostküsten-Standardzeit hat jeder Vertreter der Staatsgewalt, ob er nun ein ziviles oder militärisches Amt ausübt, das Todesurteil zu vollstrecken, falls er Mr. Valera außerhalb des Flottenstützpunktes Potomac antrifft.«

Ich blickte fest in die Kamera. »Die Senatoren, die sich der Regierungsgewalt widersetzt haben, sind aus ihrem Amt entfernt und für den Rest ihres Lebens des Rechts verlustig, bei Wahlen zu kandidieren. Ich werde im Verlauf dieser Krise keinen Akt der Rebellion dulden, keine Mißachtung von Erlassen.

Weiteres: Jerence Branstead ist unverzüglich auf freien Fuß zu setzen und hat seine Pflichten als Stabschef wieder aufzunehmen.

Die von der Regierung vorgelegten Umweltgesetze sind in genau der vorgelegten Form in Kraft gesetzt. Die Geltung beginnt in einer Woche, von heute an gerechnet. Sie tragen die offizielle Bezeichnung Jared-Tenere-Umweltgesetze.« Jared war kein Umweltfanatiker gewesen, aber es würde Philip gefallen, sobald er wieder bei uns war.

»Das war alles.« Ich schaltete den Simultanschirm aus.

Ich lehnte mich zurück und kostete einen exquisiten Schmerz im Rückgrat.

»Nick. Käpten.« Arlene sprach leise.

Ich drehte mich um. P. T.'s Hände zupften an seinem Hemd und aneinander herum. Die Finger waren rot und wund. Er starrte ausdruckslos über die Konsole hinaus.

Ich fuhr so weit an ihn heran, wie ich konnte. »Philip.«

Nichts. Seine Lippen flüsterten lautlose Zahlen.

»Mein Sohn.« Ich umfaßte seine Hände. »Wir lieben dich. Du bist okay. Versuche, nicht hochzudrehen.«

Er riß die Hände weg. Er ballte sie zu Fäusten, steckte sie sich unter die Arme. »Basis zwölf funktioniert. Laß mich in Ruhe.«

Ich schrie: »Ich konnte die Pistole nicht ziehen! Sie hat einfach nicht nachgegeben!«

Dumpf wandte er den Blick von mir zu seiner Mutter und zurück.

»Es tut mir so leid, Philip!« Dummheit. Inkompetenz. Schlimmeres. Ich hatte Jareds Leben in der Hand gehalten und weggeworfen.

»Er hatte solche Angst.« P. T. sagte es im Umgangston, als diskutierte er das Wetter. »Wir alle sterben. Er hätte es auch getan.«

»Mein Sohn, ich ...«

»Aber niemand sollte so sterben. Niemand.« Er schlang die Arme um sich.

»Ich hätte schneller fahren können. Ich hätte den Laser schon in der Hand ...«

»Ich konnte ihn nicht retten. Ich war dort und konnte nicht helfen. Konnte ihn nicht trösten. Selbst am Ende hat er mich angesehen.«

Es reichte. Gott, nimm mich jetzt zu Dir! ES REICHT!

»Sir.« Das war Leutnant Garrow. »Ein dringender Anruf.«

»Später.«

Sein Ton war ehrfürchtig. »Es ist Bischof Saythor. Der Patriarch.«

»Verstehst du das, Vati? *Ich konnte ihm nicht helfen!*«

Ich zog Philip an mich.

Er stieß mich weg. »Nimm dein Gespräch an.«

»Es ist nicht ...«

»Ich bleibe hier. Nimm es an.«

Von meiner Konsole aus starrte ich mit eingesunkenen Augen auf den Simultanschirm.

Das schwammige Gesicht des Ältesten musterte mich finster. »Hier spricht Bischof Saythor im Namen des Patriarchats.«

»Sehr schön.«

»Machen Sie sofort einen Rückzieher! Valera ist nicht verurteilt. Es war kein Aufstand; der Senat hat seine Vollmacht ...«

»Nein.« Francis Saythor stand meiner Kirche vor. Unserer Kirche. Der einzig wahren Kirche.

»Die Umweltgesetzgebung ist Wahnsinn. Geben Sie sie auf, ehe …«

»Nein!« Er sprach für den Allmächtigen – in allen kirchlichen Belangen.

»Seafort, das hier ist nicht Ihr Arbeitszimmer in Washington. Diesmal spreche ich aus der Kathedrale, für die Patriarchen Seiner Vereinigungskirche. Ihre Regierung ist dem Irrtum und der Todsünde verfallen. Ich befehle Ihnen …«

»*NEIN!*« Meine Stimme bebte. Er war des Herrgotts Stellvertreter auf Erden.

»Andernfalls verleugnen wir Sie noch heute. Und geben es öffentlich bekannt, von der Treppe vor der Kathedrale aus. Ein drastischer Schritt, wie wir ihn nur selten tun. Seien Sie gewarnt, damit nicht …«

Ich prallte auf meinem Platz zurück und ignorierte dabei einen flammenden Schmerzkometen. »Hüten Sie sich, damit ich nicht *Sie* verleugne!«

Er machte schmale Augen, als wäre er verdutzt.

»Damit ich nicht Sie verleugne, Saythor!« Meine Augen blickten wild. »Und Ihr Patriarchat!« Ich spürte, wie in meiner Seele etwas zerbrach, wie es schon im Rückgrat passiert war.

Mein Band zu Ihm war durchtrennt, vollkommen und unwiederbringlich.

»Man wird Sie verbrennen! Ketzerei …«

»Und die Mutter Kirche verleugnen!« Tränen strömten mir übers Gesicht. »Die Kirche, haben Sie das verstanden, Saythor? Ist es Verrat, wenn ich meine Zweifel verkünde, daß Sie Sein Werkzeug sein könnten? Wenn ich mich frage, wie wir nur auf unser Gewissen, unsere moralische Gewißheit verzichten konnten zugunsten einer intoleranten Kirche, die mehr um ihren Wohlstand besorgt ist als um unser Überleben?«

»Wie können Sie es wagen!«

»*Ebenso sollen die Diakone sein: achtbar, nicht doppelzün-*

gig, nicht dem Wein ergeben und nicht gewinnsüchtig. Wie sehen meine Umfragen aus, Ältester? Wem von uns werden die Menschen folgen, wenn sie die Holozine lesen? Denken Sie, es ist das Risiko wert?«*

Er und ich saßen entsetzt da.

Ich war exkommuniziert. Ich hatte dem allmächtigen Gott selbst gedroht und Seine Kirche angespuckt. Ob der Patriarch mich für exkommuniziert erklärte oder nicht, ich war für immer aus Seiner Gemeinde verbannt.

»Soll ich Sie verleugnen, Bischof?« Bebend schwebte meine Hand über dem Rufer. »Soll ich der Welt verkünden, was ich denke?«

»Sie werden doch nicht die Kirche besudeln …«

»Bei allem, was heilig ist, ich schwöre, daß ich nur die Wahrheit sagen werde. Ich werde von unserer Begegnung in der Rotunde berichten, von Ihrem Besuch in meinem Haus. Von diesem Anruf, der Ihr letzter sein wird. Heben Sie nur einen Finger, um sich einzumischen, und es wird geschehen.« Meine Stimme hätte Glas zerkratzen können. »Solange wir leben, Bischof, werden Sie nie wieder zu mir sprechen!« Meine Faust krachte auf die Tastatur und trennte die Verbindung.

Ich saß zitternd da, voller Staunen über meine finale Torheit.

*Doch in die Unterwelt wirst du hinabgeworfen, in die äußerste Tiefe.***

Ich wagte nicht zu beten. Nie wieder, damit ich nicht vom Angesicht der Erde vertilgt wurde.

Und doch: Wie konnte ich nur weiterleben, ohne zu beten?

Wie konnte ich nur weiterleben?

Mir blieben lediglich Arlene und Philip. Mikhael. Und meine Pflicht.

* 1. Timotheus, 3; 8

** Jesaja, 14; 15

Aus ihrem stillen Winkel hervor musterte mich Arlene ehrfürchtig.

P. T. zupfte unaufhörlich an seinem Hemd.

»Sohn, komm her.« Ich streckte bittend die Hände aus.

Er blickte mich an, allein, gequält, verschlossen.

»Ich bin der Gnade Gottes verlustig gegangen und habe nichts mehr außer dir!« Mir brach die Stimme. »Ich bitte dich, wenn du Gnade hast!« Ich konnte nicht weiterreden, so sehr mußte ich weinen.

Zunächst langsam, wie ein Automat, stand er von seinem Stuhl auf und tappte übers Deck. Eine sanfte Umarmung. Er fiel mir in die Arme, auf den Schoß, wie ein kleines Kind. Unsere Tränen flossen ineinander – meine um mich selbst vergossen, seine um seinen für immer verlorenen Jared.

»Armeekommando Washington an UNS *Galactic.*«

Ich wurde ruckartig wach. Ich hatte geschlafen; ich hoffte, daß der Leutnant, der mit mir Wache hielt, es nicht bemerkt hatte.

Ich nahm den Rufer zur Hand. Ungewöhnlich für den Kapitän, Anrufe persönlich entgegenzunehmen, aber noch vertraute ich keinem von Stangers Offizieren gänzlich. Ich hatte den Dauerbefehl an den Funkraum ausgegeben, alle Funksprüche auf die Brücke umzuschalten. »*Galactic,* sprechen Sie.«

»Hier General Donner. Ich habe vielleicht nicht viel Zeit. Sir, die Armee wird abwarten, wie sich die Dinge entwickeln.«

»Was?«

»Die ranghöchsten Generale haben per Internet diskutiert. Sie unterstellen sich keiner Seite. Sie warten auf einen Sieger. Wir sollen eigentlich keine Funksprüche in den Weltraum tätigen, aber ich kenne einen Oberst von der Funkabteilung.«

Diese Idioten. Keine Seite würde ihnen später noch trauen. »Das ist Verrat, Donner.«

»Technisch gesehen. Realistischerweise könnte man von Vorsicht sprechen.«

Ich grunzte vor Abscheu. »Und Valera?«

»Keine Spur von ihm, Sir. Nach diesem Anruf sollte ich mich selbst lieber rar machen. Irgendwelche Befehle?«

»Fliegen Sie nach London. Treiben Sie Thorne auf.« Er kannte Jeff; sie hatten zusammengearbeitet, als Thorne Stabschef gewesen war. »Er soll sich von der Akademie Devon aus per Satrelais an die *Galactic* wenden. Sagen Sie ihm, daß Farside zuverlässig ist, falls er die übrigen Netzverbindungen blockiert findet.«

»Ja, Sir.«

»Und danke.« Der Allmächtige allein wußte, was er riskierte, indem er mich informierte.

Ich rief alle Mann auf ihre Posten und leitete die Reparatur der vielen beschädigten Korridorluken ein. Lieber hätte ich gleich klar Schiff zum Gefecht gemacht, aber hätte ich die Besatzung nach dieser chaotischen Nacht in einen solchen Alarmzustand versetzt, wären alle bald im Stehen eingeschlafen.

Ich wagte nicht, die Brücke für längere Zeitspannen zu verlassen, und von meinen Leutnants vertraute ich nur Derek und Arlene. Was wiederum hieß, daß ich nicht gemeinsam mit ihnen Wachdienst haben konnte, andernfalls sie zu erschöpft gewesen wären, selbst noch eine Wache zu leiten. Stattdessen absolvierte ich meine Schichten mit Männern und Frauen, von denen ich nichts wußte, außer daß sie versäumt hatten, Stanger des Kommandos zu entheben, als ihr Eid es von ihnen verlangt hätte.

Mir drehte sich schon der Kopf vor Erschöpfung, als ich mich von Fähnrich Speke zur Krankenstation schieben ließ.

Mikhaels Gesicht war geschwollen. Er lag teilnahmslos in einer Koje. Der Schiffsarzt rezitierte seine Verletzungen. Dazu gehörten drei gebrochene Rippen, eine gequetschte Milz, geschwollene Hoden. »Der Stimulator für Knochenwachstum wird die Rippen in ein paar Tagen geheilt haben. Aber die Mattigkeit ... Die Prügel haben etwas in ihm zerstört.«

Ich fuhr an sein Bett. »Mikhael ...« Ich wußte nicht weiter. Sein Blick ging in die Ferne. »Es tut mir leid, Pa.«

»Was denn? Du warst großartig.«

»Ich dachte, ich könnte sie aufhalten. Sie niederschlagen. Aber sie ...« Sein Gesicht verzerrte sich.

»Du bist fünfzehn. Du kannst nicht erwarten ...«

»Kapitän auf die Brücke!« Alarmsirenen heulten. *»Alle Mann auf Gefechtsstation!«*

»Herr Jesus.« Ich wirbelte herum. »Fähnrich! Speke!« Wir stürmten zur Brücke.

Derek und Fähnrich Pyle sprangen auf. »Sir, feindliche Laseraktivität. Zielerfassungsmodus.«

»Die Station?« Im Augenblick lag die Erde zwischen uns und Lunapolis. Admiral Hoi wäre schlauer gewesen, hätte er auf seinen Verbündeten gewartet.

»Ja, Sir.« Derek machte ein grimmiges Gesicht.

»Welchen Kurs haben wir?« Ich blickte auf den Simultanschirm. Earthport starrte von Lasern aus jeder Öffnung, ein Erbe unseres Abwehrkampfes gegen die marodierenden Fische. »Ziele erfassen! Nehmen Sie nur ihre Laser aufs Korn!« Die Zerstörung Earthports wäre eine Katastrophe gewesen; wir hätten keine Möglichkeit mehr gehabt, die gewaltigen Mengen Fracht umzuschlagen, die die Lagerhäuser der Station füllten. Vielleicht verließ sich Admiral Hoi darauf.

Wie gut hatte Stanger seine Lasertechs gedrillt? Keine Zeit, seine Unterlagen zu sichten.

»Laserraum, machen Sie sich feuerbereit. Pilot sofort auf die Brücke. Chief McAndrews!«

»Ja, Sir?«

»Bereithalten zur Fusion. Koordinaten folgen. Volle Energie auf die Manövertriebwerke.«

»Aye aye, Sir. Käpten, wir sind nicht auf sicherer Fusionsdistanz.« Falls wir zu dicht an einer großen Masse in Fusion gingen, zerstörten wir uns selbst.

»Noch nicht. Derek, berechnen Sie die Fusionskoordinaten.«

»Wohin, Sir?«

»Pilot Jasper Oren zur Stelle, Sir.« Er klang atemlos.

»Irgendwo in der Nähe. Ceres. Pilot, wie weit noch bis in sichere Fusionsdistanz?«

»Einen Moment, Sir.« Er sah sich unsere Koordinaten an. »Zweieinhalb Stunden, mehr oder we ...«

»Verdammter Mist.« Ich genoß diese Ausdrucksweise. Die Admiralität würde mich nicht entlassen, und die Patriarchen würden still bleiben.

Wir lagen der Station fast direkt gegenüber. Unsere riesigen Frachträume am Bug boten eine zusätzliche Abschirmung gegen feindlichen Beschuß, aber in dieser Lage konnten wir nur wenige unserer eigenen Laser aufs Ziel richten.

Kämpfen oder fliehen?

»Pilot, wenden Sie das Schiff. Backbordseite zur Station, Breitseite auf den Flottenbezirk. Einen halben Kilometer Abstand.«

»Einen halben?« Oren klang ungläubig.

Auf diese Entfernung konnten uns die mächtigen Laser des Gegners in Fetzen schießen, aber wir konnten unsererseits die Station schwer beschädigen.

»Sofort!«

»Aye aye, Sir.« Seine Finger flogen über die Konsole für die Manövertriebwerke.

Schwerfällig schwenkten wir herum. Es war eine Frage der Trägheit. Die Masse der *Galactic* war riesig, ein Vielfaches der eines typischen Flottenschiffs. Die Manövertriebwerke brachten uns zwar in Fahrt, aber die gleiche Menge an Treibstoff benötigten wir dann wieder, um den Schwung abzubremsen. Gott sei Dank hatten wir einen Piloten an Bord. Einen Giganten wie die *Galactic* zu wenden, das war eine Übung in Mut und Geduld.

»*Galactic* an Flottenstützpunkt Earthport. Holen Sie Admiral Hoi an den Apparat.«

Es dauerte kaum einen Augenblick. Hoi mußte förmlich an seiner Konsole kleben, genau wie ich. Sein verhärmtes Gesicht ragte auf meinem Simultanschirm auf. »Drehen Sie ab, Seafort. Falls ich Sie zum Wrack schießen muß, werde ich es tun.«

»Unsere Laser sind auf die Flottensektion gerichtet. Sie werden sterben.«

»Ich halte mich nicht in der Flottensektion auf.«

»Sehr gut, dann wählen wir ein neues Ziel.« Es wäre Massenmord an Zivilisten, und ich konnte das nicht tun.

Er lächelte. »Wir kennen Sie, Seafort. Sie werden nichts dergleichen tun.«

Innerlich fluchte ich. »Sie kennen mich überhaupt nicht.« Ich legte den Finger auf die Konsole. »Feuerleitstelle aktivieren. Laserraum, halten Sie sich bereit.«

»Wir haben mehr Feuerkraft, Seafort! Sie werden vernichtet.«

Ich zuckte die Achseln. »Ist mir eigentlich egal.« Das war soweit richtig.

»Warum?«

»Mein Körper ist zerstört, meine Regierung liegt in Trümmern, meine Flotte ist der Schande verfallen.« Mein Bund mit dem Allmächtigen für immer aufgekündigt.

»Geben Sie mir Johanson!«

»Warum?«

»Er wird verhandeln, uns aus der Sackgasse manövrieren.«

»Nicht von meinem Schiff aus.«

»Schicken Sie ihn herüber.«

Mein Ton war gelassen. »Wie Sie wünschen.«

»Sie sprechen dann mit ihm?«

»Falls er sich meldet.«

»Bis dahin Waffenstillstand?«

»Sechs Stunden, höchstens.«

»Sehr gut.« Er trennte die Verbindung.

»Derek, gehen Sie auf die Krankenstation. Man soll Johanson und die anderen in ihre Barkasse verladen.«

»Das können Sie nicht.«

»Verzeihung, Mr. Carr?«

»Sie haben mich schon verstanden. Ist das nicht ein wenig makaber?«

»Tun Sie es.« Ich wollte verdammt sein, wenn ich einem Verräter wie Johanson ein förmliches Begräbnis gönnte. Ich klinkte mich aus und wies Leutnant Garrow an, einen Matrosen als Pilot für die Barkasse einzuteilen.

Sechs Stunden Waffenstillstand. Mehr als genug, um sichere Fusionsdistanz zu erreichen. Ich konnte den Lasern von Earthport entkommen, aber wohin? Ich schnaubte; die *Galactic* war für eine Fahrt nach Constantine eingerichtet. Ihre Besatzung war einsatzfähig, die Vorräte fast komplett. Wir konnten unsere Schäden unterwegs reparieren. Es würde ihnen recht geschehen, wenn ich aus dem Wahnsinn flüchtete, in dem wir versunken waren.

Seufzend verbannte ich meine Phantasien.

Wie konnten wir Earthport wieder einnehmen? Kein Truppentransporter würde den Spießrutenlauf an den mächtigen Lasern der Station vorbei überleben. Und überhaupt, welche Truppen würden schon meinem Ruf folgen? Vielleicht ignorierte irgendeine isolierte U.N.A.F.-Basis die Perfidie ihrer Befehlshaber und stand zur Regierung, aber wie sollten die Soldaten unerkannt an Bord eines Shuttles gelangen? Und wie konnte man Earthport überreden, es andocken zu lassen?

Inzwischen mußte ich für meine Hunderte von Passagieren Vorsorge treffen. Vielleicht gestattete mir Hoi, sie von Bord zu schicken; ihre Präsenz versperrte mir die Wahl, mich zum Gefecht zu stellen. Aber das wußte er; wieso sollte er mir die Lösung zubilligen?

Ich dachte nach. Die beiden Fähnriche Speke und Pyle zappelten unter meinem Blick nervös herum.

Die Basis Lunapolis bildete ebenfalls einen Faktor. Sie hatte freien Zugang zur Station; beide Befehlshaber waren Verbündete. Und ihre Laser waren eine verheerende Bedrohung, sowohl für mich als auch die Erde.

Falls ich Lunapolis aus dem Weltraum angriff, kostete das womöglich Tausenden das Leben. Keinesfalls war es möglich, die Basis mit einem Bodenangriff einzunehmen. Alle Truppen, die ich dazu schickte, mußten über Earthport geschleust werden, was unmöglich war, bis wir Admiral Hoi ausgebootet hatten. Und schlimmer noch: Earthport und Lunapolis schützten sich gegenseitig, bis es mir irgendwie gelang, einen Angriff für einen Zeitpunkt zu arrangieren, an dem beide wechselseitig außer Sicht waren.

Mir fiel nur eine Möglichkeit ein, und das Risiko war enorm.

Ein Scheitern bedeutete den Tod. Gar nicht so unangenehm.

Fähnrich Speke sprudelte hervor: »Was habe ich getan?«

Ich zog eine Braue hoch.

»Sie ... Ich dachte, Sie wären wütend auf mich. Sie haben mich angefunkelt wie ...«

»Zwei Minuspunkte.« Wie konnte er es wagen, den Gedankengang eines Kapitäns zu unterbrechen?

Er blickte bestürzt drein. »Sir, damit komme ich auf zehn!«

Ich trommelte auf die Konsole. »Sehr gut. Einen. Fangen Sie an, Punkte abzuarbeiten.«

»Aye aye, Sir.« Er ergriff die Flucht.

Anthony Pyle starrte gewissenhaft seine Konsole an.

Der Lautsprecher knisterte. »Admiral Thorne an *Galactic.*«

Ich schnappte mir den Rufer. »Jeff!«

Ein paar Sekunden Pause. »Hallo, Sir.«

»Ich brauche Sie.«

Er zögerte. »Wie?«

»Haben Sie Zweifel?« Ich stellte diese Frage lieber gleich, obwohl ich enttäuscht war. Ich hatte Jeff vor Jahren aus seiner zynischen Haltung herausgerissen und gehofft, ich könnte mich auf seine Loyalität verlassen.

Eine Pause. »Sir, es ist die Zeitverzögerung. Mein Anruf wird von London aus über Devon und Farside geführt.«

»Ahh.«

»Der Typ auf der Akademie Devon wollte mich erst nicht durchstellen. Ich mußte Namen ins Spiel bringen.«

»Wessen?« Ich wartete die Verzögerung ab.

»Jedes Admirals, der mir nur einfiel. Ihren. Den des Kommandanten.«

Fähnrich Pyle lächelte, bis er meine finstere Miene sah.

»Jeff, darf ich Sie wieder in Dienst nehmen?« Unter Kriegsrecht hatte ich die Vollmacht dazu, auch ohne seine Zustimmung. Er war jedoch mein Mentor, mein ältester noch lebender Freund.

»Natürlich.« Er wußte, daß ich gar nicht gefragt hätte, wäre es nicht verzweifelt nötig gewesen.

Ich sagte: »Die Sache ist riskant.«

»Risiken gibt es immer. Wie lauten Ihre Befehle?«

Ich erklärte sie ihm.

Pyle machte große Augen.

21. Kapitel

»U.N.A.F.-Sicherheitskommando an *Galactic*. Mr. Seafort, antworten Sie um Gottes willen, wenn Sie da sind!«

Ich schob mich schwer atmend auf die Brücke. General Donners finsteres Gesicht füllte den Simultanschirm aus. »Reden Sie.«

»Valera marschiert gegen die Rotunde. Er hat die Dreizehnte Motorisierte Panzereinheit, die Einundfünfzigste Luftlande ...«

»Sie haben gesagt, die Armee würde abwarten.«

»Ich habe mich geirrt.« Sein Ton klang eine Spur schroff. »Ibiera und Taubeck waren schon immer Hitzköpfe. Es sind nur ein paar Einheiten, Sir, aber wir haben kaum etwas, um sie aufzuhalten. Ich habe zusammengetrommelt, was ich konnte. Ein paar Wacheinheiten. Wir haben noch alte Geschoßgewehre auf Lager; ich habe die UN-Militärkapelle damit ausgerüstet. Sie ...«

»Lachhaft.«

»Die Leute waren greifbar, und es sind voll ausgebildete Soldaten, Sir. Es ist nur so, daß sie normalerweise keine Waffen ... Wir haben innerhalb der Stützmauer Stellung bezogen.«

»Bürgerkrieg ist das letzte, was wir ...«

»Sir, ich habe noch mehr zu melden. Valera ist uns zuvorgekommen, indem er mit *Holoworld* und *Newsnet* eine Stellungnahme für sechs Uhr vereinbart hat. Die übrigen Sender werden sich zweifellos anschlie ...«

»Nein!«

»Ich bin Ihrer Meinung, aber wie möchten Sie ihn aufhalten?«

»Wo sind Sie jetzt?«

»In Bransteads Büro.« Er wurde rot. »Seien Sie nicht

gekränkt. Valeras Leute halten ihn in Gewahrsam, und sein Comp hat Verbindungen zu allen ...«

»Holen Sie McFrey von *Holoworld* in die Verbindung.«

»Die Präsidentin? Ich versuche es.« Seine Wurstfinger stachen auf die Tasten ein.

Wir gerieten erst an einen Anrufbeantworter, dann einen sturen Comp, dann eine Sekretärin. Als wir uns endlich einen Weg zu McFreys Büroleiterin gebahnt hatten, schäumte ich bereits. Mit bebender Stimme beugte ich mich zum Simultanschirm vor. »Holen Sie sie sofort an den Apparat, aber pronto!«

Das Gesicht der Büroleiterin verschwand. Ein paar Sekunden später blickte Belinda McFrey, die mächtigste Medienchefin der Welt, vom Bildschirm auf mich herunter. Kühl sagte sie: »Sie haben angerufen, Herr Gen ... ah, Seafort?«

»Valera erhält keine Sendezeit.«

»Das liegt nicht an Ihnen.«

»Doch. Unter Kriegsrecht ...«

»Das der Senat aufgehoben hat.«

»Valera ist ein Verräter. Ich erlaube ihm keinen Zugang ...«

»Sie kontrollieren die Netze nicht.« Sie klang selbstgefällig. »Probieren Sie es nicht mal.«

»Als Generalsekretär ...«

»Das sind Sie vielleicht gar nicht mehr.«

Vielleicht lag es nur daran, daß sie jeden meiner Sätze unterbrach. Vielleicht war es ihr selbstgefälliges Überlegenheitsgefühl. Was auch immer, mir riß der Geduldsfaden. »Donner, schalten Sie dieses Gespräch live ans *Newsnet* weiter. Strahlen Sie es am besten gleich weltweit aus. Sofort.«

»Einen Moment nur.« Klickgeräusche. Ein Summen, dann Stille. »Erledigt.«

»Belinda McFrey besteht darauf, denen Hilfe und Zuspruch zu gewähren, die die geweihte Regierung des allmächtigen Gottes stürzen möchten. Hiermit erkläre ich ...«

»Ich habe das nicht getan.«

»... Nicholas Seafort, einziger Repräsentant Seiner Regierung und Generalbevollmächtigter der Patriarchen Seiner Wiedervereinigten Kirche gemäß herrschendem Kriegsrecht ...«

»Sie maßen sich viel an, Seafort.«

Meine Augen flammten »... Belinda McFrey, ehemalige Präsidentin von *Holoworld,* aus Seiner Kirche und Seinem Volk exkommuniziert. Im Namen des Allmächtigen wenden wir uns von ihrem Antlitz ab, weisen ihre Perfidie zurück und verbannen sie aus unserer Mitte!«

Ihr Gesicht war bleich. »Jetzt warten Sie mal. Sie können nicht einfach ...«

»WEICHE, KREATUR SATANS!« Mit einer heftigen Handbewegung verbannte ich sie vom Bildschirm. »Ich warne und beschwöre jeden Bürger nachdrücklich, daß jeder Umgang und jedes Geschäft mit einer exkommunizierten Person ein Kapitalverbrechen darstellt und ebenfalls die Exkommunizierung nach sich zieht.«

Ich funkelte den Bildschirm und die Welt an. »Alle Medien sollen zur Kenntnis nehmen: Cisno Valera erhält keine Sendezeit, solange er in Opposition zum Allmächtigen steht. Nehmen Sie die Verdammnis nicht auf die leichte Schulter!«

Ich schaltete den Bildschirm aus und saß zitternd da. Was ich getan hatte, war wohl legal. Die vom Kriegsrecht verliehenen Vollmachten waren atemberaubend umfassend. Ich repräsentierte in jeder Hinsicht Seine Regierung und übte auch die Befugnisse aus, die normalerweise den Patriarchen zustanden.

Trotzdem war es Hohn. Nein, es war obszön. Ich hatte den Patriarchen unumwunden getrotzt, sie geschmäht und beleidigt. Hatte ich die Exkommunizierung nicht viel mehr verdient als die erschrockene Frau, deren Seele jetzt dicht vor dem Abgrund der Verdammnis taumelte? War ich in Seinen Augen nicht längst exkommuniziert, wenn schon nicht in den Augen der feigen Patriarchen? Falls ich schon einen Verräter exkommunizierte, warum wählte ich dann eine Medienfrau, deren einziger Fehltritt darin bestand, Valera Sendezeit zu gewähren? Warum nicht den schurkischen Admiral Hoi oder Simovich unten in Lunapolis? War nicht ihr Verrat viel offenkundiger als McFreys?

Keine Zeit für Abscheu. »Funkraum, verbinden Sie mich mit dem Büro des Stabschefs in der Rotunde.« Ich wartete. »Donner? Evakuieren Sie Ihre Truppen. Nein, Sie haben richtig gehört. Wieso? Weil diese Angreifer nicht der Feind sind. Ich feuere auf Lunapolis, wenn es sein muß. Und auf Earthport. Aber nicht auf Bodentruppen, wie irregeleitet auch immer. Oh? Vielleicht haben Sie es nicht richtig verstanden: Das war ein Befehl!«

Ich ertrug seine Proteste. Er war ein tapferer Mann, und ein hartnäckiger.

Als er endlich eingewilligt hatte, sagte ich: »Sie selbst können bleiben, falls Sie mir unter die Arme greifen möchten. Schalten Sie sich in das äußere Sprechsystem ein. Bitte schnell. Und richten Sie die Videolinse Ihres Rufers durchs Fenster. Ich möchte die Truppen sehen, zu denen ich spreche. Speisen Sie Bild und Ton live in jedes Netz ein, das ebenfalls senden möchte.«

Uns blieb letztlich mehr Zeit, als ich vermutet hatte; es dauerte eine volle halbe Stunde, ehe die ersten Patrouillen der Dreizehnten Motorisierten durch das ungeschützte Tor kamen. Sie hielten die Lasergewehre schußbereit und bewegten sich vorsichtig, suchten dabei mit den Augen die vielen Fenster über sich ab.

Ich holte tief Luft. Diese Augenblicke boten mir vielleicht die letzte Chance, meine stürzende Regierung zu halten.

»Soldaten der Dreizehnten!« Tief unten dröhnte meine

Stimme aus den Lautsprechern der Rotunde. »Ich bin der Generalsekretär. Gehen Sie nicht weiter! Wenn Sie das UN-Gelände betreten, sind Sie im Krieg mit Gott!«

Drei oder vier von ihnen wechselten nervöse Blicke.

»General Ibiera und General Taubeck sind ihres Kommandos enthoben. Gehen Sie nicht weiter, sage ich! Sie dort! Der Sergeant mit der Hand am Tor!« Der Mann blieb stehen, wie vom Blitz getroffen. »Wenn Sie Ihre Seele retten möchten, weichen Sie zurück! Durch das Tor, sofort!«

Unbehaglich trat er einige Schritte zurück.

»Ich habe General Donners Truppen befohlen, die Waffen niederzulegen. Wir schießen heute nicht auf Sie. Wir verteidigen die Rotunde nicht mit Kugeln oder Strahlen. Wir verteidigen Sie mit dem gerechten Zorn des allmächtigen Gottes.«

Für einen Augenblick war alles still.

»Die Welt verfolgt jeden Ihrer Schritte. Riskieren Sie nicht, daß die Rache der Menschheit den ersten Soldaten niederstreckt, der dieses Gelände besudelt. Erschießen Sie jeden Offizier, der Ihnen befiehlt, dieses Tor zu durchschreiten. Es ist Verrat, und es ist abscheulich in Seinen Augen. Erschießen Sie jeden Offizier, der von Ihnen verlangt, auf Ihre Kameraden auf dem UN-Gelände zu feuern.

Soldaten der Vereinten Nationen, gehen Sie nach Hause. Dieser Aufstand, dieser Verrat ist nicht Ihre Schuld. Er wird an seinem eigenen Gewicht zusammenbrechen. Sie brauchen nicht für die Habgier von Verrätern zu sterben oder zu töten.

Hier spricht Generalsekretär Nicholas Seafort. Ich wünsche Ihnen den Segen des Allmächtigen.«

Ich schaltete meinen Rufer ab und hielt die Luft an.

An den Toren rührte sich niemand.

»Sie abscheulicher Mistkerl!« Admiral Hoi hatte eine Stinkwut. »Leutnant Tse war mein Neffe. Sie gottverdammter Mörder!«

»Sie haben als bewaffnete Rebellen ein UN-Kriegsschiff geentert.«

Arlene hatte mich für Hois Anruf auf die Brücke gerufen. Ich war müde, zerzaust und sauer.

»Sie sind der ...« Er verkniff es sich. »Wie kann ich den Jungen nur nach Hause zu meiner Schwester schicken? Er sieht aus wie ... In zwei Stunden eröffne ich das Feuer!« Unser Waffenstillstand lief dann ab.

Ich sagte: »Wir haben Passagiere an Bord.«

»Das hat Ihnen bislang auch nichts ausgemacht.«

»Gestatten Sie mir, sie auszuschiffen.«

»Nein. Ich dulde Sie nirgendwo in der Nähe der Station.«

Ich warf einen Blick auf Arlene. »Warum nicht?«

»Sie sind zu verschlagen, und obendrein ...« Er verzog das Gesicht. »Zu viele meiner Offiziere kennen nur Ihr öffentliches Image. Sie vertrauen Ihnen. Ich riskiere keine Subversion.«

Eine Sackgasse.

»Mr. Hoi, kapitulieren Sie jetzt, und ich verschone Ihr Leben.«

»Blödsinn. Ich habe die Oberhand. In zwei Stunden.« Der Bildschirm wurde dunkel.

Ich schaltete den Rufer um. »Maschinenraum, Höchstgeschwindigkeit. Pilot, alle Energie auf die Manövertriebwerke. Bringen Sie uns auf sichere Fusionsdistanz. Leutnant Sanders!«

Arlene fuhr zusammen. »Ja, Sir? Ich wünschte, Sie würden das nicht tun.«

»Tut mir leid. Die Fusionskoordinaten für Titan. Mr. Pyle soll die Berechnung ebenfalls vornehmen.« Auf meinen Schiffen wurden Fusionskoordinaten doppelt überprüft. »Baron, du auch.«

Zwei Stunden noch, ehe wir die Koordinaten brauchten. Ich sehnte mich danach, auf und ab zu gehen, aber selbst in geringer Schwerkraft wagte ich nicht, mich zu bewegen. Wenn Dr. Ghenili mich wieder sah, war er mit Sicherheit nicht erfreut.

Ich hatte Jeff Thorne angewiesen, einen ganz speziellen Anruf zu tätigen. Ich fuhr mit dem Rollstuhl von einem Wandschott zum nächsten und wartete auf die Antwort. Falls ich sie nicht innerhalb von zwei Stunden erhielt, war mein Plan eine Totgeburt.

Anthony Pyle beugte sich über seine Rechenaufgabe, die Zunge zwischen den Lippen. Ich lächelte. Als junger Mann hatte ich das gleiche tun müssen.

Es war nicht meine Wache; ich hätte die Brücke auch verlassen können. Ich war jedoch zu aufgekratzt, um zu schlafen. Außerdem mußte ich ohnehin hier sein, wenn wir in Fusion gingen. Keinem Kapitän wäre im Traum eingefallen, untergeordneten Offizieren den Fusionsvorgang in Eigenverantwortung zu überlassen. Falls etwas schiefging, war es schließlich der Kapitän, der es erklären mußte. Falls etwas schiefging, gab es andererseits wenig zu erklären. Unwahrscheinlich, daß man das Schiff wiederfand.

»Thorne an *Galactic.*«

Danke, lieber Gott! Sobald wir in Fusion waren, hätte er uns nicht mehr erreichen können.

»Er hat eingewilligt, Sir. Er hat mich jedoch angewiesen, Ihnen zu sagen, daß eine persönliche Einladung höflicher gewesen wäre.« Thorne klang mißbilligend.

Ich verdrehte die Augen. »Typisch für ihn. Machen Sie sich nichts daraus. Was ist mit dem Rest?«

»Ist eingeleitet. In ein paar Stunden. Viel Glück, Sir.«

»Ihnen auch.«

Thorne hatte sich umsichtig gezeigt. Ich billigte das. Es war unwahrscheinlich, daß jemand gesicherte Flottenfrequenzen abhörte, aber man wußte ja nie.

Fünfzehn Minuten später fütterte ich unseren Comp mit den Fusionskoordinaten. »Brücke an Maschinenraum. Bereithalten zur Fusion.«

»Zur Fusion bereitmachen, aye aye.« Eine kurze Pause. »Maschinenraum bereit zur Fusion, Sir.«

Ich zog den Finger am Bildschirm herunter. Der Fusionsantrieb schaltete sich ein. Die Sterne wurden erst rot, dann blau. Als der Antrieb volle Kraft erreichte, verblaßten sie allmählich zu Schwarz. Wir waren in Fusion und brausten mit Überlichtgeschwindigkeit am normalen Raum vorbei. Unsere Außensensoren waren blind. Die *Galactic* war ganz von eigenen Mitteln abhängig, wie jedes Schiff in Fusion.

Es würde nicht mehr als ein paar Stunden dauern. Kaum lange genug, um sich schlafen zu legen. An ihrer Konsole gähnte Arlene zweimal auffällig. Sie mußte erschöpft sein. Keiner von uns war ausgeschlafen.

Sie gähnte erneut.

»Das reicht vollkommen, Leutnant.« Ich funkelte sie an. »Falls Sie möchten, daß ich zu Bett gehe, sagen Sie es.«

»Ich möchte, daß Sie zu Bett gehen, Käpten.«

Na ja, ich hatte sie aufgefordert. »Hmpff. Schicken Sie einen Meditech zu meiner Kabine, damit er mir aus dem Rollstuhl hilft.« Ich fuhr davon.

Als ich Kapitän der *Hibernia* geworden war, hatten mich die Ausmaße der Kapitänsunterkunft überwältigt, verglichen mit der Fähnrichskabine, die ich kannte. Und verglichen mit der *Hibernia* schlief der Kommandant der *Galactic* in ehrfurchtgebietendem Luxus. Die Kabine war locker doppelt so groß wie eine unserer Passagierkabinen, die selbst schon als üppig gelten mußten. Mein Quartier war in prachtvollem Luxus ausgestattet. Verschwenderisch. Skandalös. Trotzdem war die Toilette ein Wunder aus Design und Komfort, und das Bett ...

Ich hatte die Kabine vor ein paar Stunden zum erstenmal gesehen, als sie noch Stangers Sachen enthielt. Ich hatte den Zahlmeister gerufen und ihn schroff angewiesen, sie zu entfernen. Ich konnte keine Erinnerungsstücke an den Mann gebrauchen, den ich ermordet hatte. Nein, hingerichtet. Es war ein Todesfall, den ich nicht bedauerte.

Als der Meditech ging, lag ich mit pochendem Rückgrat in der Koje und wartete darauf, daß die Wirkung einer neuen Dosis Schmerzmittel einsetzte.

Trotzdem empfand ich einen seltsamen Frieden. Die Konfrontation mit Bischof Saythor war so katastrophal verlaufen, so endgültig, daß mir nichts mehr zu bereuen blieb. Nachdem ich den Gott abgewiesen hatte, den ich liebte, war ich allein in der Ewigkeit des Universums.

Und doch befreite mich das für den Augenblick. Ich konnte Philip hegen, konnte für meine geliebte Arlene sorgen, konnte Mikhael für die kurze Zeit beistehen, die mir blieb, ehe ich im Feuer versank. Und fürs erste hatte ich mein Schiff.

Ich war dazu erzogen worden, Gott zu dienen und meine Pflicht zu tun.

Jetzt blieb mir nur noch die Pflicht.

Ich lag da und starrte an die Decke. Ich konnte unmöglich schlafen, nicht mit den Schmerzen und der Seelenqual.

Ich schlief ein.

Einige Stunden später gingen wir aus der Fusion. Dreihundertvierzigtausend Kilometer über dem Orbit des Titan, erstaunlich dicht dran für nur einen Sprung. Fusionstriebwerke wiesen eine Ungenauigkeit von einem Prozent der zurückgelegten Distanz auf. Ich nahm eine rasche Neuberechnung vor und leitete einen Korrektursprung ein. Wir tauchten so dicht am Ziel auf, daß wir die *Melbourne* sofort in den Sensoren hatten.

Alexis altes Schiff hatte Earthport vor dem Staatsstreich verlassen. Ein interstellares Schiff hatte viele Aufgaben. Eine davon war leider die eines Touristentransporters. Die Kreuzfahrt zu den Jupitermonden zum Beispiel war berühmt. Eine systeminterne Fusion sorgte dafür, daß die Reisedauer erträglich blieb, und die gelegentlichen touristischen Kreuzfahrten förderten die öffentliche Unterstützung für die Raumflotte.

Die Titan-Kreuzfahrt stellte eine weitere Ressourcenverschwendung dieser Art dar. Alexi war so clever gewesen, seinen Urlaub genau auf diesen Zeitraum zu legen. Das Schiff war auf einer solchen Fahrt voller Politiker, Stars, Medienleute und dergleichen. Nicht die richtige Gesellschaft für einen ehrlichen Raumschiffer.

Ich hatte keine Ahnung, wem Kapitän Fenners Loyalität galt, aber Alexi hatte sich anerkennend über ihn geäußert. Das mußte reichen. Ohnehin bezweifelte ich, daß er einen Fluchtversuch unternehmen würde. Er lag an der Orbitalstation des Titan vertäut und damit zu dicht am Saturnmond, um in Fusion zu gehen; außerdem starrte die *Galactic* von Laserkanonen.

Ich wies Leutnant Garrow an, den Käpten der *Melbourne* an Bord zu rufen, damit er die Depeschen der Admiralität entgegennahm. Ich fuhr zur wachsenden Verärgerung der Fähnriche mit dem Rollstuhl hin und her und wartete darauf zu erfahren, ob Fenner mir Gefolgschaft leistete. Sicherlich wußte er, daß mein Besuch des Titan keine Routinefahrt war; Schiffe waren so dünn verstreut, daß man außerhalb des heimatlichen Hafens nur selten einem anderen begegnete.

Zu meiner ungeheuren Erleichterung tauchte sein Gig bald auf unseren Simultanschirmen auf. Wenig später wurde er an Deck begrüßt.

Josh Fenner war eher klein und von ernster Haltung. Gemeinsam gingen wir die Befehle durch, die ich von der Admiralität erhalten hatte und die mir die Befehlsgewalt über sein Schiff gaben. »Sehr gut, Sir. Was kann ich für Sie tun?«

»Ich muß mir die *Melbourne*, ah, ausleihen.«

»Tatsächlich.« Seine Augen hefteten sich in meine.

»Für ein paar Tage, nicht mehr. Anton Bourse ist an Bord, nicht wahr?«

Er glotzte mich an. Selbst ein Exzentriker wie ich warf doch nicht die Einsatzpläne zweier großer Linienschiffe über Bord, nur um einen Holostar zu sehen! Selbst wenn dieser der bedeutendste Entertainer der Welt war. »Sie möchten ihn treffen?«

»Nein. Ich möchte ihn tot sehen.«

Fast zwei Tage Wartezeit. Sie kostete mich nahezu die letzten Reste meiner geistigen Gesundheit. Ich streifte auf meinem motorisierten Rollstuhl durchs Schiff oder zumindest die Bereiche, die mir zugänglich waren. Ich gab Anweisung, die Mittschiffs- und Achtergravitronen für meine Besuche herunterzudrehen, aber die improvisierte Steuerung war bestenfalls unberechenbar; plötzliche Anstiege der Schwerkraft raubten mir den Atem, und ich schnappte vor Schmerzen nach Luft.

Chief McAndrews überwachte die Reparatur der Korridorluken; die Schaltungen waren kompliziert und schwierig, besonders der Prioritätszugriff für die Brücke.

Zum Abendessen gesellte ich mich zu den Passagieren. Sie waren ungeheuer erleichtert, daß wieder eine Form von Routine einkehrte, selbst wenn der Kapitän, den sie gekannt hatten, nur noch eine blutige, verstümmelte Leiche war und sein Nachfolger abgehärmt und still.

Mikhael war ans Bett in der Krankenstation gefesselt. Ich besuchte ihn alle paar Stunden, obwohl ich im eigenen Bett hätte liegen sollen, um den Auswirkungen der Erschöpfung zu entgehen.

Seine Augen waren rot, sein Körper wund. Sein Lebensmut welkte.

»Würdest du gern die Brücke besuchen?« Zu anderen Zeiten hatten Kinder die Pracht dort ehrfürchtig bestaunt.

Er schüttelte den Kopf. »Eigentlich nicht.«

Ich sagte munter: »Wie wäre es mit der Brücke der *Melbourne?* Alexi hätte sich gewünscht, daß du sie mal siehst.«

»Habe ich schon, vor seiner letzten Fahrt. Ich möchte nicht mehr daran denken.«

»Daran?«

»An ihn.« Er wandte sich ab und stopfte sich das Kissen unter den Kopf, zeigte mir nur noch den Rücken.

»Mein Sohn ...«

»Ich bin niemandes Sohn.« Sein Ton war mürrisch.

»Bist du sauer, weil ich dich nicht vor Karen retten konnte?«

»Als ich versucht habe, tapfer zu sein, habe ich mir die Hose naßgemacht und wurde zu Brei geschlagen. Das ist nicht fair. Ich kann nicht wie Sie sein. Niemand kann es.«

»Versuche auch nie«, preßte ich zwischen zusammengebissenen Zähnen hindurch, »wie ich zu sein. Das würdest du dir nicht wünschen.«

Etwas in meinem Ton verlockte ihn, einen Blick über die Schulter zu werfen und sich langsam und widerwillig umzudrehen. »Pa?«

Ich nickte, konnte im Moment nichts sagen.

»Was ist es? Was hat sich in Ihnen verändert?«

»Nichts.« Ich konnte ihm nicht sagen, daß ich mich dem Willen Gottes widersetzt hatte und zerbrochen worden war. Aber ›nichts‹ entsprach nicht der Wahrheit. »Mir bleibt nicht mehr viel im Leben, Mikhael. Ich wünschte mir wirklich, du wärst mein Sohn.«

Er lag teilnahmslos da und zog von Zeit zu Zeit die

Nase hoch. Dann sagte er: »Pa, bin ich verrückt? Brauche ich eine Neueinstellung?«

»Nein, mein Sohn, du bist ein Teenager. Du brauchst Liebe und ein bißchen Reife.«

Inzwischen erkannte ich meine Leutnants wenigstens und gewann langsam einen Eindruck von ihren Fähigkeiten. In den kostbaren Stunden Privatsphäre, die wir genossen, brach Arlene mit der Tradition, um ihre Beobachtungen mit mir zu diskutieren. Das war eine der wenigen Vergünstigungen, die die Frau des Kapitäns genoß.

Auf einer langen Fahrt wäre ein Offizier in ihrer Position einsam gewesen. Kein Besatzungsmitglied hätte ihr vertraut. Ob sie nun verriet oder nicht, was ihr anvertraut wurde, jeder wäre davon ausgegangen, daß sie es tat. Für den Moment spielte das jedoch keine Rolle; wir waren nur kurz auf der *Galactic.* Falls ich das alles überlebte, würde ich mir einen ruhigen Winkel für den Ruhestand suchen. Einen Ort mit geringer Schwerkraft. Vielleicht Lunapolis. Dort baute man gerade neue Bezirke mit komfortablen Unterkünften.

»Nick ...« Wir kuschelten uns ins Bett. Ich hatte versucht, Liebe zu machen, aber die Wirbelsäule gestattete es nicht. Die Bewegungen waren zuviel für sie.

»Ja, Schatz?«

»Dieses Kind – versprich mir, daß wir es bekommen.«

»Nach allem, was wir durchgemacht haben?«

»Hast du es dir anders überlegt?« Eine Spur Traurigkeit.

»Nein.« Ich hoffte, daß es stimmte. »Ich bin ... innerlich verloren, Liebes. Wie könnte ich es großziehen ...«

Sie hielt mir den Mund mit der Hand zu. »Denke nicht darüber nach. Vertraue deinen Instinkten. Du warst damals so bekümmert wie heute, und sieh dir nur P. T. an.«

»Ja, sieh ihn dir an.« Untröstlich, mißmutig. Lethargisch. Und ausdrucksstark wie immer, so daß er den Grund für seinen Kummer leicht in Worte fassen konnte. Hätte ich ihm sein Elend abnehmen und meinem eigenen hinzufügen können, hätte ich es gern getan.

»Er wird es überleben.« Sie hatte weniger Mitleid, als ich erwartet hatte. »Wunden heilen. Er findet einen anderen Jungen, oder ein Mädchen.«

»Ich hoffe, diesmal ein Mädchen.«

Sie kicherte. »Ich auch.« Dann: »Versprich es mir.«

»Ich schwöre beim allmächtigen ...« Ich konnte das nicht tun. »Ich verspreche bei allem, was mir lieb ist, daß wir ein weiteres Kind haben werden.«

»Danke, Liebster.« Schläfrig trieben wir durchs All.

»Da haben Sie verdammt recht, daß er gelöscht ist! Er bringt ihn auf zehn.« Ich schleuderte mein Holovid über die Konsole. »Wer hat Sie aufgefordert, an meinen Kadetten Minuspunkte zu vergeben?«

»Ich bin erster Fähnrich.« Edwin Spekes Gesicht wirkte angespannt. »Anselm läuft mit Jammermiene durch die Korridore. Sie hätten sehen sollen, wie nachlässig er Haltung angenommen hat, als ich ...«

»Wer hat Sie angewiesen, ihn Haltung annehmen zu lassen? Kümmern Sie sich um Ihre eigenen Angelegenheiten.«

»Falls Sie es so haben möchten, Sir.«

Ich saß kochend da. Ich hatte Tad keine Aufgaben zugewiesen. Ich war mir nicht mal sicher, ob er zur Schiffsgemeinschaft gehörte. Die Verfinsterung seiner Seele umhüllte ihn wie eine Wolke. Ich würde mich um ihn kümmern müssen. Oder noch besser: Ihn mit jemandem zusammenbringen, der ihm ein Beispiel gab. Ich stand kurz davor zu verzweifeln.

Ja, ein Kadett unterstand der Befehlsgewalt der Fähnriche, und Anselm hätte besser mitmachen sollen. Aber er gehörte nicht zur Fähnrichskabine der *Galactic*, und Speke hätte keine Kenntnis von ihm zu nehmen brauchen.

Es war Zufall, das schiere Dienstalter, was entschied, wer erster Fähnrich wurde. Wie Jeff Thorne gewußt hatte, als ich noch ein Junge war: Keine Führungspersönlichkeit konnte Bereitwilligkeit und Motivation erwarten, wenn sie selbst nicht als Beispiel dafür taugte.

Später besuchte ich P. T. in der Kabine, die man ihm zugeteilt hatte, rappelte mich in der geringen Schwerkraft vom Rollstuhl auf und umarmte ihn heftig. »Ich liebe dich, mein Sohn. Vergiß das nie.«

»Vati?« Er musterte mein Gesicht. »Das klingt wie ein Abschied.«

»Das ist es. Ich muß gehen.«

»Wohin?«

Ich sagte es ihm.

Als ich fertig war, rührte er sich. »Ich werde ...«

»Nein.« Ich sagte es sanft, aber mit einer Endgültigkeit, die keine Widerrede duldete, wie sie für ihn als Jugendlicher typisch gewesen war. »Diesmal nicht. Vielleicht komme ich zurück. Mit der Hilfe des Hergotts ...« Ich schluckte die Obszönität herunter. »Vielleicht.«

Unten im Maschinenraum machte Chief McAndrews ein mißmutiges Gesicht. »Die Korridorluken schließen wieder, aber was die Prioritätsschaltungen der Brücke angeht ... Die Drähte sind irgendwo in den Schotten geschmolzen. Wir finden die Stelle früher oder später.« Er wirkte unmutig. »Sagen wir später.«

»Bleiben Sie dran.« Ich blickte zu den Schalttafeln hinauf. »Und die Gravitronen?«

»Direkt verkabelt.« Er funkelte die Zerstörung an, die ich an seinen Schaltungen angerichtet hatte. »Da habe ich auf dem Weg nach Constantine wenigstens etwas zu tun.

Inzwischen ...« Die widerwillige Andeutung eines Lächelns. »Hoffentlich macht ihnen ein kleiner Schub Schwerelosigkeit ab und an nichts aus.«

»Ich überlebe es.« Sogar mehr als das; nur geringe Schwerkraft machte mir die Rückenverletzung erträglich. »Aber die Passagiere ...«

»Ich weiß, Sir.« Bodenbewohner waren dafür berüchtigt, mit keiner Schwerkraft klarzukommen, die unter dem irdischen Wert lag.

Ich fuhr zur Brücke zurück. Als ich die Korridorbiegung entlangfuhr, hörte ich Stimmen voraus.

»... versetze ich dir die Prügel selbst, verstanden?« Das war Derek Carr.

»Der Kapitän hat den Minuspunkt gel ...«

»Mir ist egal, was Mr. Seafort gesagt hat. Jede Bewegung bereitet ihm Schmerzen; er hängt nur noch an einem dünnen Faden, und ich dulde nicht, daß ein weinerlicher Kadett seine Sorgen vergrößert!«

Ich drehte lieber den Rollstuhl herum und nahm die andere Richtung. Ein weiter Weg, aber ...

»Ich habe nicht ...«

»Nimm Haltung an, Anselm! Habe ich dich freigegeben?«

»Nein, Sir!«

»Bei Gott, das reicht jetzt! Jetzt noch Heulerei? Was zum *Teufel* ist nur mit dir los?«

»Ich weiß nicht.« Die Stimme des Jungen klang gequält. »Kassieren Sie mich. Entlassen Sie mich aus dem Dienst. Ich möchte nach Hause.«

Ich wappnete mich für Dereks Explosion. Sie erfolgte nicht. Sein Ton war nachdenklich. »Mir ist es auch einmal so gegangen. Ich war in deinem Alter. Wie du zu alt für einen Kadetten.«

Keine Reaktion.

»Ich habe darum gebettelt, kassiert zu werden. Ich habe gejammert, genau wie du. Der Rotz lief mir aus der

Nase, genau wie dir. Nicht auf den Ärmel, verdammt!« Sein Ton wurde weicher. »Nimm das hier.«

»Danke, Sir.« Es war ein Flüstern. »Was ist passiert?«

»Er hat mich hinaus auf den Korridor geführt. Er hat mich weinen lassen, und ... Ich weiß nicht wie, aber er hat mich wieder zum Dienst geschickt, und ich war froh darüber. Seinetwegen.« Eine Pause. »Geht es hier zufällig um Bevin?«

»Jasir.«

»Ahh. Habe ich dir schon mal von meinem Freund Sandy Wilsky erzählt? Ein junger Fähnrich auf der *Hibernia.* Komm mit, wir suchen uns Erfrischungsgetränke. Er wurde getötet, auf Luftschleusenwache, die eigentlich ich hätte halten sollen. Ich habe mir natürlich selbst die Schuld gegeben. Wie du jetzt dir.«

»Ich habe darum gebetet, daß es Danil trifft!«

»Gott hört solche Gebete nicht. Er versteht sie einfach. Weine jetzt nicht wieder; ich wollte doch nicht sagen ... Na ja, vielleicht doch. Komm mit, Junge. Ein Teil von mir war dankbar, daß Sandy für die Luftschleuse eingeteilt wurde, und monatelang habe ich eine solche Verachtung für mich empfunden ...«

Die Stimmen verklangen.

Danke, lieber Gott. Für das, was ich nicht selbst tun konnte.

An der Rotunde hielt ein unsicherer Friede. Die Armee traf keine Anstalten, durch die Tore vorzudringen. Sie zog sich allerdings auch nicht zurück. Die Sendezeit um achtzehn Uhr kam und ging vorüber, ohne daß eine Ansprache Valeras ausgestrahlt wurde.

Soweit wir es Funksprüchen entnehmen konnten, warteten beide Parteien einfach ab, ob ich gefangengenommen oder getötet wurde, oder auch auf die wenig wahrscheinliche Möglichkeit, daß es mir gelang, Hoi und

Simovich auszuschalten. Die Vollversammlung hatte meine Umweltgesetze unterstützt, und man ging allgemein davon aus, daß sie zu mir hielt; der Senat stand in strikter Opposition. Es bedeutete nichts; ich hatte beide Versammlungen aufgelöst.

Das Oberkommando der Armee blieb neutral; nur wenige isolierte Einheiten legten sich fest. Eine Patrouille hatte Jerence festgenommen und hielt ihn nach wie vor fest.

Alles beruhte auf der zeitlichen Abstimmung. Ich rief Arlene, Derek und Käpten Fenner für eine letzte Konferenz zusammen. Erneut versicherten sie mir, daß alles arrangiert wäre.

Ich stellte den Rufer auf Rundspruch: »Auf Befehl Admiral Seaforts wird Leutnant Arlene Sanders befristet der Rang eines Kapitäns verliehen.«

Fenner kehrte auf die *Melbourne* zurück.

Wir gingen in Fusion.

»Der Kadett bittet darum, Sie sprechen zu dürfen, Sir.« Fähnrich Speke war äußerst steif und förmlich.

Nachdem Anselm auf die Brücke eskortiert worden war, wartete er auf die Freigabe aus der Habachtstellung. Dann sagte er: »Verzeihen Sie, Sir. Ich werde mich um eine bessere Haltung bemühen.« Er trat von einem Fuß auf den anderen. »Das ist alles, was ich ... Das war alles, Sir.«

»Danke. Entlassen.« Als er sich zum Gehen wandte, sprudelte ich hervor: »Danils Tod war meine Schuld, nicht deine. Der Angriff auf die *Galactic* war ein Selbstmordeinsatz. Ich hätte nicht erlauben sollen, daß ...«

»Verzeihung, Sir, aber dazu sind wir da. Kadetten und Fähnriche, meine ich. Wir sind Militärangehörige. Wir akzeptieren das Risiko.«

»Auch Danil?«

Er schluckte. »Nicht, kaltblütig ermordet zu werden. Er hatte Todesangst.«

»Du auch.«

»Ja.« Er blickte mir in die Augen. »Ja, hatte ich.«

»Ich könnte mir auch nichts anderes vorstellen. Dürfte ich dich um einen Gefallen bitten, einen, den kein Befehlshaber von einem Offizier verlangen dürfte?«

»Welchen, Sir?«

»Würdest du mit mir für ihn beten?«

»Oh.« Seine Augen füllten sich mit Tränen. »O ja. Das würde ich gern tun.«

»Dann heute abend. Ich rufe dich in mein Quartier.«

Ich sah ihm hinterher, als er ging. Etwas an seiner Gangart erinnerte wieder an den selbstsicheren jungen Fähnrich, den ich zu Anfang kennengelernt hatte.

»Sie bringen ihn jetzt heraus, Ned. Der Sarg ist in Poly eingewickelt, um ihn beim Transport zu schützen. Die Bullaugen von Deck 7 sind gesäumt von Zuschauern. Nur wenige haben trockene Augen.«

Der Tod von Anton Bourse schockierte die Öffentlichkeit. Es war vielleicht das einzige Ereignis, das den versuchten Staatsstreich von den Titelseiten verbannen konnte. Der Kapitän der *Melbourne* hatte unter allgemeinem Beifall als Zeichen des Respekts die Kreuzfahrt abgebrochen, um die Leiche des geliebten Holostars nach Station Earthport zu bringen, zum Weitertransport und schließlich zum Begräbnis.

Selbst bei der *Melbourne* wäre Admiral Hoi wohl argwöhnisch gewesen, hätte der Kapitän den Vorschlag gemacht, im Hangar der Station anzudocken. Fenner ging jedoch längsseits, direkt im Blickfeld der Station und ein gutes Stück innerhalb der Reichweite ihrer Laserabwehr.

»Die Auswirkungen einer Dekompression sind nichts für die Zartbesaiteten. Der Sarg bleibt geschlossen. Das Begräbnis ist für Mittwoch in Kalifornien angesetzt.«

Unruhig schaltete ich auf meinem Helmfunkgerät von einer Frequenz zur nächsten: Nachrichtenmagazine, Earthport-Verkehrsleitung, sogar das ferne Lunapolis.

Medienleute und ihre Holokams säumten die Sichtluken von Station Earthport, während der Mann, der Millionen zum Weinen brachte, aus dem Vakuumfrachtraum der *Melbourne* geholt und in ihre Barkasse gebracht wurde. Der Sarg blieb verschlossen aufgrund des tragischen Dekompressions-Unfalls, der ihn das Leben gekostet hatte.

»Morgen bringt ein Sondershuttle Bourse zu seinen vielen Verehrern auf die Erde.«

Die Barkasse fuhr langsam in den Hangar von Earthport. Sie hatte das trauernde Gefolge des Holostars an Bord. Korporalschaften bewaffneter Matrosen standen Wache, fürchteten sogar hierbei eine List. Aber nur eine Handvoll von Bourses jungen Mitarbeitern durchquerte die Luftschleuse. Viele waren im Schock.

Die *Melbourne* plante, mit zwei Tagen Verspätung ihre Kreuzfahrt fortzusetzen. Zwei Dutzend Passagiere stiegen aus und wurden auf die Station übergesetzt. Vielleicht hatten sie die Fahrt nur gebucht, um Bourse zu erleben. Andere übernahmen ihre Plätze.

»Bitte um Erlaubnis, die Halteriegel zu lösen.« Das war Käpten Fenner aus der Barkasse.

»Hangar ist vorbereitet und ohne Luft. Legen Sie ab, sobald Sie bereit sind, Melbourne.«

». . . für seine Darstellung Williams berühmt geworden, des letzten Königs von . . .«

Die Barkasse löste sich von der Station und fuhr zur *Melbourne* zurück.

». . . Verkehrsleitung, Kurs 090, 64, 282, wiederhole . . .«

Ein furchtbares Krachen. Ich stöhnte.

Eine ferne Stimme: »Sind Sie okay, Sir?«

Kratzgeräusche. Ein Schraubenschlüssel. Licht.

»Helfen Sie ihm, den Helm abzusetzen.«

»Aye aye, Sir.«

»Vorsicht, sein Rückgrat ist verletzt.« Sergeant Gregori bedachte seinen eifrigen Kadetten mit finsterem Blick. Gemeinsam hoben sie mich sachte aus dem Sarg und setzten mich in einen Rollstuhl. Mühselig befreiten wir mich vom Rest des Raumanzugs.

»Wo sind wir?«

»Deck 4, Reserveunterkünfte, Sir.« Eine beengte, dürftige, graue Kabine, eine von mehreren, die man uns zugeteilt hatte.

»Man hat Ihnen kein Hotel angeboten?«

Sergeant Gregori machte ein frommes Gesicht, während er sich das Zivilhemd auszog. »Wir haben darauf bestanden, bei der Leiche unseres Idols zu bleiben. Das Hilton hat uns abgewiesen.«

»Wie viele sind wir?« Ich kannte die Antwort, brauchte aber die Bestätigung.

»Sieben Sergeanten, zwei Fähnriche, achtzehn Kadetten.« Mit zufriedenem Brummen zog sich Gregori die blaue Akademie-Uniform über.

»Und die Laserpistolen?«

»Haben wir in Bourses Sachen mitgebracht, Sir.«

Ich musterte ihn. »Ich schulde Ihnen schon lange eine Entschuldigung, Sarge. Seit dem Booker-Zwischenfall.«

Er hob eine Hand. »Wir waren alle ziemlich mitgenommen, Herr GenSek.«

Ich nickte zustimmend. »Das übrige?«

»Bislang keine Nachricht.«

Wie erwartet. Trotzdem machte ich mir Sorgen. Falls Jeff Thornes Arrangements fehlschlugen, hatte ich ein blutiges Fiasko zu verantworten.

Unser verwickelter Plan hatte meinen Nerven schwer zugesetzt; jede Phase mußte präzise ablaufen. Aber es war die einzige Möglichkeit, die mir einfiel, um sowohl Earthport als auch Lunapolis zu befreien.

Unser Trick mit der *Melbourne* gehörte zum Plan. Admiral Hoi vermutete wahrscheinlich, daß ich nach wie vor an Bord der *Galactic* war. Niemand auf der Station wußte, daß ich über dem Titan auf die *Melbourne* umgestiegen war.

Jeff Thorne war nach Devon geflogen, um Hazens Befehle zu übermitteln, daß alle Drillsergeanten der Akademie und dreihundert fortgeschrittene Kadetten auf die Akademiebasis Farside geschickt werden sollten. Um sicherzustellen, wie der Kommandant sagte, daß sie nicht in den Bürgerkrieg verwickelt wurden.

Ich konnte nicht riskieren, daß Hazens von Farside aus ergangene Befehle abgefangen wurden; ich konnte mich nur auf Thorne als Überbringer verlassen.

Die begeisterten Kadetten wurden zusammen mit einem halben Dutzend Fähnrichen zum Shuttlehafen London gefahren – die Reisetaschen ordentlich gepackt, die Uniformen adrett, die Gesichter geschrubbt. Wir wußten, daß die neuen Herren der Station Earthport auf von der Erde anfliegende Shuttles achtgaben, damit ich keine Truppen in den Weltraum schmuggelte. Die Fahrzeuge der Akademie flogen jedoch immer an der Station vorbei und nahmen direkten Kurs auf Farside.

In der lautlosen, luftlosen Nacht verließen die Kadetten ihre Shuttles und gingen durch den Mondstaub zu den wartenden Schleusen von Farside. Innerhalb des Akademiestützpunktes wandte sich Hazen in meinem Namen an sie. Er bat die besten Schützen, Sportler und waffenlosen Nahkämpfer, sich freiwillig für einen gefährlichen Einsatz zu melden.

Meine entsprechenden Befehle waren präzise formuliert. Wieder einmal plante ich, Kadetten für eine Aufgabe einzusetzen, die Jahre über ihren Ausbildungsstand hinausging. Aber diesmal sagte ich ihnen die Wahrheit.

Unsere Helden würden nicht aufgrund eines Täuschungsmanövers sterben.

Sie hatten sich ausnahmslos gemeldet. Nur wenige wurden jedoch für Station Earthport ausgewählt; ein Akademieshuttle brachte sie erneut in den Weltraum, wo sie auf die *Melbourne* warteten, die von Titan kommend defusionierte. Dann schwangen sie sich an einem Kabel in die wartende Luftschleuse des Schiffes, um die Andockzeit für das Shuttle zu sparen. Wir mußten erneut in Fusion gehen, und zwar schnell, ehe das Sternenschiff hinter der Rückseite des Mondes auftauchte und unsere Präsenz an Admiral Hoi oder Lunapolis verriet.

Wir kehrten per Fusion zum Titan zurück und informierten Arlene, in meiner Abwesenheit Kapitän der *Galactic*, daß wir unsere kleine Expeditionsstreitmacht an Bord genommen hatten. Wäre die Wissenschaftsstation über dem Titan größer gewesen, hätte ich die Passagiere der *Melbourne* ausgeschifft, ob sie wollten oder nicht, um sie nicht in Gefahr zu bringen. Wie die Lage war, blieb mir jedoch nichts anderes übrig, als sie in meine Intrigen zu verwickeln.

Dann ging die *Melbourne* erneut in Fusion und überbrachte die traurige Nachricht vom Ableben des Anton Bourse.

Wir gelangten zu dem Schluß, daß die *Melbourne* ein paar Fähnriche und Kadetten als angebliche Mitarbeiter von Bourse ausladen konnte, aber daß Admiral Hoi argwöhnisch werden würde, falls mehr als eine Handvoll Personen von Bord gingen; dann hätten wir Käpten Fenners Passagiere sinnlos in Gefahr gebracht.

Fenner übernahm persönlich seinen Funkraum, um sicherzustellen, daß keine ungenehmigten Botschaften übermittelt wurden. Tatsächlich gestatteten wir keinem Fahrgast der *Melbourne*, Earthport zu betreten – lediglich unsere kleine Kampftruppe.

Anton Bourse durchstreifte die Korridore der

Melbourne, aber er konnte sein Unbehagen durch den Gedanken an die unzähligen Millionen mildern, die ihn erwarteten – kostenlose Publicity. Derweil fuhr das Sternenschiff wieder auf sichere Fusionsdistanz hinaus. Wenig später würde es erneut Richtung Titan in Fusion gehen und seine Kreuzfahrt fortsetzen.

Auch Arlene hatte einen Platz in meinen Plänen. Ich konnte die *Galactic* niemandem sonst anvertrauen; unter keinen Umständen durfte das riesige, prachtvolle Sternenschiff wieder den Rebellen in die Hand fallen. Derek war vertrauenswürdig, aber bis vor wenigen Tagen war er nie mehr als ein Fähnrich gewesen. Arlene ihrerseits hatte schon mit Auszeichnung als Leutnant gedient. Nur: Wer war ich, daß ich ihr eine solche Verantwortung aufbürdete? Als ich mich entschuldigte, küßte sie mich auf die Nase.

Auf Earthport war es jetzt vierzehn Uhr. Wir wollten um neunzehn Uhr losschlagen, in Koordination mit den übrigen Kadetten auf Farside, die ihre eigene Mission zu erfüllen hatten.

Hier auf Earthport bestanden unsere Ziele im Flotten-Hauptquartier, wo die Steuerung der Laserabwehr untergebracht war, und im Komplex der Zivilverwaltung.

Elf Korridor-Notluken trennten unser Quartier von der Lasersteuerung. Sergeant Gregori versicherte mir, daß jeder Kadett sein Ziel kannte. Ich rief die Karte der Station in meinem Holovid auf und bestand darauf, daß jeder der jungen Leute mir die ihm zugeteilte Luke zeigte.

»Haben Sie die Stangen?«

»Ja, Sir.« Das war Fähnrich Speke, die Wangen gerötet. Er deutete auf einen Stapel im Wandschrank. »Wir sollen sie mitnehmen, wenn wir aufbrechen.«

»Und falls jemand versucht, Sie aufzuhalten?«

»Wir schießen ohne Vorwarnung.« Sein Blick war

ernst. »Sir, Sie können sich auf mich verlassen. Ich schwöre es.« Er hatte einen weiten Weg zurückgelegt, dieser Bursche, der einmal ungeduldig die Augen verdreht und Alexi so wütend gemacht hatte.

Ich lächelte. »Wer sorgt für meine Beförderung?«

»Bis wir einen Wagen erbeuten, ich.« Das war Gregori.

»Versuchen Sie, mich nicht hinauszuwerfen.«

Er musterte den Rollstuhl mit Widerwillen. »Warten Sie nicht hier?«

»Natürlich nicht. Mich dorthinzubringen ist unser halbes Einsatzziel.«

Schwitzend wartete ich Minute auf Minute, kontrollierte ein ums anderemal meine Laserpistole und achtete darauf, daß ich reichlich Nachladepacks in der Tasche hatte. Ich setzte mir den Helm auf, um den Funk abzuhören. Ich schaltete die Betäubungspistole ein und aus.

Falls nötig, wollten wir versuchen, das Flotten-HQ mit Gewalt einzunehmen, aber ich hegte immer noch Hoffnung, daß meine Anwesenheit einige Rebellen dazu brachte, die Waffen niederzulegen. Hoi hatte entsprechende Befürchtungen eingestanden, und ich sah keinen Grund, warum er dabei hätte lügen sollen. Es sei denn, er hätte mich auf die Station locken wollen, aber er war doch nicht so verschlagen, daß er mir genau deshalb den Zutritt verwehrte. Oder?

Siebzehn Uhr. »Irgendwelche Nachrichten?«

Gregori musterte mich seltsam. »Nein, Sir.«

Ich wurde rot. Wir erwarteten auch keine Nachrichten, außer von einer Katastrophe.

»*UNS* Galactic *an Flottenbasis Earthport.*« Das war Arlene, die ich da aus meinem Helmfunk hörte. »*Wir kehren zur Station zurück. Feuern Sie nicht.*« Zu diesem Zeitpunkt mußte sie etwa zwei Stunden Fahrt von Earthport entfernt sein, die minimale Fusionsdistanz.

Es dauerte lange, ehe die Antwort erfolgte. »Hier spricht Kapitän Landon für Admiral Hoi. Nähern Sie sich nicht, ich wiederhole, nähern Sie sich nicht der Station.«

»Sir, ich habe vor, unsere Passagiere auszuschiffen.«

Achtzehn Uhr.

»Verkehrsleitung Earthport an Galactic. *Beziehen Sie Position an den Koordinaten 320, 31, 108, bis Sie weitere ...«*

»Ich muß die Passagiere von Bord schicken.« Arlenes Ton war kühl. *»Ich fahre bis auf einen Drittelkilometer heran, gegenüber den Hangars vier bis sechs.«*

Keine Reaktion.

Achtzehn Uhr dreißig. Eine Handvoll Akademie-Sergeanten in Zivilkleidung verließen unser Quartier zu einem Spaziergang. Ich wies Gregori an, mir in den sperrigen Triebwerksanzug zu helfen. Falls wir uns von der Station zurückziehen mußten, war ich eine geringere Last, wenn ich bereits in dem Anzug steckte.

Um achtzehn Uhr fünfzig verteilte Edwin Speke die Stangen aus Alulegierung. Während die Kadetten darauf warteten, losgeschickt zu werden, zappelten sie herum, stießen mit den Stangen aufs Deck, kontrollierten ihre Pistolen, traten von einem Fuß auf den anderen. Das gab uns Gelegenheit, sie scharf zurechtzuweisen und damit die eigene unerträgliche Anspannung zu mildern.

Achtzehn Uhr fünfundfünfzig.

Mit der Energie der Jugend drängten sich die Kadetten durch die Luke und rannten los, um die Korridore zu sichern.

»Lunapolis-Einheit an Seafort.« Eine Stimme, die ich gut kannte.

»Halten Sie sich fest, Sir.« Gregori wirbelte meinen Rollstuhl herum und schob mich durch die Luke. Im Laufschritt ging es den Korridor hinunter. Rechts und links von mir fiel je ein Akademie-Sergeant ein.

Ich aktivierte den Anzugsrufer. »Sprechen Sie, Tolliver.« Wir hatten uns schließlich für normale öffentliche Funkkanäle entschieden, davon ausgehend, daß man von einer Militäreinheit noch am wenigsten erwarten konnte, sie zu benutzen. Entsprechend wurden sie wohl auch am ehesten nicht abgehört. Auf der *Melbourne* hatte ich den Raumanzug so einrichten lassen, daß ich diese Frequenzen empfangen konnte.

»Sie durchlaufen gerade den Schleusenzyklus, Sir. Leutnant LeBow führt dort das Kommando. Bislang keine Verluste.«

Bislang. Ich preßte die Lippen zusammen.

Jeff Thorne hatte meinen alten Adjutanten Edgar Tolliver aus seinem Urlaub in Lunapolis gerufen. Kurz vor der Stunde Null war Tolliver zu der Lunapolis-Luftschleuse spaziert, aus der die Menschenmassen zum Vorschein kamen, die sich die Lichtershow im Krater ansehen wollten.

Ganz allein überwältigte er die gelangweilten Wachleute, die nicht einmal Betäubungswaffen mitführten. Sofort strömten die Kadetten herein, kurz zuvor erst aus den Akademie-Shuttles ausgestiegen, die direkt hinter dem Krater gelandet waren, nicht weit von der Stelle, wo früher meine Gruppe abgeholt worden war, als es von Ghenilis Klinik zur Akademie ging.

Achtzehn Uhr achtundfünfzig. In unserem Korridor auf Earthport heulte der Alarm los. Vielleicht war ein Fähnrich dabei entdeckt worden, wie er eine Luke blockierte. Vielleicht hatte ein wachsamer Mensch im Verwaltungsbüro eine Kadettenstampede auf seinem Monitor gesehen.

Wir durchquerten eine Luke. Der Wachkadett schloß sich uns mit gezogener Laserpistole an. Ich knurrte: »Die Waffe sichern!« Er brauchte nur zu stolpern, und schon pustete er uns zur Station hinaus.

Neunzehn Uhr. Die Korridorluke voraus glitt aus ihrer Fassung und wollte sich schließen, stoppte dann mit einem Ruck an der Stange. Daneben tanzte ein erschrockener Kadett herum. »Schnell! Schnell, Sir!«

»Halten Sie sich fest, Mr. Seaf ...« Gregori stürmte auf

den Durchgang zu und über die Blockierstange hinweg. Für einen Moment flog ich. Mit dumpfem Schlag prallten wir wieder auf dem Deck auf. Mein Rückgrat explodierte, aber ich packte die Armlehnen, als hinge mein Leben davon ab. Vielleicht tat es das ja.

Die nächste Luke und wiederum die nächste. Ein Korps aus Kadetten lief keuchend mit, um Schritt zu halten. Gregori mußte der Sergeant sein, der die Morgenläufe in Devon leitete.

»UNS Galactic *an Flottenbasis Earthport. Anflug auf Kurs 320, 31 …«*

»Wir haben Sie in der Zielerfassung, *Galactic.* Seafort, bremsen Sie sofort ab, oder wir …«

»Sir, Käpten Seafort ist nicht an Bord.«

Die *Galactic* diente einer doppelten Rolle. Mit ihrer Präsenz und der Kraft ihrer Laser ergänzte sie die Lage um einen Faktor, der nicht ganz nach dem Geschmack von Earthport sein würde. Vielleicht mußte sie uns retten, oder sie blieb einfach nur in Reserve. Hätte ich Arlene befohlen, beim Titan zu bleiben, dann wäre ich mir gar nicht sicher gewesen, daß sie auch gehorchte. Ich vermutete, daß Hoi ihr nicht erlaubte, die Passagiere von Bord zu schicken, aber ihre Ermahnungen, daß sie an Bord waren, hielt ihn vielleicht davon ab, seine Laser abzufeuern, solange Arlene keine offenkundig feindseligen Aktionen durchführte.

Neunzehn Uhr drei. Voraus war die Luke zum Flotten-HQ mit einer Stange blockiert, damit sie sich nicht schließen konnte. Vor der Tür lagen drei Wachleute mit ausgebreiteten Gliedern auf dem Boden. Sergeant Gregori sah grimmig drein.

»Natürlich ist Seafort an Bord. Weichen Sie von Ihrem Kurs ab, ehe ich …«

»Lunapolis an Seafort. Unsere Leute haben den halben Weg zur Flottenbasis zurückgelegt. Bislang ist kein Alarm losgegangen. Keine Ahnung, wieso nicht.«

»Direkt hindurch!« Ich hämmerte auf die Armlehnen. »Schnell.« Ich riß mir den Helm herunter.

»Wohin?«

»Admiral Hois Büro. Zweiter Korridor, dritte oder vierte Luke.« Gleich hinter der Abzweigung zu den Shuttlehangars der Flotte.

Er stürmte mit mir durch die Luke. »Kein Prob ...«

Ein sengender Feuerstoß. Sergeant Gregori hustete, kippte von mir weg. Der Rollstuhl schlingerte aus eigener Kraft weiter. Ein Kadett warf die Arme hoch; dicke Blutstropfen spritzten aus einer rauchenden Höhle in seiner Brust hervor.

Ich kreischte: »Ich bin Seafort! Hoi möchte mich sehen!« Ich drehte heftig an den Rädern, wich einem vor mir aufragenden Schott aus. »Stellen Sie das Feuer ein!«

Ein Gesicht zuckte hinter einer Luke hervor und verschwand wieder. »Erschießt den Mist ...«

Sergeant Smiths Ton war leise und nachdrücklich. »Holt Seafort heraus!«

»Nein, Sarge!« Ich sagte es laut, damit alle mithören konnten. »Admiral Hoi wird mich empfangen.« Vorsichtig fuhr ich mit dem Rollstuhl aus dem Bereich des Deckungsfeuers heraus, das meine Kadetten abgaben. »Nicht wahr?«

Eine Laserpistole tauchte auf, zielte auf meine Brust. Einen Moment lang stand es auf Messers Schneide. Dann kamen zwei sehr nervöse Matrosen aus der Deckung gestürmt und zerrten meinen Rollstuhl in die Sicherheit ihres inneren Korridors. Ich setzte mir den Helm auf. »Seafort an Einheit Lunapolis: Weitermachen wie geplant. Seafort an Einheit Earthport: Die Position halten. Ich melde mich wieder. *Galactic,* zunächst nicht feuern.«

Die entsicherten Pistolen im Anschlag, schoben mich die Matrosen von Lunapolis in Hois inneres Büro, den Raum, in dem wir uns einmal begegnet waren. Ein riesiger Simultanschirm dominierte die Wand gegenüber.

Lichter brannten darauf. Vielleicht waren es die der *Galactic*, die sich rasch der Station näherte. In der Nähe fand man kaum weitere Schiffe, abgesehen von örtlichen Transportern und Fahrzeugen in den Reparaturhangars.

Admiral Hoi erhob sich hinter seinem Schreibtisch, abgespannt, verhärmt, Augen wie Kohlenstücke. »Ich übernehme jetzt.« Er sah nach, ob sein Laser entsichert war, und zielte auf meine Stirn. »Noch irgendwas zu sagen, ehe ich Sie hinrichte?«

»Ja. Raus, Sie beide.« Mein Ton war gebieterisch, und zu meinem Erstaunen gehorchten die Matrosen sofort. Hoi holte zischend Luft. Sie zögerten. Mit einer Grimasse winkte er Richtung Luke. Sie flüchteten.

»Hoi, hier Simovich. Die Bastarde sind in meine Anlage eingedrungen.«

Hoi ignorierte den Lautsprecher. »Falls Sie irgendwas probieren, erschieße ich Sie auf der Stelle.« Er musterte mich. »Wieso sind Sie gekommen?«

»Um Ihre Kapitulation entgegenzunehmen.«

»Warum sollte ich das tun?«

Ich betrachtete mir sein unrasiertes Gesicht, die eingesunkenen Augen, den Hohn in seinem Tonfall. Und plötzlich war mir klar, daß ich die Wahrheit sagen würde. In Anbetracht seiner Erregung führte das jedoch wahrscheinlich zu meinem Tod.

»Weil«, sagte ich, »Sie es tun möchten.«

»Quatsch.«

Ich beugte mich vor. »Weil Sie wissen, daß falsch ist, was Sie getan haben.«

»Ah, der große Moralist!« Seine Pistole schwankte nicht. »Ich dachte, Sie hätten bessere Karten.«

»Weil Sie wissen, daß Meuterei nie eine Antwort ist.«

»Also dringen Sie in mein Büro ein und bringen meine Leute um.«

»Weil Sie wissen, daß Revolution ein Affront gegen den allmächtigen Gott ist.«

»Sie sind kaum der richtige, um mir das zu ...«

»Weil Sie verabscheuen, was Sie getan haben.«

»Ich habe nichts getan, was ...«

»Und was dabei aus Ihnen geworden ist.«

»HÖREN SIE AUF!« Eine Andeutung von Seelenqual. Er setzte sich auf die Schreibtischkante und zielte mit beiden Händen. »Um Gottes willen, Seafort!«

»Ja. Um Seinetwillen.« Ich betrachtete ihn unverwandt, ließ seine Augen nicht los.

»Mr. Seafort, wir sind im Flottenbezirk von Lunapolis. Der Gegner verteidigt sich dort. Schwere Kämpfe.«

»Wer zum Teufel ...« Seine Augen wurden schmal. »... sind Sie, mir Lektionen zu erteilen? Sie haben meinen Neffen ermordet. Seine Augäpfel sind geplatzt! Sie haben sein Blut gekocht, bis es ihm durch die Haut gespritzt ist! Haben Sie Dekompressionswarnung gegeben, Seafort? Haben Sie das?«

»Nein.« Jeder von uns hatte sich das Lager selbst bereitet. Jetzt lag ich auf meinem.

»Sie abscheuliche Kreatur!«

»Hoi, sind Sie noch ihr eigener Herr? In wenigen Minuten nehmen Sie meine Lasergeschütze ein. Antworten Sie!«

Sein Blick bohrte sich in meinen, als er nach dem Rufer tastete. »Hier Hoi.«

»Sie müssen sechs meiner Bezirke wegpusten, rings um die FLottensektion.«

»Simovich, ich habe Seafort.«

»Wo?«

»In meinem Büro. Und ich ziele ihm mit einem Laser zwischen die Augen.«

Ein Seufzer der Erleichterung. *»Danke, lieber Gott. Ich gebe die Nachricht weiter. Sein Leben für deren Kapitulation.«*

»Es wird nicht funktionieren.« Ich bat mit einem Blick um Entschuldigung. »Meine Leute haben sehr deutliche Befehle.«

»Eine Komplikation hat sich ergeben, Andre. Die *Galactic* ist zurück.«

»*Was hat sie vor?*«

»Das ist unklar. Seafort wird es mir sagen.«

»Tatsächlich werde ich das nicht tun. Ich habe einen Laser in meiner Tasche. Setzen Sie mir zu hart zu, dann greife ich danach.«

»Dann bringe ich Sie um.«

»Exakt. Sie haben keine Verbindung zur *Galactic* mehr und damit keine Möglichkeit, sich zu ergeben.«

Hoi blickte mit finsterem Gesicht in den Rufer. »Simovich, sagen Sie Ihren Leuten, daß wir Seafort haben. Ich melde mich wieder.« Er stellte den Rufer hin. »Was jetzt die Kapitulation Ihrer Streitkräfte angeht ...«

»Ihrer Streitkräfte. Sie werden sich ergeben.«

»Warum sollte ich?«

»Um Ihrer Seele willen.«

»Sorgen Sie sich nicht um meine Seele.«

Ich blickte unverwandt in die schwarze Leere seiner Augen. »Wenn ich es nicht tue«, fragte ich, »wer dann?«

Aus seinem tiefsten Innern drang ein ersticktes Schluchzen. Dann sagte er: »Leben Sie wohl, Seafort.«

Ich blickte ihm in die Augen.

Er schoß.

Weißes Feuer teilte mir die Haare. Hinter mir und über mir prasselte das Wandschott. Ich saß wie ein Stein da.

»*Möchten* Sie vielleicht sterben?«

»Vielleicht muß ich, damit diese Sache endet.« Ich hatte ihm keine richtige Antwort gegeben, aber er schien es nicht zu bemerken.

»Es ergab perfekt Sinn«, sagte er. »So, wie es mir erklärt wurde. Natürlich sind Sie ein Verräter.«

»Ja.« Am Allmächtigen und Seinem Vikar auf Erden.

Er redete, als wollte er einen Einwand widerlegen. »Grundsätzlich betrachtet, sind Sie einer. Unser Überleben hängt von Kolonialimporten ab. Um sie sicherzustellen, ist eine starke Raumflotte entscheidend. Und jetzt, wo es darauf ankommt, entziehen Sie uns die Unterstützung. Wir mußten Sie aufhalten.«

»Nicht, indem Sie Ihr Volk bedrohen.«

»Meines?«

»Unseres. Die auf die Erde gerichteten Laserkanonen sind ein Greuel, das wir nie hätten dulden dürfen. Wir werden dem ein Ende machen.« Ich regte mich. »Es wird Zeit, Admiral. Übergeben Sie mir Ihre Pistole, und rufen Sie Ihre Wachen herein.«

Er klang nachdenklich. »Es wäre nicht für Sie.«

»Nein.« Ich sagte es leise. »In Ihrem Interesse.«

»Zeigen Sie mir Kapitän Seafort lebendig und in guter Verfassung, oder ich puste die Station auseinander.« Das war Arlene in einem Ton, der keine Widerrede zuließ. Auf dem Bildschirm wurde die *Galactic* immer größer. Die Hecktriebwerke gingen flackernd aus. Jeden Moment mußte sie jetzt mit Hilfe der Bugtriebwerke abbremsen.

»Darf ich?«

Müde nickte er.

Ich setzte mir den Helm auf. »Käpten Sanders, ich bin unverletzt. Warten Sie weitere Befehle ab.«

»Aber ...«

»Kapitän!«

»Aye aye, Sir.« Die schwelende Wut in ihrer Stimme versprach eine spätere Abrechnung.

»Hoi, wieso gestatten Sie ihm zu senden? Hat er die Station übernommen?«

Die Pistole des Admirals schwankte. Phlegmatisch blickte ich auf den Bildschirm.

»Noch nicht.«

»Diese gottverdammten Irren ...« Simovich versagte die Stimme. *»Er hat Kadetten geschickt! Er zwingt meine Leute, auf Kinder zu schießen! Ich halte nicht stand, sofern Sie nicht Ihre Sektionen ausschalten.«* Abrupt machte sich eine Ent-

schlossenheit in seinem Ton bemerkbar, bei der mir kalt wurde. »*Ich vernichte die* Galactic.«

Hoi griff hastig nach dem Rufer. »Warten Sie, wir handeln einen ...«

»*Mr. Sarnaur, Bänke fünf bis sieben. Volles Feuer!*«

»NEIN!« Ich wollte von meinem Sitz hochfahren und fiel schwer atmend zurück.

Licht braucht von der Oberfläche des Mondes bis zur Station Earthport drei Sekunden, mehr nicht.

Es war die Dauer eines Lebens.

»Hoi, halten Sie ihn auf!«

Der unsichtbare Strahl erwischte die *Galactic* an Steuerbord, ein gutes Stück achtern der Scheiben, in denen Besatzung und Passagiere wohnten. Der Rumpf glühte auf und schmolz. Falls das alles war ... wenn der erbarmungslose Laserstrahl wieder ausging ...

»Simovich, stellen Sie das Feuer ein!«

In den Innereien der *Galactic* flammte etwas auf. Feuerlanzen stießen hervor und erloschen sofort im Vakuum.

»Was hat er ...« Das war Hoi.

»O Gott, nein!« Ich schluckte. »Treibstoff. Er hat einen Tank getroffen.«

Die *Galactic* bewegte sich wie jedes Schiff mit Schubtriebwerken. In kleineren Schiffen wurde der Treibstoff in einem Zentraltank vorgewärmt und dann nach Bedarf in die Triebwerke gepumpt.

Die *Galactic* hatte, weil sie so viel größer war, mehrere solcher Tanks. Ein größerer befand sich im Achterladeraum.

Unter der Kraft von Zehntausenden Pfund gezündeten Treibstoffs schwenkte das Heck der *Galactic* nach Backbord.

Um das auszugleichen, zündete Arlene die Backbordtriebwerke. Das Manöver schleuderte die *Galactic* jetzt voll Richtung Earthport. Treibstoff spritzte auch aus den

Bugtriebwerken; Arlene versuchte zu vermeiden, daß sie an die Station geschleudert wurde.

Allmählich setzten sich die Backborddüsen gegen den erbarmungslosen Feuerstoß aus dem Steuerbordbruch durch. Das Schiff schwenkte wieder auf einen gleichmäßigen Kurs ein.

Erneut flackerten Simovichs Laser in Lunapolis auf. Ein kleiner Abschnitt des kompliziert gekrümmten Fusionsrohres der *Galactic* schmolz. Das Sternenschiff war zu dicht an der Erde, um sicher in Fusion zu gehen, aber verzweifelte Kapitäne hatten sich schon auf das Risiko eingelassen. Ein paar kamen damit durch. Jetzt hatte Arlene diese Chance nicht mehr.

»Schalten Sie Ihre Laser ab, Simovich! Hören Sie auf zu schießen, oder ich bombardiere Sie selbst!« Hois Ton war heftig. »Schalten Sie sie ab!« Er starrte auf seinen Simultanschirm. Die *Galactic* wurde größer. Und größer.

Hoi stand wie erstarrt, wie ein Kaninchen im Licht heranrasender Scheinwerfer. Das Sternenschiff näherte sich unaufhaltsam. Er raffte sich auf, sprang zum Rufer. »Jesus, sie prallt auf! Laser, nach eigenem Ermessen feuern! Schießt sie auseinander!« Und sofort, als hätten sie nur darauf gewartet, nahmen Zielerfassungsstrahlen den anfliegenden Giganten aufs Korn.

Ich ruckte mit dem Rollstuhl zu Hois Schreibtisch vor, riß ihm den Rufer aus der Hand. »SCHLUSS DAMIT! NICHT FEUERN!«

Quälende Sekunden verstrichen unter dem erbarmungslosen Spiel der Laserstrahlen. Die Backborddüsen am Bug der *Galactic* brachen in Flammen aus, die stotternd wieder erloschen. Das Schiff konnte jetzt nicht mehr bremsen.

Die Zielerfassungsstrahlen erloschen. Kühl schaltete Arlene die Backbordtriebwerke ab und gab vollen Schub auf die Steuerbordtriebwerke, um das nicht mehr zu stoppende Schiff von der Station wegzuschwenken.

Alarmsirenen heulten. »*Dekompressionsalarm! Alle Personen auf der Station haben sofort die Decks 4 bis 6 zu räumen!*«

Gemächlich schwenkte der Bug der *Galactic* von den gewaltigen Scheiben der Station ab. Das Sternenschiff ragte auf Admiral Hois Simultanschirm auf. Wie gelähmt konnte ich nur zusehen und mich verzweifelt nach einem Hilfsmittel gegen die Gesetze der Physik sehnen.

»Käpten Seafort, hier Edgar Tolliver. Sie ... Ich meine, *wir* haben die Laserkanonen von Lunapolis in Besitz genommen. Simovich ist ...«

»*Die Korridorluken der Station schließen in dreißig Sekunden!*«

»Komm schon, Arlene!«

Die *Galactic* füllte den ganzen Bildschirm aus.

»Bitte bitte bitte bitte.« Hois Stimme klang dumpf und monoton. »Bitte.«

Volle Notenergie auf die Triebwerke, Arlene! Laß sie durchbrennen, wenn es sein muß! *Wende!* Der Bug ist vorbei. Der Feuersturm aus dem beschädigten Heck wird sie früher oder später umlenken ...

Die *Galactic* prallte auf.

In verzweifelter, furchtbarer Zeitlupe scharrte sie an der unnachgiebigen Masse der Station entlang und riß sich dabei in schartigen Bahnen die Steuerbordseite auf, ab einem Punkt hundert Meter hinter dem Bug. Während die Trägheit sie an der Station vorbeischob, breitete sich der Riß nach achtern aus, bis in die Scheibe von Deck 1. Deck 2. Ich stöhnte. Deck 3.

»*Earthport Deck 5, Sektionen drei bis sechs ohne Luft! Die Hilfsmannschaften sofort auf den Notfallstationen melden!*«

Ein Flammenstoß schoß aus dem vorderen Laderaum der *Galactic* hervor. Ich schloß den Helm und fuhr mit den Händen mechanisch über die Anzugverschlüsse.

»Was haben wir getan?« Hoi klang gequält. »Seafort, was haben wir getan?«

Das große Sternenschiff kam von der Station frei und wurde vom Impuls weitergetragen. In einer Zeitlupendrehung trieb es langsam an der Holokam der Station vorbei in die dunkle Nacht hinaus.

»Erster Offizier Reyins von der UNS New Orleans. *Wir wurden in Earthporthangar sechs beschädigt und haben Druckverlust. Ich sitze auf der Brücke fest. Kann jemand helfen?«*

Ich war auf den Beinen, trug das eigene Gewicht und das des schweren Triebwerksanzuges. Wie ich das geschafft hatte, wußte ich nicht. Schweiß strömte an mir herab.

»An alle.« Hois Ton war heiser. »Ich unterstelle Station Earthport und ihre sämtlichen Einrichtungen wieder der Admiralität und Generalsekretär Seaforts Regierung. Stellen Sie jeden Widerstand ein.«

Ich packte meine Krücken und schwankte zur Luke.

»Seafort.« Der Blick des Admirals verriet seinen Seelenschmerz. »Sie hatten recht. Ich kapituliere.« Er salutierte unsicher mit der Rechten. Mit der Linken hob er die Pistole an die Schläfe.

Blut prasselte auf meinen Raumanzug, auf den Helm ein. Ich stolperte durch die Luke.

Das Gehen mit den Krücken war gar nicht so schlimm, wenn man die weißglühenden Blitze ignorierte, die bösartigen Stiche, die stumpfe Gabel – all die Dinge, die mich allmählich zersägten.

»Mr. Seafort, sind Sie in ...«

»Aus dem Weg!« Ich drehte mich um den erschrockenen Fähnrich Speke herum. Falls ich die Knie zusammenpreßte, konnte ich mich über die aufrechte Position hinausschwenken und ohne Unterbrechung in den nächsten Schritt hineingehen. Und jeder Schritt führte mich weiter zu den Shuttlehangars.

Zwanzig Meter. Fünfzehn.

»UNS Galactic *an alle Fahrzeuge und Station Earthport, Mayday.«* Arlenes Ton war ruhig. *»Erbitte sofortige Hilfe*

von allen Raumfahrzeugen, um die Passagiere und die Besatzung zu evakuieren.« Die *Galactic* hatte vier Barkassen. Jede nahm sechsunddreißig Personen auf. Und zwei Gigs. Jedes für acht Personen.

»Sir, gestatten Sie, Ihnen den Rollstuhl ...«

»Zur Hölle mit dem Rollstuhl.« Ich würde ihn nie wieder benutzen. Eher starb ich. Noch zehn Meter.

Hinter der Luftschleuse zum Shuttlehangar standen dessen riesige Außenluken zur Nacht hin offen. Ich erwischte einen kurzen Eindruck von der Erde, riesig und prachtvoll auf dem schwarzen Samttuch des Alls. Ich drückte die Taste, taumelte in die Schleuse.

Fähnrich Speke, der keinen Raumanzug trug, konnte nur zuschauen. »Wohin gehen Sie?«

»Auf mein Schiff!« Die Hangarluke schloß sich. Innerhalb von Augenblicken, die Zeitalter dauerten, wurde die Luft aus der Schleuse gepumpt.

Aus der Sicherheit ihrer Druckanzüge starrten ein halbes Dutzend Wartungsleute von der offenen Außenluke auf das flammende Linienschiff, das an ihnen vorbeisegelte.

Meine Tanks enthielten Luft für zwei Stunden. Mit steifen Beinen lehnte ich mich an ein Schott und verstaute die Krücken. Wir waren im Vakuum, bei fast irdischer Schwerkraft – was bedeutete, daß ich fast vollen Schub geben mußte, bis ich mich aus dem Einzugsbereich der Stationsgravitronen befreit hatte.

Ich startete das Triebwerk und stieß mich ab.

»*Galactic*, hier spricht das Bergbauschiff *Anakonda III*. Wir liegen an Earthport vertäut. Wir schicken unsere Barkasse. Halten Sie sich bereit.«

Ich hatte falsch kalkuliert; ich war zu niedrig. Ich schaltete mehr Auftrieb ein, aber es war zu spät. Als ich zur Luke hinaussegelte, erwischte ich den Helm eines Matrosen mit dem Fuß. Ich fragte mich, ob ich ihn zertrümmert hatte.

Das Problem bestand nicht darin, die *Galactic* einzuholen; sie hatte bereits viel Energie verausgabt, um abzubremsen. Das Problem bestand in der Anpassung der Geschwindigkeiten, da das Schiff langsam rotierte.

»Hier Galactic. *Wir haben die meisten unserer Schubtriebwerke verloren. Wir versuchen, die Rotation zu stabilisieren ...«*

Ihr Barkassenhangar auf Deck 2 stand offen. Gestalten in Druckanzügen bewegten sich dort durcheinander. Ich bremste und flog hinein, wartete dann darauf, daß die Gravitronen mich herunterzogen.

Nichts. Fluchend stellte ich mein Triebwerk um und betätigte die Steuerung. Nicht zu fest allerdings; meine Beine hätten keinen großen Ruck verkraftet.

»An alle Passagiere: Steigen Sie in die Raumanzüge. Das ist keine Übung. Chief, können Sie die Gravitronen stabilisieren?«

Die Passagiere waren in Schwerelosigkeit fast hilflos. Ein Offizier – ich erkannte das Gesicht im beschlagenen Helm nicht – hielt sich mit einem Arm an der Stütze der Shuttleluke fest. Mit der freien Hand zog er einen mit den Armen rudernden Passagier nach dem anderen in die Luke.

Ich betätigte erneut mein Triebwerk und flog zur Luftschleuse, die vom Shuttlehangar auf den Korridor von Deck 2 führte. Als ich mich hindurchduckte, schloß sich die Schleusenluke. Ich stützte mich am Schott ab und wartete ungeduldig auf den Luftaustausch. Endlich öffnete sich die Innenluke. Eine Horde Gestalten in Raumanzügen schwärmte vom Korridor herein. Sie stießen mich aufs Deck. Männer und Frauen griffen hastig nach Halterungen. Jemand trat mir auf den Arm und nagelte mich fest. Ich betete, mein Helm möge nicht bersten.

Die Korridorluke ging zu; die Luft wurde aus der Schleuse gepumpt. Der rasende Mob schlingerte hinaus in den Barkassenhangar und ließ mich benommen, aber noch atmend zurück. Der Anzug hatte kein Leck bekommen. Ich schloß die Luke wieder und zog die Betäubungspistole aus der Tasche. Erneut pumpte ich Luft herein.

Ein Dutzend Gestalten gingen gleich auf die Schleuse los und griffen in Panik nach allem in Reichweite.

»*Alle Passagiere sollten jetzt Raumanzüge tragen. Wir sind in Gefahr, jederzeit die Luft zu verlieren. Falls Sie Hilfe brauchen . . .*«

Eine Betäubungspistole wirkte durch einen Raumanzug, falls man sie fest an den Rumpf drückte. Anscheinend wußten die umherrudernden Passagiere das sogar in ihrer Panik noch. Eine rasende Frau drängte sich jedoch in verzweifelter Hast an mir vorbei.

»Sie können nicht durch die . . .«

»Aus dem Weg!« Mit dem Ellbogen erwischte sie mich am Helm, so daß mir der Kopf zurückknallte. Einen Augenblick lang glaubte ich, mein Hals wäre gebrochen. Ich drückte die Betäubungspistole an sie und schoß. Die Frau wurde schlaff. Ich schob sie aus der Schleuse.

Sie trug nicht mal einen Raumanzug.

»Sie dort, brechen Sie den nächsten Anzugsschrank auf!« Derek Carr hielt mit der Betäubungspistole in der Hand einen rasenden Mob auf. Ein Matrose fummelte an der Schalttafel herum.

»Ich habe es geschafft. Halten Sie Abstand.« Tad Anselms Frisur und Uniform waren ramponiert, als hätte er sich geprügelt.

Ich packte ihn am Arm. »Zieh einen Druckanzug an.«

»Aye aye, Sir, sobald . . .«

»Du vor den anderen.«

»Aye aye, Sir.« Er öffnete den Ständer und packte einen Erwachsenenanzug.

Die hiesige Korridorsektion stand unter Druck. Die Vorschriften untersagten kategorisch jeden Gebrauch von Triebwerksanzügen in einer Atmosphäre. Ich dachte daran, mich mit Hilfe der Krücken dahinzuschleppen. Zur Hölle! Ich warf einen Blick zurück, um sicherzustellen, daß niemand von meinen Abgasen erwischt wurde, und startete zur nächsten Sektion und zur Leiter.

Die Korridorluke war geschlossen. Fähnrich Anthony Pyle bewachte sie. »Sie können nicht ... Oh, Sie sind es, Käpten!« Ein ungeschickter Salut am Helm. »Auf der anderen Seite herrscht Vakuum, Sir. Ich kann nicht für Sie öffnen, damit unsere Sektion nicht die Luft verliert.«

»Bringen Sie mich zur Brücke.«

»Vor wenigen Minuten war die Westleiter noch zugänglich. Ich weiß nicht recht.« Er blickte besorgt drein. »Wir verlieren eine Sektion nach der anderen, Sir. Unter der Hitze schmilzt ...«

Ich war schon weg. Ich drehte das Triebwerk auf volle Kraft und segelte direkt über die Köpfe herumrudernder Passagiere und Besatzungsmitglieder hinweg.

Die Westleiter lag vier Sektionen entfernt. Keine der Luken bis dorthin war geschlossen. Ich segelte hindurch und wechselte die Haltung, um die Stufen hinaufzufliegen.

»Langsam!« Schwer atmend zog sich Derek von einem Griff zum nächsten. Die blaue Uniform klebte an seiner drahtigen Gestalt.

Ich knurrte: »Ich hatte Sie angewiesen, in einen Raumanzug zu steigen.«

»Sie haben das Anselm gesagt. Wohin wollen Sie?«

»Ist Arlene okay?«

»Sie hat vor wenigen Augenblicken noch von der Brücke aus Befehle erteilt.«

Ich packte ihn am Handgelenk, damit das Triebwerk auch ihn mitzog. »Und Mikhael?«

»Im ersten Rettungsboot weg, zusammen mit den Kindern. Hat geweint, war aber unverletzt. Ich habe seine Lufttanks selbst kontrolliert.«

»Danke.«

»Er ist wirklich ein verängstigter Junge. Wer immer auf uns geschossen hat, ich werde ihn töten.«

»Dieses Arschloch Simovich unten in Lunapolis.«

»Chefingenieur, wir haben kein Wasser mehr auf Deck 5 und brauchen es SOFORT!« Arlenes Ton war grimmig. *»Das Feuer ist außer Kontrolle. Ich kann es nicht löschen, indem ich die Luft aus Sektionen pumpe, wo noch Passagiere …«*

Derek sagte schlicht: »Ich fordere ihn heraus.« Duelle waren legal, wurden jedoch nicht gern gesehen. Obwohl man Admiral Simovich, solange sein Patent in Kraft war, nicht … Ich verbannte den Gedanken. Jetzt war nicht die Zeit für Vergeltung.

»*Vati!*« P. T. stieß sich von einem Handgriff ab. »Mom ist auf der Brücke. Sie weigert sich, dort wegzugehen. Die *Galactic* bricht auseinander.«

Ich packte ihn, zog ihn an mich. »Ab in einen Raumanzug!«

»Das Problem sind unsere Sauerstoffvorräte und der Hydrazintreibstoff. Der Laderaum brennt, ebenso Barkassenhangar eins. Die Innenschotten sind nicht so stark wie der Rumpf, und so …«

»*ZIEH DIR EINEN RAUMANZUG AN!*« Ich schüttelte ihn wie ein Hündchen.

»… brechen sie zusammen, und das Feuer breitet sich aus. Wir können nicht die Luft abpumpen, bis …«

»Wo ist hier ein Anzugsschrank?« Ich sah mich um.

Derek sagte: »Gleich hinter der Korridorluke. Bin sofort zurück.« Er zog sich mit einer Agilität an den Griffen entlang, die seine Jahre Lügen strafte.

P. T. zupfte an seinem Hemd herum. »Vati, nur das Vakuum kann das Feuer löschen, und gleichzeitig tötet es die Passagiere. Mom setzte die Maschinenbesatzung mit Schläuchen ein, aber …«

Derek kam zurückgeschwommen, einen Anzug über dem Arm.

Erneut schüttelte ich P. T. »Junge, zieh den Raumanzug an!«

»Wenn es auch Mom tut, aber sie hört einfach nicht. Vati, wir verlieren das Schiff! Sie läßt mich nicht auf die Brücke, um ...«

Derek zog eine Braue hoch. Ich nickte. Er setzte die Spitze der Betäubungspistole an Philips Rippen. Philip bog sich nach hinten, verdrehte die Augen und wurde schlaff.

Gemeinsam steckten Derek und ich ihn in den Anzug. Ich prüfte die Verschlüsse mehrfach und achtete darauf, daß die Tanks voll waren. Ich deutete zum Ständer. »Jetzt Sie, alter Freund.«

»Das war der letzte.« Er zuckte die Achseln. »Unten gibt es noch welche. Schaffen wir ihn in ein Rettungsboot.«

»Wie viele sind bislang gestartet?«

»Zwei, soweit ich weiß. Inzwischen wahrscheinlich drei.« Von vieren. Gott sei dank sank die *Galactic* in der Nähe von Earthport und nicht in der ungeheuren Leere des interstellaren Raums. Bodenbewohner fragten manchmal, warum Sternenschiffe nur so wenige Barkassen mitführten, die als Rettungsboote dienen konnten. Die Antwort lag auf der Hand: Das Schiff selbst war unser Rettungsboot. Wenn es zerstört wurde, welche Art von Barmherzigkeit war es dann, wenn man Passagiere und Besatzungsmitglieder in schlecht ausgerüstete Barkassen steckte, Lichtjahre von jeder Rettung entfernt?

Wir packten Philip rechts und links und schleppten ihn die Leiter hinunter, Richtung Barkassenhangar.

»Zahlmeister Doorn, rufen Sie die Brücke an! Das Personal der Zahlmeisterei sofort auf Deck 5, Sektion acht. Fast zweihundert Passagiere ohne Raumanzüge sitzen in Sektion neun fest.« Arlene klang heiser. *»Räumen Sie die Anzugsschränke von Sektion sieben und acht leer und halten Sie sich bereit. Ich schicke den Schiffsprofos, um die Luke nach neun hochzujagen.«*

Zwei Matrosen in Raumanzügen hielten uns auf. »Feuer in Sektion sieben, Sir, direkt hinter dem Hangar!«

»Die Korridorluke?«

»Hält bislang.«

»Das Rettungsboot?«

»Ist gestartet, Sir, aber ich habe gehört, daß ein weiteres andockt.« Earthport schickte mit Sicherheit alles an Booten, was die Station nur hatte, ungeachtet aller Feindseligkeiten.

Derek hielt sich an einem Griff fest und grunzte, während er an einem von Philips Beinen zog. »Es tut mir nicht leid.«

»Was?«

»Daß ich mitgekommen bin. Ich möchte, daß Sie das wissen.«

»Mir tut es leid.« Es klang zu schroff. »Falls Ihnen etwas zustößt, was wird dann aus der Regierung von Hope Nation?«

Er schnaubte. »Sie kommen zurecht. Mein Enkel betet ohnehin schon, daß ich endlich abtrete. Er braucht noch etwas Reife und Erfahrung, aber ... Hier, wir haben ihn.« Er lenkte Philip zur Hangarluftschleuse. »Als wir noch jung waren, haben Sie nicht zugelassen, daß ich mich Ihnen auf der *Challenger* anschloß. In all den Jahren habe ich mich gefragt, was aus uns geworden wäre. Sie haben mir jetzt die Chance gegeben, in meine Jugend zurückzukehren, und ...«

»Ja?«

»Ich bin dankbar. Ziehen Sie ihn durch die Schleuse. Ich ziehe einen Raumanzug an.«

Hier blockierten weniger Passagiere unseren Weg, als mir bei meiner Ankunft begegnet waren. Ich überließ meinem Triebwerk die Arbeit, schlang einen Arm um Philips schlaffe Gestalt und manövrierte uns auf die Schleuse zum Barkassenhangar zu.

»*Schiffsprofos, sind Sie inzwischen auf Deck 5?*« Arlene

war bestimmt außer sich, marschierte auf der Brücke auf und ab und machte sich aus verstreuten Katastrophenmeldungen ein Bild.

Die Schleusenluke war geschlossen. Ich hämmerte auf die Schalttafel. Die Luke glitt auf. Ich zerrte P. T. hinein. Ein weiblicher Fahrgast hangelte sich mit weit aufgerissenen Augen herein und zog eine weitere Gestalt hinter sich her: Einen Mann in mittleren Jahren, der innerhalb seines Helms nach Luft rang. Sein Gesicht war dunkelrot.

Die Luft wurde aus der Schleuse abgepumpt. Ich raunzte: »Er hyperventiliert! Drehen Sie seine Mischung herunter.«

»Radwin, hast du ihn verstanden? Dreh sie herunter!«

Die Außenluke öffnete sich.

Ich sah keine Barkasse im Hangar, dessen Luke weit offen stand. Zig Passagiere in Raumanzügen bewegten sich hier durcheinander.

»O Gott! O Jesus!« Die Frau klang schrill.

Ich knurrte: »Lästern Sie nicht.« Es rutschte mir automatisch heraus.

Aus dem Korridor von Deck 2, den wir gerade verlassen hatten, drang ein hohles Dröhnen herüber. Die Vibrationen breiteten sich durch meine Stiefel aus und erschütterten die Wirbelsäule.

Ich sagte: »Wir haben hier Rettungskapseln ...« Aber auch sie waren von ihrem Gestell verschwunden. »Sie brauchen kein Boot.«

»Sind Sie verrückt? Wir können nicht hierbleiben, das Schiff wird ...«

»Stoßen Sie sich nach draußen ab. Schalten Sie Ihr Notfunkfeuer ein. Die Station wird Sie finden.«

»Sie haben leicht reden, in Ihrem Triebwerksanzug. Falls man uns nicht ...« Ihr schauderte. Sie würden hilflos im All treiben. Es war der Alptraum jedes Raumfahrers.

»Man wird Sie finden. Jedes Schiff im Orbit wird sich an der Suche beteiligen.«

»Ich kann nicht!« Sie zerrte ihren Begleiter zur Luke. »Versuchen wir eine andere Schleuse. Es muß doch ein Boot ...«

»Das ist mein Sohn, und ich schicke ihn hinaus.« Ich schaltete Philips Notfallsender ein und drückte meinen Helm an seinen, ein Geste, die als Umarmung würde durchgehen müssen. »Geh mit Gott.« Ich blickte die anderen an. »Falls Sie zusammenbleiben ...«

»Nein!«

Die Frau flüchtete zur Luke.

»Wie?« Das war ein älterer Mann, der an allen Gliedern zitterte.

»Benutzen Sie Ihre Seile. Halten Sie sich aneinander fest. Hier!« Ich zog eine andere Gestalt heran. »Binden Sie sich aneinander, so. Wenn Sie alle gleichzeitig Ihre Funksignale senden, kann man Sie unmöglich übersehen!« Zuerst nur wenige, dann immer mehr verängstigte Passagiere schlossen sich unserer gedrückten Congakette an. Ich aktivierte das Helmfunkmikro. *»Sofort ein Schiffsoffizier zum Hangar zwei!«* Falls die Leute jemanden hatten, der sie führte ...

Der letzte meiner Passagiere klammerte sich an mich, während ich ihn an die übrigen band. Er blickte wild um sich. *»Bete für uns Sünder in der Stunde unserer ...«*

Ich stellte sicher, daß auch Philip mit dem Seil fest verbunden war. »Treten Sie hinaus; es ist dort genauso wie hier drin. Dieselbe Schwerelosigkeit. Schnell, andere kommen noch nach Ihnen.«

Der Luftaustausch in der Schleuse lief. Eine Gestalt kam herausgestolpert. »Fähnrich Aaron meldet sich ... Jesus, was machen Sie da?«

»Zwei Minuspunkte. Geben Sie acht, was Sie reden. Binden Sie sich am Schluß der Reihe an. Machen Sie schnell.«

»Aye aye, Sir.« Er wischte sich Ruß vom Helm. »Auf dem Korridor brennt es.«

»Zur Luke hinaus! Aaron, senden Sie alle fünf Minuten auf den Notrufkanälen. Sagen Sie, daß Sie ... zählen Sie die Helme, und geben Sie das Ergebnis durch. Man wird Sie abholen. Sorgen Sie dafür, daß Ihre Leute die Nerven behalten.«

»Aye aye, Sir. Was ist mit Ihnen?«

»Ich habe einen Triebwerksanzug. Stoßen Sie sich kräftig ab. Versuchen Sie, die Leute auf Distanz zum Schiff zu bringen.« Keiner hatte einen Triebwerksanzug. Falls eine Stichflamme aus dem Schiff kam ... Der Herrgott mochte es verhüten.

Bitte, Sir. Philip ist unschuldig an meinen Sünden. Überantworte mich der Strafe, falls es meinen Sohn rettet. Bitte bitte!

Bitte! Ich schob Philips schlaffe Gestalt hinter den anderen her.

Mein Kind, mein tapferer Junge trieb bewußtlos in die ewige Nacht hinaus. Ob er frieren würde? Vielleicht brauchte er eine Decke, wie ich sie meinem Sohn Nate mitgegeben hatte, als ich seinen Sarg zur Schleuse hinaus ... Ich schluckte.

»Seafort, hier spricht Cisno Valera. Der Senat hat Sie abgesetzt. Nennen Sie mir nur einen guten Grund, warum ich die Rotunde nicht besetzen sollte.«

Ich schaltete das Mikro ein. »Hängen Sie sich selbst auf, Valera. Ersparen Sie uns die Mühe.«

Ich drehte mich zur Korridorschleuse um. Die Luke stand offen. Ich beugte mich vor, tippte kurz das Triebwerk an und segelte in die Schleuse. Ich drückte auf die Schalttafel. Der Schleusenzyklus lief durch. Die Innenluke zum Korridor gab nicht nach. Fluchend griff ich nach der Handsteuerung unter ihrer Notfalltafel. Ich achtete darauf, daß die Schleusenluke hinter mir richtig verschlossen war und drehte die Innenluke manuell auf.

Die Deckenplatten im Korridor waren schwarz versengt. Ein dünner Nebel lag in der Luft. Sprinkler arbeiten in Schwerelosigkeit nicht wie geplant.

»Jemand hier?« Gott sei Dank keine Leichen. Ich flog auf die Luke gegenüber zu, die geschlossen war.

Im Anzugsraum bewegte sich jemand. Ich bremste ab, flog ein Stück zurück.

Mitten zwischen den leeren Ständern saß Derek auf einer Bank, steckte halb in einem Raumanzug, sah verärgert drein. Seine Lippen waren blutverklebt.

Ich zog mich nach unten und hakte ein Bein um die Bank. »Was ...«

»Ich denke, meine Rippen sind angebrochen.« Sein Ton war noch recht gleichmäßig. »Die Druckwelle hat mich ans Schott geschleudert. Ich habe mich gebückt ...« Er wollte die Achseln zucken und schnitt eine Grimasse.

Ich versiegelte die letzten Verschlüsse seines Raumanzugs. »Wo ist Ihr Helm?«

Derek deutete auf ein zertrümmertes Visier. »Jemand hat ihn sich ausgeliehen. Hat seinen hiergelassen.«

»Der Mistkerl.«

»Ich war nicht in der Verfassung, um Einwände zu erheben«, sagte er trocken.

Ich sah mich um; die Ständer waren leer. »Wir finden weitere Anzüge in der nächsten Sektion. Oder in einer Passagierkabine; jemand hat bestimmt einen zurückgelassen. Kommen Sie.«

»Ich warte hier.«

»Nein.« Sanft legte ich die Arme um ihn. »Ich ziehe Ihre Gesellschaft vor.« Ein Flammenstoß hatte den Korridor geschwärzt, ehe die Luke zugeknallt war. Der Allmächtige wußte, was hinter der Sektionsluke auf uns wartete. Das Vakuum oder vielleicht die Feuer der Hölle.

Ich schaltete das Anzugtriebwerk ein und hob Derek von der Bank. Sogar in der Schwerelosigkeit zuckte er unter der Belastung zusammen.

Die erste Kabine, die wir erreichten, war verschlossen. Ebenso die zweite. Verzweifelt zog ich den Laser und pustete das Schloß weg. Im Innern ein Durcheinander von Habseligkeiten, aber kein Raumanzug.

Ich probierte es mit einer dritten, dichter an Sektion sieben. »Da muß doch einfach ...« Ich wich auf den Flur zurück.

Von der Korridorluke drang ein Prasseln herüber.

O mein Gott!

Ich duckte mich wieder in die Kabine.

Arlenes angespannte Stimme kam aus den Lautsprechern: *»Deck 2, Sektion sieben – die Luke gibt nach! Achtung, Passagiere, die Sektion brennt!«*

Eine Flammenwalze rollte an der offenen Kabinenluke vorbei.

Ein Hitzeschwall knallte herein. Ich drückte auf die Lukenschalttafel, obwohl ich wußte, daß es sinnlos war; ich hatte das Schloß mit dem Laser zerstört. Derek hielt matt meinen Hals umschlungen.

»Halten Sie sich fest, es ist ...« Abrupt zogen sich die Flammen zurück. »Da, sehen Sie?«

»Das war knapp.« Dereks Gesicht war grau vor Schmerzen.

Vom hinteren Ende des Korridors drang ein Knall herüber.

Ich wurde bleich.

Luft rauschte.

»NEIN!«

Vielleicht war es die defekte Luke zum Barkassenhangar. Vielleicht war es die Luke nach Sektion fünf.

Ein Zyklon brach in der Kabine aus.

Dereks Arm spannte sich um meinen Hals.

Unsere Blicke begegneten sich. In meinen Augen Entsetzen. In seinen Resignation.

Sektion sechs verlor den Luftdruck.

Derek wandte den Blick nicht von meinen Augen. Mit

blutigen Lippen bildete er die Worte: »Kein Bedauern.« Ich startete Richtung Luke nach Sektion fünf.

Sie war verschlossen. Ich hieb auf die Schalttafel. Mein Rückgrat verzerrte sich vor Agonie. Ich schlug erneut zu.

Nichts.

Derek wurde starr und strampelte. Er tastete nach meiner Schulter. Mit zusammengebissenen Zähnen zwang ich mich, dem Unerträglichen zuzusehen.

Der Freund in meinen Armen wurde reglos. Aber nicht, ehe ich den Anblick erlebt hatte, den kein Mensch je hätte haben dürfen.

Herrgott, ich hasse Dich.

Aus den Tiefen meiner verrenkten Seele hasse ich Dich.

22. Kapitel

Müde machte ich mich auf den Rückweg zur Luftschleuse des Barkassenhangars.

Es war die Hangarluke. Die Flammen hatten den beschädigten Verschluß überstrapaziert. Ich setzte meine kostbare Last ab und wuchtete die nutzlose Luke aus dem Weg.

Der Hangar war leer, verlassen. Notbeleuchtung pulsierte in der Düsternis.

Der Atem rasselte in meinem Helm, als ich mich vorbeugte und zur offenstehenden Außenluke startete.

Von außen wirkte das Schiff massiv und unzerstörbar, bis man es sich genauer ansah. Aus einem großen Riß im Laderaum quoll nach wie vor Feuer.

Ein Großteil der Decks 2 bis 4 stand in Flammen, abgesehen von den Sektionen, die inzwischen dem Vakuum ausgesetzt waren.

Ich kontrollierte meine Tanks. Eine halbe Stunde. Es würde reichen.

Die Luke zum Barkassenhangar auf Deck 1 war geschlossen. Mit einem weiteren Stoß Treibstoff flog ich zur Wartungsluke hinüber, drückte auf die Steuerungstaste. Ich durchlief den Schleusenzyklus.

Das Chaos empfing mich.

»Zahlmeister Doorn, melden Sie sich! Verdammt, hat Doorn das Schiff verlassen? Hat ihn irgend jemand gesehen?« Arlene holte Luft. *»Hören Sie folgendes: Alle Matrosen, die sich noch auf den Decks 3 oder 4 befinden, melden sich bei der Anzugsgruppe auf Deck 5. Das Feuer rückt auf Sektion neun vor; wir müssen die verbliebenen Passagiere in Druckanzüge bekommen und aus dem ...«*

Wenigstens hundert Gestalten klammerten sich an die schon rappelvolle Barkasse. Einige der Leute trugen Raumanzüge, andere nicht.

Die Hälfte von ihnen waren Besatzungsmitglieder.

Ich stellte mein Helmmikro auf die Bordsprechfrequenz des Schiffs ein. »Nur Passagiere in die Barkasse!« Ich zog meine Betäubungspistole und nach einem Augenblick des Nachdenkens den Laser. »Alle Besatzungsmitglieder weg da!«

Keine Menschenseele reagierte. Falls überhaupt, kämpften sie noch verzweifelter um Zutritt.

Ein Pilot war nicht in der Barkasse.

»Sie da! Name und Rang!«

»Fick dich selbst, du beschissener ...«

Ich holte mit der Betäubungspistole aus und erwischte ihn am Rumpf. Er klappte zusammen. Jemand packte meinen Arm; ich drehte den Lauf und schoß den Angreifer bewußtlos. »Schafft die beiden weg! Sie da, Name und Rang!«

Er war kaum mehr als ein Kind. »Armando Flores, Sir! Vollmatrose.« Er sah mich aus großen Augen an.

»Weg von der Barkasse. Helfen Sie mir!«

Einen Augenblick noch hielt er sich an seinem Pfosten fest. Dann stieß er sich widerwillig davon ab.

Ich bemerkte jemanden hinter mir. Ich wirbelte herum, bedrohte ihn mit der Betäubungspistole. Sie. Eine Frau ohne Raumanzug, die den Mund in Panik auf und zu klappte.

»Verschwinden Sie, Mädchen.«

Sie holte zu einem heftigen Tritt aus, vergaß aber, daß sie sich in Schwerelosigkeit bewegte. Um sich rudernd trieb sie hilflos vom Deck hoch.

»Alle Matrosen weg von der Barkasse!« Ich schwenkte den Laser. »Ich zähle bis drei. Eins ... zwei ...«

Ein halbes Dutzend Matrosen entfernte sich Richtung Luke. Doppelt so viele klammerten sich weiter an Sitzen fest, an Stützen, am Rumpf. Ich mußte es also tun.

Ich knirschte mit den Zähnen und schoß.

Ein Flammenstoß prasselte und schlug Funken. Eine Gestalt fuhr ruckhaft von einem Sitz hoch und schwebte zuckend in der Luft.

Schreie. Flüche.

Alle Matrosen in der Barkasse stießen sich Richtung Luke ab. Einen Augenblick später waren nur noch Passagiere an Bord.

Zehn in Raumanzügen, dreißig ohne. Und ich hatte noch siebzehn Besatzungsmitglieder ohne Raumanzüge gezählt. »Sie da in den Anzügen! Ziehen Sie sie aus. In der Barkasse sind Sie sicher.«

Niemand rührte sich.

»Ich zähle bis drei. Eins ... zwei ...«

»Warten Sie!« Eine Frau riß an ihren Verschlüssen. »Sie Mistkerl!«

»Machen Sie schnell!«

Minuten später zogen sich zehn Matrosen außerhalb der Barkasse eifrig die Raumanzüge über. Ich gab den Passagieren ohne Anzug einen Wink. »Drängen Sie sich in die Barkasse. Es ist nur für ein paar Minuten; der Luftvorrat reicht dafür. Jetzt zu euch Matrosen ohne Anzug.«

Die Barkasse war weit über ihr nominelles Fassungsvermögen hinaus besetzt.

»Jemand von Ihnen mit Pilotenschein?«

Eine Hand fuhr hoch, sank aber wieder. Armando Flores. Zögernd sagte er: »Leutnant Garrow nimmt mir nächste Woche die Prüfung ab, Sir.«

Das würde reichen. »Steigen Sie ein; Sie fahren. Steuern Sie die Barkasse sachte hinaus, verstanden? Gehen Sie auf Distanz zum Schiff. Die Station wird Sie anleiten.« Ich schloß die Luke mit einem Hieb auf den Schalter.

»Chief McAndrews auf die Brücke; das Feuer hat uns fast erreicht. Wir ziehen uns in die Notluftschleuse des Maschinenraums zurück. Die Energie fällt vielleicht ...«

»Was ist mit uns?« Ein Matrose im Raumanzug.

»Binden Sie sich aneinander. Stoßen Sie sich Richtung Station ab. Setzen Sie die Notfunksignale ein.«

»Deck 5, Sektionen drei und vier evakuieren! Fähnrich Pyle, melden Sie sich über Rufer!« Arlene klang abgespannt.

»Was, wenn sie nicht funktionieren? Was wenn ...«

»Wenn es Ihnen lieber ist, bleiben Sie hier und sterben.« Ich stieß mich mit dem Fuß zur Korridorluftschleuse ab.

Der Korridor auf Deck 1 war verlassen. Die Notbeleuchtung verbreitete ein graues Licht in kalter, fahler Stille. Keine Spur eines Brandes.

»Leutnant Mains, haben wir in Hangar drei nun ein Scheißrettungsboot oder nicht? Diese verdammten Sensoren ...«

Meine Helmanzeige leuchtete gelb; bald ging mir der Treibstoff aus. Am besten sparte ich, was ich hatte. Ich zog die Krücken hervor und stieß mich von Schott zu Deck zu Schott ab.

Als ich mich der Sektionsluke näherte, ging sie auf. Ich konnte mein Glück kaum fassen und flog hindurch. Sie knallte hinter mir zu.

Ich hatte Sektion vier erreicht, wo sich auch die Brücke befand.

Ich beförderte mich um die Korridorbiegung. Voraus versetzte ein dumpfer Schlag die Schotten in Schwingung. Noch einer. Die Beleuchtung flackerte rhythmisch.

»*Station, wir brauchen jede Barkasse, die Sie nur auftreiben können, im Hangar auf Deck 5. Achtung Rettungsfahrzeuge: Wir haben zweihundert Passagiere und keine ...*«

Ich schwamm weiter.

Eine Luke glitt auf. Dahinter klammerte sich Arlene in ihrem sperrigen Raumanzug unbeholfen an eine Konsole. »*McAndrews, sind Sie dort? Lassen Sie die Energieversorgung nicht im Stich!*« Sie schaltete den Rufer ein. »*Hangar drei!*« Sie drückte eine Taste auf der Konsole. »*Jemand im Funkraum soll der Brücke antworten!*«

Die Luke knallte zu.

Ich glotzte. Die Brücke war eine Festung; nichts außer einem Sprengkommando konnte sie knacken.

Abrupt ging die Luke auf.

»Arlene!« Der Helmfunk strahlte unsere Worte ins ganze Schiff aus; es war mir egal.

»Achte auf die Luke, Nicky, der verdammte Comp hat eine Macke. Muß an der Hitze liegen. Sektion vier unter uns brennt.«

»Verschwinde! Geh von Bord!«

»Passagiere sitzen auf Deck 5 in der Falle!«

Die Luke knallte zu und öffnete sich sofort wieder.

»Du kannst ihnen nicht helfen!«

Eine schlanke Gestalt hangelte sich an den Griffen entlang. Kadett Anselm. »Sir, was soll ich jetzt tun? Die ...«

Die Luke schloß sich.

Ich fragte ihn: »Sind noch Rettungskapseln übrig?«

»Das denke ich nicht.«

Die Luke glitt auf. Arlene sagte rasch: »Falls McAndrews uns Energie liefern kann, dann haben wir noch den Fahrstuhl und die Korridorluken. Der gottverdammte Zahlmeister hat sich von Bord verdrückt; Fähnriche und Matrosen helfen den Leuten in die Raumanzüge. Wir haben hundertfünfzig Anzüge aufgetrieben, aber es sind noch ...«

»Schatz, wir haben keine Zeit mehr!«

»Ich kann die Leute retten, Nicky. Nur noch fünf Minuten.« Sie schlug mit der Faust auf die Konsole. »Gottverdammte Anzeigen!« Sie aktivierte den Rufer. »Burris, suchen Sie mehr Anzüge für Deck 5, Sektion acht zusammen! Pyle, wie viele? ... Sechzehn, Burris!«

Alarmlampen leuchteten auf. Zweifellos heulten auch die Sirenen, aber im Vakuum konnten wir das nicht hören.

Arlene drückte mit den dicken Handschuhfingern Tasten auf der Konsole. Die Warnlampen gingen aus. Sekunden später sprangen sie erneut an. Die Luke knallte ins Schloß.

Das Deck schlingerte unter meinen Füßen.

Die Luke öffnete sich. »Arlene, jetzt sofort!«

»Verdammt. Okay.« Sie schaltete den Rufer ein. »Alle Boote raus! Fähnriche, geben Sie Ihre Suche auf und ...«

Die Beleuchtung wurde schwächer. Gesteuert von dem verrückten Comp, öffnete und schloß sich die mit Alulegierung verstärkte Luke jetzt mit atemberaubender Schnelligkeit.

»Wie zum Teufel komme ich hinaus?« Sollte die Luke sie erwischen, würde sie sie zu Brei zerquetschen.

»Blockiere sie! Mit einem Konsolenstuhl!«

Oder mit deiner Krücke, du Idiot.

Ich machte einen Satz über den Korridor.

Die Luke schloß sich, schlug jetzt nicht mehr wie verrückt auf und zu.

WUMMP!

Das Deck bog sich durch. Ich schoß in die Luft hoch. Ins Vakuum.

Anselm zog mich herunter.

Die Luke ging knallend auf.

Arlenes Raumanzug schwelte. Decksplatten prallten vom Wandschott ab. Ein rotierendes Plattenfragment riß einen ausgezackten Schlitz in Arlenes Anzug. Die Konsole ging in Flammen auf, die sofort wieder erloschen. Feuerzungen leckten gierig durch das aufgeplatzte Deck.

Ein letzter Luftstoß aus Arlenes Raumanzug.

Die Luke fuhr knallend zu, dann wieder auf.

Arlene riß sich den nutzlosen Helm herunter und warf mir einen Blick voller Sehnsucht und Bedauern zu, so heftig, daß mein Herz zu Asche wurde.

Die Luke knallte ins Schloß.

Ich stürzte zur Brücke hinüber.

Jemand zog mich zurück.

»Faß mich nicht an! Ich bin der Kapitän!«

»Nein, Sir, sie ist es.«

Eine Detonation erfolgte, die mich fast umriß. Das Wandschott wölbte sich vor. Die Luke platzte aus ihrer Fassung. Die Brücke war ein Fluß aus weißem Feuer.

»Verlassen Sie das Schiff, Sir! SOFORT!« Jemand zupfte an meinem Raumanzug. *»SOFORT!«*

Ich riß mich los. »Arlene!«

»Nein! Das können Sie nicht!« Irgendwie gelang es Anselm, mir den Weg zu versperren.

Ich riß meinen Laser hervor, zielte damit auf seinen Kopf. *»AUS DEM WEG!«*

Der Junge prallte zurück. Ich schob mich an ihm vorbei, tauchte in den Vulkan ein, der einmal die Brücke gewesen war.

Von hinten schlang jemand Arme um mich, schlug mir den Laser aus der Hand.

Kämpfend, weinend, schreiend wurde ich rückwärts durch den verwüsteten Korridor gezogen.

In meinem Helm verfolgte ich eine Kakophonie des Entsetzens.

»Verlassen den Maschinenraum der *Galactic!* Schicken Sie bitte Hilfe! Wir sind zu fünft und halten uns an einer Kapsel fest ...«

»Helft mir! Helft mir! Hilf mir doch jemand ...«

»... der Schleuse auf Deck 5, und sie öffnet sich nicht! Hört mich jemand? Ich sitze in ...«

»... in Brand, und wir brennen auch. Jesus, wir brennen, und die Hitze tut so ...«

Deck 2. Ich konnte mich nicht an den Weg dorthin erinnern.

Die Leiter nach drei.

»Warte! Ich muß Derek holen!«

Keine Reaktion, nur das unerbittliche Zerren an meinem Raumanzug. Dumpf rang ich darum, mich zu befreien, aber die Beine machten nicht mit.

»Noch Luft für zwei Minuten. Läuft mein Funkfeuer? Ich sehe die Station vor mir. Die Anzeige blinkt rot. Wieso antwortet nie ...«

»... Maschinenmaat Vinson im Gig. Wie steuert man dieses Ding? Wo zum Teufel sind wir eigentlich?«

*»Der Herr ist mein Hirte, nichts wird mir fehlen. Er läßt mich lagern auf ...«**

Eine Luftschleuse. Die Luke reagierte einfach nicht.

Ein Korridor trieb vorüber. Mein Atem rasselte im beschlagenen Helm.

»Die Barkasse der Anakonda *hat die Station erreicht; die Passagiere steigen aus. Wir kommen zurück, so schnell wir ...«*

Die Lichter der *Galactic* flackerten.

Eine Korridorluke hing prekär an gerade noch einer Halterung. Der Kadett zerrte mich hindurch. »Gleich da, Sir.«

* Psalmen, 23; 1, 2

»Jesus, ich bin verloren! Ich drehe mich ständig; alles wirkt verschwommen ...«

»Laß mich los! Ich mache dich fertig! Ich kassiere dich! Ich ...«

»Mama!«

»Sind gleich da.« Er schlug einen beschwichtigenden Ton an. Ein klaffendes Loch im Schiffsrumpf. Anselm verschwand.

Endlich war ich wieder frei und versuchte verzweifelt, mich zu orientieren. Wo ging es zur Brücke?

*»Muß ich auch wandern in finsterer Schlucht ...«**

Wo waren meine Krücken?

»Keine Luft mehr, und ich ...«

Der gnadenlose Kadett stieß sich von einer Passagierkabine ab; er hatte eine Decke geholt.

Er deckte damit den schartigen Riß im Schiffsrumpf ab. »Vorsicht, Sir. Kommen Sie nicht an die scharfe Kante.«

Derek, alter Freund. Arlene, meine Liebste. Ich lasse euch nicht im Stich. Ich verspreche es. Ich schwö ...

»Jetzt, Sir!« Er schob mich zum Loch. In die Nacht hinaus. Ich ruderte in unerwarteter Angst mit den Armen, aber er hielt mich am Handgelenk fest. Einen Augenblick später folgte er mir durch den Riß.

*»... denn du bist bei mir; dein Stock und dein Stab ...«***

»*Galactic,* hier Verkehrsleitstelle Earthport. Geben Sie noch einmal durch, wie es bei Ihnen aussieht. Wir schicken jedes verfügbare ...«

»Sir.«

Wir trieben von dem untergehenden Schiff weg.

»Sir!«

Meine Stimme kam aus weiter Ferne. »Was ist, Anselm?«

* Psalmen, 23; 6

** Psalmen, 23; 4

»Schalten Sie Ihr Funkfeuer ein. Haben Sie noch Treibstoff?«

»Ein wenig.«

»Ich weiß, daß Sie unter Schock stehen. Können Sie Ihr Triebwerk ausrichten?«

*»Lauter Güte und Huld werden mir folgen mein Leben lang, und im Haus des Herrn ...«**

»Ja.« Meine Stimme klang müde.

»... *darf ich wohnen ...*« Ganz leise. »... *für lange Zeit.*«**

Meine Tankanzeige blinkte warnend. Ich seufzte bedauernd. Zehn Minuten noch: Genug, um Earthport zu erreichen. Selbst das Vergessen blieb mir verwehrt.

Ich drückte den Jungen an meine Brust. Er schlang die Glieder um mich, klammerte sich fest, den Helm in meiner Schulterbeuge. Ich nahm die ferne Station ins Visier und schaltete das Tornistertriebwerk ein.

Schweigend, jeder in seinem eigenen Leid versunken, verfolgten wir mit, wie das untergehende Schiff kleiner wurde. Gelegentlich zitterte es unter einer Explosion im Innern: Licht flackerte auf und verblaßte langsam wieder.

Die *Galactic* war ein so großes Projekt gewesen, ein so stolzes Schiff. So viele Hoffnungen waren auf ihr gefahren. So viele Menschenleben.

Abrupt flackerten ihre Lichter auf und erloschen.

Gemeinsam, wie ein Mann, flogen Anselm und ich zur Station hinüber.

Eine gewaltige Explosion achtern der Scheiben. Flammenzungen leckten in die Nacht hinaus. Der Rumpf der *Galactic* zerknitterte. Das Achterdrittel des großen Schiffes brach ab und stieß dabei eine Fontäne aus Treibstoff aus. In Spiralen trudelte das Bruchstück zum blauen Meer der Erde hinunter.

* Psalmen, 23; 4

** Psalmen, 23; 6

Geistesabwesend streichelte ich dem Jungen die Schulter. »Alles in Ordnung, Junge.« Einer von uns weinte. Ich wußte nicht genau, wer.

Widerstrebend und müde richtete ich den Blick auf Station Earthport.

Epilog

»Eine Ehre, Sie kennenzulernen, Sir.«

Ich nahm es als Kompliment an. »Sie reisen also nach Constantine. Welches ist Ihr Fachgebiet?«

»Getreide-Gentechnik. Jetzt, wo die Erde ihre landwirtschaftlichen Einfuhren verdoppelt hat ...« Sie lächelte kurz ihren Mann an. »Fallon ist KI-Psychologe. Er überwacht die Comps auf Psychosen.« Sie bewegte sich unbehaglich. »Na ja, ich möchte Ihnen nicht die Zeit rauben.«

»War mir ein Vergnügen, Sie kennenzulernen.« Es stimmte beinahe. Ich packte meine Krücken und rappelte mich auf.

In Lunapolis hatte mich Dr. Ghenili vorwurfsvoll gemustert. »Ernste Verletzungen. Ich habe mich ja bemüht, Sie zu warnen.«

»Wie lautet Ihre Prognose?« Ich hatte zwei langwierige Operationen hinter mir, um das Trauma zu beheben, das ich verursacht hatte. Dann ein Monat flach auf dem Rücken, in einem starren Ganzkörperverband. Eine Zimmerdecke, mit der ich nur allzu vertraut geworden war.

»Sie haben unglaubliches Glück. Sie werden wieder gehen können, so einigermaßen.«

»Mit Krücken?«

»Zunächst. Später vielleicht, nach ausreichender Behandlung ...« Er ließ die Hoffnung unausgesprochen. »Aber das Problem der Schwerkraft ...«

»Die Gravitronenkammer tut verflucht weh.«

»Und das waren nur zehn Minuten. Sie werden nie wieder die volle Erdschwerkraft ertragen. Oh, vielleicht, solange Sie auf dem Rücken liegen, vollgepumpt mit einem Schmerzmittel, aber ...«

»Ich verstehe.«

»Im Notfall ist es möglich. Aber sollten Sie einmal auf einem Planeten landen, müßten Sie auch dort bleiben und endlos

Schmerzen ertragen. Ihre Ganglien würden einen weiteren Start nicht überstehen.«

Ich wäre für immer am Boden gestrandet. »Wieviel Gravitation verkrafte ich?«

»Wenn die Entzündung nachgelassen hat, dann schätze ich ein halbes terranisches g. Vielleicht ein bißchen mehr. Lassen Sie sich vom Schmerz leiten.«

»Es tut sogar jetzt weh. Wird das je aufhören?« Nicht, daß ich eine Erleichterung verdient gehabt hätte.

»Die Wahrheit? Ich weiß nicht recht. Ich denke, die Schmerzen lassen irgendwann beträchtlich nach. Falls sie nicht erträglich sind, steigern wir die Schmerzmitteldosis. Es besteht eine gute Chance, daß sich mit der Zeit . . .«

Brachte dieser Mann je einen Satz zu Ende?

»Es tut mir leid, Mr. Seafort. Sie haben sich das selbst zuzuschreiben.«

»Aye, das habe ich.« Durch mein Herumhampeln auf der Galactic. *Durch die vorsätzliche Mißachtung Seines Willens.*

»Ari Ben Yussef.«

»Du bist Israeli?«

»Palästinenser.« Sein Ton war voller Verachtung.

»Du bist siebzehn. Wo sind deine Eltern?«

»Mein Vater ist beim Gebet.«

»Hast du eine Schulausbildung?«

»Ein wenig. Sie ist nicht vorgeschrieben.«

»Das weiß ich. Eine angenehme Reise.«

Mit einem verächtlichen Wurf des Kopfes stolzierte der Junge davon. Neunzehn Monate bis Constantine. Vielleicht lernte er bis dahin Manieren – oder bekam sie beigebracht.

Ein Untersuchungsausschuß der Admiralität war zusammengetreten, um die Schuld am Verlust der Galactic *mit elfhundert Passagieren und Besatzungsmitgliedern festzustellen. Anselm hatte mich in den letzten Augenblicken daran erinnert, daß Arlene, nicht ich, der amtierende Kapitän gewesen war, als das Schiff sank.*

Vielleicht lag es daran, daß die Admiralität jetzt nur noch aus den Mitgliedern bestand, die auf meinen Ruf hin nach Farside geflogen waren. Oder vielleicht gab es schon genug Schuldige, auch ohne den Namen meiner Frau zu besudeln. Arlene war nur Befehlen nachgekommen, als sie das Schiff nach Earthport zurückbrachte. Sie hatte keine Geschütze abgefeuert, nicht einmal, als sie selbst unter Feuer genommen wurde. Admiral Hoi wurde für das Ereignis verantwortlich gemacht, ganz besonders aber Admiral Simovich.

Elf Tage lang hielt Boris Simovich in den innersten Tiefen seines Stützpunkts aus, während U.N.A.F.-Truppen und Kadetten der Raumflotte geduldig draußen warteten. Erst, als ihm die Lebensmittel ausgingen, tauchte er auf, eingesunken und voller Angst, um sich festnehmen zu lassen.

Sein Prozeß dauerte drei Tage. Politische Argumente wurden weder zugelassen noch vorgebracht. Es geschah nicht auf mein Geheiß, daß man ihn dazu verurteilte, in Lunapolis gehängt zu werden – dort, wo man ihn verhaftet und ihm den Prozeß gemacht hatte. Das Hängen bei einem Sechstel der Erdschwerkraft ist eine langwierige Angelegenheit. Man erzählte mir, er hätte viele Minuten lang gestrampelt und gezappelt. Als Gefangener in Dr. Ghenilis Klinik nahm ich nicht daran teil. General Donner allerdings, frisch ernannter Heeresminister, tat es.

Ich wandte mich an den aufmerksamen Fähnrich. »Warum haben Sie sich um die *Olympia* beworben, Mr. Speke?«

»Aus dem gleichen Grund wie bei der *Galactic.*« Vielleicht war ihm aufgefallen, wie kurz angebunden das klang; plötzlich wurde sein Ton umgänglicher. »Es sind Schwesterschiffe, Sir; es ist dieselbe Fahrt.«

»Aber Käpten Stanger hat Sie persönlich ausgesucht. Ohne ihn ...«

»Es wird anders sein, ja, Sir.« Er wurde rot. »Ich weiß, daß Sie wenig von mir gehalten haben. Damals, als wir uns zuerst begegneten ...«

Ich nickte. Seine Ungeduld hatte sogar Alexi geärgert.

»Und meine Redeweise kann, ah, extravagant ausfallen.«

Als Jared ihm mit einem Trick die Waffe entwendet hatte, war seine Reaktion ein Sturzbach übler Ausdrücke gewesen.

»Falls Sie Kadett wären ...«

»Ja, Sir. Mr. Stanger hatte mich schon gewarnt, was mein Naturell angeht. Einmal ...« Er errötete heftig. »... schickte er mich aufs Faß.«

»Andererseits«, sagte ich, »haben Sie sich bewundernswert geschlagen, als wir uns die *Galactic* zurückholten. Na ja, zweifellos wird Sie der erste Fähnrich im Auge behalten.« Speke war auf dieser Fahrt nicht der dienstälteste. Die Fähnriche waren mit großem Bedacht ausgewählt worden.

Im Krankenhausbett leistete ich Überstunden und unterzeichnete Verordnungen, um unsere Umweltpolitik in Kraft zu setzen, ehe wir das Kriegsrecht wieder aufhoben.

Ab einem Zeitpunkt in drei Jahren – ausreichend Zeit, um mit den Kolonien entsprechende Verträge zu schließen – würde die Erde praktisch jede Ausbeutung ihrer Meere einstellen. Wir hofften, daß ein fünfjähriges Fischfang-Moratorium es den unzähligen Meeresbewohnern erlaubte, sich wieder zu vermehren. Praktisch sämtliche Ressourcen der Raumflotte wurden dafür abgestellt, Ersatzprotein ins Heimatsystem zu trans-

portieren. Vieles davon beruhte auf Sojabasis, obwohl auf Pampas und Rolleo Rindfleisch ein wichtiges Exportgut war.

Der plötzliche Anstieg der Nachfrage war eine schwere wirtschaftliche Belastung; wir würden ein viel ärmeres System sein, sobald wir fertig waren. Vielleicht bedeutete das eine permanente Machtverschiebung zu den Kolonien. Ich bezweifelte es jedoch. Die Ressourcen der Erde waren einfach zu phantastisch, ihre Unverwüstlichkeit legendär.

Gleichzeitig planten wir, die wahllose Abfallentsorgung in den Meeren ein für allemal zu beenden. Zahlreiche neue Kläranlagen waren geplant. Ihr Bau erhielt höchste Priorität, wie auch der von Luftfiltern für ausnahmslos alle Fabriken auf dem Planeten.

Ein kolossales Projekt? Natürlich. Teuer? Das war kaum das richtige Wort. Es kam darauf an, die Verträge auf so viele Industrien und so viele mächtige Konzerne zu verteilen, daß sich letztlich alle Betroffenen lebhaft gegen jede Abschwächung unseres Vorhabens aussprachen. Branstead und Robbie Boland hatten mich gut eingeführt.

Jerence Branstead überstand seine Inhaftierung erschüttert, aber unverletzt. Die aufsässigen Armee-Einheiten, in deren Gewalt er geraten war, hatten ihn zweimal mit summarischer Exekution bedroht.

Cisno Valera war spurlos verschwunden. Zuletzt hatte man ihn in den Außenbereichen des UN-Geländes gesehen, wo er seit meiner Sendung bei seinen Truppen kampiert hatte. Manche Leute glaubten, daß er in den Untergrund gegangen war, sobald ihm die Truppen abspenstig wurden, um neue Aufstände anzuzetteln. Andere dachten, daß ihn irgendein Anhänger der Regierung erschossen hatte.

Es kam kaum darauf an; er war aufgrund seiner Wankelmütigkeit zu einer Witzfigur geworden, ein Gegenstand des Spottes. Die Straßen rings um das UN-Gelände hatten einmal den Easters und den Fdears gehört, zwei der mächtigeren Transpopstämme. Vielleicht hatte er sich zu weit von seinem Lager entfernt und war einer harten Justiz zum Opfer gefallen. In manchen Vierteln galt ich noch immer als der Trannie-GenSek.

Noch während die Überreste der Galactic *langsam durch die Ausläufer der Erdatmosphäre rotierten, legte man letzte Hand an die* Olympia, *ihr vielgepriesenes Schwesterschiff. Deren Laderäume hatte man noch eilig umgebaut, um die Hydrazinvorräte und die Sauerstoffflaschen weiter zu trennen und die Tanks zu verstärken.*

Eine furchtbare Verschwendung von Ressourcen, die Olympia, *aber der Bau war schon so weit fortgeschritten, daß es viel billiger kam, sie fertigzustellen, als sie aufzugeben. In ihrem skandalösen, noch die* Galactic *übertreffenden Prunk nahm sie dreitausendvierhundert Passagiere auf und eine Besatzung von fast neunhundert. Mehr eine Stadt als ein Schiff.*

Die siebenhundert überlebenden Passagiere der Galactic *und ein Großteil ihrer Besatzung wurden auf das funkelnde neue Schiff transferiert.*

Es war zu spät, um die getrennten Speisesäle zusammenzulegen und die geräumigeren Kabinen abzuschaffen, aber aufgrund meiner Intervention wurde der untere Speisesaal rasch verbessert und in der Ausstattung dem oberen angeglichen. Und die Kabinen wurden nicht nach sozialer Stellung, sondern nach Anzahl der Personen verteilt. Wem das nicht gefiel, der konnte ja ein paar Jahre auf ein anderes Schiff warten.

Als ich wieder aus Ghenilis Klinik zum Vorschein kam und mir Mühe gab, mit den Krücken gleichmäßig zu gehen, war die Beladung der Olympia *schon voll im Gang.*

Nicht viele Passagiere lehnten es ab, an Bord zu gehen. Zum Teil lag das daran, daß man den tragischen Verlust der *Galactic* keinem Konstruktionsfehler zuschrieb. Alle Flottenschiffe verfügten über Laserabwehrschirme, aber keiner davon war geeignet, den gewaltigen Laserkanonen von Earthport oder Lunapolis standzuhalten, diesen vernichtenden Geschützen, die während des Transpop-Aufstands die Straßen des Unteren New York verwüstet hatten.

Diese Geschütze, einst dazu gebaut, Asteroiden aufzubrechen, wie die Fische sie vor langer Zeit auf die Erde geschleudert hatten, dienten heute keinem legitimen Zweck mehr. Ich nutzte meine militärische und moralische Autorität, um sie völlig demontieren zu lassen. Marodierende Fische waren eine geringere Gefahr als irgendein General oder Admiral, der einer übergroßen Versuchung erlag. Die Erde durfte nie wieder als Geisel genommen werden.

Irgendein Mysterium bewirkt, daß öffentliche Stimmungen um sich greifen. Im Fall der Rebellion bestand sie in dem Wunsch, alles so schnell und so leise hinter sich zu bringen wie möglich. Widerwillig schloß ich mich dem an. Die Terroristen, auch alle der Öko-Aktionsliga, wurden gehängt. Ebenso fünf frühere Mitglieder der Admiralität. In den meisten anderen Fällen gestattete ich Milde.

Ich blieb jedoch entschlossen, weder zu lügen noch der Wahrheit auszuweichen, besonders was meine eigene Verantwortung anging. Auf die wiederholte Bitte meines Stabschefs hin verweigerte ich den Medien Interviews. Jerence Branstead wußte, daß ich nicht so leichtfertig über das Versagen der Politiker sprechen würde, wie es die öffentliche Meinung wünschte.

Trotzdem zeigten die Geschichten, die durchsickerten, eine Tendenz, meine Rolle zu glorifizieren. Man ignorierte die

Dummheit, mit der ich das Staatsoberhaupt von Hope Nation sinnlos geopfert hatte. Ebenso meinen gefühllosen Einsatz der Kadetten, bloßer Kinder, die die Hauptlast unseres Kampfes getragen hatten. Die Tatsache, daß viele von ihnen als Helden aus der Sache hervorgingen, konnte nichts entschuldigen; ihnen gegenüber standen die, die vor ihrer Zeit gestorben waren.

Die Medien wußten nichts davon, wie brutal ich Danil Bevins Flehen um sein Leben mißachtet hatte, als ich mich Stanger hätte ergeben und ihn vielleicht überreden können, von seinem Verrat abzulassen. Oder davon, wie ich jenen fatalen Augenblick lang gezögert hatte, der Arlene das Leben kostete. Wäre ich nur eine Sekunde früher auf die Idee gekommen, die Luke mit der Krücke aufzusperren ...

Bei all dem wahrten die Patriarchen bedrohliches Schweigen.

Zu meinem grenzenlosen Erstaunen besuchte der römisch-katholische Bischof von Rom Lunapolis und nahm mir nach dem uralten Ritus seiner Kirche die Beichte ab. Danach segnete er mich und nahm davon Abstand, mich für die offene Verleugnung des allmächtigen Gottes zu tadeln. Bischof Saythor wäre, wie er sagte, impulsiv, und meine Ermahnung, meine Münze gehörte dem Kaiser, entbehre nicht der Wahrheit. Die Kirche wäre nicht mehr als der Versuch des Menschen, den Herrgott zu begreifen, sagte er mir, und ich sollte ihre Mängel nicht an Seiner Schwelle ablegen. Er küßte mich auf die feuchten Wangen, ehe er ging.

Allerdings mußte den Patriarchen bei meiner Anwesenheit unwohl geworden sein, wie mir bei ihrer. Saythor blieben etliche Möglichkeiten: Mich zu verleugnen, mich zu ignorieren oder sich meinen Standpunkt zu eigen zu machen. Nichts davon schmeckte ihm; vielleicht drängten die Patriarchen deshalb die Admiralität, mir eine bemerkenswerte Alternative zum Ruhestand in Lunapolis anzubieten.

»Sie wollten mich sehen, Sir?«

»Kommen Sie herein.«

Weil ich darauf bestanden hatte, trug Charlie Witrek die blaue Offiziersuniform, obwohl ihn die Admiralität für immer auf die Liste der dienstuntauglichen Offiziere gesetzt hatte.

Mit kurzsichtigem Blick suchte er die Brücke ab. »Ah.« Er baute sich vor mir auf und salutierte steif.

An seinem Gesicht hatten sie gar keine schlechte Arbeit geleistet, obwohl es beunruhigend war, ihn mit braunen Augen zu sehen statt mit blauen. »Kommando zurück.« Er entspannte sich; ich musterte ihn ernst. »Ich bin so froh, daß Sie an Bord gekommen sind.« Ich hatte zwei lange Briefe an ihn geschrieben und ihn schließlich überzeugen können, mit der *Olympia* auf Fahrt zu gehen.

»Danke, Sir.« Seine Züge entspannten sich mit dem so vertrauten Lächeln.

»Haben Sie sich in Ihrer Kabine eingerichtet?«

»Ja, Sir.« Eine Pause. »Es ist mir ein bißchen peinlich. Nicht«, setzte er eilig hinzu, »daß ich mich beschweren möchte.«

»Wo liegt das Problem?«

»Es ist nur ... Ich kleide mich wie ein Fähnrich, schlafe aber nicht in der Fähnrichskabine. Ich nenne Sie ›Sir‹, wie ich es auch sollte, habe aber keine Pflichten, weil ich nicht auf der Liste der aktiven Offiziere stehe und nie stehen werde. Es ist ... seltsam. Ich bin aber sicher, daß ich mich daran gewöhne.« Ein fröhliches Lächeln. Er fuhr sich mit den Fingern durchs Haar und zog den Krawattenknoten fester.

»Ja, ich habe darüber nachgedacht.« Ich lehnte mich zurück. »Ich bezweifle, daß es so laufen wird.«

Er zeigte kurz Beunruhigung. »Sir?«

»Die Admiralität hat Sie in ihrer Weisheit für nicht diensttauglich erklärt. Sie können damit unmöglich in den aktiven Dienst zurückkehren.«

»Nein, Sir.«

»Es sei denn, Sie erhielten den Befehl dazu.«

Er runzelte die Stirn. »Ich habe keine ... Treiben Sie ein Spiel mit mir?«

»Wieso, ja, das tue ich.« Ich genoß den Augenblick. »Charlie, sobald wir losgefahren sind, bin ich die absolute Autorität an Bord.«

»Natürlich.«

»Sobald wir abgelegt haben, werde ich Sie in den aktiven Dienst zurückrufen. Ich möchte Sie in der Fähnrichskabine haben.«

»Sir, ich kann nicht Wache halten. Ich sehe nicht gut genug, um die Instrumente zu überwa ...«

»Wir haben elf Fähnriche; ich brauche keinen zusätzlichen Wachhabenden. Aber manche von ihnen sind recht jung; Sie werden einen guten Einfluß ausüben. Und ich brauche Sie auch noch an anderer Stelle.«

Er blinzelte. »Warum?«

»Sehen Sie sich diesen Giganten an.« Mit einem Wink schloß ich das ganze Schiff ein. »Wir haben dreitausend Fahrgäste, Charlie. Dreitausend! Und mehr Besatzungsmitglieder als ... Die *Olympia* ist mehr Stadt als Schiff, und ich muß dafür sorgen, daß an Bord alles glatt läuft. Vom ersten Tag an werden Beschwerden auf uns einprasseln, Forderungen, Delegationen, Streitigkeiten ...«

Seine Lippen zuckten.

»Wie in der Rotunde.«

»Nur schlimmer, weil man hier nicht fliehen kann. Ich brauche Hilfe, um das alles zu regeln.« Als ich seinen Auftrag ausgetüftelt hatte, hatte ich es als Beschäftigungstherapie betrachtet, aber jetzt war ich mir gar nicht mehr so sicher. »Sie kennen meinen Stil und wissen, wie ich arbeite; Sie sind der ideale Kandidat. Helfen Sie mir.« Mein Ton wurde sanft. »Bitte.«

»Ich würde alles geben, um ... Aber, Sir, tun Sie das aus Mitleid?«

»Nein.« Mir fiel auf, daß es stimmte. »Ich brauche Offiziere, denen ich absolut trauen kann.«

Eine unterschwellige Spannung sickerte aus seiner Haltung heraus. »Aye aye, Sir. Ich melde mich beim ersten Fähnrich. Wer ist es?«

»Sie sind es, Charlie.« Ich hatte das mit äußerster Sorgfalt arrangiert. Die anderen Fähnriche wußten es schon, hatten aber den Befehl, nichts zu sagen, bis ich Witrek selbst informiert hatte.

Ein erstaunter Ausdruck, der sich in Freude verwandelte. »Meinen Sie das ernst? Wirklich?«

»Ja.«

»Der allmächtige Gott segne Sie.« Er konnte nicht mehr an sich halten und tanzte ein wenig auf dem Brückendeck herum. »Kein Dank kann dafür ausreichen!«

»Nebenbei: Behalten Sie Speke im Auge. Er muß noch gefestigt werden.«

»Aye aye, Sir.« Er schüttelte den Kopf, war immer noch benommen. Er tupfte sich die Augen. »Sehen Sie nur!« Er lachte laut. »Sehen Sie nur, was ich tun kann!«

Warum ich die Olympia *genommen habe?*

Ich weiß nicht.

Es wurde Zeit, daß ich das Amt des GenSeks niederlegte. Nach dem Ende des Kriegsrechts brauchte die Bevölkerung jemanden, der . . . nun ja, milder war. Aus einem grüblerischen Ruhestand heraus hätte ich die Überlegungen des Senats dominiert, jede Abstimmung der Vollversammlung, ob ich nun wollte oder nicht. Wäre ich im Heimatsystem geblieben, hätte ich den Medien nicht für immer aus dem Weg gehen können, und früher oder später hätte mir jemand eine Frage gestellt, die mich zwang, meine Meinung über die Feiglinge offenzulegen, die unsere Regierung bevölkerten.

Und wohin konnte ich mich wenden?

Sicherlich nicht nach Hause.

Ich hatte kein Zuhause. Das Anwesen in Washington war völlig zerstört. Cardiff war ein stinkender Alptraum. Ich hoffte inständig, daß sich Philips Wunsch erfüllte, dort auf seine alten Tage leben zu können. Außerdem konnte ich gar nicht mehr auf die Erde zurückkehren. Ich hätte dort nur unter Schmerzen leben können, unfähig, wieder in den Weltraum zu starten und freundlichere Lebensumstände zu erreichen.

Arlene hatte zuerst davon gesprochen, obwohl es zum Stoff meiner Träume geworden war. Die einzigen glücklichen Tage meines Lebens hatte ich auf der Brücke eines Sternenschiffs verbracht. Derek hatte das verstanden; dieses Verständnis lockte ihn in den Tod. Aus der gleichen Gemütslage heraus zog Arlene wieder die Uniform an, ohne einen Augenblick zu zögern, diente glücklich und opferte sich, um Hunderte zu retten.

Noch heute träumte ich von der verlorenen Jugend. Dem körperlichen Überschwang, der vollkommenen Lebensfreude. Der Lust eines unverdorbenen Lebens. Aber Arlene war tot, für immer dahingegangen. Im Leben konnte ich nie mehr, würde ich nie mehr Freude erfahren. Ich fühlte mich innerlich leer, jeder Leidenschaft beraubt. Das erzeugte eine merkwürdige Freiheit.

Ich konnte nicht in die Jugend zurückkehren, aber einen kleinen Teil davon gedachte ich mir zurückzuholen.

»Sir, Halteriegel können gelöst werden.« Das war Pilot Van Peer. Zu meiner Verblüffung hatte er die Vernichtung der Akademiebarkasse überlebt, indem er einfach ausstieg, kaum daß Stangers erster Laser getroffen hatte. In seinem Triebwerksanzug klammerte er sich dann an den Rumpf der *Galactic*, bis er es für sicher hielt, zur Station überzusetzen. Wie ich spielte er gern Schach, wenn ich mich recht entsann. Vielleicht konnten wir während der langen, stillen Wachen …

»Sehr gut.« Ich aktivierte den Rufer. »Verkehrsleitstelle, *Olympia* ist bereit abzulegen.«

»Alles klar, *Olympia.* Vektor eins fünf neun von der Station. Glückliche Reise.«

»Pilot, führen Sie sie hinaus und setzen Sie Kurs auf die sichere Fusionsdistanz.«

Mein Rücktritt als Generalsekretär war der Vollversammlung übermittelt worden und trat zu dem Zeitpunkt in Kraft, an dem die *Olympia* in Fusion ging.

»Sir, Mr. und Mrs. Catharta und ihre Kinder.« Das war Fähnrich Rafael Delgado, sechzehn, gepflegt und selbstsicher. Brillant in Navigation und Mathematik, stand in seiner Akte. Wir würden sehen.

»Sehr gut.« Ich schwenkte den Sessel herum.

»Ist uns ein Vergnügen, Sie zu sehen, Käpten.« Hector Catharta streckte die schwielige Hand aus.

Ich ergriff sie. Wir schwatzten eine Zeitlang über seine Arbeit als Hydroexperte und Agrobiologe. Seine Frau war reizend, eine Dichterin. Die vier Kinder erwiesen sich als noch ungeformt und zappelig. Ich war froh, als sie wieder von der Brücke gingen, obwohl ich ihnen keine schlechten Manieren vorwerfen konnte.

»Pa!« Mikhael Tamarow platzte zur Luke herein, Kadett Anselm einen Schritt hinter ihm. »Im Salon gibt es ein Videospielgerät!«

»Wundervoll.«

Mein Ton war mürrisch. Ich ignorierte Mikhaels Verstoß gegen das Protokoll; ich hatte den Passagieren für diesen Tag die Brücke geöffnet. Was den Kadetten anging, so war er außer Dienst und war ich bereit, ihm fast alles zuzugestehen. Außer Alkohol.

»Es hat eine Zweierkonsole!« Mikhaels Hemd war durchgeschwitzt, so hatte er sich verausgabt. Ein modisches neues Hemd, eines von mehreren, die ich auf der teuren Einkaufspromenade von Earthport für ihn ausgesucht hatte. Ich lächelte; wir hatten demnächst reichlich

Zeit, eine gepflegte Erscheinung zu betonen. Er frohlockte: »Tad spielt auch!«

»Sehr schön. Eine Stunde Videospiele für jede Stunde Turnen.«

Ein Protestschrei. »Das ist nicht fair!«

»So ist das Leben.« Falls ich keine solche Regel aufstellte, wurde aus ihm schnell ein glasig blickender Spielsüchtiger mit verkrampften Fingern.

»Das kannst du nicht machen!« Seine Augen flammten.

Ich sagte nichts. Nach einer Weile wurde er nervös. »Ich nehme es zurück, Pa.«

Ich wartete immer noch.

Er war besiegt. »Sir, bitte. Ich entschuldige mich. Eine Stunde für eine Stunde.«

Ich zerzauste ihm das Haar und drückte ihn flüchtig, ohne mich um die unverhohlene Neugier der Wachhabenden zu kümmern, eines Leutnants und des Piloten.

Mikhael hatte einen eindrucksvollen Feldzug gestartet. Eine alarmierende Zahl teurer Videotelefonate mit Moira, die sich mit ihrer Tochter in Kiew aufhielt. Tränenreiche Bitten an mich. Versprechungen guten Benehmens. Schließlich erreichte er unser beider Einwilligung.

Ich war offen gesagt froh, daß er die riesige und luxuriöse Kabine mit mir teilte. Er war ein nicht eingelöstes Versprechen, eine unbezahlte Schuld, und obendrein entwickelte er sich zu einem recht liebenswerten Jungen. Ein bißchen zu nachlässig, was das Baden anging, zu unbeherrscht im Temperament, aber ... Täglich wurde die Ähnlichkeit mit Alexi deutlicher. An mehreren Abenden hatte ich ihn aufgefordert, sich hinzusetzen und einen Vers des Alten Testaments auswendig zu lernen, während ich dampfenden Tee schlürfte. Ich war mir nicht sicher, warum ich so handelte. Wurden wir letztlich alle wie unsere Väter?

Jedenfalls schien es Mikhael nichts auszumachen. Und

seine ständigen Fragen an Tad Anselm nach dem Kadettenleben ... Na ja, falls es dazu kam, fanden wir in den Schiffsvorräten noch eine graue Uniform.

Und Anselm konnte einen Gefährten gebrauchen in den Monaten, die ich noch zu warten gedachte, ehe ich ihn wieder zum Fähnrich beförderte. Was immer Derek ihm in der Verschwiegenheit ihrer Privatgespräche erzählt hatte, er schien seelisch erneuert. Er ging seinen Pflichten mit frischer Entschlossenheit nach; und doch ertappte ich ihn gelegentlich mit einem wehmütigen Blick, einer lautlosen Bitte um Anerkennung oder Lob, die ich wenigstens dieses eine Mal im Leben nicht widerwillig spendete.

Vielleicht war ich umgänglicher geworden.

Vielleicht war ich mit dem Alter weich im Kopf geworden.

Der nächste Fahrgast trat ein, wie immer von einem Fähnrich begleitet. »Hallo, Sir.«

»Edgar?« Ich fuhr vom Sitz hoch.

»Interessant hier.« Er blickte sich um und machte eine richtige Show daraus, sich die Konsolen anzusehen. »Nennt man das eine Brücke?«

»Tolliver, was zum Teufel ... Was in drei Teu ...« Ich gab es auf. »Was machen Sie denn hier?«

»Sie haben mir den Urlaub ruiniert.« Sein Ton war scharf. »Verschafft mir das nicht Anrecht auf einen neuen?«

»Urlaub? Neunzehn Monate auf ...«

»Ich bin im Ruhestand. Meine Kinder sind erwachsen. Was sollte ich sonst ...«

»Unfug! Quatsch!«

»In Ordnung, ich wußte, daß Sie an Bord sind. Ich gebe zu, daß ich mich über den kurzen Rückruf in den aktiven Dienst gefreut habe, da unten in Lunapolis. Und ich dachte mir, im Zuge einer ruhigen Wache könnten wir über alte Zeiten plaudern.«

»Passagiere dürfen die Brücke nicht betreten.«

»Dann ist es aber seltsam, daß ich hier stehe. Und sicherlich ist selbst Käpten Seafort gelegentlich außer Dienst.«

Ich funkelte ihn an. »Wer hat Sie dazu angestiftet?«

»Angestiftet?« In unschuldigem Protest riß er die Augen weit auf. »Denken Sie, ich wäre nicht selbst fähig ...«

»Edgar ...« Ich schlug einen warnenden Ton an.

»Ich vermute, daß ich jetzt zittern soll. Ich muß Sie jedoch daran erinnern, daß ich Zivilist bin. Nur Flottenoffiziere schlottern in ihren Stiefeln.«

Ich verdrehte die Augen. Seine aufreizende Art kannte keine Grenzen; es versprach, eine höllische Fahrt zu werden. »Wer hat mir das angetan? Donner? Jeff Thorne?«

»*Für* Sie getan. Beide.«

»Sie haben ein normales Leben aufgegeben, um ...«

»Wie, Käpten, läuft Ihre Gesellschaft nicht auf ein normales Leben hinaus?«

Ich musterte ihn böse.

Unerschütterlich hielt er meinem Blick stand.

»Nur als Leutnant«, knurrte ich schließlich und unterdrückte dabei eine Zufriedenheit, die ich nie offen eingeräumt hätte. »Ein Schiff hat nur einen Kapitän.«

»Hmm. Sie gehen davon aus, daß ich mich überschlage, um wieder in Dienst zu treten. Wenn Sie allerdings meine Dienstzeit als Kapitän zu meinen Jahren als Leutnant addieren ...«

»Dann sind Sie Seniorleutnant. Ich weiß; ich kann Dienstzeitabzeichen lesen.« Ich würde es Leutnant Cather gegenüber wiedergutmachen, auf die eine oder andere Art.

»Wenigstens habe ich damit die Verantwortung fürs Faß. Ich bin dann in der Lage, die Fähnriche vor Ihren schlimmsten Kollern zu schützen.«

»Tolliver!«

»Ja, Sir?« Er zog die Brauen hoch. Einen Moment später sagte er: »Ich schätze, falls Sie darauf bestehen, sollten Sie mich jetzt lieber vereidigen.«

Wenig später ging er und begleitete Leutnant Cather, um eine eilige Neuverteilung der Kabinen auf Deck 1 vorzunehmen. Ich saß gedankenverloren da, während wir uns der sicheren Fusionsdistanz näherten.

Auf den Unterdecks war alles okay; ich hatte darauf bestanden, keinen anderen als Chief McAndrews für den Maschinenraum zu bekommen. Vielleicht trieb ich irgendwo einen Rauchapparat auf, wie ihn sein Vater in meiner fernen Vergangenheit immer wieder angezündet hatte, und brachte ihm diese alte Gewohnheit bei.

Die vielen Passagiere an Bord würden von Zeit zu Zeit eine plötzliche Minderung der Schwerkraft ertragen müssen, während ich eine Inspektionsrunde absolvierte. Und wer volle Erdschwerkraft bevorzugte, konnte auf Deck 5 speisen. Die Buggravitronen ließ ich auf ein Drittel g einstellen. Auf meinen Befehl hin würde Chief McAndrews sie jeden Tag um einen unmerklichen Bruchteil höher justieren. Neunzehn Monate bis Constantine, neunzehn Monate zurück. Elfhundertfünfzig Tage; ich hatte Zeit, mich in Geduld zu üben. Vielleicht, aber nur vielleicht, konnte ich Dr. Ghenilis Prognose ein Schnippchen schlagen.

So. Ich rührte mich in meinem luxuriösen Ledersessel.

Absolvierte das Leben eine Volldrehung? Nein, eigentlich nicht. Aber hin und wieder, wenn man wirklich gesegnet ist ...

Mein Lächeln verblaßte. Gesegnet war ich kaum. Herr, ich habe jedes Wort ernst gemeint, als ich sagte, ich würde Dich hassen. Ich tue es immer noch. Du hast mir Arlene und Derek genommen, und das auf eine höchst verachtenswerte Weise. Sag mir bloß nicht, Du hättest es nicht verhindern können; ich weiß es besser. Ich kann das nicht verzeihen und werde es auch nie tun.

Ich weiß: Nachdem ich Dir und Deiner Kirche entsagt habe, sollte ich eigentlich nicht mehr mit Dir reden. Glaube ich überhaupt an Dich? Vielleicht nicht. Ich habe versprochen, nie wieder zu Dir zu sprechen. Sicherlich erwarte ich nicht, daß Du mir antwortest. Ich erwarte nicht einmal, daß Du überhaupt zuhörst; ich weiß, daß ich gänzlich verdammt bin. Aber wie Du zweifellos weißt, bin ich zu alt, um mich zu ändern. Und so ertappe ich mich hin und wieder dabei, wie ich zu Dir spreche, mit vorsichtigem, widerwilligem Respekt. Es ist in Ordnung; Du brauchst nicht zuzuhören. Ich rede einfach nur.

»Wir nähern uns der sicheren Fusionsdistanz, Sir.« Das war der Pilot.

»Kristen, bitte die Fusionskoordinaten für Constantine.«

»Aye aye, Sir.« Die Antwort des Comps erfolgte prompt. Sie warf die Zahlen auf den Simultanschirm.

»Mr. Van Peer? Sie auch, Rafael.« Gehorsam führten der Pilot und der diensthabende Fähnrich ihre eigenen Berechnungen vor.

»Die Zahlen stimmen bis auf sechs Dezimalstellen überein, Sir.«

»Sehr gut. Geben Sie sie in den Comp ein.«

»Koordinaten erhalten und verstanden, Kapitän.« Kristens Ton war fröhlich.

»Danke.« Ich schaltete den Rufer ein. »Maschinenraum, bereitmachen zur Fusion.«

»Zur Fusion bereitmachen, aye aye.«

Voller Sehnsucht starrte ich auf die Erde, die auf den Bildschirmen schrumpfte.

Philip war zu Besuch gekommen, drei Tage vor dem Start.

Er war düsterer geworden, zeigte ein Spur ungemilderten Schmerzes im Blick. Ich umarmte ihn, küßte ihn sanft auf beide Wangen. »Es tut mir so leid«, sagte ich ihm zum zehnten Mal. »Ich hätte sie retten können.«

»Nein. Du vergißt, daß ich jede Sitzung des Untersuchungsausschusses besucht habe. Ich habe mir den Bericht heruntergeladen.«

»Hätte ich nur ...«

»Vati, es lag nicht an dir, Mom zu retten. Sie starb, während sie tat, was sie für richtig hielt.«

»Und Jared ...«

»Tu es nicht. *Bitte!*« Er tat meinen unausgesprochenen Gedanken mit einem Wink ab. »Ich bin nicht darüber hinweg. Ich kann nicht ...« Er holte tief Luft. »Verzeih mir. Ich werde emotional. Aber denk nicht mal im Traum daran, ich hielte es für deine Schuld.« Er holte ein paarmal Luft, um sich zu beruhigen. »Hast du das Paket erhalten?«

»Es liegt im Kältefach.« Ein äußerst sorgfältig verpackter, verschlossener Container aus der Fruchtbarkeitsklinik Fairfield; er enthielt, was von Arlene auf dieser Welt geblieben war. Dr. Janson würde bald die Einpflanzung in die junge, gesunde, extrem gut bezahlte Frau vornehmen, die in einer Kabine auf Deck 5 wohnte und den Vertrag als Leihmutter unterschrieben hatte.

Ich hatte einen Schwur abgelegt und gedachte ihn einzuhalten. Wir würden ein Kind haben, Arlene und ich. Ich hatte mich noch nicht für das Geschlecht entschieden, aber ich vermutete, daß wir ein Mädchen bekommen würden. Sie konnte in die Fußstapfen ihrer Mutter treten. Und auf irgendeine kleine, törichte Art sühnte ich damit vielleicht. Wenn sie erwachsen wurde, war ich wohl gut über siebzig, aber was sollte es? Ich musterte mein neuerdings faltenfreies Gesicht im Spiegel. Ich wollte verdammt sein, wenn Enzymbehandlungen nicht tatsächlich *funktionierten!* Und zum ersten Mal seit Jahren tat das Knie nicht mehr weh.

Trotzdem, Liebste, vermisse ich dich so sehr. Jetzt und für immer.

»Wir sind bereit zur Fusion, Sir.«

»Einen Augenblick.«

In meiner Kabine hatte Philip gelächelt. »Ich habe noch ein Geschenk. Öffne es, sobald ich wieder auf der Erde bin.« Er reichte mir eine kleine, ziemlich schwere Schachtel.

»Danke, mein Sohn. Bist du sicher, daß du nicht mitkommen möchtest?«

»Auf mich wartet Arbeit.« Sein Blick wurde ernst. »Andrus Bevin ist außer sich, seit Danil ...« Er verzog das Gesicht. »Und durch deine neuen Gesetze ersticken wir in Aufgaben. Du hast ja keine Ahnung. Vati, was als dein Erlaß begonnen hat ... die Wiederherstellung der Umwelt hat in der Öffentlichkeit wirklich gezündet. Ständig werden neue Ideen entwickelt ... Bernili hat einen Plan, die Ozonschicht neu anzulegen, und zwar einen, der tatsächlich funktioniert. Und der Solarschirm ... Sogar die Aktien von Skiliften steigen! Du hast es geschafft, Vati. Du hast die Erde neu erschaffen.«

»Du wirst es tun. Ich habe es nur angeordnet.«

Sein Ton war traurig. »Der Mann, der die Meere gerettet hat, die Luft, die Felder ...« Er stand da, die Hände in den Taschen, und sagte voller Schmerz: »Ich zeige dir später die Holos, aber es wird nicht dasselbe sein. Wieso kann es dir nicht möglich sein, es zu sehen?«

»Ich habe es nicht verdient.«

»*Du darfst das Land von der anderen Talseite aus sehen. Aber du darfst das Land, das ich den Israeliten geben werde, nicht betreten.*«* Seine Augen glänzten feucht.

»Oh, mein Junge! Ich bin nicht Moses.«

»Nein?« Er drückte mich heftig an sich. »Lebwohl, Vati. Komm sicher zurück.«

Jetzt, drei Tage später auf der Brücke, wickelte ich Philips Geschenk aus.

* Deuteronomium, 32; 52

»O nein!« Ich blickte Fähnrich Speke gequält an. »Nicht das.«

»Was ist es, Sir?«

Vaters alte, abgenutzte Bibel. Die Ausgabe, aus der ich an unserem wackeligen Tisch in Cardiff meine Lektionen gelernt hatte. In der Ecke zischte leicht die Teekanne. Vater sah mit mürrischem Beifall zu.

Wo in aller Welt hatte P. T. sie aufgetrieben? Ich hatte sie mit allen anderen Sachen von Vater Annie übergeben, als ich sie in Cardiff zurückließ. Sie war inzwischen gestorben. Philip mußte Eddie Boß, ihren Mann, aufgespürt und die Bibel von ihm erhalten haben. Ich fragte mich, ob Eddie gewußt hatte, daß sie für mich bestimmt war.

Ich schlug das Buch auf und sah mir eine Stelle an.

*Vor wem sollte ich mich fürchten? Der Herr ist die Kraft meines Lebens: Vor wem sollte mir bangen?**

Hah! Darüber müssen wir uns noch mal unterhalten, Du und ich!

Bis dahin habe ich mein Schiff. Mikhael, meinen Jungen, und Tad. Später auch meine Tochter. Mein langes Exil in einer Stadt im All.

Und die Pflicht.

»Maschinenraum, sind Sie bereit?«

»Maschinenraum hält sich bereit.«

Ein letzter, langer, wehmütiger Blick auf die Erde. Ich zog den Finger am Bildschirm herab.

»Fusion!«

ENDE

* Psalmen, 27; 1

AD 2600. Die Menschheit entdeckt endlich ihr ganzes Potential. Hunderte von Kolonien, verstreut über die ganze Galaxis, bieten eine Unzahl unterschiedlichster Kulturen und unermeßlichen Reichtum. Gentechnik hat die Grenzen der Natur gesprengt. Der Handel blüht, und die Konföderation sorgt für Frieden und Sicherheit. Ein goldenes Zeitalter ist angebrochen.
Doch etwas ist schiefgelaufen. Extrem schief! Auf einem kleinen, primitiven Planeten trifft ein Mensch rein zufällig auf ein vollkommen nichtmenschliches Wesen – und löst die Apokalypse aus: eine Macht, die all unsere Ängste wahr werden läßt.

Mit dieser neuen Serie beweist Peter Hamilton endgültig, daß er vom Hoffnungsträger der modernen SF zu deren Bannerträger geworden ist. Was zahllose Autoren vor ihm versucht haben, ist ihm alleine mit unvergleichlicher Bravour gelungen: einen klassischen Space-Opera-Roman zu schreiben, der alle Tugenden dieses alten Genres in sich birgt, ohne antiquiert zu sein, und der alle Entwicklungen der modernen SF, von Gen- bis Nanotechnologie aufgreift und logisch in die Geschichte integriert.

ISBN 3-404-23221-6

BASTEI LÜBBE

Der erste Thriller des nächsten Jahrtausends. Eine Art ›STIRB LANGSAM‹ im Weltraum von einem der begabtesten deutschen SF-Autoren der Gegenwart.

Im Jahr 2015: Hauchdünn und kostbar sind die Sonnensegel der japanischen Solarstation NIPPON. Von ihnen aus wird die Erde mit Energie versorgt. Als die Energieübertragung versagt, denken Leonard Carr und die Mannschaft der Station zuerst an eine technische Panne. Doch dann geschieht ein Mord, und ein fremdes Raumschiff dockt widerrechtlich an. Entsetzt erkennt die Besatzung, daß sie Spielball in einem Plan ist, der die Station zu einer nie dagewesenen Bedrohung für die Erde werden läßt. Leonard hat nur eine Chance gegen die kalte Präzision, mit der seine Widersacher vorgehen: Er kennt alle Geheimnisse der Solarstation und weiß beim Kampf, die Gesetze der Schwerelosigkeit für sich zu nutzen ...

›Eine höchst ungewöhnliche Mischung aus Thriller und SF.‹

Brigitte

ISBN 3-404-24259-9

BASTEI
LÜBBE

Im Jahre des Herrn 22– –: Mit eiserner Faust regiert Ihre Majestät Kaiserin Löwenstein XIV. das galaktische Imperium. Plebejer und Adel leiden gleichermaßen unter ihrer Knute. Owen Todtsteltzer, Lord von Virimonde, Letzter einer Linie berühmter Krieger, versucht sich der Aufmerksamkeit und den Launen der Herrscherin zu entziehen – und fällt gerade dadurch in Ungnade. Unversehens wird ein Kopfgeld auf Owen ausgesetzt, und er muß zur zwielichtigen Nebelwelt fliehen, wo er eine Truppe ungleicher Verbündeter um sich schart. Ihr Ziel: den Eisernen Thron zu stürzen . . .

ISBN 3-404-23186-4

BASTEI
LÜBBE